Das Buch

Gregorij Nowek, Bürgermeister von Markovo im Bezirk Irkutsk in Sibirien, ermittelt auf Anordnung der Regierung in einem Mordfall. Der tote Andrej Ryschkow war ein »Businessman« und hat wohl auch Geschäfte mit der russischen Mafia gemacht, auf jeden Fall aber hatte er engen Kontakt zur AmerRus, einer amerikanischen Ölgesellschaft, die in der Taiga sibirisches Leichtöl fördern will. Als Nowek auf Intervention des Oberstaatsanwalts seine Ermittlungen einstellen soll, ist klar, daß in Moskau an den Fäden gezogen wird. Fragen über Fragen tauchen auf: Was sind die wahren Geschäfte der AmerRus, und wer trachtet Nowek nach dem Leben? Und welche Rolle spielt die schöne Tigerforscherin Anna Wereskaja, die eine Beziehung zu Ryschkow hatte?

»Sibirische Tiger« ist ein spannender Verschwörungsthriller, der das heutige Rußland schonungslos schildert – von der neuen Mafia bis zur desolaten Mangelwirtschaft, vom Umweltschutz bis zum entbehrungsreichen Leben in der Provinz.

Der Autor

Robin White wurde 1954 in Venice, Florida, geboren und ist in Atlantic City, New Jersey, aufgewachsen. Er hat Wissenschaftsgeschichte, Literatur und Architektur studiert, den Flugschein gemacht und als Pizzabäcker, Ölbohrarbeiter, Energieberater, Wissenschaftsjournalist und Architekt gearbeitet, bevor er Schriftsteller wurde.

ROBIN WHITE

SIBIRISCHE TIGER

Roman

Aus dem Englischen
von Hedda Pänke

WILHELM HEYNE VERLAG
MÜNCHEN

HEYNE ALLGEMEINE REIHE
Nr. 01/10791

Die Originalausgabe
SIBERIAN LIGHT
erschien 1997 bei Delacorte Press, New York

Umwelthinweis:
Dieses Buch wurde auf
chlor- und säurefreiem Papier gedruckt.

2. Auflage

Die Hardcover-Ausgabe erschien im Limes Verlag GmbH, München
Printed in Germany 1999
Umschlaggestaltung: Atelier Ingrid Schütz, München,
unter Verwendung des Originalumschlags von ZERO Werbeagentur,
München, mit einem Foto von Bilderberg/Itar-Tass
Satz: Buch-Werkstatt GmbH, Bad Aibling
Druck und Bindung: Ebner Ulm

ISBN 3-453-14768-5

http://www.heyne.de

Die Grenze zwischen Gut und Böse verläuft weder zwischen Staaten noch Parteien, sondern mitten durch das menschliche Herz.

ALEXANDER SOLSCHENIZYN

Hoffnung ist eine Art von Glück; vielleicht das größte Glück, das diese Welt gewährt.

SAMUEL JOHNSON

MARKOVO,
OBLAST IRKUTSK

1. KAPITEL

Es ist die Nacht des 28. April, und die Temperatur schwankt um den Gefrierpunkt. In Moskau könnte es durchaus schon sommerlich warm sein, aber sieben Zeitzonen weiter östlich ist es die erste frostfreie Nacht des Jahres. Eiszapfen beginnen zu tropfen, brechen und fallen auf nasse Schneehaufen. Ein flackerndes Polarlicht wirft ein Netz kraftvoller Energie über Markovo, erhellt dunkle Straßen durch ein kaltes Licht.

Nur langsam taucht Markovo aus seinem Winterpanzer auf – wie eine Photographie beim Entwickeln: erst die Dächer, dann die Mauern, die Straßen. Schließlich das Gewirr der Dampfheizungs- und Abwasserrohre, die neben den Bürgersteigen verlaufen und aussehen wie Artefakte einer vergangenen Zivilisation. Die Gebäude bewahren die Wärme des Tages, aber unten am Fluß ist es kälter.

Eingeschlossen von hohen Betondämmen, fließt *Mat Lena,* die Mutter Lena, durch die Stadt. Sie entspringt in den Bergen rund um das Binnenmeer, um den Baikalsee. Ihre Mündung ergießt sich in die Arktis. Heute nacht beginnt das Eis zu brechen, das seit September eine so feste und verläßliche Decke gebildet hat. Heute nacht wird es unter Nebelschwaden zu Platten von Treibeis, auf denen Luft mit Wasser verschwimmt, Flüssiges mit Massivem und auf die der Himmel seine Muster von Hell und Dunkel wirft.

Ein senfgelber Militärgeländewagen, ein *bobyk* oder Terrier, parkte mit stotterndem, qualmendem Motor vor der Medizinischen Ausnüchterungseinrichtung Nr. 3. Sein Getriebe kämpfte mit einer ungesunden Mischung aus Benzin und ungefilterten Nebenprodukten. Bis zum Hellwerden waren es noch anderthalb Stunden hin.

Im Bobyk wartete der Milizionär Goriz auf die Rückkehr seines Kollegen. Einst war Goriz Sergeant der städtischen

Miliz. Er war auch ein notorischer Trinker. In einer Stadt, in der jedermann trinkt, ist ein solcher Ruf eine Leistung.

Seit Monaten behandelten ihn seine Kollegen wie einen Aussätzigen – nicht wegen seines Trinkens, auch nicht wegen seines tschechischen Nachnamens. Goriz hatte sich etwas zuschulden kommen lassen, was sehr viel heikler und weit unverzeihlicher war: Goriz hatte seine Ehre verloren.

Als nach der Erschießung des Milizkommandeurs die Spezialeinheit gegen Korruption in Markovo eingefallen war, hatte Goriz ihre Fragen unumwunden, ja sogar eifrig beantwortet. Das brachte Goriz den Verlust seines Sergeantenranges und die Ernennung zum Retter der Trunkenbolde ein. Goriz war auf den schlammigen Grund der Nachtschicht abgesunken. Das war sein Vergehen, seine Lepra. Es brandmarkte ihn als jemanden, vor dem man sich hüten mußte, denn in Rußland ist Abstieg ansteckender als die Cholera.

Das Funkgerät des Bobyk knisterte aufgeregt, übermittelte kaum mehr als atmosphärische Störungen. Goriz hatte nichts dagegen. In den ruhigen Momenten der Nachtschicht hatte er Zeit, sich darüber zu wundern, daß ihm ein magnetischer Sturm auf der Sonne eine friedliche Nacht auf Erden bescherte.

Bei seiner unzuverlässigen Verbindung zur Einsatzleitung konnte Goriz nichts über Bandenkriege erfahren, über gewalttätige Auseinandersetzungen in Bars, über Einbrecher, die von den zunehmend besser bewaffneten Bürgern von Markovo erschossen wurden. Für ihn gab es nur gefügige Betrunkene, die im nassen Schnee erfroren.

Das Zuschlagen einer Tür ließ Goriz aufblicken. Sein Kollege kam schwerfällig auf ihn zu, eine Flasche in der Hand. Er war klein und übergewichtig. Seine Schuhe versanken im Schnee und tauchten wie Eiswasser sprühende Wale wieder auf. Die Autotür öffnete sich quietschend, und er stieg ein. Der Bobyk bekam Schlagseite wie ein überladenes Gummiboot. Er hob die Flasche und sagte: »Für später.«

Goriz schüttelte den Kopf. »Kannst du behalten.«

»Was bist du neuerdings? Eine Art Mönch?« Er runzelte die Brauen.

»Noch nicht. Aber ich ziehe es in Erwägung.«

In ihren Lammfelljacken und Uniformmützen hätten sie Brüder sein können, zwei Felsblöcke, die Schulter an Schulter saßen und weiße Atemwolken gegen die kalte Windschutzscheibe bliesen. Sie hatten sogar den gleichen Vornamen: Alexander.

Aber unter den verschwitzten Jacken war Goriz so schlank und dunkelhaarig wie sein Kollege füllig und weizenblond. Goriz trug blankgeputzte Stiefel und eine 9-mm-Makarov. Die Schuhe seines Kollegen wirkten wie ramponierte Rugby pflaumen, und mit Ausnahme einer Taschenlampe war er unbewaffnet.

Goriz startete Richtung Fluß. Der größte Teil der Schattenwirtschaft von Markovo spielte sich in den kleinen Straßen an seinen Ufern ab, einem Bezirk, der als Schwarze Lunge bekannt war.

Im Sommer brachten rußspuckende Dieselkähne Lebensmittel, Medikamente, Treibstoff und gelegentlich japanische Autos aus Jakutsk nach Markovo. Sie kehrten mit Holz, Asbestplatten und Ballen von *enascha* zurück, dem örtlich angebauten Marihuana. Im Winter nutzten Lastwagen den zugefrorenen Fluß als Autobahn. Im Frühjahr bestand Markovos einzige Verbindung mit der Außenwelt in Flugzeugen und Hubschraubern. Bei schlechten Wetterbedingungen war Markovo nicht nur isoliert – es lag auf einem anderen Planeten.

Früher war Markovo ein grauer Ort an einem grauen Fluß gewesen: eine Zwischenstation für Pelztierjäger und Flößer unter den Zaren, ein kleiner Mond in der Umlaufbahn des Planeten Stalin zu Gulagzeiten. Doch dann wurde im Tunguska-Gebiet hundert Kilometer weiter nördlich Öl gefunden. Kein Hauch von Erdöl, kein Rinnsal, sondern das, was man gemeinhin ein »Elefantenfeld« nannte.

Der Elefant bescherte den achtunddreißigtausend Bewohnern von Markovo einen Fernsehsender, eine Tageszeitung, eine Wodkabrennerei und ein modernes Krankenhaus. Eine große metallurgische Fabrik wurde errichtet und produzierte *masut*, einen zähen, verdreckten Treibstoff, an dem sich kein Käufer aus Übersee die Finger schmutzig machen würde. Die Fabrik schluckte Silikate und spuckte Asbestplatten sowie Wolken grauen fibrösen Abfalls aus. Es gab sogar eine Kondomfabrik, deren dicke, äußerst strapazierfähige Produkte dazu angetan waren, Jahrzehnte von Liebesakten zu überstehen.

Auf den ersten Blick wirkte Markovo wohlhabend. Wenn man die Augen ein bißchen zukniff, sogar ansehnlich.

Nach dem Zusammenbruch des Imperiums waren Armut und Reichtum nicht länger illegal. Markovo hatte seine besseren und schlechteren Gegenden. Ein amerikanisches Unternehmen war dabei, die Tunguska-Ölfelder wiederzubeleben. Seine Dollars hatten sich auf einige Teile von Markovo befruchtend ausgewirkt. Die Stadt teilte sich in zwei, vier, acht Bereiche auf. Mit dem Abstand zum alten Intourist-Hotel, das inzwischen wieder *Sibir* hieß, nahm die Armut zu. Die Lena war eine Art wirtschaftlich entmilitarisierter Zone: Auf einer Seite herrschte der Dollar, auf der anderen der Neid. Und dazwischen – mit dem Geschick der Stadt aufblühend oder kollabierend – die Schwarze Lunge.

Die Milizpatrouille passierte einen silbernen Bohrturm hinter einem Maschendrahtzaun. Das Denkmal für die Helden der Arbeit, die Tunguska erschlossen hatten, war alljährlich zum Ersten Mai frisch angemalt worden. Doch jetzt, nach fünf Jahren der Vernachlässigung, weinte es braune Rostschlieren.

Der Bobyk bog um eine Ecke und verlangsamte die Fahrt. Aus einer kleinen Nebenstraße tauchte eine Gestalt auf und schlitterte über die Fahrbahn. Die Scheinwerfer fingen eine Flasche ein, die im hohen Bogen gegen den Bobyk geschleudert wurde. Sie prallte gegen die Stoßstange und zerbrach.

Rutschend kamen sie zum Stehen. Goriz griff nach seinem Schlagstock. »Frag nach, wo Platz ist.« Er stieg aus und atmete die feuchte Luft ein. Sie war so sanft und feminin wie die Kälte grob und maskulin. Der Betrunkene hatte seine Schuhe verloren.

Der Mann hob die Hand, um seine Augen vor dem Scheinwerferlicht zu schützen. Sein Haar war zerzaust, das

Hemd hing ihm aus den Hosen. Er versuchte erst gar nicht davonzulaufen. Es war ein oft geübtes Stück, mit einem Anfang, einem Zwischenteil, einem Schluß. »Wo ist Jesus? Wo ist der Hund? Ich will ihn. Jetzt!«

Goriz näherte sich ihm vorsichtig, schlug sich mit dem Knüppel in die Handfläche. Lederummantelte Schlagstöcke waren Bestandteile eines Wirtschaftsförderungskredits der Vereinigten Staaten gewesen. Sie wurden »Demokratisierer« genannt. Das Imperium war dahin, die alten Regeln abgeschafft, aber wer sagte, daß auch der Humor abhanden gekommen war?

»Ich will Jesus! Sofort!«

»Schrei, soviel du willst. Das ist gesund.« Goriz war nahe genug, um den Wodka zu riechen. Er hatte seit einem Monat keinen Alkohol mehr angerührt, aber noch immer eine fein geeichte Nase. Er erkannte sofort, daß es sich um billigen deutschen Fusel handelte. Nun hatten sie eine Brennerei direkt hier in Markovo, aber deutscher Wodka war noch immer billiger: ein ebensolches Geheimnis wie das Polarlicht über ihnen und die Grenze, die Geschäftsleute von Dieben trennte. »Und wo sind deine Schuhe?«

Als der Betrunkene nach unten blickte, stieß Goriz mit dem Schlagstock zu, und der Mann fiel in den Schnee. Goriz schleifte ihn zum Auto und hinterließ zwei blutige Furchen. Eis hatte die Füße des Betrunkenen zerschrammt, aber das spürte er nicht.

»Ich habe Verbindung bekommen«, verkündete sein Kollege stolz. Auf dem Mikro klebte Speichel, ganz so, als hätte er es probeweise beleckt. »Nummer zwei hat eine Zelle frei.«

»Prächtig. Hilf mir mal.«

Gemeinsam zerrten sie den Betrunkenen zur Rückseite des Bobyk. Die Ladeluke war offen und aufnahmebereit.

Die Medizinische Ausnüchterungseinrichtung Nr. 2 befand sich auf der anderen Seite des Flusses im besseren Teil der Stadt. In der Nähe des *Hotel Sibir*, an einem Platz, der noch immer Platz der Sowjets genannt wurde, mit dem Amtssitz des Bürgermeisters und dem alten KGB-Gebäude. Ein Gebiet der Restaurants voller Essen, der Geschäfte voller Waren, eine

Gegend, in der ausländische Ölgeschäftsleute wohnten, Dollarhuren warm schliefen und die Mafia regierte.

Sie warfen den Betrunkenen wie einen Sack Holz hinein und schlugen die Luke zu. Der an die Karosserie des Bobyk geschraubte Käfig besaß keine Fenster, eine verschließbare Tür, und seine Seiten waren mit stabilem Drahtgeflecht verstärkt. Es hämmerte einmal gegen die Tür, zweimal, dann herrschte Ruhe.

Hustend und spuckend fuhr der Bobyk los. Gutes Benzin war schwer zu bekommen. Ein weiteres Geheimnis: Früher einmal hatten die Felder von Tunguska einen großen Teil des Ölbedarfs der Sowjetunion gedeckt. Eine neue Pipeline aus gutem japanischem Stahl verlief auf ihrem Weg nach Süden zu den Raffinerien in Irkutsk direkt durch die Stadt.

Aber anständiges Benzin war nur über die richtigen Beziehungen oder gegen harte Währung zu ergattern, was auf ein und dasselbe hinauslief. Sicher, die Miliz konnte Benzin von der Raffinerie anfordern. Sie konnte das Formular aber auch zusammengerollt in eine Flasche stecken und in die Lena werfen. Das Ergebnis wäre das gleiche.

Die ganz großen Ganoven, die *vory v zakone* – legale Diebe –, kauften mit ihren Dollars Benzin direkt von der Raffinerie. Es kam im Sommer auf Kähnen nach Norden, im Winter in Tanklastwagen, sogar faßweise mit Hubschraubern. Den schwarzen BMW der *vorys,* ihren Jeep Cherokees und Acuras ging nie das Benzin aus. Der Überschuß wurde von den Mafiastatthaltern, den *brodjagi,* auf dem schwarzen Markt verhökert. Sie heuerten junge Männer an: *byki* oder Pitbulls. Die Pitbulls hielten die Räder der Wirtschaft am Rollen. Die Miliz war gezwungen, den Öltankern aufzulauern und das Benzin zu beschlagnahmen, um ihre Patrouillen überhaupt auf die Straßen schicken zu können.

Das war ein riskantes Spiel. Die Polizei hatte »Demokratisierer« und Pistolen, die Mafia Glocks und Uzis. Das Oberhaupt der Miliz von Markovo, ein ehrgeiziger General namens Schurat, war bei so einem Überfall getötet worden. Die offiziellen Berichte nannten Schurat einen Helden im Kampf gegen das Verbrechen. Hinter vorgehaltener Hand hieß es, daß er von seinen eigenen Leuten verraten worden war, die schließlich Familien zu ernähren hatten. Ein neuer General aus Irkutsk war im Anmarsch, um das Kommando zu übernehmen. Bisher hatte ihn noch niemand gesichtet.

Während der Streifenwagen auf den Fluß zuknatterte, ging das Rauschen des Funkgeräts in ein Kreischen über und das Kreischen in die Stimme der Einsatzleitung. Goriz griff zum Telefon. »Angara drei. Wiederholen Sie.«

Die Stimme kämpfte mannhaft mit dem atmosphärischen Knistern und Knattern – nicht unbedingt erfolgreich.

»... drei, fahren Sie ... Hund ... kläfft ... ohne ... Maulkorb ... zwei ... gebissen ...« Eine längere Pause, ein blaßrotes Lichtzucken vom Himmel, dann erneut ein Strudel von Geräuschen. »... der Besitzer ...« Die Übertragung brach ab, als sich der Himmel rosa verfärbte.

»Um wen handelt es sich? Bei dem Besitzer?«

Die Elemente beruhigten sich, die Teilchen kooperierten. »Ryschkow, A Punkt, V Punkt ... Rossinka ... Nummer acht ... ein Schäferhund ...« Erneut eine Pause. »... drei?«

Die Milizionäre sahen sich an.

»Andrej Valentinowitsch?« hauchte Goriz' Kollege beeindruckt.

Goriz hob das Mikrofon an die Lippen. »Angara drei, schon unterwegs.« Er schaltete das Blaulicht ein, wendete den Wagen und fuhr Richtung Rossinka, ein Stadtvillenkomplex westlichen Stils.

Andrej Valentinowitsch Ryschkow war nicht nur in der ganzen Stadt wohlbekannt, sondern in der gesamten wilden Weite, die Sibirien hieß. Der Sohn eines Moskauer Parteibonzen aus der guten alten Zeit war ein »Bisnismän« neuen Zuschnitts und, abgesehen von den Ganoven oder gerade ihretwegen, einer der reichsten Männer im Oblast Irkutsk.

Andrej Ryschkow war ein Arrangeur, ein Interpret. Für ausländische Unternehmen, die Sibiriens beträchtlichen Naturreichtum anzapfen wollten, stellte Ryschkow die Versicherung gegen Fehltritte in einer mit bürokratischen Minen übersäten Landschaft dar. Er wurde gut bezahlt. Seine Taschen flossen vor Dollars über. Er pinkelte Gold. Kam man ihm nahe genug, konnte etwas davon durchaus zwei Milizionäre besprühen.

Goriz drückte das Gaspedal durch. Bockend nahm der Bobyk Fahrt auf. Als sie auf der alten Brücke die Lena überquerten, spürten sie, wie sie unter dem Druck der Eisschollen gegen ihre Fundamente erbebte. Auf dem anderen Ufer wurde die Welt sehr schnell sehr anders.

Damit keine Mißverständnisse aufkommen: Der bessere Teil von Markovo ist nicht New York City. Nicht einmal Mombasa. Aber dort gab es ein Hotel mit rund ums Jahr warmem Wasser, ein paar Cafés, und in den sorgsam verrammelten Geschäften lagen all die Dinge, die es wert waren, gekauft oder gestohlen zu werden. Selbst zu dieser Stunde brannten noch einige Lichter. Das kleine armenische Café war geöffnet, bediente aber nur gegen harte Währung. Vor ihm parkte ein Cherokee mit laufendem Motor. *The Alamo* verkündete das Neonschild über der Tür. Männer in Ledermänteln lungerten in seinem Lichtkreis herum.

Mit blitzendem Blaulicht schoß der Bobyk wie eine beleuchtete Flipperkugel durch ein Labyrinth. Hinter der Metallabtrennung stöhnte der Betrunkene auf, fluchte und erbrach sich.

Sie erreichten den Platz der Sowjets, knatterten am alten KGB-Gebäude vorbei, am Bürgermeisteramt und am hellerleuchteten *Hotel Sibir.* Der Bobyk bog in eine Straße ein. Die Straße wurde eine Gasse, und die endete an einem Zaun. Das Tor stand offen, gekrönt von einem hübsch beschrifteten Schild: *Rossinka.* Daneben ein Kontrollhäuschen. Das Blaulicht spiegelte sich in der dunklen Scheibe. Das Postenhäuschen war leer.

Überall sonst hätten die Stadtvillen keinen zweiten Blick auf sich gezogen. Zweigeschossige Kästen, hinten eine Garage und vorn eine elegant gewölbte Haustür mit einem Sprossenfenster darüber. Sie standen halbmondförmig um eine kreisrunde Auffahrt. Der gesamte Komplex war von einem drei Meter hohen Eisenzaun umschlossen. Neben einer unfertigen Reihe von Wohneinheiten lagen, vom Schnee überweht, Baumaterialien.

Ein Rechtsstreit zwischen der amerikanischen Baufirma und den russischen Grundstücksbesitzern hatte das Projekt ins Stocken gebracht. Die Amerikaner behaupteten, unterbezahlt zu sein. Die Russen widersprachen. Der Streit wurde den Gerichten übergeben, wo er vermutlich für immer bleiben würde.

Goriz schaltete das Blaulicht aus und hielt vor Nummer acht. Ryschkows Behausung. Hinter den Fenstern im ersten Stock flackerte ein bläuliches Licht. »Scheinwerfer.«

»Ich kann kein Hundegeheul hören.« Goriz' Kollege schaltete den Dachscheinwerfer ein, richtete den Lichtkegel auf die Haustür und sah sich nervös nach dem maulkorblosen Hund um. »Ich hoffe, er hat keinen Hunger.«

»Ryschkows Hunde essen besser als du.«

Reifenspuren durchfurchten den Schnee. Aber nicht etwa von einem klapprigen Moskwitsch oder Lada, mindestens von einem Volvo. Sicherheitsgitter vor den Fenstern. Glühbirnen in den Fassungen. Den Schornsteinen entstiegen Rauchwolken. Goriz entging nichts. Hier funktionierten die Dinge. Hier saß das Geld. Man brauchte keine Nase, um es zu riechen.

»Was für ein Hund soll das sein? Was haben sie gesagt?«

»Ein Schäferhund«, sagte Goriz. »Achtzig Kilo. So lange Zähne.« Er spreizte Daumen und Zeigefinger.

»Das ist ja ein Wolf. Bist du sicher? Achtzig?«

Goriz faßte in seine Jacke und holte die Makarov-Automatik heraus. »Und neun Gramm.« Das Gewicht einer Kugel. »Vergiß deine Taschenlampe nicht und denk dran: Nichts anfassen. Warte ab, was er zu bieten hat.«

Seit mehr als einem Monat war ihnen von der Stadt kein Gehalt mehr ausgezahlt worden, auch wenn der Bürgermeister dafür gesorgt hatte, daß sie in den Geschäften auf Kredit einkaufen konnten. Eine Spende von, sagen wir, zwanzig Dollar entsprach einem Monatsgehalt, war aber unendlich wertvoller. Die Ehre war eine Sache, der Hunger eine andere.

Sie stiegen aus und stapften durch den Schnee zur Haustür von Nummer acht. Im Norden war der Horizont weiß bereift, der warme Atem der Sonne auf der Fensterscheibe des Himmels.

Goriz' Kollege schwenkte die Taschenlampe über den Boden. »Es ist ein Wolf.«

Der Schnee vor der Haustür war eine Mondlandschaft aus Pfotenabdrücken. Prankenabdrücken. Schäferhunde waren Wachhunde und manchmal darauf trainiert, ohne Warnung und ohne Laut anzugreifen. Sie lauschten. Noch immer hörten sie kein Hundegebell, aber etwas anderes: Rockmusik. Dumpfe Baßklänge dröhnten laut genug, um die isolierten Wände zu durchdringen, die Dreifachfenster, die stahlverstärkte Tür.

Im Licht des Scheinwerfers wirkten ihre Schatten riesig, als sie auf die Tür zuliefen. Goriz drückte auf die Klingel. Die Bässe im oberen Stock dröhnten weiter. Er wartete einen Moment, drehte die Makarov und setzte ihren Griff als Klopfer ein. Einmal, zweimal, dreimal – sorgsam abgepaßt in den Lücken der Beatklänge. Dann öffnete er den Mund zu dem in Polizeikreisen weltweit bekannten Spruch.

»Miliz! Öffnen Sie die Tür!«

Es tat sich nichts. Goriz drehte am Knauf. Er bewegte sich. Er schob die Tür langsam auf. Sie traf auf ein Hindernis. Das Scheinwerferlicht des Bobyk fiel in den Spalt.

Eine Pranke.

Die Männer sprangen zurück. Die Pistole richtete sich auf die Tür, ein Finger krümmte sich um den Abzug.

Die Pranke rührte sich nicht.

Die Makarov im Anschlag, trat Goriz wieder vor und versetzte der Tür einen Stoß. Jetzt war die Musik sehr laut. Das blaue Flackern aus dem Obergeschoß füllte den Treppenaufgang. Die Tür traf auf etwas Schweres, Weiches.

Etwas Totes.

»Heilige Mutter Gottes.«

Die Diele war blutverschmiert. Direkt hinter der Tür lag ein schwarzer Schäferhund. Dem Tier war die Kehle durchgeschnitten worden, direkt unter dem Kinn. Das weiße Gewebe um die Wunde zog sich bereits runzlig zusammen. Die spitzen Ohren des Tieres lagen flach an seinem massigen, keilförmigen Schädel.

Die Blutspur führte nach oben.

Zwei Stufen auf einmal nehmend, hetzte Goriz die Treppe hinauf und fand oben einen Lichtschalter.

Das bläuliche Flackern eines riesigen Fernsehers verlor sich im warmen Gelb eines Kristallüsters. Ein Computercursor zuckte zeilengebunden auf einem mit Schwachsinn gefüllten Bildschirm. Disketten lagen verstreut auf dem Boden, verbogen, zertreten.

»Scheiße. Sieh dir das ...«

»Nichts berühren!« befahl Goriz.

Der Raum war ein offener Wohnbereich, dessen Türen zu den privateren Gemächern führten. Die Wände waren weiß, den Boden bedeckte ein stinkfeiner kastanienbrauner Teppich. In der Küche glänzte rostfreier Stahl *made in Japan.* Ein riesiger Kühlschrank nahm einen gewölbten Alkoven ein wie eine übergroße Ikone. Ein Toshiba, das Beste vom Besten.

Goriz umfaßte die 9-mm jetzt mit beiden Händen. »Bürger Ryschkow!« rief er. Er ließ die Mündung der Waffe durch den ganzen Raum wandern, genau wie beim Training. Langsam, gleichmäßig.

Die Musik dröhnte aus dem Fernseher. Auf dem Bildschirm standen Männer in flatternden Gewändern im Scheinwerferlicht, während nahezu unbekleidete Frauen wie schimmernde Schlangen über das Tanzparkett glitten. Den Hintergrund der Bühne bildete eine Renaissancemadonna, die ein gehörntes Teufelskind in den Armen wiegte. Auf einem niedrigen Couchtisch standen drei kleine Gläser, eines voll, die anderen beiden leer. Neben ihnen eine Cognacflasche. Hinter dem Fernsehgerät gab es einen Wandtresor. Er stand offen.

»Einbrecher«, sagte Goriz' Kollege.

»Welcher Dieb würde all das zurücklassen?« Beim Klang seiner eigenen Worte sträubten sich ihm die Nackenhaare. »Stell diesen Krach ab.« Mit der Automatik im Anschlag ging Goriz zu einer geschlossenen Tür.

Auf dem Veloursteppich breitete sich ein großer feuchter Fleck aus. Er bückte sich, fühlte, und als er seine Fingerspitzen betrachtete, waren sie rot. Er wandte seine Aufmerksamkeit einer Reihe von Photos neben der Schlafzimmertür zu. Die meisten waren schwarzweiß, nur eines war farbig. Die alten Aufnahmen zeigten Männer in den steifen Posen der alten Zeit.

Milizionär Goriz trat um die Blutlache herum und drehte am Türknauf. Wie bei der Haustür ließ er sich leicht drehen.

Er lehnte sich gegen die Photos und stieß die Tür auf. Die Musik erstarb. Die Stille legte sich wie schwerer Samt auf seine Gehörgänge. In seinem Kopf hämmerte es, als er eintrat.

Ein Schwall überheizter Luft schlug ihm entgegen, gemischt mit Fäkaliengestank, dem metallischen Geruch von Blut und dem unverkennbaren scharfen Pulvergeruch. Alle Lampen brannten. Er sah sich einen Moment um und wich zurück. »Sascha!«

Milizionäre waren die Schutzengel der Trunkenbolde, Schalldämpfer für heulende Hunde, Sammler von Bestechungsgeldern, Grubenarbeiter, In-die-Scheiße-Greifer. Das hier gehörte nicht zu ihrem Aufgabenbereich. »Sascha!« Er wollte sich umdrehen.

Eine Faust griff in seine Haare, riß seinen Kopf zurück. Seine Halsknochen knackten. Verblüfft öffnete er den Mund. Ein leichter Schmerz, nicht mehr, als würde ein Grashalm quer über seinen Hals gezogen. Reflexe krümmten seinen Finger. Die Makarov krachte. In der gegenüberliegenden Wand erschien ein Loch.

Er stürzte. Goriz stürzte: Sergeant, Engel der Alkoholiker, der mit einem Schwachsinnigen Streife fuhr. Hinunter auf den weichen roten Teppich. Sein Kopf lag bereits flach auf dem Boden, aber noch immer fiel er. Er würgte, dickes, warmes Blut. Erinnerungen, Anblicke, Geräusche und Gerüche. Er fiel, stürzte wie ein Meteor vor dem Hintergrund eines winterlichen Himmels. Am Ende eines langen glühenden Pfades ein weißer Lichtschein, dann rot – verdunstend zu der Farbe, die alle anderen auslöscht.

2.
KAPITEL

Gleich kommt es. Da, jetzt. Halte ihn.

Gregorij Nowek fühlt, wie die Geige eigenständig wird und die letzten Töne des Adagio von Chatschaturjan wie von selbst singt, das unter seinen Fingern hervorströmt und mit den Küchenwänden verschmilzt. In einem Glas erzittert das Wasser, als er den Bogen streicht. Heb den Kopf und sieh dir Ninas Photo an der Wand an. Gib es zu: Es ist nicht nur ein Bild. Es ist ein Schrein.

Der Bogen verharrt. Das Es ist endlos. Er ist sich nicht einmal sicher, ob er den Ton verursacht. Der Klang erzeugt sich selbst. Hallt wider. Füllt seine Ohren. Aber nicht seine Augen.

Das Photo. Nina sitzt inmitten von Sonnenblumen. Tief neigen sie unter der Fülle des Sommers ihre Köpfe. Sie scheinen daran interessiert zu sein, was sie gleich sagen wird. Sie lächelt, eine Hand erhoben, um eine ungebärdige Locke zurückzustreichen. Nina war seine Frau, also sollte er wissen, was sie sagen will. *Moment! Laß mich zunächst eines klarstellen!* Aber da kommt nichts.

Der Ton nähert sich seinem Ende. Es ist 1996 und Nina seit zwei Jahren tot. Nowek schließt die Augen und drückt die Geige an die Wange. Das glatte Holz kitzelt seinen spärlichen Bart. Da. Fertig. Mach Schluß. Sofort.

Ein paar Sekunden hallt das Es in ihm nach, dann verklingt es. Das Adagio aus dem Ballett *Gajaneh* war Ninas Lieblingsstück. Er hat es gut gespielt. Aber nicht perfekt.

Das Streben nach Vollkommenheit sei der sichere Tod der Schönheit, hatte sein Lehrer vor langer Zeit gewarnt. Wahre Schönheit habe stets irgendeinen kleinen Makel. Und damit, pflegte er Nowek gegenüber zu betonen, könne bewiesen werden, daß das Leben in Rußland schöner sei als anderswo.

Sein Vater war anderer Ansicht. Er hatte gesagt, daß man im Unterschied zum Leben von der Violine niemals betrogen wird. Je mehr man ihr gibt, desto mehr bekommt man von ihr geschenkt. Er hatte Nowek auch gesagt, daß es eines ausgezeichneten Gehörs und eines hochentwickelten Sinns für das Absurde bedurfte, wenn man mit dem Streichen von Roßhaar über gespannte Darmsaiten seinen Lebensunterhalt verdienen wollte.

Als Bürgermeister von Markovo brauchte man kaum etwas anderes.

Als er den mit Samt ausgeschlagenen Kasten über seinem Instrument zuschnappen ließ, klingelte das Telefon an der Küchenwand.

Er nahm den Hörer ab. »Hallo?«

»Grischa!« Es war Arkadi Wolski, der Vertreter des Präsidenten unten in Irkutsk. Früher hatte er in einer Kohlenmine gearbeitet. Für einen offiziellen Wachhund Moskaus in der Provinz Irkutsk war eine laute Stimme stets nützlich. Er schrie noch immer so, als riefe er »Grubenbrand!« in einen Schacht hinunter. »Störe ich?«

»Nein.« Er sah auf die Uhr. Fast acht. »Zumindest nicht im Moment. Was gibt es, Arkascha? Mein Fahrer muß jede Minute hier sein.«

»Das ist gut, denn du mußt heute morgen ein bißchen herumfahren. Hast du schon von Andrej Ryschkow gehört?«

»Gehört?«

»Er ist tot. Ermordet. Letzte Nacht. Es herrscht noch einige Verwirrung.«

»Worüber? Daß er tot ist?« Mafia, dachte Nowek.

»Seltsam. Zwei deiner Milizmänner wurden auch getötet.«

Wieder zwei. Er konnte keinen einzigen entbehren. Männer zu finden, die bereit waren, für Rubel zu arbeiten, war schwer. Männer zu finden, die bereit waren, für sie ihr Leben zu riskieren, unmöglich. »Was ist passiert? Und wann?«

»Mir liegt erst ein sehr lückenhafter Bericht vor. Letzte Nacht. Vielleicht schon am Tag davor. Du kannst es selbst in Erfahrung bringen, wenn du dich dahinterklemmst.«

»Ich?«

»Ryschkows Name wird Rufe nach einer gründlichen

Untersuchung laut werden lassen. Sein Vater war einer von Stalins Beratern. Die Leute wissen, wer er ist. Das läßt sich nicht auf die konventionelle Weise erledigen.«

»Meine Männer. Hast du ihre Namen?«

»Nur einen. Goriz. Den anderen kenne ich nicht. Stell dir vor, ein *tschornije* bei der Miliz«, sagte Wolski. »Schwarze« nannte man alle Tschechen.

Nowek kannte Goriz.

»Kratze an einem *tschornije*, und du findest einen Dieb. Was hätte er sonst in Ryschkows Wohnung gesucht? Aber du kannst deine eigenen Schlüsse ziehen. Wir möchten, daß du die Untersuchung leitest. Du weißt, warum.«

»Eigentlich weiß ich das nicht.« Eigentlich wußte er es. Der Leiter der Miliz von Markovo hatte bei einer Mafiaschießerei sein Leben verloren. General Schurat war nie ersetzt worden. »Schick mir einen neuen Kommandeur für meine Miliz«, sagte Nowek. »Dann ist das Problem gelöst.«

»Das ist Gromows Aufgabe. Ich kann dir nur einen guten Grund nennen. Sagen dir die Buchstaben AMR irgendwas?«

»AmerRus.« Das binationale Unternehmen zur Ausbeutung der Tunguska-Ölfelder. »Hatte Ryschkow etwas mit denen zu tun? In welcher Hinsicht?«

»So wie eine Zecke etwas mit Blut zu tun hat. Die Amerikaner sind für unsere Wirtschaft sehr wichtig. Für deine sogar noch wichtiger. Wir können es uns nicht leisten, sie zu verschrecken.«

»Vermutlich steckt die Mafia dahinter.«

»Vielleicht, vielleicht auch nicht. AMR hat Moskau jede Menge Versprechungen gemacht. Und jetzt rede ich von harter Währung.«

»Natürlich.«

»Ich will wissen, ob diese Zusagen noch etwas wert sind. Und dann ist da die Sache mit deinen beiden Männern. Du willst doch die Wahrheit herausbekommen, oder?«

»Da bin ich mir nicht so sicher.«

»Laß diese Spielchen. Oder verlangst du eine Zuwendung?«

»Ich frage nach einem Grund. Ich kenne Ryschkow nicht. Nur seinen Ruf. Er hat in Rossinka gewohnt. Das ist teuer. Du sagst, er hätte für AmerRus gearbeitet?«

»Ausgezeichnet. Also wirst du mich auf dem laufenden halten.«

»Arkascha, da gibt es nichts, worüber ich dich auf dem laufenden halten könnte.«

»Dann kümmere dich darum.« Wolski beendete das Gespräch.

Auch Nowek legte den Hörer auf die Gabel.

Das *Gajaneh*-Adagio war eine gute Wahl gewesen. Tschaikowsky steht für Leben, Mendelssohn Bartholdy für Hoffnung, Sibelius für Wahnsinn und Elgar für Verzweiflung. Aber der rätselhafte, orientalische Chatschaturjan mit seinen blitzenden Säbeln und stampfenden Tempi kam gerade recht, wenn es um Mord ging.

Andrej Ryschkow. Ein Organisator. Lebe vom Dollar, stirb durch den Dollar. Aber das mit seinen beiden Männern war eine ganz andere Sache; oder auch nicht. Nicht wenige seiner Milizionäre hatten Aufträge auf dem privaten Sicherheitssektor übernommen. Aufträge, die sich auszahlten. Vielleicht hatten die beiden das auch getan, ohne vorher die Uniform auszuziehen. Oder es versucht. Eine Auseinandersetzung um eine Bestechungssumme? Denkbar.

Er sah auf seine Armbanduhr. Zehn vor acht. Höchste Zeit.

Nowek warf flüchtig einen mißbilligenden Blick auf die Zigarettenkippe am Rand des zerschrammten Tisches. Seine Tochter war bereits zur Schule gegangen, unter Hinterlassung einer schmutzigen Kaffeetasse und einer halbvollen Schachtel Javas.

Wer war es diesmal? Ein Beamter auf Kontrollbesuch? Ein amerikanischer Baptistenprediger? Ein Petrochemiker mit Cowboyhut? Er mußte schon etwas Wichtiges sein, wenn sie über ihn ihre Zigaretten vergaß. Wann hatte er sie zum letzten Mal ohne Zigarette zwischen den schlanken Fingern gesehen?

Er stopfte sich die Javas in die Hosentasche und griff nach seinem Jackett. Es war von einem eigentümlichen

Grünton, der fast zu seinen Hosen paßte. Er trug ein dunkles Hemd und eine noch dunklere Krawatte. Mit seinem Zweitagebart sah er fast ganovenhaft aus. Aber mafiös auszusehen war heutzutage eine perfekte Tarnkleidung.

Er ging zur Haustür, kam an einer kleinen Nische vorbei und warf seinen Hanteln einen schuldbewußten Blick zu. Total eingestaubt. Er hatte viel Zeit für sportliche Übungen, aber wenig Interesse. Die Resultate waren nicht zu übersehen: der Rettungsring um seine Taille, seine dünnen Arme, die schlaffe Art, mit der sein Anzug an ihm herabhing – wie Segel an einem windstillen Tag.

Die Hanteln stammten aus einer anderen, besseren Zeit. Nowek hatte sie aus Acht-Zentimeter-Rohren geschnitten und an jedem Ende massive Ölbohrköpfe befestigt. Die Bohrköpfe wogen zwanzig Kilo und sahen aus wie ein elektronenmikroskopisches Photo von den Beißwerkzeugen eines Wurms: klaffende Kiefer, tiefer Schlund und vorstehende Reißzähne. Die Zähne waren jedoch reichlich ramponiert. Das Bohren in sibirischem Granit oben in Samotlor war die Hölle auf Raten. Auch für die Männer.

Im Windfang blieb er stehen und blickte durch das kleine, dreifach verglaste Fenster. Draußen hatte sich die Sonne durch den weißen Horizont gebrannt. Schmelzwasser tropfte vom Dachsims, funkelnde Diamanten im Sonnenlicht. Nowek dachte an Vivaldi. Die *Quattro Stagioni.* Frühling. Jahreszeit der Hoffnung?

Vor drei Jahren vielleicht. Damals waren Illusionen realer.

Da hing ein Spiegel. Nowek stellte sich ihm, straffte die gepolsterten Schultern seines Jacketts und richtete sich die Krawatte.

Gregorij Nowek war so russisch wie jeder Sibirier, wurde aber stets »der Pole« genannt. Er hatte ein schmales, intelligentes Gesicht. Sein braunes Haar war auf dem ganzen Schädel kurzgeschoren, nur vorn nicht. Da fiel es ihm über die Stirn wie Wasser über einen Felsen. Seine abstehenden Ohren und tiefblauen Augen gehörten zu einem anderen Gesicht. Ohne Bart wirkte er wie zwanzig. Mit Bart sah er lächerlich aus.

Die Muskeln, die er sich in Samotlor zugelegt hatte, waren verschwunden. Er zog den Krawattenknoten fester. Das dunkle Hemd spannte über seiner Brust. Er nahm nicht ab, verdunstete nicht einmal.

Vor ein paar Jahren hätte er sich nie eine Krawatte umgebunden. Niemand scherte sich darum, wie ein Geologe aussah. In Samotlor trugen Krawatten nur die Unruhestifter, die mit der Morgenmaschine aus Moskau gekommen waren. Aber Nowek war kein Ölgeologe mehr. Er war so vieles nicht mehr. Er war kein junger vielversprechender Soloviolinist aus den sibirischen Weiten mehr. Er war nicht mehr verheiratet; dafür hatte ein Aeroflot-Unglück gesorgt. Wenn mit der Sommersonnenwende sein Geburtstag kam, wäre er nicht mehr siebenunddreißig. Es war ein Abwärtstrend, sicher, aber nicht ohne gewisse Logik.

Er stützte sich auf den Mineralienvitrinentisch neben der Tür und schrieb seiner Putzfrau ein paar Anweisungen auf. In zwei Tagen würde sein Vater seinen fünfundsiebzigsten Geburtstag feiern. Drei Viertel eines Jahrhunderts, ein lachhaft langes Leben, aber Musiker neigten zum Verweilen.

Im Gegensatz zu Organisatoren. Im Gegensatz zu Angehörigen der Miliz von Markovo.

Die alte Wanduhr, die sein Vater von einer Konzerttournee durch das besetzte Österreich mitgebracht hatte, tickte leise.

Konnte Wolski ihm befehlen, die Untersuchung eines Verbrechens zu leiten? Möglicherweise. Möglicherweise nicht. Das hing von der Tageszeit ab, von der Mondphase und davon, wer in Moskau oder Irkutsk den Telefonhörer abnahm. So etwas wie Recht gab es in Rußland nicht. Das Recht war lediglich der Ausgangspunkt für weitere Verhandlungen. Besonders hier.

Irkutsk war eine autonome Provinz und so groß wie ganz Westeuropa. Es war mehr als eine Provinz, aber noch kein Land. Ihr Gouverneur war mehr als ein Gouverneur, aber noch kein Zar. Er hatte einen Aufpasser in Gestalt des Staatsanwalts Nikolaj Gromow. Gromow patrouillierte an den Grenzen des Reservats des Gouverneurs, um dafür zu sorgen, daß ohne die Zustimmung seines Herrn nichts gestohlen, nichts angerührt, nicht einmal etwas bewegt wurde.

Gegen all das war Arkadi Wolski, der Regionschef von *Nosch Dom Russija,* »Unser Haus Rußland«. Die Partei überstand kaum die Wahlen, trennte sich von manchen Dingen, hielt an anderen fest. Die Kommunisten gewannen das Land, aber Wolskis Partei hielt Moskau. Und so hatte Wolski ein wachsames Auge auf alles, was Moskaus Interessen in Irkutsk schaden konnte, auf jede Umleitung von Steuern, auf Lizenzgebühren oder »Fördermittel« ausländischer Investoren, die woanders als Bestechungen bekannt waren.

Wolski und der Gouverneur. Konnte einer ohne den anderen existieren? Zusammen mit der gewählten Duma gaben sie vor, Irkutsk zu regieren. Es war sogar vorstellbar, daß sie irgendwann einmal miteinander redeten. Normalerweise gaben sie einander widersprechende Dekrete heraus und schlugen sich aus ihren Schützengräben Gesetze und Bestimmungen wie Granaten um die Ohren. Es war ein politisches System, das nur die Politik kannte, aber kein System.

Draußen hupte es. Zweimal kurz, ungeduldig. Auf der Straße stand ein weißer Toyota Landcruiser im Leerlauf.

Nowek überprüfte den Thermostat neben der Tür. Eine koreanische Firma hatte Nowek die Elektroheizung zu » Demonstrationszwecken« einbauen lassen. Sie funktionierte gut, zu gut. Voll aufgedreht hüllte sie die Nachbarschaft zuverlässig in ägyptische Finsternis.

Andrej Ryschkow und zwei seiner Milizmänner. Nein. Zu beschwerlich. Dann schon lieber der Ryschkow-Mord, auch wenn der zu einem bedeutenden, juristisch ausgefeilten Fall führen konnte. Aber Nowek wußte, daß damit kaum zu rechnen war. Wen kümmerte es schon, daß in einer kleinen Stadt irgendwo im Nirgendwo die Jagdsaison auf die Polizei eröffnet war? In Sibirien war der Tod schon immer die einzige Ware gewesen, die dem Bedarf entsprach.

Dennoch: Ryschkow, Goriz und sein Kollege. Drei Männer aus total verschiedenen Welten. Ein reicher Geschäftsmann mit besten Beziehungen. Ein Milizionär mit tschechischem Namen und einem Partner, der nicht einmal das hatte. Ein Jemand und zwei Niemands. Irgendwie waren ihre Welten in Verbindung gekommen, miteinander kollidiert. Warum?

Er knöpfte sich sein grünes Jackett zu, öffnete die Tür und atmete die frische Morgenluft ein. Der Frühling war nicht seine Lieblingsjahreszeit. Schlammige Erde wurde zu einer zähen Flut und überzog alles. Vergessene Dinge, die der Schnee begraben hatte, kamen wieder ans Licht. Der langsame Übergang in den Herbst, in Melancholie und Moll-Tonarten, in denen die Töne taumelten wie rote und goldene Blätter – das war Noweks Zeit. Dazwischen gab es nur Mücken, in so dichten Schwärmen, daß es großer Willenskraft bedurfte, ins Freie zu treten.

Der weiße Landcruiser stieß Wolken von Abgasdampf und Zigarettenrauch aus.

Gregorij Nowek. Der Pole. Sein Urgroßvater Wojzek hatte sich 1863 am Warschauer Aufstand gegen die russische Herrschaft beteiligt. Der Zar hatte sich damit revanchiert, daß er den gesamten Bezirk in Viehwagen verfrachten ließ, die nach Osten rollten, bis die Gleise aufhörten. Dort, hinter dem Ural, mit Europa im Rücken und den wilden, endlosen Wäldern vor sich, wurden sie in die Verbannung geschickt und vergessen.

Der unglückselige Nowek fällte Bäume, bis die Kälte ihn umbrachte, doch zuvor zeugte er noch einen Sohn – Sergej. Und Sergej zeugte Tadeusz, Noweks Vater. Tadeusz war ein Konzertsolist alter Schule. Er baute auch herzergreifend wohlklingende Geigen, die immer wieder auseinanderbrachen.

Der Leim war minderwertig, das Holz nicht trocken genug oder zu lang. Irgend etwas war immer. Noweks Vater war nie zufrieden. Besonders mit seinem Sohn nicht.

Der Toyota-Fahrer sah ihn in der Tür stehen und drückte auf die Hupe. Sehr energisch. Eine ungeduldige Rauchwolke trieb aus dem Fahrerfenster.

Nowek duckte sich unter den tropfenden Eiszapfen hindurch.

Der weiße Landcruiser war das Geschenk einer japanischen Handelsdelegation, die darauf hoffte, Autos gegen

Holz tauschen zu können, vor allem gegen die wertvolle koreanische Kiefer, die einen großen Teil des Bodens der Provinz Irkutsk bedeckte. Der Toyota war gerade ein Jahr alt, sah aber aus wie der Überlebende einer großen, im Schlamm ausgetragenen Panzerschlacht.

Erst spät waren Autos nach Markovo gelangt. Die ersten beiden gingen natürlich an Parteibonzen des Distrikts. So funktionierte das System nun einmal. Am nächsten Tag stießen die beiden einzigen Personenkraftwagen im Umkreis von tausend Quadratkilometern frontal zusammen. Auch so funktionierte das System.

Nowek öffnete die Beifahrertür. Eine dichte, giftige Wolke verbrannten Tabaks quoll ihm entgegen. Er atmete zum letzten Mal saubere Luft und stieg ein.

»Wir fahren kurz bei der ...«

»Rossinka?« Tschutschin grinste hinter seiner Obsidiansonnenbrille. »Guten Morgen, Herr Bürgermeister.«

»Woher wußten Sie?«

»Ich mache meine Arbeit. Vergessen Sie es nicht, wenn ich um eine Gehaltserhöhung bitte.«

Mißmutig starrte Nowek auf die Zigarette zwischen den Lippen seines Fahrers. Eine Papirossa. Eine mit dem miesesten Tabak gestopfte Kartonröhre. »Rauchen Sie weiter. Dann werden Sie Ihre Arbeit vom Krankenhausbett aus machen.«

»Ich bin ein ehrlicher Russe«, sagte Tschutschin. »Zu arm, um krank zu sein.«

Tschutschins Gesicht war lederartig und faltig. Beim ersten Lichtstrahl setzte er die Sonnenbrille auf. Das war keine Macke. Seine Zeit im Lager hatte ihn extrem lichtempfindlich gemacht. Wenn er die Brille abnahm, sah man die Andeutung von Schlitzen in den Augenwinkeln. Sein Gesicht war europäisch genug, um erkennen zu lassen, wenn er etwas vorhatte, aber auch asiatisch genug, um nicht zu verraten, was das war.

Tschutschin hatte zwei »Zehn-Rubel-Scheine« – zwanzig Jahre – im Lager überlebt. Er trug eine alte wattierte Jacke, dicke Handschuhe und isolierte Stiefel. Wie die Sonnenbrille war auch das ein Relikt. Wenn einem die Kälte erst einmal in den Knochen steckte, brachte sie auch der zweite warme Frühlingstag nicht heraus. In diesem Jahr wurde er sechzig Jahre alt.

»Ich bin mir nicht sicher, ob sie mich in Rossinka reinlassen«, sagte Tschutschin. »Zu fein für mich. Nur Diebe können da wohnen.« Er musterte Noweks Bartstoppeln. »Haben Sie heute früh den Rasierapparat nicht gefunden?«

»Ich dachte, ein Bart würde mich vertrauenswürdiger aussehen lassen.«

»Er läßt Sie eher wie einen Gangster aussehen.«

»Dann liege ich doch richtig.« Nowek lehnte sich zurück. »Es ist schon spät. Meinen Sie nicht, daß wir losfahren sollten?«

»Nein.« Tschutschin startete den Wagen, nahm noch einen Zug und stieß einen Schwall stinkenden Rauchs aus. »Sie sollten rauchen. Dann würden die Leute Ihnen mehr trauen.«

Nowek hielt die Luft an. »Rauchen ist langsamer Selbstmord. Hier.« Er gab ihm die Javas seiner Tochter. »Dann riecht Ihr Sarg besser.«

»Särge machen mir keine Angst.« Tschutschin ließ eine Java aus der Schachtel gleiten, beleckte sich Daumen und Finger und drückte zischend seine Kippe aus. Er steckte die Schachtel blitzschnell fort – ein im Lager geborener Reflex. »Es ist wissenschaftlich bewiesen, daß jeder an irgendwas stirbt.«

Sie bogen von der Sackgasse in eine geringfügig breitere Straße ein. Die Sonne spiegelte sich in den tauenden Schneehaufen.

Jeder stirbt an irgendwas, dachte der Pole. Die Glücklicheren sterben ihre eigenen Tode. Aber andere, Ryschkow, Goriz, seine Nina, hatten dieses Glück nicht.

»Manchen Leuten scheint es mit dem Sterben gar nicht schnell genug gehen zu können«, meinte Tschutschin schulterzuckend.

Tschutschin war seit den Wahlen Noweks Fahrer, seit nunmehr drei Jahren, und er kannte ihn gut genug, um sich mit dem offenbar Unvermeidlichen abzufinden. »Also gut, ich höre.«

»Wenn ein Mann seine Frau dabei ertappt, daß sie mit einem anderen bumst, bringt er sie beide um.« Tschutschin schaltete in einen anderen Gang. »Wenn Sie herausbekommen, daß jemand über Sie ein denunzierendes *anonjimka* verfaßt hat, schnappen Sie sich das kleine Stück Scheiße und verfüttern es an die Schweine. So was macht Sinn.« Er faßte die Java mit zwei braunfleckigen Fingern und wedelte damit unter Noweks Nase herum. »Aber Selbstmord? Selbstmord macht keinen Sinn.«

»Goriz hat keinen Selbstmord begangen. Und Ryschkow auch nicht, soweit ich weiß.«

»Ich rede von Ihnen.«

Also das war es. »Irgend jemand hat zwei meiner Männer getötet. Drei, wenn man General Schurat dazuzählt. Ich kann nicht so tun, als wäre nichts geschehen.«

»Ihre Männer? Sie bezahlen sie doch nicht einmal. Und Schurat hat geglaubt, es sei seine Aufgabe, Mafiosi festzunehmen. Diese beiden Bauernlümmel mit Scheiße zwischen den Zehen haben geglaubt, Ryschkows Geschäfte gingen auch sie etwas an. Und was hat es ihnen gebracht?«

Den Tod. Aber es gab keinen Grund, das auszusprechen. Eiswasser drang unter der Tür herein. Bald würden Pilze auf dem Bodenbelag sprießen. Er betrachtete sein Gesicht im gesprungenen Rückspiegel und runzelte die Stirn. »Aber jemand muß die Leitung übernehmen, bis man uns einen anderen Milizgeneral schickt.«

»Pah. Jemand. Warum Sie?«

»Um meine Popularität bei den Wählern zu steigern.«

Tschutschin drehte sich um, sah Noweks Miene. »Machen Sie nur weiter Witze. Die Wahrheit ist doch, daß Sie im nächsten Jahr nicht wiedergewählt werden, wenn Sie anfangen, die Toten zu erwecken.«

»Tschutschin.«

Der Landcruiser bog in eine leere Straße ein, Richtung Rossinka.

»Stimmt doch. Es ist eine Sache, arm zu sein, wenn man etwas aufbaut.« Tschutschin schwang die Java wie einen Taktstock. »Aber eine ganz andere, arm zu sein, damit irgendein reicher Dieb noch reicher werden kann.« Wieder zog er an der Zigarette. »Früher war alles Scheiße. Aber jetzt ist es auch noch entwürdigend. Wer ist dafür verantwortlich?«

»Niemand.«

»Doch, Herr Bürgermeister«, sagte Tschutschin. »Sie.«

War er das? Eigentlich nicht. Jedenfalls nicht lange. Im nächsten Jahr würden Wahlen stattfinden. Und dann? Rußland war ein Schattenland geworden. Eine Karikatur, eine Müllhalde, auf der sich Aasfresser und Diebe bedienten. Mit Glanz und Glorie war der Kapitalismus angebrochen. Er war nicht gekommen, um Rußland zu retten, sondern endgültig zu erledigen.

Es gab Anfänge eines freien Marktes, aber keine Gesetze zu seiner Lenkung. Ein gewähltes Parlament, aber es bestand aus den gleichen alten Parteistrategen. Es gab auffallend Reiche und hoffnungslos Arme, und nur Dummköpfe oder Ausländer zahlten Steuern. Einmischungen der Regierung waren die Regel. Geheimhaltung auch. Dekrete wurden unterzeichnet, aber nicht veröffentlicht. Entscheidungen kamen als Gerüchte daher. An jeder Straßenecke konnte man ein schnurloses Telefon kaufen, aber ein Telefonbuch? Unvorstellbar.

In Rußland bedeuteten Eigentumsrechte nichts, aber Kontrolle alles. Und alles, absolut alles, war käuflich.

»Sagen Sie, was Sie wollen.« Tschutschin blies einen Rauchring, der sich mehrmals in sich selbst drehte, bevor er an die Windschutzscheibe stieß. »In nur drei Jahren haben diese Demokraten geschafft, was der Partei in achtzig nicht gelungen ist.«

»Ich weiß. Den Leuten die Liebe zum Kommunismus beizubringen.«

»Sie werden gewählt, oder nicht?« Wieder ein Zug, ein Ring, ein Zerplatzen. »Alles ist anders, aber ›Wer haut wen übers Ohr‹ ist noch immer die einzige Theorie, die zählt.«

»Vielleicht ist es Zeit für ein paar neue Theorien.«

Tschutschins Miene hellte sich auf. »Ich habe sogar schon eine. Ich nenne sie die ›Glatzen-und-Haare-Theorie‹.«

Als er sich zu Nowek umdrehte, sah der sich zweimal in Tschutschins Brille. »Glatzen und Haare?«

»Denken Sie nach, Bürgermeister. Lenin war kahl wie eine Kartoffel. Wer war sein Nachfolger?«

»Stalin.«

»Haarig wie ein Besen. Und danach?«

»Chruschtschow.«

»Wieder eine Kanonenkugel. Breschnew hatte Haare wie ein Affe, und selbst seine Frau mußte zugeben, daß er fast ebenso klug war. Dann Michail Sergejewitsch mit seinem Schönheitspflaster und den großen Ideen. Wo waren seine Haare? Auf dem Kopf des armen, besoffenen Jelzin. Jetzt glaubt ein Kommunist, er könne in Scheiße baden und dennoch gut riechen.«

Er meinte Sjuganow, die Parteidrohne, die versuchte, ein entmutigtes Land mit tröstlichen, gefährlichen Worten zu aktivieren. Worten wie Respekt, Gerechtigkeit, Ordnung. »Sjuganows Haare fangen gerade erst an, sich zu lichten.«

»Warten Sie's ab.«

Nowek blickte auf die leere Straße hinaus. Die Wasserrohre, Heizleitungen und Versorgungskabel tauchten aus dem Schnee auf. Bald würden auch der Müll, das zerbrochene Glas, der Abfall, die Leichen erscheinen. »Schneeglöckchen« war der gängige Begriff für alle Dinge, die im Winter begraben wurden und im Frühling wieder auftauchten. Ryschkow und seine beiden Milizmänner hatten es ein bißchen eilig gehabt. »Was werde ich heute vormittag versäumen?«

»Einen Amerikaner, um halb zehn. Er will Tiger retten. Würden sie die auch retten wollen, wenn sie frei durch New York laufen?«

Umweltschützer durchschwärmten Rußland wie Eintagsfliegen und Missionare. Sie wollten die Taiga schützen, den Baikalsee sauberhalten, den Amur-Tiger und die Schneekraniche retten. Sie brachten jede Menge toller Ausrüstungen mit, aber keiner von ihnen hatte auch nur einen Dollar oder eine Ampulle Impfstoff. »Was noch?«

»Einen Mietstreit. Jemand hat die Wohngutscheine für ein Mietshaus aufgekauft. Jetzt versucht er, die Bewohner zu vertreiben.«

»Ein Ventilator.« Das war die Bezeichnung für einen Unternehmer, der Geld nahm und Luft lieferte.

»Und der Direktor des Bezirksheizwerks möchte in diesem Jahr früher abschalten, um Öl zu sparen.«

»Sie meinen, er will das, was übrigbleibt, auf dem schwarzen Markt verkaufen.«

Tschutschin fand die Bemerkung zu läppisch, um sie einer Antwort zu würdigen. »Entschuldigen Sie, aber diese Morde.« Wieder zog er an seiner glimmenden Zigarette und produzierte eine neue Rauchwolke. »Verfluchte Rossinka. Diebe bringen Diebe um. Ist das überhaupt ein Verbrechen?«

»Man muß schon ein Genie sein, um zu wissen, was gegen das Gesetz verstößt, Tschutschin.«

»Früher bekam man beim kleinsten Schritt vom Weg sofort eins mit dem Hammer über den Kopf. Ein bißchen davon wäre gar nicht so schlecht.«

»Sicher, aber da gibt es ein kleines Problem.«

»Welches?«

»Es bleibt nie bei einem bißchen.«

Sie fuhren auf den Platz der Sowjets. Am alten KGB-Gebäude forderte ein riesiges Transparent: »Mehr Tunguska-Öl für das Vaterland!« Die roten Buchstaben waren zu einem pastellfarbigen Rosa verblichen. Es war die Rede davon, das Gebäude zu einem Museum zu machen, als würden Touristen für eine Zurschaustellung der alten Schrecken zahlen. Im Moment blieb das Haus verschlossen. Ein Museum, dachte Nowek, wegen Umschreibung der Geschichte geschlossen.

Auf dem *Hotel Sibir* ein anderes, frisch gestrichenes Schild. Die ursprüngliche Aufschrift war der neuen Zeit angepaßt worden. »Für Lenin: Leben! Arbeiten! Kämpfen!« hatte früher dort gestanden. Jetzt hieß es: »Trink Coca-Cola!«

»Ein reicher Geschäftsmann ermordet«, murmelte Tschutschin, aber laut genug, daß Nowek es hörte. »Wer anders als die Mafia kann es denn gewesen sein? Was glauben Sie, was die mit Ihnen machen werden? Eine Verdienstmedaille umhängen?«

»Immer mit der Ruhe. Ich bin nur der Bürgermeister. Die Mafia wird nur gefährlich, wenn sie einen ernstnehmen.«

Tschutschin ließ einen leisen Pfiff hören. »Da drüben, vor dem Intourist.« Er nannte das Hotel beharrlich beim alten Namen. »Der Fleischmarkt ist geöffnet.«

Eine Reihe Mädchen stand vor dem Eingang, eine schwankende Palisade dunkelbestrumpfter Beine, dicker Mäntel und hoher Absätze. Ein Wachmann stand zwischen ihnen und der beheizten Hotelhalle. Seine lange Jacke verhüllte mehr als seinen Torso.

Als sich Noweks Auto näherte, kam Bewegung in die Reihe. Eine der jungen Frauen sprang nach vorn. Der Wachmann verstellte ihr den Weg. Sie schlug ihm gegen die Brust. Er wehrte sie ab und schien sich königlich zu amüsieren.

Nowek kam etwas an diesen Beinen, den fuchtelnden Armen, dem dunklen Haar bekannt vor. Irgend etwas. »Anhalten.«

Der Landcruiser schlitterte noch ein paar Meter weiter. Nowek kurbelte das Fenster herunter. »He!«

Der Wachmann blickte hoch. Das Mädchen nutzte die Chance, ihm scharf gegen das Schienbein zu treten.

Bürgermeister oder nicht, das war überhaupt nicht mehr komisch. Er versetzte ihr einen Stoß gegen die Brust. Hart genug, um ihr weh zu tun, hart genug, um ihr zu zeigen, daß er es ernst meinte. Sie rutschte aus und stürzte zu Boden.

Nowek stieß die Tür auf und schrie noch einmal.

Alle Mädchen drehten sich um. Der Wachmann hatte eine kurzläufige Schrotflinte gezogen und richtete sie auf das gestürzte Mädchen.

»Bürgermeister! Nicht!«

Aber Nowek hörte nicht auf Tschutschin. Er rannte auf die Reihe zu, verlor auf dem nassen Schnee fast das Gleichgewicht. Von der Halle aus beobachteten ein paar höchst amüsierte Leute das Spektakel. »Alles in Ordnung! Stecken Sie die Waffe ein! Stecken Sie sie ein!«

Die Schrotflinte bewegte sich ein paar Zentimeter.

Schluchzend und mit gespreizten Beinen saß das Mädchen auf dem Pflaster, ein Zeh durchbohrte den Strumpf. Einen Schuh hatte es in der Hand, der andere steckte im Matsch. Es blickte hoch. Die Wimperntusche war verschmiert.

Er wollte dem Mädchen auf die Beine helfen, aber es griff nicht nach seiner Hand.

»Galina.«

»Laß mich!« Mit dem Rest ihrer Würde zog sich seine Tochter wieder die Schuhe an und stand auf, zitternd vor Angst und Schock. Ihr Mantel schlug auf und enthüllte ein dünnes, schwarzes Kleid. Über dem tiefen Ausschnitt war eine rote Prellung zu sehen.

»Alles in Ordnung?«

Ihre Miene verhärtete sich. »Klar. Sehe ich aus, als wäre es nicht so?« Sie klopfte sich Schnee vom Mantel. »Aber jetzt geh endlich. Du verpatzt mir alles.«

»Ich denke nicht daran zu gehen. Was machst du eigentlich hier?« fragte Nowek. Sie war gerade mal sechzehn. Er entdeckte einen Lippenstiftfleck auf ihrer Wange. Sechzehn! »Du solltest in der Schule sein. Steht heute Berufskunde auf dem Stundenplan? Ein Ausflug ins Bordell?«

»Das sind meine Freundinnen, und wie kommst du dazu, mir so etwas zu unterstellen?« Sie reckte entschlossen das Kinn vor, aber ihre Zähne klapperten. Dunkle Haare wie Zobelfell, Augen so blau wie der Baikalsee, seine Augen, so klar und rein, daß man eine Münze hineinwerfen und noch in hundert Meter Tiefe erkennen konnte. »Sie veranstalten Vorstellungsgespräche, und wir wollen die ersten sein. Du bist doch ein solcher Experte. Verstößt das gegen irgendwelche Gesetze?«

»Gesetze?« Er schwieg einen Moment. »Wer veranstaltet Vorstellungsgespräche?«

»Die verdammten Chinesen«, murmelte Tschutschin. Er stand hinter ihnen und funkelte den Wachmann durch seine dunkle Brille wütend an. Es war verblüffend, wie bedrohlich er aussehen konnte, besonders mit einem kurzen, silberfarbenen Lauf in der Faust. Die alte Nagant-Pistole glich ihr Alter durch ihre Kugelgröße aus. Es schadete nichts, daß

Tschutschin verrückt genug aussah, den Abzug zu ziehen. Zögernd verschwand die Schrotflinte unter der Jacke des Wachmanns.

Galina musterte Tschutschin verächtlich und strich sich eine schwarze Haarsträhne aus der Stirn. »Ich werde Hosteß und mache eine Menge Geld in Hongkong. Aber erst muß ich dieses Bewerbungsgespräch hinter mich bringen.« Sie drehte sich um und sah den Wachmann finster an. »Sag diesem Gorilla, wer du bist. Vielleicht läßt er mich dann hinein.«

»Seit wann ist Hongkong im Gespräch? Was ist mit der Uni im nächsten Jahr?«

»Die Uni kostet. Die Chinesen zahlen.« Sie knöpfte sich den Mantel zu.

»Bes kompleksov«, murmelte Tschutschin. Ohne Einschränkungen. Es war ein Codewort, mit dem in Anzeigen darauf hingewiesen wurde, daß Dienste intimerer Natur gefragt waren. Die alte Nagant-Pistole war verschwunden.

»Na und?« fragte sie schulterzuckend. »Die Arbeit in Hongkong ist allemal besser als das Leben auf dieser Müllkippe. Soll ich mich deiner Meinung nach lieber als Bauchtänzerin in Kairo bewerben? Die Chinesen haben wenigstens richtiges Geld.«

Müllkippe? Markovo? »Ich kann nicht glauben, daß du deswegen hierhergekommen bist. Deine Mutter ...«

»Ist tot. Ich wäre gern mit ihr gegangen, aber ich hatte noch nie Glück.«

Es war, als wäre plötzlich ein sehr helles Licht erloschen. Er stand da und wußte nicht, was er sagen sollte. Er hatte bemerkt, daß sie in den letzten Jahren eine Frau geworden war. Eine Schönheit. Und wofür? Damit sie auf dem Schoß irgendeines Chinesen landete? Damit sie ihm Getränke einflößen konnte, während ... Er packte sie am Mantel und zerrte sie zum Landcruiser. »Du gehst nirgendwohin. Wir werden unter vier Augen ein Wörtchen über diese Angelegenheit reden.«

»Nein, das werden wir nicht.« Sie riß sich los. »Laß mich in Ruhe. Ich bleibe bei meinen Freundinnen. Geh, spiel Politiker und gib vor, etwas Nützliches zu tun. Falls du es nicht weißt: Ich bin kein Politiker. Ich muß mir meinen Lebensunterhalt mit Arbeit verdienen.«

Sie musterten einander zornig.

Gib vor, etwas Nützliches zu tun? »Du kannst nirgends hin, wenn ich nicht die nötigen Papiere unterschreibe.«

»Ach ja?« Sie setzte den unverschämten Blick auf, von dem sie wußte, daß er ihren Vater zutiefst erboste. »Vielen Dank für die Information.«

»In zwei Tagen kommt dein Großvater zum Abendessen. Er hat fünfundsiebzig Jahre darauf gewartet. Und du kannst keine Woche warten?«

»Er ist dein Vater, nicht meiner.« Sie ging zu den wartenden Mädchen zurück und zupfte sich die Strümpfe zurecht, damit man die Laufmaschen nicht so deutlich sah.

»Galina!«

Tschutschin legte ihm die Hand auf die Schulter. »Herr Bürgermeister? Reden Sie später mit ihr darüber. Ohne ihre Freundinnen. Dann wird sie einsichtiger sein. Und jetzt, da jedermann weiß, wer ihr Vater ist, wird man sie nicht engagieren. Glauben Sie mir.«

Nowek kniff kurz die Augen zusammen. Was war das für ein Leben in Rußland nach dem Zusammenbruch? Im dritten Jahr seiner Amtszeit als Bürgermeister? Er erinnerte sich an den Tag, an dem ihm Nina erzählt hatte, daß sie schwanger war. Sie waren noch nicht verheiratet, aber was machte das schon? Sie hatten das meiste von dem, was wichtig war, und mit Galina alles. Er sah sie wieder vor sich. Ihr geschminktes Gesicht, den verschmierten Lippenstift, die strahlenden Augen, die Beine. Sie war schlank, natürlich schlank, ohne das verhungerte Aussehen, das russische Frauen bekommen, wenn sie Diät halten, um schlank zu bleiben. Er sah sie, wie die Geschäftsmänner in Hongkong sie sehen würden.

Er sah auch Markovo, wie sie es sah.

»Lassen Sie uns fahren. Rossinka wartet.« Tschutschin führte Nowek zum Landcruiser zurück und schob ihn hinein.

Das Auto fuhr an. »Wenn sich Galina etwas in den Kopf gesetzt hat, kann sie nichts davon abhalten. Kein Verstand. Keine Logik.«

Tschutschin nickte. »Sie ist impulsiv?«

»Sehr.«

»Entschlossen? Nicht unbedingt immer logisch? Selbst dann, wenn es gefährlich wird?«

»So ist sie.«

»Nun«, sagte Tschutschin. »Denken Sie nach. Wer ist ihr Vater?«

Er dachte an den Morgen. Der Telefonanruf. Die geheimnisvolle Musik von Chatschaturjan. Und jetzt das. »Was haben wir eigentlich erreicht? Fragen Sie sich das auch mitunter?«

»Nie.«

»Ich meine, wir haben die Mistkerle doch davongejagt, oder?«

»Nicht weit genug«, sagte Tschutschin.

Nicht weit genug. Manchmal wollte es Nowek so vorkommen, als befahre er mit einem riesigen Lastkahn, aber einem zu kleinen Steuer, einen schnellfließenden Fluß. Er konnte das Steuer mit aller Macht nach rechts reißen oder nach links – der Kahn machte, was er wollte. Die Felsen ragten bedrohlich auf. Man konnte ihnen nicht entgehen, nicht vermeiden, die gleichen alten Fehler wieder zu machen. Die Geschichte war keine dialektische Wissenschaft vom Menschen plus Politik, von Marxismus plus Begeisterung. Geschichte war Hydraulik.

Tschutschin bog in eine enge Seitenstraße ein, die durch die Schneehaufen zu beiden Seiten noch schmaler wurde.

»Sie wissen vieles«, sagte Nowek. »Was wissen Sie über Ryschkow?«

»Er war ein ›Bisnismän‹.« Aus Tschutschins Mund hörte sich das an wie Kinderschänder. »Ein wahrer Demokrat.« Das Wort hatte zwei Deutungen: Die erste lag auf der Hand, die zweite war »Dieb«. »Wissen Sie, was es kostet, in Rossinka zu leben? Zweitausend im Monat. Keine Rubel. Woher hat ein Mann soviel Geld?«

»Heute ist es nicht mehr ungesetzlich, Geld zu haben.«

»Vielleicht sollte es das aber sein. Sehen Sie sich doch um.« Tschutschin zündete sich eine neue Java aus Galinas Schachtel an. »Die Ausländer halten uns für Afrikaner mit Raketen. Sie geben uns Glasperlen, und wir händigen ihnen unseren Stolz aus. Sie sollten aber eines nicht vergessen: Ein Anruf, und diese Raketen können noch immer losgehen.«

»Die Telefone sind nicht sehr verläßlich. Kalkulieren Sie zwei Anrufe ein«, sagte Nowek. »Was wissen Sie über Ryschkows Geschäfte?«

Aber Tschutschin ließ sich nicht ablenken. »Eine Million reicher Scheißer und hundertfünfzig Millionen in Ketten. Wollen Sie die Wahrheit hören? Es ist schlimmer als unter Stalin. Bei Stalin wußte man wenigstens, woran man war.«

»Absolut. Holt die Partei zurück. In den Lagern hat jeder in Seide gefurzt.«

Tschutschin schnaubte verächtlich. »Verdammter Stalin.« Er haßte die Kommunisten ebenso wie Nowek und hatte sehr viel bessere, persönliche Gründe dafür. Aber der Name Stalin erinnerte ihn an Noweks Frage. »Ryschkows Vater muß inzwischen hundert sein. Er war Stalins persönlicher Berater während des gesamten Krieges. Er lebt in Amerika. Sein Sohn ist nun reich.«

»Jetzt nicht mehr. Was ist mit seinen Geschäften?«

»Informelle Bankgeschäfte. Importe. Öl. Er war ein Organisator für AMR.«

Das hatte Nowek nach Wolskis Worten bereits vermutet. Und so schockierend war es nicht. In Markovo war es eine Möglichkeit, an Dollar zu kommen, und Ryschkow hatte wahrscheinlich seit Jahren keinen Rubel mehr angefaßt.

AmerRus, dachte Nowek. Die amerikanische Gesellschaft, die vor ein paar Jahren einen Brückenkopf in Tunguska errichtet hatte, indem sie die richtigen Leute in den richtigen Ministerien schmierte, und sich – bislang erfolglos – bemühte, die Ölfelder wieder zur vollen Produktion hochzutreiben.

Mit sibirischem Leichtöl hoffte AmerRus, das große Geschäft zu machen. Chevron und BP hatten mit dem Tengis-

Feld in Kasachstan das letzte Hemd verloren. Das Öl war da, ganze Ozeane davon, aber es gab keine Pipelines, um es auf den Markt zu bringen. In Tunguska lagen die Dinge anders. Eine mit japanischem Geld und aus japanischem Stahl gebaute Pipeline wartete nur darauf, Rohöl in die Raffinerien in Irkutsk sprudeln zu lassen. Von dort aus verliefen transkontinentale Eisenbahnverbindungen zum Pazifik.

In China explodierte der Markt für Öl förmlich. Eine Milliarde Motorräder. Wöchentlich wurde ein neues Kraftwerk eröffnet. Da war Geld zu machen. Viel Geld. Tunguska war ein Elefantenfeld. Auf dem Papier sahen die Aussichten für AmerRus glänzend aus. Doch soweit Nowek wußte, hatte der Elefant bisher jeden Dollar geschluckt, den AmerRus in ihn hineingesteckt hatte, aber nur wenig zurückgegeben. Die Pipeline durch Markovo blieb die meiste Zeit trocken.

Waren die Ölfelder von Tunguska in einem so schlechten Zustand zurückgelassen worden, fragte sich Nowek. Ja. Vermutlich.

Die Sowjets zahlten ihre Arbeiter für das Bohren von Löchern, nicht für die Produktion von Öl. Je mehr Löcher, desto mehr Rubel. Diese Nadelkissenbohrungen führten in Tunguska jedoch durch die Veränderungen des Gesteinsdrucks sehr schnell dazu, daß der größte Teil der Vorräte ohne moderne und damit kostspielige Technologie nicht mehr zu fördern war.

Und nun sollte amerikanisches Geld neues Leben auf die ruinierten Felder bringen. AmerRus wollte Dampf sowie Chemikalien in die Bohrlöcher einbringen und die Förderbereiche hydraulisch zerklüften, um das Rohöl wieder zum Sprudeln zu bringen.

Die Absprachen hörten sich großzügig an: Sie garantierten den russischen Partnern die gleiche Anzahl von Barrels, die in den letzten Jahren unter sowjetischer Federführung gefördert worden waren. AmerRus wollte sich mit dem zufriedengeben, was darüber hinaus produziert wurde. Soweit das Märchenland der Absprachen, Übereinkünfte und juristischen Bestimmungen. Die Wirklichkeit von Korruption, Bestechung und Diebstahl sah anders aus.

Und jetzt auch noch das. Andrej Ryschkow hatte irgendeine Rolle bei diesem Unternehmen gespielt. Aber welche? Nowek lehnte sich nachdenklich zurück. Kein Wunder, daß Wolski angerufen hatte. Eine AmerRus-Verbindung. Eine politische Komplikation, als wäre ein Mord in Rossinka nicht schon politisch verfänglich genug.

Ein Krankenwagen tauchte vor ihnen auf, raste in die entgegengesetzte Richtung und hätte sie um ein Haar gestreift.

Tschutschin bog ab, kam zu einem Eisenzaun. Neben dem Tor trat ein Wachtposten aus seinem Glashäuschen. »Zu wem wollen Sie?«

Tschutschin zog sich hoch und spuckte dem Posten eine satte Ladung Speichel direkt vor die feinen Stiefel. »Verzeihen Sie, aber übernehmen Sie sich nicht ein bißchen? Neben mir sitzt Bürgermeister Nowek. Machen Sie das Tor auf.« Der Mann trat zurück und drückte auf seinen Knopf. Sie fuhren hinein.

»Ich frage mich, wie der Mörder gestern an ihm vorbeigekommen ist«, bemerkte Nowek.

»Wie? Mit seiner Limousine.«

Limousinen waren nicht in Sicht, aber jede Menge anderer Fahrzeuge: gelbe Milizautos und ein Privatwagen, ein weißer Volvo. Ein Stück abseits stand der Polizei-Bobyk mit offenen Türen. Tschutschin rutschte gegen einen Schneehaufen und parkte.

Uniformierte liefen durch den Sonnenschein, standen in Gruppen herum, rauchten und plauderten. Ein kleiner stämmiger Mann stand im Zentrum einer der Gruppen. Er trug einen knielangen braunen Ledermantel, weder Mütze noch Hut. Sein Gesicht war hinter einer dunklen Pilotenbrille verborgen, in deren Gläser sich die Sonne spiegelte.

»Mist«, sagte Tschutschin. »Sehen Sie, wer dort ist? Der Fischer.«

Der Fischer. Oleg Kasnin, früher KGB-Major, jetzt privater Sicherheitsberater. Als Resident der Staatssicherheit in Markovo hatte er die aufkeimende Gewerkschaft der Ölarbeiter erfolgreich unterwandert. Zu seinem Spitznamen war Kasnin in einem Frühling gekommen, als die Hochwasser führende Lena ihr Bett verließ und sich auf ein sumpfiges Wiesengelände ergoß. Das Wasser hatte ein längst vergessenes Massengrab unterspült, das monatelang Leichen freigab.

Der Frost hatte die im sauren Boden mumifizierten Toten perfekt konserviert. Mit ihren jungen und erschreckend gut erkennbaren Gesichtern trieben sie die Lena hinunter. Mütter sahen tote Söhne, Männer frühere Ehefrauen. Alle in jungen Jahren tiefgefroren und alle mit den gleichen zwei Kennzeichen: ein kleines Loch im Hinterkopf und ein großer, klaffender Krater vorn. Kasnin hatte dafür gesorgt, daß die zudringlichen Leichen mit Netzen herausgefischt und der Vergessenheit zurückgegeben wurden.

»Ich sollte besser herausfinden, was er vorhat«, sagte Nowek.

»Es ist noch nicht zu spät«, sagte Tschutschin. »Melden Sie sich krank. Spielen Sie ein bißchen auf Ihrer Geige. Morgen ist es Gromows Sorge.«

Aber Oberstaatsanwalt Gromow in Irkutsk würde wahrscheinlich nichts mit einem Mord in Markovo zu tun haben wollen, vor allem nicht mit einem, der ihn daran erinnerte, daß er der städtischen Miliz noch immer keinen neuen Leiter geschickt hatte.

»Nein. Zunächst möchte ich wissen, was Kasnin plant.«

»Der Herr weiß immer alles am besten«, sagte Tschutschin. Er deutete mit der qualmenden Zigarette auf den Ex-KGB-Mann. »Kasnin ist eine Schlange. Soll ich mitkommen?«

»Keine Sorge«, sagte Nowek und straffte sich. Er war der Bürgermeister von Markovo. Verantwortlich für Recht und Gesetz, auch wenn es weder Recht noch Gesetz gab, nur das Prinzip, daß der Höchstbietende den Zuschlag erhielt. »Ich werde schon mit ihm fertig.«

Tschutschin beleckte sich die Finger, drückte die glimmende Java aus und steckte den Rest für später in die Jackentasche. »Nun«, sagte er, »vielleicht kann man sich das durchaus einreden.«

3. KAPITEL

Der Fischer sprach laut genug, daß seine Stimme von den Wänden der eleganten Stadtvillen widerhallte. An seinem Revers prangte das knallrote Abzeichen der wiederbelebten Kommunistischen Partei Rußlands. Es erinnerte Nowek an einen alten Zoologieprofessor, der gesagt hatte, daß in der Natur klein, bunt und laut für gewöhnlich Gefahr bedeutete.

»... früher verdient? Dreihundert Rubel im Monat, und damit konnte man nicht nur leben, sondern auch noch vierzig auf die hohe Kante legen. Jetzt kann man vierhunderttausend verdienen und doch so arm sein wie ein Afrikaner in seiner Lehmhütte. Aber das wird sich ändern. Mein Wort darauf.«

Die Milizionäre hingen an seinen Lippen.

»Es wird zu einem Krieg kommen, Genossen. Ein gerechter Krieg gegen all das Unrecht, und in einem solchen Krieg kann es keine Neutralität geben. Sie behaupten, die Kommunisten wollen das zerstören, was diese Demokraten aufgebaut haben? Was haben die denn aufgebaut? Sie haben doch nur zerstört!« Kasnins Blicke flogen zu Nowek. »Nun, es muß sich schon um etwas wirklich Wichtiges handeln, wenn ein Politiker sein warmes Bett verläßt.« Die Milizionäre drehten sich um. Ihre roten Schulterklappen blitzten wie die Schnäbel eines auffliegenden Vogelschwarms. »Ich habe nicht erwartet, Sie hier zu sehen, Bürgermeister.«

»Das Leben ist voller Überraschungen.«

Kasnin lachte kurz und bellend. Seine Schädeldecke blinkte durch schüttere braune Haare. Er war Mitte Vierzig, eine massige Kugel mit Stiernacken und kräftigen Händen. Fischerhänden.

»Wie ich sehe, befassen Sie sich noch immer mit der Politik.«

»Das hier?« Stolz befingerte er sein Parteiabzeichen. »Ein

Hinweis darauf, daß in der Vergangenheit nicht alles schlecht war. Unsere Geschichte ist nichts, dessen man sich schämen müßte. Welche andere Geschichte haben wir denn?«

»Das ist schwer zu sagen. Russische Geschichte kann unberechenbar sein.«

»Für Sie vielleicht, Bürgermeister. Aber die meisten Menschen sind es leid, amerikanische Filme zu sehen und sich mit einem Minderwertigkeitskomplex herumzuschlagen. Wir wollen respektiert werden.«

»Gefürchtet, meinen Sie wohl. Aber was machen Sie hier eigentlich? Ist es für Ansprachen nicht noch ein bißchen früh?«

»Ich bin nicht aus politischen Gründen hier. Das überlasse ich Ihnen.« Er zwinkerte den Milizionären zu. »Ich bin wegen meiner umfassenden Erfahrungen auf dem Gebiet der Verbrechensaufklärung hier. Immerhin sind drei Männer ermordet worden.« Kasnin blies sich auf. »Noch nie zuvor hat das Verbrechen dieses Tor durchquert.«

Ah, Rossinka, dachte Nowek. Zweitausend monatlich, in Dollar. Das Verbrechen muß sich nicht heimlich Zugang verschaffen, da es sich hier längst häuslich niedergelassen hat. »Ihre persönlichen Erfahrungen in Sachen Kriminalität sind mir bekannt, Major.«

Wieder lachte Kasnin bellend. »Sehr witzig. Vielleicht vergeht Ihnen Ihr Humor, wenn Sie sich da drinnen umsehen.« Er schüttelte bekümmert den Kopf. »Aber da Sie mir eine Frage gestellt haben, darf ich vielleicht auch etwas fragen. Was treibt Sie hierher?«

»Zwei meiner Männer sind tot. Und bis Ihr Freund, der Staatsanwalt, uns einen neuen General geschickt hat, bin ich für die Miliz verantwortlich. Man hat mich gebeten, die Untersuchungen zu leiten.«

»Wer hat Sie gebeten?«

»Irkutsk«, antwortete Nowek bewußt vage. Sollte Kasnin doch seine Vermutungen anstellen. Vielleicht würde ihm dies den Wind aus den Segeln nehmen.

Es klappte nicht.

»Sie meinen diesen Moskauer Politiker Wolski«, sagte Kasnin so laut, daß es keinem der Milizmänner entging. »Ist denn in Moskau nicht genug zu stehlen? Warum müssen sie sich auch noch in unsere Angelegenheiten einmischen? Leiden wir denn nicht schon genug?«

»Sie sehen nicht so aus, als müßten Sie leiden.« Nowek trat einen Schritt näher. »Und Arkadi Wolski war Bergmann in Magadan, kein Moskauer Politiker. Aber das werden Sie als KGB-Mann doch sicher wissen.«

»Ich gehöre nicht mehr zum KGB.« Kasnin wechselte das Thema. »Aber wie auch immer. Wir alle müssen Irkutsk gehorchen. Im Moment können Sie von meiner Arbeit nur profitieren.« Kasnin packte einen Milizmann sanft beim Arm und zog ihn zu sich heran. »Befragen Sie die Nachbarn. Bringen Sie in Erfahrung, was sie wann gesehen haben. Welche Autos gekommen und fortgefahren sind. Und machen Sie denjenigen ausfindig, der sich über den Hund beschwert hat. Stecken Sie jeden, der die Antwort verweigert, in den Alkoholikerkäfig, und lassen Sie ihn eine Stunde schmoren.« Er griff in die Tasche und holte einen Zwanzig-Dollar-Schein heraus. »Den kriegt derjenige, der das meiste herausbekommt.«

Zwanzig Dollar. Mehr als hunderttausend Rubel. Ein Viertel ihres Monatsgehalts – das heißt, wenn Nowek ihnen ihren Lohn überhaupt auszahlen konnte. Die Milizmänner setzten sich in Bewegung. »Das war sehr wirkungsvoll.«

»Moderne Methoden haben viele Vorzüge.«

»Was ist modern an Bestechung?«

Kasnin schien darauf antworten zu wollen, sagte dann aber nur: »Kommen Sie.«

Nowek folgte ihm zu Nummer acht. »Seit wann sind Sie hier?«

»Ich kam sofort. Wenn es um Mord geht, darf keine Zeit vergeudet werden. Wir nennen es ›die goldene Stunde‹. Alle Hinweise sind noch frisch. Und ganz gleich, für wie schlau sich die Kriminellen auch halten – für ein erfahrenes Auge gibt es immer etwas zu sehen.«

»Und was sagt Ihnen Ihr erfahrenes Auge?«

Kasnin blieb weder stehen, noch drehte er sich um. »Angara drei, der Streifenwagen, erhielt um halb fünf Uhr den Auftrag, auf die Beschwerde eines Nachbarn zu reagieren. Ryschkows Hund bellte und heulte offenbar wie wild. Unglücklicherweise kamen sie hier an, bevor die Mörder mit ihrer Arbeit fertig waren. Einer der Männer schoß, traf aber nicht. Als sie sich nicht wieder bei der Einsatzzentrale meldeten, wurde ein weiterer Streifenwagen losgeschickt. Offen gesagt ...« Kasnin senkte die Stimme, »vermutlich nahm man an, die beiden würden sich hier gütlich tun, und wollte sich das nicht entgehen lassen.«

»Vermutlich.«

»Der zweite Streifenwagen traf um fünf Uhr fünfzehn hier ein und fand beide Milizionäre, den Hund und Ryschkow. Alle tot. Eine große Sauerei.«

Eine echte Chance im Hinblick auf das, was ein Mann wie Ryschkow in seiner Wohnung haben mußte. »War Ryschkow beim Eintreffen des ersten Streifenwagens bereits tot?«

»Das untersucht Grossmann noch.«

Grossmann. Der Leiter des Krankenhauses von Markovo neigte zu Aufmüpfigkeit und selbständigem Denken. Das erklärte, warum er in Markovo war.

Ihre Füße knirschten im matschigen Schnee. Nowek sah, daß der tote Hund aus dem Haus gezerrt worden war und neben der Tür lag. Eine eigentümliche kalte Feuchtigkeit hing in der Luft. Sie durchdrang Noweks leichte Jacke und legte sich wie ein Husten auf seine Rippen. Ah, Frühling.

Unvermittelt blieb Kasnin stehen und griff nach Noweks Ellbogen. Er zog ihn an sich wie den Milizionär: sanft, nicht aggressiv, aber doch völlig unbekümmert, daß Nowek diese Geste unangenehm finden könnte. Etwas im Atem des Majors roch aseptisch nach Pfefferminz.

»Überlegen Sie doch mal«, sagte Kasnin. »Ryschkow ist kein x-beliebiger Mann. Ich brauche Ihnen nicht zu sagen, daß er ein Symbol war, und vergessen Sie den Vater nicht, die Familie. Ihr Name gilt in Moskau noch immer etwas. Unter uns gesagt: Die Untersuchung eines Mordfalls ist nichts für Amateure. Wenn Sie mich fragen, sollten Sie die Sache einem Profi übergeben. Jemandem mit Erfahrung.«

»Jemandem wie Ihnen?«

»Unbedingt.« Seine Finger prüften die Stoffqualität von Noweks Jackett.

Nowek entzog sich ihm. »Es gibt keinen Etat für Berater.«

»Ich bin nicht auf Bezahlung aus. Ich würde es als Dienst an meiner Stadt betrachten. Was halten Sie davon?«

»Sehr großzügig«, sagte er. »Lassen Sie uns weitermachen.«

Selbst jetzt sah man noch, daß der Hund ein prachtvolles Tier gewesen war. Das Fell so dunkel und glänzend wie Zobel. Kräftige Muskeln, geschmeidige Glieder. Offensichtlich gut ernährt. Das erinnerte ihn daran, was ihm ein Universitätsprofesssor nach der Rückkehr von seiner Amerikareise erzählt hatte. Da drüben hatten sie nicht nur eine Sorte Hundefutter, sondern Dutzende. Ganze Regale davon. Natürlich war er wegen Verbreitung antisowjetischer Propaganda verhaftet worden.

Der Vorfall und die Vorstellung von endlosen Reihen glänzender Konservendosen hatte sich als eine Art abschließendes Urteil über beide Länder in Noweks Gedächtnis verankert: das eine für monumentale Verschwendung, das andere für monumentale Dummheit.

»Der Schäferhund wurde mit einem Messer getötet«, dozierte Kasnin gelangweilt. »Sogar die Halsknochen wurden verletzt. Die Klinge muß sehr scharf gewesen sein. Wie die eines Häutungsmessers.«

Man brauchte kein geschulter Kriminalist zu sein, um zu erkennen, daß das nicht viel weiterhalf. Da in der Taiga außerhalb der Stadt Zobel lebten und jedes Fell einhundert Dollar einbrachte, verfügte jede Familie in Markovo über ein Mitglied, das mit Fallen und Häutungsmessern umgehen konnte. »Was ist mit meinen Männern?«

»Gleichfalls die Kehle durchgeschnitten. Einem schlimmer als dem anderen. Sie befinden sich bereits in der Pathologie. Aber Ryschkows Anblick ist schlimm genug, glauben

Sie mir. Danach werden Sie sich die anderen nicht mehr ansehen wollen.«

»Was ist mit Ryschkow?«

»Auch übel aufgeschnitten. Aber glücklicherweise wurde er auch erschossen.«

»Wie kommen Sie auf glücklicherweise?«

»Ein Messer ist anonym«, sagte Kasnin mit der Stimme eines Lehrers vor einer Klasse begriffsstutziger Schüler. »Eine Waffe hinterläßt Hinweise. Sie werden noch sehen, was ich damit meine.«

Nowek blickte auf das tote Tier: angelegte Ohren, gebrochene Augen, durchgeschnittene Kehle, blutverkrustetes Fell. Was war das in seiner Schnauze? Apfelsinenschalen? Er wollte es sich etwas näher ansehen, aber Kasnin ließ ihm keine Zeit.

»Bürgermeister?«

Der Boden der Diele war schlüpfrig von hineingetragenem Schneematsch. Eine Armee von Füßen war die Treppenstufen hinaufgestürmt. Ein Geologe achtet zuerst auf die Farbe, dann auf die Textur und schließlich auf die Mineralogie. Ganz automatisch verwandelten sich die ockerfarbenen, braunen und grauen Körnchen in dem, was weniger erfahrene, aber praktischer eingestellte Gemüter als Schmutz bezeichnet hätten, vor Noweks Augen in äolischen Ton, verhärteten Aldan-Schlamm sowie Katanga- und Nepa-Granit. Das Blut war jedoch eine andere Sache.

Es war überall. Auf dem Teppichbelag, an den Wänden, an einer Stelle sogar an der Decke. Als wären Menschen Ballons, die beim geringsten Nadelstich zerplatzen. Nowek wandte den Blick ab. Beim Verlassen des Hauses mußte der Mörder wie ein Schlächter ausgesehen haben. Am hinteren Ende der Diele führte eine offenstehende Tür in eine leere Garage. Ryschkow hatte doch sicher ein Auto besessen. Wo war es?

Kasnin schien seine Gedanken zu lesen. »Ein neuer Japaner wurde zur kriminaltechnischen Untersuchung gebracht. Ein Nachbar hat bereits Anspruch darauf angemeldet, da ihm Ryschkow Geld schulde. Um die Sache zu klären, wird er schon etwas Schriftliches vorweisen müssen.«

»Viel Glück.« Aber die Miliz hat den Wagen nicht zum Zweck der Untersuchung, dachte Nowek. Sie hat ihn an sich genommen, um ihn zu verkaufen. Ryschkows Auto mußte eine hübsche Summe wert sein.

»Ryschkows Vater ist prominent, wie Sie wissen«, sagte Kasnin. »Während des Krieges war er Stalins Berater. Jetzt ist er in Amerika und schreibt Bücher. Ryschkows Frau ist auch dort. Sie heißt Wika, ist ebenso hübsch wie klug. Andrej schickte ihnen Geld zum Leben. Der Vater behält sie für den Sohn im Auge. Der Bruder arbeitet im Moskauer Außenministerium. Ich überlasse es Ihnen, sie über das Vorgefallene in Kenntnis zu setzen. Sie sagten doch, daß Wolski Ihnen die Untersuchung übertragen hat.«

»Das sagte ich nicht. Woher wissen Sie so gut über die Familie Bescheid?«

»Wenn man ein Leben beim Geheimdienst verbringt, wird das Bescheidwissen zur Gewohnheit.«

Kasnin hatte viel Zeit damit verbracht, Leichen aus der Lena zu fischen. Die Vergangenheit zu begraben war ebenfalls eine Gewohnheit. »Wie ich hörte, hat Ryschkow für AmerRus gearbeitet. Was genau hat er getan?«

»Andrejs Aufgabenbereich war breit gefächert.« Kasnin blieb oben an der Treppe stehen und blickte auf Nowek herunter. Noch immer trug er die dunkle Brille. »Vergessen Sie nicht – Sie wollten es sehen.«

Nowek lief die letzten Stufen hinauf.

Mit Ausnahme eines niedrigen Tisches mit drei Gläsern, ein paar Photos an den Wänden und eines offenstehenden Wandtresors war der Raum leer. Der Computer war ebenso fort wie die Disketten. In der Küche stand ein Kühlschrank, seine Tür hing in den Angeln wie die des Tresors. Zwei dunkle Flecken verunzierten den Teppich. An einer Wand sah Nowek ein kleines, schwarzumrandetes Loch.

»Nun?« fragte Kasnin. »Was meinen Sie?«

»Ich meine, daß der Mörder mit einem Lastwagen gekommen sein muß.«

»Zugegeben, auf den ersten Blick sieht es wie ein Einbruch aus. Ihre beiden Männer kommen hier herein. Sie rechnen mit einem kläffenden Hund und einer kleinen Bestechung, geraten jedoch in eine Falle. Goriz schießt, aber was trifft er?« Kasnin nickte zu dem Loch in der Wand hinüber. »Doch war es tatsächlich ein simpler Einbruch? Das bezweifle ich. Der Mord ...«, er schüttelte verblüfft den Kopf, »der Mord war ungemein wild und brutal, aber gewisse methodische Elemente sind nicht zu übersehen.«

Brutal und methodisch. Eine bessere Beschreibung für Kasnins ehemaligen Arbeitgeber konnte sich Nowek kaum vorstellen. Damals war auch methodischer Mord ein Staatsmonopol. Man brauchte nicht allzuviel Phantasie, um Kasnins Bewunderung zu spüren. »Denken Sie an die Mafia?«

Kasnin nahm seine Pilotenbrille ab. Seine Augen waren klein und rötlich unterlaufen. »Ryschkow war eine einleuchtende Zielscheibe. Aber warum die Mafia? Und weshalb? Die würde ihm angst machen, ihn verletzen, vielleicht sein Auto in die Luft jagen. Unter Umständen auch den Hund töten. Ihn umzubringen ergibt doch keinen Sinn. Und die anderen beiden? Nehmen Sie es mir nicht übel, aber es ist billiger, die Miliz zu kaufen, als eine Kugel zu verschwenden.« Kasnin blieb auf der Schwelle zum Schlafzimmer stehen. »Mein Angebot steht. Mitten im See lernt man nicht gut schwimmen. Was macht Ihr Vater?«

»Er lebt.« Nowek hatte einen beißenden Geschmack im Mund. Die Räume waren sehr warm, und aus dem Schlafzimmer kam der metallische Geruch von Blut. Er erinnerte sich, in einem Wohnheim in Samotlor den gleichen Geruch wahrgenommen zu haben. Dort hatte eine Brigade aus der Burjatischen Republik gelebt. In der weißgefliesten Gemeinschaftsküche war ein geschlachtetes Rentier aufgehängt worden, und sein Blut rann über den Boden in einen Abfluß.

Sein Magen zog sich zusammen. Er blieb stehen und tat so, als würde er die Photos an den Wänden betrachten. Da war Stalin. Seine tiefliegenden Augen wirkten wie zwei Pistolenkugeln. Männer in Uniform standen neben ihm. Ein Gesicht wirkte wie ausradiert. »Was ist mit dem hier geschehen?«

»Schwer zu sagen. Vielleicht haben ihn zu viele Menschen angesehen, und das Gesicht hat sich abgenutzt.«

Abgenutzt? Kasnin schien es ernst gemeint zu haben. Erstaunlich. Schnell überflog er die anderen Bilder und wollte sich fast schon wieder abwenden, als irgend etwas seinen Blick fesselte. Es gab nur eine Farbaufnahme: Ein Familienphoto, hier in Rossinka aufgenommen, das Licht war schummrig. Fast dunkel. Vor den Stadtvillen im Hintergrund standen der Vater, beide Söhne und zwischen ihnen eine Frau – Wika.

»Bürgermeister?«

Aber es war nicht Wika. Es war Nina. Oder eine Frau, die ihr sehr ähnlich sah. Nicht die Nina, die er nach Galinas Geburt und langen harten Jahren gekannt hatte. Sondern die Nina, der er an der Universität von Irkutsk begegnet war. Hinreißend, klug und schön. Die gleichen langen Haare, glänzend und hinter die Ohren gestrichen. Sogar die gleiche ungebärdige Strähne, die ihr über die Stirn und das linke Auge fiel. Ein beeindruckendes Gesicht, hohe Wangenknochen und ein schmales Kinn.

Wie Ninas Gesicht wirkten auch die Züge dieser jungen Frau unverkennbar intelligent. Aber die Augen waren undeutlich, durch das Blitzlicht gelblich verfärbt. Heiße Augen. Katzenaugen.

Nowek riß sich zusammen. Das war Ryschkows Frau, nicht seine. Wika war nicht aus verkohltem Aluminium und Kunststoff geborgen, in ein Gemeinschaftsgrab geworfen und hastig mit Erde bedeckt worden. Die schöne Wika befand sich in Amerika. Jetzt war sie eine schöne Witwe. Kein Wunder, daß der Vater sie für den Sohn im Auge behielt.

»Bürgermeister?«

Nowek atmete tief durch und betrat das Schlafzimmer. Dr. Grossmann beugte sich über das blutverschmierte Bett. Er war ein hagerer, dunkelhaariger Mann in fleckigem Arztkittel. Er hielt eine lange Spritze hoch und pochte mit dem Fingerknöchel dagegen. Dann stieß er sie schnell in den Unterleib der Leiche, immer tiefer, bis der Glaszylinder auf die Haut traf. Er sah prüfend auf seine Armbanduhr. Schließlich zog Grossmann die Nadel wieder heraus, betrachtete die Röhre, legte sie zur Seite und griff zu Stift und Klemmbrett.

Als er schreiben wollte, zitterten seine Hände. Seine Schuhe steckten in papiernen Wegwerfgaloschen. Wie alles andere im Raum waren auch sie blutverschmiert.

»Doktor Grossmann.«

Er blickte auf. »Oh.«

Noweks Blicke wanderten zum Bett zurück. Eine Mischung aus Genen, Ernährung und langen dunklen Wintern gab russischer Haut leicht das Aussehen von Fischbäuchen. Aber nicht Ryschkows.

Sein Teint war frisch, sein Oberkörper gebräunt, sogar ein wenig sonnenverbrannt. In der Nähe des dunklen Schnitts an seinem Hals nahm der rötliche Hautton zu. Sein Kopf war zurückgelehnt, der Mund geöffnet, als wollte er sich über Dr. Grossmanns Nadelstich beschweren. Ein Auge war offen, das andere geschlossen. Ein Zwinkern aus der Hölle. Es roch eindeutig nach Fäkalien.

»Vielen Dank, daß Sie so schnell gekommen sind.«

»Kasnin hat angerufen.«

Grossmann war Chirurg in Irkutsk gewesen. Jetzt leitete er die Poliklinik von Markovo und fungierte als Gerichtsmediziner des Bezirks. Er verfügte über ausgezeichnete Beziehungen. In Rußland sind degradierte Juden beliebter als erfolgreiche.

»Mit den anderen beiden bin ich schon fertig. Sie waren einfacher. Dem einen wurde der Hals bis auf den Knochen durchtrennt. Buchstäblich abgeschlachtet. Dem anderen wurde nur die Kehle durchgeschnitten. Aber Ryschkow? Das ist ein bißchen komplizierter.«

Nowek stützte sich an einer Kommode ab. Der Raum schien ein wirbelndes Kaleidoskop aus unterschiedlichen Rottönen zu sein. Überall nur Blut. Er sah an sich hinunter. Es war sogar schon auf seinen Schuhen.

»Bei der Pathologie sind die Einzelheiten entscheidend, Bürgermeister. Kommen Sie. Von da hinten können Sie nichts erkennen.«

Nowek näherte sich dem Bett und atmete flach durch den Mund, als wäre Mord etwas, das man sich einfangen konnte wie eine Erkältung, ein Virus. Der Teppich sah aus wie in Fleischsaft eingeweichtes Brot. Deutlich waren darauf Stiefelabdrücke zu erkennen.

»Das erste Problem bei einer Morduntersuchung ist stets die Identifizierung. Hier entfällt sie. Ryschkow war jedermann bekannt.«

»Ich habe ihn nie kennengelernt.«

»Sie werden ihn auch jetzt nicht kennenlernen.« Grossmann richtete den Blick auf die Leiche. »Der Körper weist vier Schußwunden auf. Jeweils eine in jedem Ellbogen und jedem Knie. Keine davon war tödlich. Der Tod wurde durch die tiefe Schnittwunde an der Kehle verursacht. Ryschkow erlitt einen akuten Blutverlust, gefolgt von hypervolämischem Schock, Kreislaufversagen und Hirntod. Natürlich hat das absolut nichts zu bedeuten.«

Nowek blickte auf. Nichts? »Wie bitte?«

»Letzten Endes sterben wir alle an Sauerstoffentzug. Krebs, ein Messer, ein Baum, der uns auf den Kopf fällt, eine Kugel im Kopf – Sauerstoffentzug. Ich könnte das als Todesursache auf jeden Totenschein schreiben. Genausogut könnte man sagen, er sei ertrunken.«

»Ryschkow ist aber nicht geschwommen.« Noweks Gesicht wurde erst heiß, dann eiskalt.

»Da irren Sie. Lassen Sie es mich Ihnen zeigen.« Grossmann deutete mit seinem Stift. »Die Schnittwunde am Hals ist sehr glatt und tief. Das Gewebe wurde durchtrennt, nicht durchsägt. Sehen Sie den Einschnitt in die Platysma?« Grossmann berührte weißliches Muskelgewebe direkt unterhalb der Halswunde. »Die Klinge war sehr scharf.« Er betrachtete den Körper so bewundernd, als begutachte er die Meisterleistung eines Chirurgen auf dem Operationstisch.

Nowek wandte die Augen ab. Blickte zur Decke, zum Fenster, auf die Kommode. Verfluchter Wolski. Das war keinen Gefallen wert, den der Repräsentant des Präsidenten für ihn parat halten mochte. Absolut keinen. Sollte doch der Staatsanwalt die Sache übernehmen. Oder Kasnin. Irgendwer. Nowek schluckte. Einmal, zweimal. »Und das macht Ihnen gar nichts aus?«

»Krebs ist schlimmer«, sagte Grossmann. »Die leben noch.« Er hob einen todesstarren Arm an. »Alle Schüsse wurden aus nächster Nähe abgegeben. Die Haut um die Wunden weist Verbrennungen auf. ›Graue Tätowierungen‹ nennen wir das. Es ist eigentlich typischer für Selbstmorde.« Er ließ den Arm fallen. »Die Austrittswunden sind weit weniger dramatisch, als man annehmen würde. Kasnin glaubt, den Grund dafür zu wissen, also können Sie ihn danach fragen. Jedenfalls ist der Tod …«, er warf einen Blick auf sein Klemmbrett, »zwischen zwei und drei Uhr nachts eingetreten.«

Zwischen zwei und drei? Aber der Hund hatte um halb fünf noch geheult. Zu dieser Zeit war die Beschwerde des Nachbarn eingegangen. Beide Milizmänner hatten eine gewisse Zeit für die Fahrt hierher gebraucht. Dann waren auch sie ermordet worden. Was hatten die Mörder während dieser ganzen Zeit gemacht? »Sind Sie sich im Hinblick auf die Zeit ganz sicher?«

Grossmann griff zu der Spritze. Die lange Nadel war blutverkrustet, aber es war keine Injektionsnadel. Der Glaszylinder enthielt ein Thermometer. »Lebertemperatur. In gleichbleibender Raumtemperatur ein zuverlässiger Indikator. Die Berechnungen sind mehr als simpel.« Grossmann entblößte die Zähne zu einem kleinen, selbstgefälligen Lächeln. Sie waren bräunlich verfärbt. Tee vermutlich.

Grossmann benutzte seinen Stift, um das lose Gewebe an Ryschkows Hals auseinanderzudrücken. »Sehen Sie, hier.«

Nowek zwang sich dazu. Grossmann hatte den Stift in Ryschkows Kehle geschoben. Zwei schlaffe Röhren ragten wie blinde Würmer aus dem Schlitz.

»Zwei Karotisarterien vorn, zwei Vertebralarterien hinten. Schneiden Sie nur eine davon durch, und Sie sind auf dem Weg in die Ewigkeit. Das Leben hängt wirklich an einem seidenen Faden, Bürgermeister, finden Sie nicht auch?«

Nowek nickte und blickte dann zur Zimmerdecke empor.

»Bei geöffneten Karotisarterien dringt das Blut zunächst in den Ösophagus und dann in den Magen. Das Opfer ertrinkt buchstäblich in seinem eigenen Blut. Sie sehen also, ich hatte recht. Das Ganze dauert gerade einmal eine Minute, höchstens zwei. Wie lange können Sie den Atem anhalten?«

Nowek sah ihn verständnislos an.

»Wie lange können Sie unter Wasser die Luft anhalten? So lange überlebt ein Opfer das Durchtrennen der Karotisarterien. Bei Goriz war es übrigens das gleiche. Von einem Ohr zum anderen.« Grossmann steckte den Stift in die Kitteltasche. Er verursachte einen dunklen Fleck.

»Aber gerade sagten Sie doch, daß er nicht so schnell gestorben ist.«

»Beachtlich. Sie hören tatsächlich zu. Das tun neuerdings nur sehr wenige. Die Schußwunden bluteten. Sie wurden eindeutig verursacht, als das Herz noch schlug. Die vier Schüsse gingen der Halswunde voraus. Sie waren ernst, aber nicht lebensgefährlich. Sie sollten offensichtlich ...« Er brach ab und sah zur Tür. »Offensichtlich sollten sie ...«

»Was sollten sie?« fragte Nowek.

»Sie sollten dem Opfer Schmerzen zufügen«, sagte Kasnin. »War es nicht das, was Sie sagen wollten, Doktor?«

»Schmerzen. Ja. Höchstwahrscheinlich. Wer immer sie auch waren – sie wollten etwas von ihm. Und als Gesundheitsexperte hätte ich dem Bürger Ryschkow geraten, es ihnen zu geben.«

In Noweks Kopf drehte sich alles. Ein Stoß, nur ein kleiner Schubs aus der Balance, und er müßte sich übergeben. Er sah zu Boden. Sein Blick saugte sich an einem besonders dekorativen Detail fest, dem schwarzen Abdruck einer Stiefelsohle mit Lilienprofil.

»Bürgermeister? Geht es Ihnen nicht gut?«

Er bückte sich. Überall auf dem Teppich waren ähnliche Abdrücke zu sehen, aber der hier war am deutlichsten. Und in seiner Mitte lag ein kleiner, offenbar aus dem Profil herausgefallener Stein.

»Wollen Sie vielleicht kurz an die frische Luft?« erkundigte sich Kasnin.

»Nein«, erwiderte Nowek. Er hob den Stein auf. Er war nur klein, nicht mehr als ein Kieselchen. Nichts weiter als ein ganz gewöhnlicher Granitkiesel. Die Gletscher hatten große Bereiche Sibiriens mit genau diesen Felsen gepflastert. Einfacher Glimmer mit roten Feldspateinsprengseln und dunklerem Turmalingrün.

Nichts Ungewöhnliches. Aber hier, mitten im Schmutz auf dem von Ryschkows Blut durchtränkten Teppich, wirkte das Kieselchen höchst fremdartig. So fremd, wie Nowek sich fühlte. Er wollte es sich gerade näher betrachten, als er etwas anderes entdeckte.

Es lag unter der Kommode. Etwas Gelblichweißes, zusammengerollt wie ein paar schmutzige Socken. Er steckte den kleinen Kiesel ein und ging in die Knie.

»Bürgermeister!«

Kasnin machte einen Satz auf ihn zu, um ihn aufzufangen.

»Danke, aber ich kippe nicht um.« Er griff unter die Kommode und zog den Gegenstand hervor. Es war ein Knochen, im Umfang wie sein Handgelenk und an einem Ende verdickt. Ein eigentümlicher Tunnel durchzog ihn. Er war sehr schwer und glatt. Wie ein Fossil. Aber im Gegensatz zu einem Fossil verströmte er einen unangenehmen Geruch.

»Hat der dem Hund gehört?« fragte Grossmann.

Nowek nickte. Ein Knochen wie dieser war das perfekte Spielzeug für den Hund eines reichen Mannes. Aber es gab Menschen, die beim Fleischer anstehen würden, um sich aus ihm, so wie er war, eine Suppe zu kochen.

»Der vorläufige Bericht ist heute nachmittag fertig«, sagte Grossmann. »Aber schon jetzt kann ich Ihnen sagen, daß die beiden Milizionäre und Ryschkow mit demselben Messer getötet wurden.«

Nowek sah ihn an. »Ein Messer ist anonym, hat Kasnin gesagt. Woher wollen Sie das wissen?«

»Ich war Chirurg im Hauptkrankenhaus von Irkutsk. Ich kann noch immer die Art erkennen, in der ein Messer gehandhabt wird.«

Noweks Gesicht war glühend heiß, seine Achseln eiskalt. Er brauchte dringend frische Luft. Er verließ das Schlafzimmer und zwang sich dazu, das Photo von Ryschkows Frau nicht anzusehen. Er blieb nicht stehen, bis er die Treppe erreicht hatte. Ein kalter Luftzug wehte durch die offenstehende Haustür herauf.

»Nun?« Kasnin hatte die Sonnenbrille wieder aufgesetzt. »Wissen Sie jetzt, was ich meine? Vier Schüsse. Erst wurde er gefoltert, dann wurde ihm der Hals durchgeschnitten. Die beiden Milizmänner tauchten auf. Sie wurden eingelassen und ohne jede Gegenwehr getötet. Waren sie vielleicht auf irgendeine Weise beteiligt? War es ein Streit unter Dieben? Bisher kann nur eines mit Sicherheit gesagt werden: daß es sich um einen ziemlich verzwickten Fall handelt.« Kasnin bemerkte, daß Nowek noch immer den Knochen in der Hand hielt. »Das Haus wird photographiert und nach Fingerabdrücken untersucht werden. Sie sollten den Hundeknochen vielleicht wieder dorthin zurücklegen, wo Sie ihn gefunden haben. Der Tatort muß unverändert bleiben.«

Unverändert? Nowek dachte an die fehlenden Gegenstände, die Lebensmittel, die Möbel, das Auto, das Geld, die Menge der unbezahlten Milizionäre vor der Tür. Er dachte an den kleinen Kiesel in seiner Tasche, den Fußabdruck mit dem Lilienprofil. Grossmanns Abdrücke waren es mit Sicherheit nicht. Er hatte Papierüberschuhe getragen. Auch nicht Kasnins, dessen Schuhsohlen hatten das übliche Rhombenprofil. Ein Milizangehöriger? Der Mörder? Er wandte sich an den Fischer. »Was können sie von ihm gewollt haben?«

Die Heizung schaltete sich ein, warme Luft strömte aus den Lüftungsschlitzen.

»Andrej besaß viele wertvolle Dinge. Denken Sie an den offenen Wandtresor. Mit Sicherheit war harte Währung im Haus. Vielleicht haben ihn die Mörder gezwungen, die Kombination zu nennen. Dann geriet die Situation irgendwie außer Kontrolle.« Wieder sah er auf den Knochen in Noweks Hand. »Haben Sie einen Hund?«

»Sie sagen immer wieder ›die Mörder‹. Mehrzahl.«

»Beim Eintreffen der zweiten Streife standen drei Gläser und eine Cognacflasche auf dem Tisch. Alle leer. Vielleicht hat Ryschkow schnell einen mit den beiden Milizmännern gehoben. Vielleicht kannte er seine Mörder. Zu diesem frühen Zeitpunkt kann man nichts ausschließen.«

Mörder mit eigentümlichen Schuhen. Mit Sicherheit importiert. Oder vielleicht von jemandem getragen, der kein Russe war. »Das habe ich schon einmal gefragt: Wie sahen Ryschkows Geschäfte mit AmerRus aus?«

Kasnin hob eine Schulter und streckte seinen Hals mit einer merkwürdig kreisenden Bewegung. »Das ist vermutlich kein Geheimnis.« Er verlagerte sein Gewicht von einem auf den anderen Fuß. »Er war ein Makler. Er wußte, welche Geschäfte anstanden, welche Öl- und Gasvorkommen erhältlich waren und welche *krugowje poruki* sie in der Hand hatten.« Diese »Familienkreise« hatten wenig mit Familie, aber viel mit korrupten und einflußreichen Netzwerken zu tun. »Er besaß viele wertvolle Informationen. Man könnte ihn eine Art Wirtschaftsspion nennen.«

»Für AmerRus.« Nowek versuchte, Kasnin durch die dunkle Pilotenbrille in die Augen zu sehen. »Sie arbeiten auch für die. Sind Sie in ihrem Auftrag hier?«

»Ein guter Berater braucht keinen Auftrag. Ein guter Berater greift ihm vor.«

»Und wie war das früher?« wollte Nowek wissen. »Haben die Sicherheitsorgane auch mit Ryschkow zusammengearbeitet?«

»Bitte, ich bin bereit, Ihnen meine Uniform zu zeigen«, sagte Kasnin, »aber fordern Sie von mir nicht, daß ich auch das Hemd ausziehe. Abgesehen davon ist das alles längst Vergangenheit.« Er musterte Nowek. »Geht es Ihnen auch gut?«

Nowek holte tief Luft. Seine Faust schloß sich um den Knochen. Wie glatt und verläßlich. So ganz anders als alle anderen Dinge im Schlafzimmer. »Und was ist mit den Schüssen? Den Kugeln?«

Kasnin griff in die Brusttasche seines Ledermantels und holte eine längliche graue Bleikugel mit blauen Plastiksprengseln heraus. »Das Untersuchungslabor in Irkutsk wird ein Vermögen berechnen, aber ich kann Ihnen schon jetzt völlig kostenlos mitteilen, daß es sich um ein amerikanisches Fabrikat handelt. Black Talon, neun Millimeter. Eindeutig keine Milizmunition.«

»Eine amerikanische Kugel?«

»Eine sehr spezielle amerikanische Kugel. Sie werden bei Flugzeugentführungen gegen die Terroristen eingesetzt. Die Spitzen bestehen aus Kunststoff, daher explodieren sie erst nach dem Eindringen. Keine Querschläger, keine Löcher in der Kabine, um die man sich Sorgen machen müßte. Sie reißen auch keine dramatischen Austrittswunden und sind sehr teuer.«

Amerikanische Munition. Amerikanische Schuhe. »Nun, für Rossinka ist das Beste gerade gut genug.«

Kasnin lachte bellend auf. »Es freut mich, daß Ihnen der Mord Ihren berühmten Humor nicht vergällt hat. Aber ich möchte Sie daran erinnern, daß ein wichtiges Mitglied des Wirtschaftslebens in seinem Bett gefoltert wurde. Sie haben zwei weitere Milizmänner verloren. Ob das allerdings einen Verlust bedeutet, ist eine offene Frage.«

»Für Sie.«

»Deswegen bin ich bereit, meine ganze Energie für die Ergreifung der Täter einzusetzen. Sie wären gut beraten, mich ganz einfach das tun zu lassen, womit ich mich auskenne. Kümmern Sie sich um die Politik, und halten Sie Ihren Freund Wolski bei Laune. Lassen Sie mich diese fetten Lumpen zur Strecke bringen.«

Er hat recht, dachte Nowek. Aber warum fett? Er hörte Geräusche am Fuß der Treppe, dann schwere Schritte. Er beugte sich über das Geländer. Tschutschin kam die Treppe herauf, und Nowek fühlte sich geringfügig besser.

Tschutschin übersah den Ex-KGB-Major. Er blickte auf den Knochen in Noweks Hand und zog einen orangefarbenen Stoffetzen aus seiner Tasche. »Das hatte der Hund in der Schnauze.«

Also ist es doch keine Apfelsinenschale, dachte Nowek. Es ist blutbefleckter orangefarbener Stoff.

»Das ist ein Beweisstück«, warnte Kasnin.

»Sie sind so flink im Kopf, wie man sagt, Major.« Tschutschin wandte Kasnin den Rücken zu und fuhr fort: »Mir kommt die Farbe irgendwie bekannt vor.«

Nicht nur ihm. »AmerRus-Orange«, sagte Nowek. Es war

die Farbe ihrer Arbeitsanzüge, ihrer Jeeps, ihrer Hubschrauber. Um sich »besser vom Schnee abzuheben«. Ein Amer-Rus-Overallfetzen aus den Zähnen des Wachhundes mußte der Liste der Beweismittel hinzugefügt werden.

Warum sollte ein Ausländer Ryschkow umbringen?

Aber wenn, wäre das ein guter Grund für Kasnins Auftauchen. Ein guter Berater braucht keinen Auftrag. Ein guter Berater greift ihm vor.

»Derartiger Stoff kann von überall her kommen.« Kasnin zog einen Plastikbeutel aus der Tasche. »Dennoch werde ich ihn gründlichst untersuchen lassen.«

Nowek schnappte sich den Beutel und schob den blutigen Fetzen hinein. »Das wird nicht nötig sein.«

Finster sah Kasnin zu. »Sorgen Sie aber dafür, daß das Labor den Stoff möglichst schnell bekommt. Das Blut muß konserviert werden, sonst ist es wertlos. Gromow wäre gar nicht glücklich, wenn wir durch Unerfahrenheit unseren ersten Hinweis verlieren.«

»Vielen Dank für die Information.« Er erinnerte sich daran, daß Galina vor kurzer Zeit die gleichen Worte gesagt hatte, und ärgerte sich über seine Empfindlichkeit. Kasnin war ein Lügner, aber das hieß keineswegs, daß er nicht manchmal auch die Wahrheit sagte. »Lassen Sie die Miliz befragen.«

Vor dem Haus stand eine elegant gekleidete Frau von etwa fünfzig Jahren im Kreis der Milizionäre. Inzwischen schien die Sonne so warm, daß sie ihre Lammfelljacken ausgezogen hatten. Mit ihren geflickten Uniformen erinnerten sie Nowek an Trischka, ein Original der russischen Folklore, das die Löcher in seinem Hemd mit aus den Hosen gerissenen Flicken ausbesserte.

Da bot die Frau schon ein ganz anderes Bild. Sie trug einen Pelzmantel, der bis auf die silberbeschlagenen Kappen ihrer Lederstiefel reichte. Ihre unnatürlich blonden Haare wurden am Hinterkopf mit einer perlenbesetzten Spange zusammengehalten. Die Gläser ihrer Sonnenbrille waren so dunkel wie aus Obsidian geschliffen. Ihr Gesicht wirkte aufgeschwemmt. Der Kreis öffnete sich, um Kasnin Zugang zu gewähren. Er befingerte kurz die Fünf-Dollar-Note in der Hand des Milizmannes neben ihr.

»Das ist die Bürgerin Geraskina«, sagte der Milizionär. Er sprach mit Kasnin, nicht mit Nowek. »Sie wohnt in Nummer zehn.«

»Zwei Häuser entfernt«, sagte sie schnell und betont. »Ich habe die Miliz wegen des Hundes angerufen.« Sie sah erst Kasnin an, dann Nowek. »Ich habe bereits alles gesagt, was ich weiß.« Sie schob einen Zobelärmel zurück und blickte auf ihre Uhr. Gold und Platin funkelten in der Sonne. »Niemand ist mehr sicher. Nicht einmal die Miliz. Ich könnte glatt wie Andrej in meinem Bett ermordet werden.«

Woher weiß sie, daß es im Bett geschah? Nowek mußte seine Schulter einsetzen, um ihr näher zu kommen. »Entschuldigen Sie. Mein Name ist Nowek.«

Sie legte den Kopf schief. »Hieß so nicht der Bürgermeister?«

»Er heißt noch immer so.« Aus der Nähe konnte er den Puder auf ihrem Gesicht riechen. »Wann genau haben Sie die Miliz angerufen?«

»Um vier, vielleicht ein wenig später. Zar hat herumgetobt.«

»Zar?«

»Andrejs Hund. Ich rief Null-Zwei an, und endlich kam die Miliz. Wäre sie schneller gewesen, säße der Mörder bereits hinter Schloß und Riegel.«

»Wären sie langsamer gewesen, könnten sie vielleicht noch leben.«

Sie griff hinter ihre Sonnenbrille, um sich eine Träne abzuwischen. »Andrej war ein so guter Mann. Immer hilfsbereit. Er hat Fremden sogar Geld geliehen.«

»Ihnen?«

»Mitunter. Einmal, glaube ich.«

»Ist Ihnen letzte Nacht ein fremdes Auto aufgefallen?« fragte Kasnin. »Oder sonst irgend etwas Ungewöhnliches? Stimmen? Ein Streit?«

»Er spielte sehr laut Musik, das hat mich geweckt.« Sie senkte die Stimme. »Er hatte da eine Freundin. Ich hoffe, Sie behandeln das vertraulich. Ein ermordeter Ehemann ist für eine Frau schwer genug zu ertragen.«

Nowek dachte an die Photos, an die schöne junge Frau mit den Blitzlichtaugen, die jetzt in Amerika lebte.

»Ein Mann, dessen Frau so weit weg lebt, führt immer sein eigenes Leben«, fuhr sie fort. »Aber dieses Mädchen war irgendwie sonderbar. Es kam immer erst nach Sonnenuntergang und ging schon früh wieder. Manchmal noch vor Sonnenaufgang, wie ein Vampir – allerdings war sie nicht auf sein Blut aus.«

»Womit verdienen Sie sich Ihr Geld, Bürgerin Geraskina? Wenn Sie es sich nicht borgen?«

»Hat er je ihren Namen erwähnt?« unterbrach Kasnin. »Den Namen dieser Frau?«

»Mir gegenüber?«

Kasnin streckte ihr eine Karte entgegen. »Rufen Sie mich an, wenn Ihnen noch etwas einfällt. Ganz gleich, wie belanglos es Ihnen erscheint.«

»Meine Meinung kann ich Ihnen auch gleich mitteilen«, sagte sie. »Ich kann nur hoffen, daß ihnen die Eier abgeschnitten werden, wenn man sie schnappt.«

Aus dem Streifenwagen der toten Milizionäre ertönte ein Poltern, dann ein dumpfer Schrei. Aus dem Käfig. Noch ein Schrei, diesmal ein eindeutiger Fluch.

Ein Schlüssel wurde aufgetrieben, er paßte nicht. Ein zweiter Versuch. Beim dritten Mal klappte es.

Die Luke schwang auf, und der Gestank von Erbrochenem und Urin quoll heraus. Ein Mann richtete sich auf, schwankte und hob eine Hand schützend gegen die Sonne. Ohne Schuhe, mit schmutzigem Hemd und fleckigen Hosen, stand er da und blinzelte die Milizionäre an. Es war der Betrunkene, den Goriz in der Nacht vor dem Erfrieren bewahrt hatte.

»Wer sind Sie?« rief ihm Kasnin zu. »Wie heißen Sie, Bürger?«

Der Mann sank auf die Knie. »Jesus«, sagte er.

»Missionare«, murmelte Kasnin.

Nowek wandte sich ab, und Kasnin folgte ihm zu seinem Auto. Tschutschin saß bereits hinter dem Steuer und ließ den Motor an. »Mein Angebot gilt, Bürgermeister«, sagte Kasnin. »Ich werde diese Mörder fassen.«

Nowek warf den Knochen auf den Rücksitz und stieg vorn ein. »Vielen Dank für Ihr Interesse an dieser Sache, Major. Wir bleiben in Verbindung.« Die Tür schlug zu, und der Landcruiser fuhr, eine schmierige Abgaswolke ausstoßend, davon.

Die Sonne hatte das Wageninnere erhitzt. Nowek kurbelte sein Fenster herunter. Eine amerikanische Uniform. Amerikanische Munition. Ein Stiefelabdruck mit einem eigentümlichen Sohlenprofil. Das brachte ihn auf den Kiesel. Er kramte ihn aus der Tasche.

»Was ist das?« fragte Tschutschin.

Nowek drehte das Steinchen auf der Handfläche um, hielt es gegen das Sonnenlicht. Jetzt waren die feinen Kristalle, das strahlende Weiß und das tiefe Rot besser zu sehen als in Ryschkows dämmerigem Schlafzimmer. Seltsam. Ein Kristall glitzerte mit seinen winzigen Facetten fast wie ein Insektenauge. Sie verliehen der Oberfläche einen öligen, flüssigen Schimmer.

Das Steinchen zeigte keinerlei Abnutzungsspuren. Und das bedeutete, daß es nicht allzuweit von seinem Ursprung entfernt war. Höchstwahrscheinlich kam es aus einer Kiesgrube, die für den Straßenbau ausgebeutet wurde, und war nicht durch die mahlende Wucht eines Gletschers zutage gefördert worden. Aber das war es nicht, was Noweks Aufmerksamkeit fesselte.

»Geht es Ihnen nicht gut?« erkundigte sich Tschutschin, da Nowek auf seine erste Frage nicht reagiert hatte.

Nowek steckte den Kiesel ein. Irgend etwas an ihm war merkwürdig. Sogar sehr merkwürdig.

Der ölige Schimmer gehörte zu keinem gewöhnlichen Kiesel. Und seine Farbe war, wie Ryschkows Schlafzimmer, zu rot.

4.
KAPITEL

»Es ist doch nur ein Stein.«

»Nicht unbedingt«, entgegnete Nowek. »Es ist ein Stück Granit. Ich glaube, es stammt aus der Nepa-Gegend, bin mir aber nicht sicher. Sicher weiß ich nur, daß es zu rot ist.«

»Rot?«

»Selbst Felsen gegenüber ist Sibirien unerbittlich. Frost und Tauwetter lassen Mineralien in Granit schnell verwittern. Die meisten Gesteinsformationen, die wir sehen, sind sehr blaß. Sie wurden von Gletschern planiert. Von Flüssen ausgewaschen. Zu Steinstaub zermahlen. Aber dieser Stein nicht. Entwicklungsgeschichtlich betrachtet, ist er nicht weit von seinem Ursprung entfernt, wohl aber räumlich. In der Nähe von Markovo treten keine Felsen zutage. Dieser Stein stammt von woanders her. Von einer ganz besonderen Stelle.«

»Ich kann Ihnen Tonnen derartiger Steine zeigen.«

»Einen ganzen Kontinent davon. Aber dafür müssen Sie mindestens fünf- oder sechshundert Meter tief bohren.« Wieder hielt Nowek den Stein ins Licht. »Sehen Sie diese hübschen Kristalle? Das ist Glimmer. Das rosafarbene ist Feldspat. Und da, an einer Stelle, ist eine Art Überzug zu sehen. Wie Sprühlack.« Nowek hielt den Stein zwischen den Fingern und betrachtete ihn sehr genau. Mord war eine andere Sache, aber mit Gesteinen kannte er sich aus.

»Dieser Stein kann von überall her kommen, Bürgermeister.«

Er steckte ihn wieder ein. »Vielleicht hat Kasnin recht. Er sagte, daß Kriminelle immer irgend etwas zurücklassen.«

»Kasnin.« Tschutschin sah aus, als wollte er ausspucken. »Wie ich den verabscheue. Er ist genau der richtige für diese Aufgabe.«

»Kasnin ist ein Geier«, sagte Nowek.

»Geier haben ihren Platz.«

Der Eingang des *Hotel Sibir* wirkte verlassen. Die Mädchen waren fort – bei ihren Vorstellungsgesprächen, wieder auf der Straße gelandet, in den Himmel von Hongkong aufgestiegen. Wer wollte das wissen?

Sie kamen an einem Geschäft mit dem Schild *Chleb* vorbei. Aus der Bäckerei roch es appetitlich nach frischem Brot.

»Wie wäre es mit einem kleinen Frühstück?«

»Nein, danke.« Nowek hatte seinen Magen in Rossinka zurückgelassen. »Aber ich sollte etwas für morgen abend einkaufen. Mein Vater kommt zum Essen. Mit fünfundsiebzig darf ich ihn nicht enttäuschen.«

»Sparen Sie sich die Mühe«, sagte Tschutschin und sah über die Schulter zu dem Laden zurück. Innen am beschlagenen Schaufenster klebte ein grünes Dollarzeichen. Das war weniger beleidigend als ein Schild mit der Aufschrift: Rubel werden nicht akzeptiert. Dollars waren die Sterne, Rubel die Meteoriten. »Ich besorge Ihnen etwas. Warten Sie's nur ab.«

Nowek wußte, daß es in ganz Markovo keinen besseren Schnorrer gab.

Tschutschin bog auf eine Straße ein, die sich am Fluß entlangzog. Links erhoben sich hohe Betonwälle, rechts gab es ein Labyrinth aus niedrigen Backsteinbauten, Lagergebäuden, Mietshäusern und eisüberkrusteten Seitenstraßen. An einer Nebenstraße hielt Tschutschin an.

»Was haben Sie vor?«

Bevor Tschutschin antworten konnte, erschien ein Gesicht am Seitenfenster. Ein seltsames, irgendwie gummiartiges Gesicht. Lang, schmal und nervös. Es war eine Verschmelzung der traditionellen Thespis-Masken: Lachen und Weinen in einem.

»Guten Tag, Nikki«, sagte Tschutschin. »Was hast du für mich?«

Nikki Maljeschew lächelte Tschutschin an, warf Nowek einen flüchtigen Blick zu und hüpfte von einem Fuß auf den anderen. Wie eines dieser sonderbaren Elementarteilchen, die nur in unablässiger Bewegung existieren können.

In Würdigung der neuen Jahreszeit standen die obersten Knöpfe seines dicken Mantels offen. Auf einer Matte schwarzer Brustbehaarung glitzerte eine Goldkette. »Videos«, sagte er. »*Basic Instinct.* Sharon Stone. Hübsche Beine. Keine Unterwäsche. Seeehr reizvoll.«

Tschutschin tippte sich an die Lippen. »Nichts zu essen?«

»Versuch es später noch mal. Wie ist's mit Zigaretten?«

»Das weißt du doch«, lächelte Tschutschin.

Das Gesicht verschwand.

»Woher kennen Sie ihn?« fragte Nowek, als der Mann in die Nebenstraße hastete.

»Jeder kennt Nikki. Und Nikki kennt jeden.«

»Und warum habe nur ich keine Ahnung?«

»Sie sind der Bürgermeister.«

Maljeschew kehrte mit einer Stange zurück.

»Nur eine.« Tschutschin streckte ihm ein Bündel Tausend-Rubel-Scheine hin. »Mehr kann ich nicht bezahlen.«

Maljeschew schüttelte so schnell den Kopf, daß er aussah wie ein Vogel, der Wasser trinkt. Er schob die Stange billiger russischer Zigaretten durchs Fenster. »Nimm sie. Ein anderer als du kauft diesen Mist sowieso nicht. Ich habe ungarische Marlboro. Willst du mal probieren?«

»Zu stark. Könnte abhängig werden.« Tschutschin wollte das Fenster schon hochkurbeln, aber Nowek hinderte ihn daran.

Nikki ging in Habachtstellung. Er sah aus, als würde er jeden Moment in die Luft springen, davonflattern, verschwinden.

Nowek beugte sich über Tschutschin. »Wie ich hörte, sind Sie ein Mann, der sich auskennt.«

»Ich kaufe und verkaufe. Das ist alles. Ich weiß, wer was hat, wer was will. Und wieviel. Mehr nicht. Wollen Sie vielleicht Parfüm? Echtes deutsches Parfüm. So gut, daß man es trinken kann.« Er lachte nicht. Es war kein Witz.

»Kennen Sie Andrej Ryschkow?«

»Andrej. Wer sollte den umbringen wollen? Ein netter Bursche. Hat immer bezahlt. Hatte immer die Spendierhosen an. In seinem eigenen Bett ...« Nikki hob den Kopf, überblickte die Straße und senkte ihn wieder. »Und der Vater. Ein ganz großes Tier.«

Informationen waren wie Geräusche: Je kälter die Luft, desto schneller die Übertragungsgeschwindigkeit. Aber das hier war erstaunlich schnell, selbst für Markovo. »Ja, wer sollte den umbringen wollen? Irgendwelche Vorstellungen?«

»Wer?« Nikkis Augen schienen mit hoher Schwingungszahl zu vibrieren. Fast hätten sie gesummt.

Tschutschin hielt ein Bündel Rubelscheine hoch.

Wie das Eis auf der Lena brach Nikkis Miene in breites Grinsen aus. Das Geld rührte er nicht an. »Videos. Ich habe den neuesten Disney. Sie haben doch eine Tochter? *König der Löwen*. Das wird ihr gefallen. *König der Löwen* gefällt allen.«

Wo war Galina? »Nein, keine Videos. Was ist mit Ryschkow?«

Maljeschew wandte den Blick ab, richtete ihn auf das Ufer. »Batterien?« sagte er, ohne Nowek oder Tschutschin anzusehen. »Zigaretten? Ich habe türkischen Tabak. Den besten. Nein? Dann vielleicht ein anderes Mal.« Er drehte sich um und verschwand in der Seitenstraße.

»Er ist betrunken«, sagte Nowek.

»Nein, Herr Bürgermeister«, erwiderte Tschutschin. Er deutete mit dem Kopf auf zwei Männer, die auf dem Damm standen. Sie rührten sich nicht. Sie beobachteten. »Er hat Angst.«

»Wissen Sie, was man sagt?« fragte Nowek, als Tschutschin anfuhr. »Kommunismus sei mit Habgier vermischte Angst.«

»So?«

»Es sieht so aus, als wäre es beim Kapitalismus genau andersherum.«

Unter der intensiven Sonneneinstrahlung verwandelte sich der Schnee in zähen Matsch.

»Denken Sie darüber nach«, sagte Tschutschin. »Genau betrachtet, paßt Kasnin perfekt für die Untersuchung.«

»Zu perfekt.«

»Wer hat Sie zum Ermittler gemacht? Sie kennen sich mit Steinen aus. Glauben Sie, ein Stein wäre gekommen und hätte Ryschkow mit einem Messer getötet? Ich bitte Sie.«

Nowek dachte an den Kiesel in seiner Tasche. »Es gibt da gewisse Ähnlichkeiten. Ein Geologe arbeitet immer im dunkeln. Man kann nie direkt vorgehen. Man sitzt da, starrt geologische Ausschnitte an, Schichtenfolgen, Karten, alle möglichen Daten, aber nichts ergibt einen Sinn. Überhaupt nichts. Aber wenn man das Nichts lange genug anstarrt, bekommt es plötzlich einen Sinn.«

»Und Sie hoffen, daß es Ihnen mit Ryschkow so ähnlich ergeht?«

»Hoffnung ist eine komische Sache. Was wissen Sie über Goriz?«

»Er ist ein toter Tscheche. Davon gibt es nicht wenige. Er war früher mal Sergeant, aber das hat er sich verpatzt.« Er sah Nowek durch seine schwarzen Brillengläser an. »Können Sie sich vorstellen, wie sehr man patzen muß, um in der Miliz von Markovo degradiert zu werden?«

Dazu bedurfte es einer Menge. »Was hat er getan?«

»Es geht um diese Schurat-Geschichte. Er hat sich in Bereiche vorgewagt, die ihn nichts angingen. Sie würden es nicht verstehen.«

O doch. War der Milizgeneral von der Mafia getötet worden, seinen eigenen Leuten oder einer Mischung aus beidem? »Er hat mit dem Innenministerium kooperiert? Auf welche Weise?«

»Indem er ihnen erzählte, was für ehrliche Leute seine Kollegen sind. Sie haben sich bei ihm mit der Nachtschicht bedankt. Wollen Sie wirklich nicht frühstücken?«

»Fahren Sie.« Die Würmer in seinem Inneren regten sich wieder. Er sah sich in den Straßen nach Galina um. Würde sie heute abend nach Hause kommen?

Die ersten Passanten waren auf den Straßen, in der Hoffnung, ihre Einkaufstaschen mit irgend etwas zu füllen. Jeder hielt ein Netz für den Fall parat, daß ein Geschäft etwas anzubieten hatte. Die meisten hatten ihre schweren Wintermäntel zu Hause gelassen. Wenn die Temperaturen nur um fünf Grad weiterkletterten, würden sie sich in heidnische

Sonnenanbeter verwandeln: Die Männer in Unterhemden und die Frauen mit nicht viel mehr.

Rückfälle, wohin man auch blickte. Rußland hatte den Marxismus durch magische Kristallkugeln ersetzt, den wahren Kommunismus versprechende Parteikader gegen Evangelisten eingetauscht, die das ewige Leben verhießen. Die beiden erfolgreichsten Sendungen im Fernsehen? *Santa Barbara* und ein Wunderheiler, der hübsche junge Frauen zu Orgasmen hinriß, indem er seine Energie durch »fokussierende Kristalle« übertrug. Die Kristalle gingen weg wie warme Semmeln.

Die Russen waren wirklich anpassungsfähig, aber am anpassungsfähigsten war die Mafia.

Das Geschäft der *urki* hatte bereits unter den Zaren floriert. Unter den Bolschewisten sogar noch besser. Stalin hatte sie Unschuldige genannt, die vom Klassenkampf zu ihren Taten getrieben worden waren. Verurteilt den Dichter, laßt die irrenden Ärzte und ruinösen Ingenieure die fetten Mükken von Kolyma mit ihrem Blut füttern, aber geht mir nicht grob mit dem armen Dieb um.

Die *urki* waren wie Unkraut. Je schlimmer die Lage wurde, desto mehr blühten sie auf. Und sieh dich doch um: Wann wäre die Lage je so schlecht gewesen wie im Moment?

Die *urki* hatten Sibirien ihren Stempel aufgedrückt wie die vom Zar verbannten, romantischen Dekabristen. Aber während ihre Vorgänger dichteten, Akademien, Ballette und Debattierzirkel gründeten, hinterließen die Kinder der Gulags ein total anderes Vermächtnis: Menschen, die aus Lumpen Schuhe, Wodkadestillierkolben aus Blechdosen, Spielkarten aus mit Kartoffelstärke zusammengeklebten Papierfetzen machen konnten – und die Schwachen ausbeuteten.

Wie jede gut funktionierende Organisation hatte die Mafia Markovo in verschiedene Bereiche aufgeteilt. Die Schwarze Lunge war mit der Sorgfalt eines Landvermessers parzelliert: eine Gruppe hier, eine andere dort. Meine Straße, deine Straße. Überschreitungen gab es selten. Wiederholungen von Grenzverletzungen noch seltener.

Eine Bande kaufte und verkaufte Treibstoff, Lebensmittel, Alkohol und Medikamente. Sie wurde von Semjon Jufa geleitet, einem Ukrainer in mittleren Jahren, mit einem doppelt so großen Büro wie Nowek, das innen von einem übergroßen Roulettetisch beherrscht wurde und draußen von übergroßen Männern mit ausgebeulten Jacketts.

Jufa war ein »dunkler« Ukrainer, mehr Türke als Slawe. Seine Kommandozentrale befand sich in der alten Kondomfabrik. Das alte Firmenschild »Merkur-Kondome« erstrahlte noch immer nachts hellrot, und der Werbespruch »Der beste Schutz gegen Inflation« an der Fabrikmauer wurde alljährlich erneuert.

Die nächste Bande widmete sich dem Dienstleistungsgewerbe: Drogen, Geldwechsel und Prostitution. Hundert Dollar kostete ein Abend mit einem hübschen jungen Mädchen aus der Burjatischen Republik, zwanzigtausend Rubel sicherten einem fünf Minuten mit einer Frau im Rentenalter in einer düsteren Gasse. Aber meistens war es ja auch viel zu kalt, um länger im Freien zu verweilen. Ein ausgebürgerter Armenier namens Malkunian herrschte über dieses Königreich des Verlangens. Einer seiner zahlreichen Brüder führte das schrille, rund um die Uhr geöffnete, nur auf Dollarbasis operierende Cafe *The Alamo.* Es war bei den amerikanischen Ölarbeitern sehr beliebt und die einzige Tex-Mex-Bar in Sibirien.

Und schließlich gab es die Zulieferer, die sich auf Autodiebstahl und Einbruch spezialisiert hatten und bereit waren, für einen bestimmten Preis jeden Auftrag zu übernehmen. Und wer bestimmte den Preis?

Die gleichen Staatsanwälte, Beamten und Richter, die einst den Interessen der Partei gedient hatten, dienten nun ihren eigenen. Die Nomenklatura, die einst die Sowjetunion beherrscht hatte, beherrschte jetzt Rußland.

Sicher, es gab Unterschiede. Anstatt des KGB bediente sich die neue Nomenklatura jetzt der Mafia zur Aufrechterhaltung ihrer Autorität.

Der Gouverneur, seine legalen Vollstrecker, ihre illegalen Genossen, die Mafia: eine feinabgestimmte kriminelle Ökologie. Wenn Noweks Stadtverwaltung nur halb so gut funktionieren würde, könnte er sie nicht wiedererkennen.

»Nun, Herr Bürgermeister. Wir haben es geschafft.«

Die Stadtverwaltung saß in einem modernen Backsteingebäude, das einst die Zentrale einer Holzfaserkooperative gewesen war. Nowek hatte die Räume des Direktors im ersten Stock geerbt. Tschutschin parkte neben einem monumentalen Wandgemälde. Auf ihm stemmten sich unter den Worten »Wir bauen den Kommunismus auf!« zwei Männer und eine Frau mit wehenden Haaren und flatternden Kleidern einem unsichtbaren Sturm entgegen. Einer der Männer hielt einen Satellit in der Hand, der andere einen Kompaß, die Frau eine Weizengarbe. Was sonst? Davor hatte jemand einen dicken Apparatschik auf Knien gemalt, der dem Trio mit hochgerecktem Hinterteil entgegenfurzte. Er gab dem Sturm eine völlig neue Bedeutung.

Tschutschin sah ihn an. »Ein reicher Dieb ist tot. Wenn Kasnin die Verantwortung übernehmen will, dann lassen Sie ihn, würde ich sagen. Sie haben Maljeschew gesehen. Selbst er weiß, wann er den Mund halten muß.«

»Sagten Sie nicht, Kasnin sei eine Schlange?«

»Ist er auch.« Tschutschin schaltete den Motor ab. »Es passiert nicht allzuoft, daß eine Schlange bereit ist, sich zum allgemeinen Nutzen selbst zu beißen.«

»Wenn AmerRus die Hände im Spiel hat, wird Kasnin das vertuschen.«

Tschutschin nickte. »Im Vertuschen ist Kasnin Meister.«

»Erst Schurat, jetzt zwei weitere Milizangehörige. Es geht nicht nur um Ryschkow. Wenn sich die Mafia inzwischen unangreifbar fühlt, wenn sie jeden straflos umbringen kann, ist doch niemand mehr sicher. Glauben Sie denn nicht, daß wir den Mörder schnappen sollten?«

»Wir sind in Sibirien. Mord ist unser täglich Brot. Wenn Sie ihn schnappen, müssen Sie ihn in eine Zelle sperren. Aber Sie können einen Mafioso keine Stunde lang in einer Zelle halten. Das wissen Sie ebensogut wie ich.«

»Vielleicht war es gar nicht die Mafia. Vielleicht waren es Ausländer.«

»Noch schlimmer. Überlegen Sie doch mal. Was wollen Sie denn machen, wenn es irgendein Amerikaner war? Nach zwei, höchstens drei Tagen sitzt er im Flugzeug. Sie können ihn nicht festhalten. Die Leute würden sagen, jetzt bringen uns schon die Amerikaner um, aber nichts passiert. Amer-Rus würde sagen: Scheiß auf Markovo. Wir geben unser Geld woanders aus. Sie käme sich vor wie eine Hure mit zwei Soldaten: von beiden Seiten gevögelt.«

»Die Gesetze …«

»Kommen Sie mir nicht mit Gesetzen.« Tschutschins Miene verfinsterte sich, tiefe Röte kroch ihm über den Hals. »Wir hatten, weiß Gott, genug Gesetze. Wie haben die Zaren regiert? Mit Blutvergießen. Und die Bolschewiken? Mit Blutvergießen. Glauben Sie denn, eine Wahl würde daran etwas ändern? Pah! Was hat sich denn geändert? Nichts. Wir sind in Rußland. Wir ändern uns nicht. Also erzählen Sie mir nichts von Gesetzen. Gesetze haben in Rußland mehr Menschen umgebracht als ein Verrückter mit einem Messer.«

»Auch das Töten von Dieben ist ein Verbrechen.«

»Vielleicht sollte es das nicht sein. Sie glauben, wir leben in einem ordentlichen Land? Rußland können Sie vergessen. Die Gesetze können Sie vergessen. Wir leben in einer *worowskij mir.* So war es immer. Und so ist es noch.«

Nowek stieg aus und schlug die Tür zu. Er zog den Plastikbeutel mit dem Stoffetzen aus der Tasche und warf ihn Tschutschin zu. »Bringen Sie das zum Krankenhaus. Sorgen Sie dafür, daß das Blut sofort untersucht wird.«

»In Ordnung. Vergessen Sie Ihren Knochen nicht.«

Nowek griff danach und ging. Als er die Stadtverwaltung betreten wollte, brach ein Eiszapfen vom Dach und fiel vor seinen Füßen in den Schnee. Alles, was Nowek sah, war die Bruchstelle, die ihn wie ein helles Auge anstarrte.

Worowskij mir. Welt der Diebe.

In der Eingangshalle roch es durchdringend nach gekochtem Kohl. Wie offenstehende Toilettenbecken, Schweiß und Zigarettenqualm war es selbstverständlicher Bestandteil der Umgebung. Aber Nowek fiel der Geruch auf. Sein Magen verkrampfte sich. Er lief die Treppe hinauf. Zwei alte Frauen und ein noch älterer Mann saßen auf der Holzbank vor seinem Zimmer.

»Herr Bürgermeister!«

Wie durch Gewehrschüsse aufgestörte Krähen stoben sie hoch, ihre dunklen Mäntel flatterten wie Flügel. Auf der Brust des Mannes schepperten Orden. Daran erkannte man, daß sie echt waren. Die Fälschungen bestanden aus massivem, besserem Metall.

»Herr Bürgermeister! Sie müssen uns helfen!«

»... ein Kriegsheld! Wie können sie so etwas nur tun?«

»Wegen eines einzigen Rubels wollen sie uns auf der Straße sterben lassen!«

Ein Rubel? Pure Nostalgie. Nowek versuchte, an ihnen vorbeizukommen, aber der alte Mann packte seinen Jackettärmel und zerrte daran. Unter seiner Achsel riß etwas. Nowek befreite sich, sprang auf seine Tür zu und stieß sie auf. »Einen Augenblick, bitte! Sie kommen an die Reihe. Gedulden Sie sich!« Fast hoffte er, daß Galina auf ihn wartete. Er trat ein.

Leer. Aber eines der fünf schwarzen Telefone auf seinem Schreibtisch klingelte. Er zog das Jackett aus. Die Naht war aufgeplatzt, aber der Stoff nicht gerissen. Er nahm den Hörer ab. »Nowek.«

»Hier Staatsanwaltschaft. In Irkutsk.«

Als wüßte er nicht, wo Gromow seine Amtsräume hatte. »Es freut mich, daß man Sie nicht umgesiedelt hat. Mit wem spreche ich?«

»Kwint, Erster Stellvertretender Staatsanwalt«, kam die schmallippige Antwort.

Kwint. Der Name sagte ihm nichts. Aber das war kaum überraschend. In Gromows großen neuen Räumlichkeiten hatte ein Dutzend Erster Stellvertretender Staatsanwälte Platz. In einem Land, in dem der Staatsanwalt entschied, was legal war und was nicht, vermehrten sich stellvertretende Staatsanwälte wie die Kaninchen. »Was kann ich für Sie tun?«

»Wir rufen wegen des Mordes in Rossinka an.«

»Morde, genauer gesagt.«

Schweigen, ein gereiztes Zungenschnalzen. »Der Staatsanwalt läßt Ihnen mitteilen, wie sehr er die Zeit und die Energie zu schätzen weiß, die Sie der Untersuchung gewidmet haben.«

»Sie können Gromow sagen, daß es kein Vergnügen war.«

»Bedauerlicherweise sieht sich Staatsanwalt Gromow außerstande, so schnell einen neuen Milizkommandeur für Markovo zu ernennen, wie er gehofft hatte.«

Schurats Tod war mittlerweile ein halbes Jahr her. »Das überrascht mich.« Nowek blätterte in den Mitteilungen, die sich im Laufe des Vormittags angesammelt hatten. »Gibt es sonst noch etwas Wichtiges?«

»Ja. Wir glauben, daß es eine Zumutung wäre, Sie Aufgaben übernehmen zu lassen, die nicht in Ihre Verantwortlichkeit fallen.«

Nowek erstarrte. Jede Ironie war ihm vergangen. »Für die beiden Milizionäre war ich verantwortlich. Ich bin für sie verantwortlich.«

Kwint erhob die Stimme, um Nowek begreiflich zu machen, daß er sich von seiner vorformulierten Rede nicht abbringen lassen würde. »Wir glauben, daß die Sache Ryschkow heikel werden könnte. Der Gouverneur persönlich hat Besorgnis geäußert. Ryschkow war nicht irgend jemand. Hier handelt es sich um die Aufklärung eines Verbrechens. Und die sollte von Politik so fern wie möglich gehalten werden.«

»Da muß ich Ihnen sogar zustimmen.« Aber da war noch etwas. Er hörte die Panzerketten rattern, auch wenn er den Gefechtssturm noch nicht sehen konnte. »Also?«

»Wir können das Risiko nicht eingehen, daß diese Untersuchung verzögert oder in unproduktive Richtungen gelenkt wird.«

»An welche Richtungen denken Sie, Herr Erster Stellvertretender Staatsanwalt?«

Kwint ließ sich nicht aufs Glatteis führen. »Wir danken Ihnen für Ihre Hilfe und möchten Sie bitten, unserem designierten Vertreter Ihre volle Unterstützung zu geben. Er wird die Ermittlungen übernehmen und zu einem professionellen Abschluß führen.«

Nowek wußte es längst, fragte aber dennoch. »Wer ist es?«

»Major Oleg Kasnin.«

Nowek spürte, wie ihm Röte ins Gesicht stieg. Wie lange war es her, seit er Rossinka verlassen hatte? Lange genug. »Sie wissen, daß er für AmerRus arbeitet.«

»Kasnin ist ein Fachmann.«

»Im Verschwindenlassen von Dingen. Hören Sie«, sagte Nowek, »Ryschkow hat für AmerRus gearbeitet. Es liegen einige Hinweise darauf vor, daß auch sein Tod mit AmerRus zusammenhängen könnte. Und jetzt Kasnin. Bei wem verdient er sein Geld? Bei AmerRus.« Nowek wurde lauter, begann die Beherrschung zu verlieren. »Ich bin nur Geologe und kein Jurist, nicht einmal ein Erster Stellvertretender Staatsanwalt ...«

»Bürgermeister ...«

»Aber sogar ich merke es, wenn mir ein Interessenkonflikt in die Nase sticht. Wie ist das bei Ihnen, Herr Erster Stellvertretender Staatsanwalt?«

»Es entsteht kein Konflikt, wenn ein Mann mit Erfahrung aufgefordert wird, eine schwierige Aufgabe zu übernehmen. Sie brauchen sich nicht damit zu befassen.«

»Nun, das ist eine Erleichterung.«

Kwint war ein Bürokrat, aber nicht ganz dumm. »Unstimmigkeit zwischen Regierungsabteilungen ist eine der unproduktiven Richtungen, die uns große Sorgen machen, Bürgermeister.« Wieder eine Pause. Dieser Kwint war ein Meister der Andeutungen, der unvollständigen Sätze, der entnervenden Synkopierung. »Ein Bürgermeister ist kein Ermittler in Mordfällen.«

»Und ein Berater, der seine Dollar bei einem möglichen Verdächtigen verdient, sollte es auch nicht sein.«

»AmerRus ist ein Joint-Venture-Unternehmen, kein Verdächtiger. Sobald eine Einzelperson im Zusammenhang mit AmerRus Ihrer Ansicht nach größere Beachtung verdient, werden Sie Major Kasnin davon in Kenntnis setzen.« In Kwints Stimme lag etwas Abschließendes. Nowek war ein unbedeutendes Ärgernis, das die Grenzen von Kwints bewiesener Geduld überschritten hatte. »Alle weiteren Fragen sollten an Oberstaatsanwalt Gromow gerichtet werden.«

»Guter Vorschlag. Verbinden Sie mich mit ihm.«

»Das wird nicht nötig sein. Er fliegt nach Markovo, um die Untersuchung persönlich zu leiten. Können wir sonst noch irgend etwas für Sie tun?«

»Offen gestanden sieht es so aus, als hätten Sie alles perfekt in der Hand.«

Nowek legte den Hörer auf. Das war es also. Wolski. Der Repräsentant des Präsidenten hätte wissen müssen, daß Gromow alles Kasnin übergab.

Nowek war Staatsanwalt Gromow zweimal begegnet, und beide Male in einer wachsamen Atmosphäre, die immer dann entsteht, wenn ein Mann im anderen einen natürlichen Feind sieht. Nicht, daß Gromow irgendwie reagiert hätte: Nowek war nur ein einfacher Bürgermeister. Gromow funktionierte auf einer anderen Ebene.

Der Oberstaatsanwalt war eine machtvolle Figur im modernen Rußland. Wie bei der kriminellen Klasse hatte sich auch sein Einfluß ausgedehnt, als das Imperium und seine Gesetze zusammenbrachen. Unter der Ägide des Gouverneurs legte Gromow allem und jedem juristische Stolpersteine in den Weg – vor allem jedem, der nicht klug genug war, den Reichtum zu teilen. Auf gewisse Weise hatte Andrej Ryschkows Tätigkeit seinen Klienten geholfen, Männer wie Gromow zu umgehen. Das machte sie zu Feinden. Das machte seine Tätigkeit auch riskant. Wie riskant? Ryschkow war tot.

Nowek blickte auf den Hundeknochen, den er in Ryschkows Wohnung gefunden hatte.

Ein geologischer »Großer Tod«, eine Periode, in der Arten zu Tausenden gestorben waren, hatte der Welt das Erdöl geschenkt. In jüngerer Vergangenheit waren zwanzig Millionen unbequeme Männer und Frauen gestorben, um aus Sibirien eine OPEC der Knochen zu machen. Ein Fest der Knochen. Irgendwann würde ein künftiger Geologe ein Loch bohren und auf diese kondensierten Schrecken stoßen.

Eine zähe, bitterschwarze Flüssigkeit aus geronnenem Blut und verwesten Hoffnungen. *Worowskij mir.* Vielleicht hatte Tschutschin recht. Nowek stand auf und trat an das rostfleckige Waschbecken.

Noweks Büro war sparsam möbliert: ein Stuhl, ein Schreibtisch, ein durchgewetztes Sofa, auf dem er mitunter schlief, wenn es zu spät war, nach Hause zu gehen. Ein Plattenglasfenster mit rostendem Rahmen. Die Bücherregale ächzten unter der Last Tausender widersprüchlicher Gesetze und Regeln, von denen die meisten undurchsetzbar waren. Zu viele Gesetze haben die gleiche Wirkung wie zu wenige; nämlich gar keine.

Auftritt Staatsanwalt Gromow. Auftritt und Abgang Andrej Ryschkow. Was hatte er gewußt, das es wert war, ihn dafür umzubringen? Irgendeinen Ariadnefaden durch Gromows juristisches Labyrinth? AmerRus käme eine solche Information mit Sicherheit gelegen. Gromow mit Sicherheit nicht. Nowek hob den Kopf.

An der Wand hing sein Wahlkampfplakat. Darauf blickte er bekümmert-erheitert auf eine Reihe von Köpfen hinunter, jeder ein früherer Bürgermeister von Markovo, jeder mit Hängewangen, hervorquellenden Augen und halslosem Nacken. Vertreter des Volkes, Verteidiger der Partei. Graue Klone, genau wie jene, die jetzt versuchten, die Nation wieder einzufangen.

»Mal ehrlich: Kann ich es überhaupt schlechter machen?« stand darunter. Noweks Wahlkampfmotto.

Erfolgreich hatte das Plakat auf seine vorrangige Tugend verwiesen: Er war keiner von denen. Kann ich es überhaupt schlechter machen? Anfang der neunziger Jahre war eine berauschende Zeit, und die politische Karriere eines Geologen konnte auch mit schwachen Flügeln Schwung bekommen.

Damals. Jetzt erinnerte ihn jeder Tag an den alten Gorbatschow-Witz. Kennen Sie den noch? Gorbatschow kommt an seinem offiziellen Porträt im Kreml vorbei und sagt: »Eines Tages werden sie uns beide herunterholen.« – »Sei kein Dummkopf, Mischa«, erwidert das Porträt, »mich werden sie herunterholen. Dich werden sie aufhängen.«

Nowek sah durch das Fenster auf das alte KGB-Gebäude. Kasnins früheres Büro. Sein Magen verkrampfte sich. Er senkte den Blick und drehte den Kaltwasserhahn auf. Zischend entwich Luft aus der Leitung, dann sprudelte blutrotes Wasser. Nowek wandte den Blick ab. Als sich das Wasser geklärt hatte, füllte er einen kleinen Kessel und schob seinen Stecker in den offenliegenden Anschluß in der Wand.

Nowek setzte sich an den Schreibtisch und blätterte im Stapel seiner Unterlagen.

Warnungen der Gesundheitsbehörde vor Cholera, neue Steuerabgabetermine, weitere Kürzungen der Unterstützungsmittel der Föderation für Stadtverwaltungen, eine neuerliche Verschiebung des Termins für die Aufnahme zusätzlicher Flugverbindungen mit Sibirien. Wenn das Aeroflot betraf, konnte Nowek in alle Ewigkeit warten. Eine dunkelgrüne Banknote fiel ihm in die Hand. Was war das? Geld?

Nein. Eine geschickt aufgemachte Broschüre, ihr Umschlag eine nette Reproduktion der Hundert-Dollar-Note. Benjamin Franklin wirkte ein bißchen wacklig, ganz gelungen war die Reproduktion nicht. Nowek schlug die Broschüre auf und entdeckte eine Auflistung der Investitionsmöglichkeiten im Oblast Irkutsk. Die Broschüre trug das offizielle Siegel der Staatsregierung.

»Projekt A1: Quecksilbermine. Geschätzte Produktionskapazität: zehn Prozent des Weltbedarfs, darüber hinaus Antimon ... radikal reduzierte Belegschaft und Möglichkeiten weiterer Kosteneinsparungen ...«

Projekt A2 betraf eine Lampenfabrik. Neben einer Ziegelei, die sich rühmte, ihre Arbeiterschaft von fünftausendfünfhundert auf zweitausendneunhundert reduziert zu haben. Eine wirkliche Leistung wäre es, wenn sie die Arbeiter dazu bringen könnten, von Schnee zu leben, dachte Nowek.

Kohlenminen, Glasschmelzanlagen, Gasvorkommen, eine Diamantenverwertungsfabrik, sogar ein Rentierfleischverpackungsbetrieb. Sibirien flirtete nicht mit der Welt, es forderte sie geradezu zur Vergewaltigung auf. Er knüllte die Broschüre zusammen und warf sie in den Papierkorb.

Neben dem Papierstapel lag die Mitteilung der Zentrale, daß ein Anruf aus Amerika eingegangen war. Nowek zuckte zusammen. Ryschkows berühmter Vater oder seine schöne Frau Wika.

Den Sohn zu verlieren ist für einen Vater eine Tragödie, dachte Nowek. Und eine ernste Sache für eine Frau, auf die Dollars ihres Mannes verzichten zu müssen. Ihm fiel die Photographie ein. Gab es diese erstaunliche Ähnlichkeit wirklich? Wika, Nina. Oder verlor er langsam den Verstand?

Nowek ertappte sich dabei, seinen Ring wie die Perle eines Rosenkranzes zu drehen. Er schob die Mitteilung zur Seite.

Darunter lag eine Hochglanzbroschüre mit angeklammerter Visitenkarte. Auf der Karte eine Notiz.

»Schade, daß ich Sie nicht angetroffen habe. Mußte nach Wladiwostok zurückfliegen. Vielleicht beim nächsten Mal? – Dr. P. Gabriel.«

Der Retter des Tigers. Der Schützer der Umwelt. Auf der Vorderseite der Karte stand: »Dr. Peter Gabriel, Delegate, World Tiger Trust«, dazu eine Adresse in Kalifornien und eine in Wladiwostok.

Die Bewahrung des Tigers. Erstaunlich. Die Amerikaner haben es leicht. Sie müssen die Welt durchkämmen, um Probleme lösen zu können. Hier stolpert man täglich über Probleme. Nowek sah hoch und erinnerte sich an die drei Rentner draußen im Flur. Er zog die Schreibtischschublade auf und holte drei Kantinencoupons heraus.

Er öffnete die Tür. Die drei standen wieder auf, aber langsamer diesmal. Oder erschöpfter. Er hielt die Coupons hoch. »Keine Sorge«, sagte er zu ihnen. »Essen Sie unten erst einmal etwas. Dann gehen Sie nach Hause. Niemand wird Sie auf die Straße werfen. Darauf gebe ich Ihnen mein Wort. Achten Sie darauf, daß man Ihnen eine Portion Eis gibt. Es ist gestern erst eingetroffen.«

»Wir verlassen uns darauf, daß Sie das Richtige tun«, sagte der alte Mann und griff nach den Coupons. Seine Orden klirrten leicht, als er davonging.

Das Richtige zu tun ist nie einfach, dachte Nowek und sah ihnen nach. Die Möglichkeiten zu kennen reichte aus.

Es war Zeit, Wolski anzurufen.

Er nahm den Hörer ab und lauschte auf ein Amtszeichen. Ein Wunder! Er wählte die Nummer des Präsidentenvertreters in Irkutsk. Der Anschluß war besetzt. Er legte auf und versuchte es erneut. Diesmal klingelte und klingelte es, als hätte er eine Nummer auf dem Mond angerufen. Also noch einmal. Während es in der Leitung knackte und zischte, blickte Nowek auf die Tigerbroschüre.

Auf der Titelseite zwei Photos nebeneinander: Das eine zeigte einen fauchenden Tiger mit grünen Augen, roten Lefzen und weißen Zähnen, das andere einen blutigen Kadaver, dem von einem Wilderer das Fell über die Ohren gezogen wurde. Darunter die russischen Worte: »Der Amur-Tiger kurz vor der Ausrottung: eine erschreckende Studie des World Tiger Trust.«

Nowek sah sich das Photo genauer an. Das war nicht Sibirien. Der Wilderer trug Tropenkleidung, und hier fand die Tigerjagd statt, wenn Schnee den Boden bedeckte. Das erleichterte die Fährtensuche.

Das Knacken in der Leitung wurde von einem schwachen Klingeln abgelöst. Es klickte. Der Wasserkessel dampfte.

»Hallo.«

»Hier Nowek.«

»Grischa!« dröhnte Wolskis Stimme jovial von Irkutsk herauf. »Was gibt es Neues?«

»Eine Menge. Gerade hat dein Freund Gromow hier angerufen, meine Tochter wird eine Chinesenhure, und der Tag ist noch jung.«

Politiker sind wie Greise. Sie entwickeln ein selektives Gehör. »Gromow ist nicht mein Freund. Wenn ich ihn heute abend zu Gesicht bekomme, quetsche ich ihn aus wie eine Eiterbeule. Wie geht es eigentlich deiner Tochter? Kommt sie im Herbst zur Ausbildung nach Irkutsk?«

»Kommt darauf an. Gromow hat mir befohlen, den Ryschkow-Mord einem ehemaligen Komiteemajor namens Kasnin zu übergeben. Um das sicherzustellen, kommt er heute eigens nach Markovo geflogen. Ich dachte, das würdest du gern erfahren.«

»KGB«, sagte Wolski mit neuem Respekt. Seit dem Zusammenbruch des Imperiums hatte der KGB seinen Namen dutzendmal geändert. Föderativer Sicherheitsdienst. Nationales Russisches Nachrichten-Direktorat. Es war leichter, ihn beim alten Namen zu nennen, vermutlich auch präziser. »Also bewachen die Wölfe neuerdings die Schafe. Was für ein Wolf ist Kasnin?«

»Ein Wachhund. Er leitet einen privaten Sicherheitsdienst hier in der Stadt. Er hat eine ganze Reihe meiner Milizionäre angeheuert. Er zahlt mit Dollar. Vielleicht sollte ich mich bewerben.«

»Ein Wachhund mit Geld.«

»Sein wichtigster Klient ist AmerRus.«

Ein leises Pfeifen in der Leitung. »Eine Menge Geld.«

»Man sagt, wenn erst alles gestohlen ist, wird es keine Diebe mehr geben. Was meinst du, Arkascha?«

»Das wäre eine sehr lange Wartezeit.«

»Das denke ich auch. Hör mal, du mußt mir einen Gefallen tun. Du hast doch gesagt, daß du etwas unternimmst, wenn ich meine Nase in die Ryschkow-Sache stecke? Ich muß dafür sorgen, daß für die Familien meiner beiden Milizmänner gesorgt wird.«

»Was ist mit Ryschkow?«

Er dachte an die leere Wohnung, das fehlende Auto. »Zu spät.«

»Ich sehe zu, was ich machen kann. Ich habe da einen Freund im Innenministerium, den werde ich fragen.«

»Das ist Moskau. Hast du keine näheren Freunde?«

»Du und ich. Mehr sind nicht geblieben. Aber natürlich muß man stets auf die Zukunft vertrauen.«

»Welche Zukunft?«

»Ganz Sibirien wird rot, frage mich nicht, warum. Nach den nächsten Wahlen wird sich niemand von uns noch irgendwelche Sorgen machen müssen. Aber zu diesem Kasnin. Was hast du herausgefunden, daß Gromow in so hektische Betriebsamkeit gerät?«

»Nichts. Das ist ja das Merkwürdige. Ich fuhr nach Rossinka und sah mich ein bißchen um. Kasnin war bereits dort. Er hat ermittelt, nicht ich.« Dann erinnerte er sich an den orangefarbenen Fetzen, die Kugel, das Steinchen. »Es gibt ein paar Hinweise. Auf Ryschkow wurde mit ungewöhnlicher Munition geschossen. Wie ich hörte, kann die nur aus Amerika stammen. Es gibt auch einen blutigen Stoffetzen. Ryschkow besaß einen Wachhund, der einen der Mörder gebissen haben könnte. Der Fetzen befand sich zwischen seinen Zähnen. Und einen kleinen Stein, über den ich noch nicht genug weiß.«

»Einen Stein?«

»Einer der Mörder muß ihn hineingeschleppt haben. Verstehst du? In der Profilsohle seines Schuhs.« Er dachte an den seltsamen, rötlichen Stein. Als hätte der Granitkiesel etwas von Ryschkows Blut aufgesogen. »Nichts ist sicher, aber mir kommt es so vor, als könnte der Stoff von einem AmerRus-Overall stammen. Kennst du die Farbe?«

»Die Farbe des Geldes. Aber das würde immerhin erklären, warum Gromow so schnell so aktiv wurde. Er und der Gouverneur haben eine Menge zu verlieren.«

»Warum?«

»AMR ist nicht nur für Markovo die Hauptquelle für Investitionskapital, sondern auch für den Staat. Und damit meine ich nicht den Oblast Irkutsk. Ich meine den Gouverneur und Gromow persönlich. Wußtest du, daß man Bestechungsgelder inzwischen mit MasterCard bezahlen kann?« fragte Wolski. »Es gibt ein entsprechendes Abkommen zwischen SibirBank und Credit Suisse. Die Summen brauchen nicht einmal in Rubel umgetauscht zu werden. Mit solchen Kleinigkeiten geben sie sich nicht ab.«

»Die Ölfelder von Tunguska sind nationaler Besitz. Sie gehören Irkutsk ebensowenig wie AmerRus. Kann denn Moskau kein Machtwort sprechen?«

»Moskau ist wie der Mond, Grischa. Mal scheint er, mal scheint er nicht, und er ist weit entfernt. Gromow ist hier. Man kann noch nicht einmal furzen, ohne daß er darüber entscheidet, ob man dafür eine Gassteuer bezahlen muß.

Wer ist dieser Kasnin überhaupt? Sein Name sagt mir gar nichts.«

»Jemand, der dafür sorgen will, daß AmerRus auch weiterhin nichts geschieht.«

»Offensichtlich.« Ein kurzes Schweigen. »Es sei denn, wir finden heraus, auf welche Weise AMR mit Ryschkows Tod zu tun hat.«

»Ich neige dazu, Gromow zu verdächtigen, bevor ich mir über AMR Gedanken mache. Ryschkow hat den Amerikanern geholfen, Männer wie Gromow zu umgehen. Vielleicht ist die Sache irgendwie aus den Fugen geraten?«

»Um so besser, wenn wir diesem selbstgefälligen Hund einen Denkzettel verpassen können. Weißt du, die Leute erinnern sich noch gut an Ryschkows Vater. Er lebt jetzt im Ausland. Und das ist etwas, was wir nicht vergessen sollten, solange noch Zeit ist.«

»Und wenn Verdachtsmomente gegen Gromow auftauchen? Wie verhalten wir uns dann?«

»Vorsichtig. Du weißt, wer in diesem Fall Anklage erhebt?«

»Ja.« Gromow.

»Dann weißt du auch, was ich meine. Frontalangriffe bringen nichts. In der Politik muß man töten – nicht nur verwunden. Wenn du eindeutige Verbindungen herausgefunden hast, können wir sie von hinten packen.«

»Wenn Kasnin die Untersuchung leitet, werde ich gar nichts finden.«

»Stimmt. Dennoch ist es ein gutes Zeichen, daß Gromow nach Markovo kommt.«

»Wofür?«

»Er ist nervös. Wir können ihn unter Druck setzen. Ihm mit Enthüllungen drohen. Jeder weiß doch, daß diese neuen Mistkerle genauso korrupt sind wie die Kommunisten. Sie waren Kommunisten.«

»Enthüllungen wären mir egal, aber ...«

Aber Wolski war ein ebenso schlechter Zuhörer wie der stellvertretende Staatsanwalt Kwint. »Je länger ich darüber nachdenke, desto mehr Geschmack finde ich daran. Wir könnten dich auf Erkundungsreise nach Tunguska schicken. Moskau ist unzufrieden, weil sie nicht mehr Geld aus Tunguska herausholen können. Habe ich dir das eigentlich schon erzählt?«

Nowek erinnerte sich an die Vereinbarung, eine schmucke Abmachung zwischen dem Erdöl- und Erdgasministerium und AmerRus, dem Jelzin persönlich die Weihen erteilt hatte: ein fünfjähriger Verzicht auf alle Ausfuhrlizenzen für das Tunguska-Öl. »Sie haben AmerRus zuviel in den Rachen geworfen.«

»Alles ist Moskaus Fehler. Du und ich – wir sind die einzigen Unschuldigen. Aber ein AMR-Skandal könnte sich als ungemein nützlich erweisen. Als alter Ölstratege verfügst du über genügend Glaubwürdigkeit. Wenn du etwas herausfindest, würde sich Gromow vor Angst in die Hosen scheißen. Ich könnte dir einen Flug besorgen. Wir könnten ihnen an die Gurgel, Grischa.«

»Oder zugrunde gehen.«

»Was?«

»AmerRus hat eine Menge Dollar in Markovo investiert, auch wenn sie keine nach Moskau geschickt haben. Wenn sie etwas verbrochen haben, dann sollen sie dafür auch geradestehen. Aber ich kann nicht erkennen, was es bringen soll, sie zu schikanieren. Meine Ziele sind sehr viel simpler. Ich würde beispielsweise gern wissen, wer meine beiden Männer umgebracht hat. Ich möchte einen Prozeß. Ich möchte sie hinter Gitter bringen. Ich möchte, daß die Dinge so laufen, wie sie sollten – nur einmal, bevor ich nicht wiedergewählt werde.«

»Ist das alles?«

»Nicht ganz. Ich glaube, wir sollten ein paar Raketen nach Hongkong schicken. Meinst du, das wäre machbar?«

Atmosphärisches Zischen in der Leitung, wie brutzelnder Speck. »Manchmal mache ich mir wirklich Sorgen um deinen Geisteszustand.«

»Ich auch. Also, was soll ich tun?«

»Am besten wäre es, wenn du den Daumen am Puls der Ermittlungen hältst. Schwirre herum wie eine Mücke, aber ...«

»Laß dich nicht abklatschen?«

»Genau. Ich weiß, daß du kein professioneller Ermittler bist. Aber du bist ein Störenfried. Das ist sehr viel besser. Wir müssen einander unterstützen. Du und ich gegen sie. Vielleicht kann ich jemanden in Moskau für die Angelegenheit interessieren. Wie ich schon sagte, wird über die Abmachung mit den Amerikanern bereits laut gemurrt. Das wäre anders, wenn sich AMR bezahlt machen würde.«

»Die Tunguska-Felder sind die größten in Sibirien. Da muß doch eine Menge Öl zu stehlen sein. Was geht da oben eigentlich vor?«

»Ich glaube, die Amerikaner haben sich in den Auseinandersetzungen mit den Interessengruppen verzettelt«, sagte Wolski. »Die Gas- und Ölclique kämpft gegen diejenige, die auf Verwestlichung drängt. Die Apparatschiks der Landwirtschaft sind dabei, die Bankiers mit Mistgabeln zu durchbohren, die ihnen den letzten Rubel aus den Taschen ziehen. Die Bankiers kämpfen gegen die militärindustriellen Kombinate und die Armee, und die Armee steht Gewehr bei Fuß, hinter dem ersten Mann loszumarschieren, der auf einem weißen Pferd erscheint. Wer weiß, warum sich AmerRus nicht bezahlt macht? Erstaunlich ist nur, daß sie es noch immer versuchen. Also, was ist, fliegst du für mich da hinauf?«

Russische Interessenpolitik, dachte Nowek. Eine noch bessere Oper als die Regierung. »Nein.«

»Nein? Was meinst du damit?«

»Wenn du dahinterkommen willst, wer Ryschkow und meine beiden Milizionäre umgebracht hat, kann ich dir vielleicht helfen. Wenn du im Dreck wühlen willst, um ihn Gromow um die Ohren zu schleudern, solltest du einen Bauern anheuern.«

»Entscheide das nicht sofort. Denke darüber nach. Wir sprechen heute abend noch einmal miteinander. Inzwischen werde ich mit Moskau telefonieren. Vielleicht können wir etwas für die Familien tun.«

»Danke.«

»Du weißt, daß AMR von Markovo aus nach Tunguska fliegt. Ich könnte dir einen Platz in einer Maschine besorgen.

Du könntest dich in Tunguska umsehen und auf ein paar Tasten herumklimpern.«

»Such dir dafür einen Pianisten.«

»Wir telefonieren heute abend noch einmal miteinander. Entscheide nichts, bevor du nachgedacht hast.« Die Verbindung brach ab. Nowek räumte eine kleine Fläche seines Schreibtischs frei. Er holte seine Taschenlupe hervor, knipste die Lampe an und richtete ihren Strahl auf das Steinchen.

Unter der Lupe sah es aus wie ein Felsbrocken. Eindeutig granitener Ursprung. Aus dem Muttergestein, das den größten Teil des zentralsibirischen Plateaus ausmachte, das Markovo und Umgebung in Form zerfallenen Granitstaubs bedeckte – ohne die ursprünglichen Anteile an Magnesium und Eisen. Die hatten ihm Zeit und Witterung entzogen.

Doch hier sah das Steinchen anders aus, neuer, frischer. Und dann die Farbe. Das Rot wirkte so strahlend, als wäre es erst vorgestern in einem flüssigen Felsen geboren worden.

Die Lupe war nicht stark genug, um ihm Aufschluß darüber zu geben, was das Glitzern war. Irgendein Lack? Eine verschüttete Chemikalie? Das wäre ein echter Durchbruch, allerdings hatten verschüttete Chemikalien in Sibirien keinen Seltenheitswert. Sicher verwahrte Giftstoffe waren die Ausnahme.

Aus welchem Grund auch immer: Der Stein war zu frisch und zu rot, um irgendwo aus der Umgebung zu stammen. Er kam woanders her. Von irgendeinem Ort im Norden. Aus einer Kiesgrube, einem neuen Ausbiß. Aber eindeutig aus dem Norden. Welcher Stiefel hatte ihn aufgenommen und in Ryschkows Schlafzimmer zurückgelassen? Er ließ die Lupe sinken. Zu Hause hatte er ein Binokularmikroskop. Der Stein mußte warten.

Eine umfassende chemische Analyse könnte den Stein einer eindeutigen Gesteinsformation zuordnen. Einem Ort, an dem er sich in einer Stiefelsohle verklemmt hatte und nach Rossinka Nummer acht getragen worden war. Aber dafür hatte er ebensowenig einen Etat wie für Berater. Er starrte ins Nichts, das sich erst noch in etwas verwandeln mußte.

Er schlug die Broschüre auf und begann zu lesen.

»Der Sibirische oder Amur-Tiger, die größte Katze der Welt, scheint wie ein gestreifter Schatten aus den Tiefen der Taiga aufzutauchen, ein Sinnbild für Macht und Mysterium, das seit undenklichen Zeiten die Phantasie der Menschen gefesselt hat ...«

Nowek blätterte um. Auf einer Karte wurde das Verbreitungsgebiet des Tigers zur Jahrhundertwende mit dem heutigen Vorkommen verglichen. Es gab heute ein kleines Vorkommen nahe Wladiwostok in den Primorskij-Bergen, ein paar vereinzelte Nischen hier und da sowie ein großes Gebiet im Norden, das Biosphärenreservat Tunguska.

Nowek stand auf und goß sich eine Tasse Tee ein. Er holte ein Glas jugoslawisches Pflaumenmus und rührte einen Löffel davon in seine Tasse. Jugoslawisches Pflaumenmus war wie Kondome aus Markovo: robust genug, um das eigene Land zu überleben. Wie der Gouverneur. Wie Staatsanwalt Gromow. Anders als Andrej Ryschkow. Er setzte sich und las weiter in der Broschüre.

Die Welt nannte sie Sibirische Tiger, die Wissenschaft *Panthera tigris altaica,* aber in Russisch hießen sie *emba,* »großer Monarch«. Sie waren riesig, manchmal fünf Meter von der Nase bis zum Schwanz. Ein Tiger von der Größe einer Bürokratenlimousine.

»Ein Tigerfell bringt fünfzehntausend Dollar, aber Tigerknochen sind sehr viel mehr wert und leichter zu schmuggeln.«

Ein Photo zeigte die zahllosen Produkte, die aus Tigerteilen hergestellt wurden. Mittel gegen Arthritis aus den Knochen, gegen Hautkrankheiten aus dem Schwanz, gegen Epilepsie aus der Nase. Elixiere für die nachlassende Libido, Brühen für ein besseres Sehvermögen. Das Hirn heilte Akne. Weine, Puder, alle möglichen Salben.

»Die Tigerknochen weisen eine ungewöhnliche Dichte auf und werden für fünfhundert Dollar pro Gramm gehandelt.«

Damit war alles klar, oder? Mit einer Handvoll Tiger und einer Milliarde Chinesen konnte es nur in eine Richtung gehen. Einhundertundfünfzig Millionen lebten gleich hinter der Grenze. Verglichen damit waren die Sibirier nur eine weitere Art auf der roten Liste.

Nowek stutzte und sah den gelblichen Knochen auf seinem Schreibtisch an. Er nahm ihn in die Hand. Er wog ein Kilo, vielleicht mehr. Ein Hundespielzeug oder etwas anderes? Ein Preis von fünfhundert Dollar pro Gramm würde einen habgierigen Unternehmer mit Sicherheit reizen.

Einen Mann wie Ryschkow.

Er lehnte sich zurück und trank einen Schluck süßen Tee. Der Knochen. Und wenn sich Ryschkow als Schmuggler betätigt hatte? Damit war eine Menge Geld zu verdienen. Aber warum hatte dieser Knochen unter einer Kommode gelegen? Mit fünfhundert Dollar pro Gramm gehörte er in einen Tresor. Aber der hatte ja offen gestanden. Warum sollten die Mörder etwas so Wertvolles zurückgelassen haben?

Nowek drehte den Knochen in der Hand und betrachtete den merkwürdigen Tunnel an seiner Längsseite. Gebohrt? Aber es wirkte natürlich. Welcher Dieb würde ein Vermögen unter einer Kommode zurücklassen? Einer, der den Wert nicht kannte. Das würde bedeuten, daß es sich um keinen Streit unter Wilderern handelte.

Interessiert blätterte er weiter.

»Erkundungen über den Bestand des Amur-Tigers, die zur Zeit im Biosphärenreservat Tunguska durchgeführt werden, lassen den Schluß zu, daß dort noch knapp zweihundert Tiger leben. Einige von ihnen waren in dem abgelegenen Gebiet bereits heimisch, aber die meisten durchstreiften die offenen Habitate nahe der durchlässigen Grenze zu China. Dort wurden sie mit Fallen gefangen, betäubt und nach Tunguska gebracht. Aber die Fortpflanzung ...«

Nowek hörte auf zu lesen und betrachtete die drei Photos am Fuß der Seite. Das erste zeigte V.I. Danilow, den Minister für den Schutz der Umwelt und natürlicher Ressourcen. Seine Hängebacken, die Glatze und die schwarzen Knopfaugen gaben ihm das Aussehen eines gekränkten Frosches. Auf dem zweiten war der Amerikaner Dr. Peter Gabriel zu sehen, der lächelte, aber das taten alle Amerikaner.

Es war das letzte Photo, das Nowek erstarren ließ.

Es zeigte eine wunderschöne junge Frau. Dichtes, dunkles Haar umrahmte ein feingeschnittenes Gesicht, eine Lockensträhne fiel ihr über die Wange. Sie saß im hohen Gras einer Frühlingswiese.

Diesmal konnte er ihre Augen erkennen.

»Dr. Anna Wereskaja, Leiterin der Forschungsarbeit in Tunguska«, lautete die Bildunterschrift.

Ryschkow war mit einer Frau namens Wika verheiratet. Kasnin zufolge war sie in Amerika und lag in der kalifornischen Sonne.

Aber Dr. Anna Wereskaja war die Frau, die er vor wenigen Stunden auf dem Photo an der Wand des Ermordeten gesehen hatte. Und sie war nicht in Amerika. Diese Frau zählte in Tunguska Tiger, nicht einmal hundert Kilometer entfernt.

5.
KAPITEL

Man könnte es Faszination nennen. Unerklärliche Wirkungskraft. Oder auch einen Sturz durch Chandrashkar's Limit, den Horizont, der ein Schwarzes Loch umgibt. Einmal durchquert, kann sich selbst ein geisterhaftes Photon dem Sog nicht entziehen, ganz zu schweigen vom Bürgermeister von Markovo.

Vielleicht war Nowek aber auch nur ein Unruhestifter. Wenn einem Hund eine Katze über den Weg läuft, ist es völlig belanglos, daß dem Hund bewußt ist, sie kaum fangen zu können. Oder daß er sich wünscht, es nicht getan zu haben, wenn es ihm doch gelingt. Es ist die Hoffnung, und die Hoffnung ist wie die Liebe. Wer könnte beides je erklären?

Nowek ließ Anna Wereskajas Photo aufgeschlagen, als er V.I. Danilow anrief, Minister für den Schutz der Umwelt und natürlicher Ressourcen. Aber Danilow weilte zu einem wissenschaftlichen Symposion auf Hawaii. Nowek verübelte es ihm nicht. Von Irkutsk aus war das besser als eine Einladung in den Himmel. Immerhin brauchte man nicht zu sterben, um dorthin zu gelangen.

Fünf weitere Anrufe. Vier endeten mit abruptem Auflegen. Der fünfte Angerufene verband ihn mit einer Assistenzprofessorin seiner Alma Mater, der Universität Irkutsk.

»Tigerhandel? Was wollen Sie wissen? Und wer sind Sie doch gleich?« Professor Julia Fedorowna hörte sich an wie eine Bibliothekarin, die um Auskunft über die letzten Methoden der Bücherverbrennung gebeten wurde.

»Ich bin Bürgermeister von Markovo und möchte wissen, wie man einen Tigerknochen erkennt.«

»Wenn Sie die Karkasse haben, haben Sie auch die Knochen. Sonst noch was?«

»Ich habe nur einen Knochen.« Nowek griff danach und drehte ihn. »Er ist fünfzehn Zentimeter lang, acht Zentimeter dick. Sehr schwer ...« Er hielt ihn an die Nase und schnupperte. »Und er riecht.«

»Farbe?«

»Gelblich. Und in die Längsseite ist eine Art Tunnel gebohrt.«

»Das superconjulare Foramen. Es ist typisch für die Skelettstruktur einer Katze. Ihren Angaben zufolge einer großen.«

»So groß wie ein Tiger?«

»Es gibt eine Menge Händler, die das von ihnen beschriebene Loch in einen Kuhknochen bohren würden, um ihn als Tigerknochen zu verkaufen.«

Nowek legte den Knochen aus der Hand. Er traf mit eigentümlich dumpfem Klang auf die Schreibtischplatte, wie ein primitives Holzxylophon. »Dann kann man ihn kaum mit Sicherheit identifizieren.«

»Ohne den Schädel oder die Pranken ist es nicht leicht«, sagte Julia Fedorowna. »In Taiwan setzen Pharmazeuten das ganze Skelett wie ein Puzzle Stück für Stück zusammen, um zu beweisen, daß es ein Tiger ist und keine Ziege. Für Laien die einzig verläßliche Methode.«

»Aber Sie kennen sich aus. Erzählen Sie mir ein wenig mehr über den Markt mit Knochen.«

»Es ist kaum zu glauben, aber der illegale Handel mit Wildtieren stellt weltweit die zweitlukrativste Einnahmequelle nach dem Drogenhandel dar. Er ist sogar rentabler als der Waffenschmuggel. Da kommen gut zwischen sechs und sieben Milliarden im Jahr zusammen. Und ich rede von Dollar.«

Einträglicher als Drogen? Knochen? »Davon hatte ich keine Ahnung.«

»Es ist alles eine Frage des Anreizes. Ein einheimischer Jäger, der in seinem ganzen Leben noch keinen anständigen Rubel verdient hat, bekommt rund sechshundert Dollar für einen toten Tiger. Die Schmuggler in Wladiwostok erhalten das Sechsfache, aber das sind Armenier.«

Die meisten würden sagen, daß armenische Schmuggler absolut überflüssig waren. »Und wie geht es dann weiter?«

»Der Körper wird in einer sogenannten ›schwarzen Apotheke‹ zerteilt. Die Teile gehen gegen Höchstgebot weg. Üblicherweise an Festlandchinesen. Ein unverarbeiteter Tigerkörper bringt dreißigtausend Dollar ein. Zu Apothekerpülverchen verarbeitet, ist er soviel wert wie Gold.«

Dreißigtausend Dollar waren eine Menge Geld. Vermutlich sogar einen Mord wert. Er hob den Knochen hoch. »Und es gibt keine Möglichkeit, diesen Handel zu unterbinden?«

»Früher hatten wir sinnvolle Grenzen, Gesetze, Polizisten. Aber jetzt? Tigerknochen, Gallenblasen von Schwarzbären und Ziegenantilopen. Wenn es einen entsprechenden Markt gibt, stehen Leute mit Gewehren Schlange, um auf alles zu schießen, was sich bewegt. Und wie ich schon sagte: Der Hauptabnehmer ist China.«

Aus einer halben Milliarde hungernder Bauern war eine Milliarde Unternehmer geworden. »Reichwerden ist ruhmreich!« hieß ihr Motto. Wie hatten die Chinesen es nur geschafft? Durch Geduld? Indem sie die Brücke nicht einrissen, bevor sie den Fluß erreicht hatten? Vielleicht steckte ihnen der Kapitalismus in den Genen wie Schrecken, Tragödien und Trunkenheit in denen der Russen. »Wo finden die Wilderer die Tiger?«

»Früher gab es überall in der Taiga Tiger. Ihr natürlicher Lebensraum erstreckte sich vom Pazifik durch ganz Sibirien und den Norden Chinas. Zur Jahrhundertwende gab es acht verschiedene Arten. Heute sind drei von ihnen ausgestorben und drei weitere so gut wie.«

»Aber den Amur-Tiger gibt es noch?«

»In kaum nennenswerten Restbeständen. Als es in den sechziger Jahren zu den Spannungen mit China kam, wurde das grenzüberschreitende Verbreitungsgebiet des Tigers geteilt. Die Chinesen haben ihre Bestände vernichtet. Nur auf unserer Seite hatte der Tiger überhaupt eine Überlebenschance. Jetzt ist es komplizierter. Ironisch, aber wahr: Unter den Kommunisten ging es dem Tiger besser.«

»Nicht wenige denken, den Menschen auch.«

Nur ein leichtes Zögern verriet die Überraschung der Professorin. »Die Kommunisten haben die Grenzen gegen

Schmuggler gesichert und die Jagd verboten. Jetzt ist alles möglich. Ein paar Tiger leben noch in den Bergen in der Nähe von Wladiwostok, aber nicht mehr lange. Die Koreaner holzen die Wälder ab, darunter leiden die Bären- und Elchbestände. Tiger ernähren sich von Bären und Elchen, also kann man sagen, daß ihr Schicksal besiegelt ist. Deswegen wurde eine Anzahl von Tigern in den Primorskij-Bergen eingefangen und nach …«

»Tunguska gebracht?«

»Dort gibt es inzwischen die meisten freilebenden Tiger. Vermutlich an die zweihundert, aber genau weiß das niemand.«

Nowek rechnete. Zweihundert Tiger, jeder zu dreißigtausend Dollar. Sechs Millionen. Genug, um Ryschkows Interesse zu wecken, aber kaum genügend, um den Bestand auf Dauer zu sichern. »Die Amerikaner haben die Ölfelder von Tunguska wieder aktiviert. Unter Umweltgesichtspunkten kann das doch kaum günstig für die Tiger sein.«

»Im Gegenteil. Die Amerikaner kontrollieren den Zugang. Sie haben Bestimmungen und setzen sie auch durch. Die Wilderer respektieren sie. Und Tunguska ist unzugänglich – auch ohne Amerikaner.«

Nowek dachte an Ryschkow. Für einen Mann mit seinen Beziehungen wäre die »Unzugänglichkeit« kein Problem gewesen. »Kennen Sie eine Frau namens Wereskaja? Sie hält sich in Tunguska auf.«

»Wereskaja?« Kurze Pause. »Der Akademie gehört sie nicht an.«

Wissenschaftler waren noch ärgere Snobs als Violinisten. Wenn man nicht der Akademie angehörte, war man ein Nichts. »Aber Sie haben von ihr gehört?«

»Diese Leute kommen und gehen. Heute hier, morgen woanders. Sie bekommen ihr Geld aus dem Ausland. Das ist alles ein großes Geheimnis. Wir müssen für unser täglich Brot arbeiten. Das ist alles, was ich weiß.«

Diese Leute? Snobistischer und sogar noch mißgünstiger. Er betrachtete ihr Photo in der Tigerbroschüre. Nina. Anna. Hüterin der Tiger, Freundin des Toten. Nichts paßte. Sein

Kopf schmerzte. Er warf die Broschüre beiseite. »Sie sagten, in Tunguska sind die Tiger sicher?«

»Für den Augenblick. Von einem kann man ausgehen: Wohin der Mensch seinen Fuß setzt, ist der Tiger zum Tode verurteilt. Aber je weniger Tiger sie töten, desto wertvoller werden sie. Je wertvoller sie werden, desto länger die Schlange der Jäger. Wußten Sie, daß man mit zwei Gallenblasen eines Bären einen Jeep kaufen kann? Jetzt jagen sie schon vom Hubschrauber aus. Sie sehen – die Gesetze des Marktes. Angebot und Nachfrage. Was kann man dagegen unternehmen?«

»Nicht viel.« Kein Wunder, daß man Volkswirtschaft die trostlose Wissenschaft nennt, dachte er. »Aber sagen Sie mir, wie man einen Tigerknochen ohne das dazugehörende Skelett identifizieren kann.«

»Man müßte formelle Tests durchführen, DNS-Vergleiche, chemische Analysen. Damit wäre ein großer Aufwand an Zeit und mit Kosten verbunden ...« Sie schwieg.

»Ist keine weniger formelle Vorgehensweise denkbar?«

»Ich arbeite für das Umweltschutz-Ministerium, Bürgermeister Nowek«, erwiderte sie. Doch dann fügte sie hinzu: »Montags, dienstags und mittwochs. Ich kann Ihnen versichern, daß das Universitätslabor für die Identifizierung von Skeletteilen hervorragend ausgestattet ist.«

»So sollte es sein. Vielen Dank für Ihre Auskünfte. Ich melde mich bei Ihnen, sobald ich mich entschieden habe.« Er legte den Hörer auf, ergriff ihn aber gleich wieder und rief im Krankenhaus an.

Dr. Grossmann meldete sich.

»Gibt es schon etwas im Hinblick auf den orangefarbenen Stoffetzen?«

»Resultate? Ja und nein. Wir haben Proben auf fünf verschiedene Objektträger gegeben und versucht, die Blutgruppe mit unseren ...«

»Bitte, Doktor. Sagen Sie mir einfach, was Sie wissen – nicht, wie Sie darauf gekommen sind.«

»Es ist ein Rätsel. Alle fünf Tests haben das gleiche Ergebnis gebracht.«

»Was ist daran so verwunderlich?«

»Die Testsätze zur Blutgruppenbestimmung stammen aus dem zur zivilen Verteidigung in den sechziger Jahren ausgegebenen Material. Ihr aufgedrucktes Verfallsdatum ist um Jahrzehnte überschritten. Es ist schwierig, damit überhaupt ein Ergebnis erzielen zu können, geschweige denn ein übereinstimmendes. Aber wie auch immer, die Blutgruppe ist AB-negativ. Eine seltene Blutgruppe. Ryschkow hatte übrigens Null. In Markovo kann es nicht mehr als zwanzig Menschen mit AB-negativ geben. Einer von ihnen könnte ein Loch im Hintern haben.«

»Aber das ist doch ein Fortschritt.«

»Wenn wir wüßten, wer die Blutgruppe AB-negativ hat.«

»Wir wissen es nicht?«

»Sie könnten es in Armeeunterlagen oder Polizeiakten versuchen. Aber es gibt eine schnellere Methode.«

»Ich bin ganz Ohr.«

»Verkünden Sie eine Knappheit an Blutreserven der Gruppe AB-negativ, und bieten Sie für Spenden eine Entlohnung in Dollar an. Dann haben Sie den Mörder innerhalb einer Stunde.«

»Wenn er Russe ist.«

»Was sollte er sonst sein?«

Gute Frage. Nowek drehte wieder an seinem Ehering. Es war eine schreckliche Angewohnheit. »Vielen Dank für Ihre Unterstützung. Achten Sie bitte darauf, daß mir ein schriftlicher Bericht geschickt wird.« Nowek legte auf und schrieb »Armee/Polizei-Blutgruppe AB-negativ« auf seinen Notizblock. Vielleicht konnte er jemanden in Irkutsk dazu bewegen, sich darum zu kümmern. Er rief Tschutschin in der Kantine an.

»Was? Worum geht es?« fragte Tschutschin, offenbar ungehalten über die Störung. Im Hintergrund waren Stimmen zu hören und das Geräusch scheppernder Metallgefäße.

»Fahren Sie mit dem Wagen vor.«

»Wir sind doch gerade erst gekommen. Wohin wollen wir denn jetzt?«

Nowek sah den schweren Knochen an. »Fischen«, sagte er.

6. KAPITEL

An einem Wolkenkratzer hätte das Firmenschild nicht überdimensioniert gewirkt. Aber es zierte keinen Wolkenkratzer, sondern Kasnins zweistöckigen Firmensitz. »Schutz-Assoziation von Markovo« stand in roten Lettern darauf.

Tschutschin parkte den Landcruiser in sicherem Abstand zu Kasnins weißem Volvo, als könnte er sich etwas von ihm einfangen. »Bleiben Sie lange?«

»Ich hoffe nicht.«

Zwei Lada, Fiat-Klone aus der Sowjetära, standen neben einem schwarzen BMW, dessen Auspuff weiße Wölkchen ausstieß; ein Millionär mit Zigarre. Der Fahrer lugte über eine Zeitschrift, als Nowek ausstieg. Fast, aber nicht ganz interessiert.

Das SAM-Vestibül beherbergte einen Schreibtisch, eine Empfangsdame und hinter ihr einen riesigen Spiegel, der nur aus Spionglas sein konnte.

Gleich neben dem Eingang stand eine Vitrine mit westlichem Parfüm, Kosmetik- und Toilettenartikeln. Der Zusammenhang? In Markovo war Sicherheit so selten wie Rasiercreme.

Die Empfangsdame hatte nur ein Telefon, aber dafür ein sehr modernes, kein aus unzerstörbaren Kunststoffen zusammengeschustertes Gerät. »Kann ich Ihnen behilflich sein?« erkundigte sie sich fröhlich.

Auch Frohsinn hatte Seltenheitswert. Sie war blond und etwa zwanzig Jahre alt. Eine Goldkette zierte den Ausschnitt ihrer Bluse. Ihr Gesicht war eine Maske aus Puder und Rouge. Ihr Lächeln zeigte Lippenstift und Zähne. Ein Anstecker an ihrem kurvenreichen Oberkörper lud zu einem näheren Blick ein. »Hallo! Mein Name ist SAM«, stand darauf.

»Ich möchte zu Kasnin«, sagte Nowek. Er schnupperte. Was war das für ein Geruch?

»Ihr Name?«

»*Mer*«, sagte er ungeduldig. Bürgermeister.

Sie legte den Kopf schief. »Vor- oder Nachname?«

»Vorname. Der Nachname ist Nowek. Heißen Sie tatsächlich Sam?«

»Einen Augenblick.« Lange, rotlackierte Nägel spielten auf den Telefontasten. Sie sah ihn an. »Erwartet er Sie?«

»Vermutlich.«

»Ein ...« Bevor sie weitersprechen konnte, öffnete sich die Tür und ein kleiner Mann mit langem schwarzen Mantel erschien, gefolgt von zwei *byki*, zwei Pitbulls. Ihre Jacketts waren geschlossen, aber die Ausbuchtungen des marineblauen Stoffs wiesen darauf hin, daß sie mehr als nur muskelbepackt waren. Ihre Haare waren auf dem Schädel kurz geschoren, aber lang an den Seiten.

Ihr Boß hatte schwarze, silbergesträhnte Haare. Es sah aus, als wären wertvolle Flüssigmetalle über Basalt ausgegossen worden. Sein Teint war dunkeloliv und schimmerte wie poliertes Holz. Semjon Jufa, der dunkle Ukrainer, Halbtürke und eine Gottheit im Pantheon von Markovos Unterwelt.

»Herr Bürgermeister«, sagte er und ließ seine weißen, ebenmäßigen Zähne blitzen. Seine Augen lächelten nicht. »Es ist mir eine Freude, Ihnen endlich zu begegnen. Aber nach drei Jahren? Ihre Amtszeit ist fast vorüber. In der ganzen Zeit sind Sie fast so etwas wie ein Fremder geblieben. Warum?« Er wirkte tatsächlich wißbegierig.

»Ich habe da eine ganz bestimmte Theorie.«

»Eine Theorie?«

»Nach der sollten sich Regierende von Geschäftsleuten wie Ihnen fernhalten.« Die Leibwächter versteiften sich leicht. »Wir würden Ihnen doch nur ins Gehege kommen.«

»Sicher, sicher.« Jufa warf den beiden einen Blick zu, und sie entspannten sich. »Aber wir sollten zusammenarbeiten. Wir sind alle Sibirier. Wir atmen dieselbe Luft, pinkeln die gleiche Pisse.«

»Und vergießen das gleiche Blut.«

Die Erwähnung von Blut schien Jufa so aus dem Konzept zu bringen, als hätte jemand während einer feierlichen Ansprache gerülpst. »Ich habe das von dem jungen Andrej und Ihren beiden Männern gehört. Sagen Sie mir, brauchen Sie vielleicht Unterstützung?«

»Was schwebt Ihnen da vor?«

Jufa schlug seinen Pitbulls auf die Schultern. »Borja, Wanja, ich stelle Ihnen jederzeit einen zur Verfügung. Die Kosten übernehme ich. Das Leben war mir gegenüber großzügig. Warum nicht etwas zurückzahlen?«

Die Vorzüge liegen auf der Hand, dachte Nowek. Sie würden weniger stehlen als meine Milizionäre. »Nein, danke«, sagte er.

»Kommen Sie zu mir, wenn Sie es sich anders überlegen.«

»Sie sind noch immer in der Merkur-Fabrik?«

»Selbstverständlich. ›Der beste Schutz vor Inflation‹.« Jufa lächelte wohlwollend und ging, gefolgt von seinen beiden Wachhunden, hinaus und auf den BMW zu.

»Bürgermeister?«

Nowek drehte sich um.

Kasnin stand in der Tür neben dem Spiegel. »Sie überraschen mich heute schon zum zweiten Mal. Sie hätten anrufen sollen. Ich habe einen sehr ausgefüllten Nachmittag.«

»Davon habe ich gehört. Wann kommt Gromow?«

»Sobald er gelandet ist.« Er warf der Empfangsdame einen Blick zu. »Kommen Sie auf einen Moment herein.«

Hinter der Tür befand sich eine Art Einsatzraum mit Sesseln, Schreibtischen und einem Büfett mit mehr Eßbarem, als Nowek seit Jahren auf einmal gesehen hatte. Unwillkürlich knurrte sein Magen. Sein Anzug fühlte sich lockerer an als heute früh. Er kam sich vor wie eine dieser Zeichentrickfiguren, die sich in Luft auflösen und nur ein bißchen Kleingeld und einen Haufen Kleider zurücklassen. Aber er hatte kein Kleingeld. Was hatte Galina gesagt? Geh und gib vor, etwas Nützliches zu tun? Essen wäre sehr nützlich. Aber Kasnins Kost?

Niemals.

Doch es schadete nichts, es sich anzusehen. Da gab es Brathähnchen, Räucherfischfilets, Wurstringe und einen Berg sahnigen Käse. Schüsseln mit Gurken und Tomaten verströmten einen scharfen, marinierten Duft. Zwei Samoware dampften vor sich hin. Im Hintergrund des Raums führte eine Treppe ins Obergeschoß. In der Nische dahinter brummte ein Coca-Cola-Automat.

»Das alles haben Sie für Gromow aufgetischt?« Nowek war tief beeindruckt.

»Das? Nein. Das ist für meine Jungs«, sagte Kasnin. »Was sie abends nicht aufgegessen haben, schenken wir der Miliz und den Armen. Im Grunde läuft es auf dasselbe hinaus.«

Nowek reagierte nicht auf den Köder des Fischers.

»Wir haben inzwischen vierzig unter Vertrag. Meine Jungs bewachen Lagerhäuser, Fahrbereitschaften. Als nächstes werden wir die Bewachung von Firmen übernehmen. Täglich gehen neue Bewerbungen ein. Mehr, als wir annehmen können. Doch das ist nur zu verständlich. Wo findet man sonst eine Arbeit, die wirklich entlohnt wird?«

»Es gibt immer noch Jufa.«

Kasnin lachte bellend. »Ich bewundere Ihren Humor, weiß aber auch, daß Sie Ihren Stolz haben. Darf ich Ihnen etwas anbieten? Kaffee? Wir haben koffeinfreien und normalen. Wie wäre es mit einer Cola?«

Nowek sah, daß es sich um einen echten amerikanischen Cola-Automaten handelte, bis hin zum Ein-Dollar-Schlitz. Wer konnte einen Dollar für ein braunes, sprudelndes Getränk ausgeben? Wer hatte einen Dollar?

Kasnin schien Noweks Gedanken zu lesen. »Ich bitte Sie, Bürgermeister. Für Sie kostet es nichts.« Kasnin griff um den Automaten herum und löste einen Mechanismus aus. Es blinkte, und eine Dose polterte in das Ausgabefach. »Man muß nur wissen, wo die richtigen Knöpfe verborgen sind.« Kasnin öffnete die Dose und goß ein Glas ein. Er streckte es Nowek entgegen.

Der rührte es nicht an. »Wie war das bei Ryschkow?«

»Wie sollte was bei ihm gewesen sein?« Kasnin stellte das Glas ab.

»Wußte er, wo die richtigen Knöpfe verborgen sind?«

Kasnins Augen wirkten fast transparent, ein Hauch Blau, eine Spur Grün, die rosigen Lider. »Andrej verfügte über ausgezeichnete Verbindungen. Einen berühmten Vater, einen Bruder in einem mächtigen Ministerium. Eine Tätigkeit bei einem großen ausländischen Unternehmen, das ihm genug zahlte, um seinen Vater und seine Frau in Amerika zu unterstützen. Eine Wohnung in Rossinka. Ein Haus in Kalifornien. Autos. Aber ...«

»Seine Verbindungen waren nicht gut genug.«

»Jedermann braucht seine *krijuscha.*« Das war ein Slangausdruck für Dach, Schutz. »Je mehr man im Haus hat, desto dichter sollte die *krijuscha* sein. Andrej hatte keinen schlechten Schutz, aber letzten Endes war er doch durchlässig.«

Nowek dachte an den blutgetränkten Teppich. »Ein AmerRus-Dach sollte eigentlich nicht lecken.«

»Vielleicht hatte er neben AMR noch weitere Geschäftsbeziehungen.«

Nowek fühlte sich wie magisch von einer Schüssel Dillgurken angezogen. Der Duft war schwindelerregend. Er riß sich zusammen. »Sie meinen, Ryschkow hätte Beziehungen zur Mafia gehabt?«

»Mafia.« Kasnins Gesicht schien geringfügig härter zu werden. »So etwas läßt sich leicht behaupten, aber schwer beweisen. Lassen Sie es mich Ihnen erläutern. Ein Mann importiert eine Lastwagenladung Filme und bezahlt Zollgebühren. Ein anderer drückt dem Zollbeamten etwas in die Hand, damit der die Augen zukneift. Er verkauft seine Filme zum halben Preis und wird reich. Der andere Mann bleibt auf den Waren sitzen. Er hebt den Finger und schreit Mafia. Ist es die Mafia, oder ist der andere nur schlauer? Sie sehen, es ist alles eine Frage des Standpunkts.«

»Und wie ist Ihrer?«

»In Sibirien ist es im Winter kalt und im Sommer heiß. Ein Kommunist mit einem Dollar ist glücklicher als ein Demokrat mit einem Rubel.« Kasnin lächelte. »Mich interessieren nur Fakten.«

Nowek bemerkte eine kleine Konservendose auf dem Büfett. Sie war dunkelbraun und trug eine verblichene gelbe Aufschrift. Eine Verpflegungsration der Roten Armee? Sie war so fehl am Platz wie ein Bettler bei einem Bankett. Nowek griff danach. Dem Etikett zufolge handelte es sich um Quark mit Pflaumenmus. »Für Ihre Jungs?«

Kasnin streckte die Hand aus, aber Nowek drehte die Büchse um und las: »Nicht für den Verzehr nach 1991 bestimmt.«

»Mittlerweile ist das Zeug vermutlich versteinert«, sagte Nowek. »Was hat es hier zu suchen?«

»Erinnerung an schlechte Zeiten.« Kasnin nahm ihm die Dose ab und zog den Vorhang von dem Spionspiegel zur Seite.

Die Empfangsdame besserte einen kleinen Riß am Saum ihres Rocks aus. Der Schreibtisch hatte verborgen, wie kurz er war. Wie war die neue Bezeichnung dafür? Taschentuchrock.

In Moskau sahen Empfangsdamen nicht mehr aus wie Huren, hatte er irgendwo gelesen. Aber in Markovo kam alles später. Er fragte sich, ob sie in Hongkong wie Schulmädchen aussahen.

»Ist es zu fassen?« fragte Kasnin, während sie beide der jungen Frau bei ihrer Tätigkeit zusahen. »Ich habe sie in einer besonderen Schule entdeckt.« Sie beugte sich vor, biß den Faden ab und strich sich den Rock sorgfältig wieder über den Schenkelansatz.

»Für Empfangsdamen?«

»Für Hexen. In Irkutsk, gleich neben der Universität. Die Mädchen werden dazu ausgebildet, Geschäftsleuten bei wichtigen Abschlüssen zu assistieren. Sie lernen Zaubersprüche, um den Ausgang günstig zu beeinflussen. Vielleicht lenken sie den Kontrahenten auch auf andere Weise ab. Inzwischen muß jeder Geschäftsmann seine Hexe haben.«

Nowek dachte an das Photo von Anna Wereskaja. Der Tigerfrau. Nicht seiner Frau. Nicht einmal Andrej Ryschkows Frau. »Wie bedauerlich, daß Ryschkow keine Hexe hatte.«

Kasnin trat näher. »Ich glaube, er hatte eine.«

»Die Frau, von der seine Nachbarin sprach?«

»Kam und ging zu ungewöhnlichen Zeiten, ›wie ein Vampir‹. Sie muß ein hübscher Vampir sein. Ein reicher Mann wie Ryschkow greift nur zum Besten. Ist sie vielleicht

Tänzerin in einem der Clubs? Oder ein gebildetes, kultiviertes Mädchen? Was meinen Sie?«

»Daß ein Dieb mit einem Dollar das gleiche ist wie ein Dieb mit einem Rubel. Daß Sie und Staatsanwalt Gromow mir etwas vormachen, wenn Sie behaupten, Ryschkows Mörder fangen zu wollen. Und ein AmerRus-Berater ist ein schlechter Ermittler, sobald es darum geht, mit dem Finger auf seinen Auftraggeber zu zeigen. Sie sehen«, sagte Nowek, »wie Sie bin auch ich nur an Fakten interessiert.«

»Sie sehen bei allem nur die Schattenseiten.«

»Die sind leichter zu entdecken.«

»Vielleicht ist diese Frau auch leicht zu entdecken. Ich hoffe es. Vielleicht ist sie durchaus nicht unschuldig. Vielleicht hat sie den Mord mit angesehen.« Kasnin senkte die Stimme. »Vielleicht ist sie selbst die Mörderin. Ausgeschlossen ist das nicht.«

Der Stiefelabdruck. Der Stein. Die Munition. Die Folterung. Nichts davon wies auf eine Frau hin. »Ryschkow hat dafür gesorgt, daß es ihr gutging. Warum sollte sie ihn töten?«

»Genau das ist die entscheidende Frage«, sagte Kasnin. »Warum sollte jemand Andrej umbringen? Aus politischen Gründen? Geld? Sex? Vergessen Sie nicht, daß in Rußland kein Bereich gefährlicher ist als das Schlafzimmer.«

»Für die Frauen.« Kasnin zeichnete die Umrisse der Verbrecherin, ohne den Umrissen einen Namen zu geben. Einen Namen, den sie beide kannten. Davon war Nowek überzeugt. Warum? »Sie suchen also nach ihr?«

»Ich werde sie finden«, sagte Kasnin. »Liefern Sie mir die Person, und ich liefere Ihnen die Lösung des Falls. Vielleicht wollte sie mehr von Andrej, als er ihr geben wollte, und beschloß, es sich zu nehmen.«

»Mit einem Messer und einer Pistole?«

»Und einem Komplizen.«

»In AmerRus-Kleidung?«

»Die kann man auch in der Schwarzen Lunge finden. Sie wird zur Reinigung nach Markovo gebracht, und manchmal kehrt nicht alles davon nach Tunguska zurück. Jeder kann sie kaufen. Es ist modern, eine ausgeblichene amerikanische Jacke zu tragen.«

Nowek mußte zugeben, daß das stimmte. Sogar in Galinas Schrank hatte er irgend etwas Orangefarbenes gesehen, wenn auch keinen ganzen Anzug. Warum war ihm das nicht vorher eingefallen?

»Sie wissen, daß ich mit der Frau richtigliege«, fuhr Kasnin nach kurzem Schweigen fort. »Sie hatte Zugang zu ihm. Sie wußte, daß er Geld besitzt. Wer weiß, vielleicht hatte sie einen Freund, der sagte: Laß uns den Mistkerl doch umbringen und uns ein gutes Leben verschaffen. Hast du ein Messer? Ich habe eine Pistole. Gut, dann laß es uns heute abend tun.«

»Ich ...«

»Moment. Sie macht ihn mit Andrej bekannt. Ein Kollege vielleicht. Andrej geht mit ihnen nach oben, gießt seinen Mördern eigenhändig einen Cognac ein. Irgendwann beginnt die Frau, ihm Vorwürfe zu machen. Andrej ist verdutzt. Was hat er nicht alles für sie getan? Sie fangen an zu streiten, und sie lenkt ihn lange genug ab, um ...«

»Dem Komplizen seine schmutzige Arbeit zu ermöglichen?«

»Genau.« Kasnin lächelte. »Vielleicht wurde er mit einem Schlag betäubt und dann in sein Bett geschleppt.«

Viel konnte Nowek dagegen nicht vorbringen.

»Die Musik wird voll aufgedreht, um ihr Verbrechen zu übertönen. Die beiden wollen mehr als das, was sie sehen. Sie wollen auch das, was sich in seinem Tresor befindet. Er weigert sich. Der Mann hält ihn fest und drückt ihm die Pistole an die Kniescheibe.« Kasnin trat ganz nahe an Nowek heran und bohrte ihm einen Finger ins Bein. »Er drückt ab. Dafür gibt es sogar eine besonderen Ausdruck.«

»Einen Ausdruck?«

»Knochenkitzeln. Eine Methode, die unbeherrschte Angehörige der Staatssicherheit mitunter anwandten. Man schiebt die Spitze eines Eispickels durch die Haut an die Wirbelsäule, ein Knie, einen Ellbogen und kratzt über den Knochen. Die Wirkung ist dramatisch.«

»Kann ich mir vorstellen.«

»Der arme Andrej braucht es sich nicht vorzustellen. Ihm stößt es zu. In seinem Safe befindet sich ein Vermögen in harter Währung. Sie wollen die Kombination wissen. Erneut weigert er sich.« Kasnins Finger berührte Noweks anderes Knie. »Wieder wird abgedrückt.«

»Hören Sie auf.«

Kasnin bohrte ihm in den Ellbogen. »Und noch einmal. Jetzt ist er paralysiert. Aber nicht ohnmächtig. Einem Mann in dieser Situation bleibt nur eines: Hoffnung. Er nennt ihnen die Kombination. Aber da gibt es ein Problem. Der Hund hat ein empfindliches Gehör. Die Schüsse alarmieren ihn. Er beginnt zu kläffen. Das erregt die Aufmerksamkeit einer Nachbarin. Sie ruft die Miliz. Der Bobyk trifft ein. Jetzt haben die Mörder ein echtes Problem. Ryschkow ist nicht tot. Noch nicht. Er hat grauenhafte Schmerzen, und seine Hoffnung verwandelt sich in Wut. Er erkennt nicht, daß ihm keine Zeit mehr bleibt. Wie Sie sehen, stirbt die Hoffnung als letztes.«

»Hoffnung und ein Eispickel bringen einen immer um«, sagte Nowek. Er konnte das Verbrechen mit Kasnins Augen sehen, förmlich riechen. Aber damit wurde es noch nicht zur Realität.

»Sie öffnen den Tresor«, fuhr Kasnin fort. »Und durchschneiden ihm die Kehle. Aber die Miliz ist schon da. Was tun? Die Mörder lauern Ihren Männern auf, bringen sie um und flüchten.« Er klatschte sich in die Hände. »Ganz einfach.«

Nowek sah ihn an. »Zu einfach.«

»Kriminelle sind einfach gestrickt. Ich wette, daß wir den Fall sehr schnell abschließen können. Aber zunächst einmal müssen wir sie finden. Und genau das werde ich tun.« Kasnin zog den Vorhang zu. »Jetzt würde ich Ihnen gern mein Büro zeigen.«

Im oberen Stockwerk herrschte skandinavische Moderne vor. Ein Fisher-VHS, ein Toshiba mit Großbildschirm. In den Regalen keine Bücher, dafür Hunderte von Videokassetten. Nowek trat einen Schritt vor. Manche enthielten schwedische und deutsche Pornographie, andere Actionstreifen, und wieder andere waren unbeschriftet. Leerkassetten? Kasnins Schreibtisch bestand aus heller Esche. Er war ordentlicher als Noweks, aber das war auch sein Leben.

Kasnin setzte sich hinter seinen Schreibtisch. Seine Miene war stolz, aber nicht zu stolz. Eher nachdenklich befriedigt über schwere, aber gut und professionell ausgeführte Aufträge. »Wie gefällt es Ihnen?«

»Sehr anspruchsvoll.« Die getönten Fenster führten auf umzäunte Höfe, Stapel rostender Gerätschaften und schäbige Werkstätten hinaus.

Als Nowek hinunterblickte, fuhr ein Auto auf den Parkplatz. Es war schwarz und kam zu einem abrupten Halt, als wäre jede Verzögerung eine unzumutbare Ablenkung von lebenswichtigen Unternehmungen. Der Fahrer sprang heraus und beeilte sich, die Tür zum Fond aufzureißen.

Oberstaatsanwalt Gromow stieg aus und blieb einen Moment neben dem Wagen stehen. Er trug eine dunkelblaue Generalsuniform, aber weder Mantel noch Hut, als wäre das Wetter ein geringfügiges Ärgernis, das nicht ernstgenommen werden mußte. Seine Haare waren kurz geschoren.

»Er ist da«, sagte Nowek. »Ich sollte lieber gehen.«

»Warten Sie. Es wird nur einen Moment dauern.« Kasnins Ledersessel quietschte, als er sich umdrehte. »Staatsanwalt Gromow setzt mir das Messer an die Kehle, damit diese Mörder schnell gefaßt werden. Denken Sie denn, Sie wären der einzige, der sich um die Einhaltung der Gesetze sorgt? Vergessen Sie nicht, daß Gromow die Nummer eins der Strafverfolgungsbehörden in Irkutsk ist. Selbst bei diesem simplen Fall ist mehr zu bedenken.«

»AmerRus.«

»Genau. Unsere Hauptquelle für Investitionskapital. Der am Tatort gefundene Stoffetzen ist bedenklich. Eine Handvoll ausländischer Munition? Sogar noch mehr. Könnten sie etwas mit dieser schmutzigen Sache zu tun haben? Wir wissen, daß Andrej mit ihnen zusammengearbeitet hat.«

»Sagen Sie es mir.«

Kasnin blickte finster. »Sie glauben vielleicht, daß diese Hinweise vom Tisch gewischt werden. Aber ich versichere Ihnen, wenn es eindeutige Beweise gegen sie gibt, werde ich der letzte sein, der nicht auf einer umfassenden und rückhaltlosen Aufklärung besteht.« Er schwieg, um seine Worte wirken zu lassen.

»Aber?«

»Aber wenn ein paar vage Hinweise in wilden und unhaltbaren Beschuldigungen resultieren, entgehen uns nicht nur die wahren Schuldigen, sondern wir gefährden auch einen wichtigen Bestandteil unserer Wirtschaft. Sind wir ein sicherer Standort für Investitionen? Raub, Banden, erschossene Polizisten. Falsche Beschuldigungen. Die Leute stehen nicht mehr Schlange, um mit ihrem Geld um sich zu werfen. Warum sollte ein Amerikaner an einem so riskanten Ort irgend etwas investieren?«

»Ich habe bereits genug Schwierigkeiten, die Russen zu verstehen.«

»Offensichtlich. Sie trauen Staatsanwalt Gromow nicht zu, seine Aufgaben ordentlich zu erledigen. Sie glauben, er braucht Ihre Hilfe. Aber er glaubt, meine zu brauchen. Sie können nicht zwei Bären in eine Höhle stecken. Selbst Napoleon sagte, daß ein schlechter General besser ist als zwei gute.«

»Auf Elba hatte er ausreichend Zeit, darüber nachzudenken.«

»Elba?«

»Das ist einem Kurort am Schwarzen Meer vergleichbar«, sagte Nowek. »Nur abgelegener. Nehmen Sie doch einmal an, daß AmerRus in die Sache verstrickt ist. Ihr bester Klient. Die Haupteinnahmequelle für Dollar in ganz Irkutsk. Was dann?«

»Gerechtigkeit hat nur eine Flagge.« Das Telefon klingelte. Kasnin griff zum Hörer. »Ich bin sofort unten«, sagte er schnell und legte wieder auf. »Staatsanwalt Gromow wird kaum erfreut sein, wenn er erfährt, daß Sie sich in heikle Angelegenheiten einmischen. Und vergessen Sie eines nicht: Wo Gromow ist, ist auch der Gouverneur.«

»Und Visa, MasterCard, SibirBank und Credit Suisse.«

»Ist Geld für Sie zu schmutzig? Wenn sich die Amerikaner aus Irkutsk zurückziehen, herrscht Anarchie, keine Gerechtigkeit. Und dann, wenn wir mit unserem Kampf gegeneinander zu beschäftigt sind, um es zu bemerken, werden hundert Millionen Chinesen über die Grenze geströmt kommen, um uns das zu nehmen, was sie schon immer wollten. Unser Öl, unser Holz, unser Gold ...«

»Unsere Tiger?«

»Tiger?« War das eine Sportmannschaft? Eine neue Automarke? Kasnin wirkte verblüfft. »Was meinen Sie damit?«

»*Emba.* Großkatzen. Schmuggel von Karkassen. Der chinesische Handel mit sogenannten Heilmitteln. Knochen.«

»Ach, diese Tiger. Wie kommen Sie denn darauf?«

»Wie ich hörte, leben einige davon in Tunguska. Auf dem schwarzen Markt sind sie eine Menge wert. Wertvoll genug, um einen Unternehmer zu interessieren. Vielleicht jemanden mit weniger klar definiertem Tätigkeitsbereich. Wie Sie schon sagten, geht es weniger um Gesetze als vielmehr um den Standpunkt.« Nowek stand auf.

»Bürgermeister?«

»Ja?«

»Lassen Sie die Sache fallen. Lassen Sie einen Fachmann tun, womit er sich auskennt. Und vor allem: Wenn ein Mann stirbt, sollten alle schlechten Gedanken mit ihm sterben. Andrej Ryschkow des Tigerschmuggels zu beschuldigen, das ist ein schlechter Gedanke. Er hat eine einflußreiche Familie und braucht keine weiteren Feinde.«

»Ich bin nur der Bürgermeister«, sagte Nowek. »Ich habe keine Feinde.«

»Wenn das so ist, möchte ich Sie gern mit Staatsanwalt Gromow bekannt machen.«

Oberstaatsanwalt N.I. Gromow stand am Schreibtisch der Empfangsdame und telefonierte. Sie starrte ihn so hingerissen an, als wäre er ein berühmter Rockstar.

Gromows dunkelblaue Uniform zierten ein goldener Stern und ein paar geschmackvolle Orden. Sein knochiges Gesicht trug den gleichen Ausdruck wie ganze Generationen von Bürokratengesichtern vor ihm: eine einstudierte

Leere, die irrtümlich für alles gehalten werden konnte, vorzugsweise aber für das Bewußtsein, einem höheren Zweck zu dienen. Man sah es am Zarenhof, man sah es bei Lenin, bei Breschnew. Es war eine Art Warenzeichen.

Sein Kopf fuhr hoch, als sich die Tür öffnete und Nowek erschien. Er streckte die Hand aus, bevor Nowek einen Ton herausbringen konnte. »Einen Moment.«

Gromow war ein sozialistischer Realist in der Rolle eines Oberstaatsanwalts, sein Gesicht eckig und sein Verhalten das eines Mannes, der resolut in eine leuchtende und gerechte Zukunft ausschreitet. Sein schwarzer Ledergürtel glänzte nicht nur, er strahlte. Seine Schuhe auch. Nowek fragte sich, wie er es geschafft hatte, sie auf dem Weg vom Auto ins Haus so makellos sauber zu halten. Vielleicht war Gromow geschwebt, unbelastet von jeder Schwerkraft.

»Wo haben Sie sie gefunden? Kiew? Wie sind sie so weit gekommen?« Er lauschte. »Gut. Jetzt wissen wir es. Halten Sie mich über weitere Fortschritte auf dem laufenden.« Gromow legte auf, holte ein ledergebundenes Notizbuch und einen goldenen Stift hervor. Er schrieb ein paar Worte auf, schlug das Notizbuch zu, steckte es sich in die Brusttasche und sah Nowek an, als hätte der gerade das Büro des Staatsanwalts mit einem Tablett appetitlicher Häppchen betreten. »Ja?«

Nowek fuhr sich über die Stoppeln am Kinn und wünschte sich, heute früh doch zum Rasierer gegriffen zu haben. »Ich heiße Nowek.«

»Er ist der Bürgermeister«, half Kasnin aus und trat vor. »Wie war Ihr Flug?«

»Unruhig«, sagte Gromow. »Bürgermeister?«

»Nun, hier werden die Dinge sehr glatt verlaufen«, sagte Kasnin. Er ergriff Noweks Ellbogen, drückte ihn kaum merklich und fuhr fort: »Wir hatten gerade ein sehr nützliches Gespräch über die Aufteilung unserer Bemühungen zur Aufklärung des Ryschkow-Mordes.«

»Der Morde«, korrigierte Nowek.

Gromows Blick wurde schärfer, seine Miene strahlte Konzentration aus. »Ich gehe davon aus, daß die Situation deutlich gemacht wurde. Ihre Aufgabe ist Ihnen erklärt worden? Diese Sache muß schnell geklärt werden. Auf unproduktive Maßnahmen sind weder Zeit noch Energie zu verschwenden. Das muß eine Modelluntersuchung werden, ein Modellverfahren und ein ...«

»Verzeihen Sie«, sagte Nowek, »aber ist ein Modell nicht eine verkleinerte Ausführung des Originals?«

Gromow sah Kasnin an. »Was hat er gesagt?«

»Daß wir seiner vollen Unterstützung gewiß sein können.«

»Nun, dann ist es ja gut.« Gromow räusperte sich. »Ich werde in Irkutsk gebraucht. Koreanische Arbeiter laufen uns davon und tauchen an den unmöglichsten Stellen auf. Einer hat es bis nach Kiew geschafft. Ist das zu fassen?«

Die Nordkoreaner unterhielten in Sibirien Holzfällerlager. Straflager, genauer gesagt. Es war ein beredtes Zeichen für die Situation in ihrem Land, daß sie bereit waren, lieber irgendwo in Sibirien unterzutauchen, als nach Hause zurückzukehren.

»Ich persönlich würde mich nach Saudi-Arabien absetzen«, sagte Nowek. »Dort ist es wärmer, und es gibt keine Bäume, die gefällt werden müssen.«

Gromow runzelte die Stirn. »Ihr Gespräch mit Major Kasnin war umfassend?«

»Ja und nein. Bisher habe ich eine Menge über AmerRus erfahren. Über Recht und Gesetz weniger, aber wir sind ja auch erst am Anfang.«

»Recht und Gesetz sind meine Sache«, sagte Gromow. »Erledigen Sie Ihre Aufgabe. Kasnin und ich werden uns um die unsere kümmern.« Er sah Kasnin an. »Ich möchte erfahren, welche Fortschritte Sie bereits gemacht haben.«

»Wenn Sie bitte mit hinauskommen würden«, sagte Kasnin und warf Nowek einen unbehaglichen Blick zu.

Gromow ging auf Nowek zu und erwartete, daß dieser zur Seite trat. Er tat es nicht. »Sonst noch etwas, Bürgermeister?«

»Im Grunde schon. Zu meinen Aufgaben gehört es, für Familien von Milizangehörigen zu sorgen, die in Ausübung ihrer Amtspflicht das Leben verlieren.«

»Und?« Gromow blickte wachsam.

»In Ryschkows Wohnung sind zwei Männer gestorben. Für ihre Familien gibt es keine Hinterbliebenenpension. Ich dachte, Sie könnten mir vielleicht einen Rat geben.«

Gromow trat noch einen Schritt näher und hoffte, Nowek zur Seite drücken zu können, aber der Bürgermeister verharrte wie angewurzelt. »Also gut«, knirschte er. »Mein Büro wird Sie anrufen, um die nötigen Maßnahmen abzusprechen. Ich danke Ihnen dafür, daß Sie mir die Sache persönlich vorgetragen haben. Sie hören von uns.«

Nowek trat beiseite, und der Staatsanwalt rauschte an ihm vorbei wie ein Schlachtschiff, das eine Schute aus dem Weg räumt.

Der Abend war voller Verheißungen, die Luft lind, der Sternenhimmel klar. Ein Wind aus Südwest sorgte für weiteren Temperaturanstieg, trieb die ersten Mückenschwärme aus den Marschen am Fluß heran und lockte die kahlen Köpfe der Frühlingspilze aus dem noch verschneiten Boden.

Ihr kommt zu früh, dachte er. In Rußland zahlt es sich nicht aus, zu früh zu kommen, seine Arbeit allzu eifrig zu erledigen. Ob man nun auf Blut aus war oder auf Gerechtigkeit. Ganz gleich, wie warm und angenehm es jetzt auch schien, klüger war es, sich daran zu erinnern, daß es mit Sicherheit noch einmal frieren würde.

Als Nowek nach Hause kam, waren die Hanteln abgestaubt, Holz im Ofen aufgeschichtet und selbst der Spiegel neben seiner Haustür poliert. Er schloß die Tür und lauschte. Nur das Ticken der alten Wanduhr war zu hören. »Galina?«

Nichts.

Die Küche war aufgeräumt, das schmutzige Geschirr gewaschen und ordentlich neben dem Waschbecken gestapelt. Selbst das Geländer der Treppe, die zu den oberen Zimmern hinaufführte, war abgewischt. Aber nirgendwo ein Zeichen von seiner Tochter. Nowek sehnte sich fast danach, einen vollen Aschenbecher oder eine halbausgetrunkene Tasse zu sehen. Er trat vor Ninas Bild. Den Schrein.

Er hörte ein Geräusch und hob den Kopf. »Galina?«

Aber nur der leichte Wind zerrte am Gebälk des alten Hauses. Wieder sah er Nina an. Drei Jahre. Er spürte die Leere aus den oberen Zimmern über die Treppe herunterwehen wie den Luftzug durch ein geöffnetes Fenster.

Er sah auf die Uhr. Sechs. Wenn sie um acht noch nicht da war, würde er sie – trotz aller Peinlichkeit – von der Miliz nach Hause schleppen lassen.

Wenn sie sie finden konnten. Wenn sie nicht schon auf dem Weg nach Hongkong war. Wenn sich der letzte ehrliche Milizionär von Markovo nicht gerade hatte umbringen lassen. Man durfte vom Leben keine Sicherheit mehr erwarten. Das Leben steckte voller Ungewißheiten. Nur die Musik war noch verläßlich.

Nowek trat an den Swijeschda-Plattenspieler, schaltete ihn ein und legte Beethovens Violinsonate in A-Dur auf, die *Kreutzersonate.*

Der Tonarm senkte sich. Ein Kratzen, ein Zischen und dann erschien Gott selbst in Noweks Küche – in Gestalt vibrierender Saiten, fliegender Finger und der Art paranoider Konzentration, die Menschen in die Lage versetzt, Autos anzuheben. Noweks Autos waren seine Sorgen, seine Erinnerung.

Er holte den hölzernen Mikroskopkasten, stellte ihn auf den Küchentisch und öffnete ihn. Die Linse war auf Korngröße eingestellt, aber das war für seinen Kiesel nicht nötig. Nowek rückte sich den Lichtstrahl der Tischlampe zurecht und drehte an der Einstellung, bis sie rasiermesserscharf war.

Die Kristalle wirkten wie große Nuggets in der mittleren Vergrößerung. Große Kristalle wiesen auf einen langsamen Abkühlungsprozess hin, auf allmählich abkühlenden Granit aus großen Tiefen, den Tiefen der aufsteigenden Plutoniummagma, aus der der felsige Untergrund von ganz Sibirien bestand.

Fortschritt! Er hatte den Ursprung des Steinchens auf einen Subkontinent eingeschränkt. Er drehte es um.

Die Feldspate wirkten wie zerbröselnde, hellrötliche Zuckerstücke, durchzogen von weißen Quarzitadern. Der Quarz war später dazugekommen, durch in das durch

Druck gesprungene Gestein einsickerndes Grundwasser. Nowek drehte den Stein erneut um.

Was dem bloßen Auge als glitzerndes Funkeln erschien, sah unter dem Mikroskop wie eine Landschaft winziger Kügelchen aus. Er verstärkte die Vergrößerung.

Jetzt blickte er auf eine Unzahl erstaunlich gleichförmiger Perlen. Die Kügelchen waren ungemein transparent und überhaupt nicht rund. Mehr wie Tränen, wie Schweißtropfen.

Aus einem Augentropfer drückte Nowek ein Minitröpfchen Säure auf das Steinchen. Keine Reaktion. Nicht organisch. Er kratzte mit einer Sonde an der Oberfläche. Eine Perle löste sich.

Er drückte mit der Sondenspitze auf die Perle. Sie zerbrach mit dem klassischen Knirschen von Glas.

Glas ist nichts anderes als geschmolzener Sand: Calcium, Natrium, Silicium und eine nahezu unendliche Zahl Verunreinigungen. Sobald man Natronkalk hinzufügt, bekommt man Fensterglas. Unter Hinzufügung von Bor erhält man hitzeresistentes Glas, für Glühbirnen beispielsweise. Verunreinigungen durch Bleioxid ergeben feine Kristalle. Natürliches Glas, Obsidian, ist ein vulkanisches Nebenprodukt. Ein unter großer Hitze geborenes Material.

Was waren diese winzigen Tränen?

Geschmolzenes Silikat. Kristallisierter Sand. Eine Glashütte? Eher eine Explosion in einer Glashütte. Auch ein Atomtest schleuderte derartige Produkte in die Luft. Diese winzigen, feinen Tropfen erstarrten Glases wiesen auf große Kräfte hin. Gewaltige Energien.

Eine Explosion? Ein Vulkanausbruch? Ein atomarer Feuersturm?

Erneut blickte er durchs Mikroskop. Er dachte an ein Photo, das er einmal gesehen hatte, eine dieser frühen Hochgeschwindigkeitsaufnahmen. Ein Boxer wird am Kinn getroffen, und im Schein des Blitzlichts fliegt sein Schweiß durch die Luft.

Genau so etwas sah er hier. In die Luft geschleudertes, geschmolzenes Silikat. Beim Abkühlen nahmen die Kügelchen ihre stromlinienförmige, tränenähnliche Form an. Ein wuchtiger Schlag. Eine Explosion. Wer hatte den Schlag ausgeführt, und wo?

Man konnte den Stein durchschneiden, mit einer Diamantensäge eine »Scheibe« von drei Hundertstel Millimeter Stärke abtrennen und zwischen die Objektträger eines Mikroskops legen. Die Komponenten würden ihre signifikanten Farben zeigen. Wenn man noch immer unsicher war, konnte man eine chemische Analyse durchführen, Röntgenfluoreszenz-Spektrometrie. Man konnte sich die Zusammensetzung jedes Kristalls betrachten. Wie Schneeflocken sah nicht eines einem anderen ähnlich. Mit den richtigen geologischen Karten konnte man die Stelle finden, an der der Stiefel den kleinen Stein aufgenommen hatte.

So würde man in der zivilisierten Welt an ein derartiges Problem herangehen. Wenn Nowek das hier auch nur vorzuschlagen wagte, würde man ihn in die Ausnüchterungszelle werfen.

Er sah durch das Mikroskop. Wenn man lange genug ins Nichts starrt, wird es zu etwas.

Eine Explosion. Ein gewaltiger Schlag, der Sand schmolz, wurde in den Himmel geschleudert und rieselte auf freiliegende Nepa-Granitflächen nieder. Der Mond war von solchem, aus Kratern herausgeschleudertem Zeug bedeckt. Besonders ein Krater – Tycho – war von einem so strahlenden Kranz aus weißem Glas umgeben, daß man ihn sogar mit bloßem Auge sehen konnte, wenn der Mond richtig stand.

Unter den Klängen der *Kreutzersonate* stand Nowek auf und holte sich aus dem Bücherregal einen Band über Astronomie. Sein Vater hatte immer versucht, in ihm Interesse für die Sterne zu wecken, vor allem, um ihn von dem abzulenken, was er als »im Schmutz wühlen« bezeichnete.

Meteoriten. Kometen. Der Bauschutt des Sonnensystems. Mit unvorstellbarer Geschwindigkeit rasten sie durch den Weltraum. Wenn sie in die Erdatmosphäre eintraten, wurden die kleineren zu Sternschnuppen, die größeren verursachten Krater. Nowek suchte nach einem Mikrophoto pyroklastischen Auswurfs, als er auf etwas anderes stieß.

Eine Aufnahme umgestürzter, verkohlter Bäume. Mit Bohrtürmen hätte sie ausgesehen wie das Bild einer typischen sowjetischen Ölförderanlage in der sibirischen Taiga.

»Ort des Geschehens ist Sibirien, die großen Taigawälder unterhalb des Polarkreises, das Datum der 30. Juni 1908. Ohne Vorwarnung nähert sich um sieben Uhr dreißig an diesem sonnigen Morgen eine Feuersäule aus dem Osten. So hell wie die Sonne rast ein Feuerball geräuschlos auf die Wildnis zu ... er explodiert mit der Gewalt einer Zehn-Megatonnen-Atombombe.«

Das Photo trägt die Überschrift: »Das Tunguska-Phänomen.«

Nowek ließ das Buch sinken. Die Tigerbroschüre, Ryschkows Vampir, eine Tigerforscherin. Und nun das. Es war, als hätte er zu einem Kompaß gegriffen und festgestellt, daß dieser auf einen neuen Pol zeigt. Einen Pol namens Tunguska.

Nowek erreichte Arkadi Wolski noch in seinem Büro in Irkutsk. Die *Kreutzersonate* strebte ihrem Höhepunkt entgegen.

»Grischa! Ich habe mit mir gewettet, ob du anrufen würdest oder nicht.«

»Hast du gewonnen oder verloren?«

»Sehr witzig. Wie hast du dich entschieden?«

Nowek dachte an die Frau in der Tigerbroschüre. Die Frau an Ryschkows Wand. Die Frau an seiner eigenen Wand. Ihre Gesichter trieben vor seinem inneren Auge vorbei, vermischten sich, trennten sich wieder. Ein Feuerball senkte sich geräuschlos aus dem östlichen Himmel und explodierte mit der Wucht einer Wasserstoffbombe. »Ich habe heute mit Gromow gesprochen. Ich fürchte, wir sind nicht die besten Freunde.«

»Dieser Mistkerl. Der erwartet doch, daß sein Scheißhaufen salutiert, wenn er das Klo verläßt. Was hat er gesagt?«

»Daß Recht und Gesetz seine Sache sind.«

»Immerhin hat er Humor, das muß man ihm zugute halten. Was ist mit Tunguska?«

Die Musik erstarb. Der Raum wirkte noch leerer. Wo war Galina? In irgendeinem schäbigen Keller? In einer Bar? In

Hongkong konnte sie noch nicht sein, oder? In einem Flugzeug? Wie schnell flogen die? »Wann kannst du mir einen Flug nach Tunguska besorgen?«

Wolskis Lächeln war durchs Telefon zu hören. »Morgen früh.«

»Dann mach das. Hast du übrigens Zugang zu Armeeunterlagen? Im Krankenhaus wurde das Blut auf dem Stoffetzen analysiert, den wir gefunden haben. Eine seltene Blutgruppe. AB-negativ. Andrej und der Hund fallen aus. Ich glaube, es könnte vom Mörder stammen.«

»Sicher. Aber weshalb hast du deine Meinung über Tunguska geändert?«

»Wußtest du, daß dort neunzehnhundertacht ein Meteor eingeschlagen hat?«

»Wir ziehen aber auch jeden Mist an. Es freut mich, daß du dort hinauffliegen willst. Was kann ich noch für dich tun?«

»Such in den Armeeunterlagen für mich nach jemandem mit AB-negativ, ja?«

»Schon kapiert. Morgen früh wartet der Hubschrauber auf dich. Es ist übrigens ein AMR-Flug, also ...«

»... benimm dich. Ich weiß.«

»Zu schade, daß ich das nicht sehen kann.« Wolski legte auf.

Nowek lauschte auf das leise Rauschen des Plattenspielers. Wenn er sich anstrengte, konnte er sogar die Uhr in der Diele ticken hören. Es war ein leeres, hohles Geräusch, das in seinen Herzschlägen ein Echo fand.

Er zog sich den Trauring vom Finger. Sein Blick flog zu Ninas Photo an der Wand. Er klatschte den Ring auf den Tisch – wie ein Mann, der sich vom Teufel zu einer Wette herausgefordert sieht und sie annimmt.

7.
KAPITEL

In Sibirien hinterläßt alles eine Spur. In Sibirien sind selbst die schroffsten Dinge ungemein empfindlich. Die Fahrt mit einem Panzer durch die Tundra bewirkt ein Phänomen, das »Thermokarst« genannt wird. Nach einem Jahr sind aus den Kettenfurchen Risse geworden, im zweiten Jahr Geologie. Im dritten Jahr erhalten sie einen Namen auf der Landkarte.

In einem Land, das dazu bestimmt scheint, ganze Nationen spurlos zu schlucken, hinterlassen auch Menschen ihre Fährten. In der Kälte erstirbt der Wind, der Himmel leert sich, und jedes Luftmolekül erstarrt. Es wird so still, daß selbst ein Lufthauch, der keine Kerze ausblasen könnte, eine Schneelawine von den Bäumen holt. Die Kälte verbrüht das Gesicht. Die Menschen schnaufen wie Zugpferde, jedes Einatmen bringt Schauer von Stahlsplittern in die Lungen, jedes Ausatmen ist eine Explosion von Dampf.

Bei sechzig Grad unter Null kann der Dampf nirgendwohin entweichen. Er verdichtet sich zu einem Dunst, den die Einheimischen »Menschennebel« nennen. Er ist so reglos wie die Luft, und beim Laufen läßt man einen wahren Tunnel davon hinter sich zurück. Der Dunst kann sich einen ganzen Tag lang halten, und Markovo wird zu einem Labyrinth von Tunneln, die die Menschen auf ihrem Weg zur Arbeit, zum Einkaufen, auf einen kleinen Schluck in einer Nebenstraße hinterlassen. Wenn die Spur zu einem im Schnee erstarrten Menschen führt, kann sie ihren Verursacher überdauern.

Aber jetzt ist Frühling und die größte Kälte überstanden. Der vom Milizionär Goriz hinterlassene Tunnel besteht aus einem verschlossenen Einmachglas Reis, einer Scheibe Brot, einer Photographie, einer halbausgetrunkenen Flasche Wodka und einem leeren Glas. Sie standen auf einem Holztisch, der von einem seidenen Mudjar-Gebetsteppich bedeckt war.

Diese Totenehrung war teils tschechisch, teils russisch, teils mystisch. Kurzum: sibirisch.

Seine Witwe stand neben dem Tisch und nahm die Geschenke an Lebensmitteln entgegen, die von Nachbarn und Verwandten gebracht wurden. Sie war eine kleine dunkelhaarige Frau mit rotgeweinten Augen. Zwei kleine Kinder klammerten sich an ihren Rock, zwei Mädchen, beide mit den Locken ihres Vaters. In einem Nebenzimmer waren ein Onkel, ein Bruder und eine ältere Frau vor einem einflammigen Elektroherd mit dem Kochen beschäftigt.

Der Geruch nach Lamm ließ Nowek das Wasser im Mund zusammenlaufen. Er verspürte eine Aufwallung von Mißtrauen von der Art, wie sie alle Russen gegenüber allen Tschechen empfinden. Natürlich hatten sie es gestohlen. Wo sonst fand man schlachtfrisches Fleisch? Doch das war altes Denken von der allerschlimmsten Art. Er verdrängte den Argwohn, aber es gelang ihm nicht ganz.

Nowek ging zu der Frau und überreichte ihr einen Umschlag mit dem Stempel der Stadtverwaltung.

Sie nahm den Umschlag und sagte: »Es hätte Sie treffen sollen.«

Sie schob die beiden Kinder zur Seite. Sie schien innerlich zu wachsen, zornig zu werden. »Er ist bei der Miliz geblieben, weil er meinte, Sie wären anders.« Sie machte eine kurze Pause und fügte dann hinzu. »Jetzt ist er tot, und Sie leben. Das ist der Unterschied.«

»Es tut mir leid.«

Nowek drehte sich um und ging. Als er vor der Tür einen Moment stehenblieb, hörte er eine laute Männerstimme. »Wieviel?«

Wieder war es ein warmer Tag, und der Schnee schmolz rapide. Der Fahrtwind des Landcruiser holte ihn in dicken nassen Fladen von den Kiefernästen.

»In Dollar?« fragte Tschutschin.

»Zweitausend für Goriz, tausendfünfhundert für seinen Kollegen.«

»Sie werden eine Woche lang feiern. Was hat Gromow dazu bewogen?«

»Der Staatsanwalt hat seine Pflicht getan«, sagte Nowek. »Und ich die meine.« Nach kurzem Schweigen fügte er hinzu: »Ich habe die Miliz gebeten, nach ihr zu suchen.«

»Sie wird wiederkommen«, sagte Tschutschin. »Galina will Sie nur quälen.«

»Es gelingt ihr.«

»Sie haben andere Sorgen. Dieser Flug beispielsweise. Was versprechen Sie sich wirklich davon?«

Er hatte ihm das Anna-Wereskaja-Photo gezeigt. Tschutschins Miene war ihm nicht entgangen. »Vielleicht kann sie den Knochen identifizieren.«

»Ihnen geht es doch gar nicht um den Knochen. Sie ist nicht Nina, Bürgermeister. Es bringt nichts, ihr Photo anzustarren und zu hoffen, sie wäre eine andere.«

Nowek schwieg.

Der Landcruiser verursachte eine Bugwelle eisigen Wassers, als Tschutschin die Fahrt zum Flughafen von Markovo beschleunigte. Plötzlich trafen die Reifen auf eine Eisfläche, und sie schleuderten scharf nach rechts, auf den Straßengraben zu. »Vorsicht!«

Nowek stemmte sich mit beiden Händen ab, als der Wagen in ein Schlagloch geriet. »Tschutschin!«

»Wollen Sie nun zum Flugplatz oder nicht?«

»Ja, aber lebend.«

Gelb strahlte die Sonne aus einem klarblauen Himmel. Schon bald würde die Straße zum Flugplatz eis- und schneefrei sein und damit unpassierbar. Durch Risse, Aufbrüche und Schlaglöcher im Beton wäre die Straße unbenutzbar, bis die ersten heftigen Schneefälle sie wieder pflasterten.

»Etwas begreife ich nicht«, sagte Tschutschin. »Was macht es für einen Unterschied, ob Ryschkow ein Dieb oder ein Knochenschmuggler war? Wen interessiert es schon, ob er durch die Mafia oder die Amerikaner umgekommen ist?«

»Mich. Kasnin und der Staatsanwalt halten zusammen wie Pech und Schwefel. Dafür muß es einen Grund geben. Es könnte um AmerRus gehen. Wolski hält es für nicht unwichtig, mehr darüber zu erfahren.«

»Das heißt nur, daß es für Wolski wichtig ist.«

»AmerRus fördert bisher wenig Öl in Tunguska. Auch die Gründe dafür sind interessant. Ich bin einfach neugierig.«

»Niemand ist fehlerlos.« Tschutschin drehte sich um. Seine Sonnengläser ähnelten schwarzen Spiegeln. »Vielleicht ist das Tunguska-Öl wie Trischkas Hund.«

»Trischka?« Es gab eine Million Trischka-Geschichten, jede von ihnen auf eine andere Situation anwendbar. Aber Trischkas Hund?

»Sein Hund, Bürgermeister. Trischka verkauft seinen Hund an irgendeinen Dummkopf, aber am Abend kommt der Hund zu ihm zurück. Am nächsten Tag wiederholt er sein Geschäft mit einem anderen Schwachkopf.«

»Sie denken wie ein bauernschlauer Muschik.«

»Würde ich sonst noch am Leben sein? Vielleicht sind diese Speichellecker in Irkutsk nicht so blöd, wie Sie glauben.«

»Ich habe nie behauptet, sie wären dumm.« Aber Tschutschins Bemerkungen hatten eine Menge für sich. Trischka, der schlaue Tor. Nahm AmerRus die Dollar ab. Und wenn die Amerikaner aufgaben, würden die Russen Tunguska an einen neuen Interessenten verkaufen. »Manchmal hört es sich wirklich so an, als würden Sie die Vergangenheit vermissen.«

»Sehen Sie sich um. Dann kommen Sie selbst auf die Antwort.«

»Sie vermissen die Zeit, in der Ihnen die Partei sagte, was Sie zu denken und wo Sie zu pissen haben? In der es nichts Eßbares zu kaufen gab?«

»Ich gebe zu, daß es vielleicht nichts zu kaufen gab«, erwiderte Tschutschin mit einem durchtriebenen Grinsen, »aber das konnten wir uns wenigstens leisten.«

Die Straße führte an der Lena entlang und verband mit ihrer Trasse nach Norden immer kleiner werdende Ortschaften miteinander. Am Rand der Stadt lag die alte stillgelegte metallurgische Fabrik, der einzige Bereich von Markovo, der auch im Sommer unter einer weißen Decke lag – nicht aus Schnee, sondern aus Asbest. Der Wind wehte Wolken von feinem Staub durch die Luft.

Die Straße selbst war im klassischen Sowjetstil gebaut:

zehn Tonnen schwere Betonklötze nebeneinander auf dem schlammigen Boden abgeladen. Hinter dem Flugplatz lag der Ort Schpalosowod, ein früheres Straflager, in dem Bäume zu Eisenbahnschwellen verwandelt wurden.

Hinter dem Ort wurden die Wälder dünner. Der felsige Grund lag nahezu bloß, nur spärlich von grünem Moos, gelbem Sand und weißlichem totem Holz bedeckt sowie von einem filigranen Muster bleigrauer Wasserläufe durchzogen, die träge nach Norden flossen. Die Straße endete an einer Ansammlung von Fischerkaten, die Sewersk genannt wurden oder einfach Norden.

»Vielleicht hat Ryschkow herausgefunden, wer da Trischka spielte«, sagte Tschutschin. »Vielleicht wollte er es AmerRus stecken, aber die Organe sind ihm zuvorgekommen.«

»Gromow meinen Sie. Und was ist mit dem Knochen?«

Tschutschin zuckte die Schultern. »Ihr kleiner Ausflug kann Staatsanwalt Gromow nicht verborgen bleiben. Er wird ihm gar nicht gefallen.«

»Warum zerbrechen Sie sich den Kopf über Gromows Gedanken?«

»In diesem Fall könnten diese bedeuten, daß ich mir eine neue Arbeit suchen muß. Gromow wird Sie mit dem Absatz zertreten und sich nicht einmal fragen, warum seine Schuhe so riechen.«

Nowek dachte an die blankgeputzten schwarzen Schuhe. »Achten Sie auf die Fahrbahn.«

Vierzig Minuten hinter der Stadtgrenze gingen die Kiefern und Lärchen in die sonnenbeschienene Freifläche des Flugplatzes über. Die Straße war zu Ende, und eine schwarzgestrichene Start- und Landebahn begann. Ein orangefarbener AmerRus-Luftsack hing schlaff am Mast.

Ein paar alte Holzgebäude standen am Waldrand, das größte von ihnen trug ein ausladend gewölbtes Metalldach. Verrostete Ölfässer lagen herum wie von einem Riesen verstreute Bierdosen. Ganz rechts und in sicherer Entfernung von der allgemeinen Unordnung befand sich das von einem hohen Zaun umgebene AmerRus-Gelände, ein Schneepflug und ein Hubschrauber.

Tschutschin fuhr an den Zaun und hielt vor dem geschlossenen Tor. Dahinter lag ein Metallgebäude aus Fertigteilen, das steil abfallende Dach bestückt mit schwankenden Antennen. Es gab keine Fenster und nur eine Tür. Davor parkten zwei Jeeps mit dem Firmenlogo: einem roten Mond und einem Bohrturm.

Neben dem Tor stand ein hohes, schmales Postenhäuschen. In ihm war ein Telefon. Tschutschin drückte aufs Tastenfeld und reichte Nowek den Hörer.

Als er ihn ans Ohr hielt, summte es bereits. Es klickte. Nowek versuchte, sich an sein Uni-Englisch zu erinnern. »Hallo?«

»Hier Anmeldung. Was können wir für Sie beide tun?«

Woher weiß er, daß wir zu zweit sind? »Ich bin Gregorij Nowek, Bürgermeister von Markovo. Ich soll heute nach Tunguska fliegen.«

Pause, eine lange Pause. »Wer sagt das?«

»Der Repräsentant des Präsidenten in Irkutsk hat mich angemeldet. Er heißt Wolski, Arkadi Wolski.«

»Wann war das?«

Tschutschin verstand kein Englisch, aber er konnte Noweks Miene deuten. »Probleme?«

Nowek nickte. »Vielleicht könnte ich in Irkutsk anrufen?« sagte er in die Muschel.

In der Leitung blieb es beunruhigend still.

»Was will er?« erkundigte sich Tschutschin. »Einen kleinen Obolus?«

Nowek wollte gerade etwas sagen, als sich der Mann wieder meldete. »Parken Sie vor der Tür, und halten Sie sich von dem Chopper fern. Dem Hubschrauber. Und hinter meinem Tor wird nicht mehr geraucht, klar?«

Das Tor begann zu piepsen, gleich darauf öffnete es sich.

Nowek gab Tschutschin den Hörer zurück. »Fahren Sie nicht zu nahe an den Hubschrauber heran.« Er warf einen beredten Blick auf die glimmende Zigarette. Die letzte aus Galinas Java-Schachtel.

Tschutschin warf den Hörer auf die Gabel und drückte die Zigarette zwischen Daumen und Zeigefinger aus. Er steckte sie in seine Jackentasche. »Ich kann nur hoffen, daß sie die Steine gezählt haben. Ich möchte nicht des Diebstahls bezichtigt werden.« Er parkte zwischen den beiden AmerRus-Jeeps.

Nowek stieg aus und schlug die Tür zu.

Das Metallgebäude war irgendwo anders zusammengebaut und auf Stützpfeilern abgestellt worden. Es stand etwa einen Meter über dem Boden, um das Eis darunter vor dem Schmelzen zu bewahren. In Sibirien lief alles, was warm gehalten wurde, Gefahr, unterzugehen wie ein leckes Schiff.

Manche Gebäude verfügten über mehr Räume im Erdreich als darüber. Die Untergeschosse der ältesten beherbergten wahre Monster: die auftauenden Leichen urtümlicher Tiere – Mammuts, fremdartige kleine Pferde, riesenhafte Bären. Alle an dem Tag erwischt, an dem sich Sibirien seinen Ruf für klimatische Exzesse erwarb. Manche von ihnen hatten sogar noch Grasbüschel zwischen den Zähnen.

Alles änderte sich hier sehr schnell, ungestüm. Unversehens von einem Exzeß zum anderen. Würden eines Tages auch »Bisnismän« und Organisatoren in irgendeinem geschmolzenen Sumpf gefunden werden, die Taschen voller Dollarscheine? fragte sich Nowek.

Die Wände des AmerRus-Gebäudes bestanden aus vernietetem Wellblech. Fenster gab es nicht, aber eine Kamera schwenkte langsam hin und her. Hinter dem Gebäude brummte ein Dieselgenerator. Nowek stieg drei Stufen hinauf und trat durch eine Luftschleuse ein.

Drinnen herrschte ein merkwürdiger Geruch oder – besser gesagt – gar keiner. Weder nach Schweiß noch nach Zigaretten. Nicht einmal in einem russischen Krankenhaus roch es so aggressiv sauber. Vor einem breiten Tresen stand eine Reihe orangefarbener Plastikstühle. Auf einer Tafel waren die AmerRus-Flüge verzeichnet.

Hinter dem Tresen stand ein hochgewachsener Mann mit mittelblonden Haaren. Seine Miene war so bemüht ausdruckslos, daß sie an jemanden erinnerte, der auf einer Parteiversammlung gefurzt hatte. Er trug einen orangefarbenen Overall mit dem AmerRus-Logo auf der einen und dem Namen Higgins auf der anderen Brusttasche.

»Ich heiße Nowek und sollte nach Tunguska fliegen.«

»Das sagten Sie bereits. Aber Sie stehen nicht auf meiner Liste. Ich habe gerade mit Irkutsk gesprochen, und dort kennt man Sie nicht. Wer hat Sie noch mal angemeldet?«

»Der Repräsentant des Präsidenten. Ich kann versuchen, ihn zu erreichen.«

»Würde nichts nutzen. Der Morgenhubschrauber ist schon weg. Bis zum nächsten dauert es noch eine Weile, und bei ihm handelt es sich um einen Versorgungs-Chopper nach Irkutsk. Mit dem können Sie fliegen, wenn Sie wollen.«

»Ich kenne Irkutsk, vielen Dank.«

»Dachte ich mir fast. Nun, morgens gehen meine Flüge in den Norden, nachmittags nach Irkutsk. Sie werden wohl wieder nach Hause fahren müssen, wenn man Ihnen keinen VIP-Vogel schickt. Offen gesagt, glaube ich das nicht. Ich fürchte, Sie haben Pech.«

»Langsam gewöhne ich mich daran. Heute das, und gestern habe ich Doktor Gabriel vom Tiger Trust verpaßt. Er kam in mein Büro, aber ich war nicht da. Ist er auch nach Irkutsk geflogen?«

»Ich reiße mich nicht um VIP-Typen. Wenn sie auftauchen, sehe ich zu, daß ich sie in meinen regulären Flügen unterbringen kann.«

»Was meinen Sie mit regulär?«

Higgins deutete auf die Tafel. »Ich unterhalte hier eine Art Fluglinie. Ankünfte, Abflüge. Muß alles aufeinander abgestimmt sein. Wenn dann ein Sonderwunsch kommt, muß ich ganz schön jonglieren. Man könnte durchaus sagen, daß ein VIP nur Sand ins Getriebe wirft.«

»Das ist überall so.« Der überlastete Bürokrat auf unterer Ebene war eine Spezies, die keine Landesgrenzen kannte. Ob im Sari, im Anzug oder im Eisbärpelz – sie waren alle Geschwister. Dazu kam die Langeweile eines abgelegenen Arbeitsplatzes, mit dem verglichen Markovo fast aufregend wirkte, und selbst Nowek konnte Mitgefühl empfinden. Er blickte auf die Tafel. »Es sieht so aus, als wäre vorgestern abend eine AmerRus-Crew nach Markovo gekommen.«

»VIP-Typen.« Higgins griff unter den Tresen und holte

ein Klemmbrett hervor, an dem ein Schlüsselring baumelte. Mit dem Finger fuhr er die Eintragungen entlang. »Eine Crew kam zusammen mit den hohen Tieren aus Tunguska.«

»Wie bitte?«

»Ihrem Freund Gabriel und der Tigerlady. Decker ist nachmittags um halb fünf gelandet und am nächsten Morgen zurück in den Norden. Kann sie nachts kaum durch die Gegend sausen lassen. Zu riskant. In Markovo ist es natürlich auch nicht gerade sicher.«

»Ich weiß.« Er wußte zwar nicht, um wen es sich bei diesem Decker handelte, aber sogar ein Bürgermeister konnte vermuten, wer die Tigerlady war. »Ist Doktor Wereskaja am nächsten Tag in den Norden zurückgeflogen?«

»Wie ich schon sagte, ich reiße mich nicht um die VIPs. Sprechen Sie mit dem Büro in Irkutsk. Vielleicht können die Ihnen weiterhelfen.«

»Aber sicher ist das nicht, oder?«

»Möglich ist alles.«

»Es gibt also keine Chance für mich, nach Tunguska zu kommen?«

Higgins zeigte auf die Wand hinter Nowek. »Wie ich schon sagte, möglich ist alles. Rund achtzig Kilometer in dieser Richtung. Folgen Sie einfach der Pipeline. Sie können es nicht verfehlen.«

»Nun?« fragte Tschutschin, als Nowek zurückkehrte. Das Wageninnere war ein Miasma aus billigem Tabak. Es hielt die Mücken fern. »Sind Sie irgendwie schlauer?«

»Mit einer Sache hat Kasnin recht. Ich bin kein Polizist.«

»Darauf können Sie doch stolz sein.«

»Aber ich habe etwas in Erfahrung gebracht.«

»Es ist Mittagszeit, Bürgermeister.« Dann fügte er hinzu: »Was?«

»Ryschkows Freundin war in Markovo, in der Nacht, als er ermordet wurde.«

»Freundin?«

»Anna Wereskaja. Die Tigerspezialistin. Vielleicht hat sie ihn aufgesucht.« Nowek runzelte die Stirn.

»Frohlocken Sie nicht. Gromow wird Sie noch immer einen Kopf kürzer machen. Und was wird dann aus mir?«

»Gromow hat ein besseres Auto.«

»Für diese Mistkerle arbeiten? Niemals.« Tschutschin startete den Motor und setzte zurück. Als sie das Tor erreichten, piepste es bereits. Tschutschin griff in die Tasche und holte den Rest seiner Zigarette heraus. Beim Anstecken hielt er plötzlich inne und blinzelte nach vorn. »Wer ist denn das?«

Auf der anderen Seite des Zauns stand ein schlaksiger junger Mann und lächelte ihnen breitlippig entgegen. Er trug eine Lederjacke und einen bunten Schal um den Hals. Trotz seiner ausländischen Kleidung wiesen ihn seine fleckigen Zähne als Russen aus.

Tschutschin kurbelte das Fenster herunter.

»Kann ich Ihnen vielleicht irgendwie zu Diensten sein?« Der junge Mann klammerte sich ans Fenster und schien fest entschlossen, notfalls auf dem Trittbrett des Toyota nach Markovo zurückzufahren. »Ich heiße Jurij Duraschenko. Sie haben doch sicher schon von der Kranich-Fluglinie gehört?«

»Noch nie«, sagte Tschutschin.

»Falls Sie nach einer Beförderungsmöglichkeit suchen – Fracht, Passagiere, alles jederzeit überallhin, dann bin ich Ihr Mann.«

»Es ist Mittagszeit, Bürgermeister«, wiederholte Tschutschin.

»Bürgermeister?« Jurij Duraschenkos Blick flog zu Nowek. »Was bringt denn den Bürgermeister hierher?«

»Ich sollte mit AmerRus nach Tunguska fliegen.«

»Da können Sie ja von Glück reden, glauben Sie mir. AmerRus hätte Ihnen ein Vermögen berechnet. Tunguska liegt nicht auf unserer Route, aber wir könnten einen Umweg machen.«

»Inoffiziell?«

»Offiziell, inoffiziell. Das läuft alles auf das gleiche hinaus.«

Wie recht du hast, dachte Nowek. »Wieviel?«

»Üblicherweise würde Kranich fünfhundert berechnen.«

»Bürgermeister, Ihr Vater hat heute Geburtstag. Wir wollten ihn um ...«

»Fünfhundert Rubel?«

Duraschenko lachte. »Sie haben Humor, wie ich sehe. Zum Glück für Sie befindet sich unser Unternehmen erst im Aufbau. Wenn Dollar nicht möglich sind, läßt sich auch etwas anderes arrangieren.«

»Arrangieren?« fauchte Tschutschin. »Für wen hält er sich? Vielleicht sollte er darüber nachdenken, wie er seine Zelle ›arrangiert‹.«

Duraschenko schob das Kinn vor. »Mit der Privatisierung haben sich die Zeiten geändert.«

»Privatisierung. Pah! Eine Umschreibung für Diebstahl. Ihr seid ja schlimmer als die Kommunisten. Sie haben uns wenigstens ein paar Krumen übriggelassen.«

»Vielleicht haben Sie mehr als Krumen auch nicht verdient.«

»Wir haben unser Blut dafür gegeben, daß Betrüger wie du ...«

»Genug.« Nowek legte seine Hand auf Tschutschins Arm und drückte ihn kurz. »Sie sagten, der Name Ihrer Fluggesellschaft sei Kranich?«

Duraschenko nickte. »Stimmt. Ich bin Direktor und Chefpilot. Darüber hinaus kümmere ich mich um das Personal.«

Mit anderen Worten: Er besaß ein Flugzeug, flog es, und er hatte Arbeiter gefunden, die ihm beim Be- und Entladen halfen. »Warum habe ich von Ihnen noch nie etwas gehört?«

»Werbung ist teuer. Denken Sie an diese Hunde von *Rostok Russija.* Sie knöpfen einem russischen Unternehmen das Fünf- bis Sechsfache dessen ab, was Sie von Ausländern verlangen. Das sollte verboten sein.«

»Ist es vermutlich auch. Dennoch müßte mir ein in Markovo ansässiges Unternehmen doch bekannt sein. Sie haben sich doch ins Handelsregister eintragen lassen, oder?«

»Wenn Sie das tun, stehen am nächsten Tag fünf *byki* auf Ihrer Schwelle und verlangen Schutzgeld.«

Nowek mußte ihm recht geben. Die Banden hatten alle Ebenen der städtischen Verwaltung infiltriert. Sie *waren* die

Verwaltung. Ein Handelsregister machte die Erpressung nur einfacher, umfassender. »Und was ist mit Steuern?«

»Mein Buchhalter ist sehr verantwortungsbewußt.«

»Als Direktor sind Sie verantwortlich. Ein von der Mafia kontrolliertes Unternehmen könnte ich natürlich nicht kennen. Die führen keine Bücher, und niemand hat die geringste Ahnung von ihren Aktivitäten. Aber das zu untersuchen ist Sache des Oberstaatsanwalts. Er heißt Gromow. Vielleicht kennen Sie ihn.«

Duraschenko hatte das Aussehen eines Tieres, das das Klicken der Falle bereits hört. Seine Brauen zuckten. »Offen gestanden bin ich bemüht, Komplikationen zu vermeiden.«

»Das ist eine löbliche Absicht.« Nowek lächelte. »Aber vielleicht hat Staatsanwalt Gromow von Ihnen gehört. Ich könnte das überprüfen.« Früher gab es keine bessere Chance, jemanden auf eine schwarze Liste zu bringen, als danach zu fragen, ob er bereits darauf stand.

Das wußte der junge Pilot auch. »Das ist nicht nötig. Die Dinge so einfach wie möglich halten ist unser Firmenmotto. Sie sagten, Sie wollen nach Tunguska? Zur Ölkolonie?«

Kolonie? Seltsame Bezeichnung. Aber möglicherweise zutreffend. »Ich möchte Ihre Flugpläne nicht durcheinanderbringen.«

»Ich kann Sie dort absetzen, meine Aufträge erledigen und Sie auf dem Rückflug wieder abholen. Bei Sonnenuntergang sind Sie wieder zu Hause. Kein Problem. Betrachten Sie es als Einführungsangebot. Wenn die Stadt wieder einmal eine Transportmöglichkeit braucht, wenden Sie sich gar nicht erst an AmerRus, sondern kommen Sie gleich zu Kranich. Was sagen Sie dazu?«

»Was wohl? Steigen Sie ein.«

Duraschenko riß die Tür auf. »Lassen Sie Ihren Fahrer dort drüben parken.« Er zeigte auf ein langgezogenes Gebäude mit gewölbtem Dach.

»Sie haben gehört, was er gesagt hat, Fahrer«, sagte Nowek. »Da drüben.«

Murrend startete Tschutschin den Landcruiser.

Berge von tauendem Schnee lagen vor dem Gebäude.

Das Flugfeld dahinter war von verrosteten Rohren, Stoffbahnen und den verrußten Überresten alter Motoren übersät. Die Tore standen offen, und heraus ragte die Nase eines ramponierten Flugzeugs wie ein Aal aus einer Höhle.

Beim Näherkommen entpuppte sich der Aal als Bug eines AN-2-Doppeldeckers. Sein riesiger Sternmotor und die vierflügeligen Propeller waren mit blauem Tarpaulin und zerrissenen Decken umwickelt. Metallkabel und lose Drähte hingen an ihm herab wie ein Schnauzbart.

»Eines Tages wird Kranich alle Orte anfliegen, die Aeroflot aufgegeben hat«, sagte Duraschenko. »Noch schläft die Konkurrenz, aber wenn sie endlich wach wird, sind wir zu groß, um wieder aus dem Geschäft gedrängt werden zu können.«

Der Name Aeroflot ließ Nowek innerlich erstarren. Aber als seine Frau Tickets nach Moskau gebucht hatte, war Aeroflot die einzige Möglichkeit, dorthin zu gelangen. Für den Zug bedurfte es einer gewissen Charakterstärke und jeder Menge Geduld. Von ersterem besaß Nina ungeheuer viel, vom zweiten gar nichts. Er sah den jungen Flugunternehmer an. »Was ist mit AmerRus? Erhalten Sie Frachtaufträge von ihnen?«

»Anfangs schon. Jetzt haben sie ihre eigene Flotte, und damit meine ich keine kleinen Vögel. Ich habe ihre Düsenmaschinen starten und landen sehen. Keine Ahnung, wie sie sich die leisten können. Selbst wenn man den Treibstoff stiehlt, kann es sich nicht auszahlen. Es muß sie ein Vermögen kosten.«

Treibstoffdiebstahl kann so schwer nicht sein, wenn AmerRus die Ölfelder kontrolliert, dachte Nowek. Sie mußten sich die Hände nicht schmutzig machen. Sie könnten es mit einem Federstrich erledigen: Soundso viele Tonnen sibirischen Leichtöls weniger als tatsächlich gefördert wurden, und der Rest wurde zwischen der Raffinerie, der Mafia und AMR aufgeteilt. Und wem noch? Dem Gouverneur? Gromow? Möglich. War das den Mord an Ryschkow und seinen beiden Männern wert gewesen? Mehr wert als die Knochen eines toten Tigers?

»Aber auch jetzt noch, wenn das Wetter zu schlecht ist oder an ihren feinen Maschinen irgend etwas kaputtgeht«, fuhr Duraschenko fort, »erinnern sie sich an den Kranich. Dann dürfen wir die schmutzige Arbeit für sie erledigen.«

Schmutzige Arbeit. Das erinnerte ihn an Kasnin. »Zahlen sie gut?«

Duraschenko wirkte ausgesprochen kläglich. »Mit Ausnahme der Touristen sind sie – offen gesagt – die einzigen, die überhaupt zahlen. Geld sehen wir selten, meistens sind es Tauschgeschäfte. Medikamente gegen Fische, Goldstaub gegen Krebskonserven. Wir haben auch ein paar Rohdiamanten gesehen, aber mittlerweile kaum noch, seit die Israelis in Jakutsk sind. Meist geht es um Lachsseiten oder einen räudigen Zobel für ein Barrel Kerosin. Treibstoff zu bekommen, das ist unsere größte Herausforderung. Diese Hunde nehmen nur Geld.«

»Das ist auch für Markovo ein Problem«, sagte Nowek.

»Ich habe von diesem General gehört. Wie hieß er doch gleich?«

»Schurat«, beteiligte sich Tschutschin nun doch an der Unterhaltung. »Er war ein Mann, der seine Nase in Dinge steckte, die ihn nichts angingen, und die dafür abgehackt wurde. Er ist Bürgermeister Noweks großer Held.«

»Ruhe, Fahrer. Sie fliegen also nicht regelmäßig für AmerRus?«

»Nur in Notfällen.«

»Aber Sie machen auch ohne AmerRus Geschäfte.«

Duraschenko lachte. »Geschäfte? Wissen Sie, was russische Geschäfte sind? Ein Mann will einem anderen tausend Kilo Zucker verkaufen. Sie unterschreiben den Vertrag, und beide rennen aus der Tür. Warum? Der Verkäufer will den Zucker auftreiben, der Käufer das Geld. Das sind russische Geschäfte.«

Nowek sah sich um. Auch hinter dem Hangar nur Berge von Schnee. »Wo ist Ihr Flugzeug?«

»Dort.« Duraschenko deutete auf den Doppeldecker.

»Ist das Ihr Ernst?«

»Selbstverständlich. Annuschka ist der größte Doppeldecker der Welt.« Duraschenko sagte das fast stolz. Die größte Steinaxt der Welt. »Widerstandsfähig und billig. Wie gemacht für Sibirien. Wir können fast überallhin fliegen, wo auch ein Hubschrauber hinkommt, und das sehr viel sicherer. Kranich hatte noch nie einen Unfall.«

Duraschenko stieg aus und öffnete Nowek die Tür. »Bitte. Sie sind in guten Händen. Darauf gebe ich Ihnen mein Wort.«

Nowek sah erst den Doppeldecker an, dann Duraschenko.

»Bürgermeister«, sagte Tschutschin, »was soll ich Ihrem Vater erklären, wenn Sie mit diesem Piraten verschwinden und nicht zurückkommen? Er freut sich auf sein Geburtstagsessen. Was wird er sagen?«

»Daß ich Sologeiger hätte werden sollen.« Nowek griff nach dem Paket mit dem Knochen. »Ich bin vor Sonnenuntergang wieder da. Also bleibt noch viel Zeit, bis mein Vater kommt. Gehen Sie zu Ihrem Freund Maljeschew, und kaufen Sie etwas zu essen. Und, Tschutschin ...«

»Ja?«

»Fragen Sie ihn, wo sich der Markt für überalterte Armeerationen befindet.«

»Sie wollen Ihrem Vater Armeerationen vorsetzen?«

»Nein. Kasnin hatte welche in seinem Büro. Ich möchte wissen, warum.«

»Warten Sie's ab. Spätestens morgen werden Sie sie in einer Zelle essen. Das ist Kasnins Aufgabe, Bürgermeister. Lassen Sie ihn doch mit dieser alten Mühle fliegen. Vielleicht haben wir Glück, und sie stürzt ab.«

»Ich stürze nicht ab, Großväterchen.« Duraschenko griff in seine Lederjacke und holte eine Schachtel Marlboro heraus. »Wollen Sie eine?«

Tschutschins Nasenflügel zuckten.

»Hören Sie, wir werden alle Geschäftspartner, stimmt's? Nehmen Sie die ganze Packung.« Er stopfte sie in Tschutschins Jackentasche und wandte sich an Nowek. »Bereit?«

»Warum nicht.« Nowek folgte Duraschenko zum Kranich-Hangar.

»Wissen Sie, Bürgermeister«, sagte er, als Tschutschin sie nicht mehr hören konnte, »ich wollte das vor anderen nicht erwähnen, aber in gewisser Weise haben wir bereits eine gewisse Beziehung zueinander.«

»Nicht, daß ich wüßte.«

»Entschuldigen Sie, aber Sie irren sich. Ich kenne Ihre Tochter.«

Nowek sah Jurij Duraschenko an. Er auch?

»Galina. Sie ließ sich von uns zum Flugplatz mitnehmen und hat den amerikanischen Piloten schöne Augen gemacht. Meistens haben die AMR-Cowboys mit ihr harmlos herumgeflirtet, aber ein achtzehnjähriges Mädchen kann bei Männern wie diesen leicht in Schwierigkeiten kommen. Ich sah mich zum Eingreifen gezwungen.«

»Sie ist erst sechzehn.«

»Noch schlimmer. Sie versuchte sie dazu zu überreden, sie nach Irkutsk mitzunehmen. Wissen Sie, daß sie mitunter Mädchen in den Norden mitnehmen und dortbehalten? Ich wollte nicht, daß ihr das auch zustößt, also habe ich sie mit dem Lastwagen in die Stadt zurückgeschickt. Das hat ihr nicht besonders gefallen, aber Plet ließ ihr kaum eine andere Wahl.«

»Plet?«

»Mein Partner. Er schob sie in den Laster und setzte sich auf sie.«

»Sie hat mir nie etwas davon erzählt«, sagte Nowek. »Auch Sie hat sie nicht erwähnt. Aber vielen Dank.« Er fragte sich, wie lange Galina bereits die Schule schwänzte. Warum war er nicht darüber informiert worden? Und warum hatte sie sich mit den Cowboys von AmerRus angefreundet? »Erzählen Sie mir ein bißchen mehr über AMR.«

»Was gibt es da zu erzählen? Sie könnten eine Menge Geld sparen, wenn sie uns dauerhaft engagieren würden. Für den Treibstoff, den einer ihrer tollen Hubschrauber in der Stunde verbraucht, kann ich die Annuschka einen ganzen Monat lang fliegen. Aber davon wollen sie nichts hören. Sie halten alles Russische für Mist. Als würden westliche Flugzeuge nie abstürzen.«

Wieder erstarrte Nowek.

»Bei den ersten Schneeflocken decken sie ihre Maschinen ab und warten darauf, daß es zu schneien aufhört. Sie ...«

Nowek hörte nicht mehr zu. Er dachte an ein immer heftiger werdendes Schneetreiben, aus einem Himmel, der aussah wie nasser Zement. Ein typischer Wintertag in Sibirien. Wollte Nina tatsächlich fliegen? Wie wichtig konnte die Besprechung in Moskau schon sein?

Na und? Es ist eine Möglichkeit, eine Woche lang etwas anderes zu sehen. Ich komme schon sicher zurück. Du machst dir zu viele Sorgen.

Sie nannten den Warteraum Reservetank, was jedem, der Ohren hatte zu hören, alles über Aeroflot sagte. Die Düsenmaschine rollte vor das Abfertigungsgebäude. Die Türen gingen auf, und die Passagiere wurden zu einer Gangway geführt.

Aeroflot hatte gerade den Airbus gemietet. Er war neu und glänzend, kein einziger Kratzer verunzierte die Außenwände. Im Vergleich dazu wirkten die üblichen Tupolews und Iljuschins wie dreckige Wäsche. Sie hatten die erfahrenste Crew dafür abgestellt. Leute mit Familien. Piloten mit halbwüchsigen Söhnen, auf die das Cockpit eine unwiderstehliche Anziehungskraft ausübte. Darf ich? Nur ein einziges Mal. Das Cockpit war ein Traum aus Armaturen, Skalen und Bildschirmen, besser als jedes Computerspiel. Es verfügte auch über ein Aufnahmegerät.

Darf ich?

Genau das waren seine Worte.

Nur ein einziges Mal?

Ein einziges Mal genügte.

Der Jet stürzte in einen Kartoffelacker. Die Behörden verzichteten darauf, die Opfer zu bergen. Sie waren untrennbar mit den Wrackteilen verbunden. Sie suchten den Flugschreiber, fanden ihn und ordneten dann an, das Ganze unter den steinharten Boden zu pflügen.

Unglücksursache, befand die offzielle Untersuchungskommission, war das Wetter, und wo herrschte widrigeres Wetter als in Sibirien? Aber für ein so riesiges Land ist Sibirien im Grunde sehr klein. Jeder kennt jeden. Und erfährt alles. Es dauerte nicht lange, bis die Wahrheit herauskam.

Darf ich? Nur ein einziges Mal?

»Nur weil etwas aus dem Ausland kommt, braucht es

nicht zwangsläufig besser zu sein«, fuhr Duraschenko fort. »Stimmen Sie mir da nicht zu?«

»Doch.« Nowek hob den Kopf.

Aus der Nähe betrachtet, war die AN-2 ein dickhäutiger weißer Güterwagen mit Flügeln. Ein Nashorn mit zerschlissenem Tutu. Der ungelenke Flugapparat besaß vorn eine verglaste Kanzel und hinten ein abgerundetes Leitwerk. Dazwischen wuchsen ihm vier mächtige Libellenflügel. Die blauroten Aeroflot-Streifen waren übermalt worden, schimmerten jedoch hier und dort geisterhaft durch.

Der Hangar war mit Frachtkisten, Treibstoffbehältern und Flugzeugteilen vollgestellt. Neben der offenstehenden Ladeluke lehnten sechs Männer. Alle waren mit Skorpions bewaffnet, billigen Maschinenpistolen tschechischer Herkunft, die dreißig Salven in mehrere Richtungen abfeuern konnten, und das sehr schnell. Die Männer trugen Militäruniformen, von denen die Abzeichen heruntergerissen waren.

»Ihre Leute?« fragte Nowek.

»Wie Sie schon sagten: Treibstoff läßt sich schwer auftreiben.« Er steckte zwei Finger in den Mund und pfiff. Die Männer blickten auf. »Auf geht's, *jomtschiks*!« rief er. »Bringen wir es über die Bühne!«

Der größte der sechs Männer hatte einen großen Schraubenschlüssel in der Hand und eine AK-47 über der Schulter. Während die anderen das Flugzeug weiter beluden, sah er nur zu. Sein Nacken wirkte wie eine anatomische Zeichnung von Muskelsträngen, seine schwarzen Haare glänzten wie ein Zobelfell.

»Plet!«

Der Mann mit der AK-47 drehte sich um. Die Hälfte seines Schädels war kahlgeschoren, sein Gesicht voller Narben. Er kam herangeschlendert, während die anderen die Bremsklötze von den Rädern der Antonov fortschoben.

»Plet ist mein Chefmechaniker, mein Lademeister, mein Brigadeleiter. Er hält alles am Laufen.«

»Er sieht aus wie ein Mörder.«

Duraschenko zuckte die Schultern. »Ein Mörder ist ein besserer Geschäftspartner als ein Dieb.«

Plet war hünenhaft groß. Er blinzelte Nowek an, nahm ihn Zentimeter für Zentimeter auseinander. Seine Augen waren graublau wie Kugellager. Der Schraubenschlüssel wurde »Tong« genannt, er wog gut fünfzehn Kilo. Nowek bemerkte die Tätowierungen auf seinen Händen: Dolche und Tränen. Die Kennzeichen, die ein Berufsverbrecher im Gefängnis sammelt.

»Wir machen eine Zwischenlandung in Tunguska«, sagte Jurij Duraschenko.

»Warum?« Noch immer starrte Plet Nowek an.

»Der Bürgermeister muß dorthin, und AMR hat mit den Flugplänen gepatzt.«

»Bürgermeister?«

Jurij zwinkerte und blickte dann prüfend zum Himmel. »Das Wetter ist gut, die Sonne wird erst spät untergehen, also haben wir genügend Zeit. Wie sieht es mit der Fracht aus?«

»Gut vierzig Zentner Diverses, Konservendosen, Gemüse, Trockenfrüchte, Petroleum und die T-Shirts, die sie haben wollten. Die Hälfte für Kristoforo, der Rest für Kupskaja. Wir haben auch warmes Wasser für den Fall, daß du auf irgendwas Interessantes stößt.«

Warmes Wasser. Wodka. »Und was kriegen wir?«

»Das übliche. Geweihe und *tschir*«, erwiderte Plet. Die Rentiergeweihe waren für den asiatischen Heilmittelmarkt bestimmt. Der tiefgefrorene sibirische Lachs für vornehme Restaurants in Tokio und Seoul, sogar in Moskau.

»Und wie steht es mit dem Vogel?«

»Er wird fliegen. Aber Tunguska solltest du vergessen. Verstehst du, was ich sage? Wir brauchen diese Probleme nicht. Auch wenn er Bürgermeister ist.«

»Welche Probleme? Nur keine Angst.«

»Nimm dich bloß in acht.« Er drehte sich um und ging.

Nimm dich in acht, dachte Nowek. Wie groß mußten die Risiken sein, wenn sich ein Mann wie Plet Sorgen machte? »Was ist mit seinen Haaren passiert?«

»Ich rate Ihnen, nicht danach zu fragen. Kommen Sie, wir wollen los.«

Nowek sah sich noch einmal um, trat dann auf eine leere Frachtkiste und kletterte in die Maschine.

Innen sah die AN-2 aus wie ein Gemischtwarenladen nach einem Erdbeben. Sie war bis unters Dach mit Petroleumfässern und Holzkisten mit Zwiebeln und Kartoffeln vollgestellt, Kartons voller Dosen mit Kamtschatka-Krebsfleisch und Mehlsäcken. An einem Drahtgestell hingen weiße T-Shirts mit der Aufschrift »USA University«. Ein Karton mit einem großen roten Stern kündete davon, daß sich der Handel mit Proviant der Roten Armee für die neuen Unternehmer zu lohnen schien. Vielleicht hatte Tschutschin recht, vielleicht war die Privatisierung lediglich ein Verbrechen in neuem Gewand.

Ein schwerer Geruch hing in der Luft, teils vergossener Treibstoff, teils Tabak, teils ranziges Fischöl. Die Annuschka war weniger instandgehalten als konserviert.

»Woher wissen Sie, wieviel Fracht Sie laden können?« fragte Nowek.

»Das ist genau berechnet. Wir laden zwei Kilo pro verfügbarer Rollbahn.«

Nowek stutzte. »Aber Ihr Freund mit dem Schraubenschlüssel sprach doch von vierzig Zentnern.«

»Mehr oder weniger.«

»Diese Rollbahn ist keine tausend Meter lang.«

»Das ist nur eine Schätzung. Gehen Sie, gehen Sie weiter«, drängte Jurij. »Nach vorn. Da sind die besten Plätze.«

Die einzigen Plätze. Nowek suchte sich seinen Weg zwischen sorglos verstauten Gütern hindurch. Nichts war durch Seile gesichert. Das Tragdeck ragte empor wie eine Rampe. Hinter ihm sprangen zwei von Duraschenkos Männern herein und zogen die Ladeluke mit dumpfem Knall zu. Zweitausend Kilo plus zweihundert. Der Pilot zog den groben Vorhang vor dem Cockpit beiseite. »Wo haben Sie Fliegen gelernt?«

»Bei der Luftwaffe, bei einem Kampfverband.«

Nowek fühlte sich geringfügig besser. Die Kampfpiloten, die Ritter der Luft, die törichte Mädchen wie Galina in Ohnmacht sinken ließen. Vielleicht kannte dieser Luftpirat tatsächlich sein Handwerk. »Was sind Sie geflogen? MiGs?«

»Von jedem etwas. Am häufigsten war ich mit einem Mas unterwegs.«

»Ist das nicht ein Lastwagen?«

»Der größte.« Jurij nickte. »Ich war für den Fuhrpark der Basis verantwortlich. Ich tauschte durch die Hecktür geschleuderte Kisten gegen Unterrichtsstunden im Cockpit.« Er lächelte. »Sehen Sie? Schon damals dachte ich auf die neue Art.«

Ein Lastwagenfahrer ging mit ihm in die Luft. Ein Lastwagenfahrer, der gut darin war, Gegenstände durch die Hecktür hinauszubefördern. »Ist eigentlich irgend etwas an diesem Unternehmen auch nur ansatzweise legal?«

»Verzeihen Sie«, entgegnete Duraschenko ernst, »aber alles, was gut fürs Geschäft ist, ist auch legal. Ist etwas schlecht fürs Geschäft, ist es illegal. So halten sie es in Amerika, und hat es ihnen geschadet? Die meisten Leute hier würden ein Auge dafür geben, nur die Hälfte dessen zu haben, was sie da drüben in den Müll werfen.«

»Ihr Ziel ist es also, die Hälfte von dem zu haben, was Amerikaner wegwerfen?«

»Für den Anfang.« Jurij ließ sich auf den linken Vordersitz fallen und fingerte an den Kontrollhebeln herum. »Aber ich habe größere Pläne.«

In der Kanzel roch es nach nassem Leder, Kupplungsöl und Zigarettenrauch, vermischt mit dem leichten Fäulnisgeruch der hölzernen Bodenverschalung. Die gläserne Kabinenhaube war durch eine Plane beschattet, deren Farbe die Sonne zu einem feinen Muschelrosa ausgeblichen hatte. Etwas Dunkles, Gepanzertes huschte durch die Düsternis unter dem Instrumentenbrett.

»Fast fürchte ich zu fragen, aber woher stammt dieses Flugzeug?« Nowek nahm auf dem rechten Sitz Platz und sank fast bis zum Boden durch.

»Aus Restbeständen.« Duraschenko bediente die Anlaßeinspritzpumpe. Treibstoffgeruch erfüllte die Kanzel. »Air Baikal kauft wie verrückt westliche Flugzeuge auf, aber wenn die Zeiten schlechter werden, reiben sich nur die Bankiers die Hände. Aber die Annuschka bleibt in der Luft. Das ganze Gebiet wird irgendwann vom Kranich bedient. Begeben Sie sich auf den Boden, das ist Regel Nummer eins.«

Restbestände? Gestohlen war wahrscheinlicher. Oder noch schlimmer: ausgemustert. Nowek tauchte unter den Ledersitz. Seine Hand schloß sich um eine zusammengerollte Zeitschrift. »Gibt es keine Sicherheitsgurte?«

»Ich stürze niemals ab. Regel Nummer zwei.« Jurij pumpte weiter. Jetzt roch es nicht mehr, es stank.

Würde er wie Nina bei einem Absturz sterben oder schon vorher inmitten eines Feuerballs zugrunde gehen? Jetzt war es zu spät, sich das zu fragen. Nowek rollte das Magazin auseinander. Es war ein altes *Domowoj,* eine Art russisches *Town and Country,* und es beriet seine Leser dahingehend, wie ihr neuer Reichtum am sinnvollsten ausgegeben wurde: Welches Schweizer Internat war das beste? Konnte man einen Armani auch ohne Krawatte tragen? War echtes Vuitton-Gepäck tatsächlich seinen Preis wert, oder war etwas Billigeres ebenso beeindruckend? Daß eine echte Rolex die Sekunden elegant gleitend angab, während eine Quarzimitation hüpfte wie ein Frosch von einem Stein zum nächsten.

Inzwischen bestand die Luft aus neun Zehnteln Benzin und einem Zehntel Sauerstoff. Schon ein Fingerschnippen mußte sie entzünden.

»Ich rieche Treibstoff.«

»Ein gewisses Aussickern ist absolut normal.« Jurij brachte die Zündmechanismen auf 1+2-Position und beugte sich aus dem Seitenfenster. »Setzt die Propeller in Schwung!«

Niemand rührte sich.

Es war eine Aufgabe für einen Kraken. Oder zumindest zwei gute Männer. Jurij schaffte es, die Bremsventile zu öffnen, die Pneumatik druckfest zu machen und mehr oder weniger gleichzeitig auf den Starter zu drücken. Ein Schwall komprimierter Luft brachte das Schwungrad zum Rotieren. Jurij zählte bis zehn und schob den Starter nach rechts. Der riesige Propeller begann sich zu drehen, erst langsam, dann schneller. Mit rasselnden Kolben erwachte der Sternmotor zum Leben.

Eine dichte Ölqualmwolke drang aus den Auspuffrohren. Das Cockpit schien sich Niete um Niete aus den Verankerungen zu rütteln. Der Motor begann zu galoppieren, geriet ins Stottern, nahm wieder Fahrt auf, knallte.

Jurij beugte sich zu Nowek. »Ihre Tochter will wirklich aus Markovo fort. Sie sollten ihr raten, vorsichtiger zu sein.«

»Das hätte keinen Sinn«, rief Nowek in Duraschenkos Ohr. »Sie läßt sich nichts sagen. Ihr Kollege hatte recht. Man muß sich auf sie setzen.«

»Vielleicht sollte Ihre Frau ihr gut zureden.«

Nowek sah ihn lange und schweigend an.

»Schon gut. Ich bin nur um Konversation bemüht. Sie sind der Chef.«

Der Motor bockte, schnaufte und begann langsam gleichmäßiger zu laufen.

Jurij beugte sich aus dem Seitenfenster und schrie: »Fertig!«

Plet winkte mit seinem enormen Schraubenschlüssel. In seiner Faust wirkte er wie ein winziger Zweig.

Jurij schob den schwarzen Steuerknüppel nach vorn, der schwere Doppeldecker erzitterte und spuckte Ölqualm. Annuschka kam in Bewegung und hinterließ tiefe Furchen im Boden, als sie mit zischenden Luftdruckbremsen und schnaufend wie ein Lastzug auf die Startbahn zutorkelte.

Jurij bremste nicht ab, als sie die alte Straßentrasse erreichten. Er schwenkte nach Norden, in den Wind, und drückte den Steuerknüppel bis zum Anschlag durch. Das Dröhnen des Motors wurde zu einem bellenden Krachen. »Los geht's!«

Zunächst war da nur die Veränderung der Geräusche. Es gab keine spürbare Beschleunigung. Die wenigen Skalen auf dem Instrumentenbrett liefen Amok, Nadeln tanzten wie verrückt hin und her, überschritten die Warnbereiche. Farbpartikel rieselten von der Decke. Nowek mußte zu den Rädern hinunterblicken, um festzustellen, daß sie sich überhaupt bewegten. Schmuddeliger Lehm bedeckte den breiten Reifen.

»Zwanzig!« Mit einem Stoß setzte Jurij das überladene Frachtflugzeug auf die Startbahn, das Leitwerk ragte hoch in die Luft.

Zwei Kilo pro Startbahnmeter. Wie viele Meter hatten sie? Egal. Das war nur eine Schätzung. Nowek blickte aus dem Fenster. Die Bodenmannschaft beobachtete sie wie Leute, die fasziniert einem spektakulären Schiffsuntergang zusehen. Er konnte Tschutschin sehen, den weißen Landcruiser. Was um alles in der Welt machte er da?

»Vierzig!« schrie Jurij über den Motorenlärm hinweg.

Vierzig was? Sekunden bis zum Tod? Meter bis zum Aufprall? Kein Instrument schien diese Zahl anzuzeigen. Die Beschleunigung war nicht anders als bei einem Schiff, das majestätisch von der Reede ins Wasser gleitet. Der Doppeldecker war überladen. Sie würden nie abheben können. Holpernd rollte die Annuschka dem Ende der Startbahn entgegen.

»Fünfzig!«

Das Ende des Betonstreifens zwang zu Maßnahmen.

Jurij drückte auf den Klappenhebel. Fast schüchtern krochen sie aus den schwankenden Tragflächen hervor. »Hoch!« Er riß den Knüppel zurück.

Nowek blickte nach unten und sah die Lena unter dem schlammigen Fahrwerk hinweggleiten. Flogen sie etwa?

Möglich.

Der Doppeldecker ging in Schieflage, folgte einer Schleife des Flusses. Grinsend sah Jurij zu Nowek herüber. »Das ist Regel Nummer drei!« rief er über das Dröhnen hinweg. »Nie aufgeben! Das hat mir schon hundertmal das Leben gerettet.«

Nie aufgeben. Eine mehrdeutige Maxime, dachte Nowek. Eine, die Leben retten konnte oder auch zerstören.

8. KAPITEL

Das amerikanische Camp in Tunguska war mit dem gleichen Sinn für Status und Privilegien angelegt, den ein Architekt des Mittelalters für den Bau einer Kathedrale gehabt hätte.

Der Außenbezirk nahe den Bohranlagen war für die einheimischen Vertragsarbeiter bestimmt. Hier lebten zweiundvierzig Russen in umfunktionierten, auf die Seite gekippten Stahltanks unter einer isolierenden Schneeschicht. Was den Tanks an Eleganz fehlte, ersetzten sie durch Ungestörtheit. Den Arbeitern standen ein Dampf-*banjia* und eine vorgefertigte »Belegschaftshalle« mit einem Raum zum Gewichtheben, einer Essensausgabe und einem Club zur Verfügung. Sie waren gut besucht, und die Arbeiter hatten überraschend viel Freizeit. Die Amerikaner bezeichneten den russischen Bereich als Hundeauslaufgebiet.

Der Innenbezirk war den Amerikanern vorbehalten: den Beratern, den Aufsehern, Hubschrauberpiloten und Mechanikern. Sie wohnten in strahlendweißen Pfahlbaukästen, die mit elektrischer Heizung, fließendem Wasser und Satellitentelefonen ausgestattet waren. Ihr Freizeitzentrum hatte einen Fernseher mit Breitwandbildschirm, eine Spielhalle und ein Fitneßcenter. Für die Kantine wurden die Lebensmittel aus Alaska eingeflogen. Die Russen nannten den amerikanischen Bereich Himmel. Nur wenige hatten die Hoffnung, in diesem Leben hineingelangen zu können.

Hinter dem Hundeauslaufgebiet verbrannte ein Kraftwerk das Gas aus drei ins Erdreich eingelassenen Vorratstanks. Im Grunde waren die Tanks lediglich Deckel. Sie hatten weder Böden noch Seitenwände. Mit einem an einen Metallrahmen geschraubten Düsentriebwerk hatte man Löcher in das ansonsten undurchdringliche Eis geschmolzen. Die heißen Abgase durchdrangen den Permafrost in Windeseile. Dann wurde das Ganze mit einem gasdichten Deckel verschlossen.

Alte, von Kurbeln in der Schwebe gehaltene Pumpen nickten geradezu hypnotisch rhythmisch und holten das leichte Rohöl ans Tageslicht, das seinen Weg in ein Bohrloch gefunden hatte. Von da aus gelangte es über Rohre in einen zentralen Lagertank, wo es erhitzt und nach Irkutsk geleitet wurde. Dort kam genügend an, um die Raffinerie zweimal wöchentlich in Betrieb zu nehmen, mehr nicht.

Öl mochte spärlich fließen, aber Gas gab es in Tunguska in Hülle und Fülle. Die sowjetischen Ölfördermethoden hatten den natürlichen Druck vermindert, der das Rohöl aus dem Erdreich trieb, aber den alten Bohrlöchern entströmte reichlich Äthan, Butan und Propan. Gas versorgte den Generator. Es produzierte Dampf und heißes Wasser für das Camp und trieb die neuen Bohrtürme an.

Dennoch blieb noch reichlich Gas übrig, genügend, um das ganze Lager in die Luft zu jagen. Aus Sicherheitsgründen wurde der Überschuß in drei hohen »Schornsteinen« abgefackelt. In Ermangelung einer Pipeline gingen täglich Millionen Dollar in Rauch auf – eine der Verschwendung gewidmete, ewige Flamme. Die ständig wehenden Winde bliesen die Rückstände über das Hundeauslaufgebiet.

Ein auf einem Kiespolster angelegter Behelfsflugplatz durchzog den Innenbezirk. Das Herz der Kolonie. Auf einer Seite befand sich das Kommunikationszentrum und daneben das Büro der Campleitung sowie die Schlafgelegenheiten für die zu Besuch weilenden VIPs. Die Kantine war nur wenige Schritte entfernt. Eigentlich nichts weiter als riesige Kühlschrankboxen – allerdings umgekehrt installiert, um die Wärme drinnen und die Kälte draußen zu lassen.

Auf der anderen Seite der erhöhten Rollbahn stand eine Ansammlung kleiner Metallhütten, in respektvollem Abstand voneinander entfernt. Hier konnten AmerRus-Hubschrauberpiloten, die vom North Slope herunter- oder vom Golf von Mexiko heraufgekommen waren, an einem der gottverlassensten Orte auf Erden Ruhe und Abgeschiedenheit finden.

Und hierher hatte Paul Decker Galina mitgenommen.

Sie lag auf dem muffigen Bett und blätterte zum dritten Mal seinen Zeitschriftenstapel durch. Eine öde Prozession nackter Frauen vollführte die albernsten Dinge. In den Jagdmagazinen gab es nur Gewehre, Pistolen und dicke Männer, die breitbeinig über toten Tieren standen. Selbst die Tiere wirkten gelangweilt.

Eine Wand der Hütte war mit einem Tigerfell bespannt, einer hellbraunen, schwarzen und weißen Fellmasse, die sich fast über den ganzen Raum erstreckte, der Schwanz lag in der Ecke. Der Kopf fehlte. Das Ende des Schwanzes war zu Zotteln zerkaut.

Ein Rascheln kam aus der Ecke. Ohne den Kopf zu wenden, blickte Galina rechtzeitig hinüber, um etwas rotbraun Gestreiftes unter dem Bett verschwinden zu sehen. Deckers zahmes Frettchen. Es hatte einen Käfig, schien sich aber nie in ihm aufzuhalten. Decker ließ das kleine Biest in seinen Taschen wühlen, sogar in den Hemdausschnitt klettern. Galina fand Harley süß, auch wenn er aussah wie ein kleiner Zobel. Und jeder wußte, daß Zobel bösartig waren.

Ein winziger Kopf schob sich über den Bettrand, die Schnurrhaare zuerst, dann ein Auge, beide Augen, schwarz und funkelnd wie Glasperlen. Ein Stück Tigerfell steckte zwischen den Zähnen.

»Komm her«, sagte sie. »Ich tu dir schon nichts.« Sie streckte eine Hand aus, aber Harley verschwand blitzschnell wieder unter dem Bett.

Deckers Hütte enthielt ein Bett, einen Stuhl, einen Metallschreibtisch und eine Kommode. Der leere Käfig stand neben der Tür, die Drahttür war geöffnet. Fenster gab es nicht. Galina trug ihre geliebten Levi's 504, ein übergroßes kariertes Flanellhemd und die Art Stiefel, die im sibirischen Frühling angebracht waren. Resistent gegen zähen Schlamm und geschmolzenes Eis.

Neben dem kleinen Wohnschlafraum gab es einen Verschlag mit Dusche, Waschbecken und Toilette. Beide Hähne – heiß und kalt – funktionierten. Ein Luxus, gemessen an Galinas Maßstäben. Aber die einzige Tür war von außen verschlossen, und das machte aus der Hütte ein Gefängnis.

Sie sah auf ihre Armbanduhr und stellte fest, daß sie stehengeblieben war. Wie die Zeit selbst. Wie sie dieses Warten haßte. Wo blieb er nur?

Sie hatte Paul Decker nach der katastrophalen Szene draußen in der Warteschlange an der Hotelbar getroffen. Eigentlich wiedergetroffen, da sie ihn eines Nachmittags am Flugplatz kennengelernt hatte. Sie erinnerte sich an ihn. Und er erinnerte sich an sie. Er sah gut aus, schien aber stets über etwas verärgert zu sein, eigentlich über alles. Vielleicht war das nur so eine Pose. Wie bei Mick Jagger. Gewissermaßen.

Als Harleys Kopf aus Deckers Tasche auftauchte, hatte sie geschrien. Er lachte und ließ das Frettchen über seinen ausgestreckten Arm laufen. Er legte seine Hand auf ihre Schulter und drückte sie leicht, wie ein potentieller Käufer, der ein Stück Fleisch prüft. Streichelte die empfindliche Haut hinter ihrem Ohr.

Sie saß wie erstarrt, während das Frettchen immer näher kam. Es huschte auf ihre Schulter. Seine scharfen Krallen durchdrangen den dünnen Stoff ihres Kleides wie Nadeln. Harley schob sich zu ihrem Hals vor, schnupperte ihr Parfüm. Unwillkürlich erschauerte sie, und das Tier war fort.

»Der gute alte Harley ist ein Liebhaber, kein Raufbold«, lachte Decker. Ob sie Markovo noch immer verlassen wollte, erkundigte er sich lächelnd.

Welche Frage!

»Ich bin wie Aladin«, sagte er. »Ich habe jederzeit einen fliegenden Teppich einsatzbereit. Was hältst du davon, Süße?«

Er nahm sie mit zu seinem Hubschrauber, seinem fliegenden Teppich. Harley durfte in seiner Brusttasche fliegen, aber Galina mußte hinten neben dem Gepäck Platz nehmen. Egal. Sie verließ Markovo. Wie, war nicht so wichtig. Notfalls wäre sie auch auf den Kufen mitgeflogen.

Decker hatte versprochen, sie nach Irkutsk zu bringen, und von dort aus könne sie überallhin. Dort gab es Flugzeuge, Eisenbahnen, sogar Straßen, die irgendwohin führten.

Von Irkutsk aus konnte man immer weiter reisen, ohne auch nur einmal zurückzublicken. Das hatte er ihr versprochen. Das hatte sie geglaubt. Wie konnte er schlecht sein, wenn er ein so süßes Tier mit sich in der Hemdtasche herumtrug?

Der fliegende Teppich hatte sie hergebracht, und hier wurde sie zu ihrer eigenen Sicherheit eingeschlossen. Er hatte ihr gesagt, wie gierig einige der Arbeiter auf Frauen waren. Drinnen war es sicherer als draußen. Vielleicht.

Galina legte sich auf den Rücken und starrte zur Decke empor. Auf den Fliesen waren unregelmäßige Punkte, manche klein, manche größer. Sie stellte sich die Punkte als Städte an einer wundervollen Reiseroute vor, die vor ihr lag. Sie wartete darauf, daß ihr Leben endlich begann. Sie hatte keine Zeit zu verschwenden. Ein Geräusch. Sie wandte den Kopf und sah Harleys Schwanz gerade noch um die Ecke ins Bad verschwinden.

Hinterlistiges kleines Biest, dachte sie. Ihr Magen knurrte. Sie war nicht nur ungeduldig, sondern auch hungrig. Jetzt wartete sie bereits seit Stunden, und wo waren ihre Zigaretten? Als er ging, hatte er alle ihre Sachen mitgenommen. Sicherheitshalber, hatte er gesagt. Warum waren ihre Sachen bei ihm sicherer als bei ihr?

Wenn sie doch nur hinaus könnte, um ihn zu suchen. Allerdings war es schon spät, und für Wanderungen war sie nicht angezogen. Ihre Levi's hatten »Luftlöcher«, das gehörte zu ihrem Reiz. Sie hatte sie in einem Stapel gebrauchter Kleidung aus dem Ausland entdeckt: wie eine Perle in einem Haufen zerbrochener Muschelschalen. Sie waren ein bißchen klein, aber das machte nichts; im Gegenteil.

Galina setzte sich auf dem Bett auf und betrachtete sich im Wandspiegel. Knappe Jeans, ein locker fallendes Hemd, die oberen Knöpfe bewußt nicht geschlossenen – kein Knopf zuviel, aber auch keiner zuwenig. Und ein glühender Blick hinter dem gekräuselten Rauch einer Zigarette. So sah sie sich am liebsten. So hatte sie es in einer ausländischen Zeitschrift gesehen und sich sofort wiedererkannt als diejenige, die sie eigentlich sein wollte. Sie steckte ihre Finger in den Mund. Zigaretten. Für nur eine würde sie glatt einen Mord begehen. Decker rauchte. Also mußten irgendwo welche sein.

Das Frettchen balancierte auf dem Waschbecken wie ein Schwimmer am Rand eines Schwimmbeckens.

Sie stand auf und lief zur Kommode. Harley rührte sich nicht. Er beobachtete.

Da waren eine Bürste, ein Rasierapparat und eine Flasche. Galina öffnete sie, schnupperte und schloß sie gleich wieder. Widerlich. Wie in Urin getränktes Heu. Nacheinander zog sie die Schubladen auf. Sie waren merkwürdig leer. Nur ein paar Stifte und ein Kalender, auf dem die Tage abgestrichen waren. Sie griff hinten in die oberste Schublade und schob ein paar Papiere beiseite. Ihre Finger schlossen sich um ein vertrautes Format.

Ja!

Sie nahm die Marlboros heraus. Die Schachtel war seltsam schwer und rasselte. Das taten nicht einmal russische Zigaretten. Sie blickte hinein und kippte den Inhalt auf die Kommode.

Vor ihr lagen eine Zigarette und ein altes, graviertes Feuerzeug. Die Zeit und der Schweiß vieler Hände hatten es verfärbt, und über die ganze Länge verliefen kleine Rillen. Vergeblich versuchte Galina, es mit einem Nagel zu öffnen. Dann fand sie den winzigen Knopf. Sie drückte darauf, und ein raffinierter kleiner Deckel öffnete sich.

Darunter befand sich, wie in einem Medaillon, eine kleine Photographie. Aber das da war keine Freundin, keine Ehefrau. Nicht einmal Harley.

Es war Stalin. Stalin Arm in Arm mit einem anderen Mann.

Stalin?

Galina hielt den Atem an. War Decker ein Spion? Sie zündete sich mit dem alten Feuerzeug die letzte Zigarette an, schob es in ihre Hosentasche und sog gierig den teuren, exotischen Rauch ein.

Das alte Feuerzeug konnte ihr gestohlen bleiben. Das da war eine echte Marlboro, nicht der ungarische Mist, den sie in der Schwarzen Lunge verkauften. Sie nahm einen tiefen Zug, ließ den Rauch langsam entweichen und posierte vor dem

Spiegel. So, genau so mußte sie aussehen: gelangweilt, wissend, aber auch eine Spur verletzlich – nicht zuviel, nicht zuwenig.

Sie hob die Arme über den Kopf und ließ sich nach hinten auf das Bett fallen wie ein Turmspringer vom Brett. Die Federn quietschten, und sie mußte lachen. Sie nahm noch einen Zug und stand auf, um es zu wiederholen.

Ein Laut, leise, fast fragend. Harley hockte auf den Hinterbeinen an der Tür, mit gestrecktem Schwanz, um das Gleichgewicht zu wahren.

»Halt den Mund«, sagte sie. »Du bist auch gefangen.«

Ein Geräusch an der Tür. Sie ging auf.

»Da bin ich wieder, Süße«, sagte Decker. Eisige Luft drang in die überheizte Hütte. »Hast meine Glimmstengel gefunden, wie ich sehe.« Er trug einen orangefarbenen AmerRus-Overall und eine Flasche. Er bückte sich, streckte den Arm aus, und das Frettchen lief an ihm hinauf und verschwand in der Brusttasche. Es drehte sich um und beobachtete.

Galina sah die Flasche an. Sie war dunkelbraun. »Wann brechen wir auf?«

»Keine Sorge, nur eine kleine Verzögerung.« Er trat die Tür zu, schob den Riegel vor und ließ einen zusätzlichen Metallverschluß zuschnappen. Sein Overall hatte eine Unzahl von Reißverschlüssen. Zwei an der Brust, zwei an der Taille, je einer an jedem Knie und ein weiterer, der von seinem Hals bis hinunter zu seinem Schritt verlief. »Der gute Paul hat hier eine Medizin für dich.« Decker streckte ihr die Flasche entgegen.

Harleys Zunge zuckte durch die Luft wie die einer Schlange.

Galinas Blick flog zwischen Decker und der Tür hin und her. »Nein, danke.«

»Wird dir guttun. Hier.« Er schraubte den Verschluß ab und bot ihr die Flasche erneut an.

Sein Gesicht war verkniffen, die glattrasierten Wangen glänzten. Seine dichten, schwarzen Haare schimmerten. Ein Pelz, keine Haare. Warum war ihr das zuvor nicht aufgefallen? Er und sein zahmer Zobel hatten viel gemein. Kein Zobel. Ein Frettchen. Schließlich gab es da einen Unterschied.

Zobel waren bösartig.

Galina nahm die Flasche und schnupperte daran. Es roch besser als das Rasierwasser, aber nicht viel. »Ich habe keinen Durst.« Sie reichte ihm den Bourbon zurück. Seine Augen glitzerten. »Wann fliegen wir nach Irkutsk?«

»Süße, ich glaube, wir verstehen uns nicht richtig«, sagte er und kam nahe genug an sie heran, daß sie seinen Schweiß und schalen Tabakrauch riechen konnte.

Decker hielt ihr die Flasche an den Mund. »Jetzt trinkst du erst einmal. Dann können wir uns unterhalten.«

Sie setzte sich und versuchte, höflich und gefällig auszusehen. »Nein, vielen Dank. Später vielleicht. In Irkutsk?«

»Ich glaube nicht, daß ich mich darauf einlassen werde.«

Sie wollte zurückweichen, aber er griff in ihre Haare und riß ihren Kopf so heftig nach hinten, daß sie glaubte, ihre Halswirbel würden brechen. Unwillkürlich öffnete sie den Mund. Er schüttete ihr den Bourbon die Kehle hinunter. Sie mußte würgen, und der Alkohol lief auf ihr Hemd. Sie schlug nach ihm. Lachend zog er erneut ihren Kopf zurück und flößte ihr die brennende Flüssigkeit ein.

Kreischend sprang Harley aus Deckers Tasche und verschwand mit zwei, drei langen Sätzen in seinem Käfig.

Galina streckte die Hand aus und zog ihm ihre Nägel über die Wange.

»Verdammt!« Die Flasche krachte auf den Boden.

Sie spuckte den Whiskey aus und funkelte ihn an. »Ich will hier weg. Sofort!«

Ein Nagel hatte ihm die Haut aufgerissen. Er leckte an seinem Daumen und rieb damit seine Wunde. »Jeder will irgendwas«, sagte er. »Du willst nach Irkutsk. Harley will hin und wieder ein Stück frisches Fleisch. Ich schätze, wir müssen alle etwas dafür tun, um es zu bekommen.«

Ihre Kehle brannte. Ihr war, als müßte sie sich übergeben, aber es wollte nichts kommen. »Ich gehöre nicht hierher.«

Decker berührte kurz sein Knie und hielt plötzlich ein langes, schmales Messer in der Hand. Im Licht der fluoreszierenden Lampe erglänzte es silbern. Er balancierte die Klinge zwischen den Fingern. »Genau da irrst du dich«, sagte er und zog sich mit der anderen Hand den Reißverschluß von unten her auf. »Ich garantier dir, Süße, du bist genau da, wo du hingehörst.«

Galina wich auf dem Bett soweit wie möglich zurück. Sie stieß gegen die Holzverschalung und spürte die Kälte durch ihr Hemd hindurch.

Decker kam immer näher. Wie eine silberne Kompaßnadel war die Messerspitze auf sie gerichtet. Er berührte ihre Stirn und drückte ganz leicht. Ein Blutstropfen rann ihr über den Nasenrücken. Die ganze Welt schien nur noch aus dem Messer zu bestehen. Es spießte sie auf wie ein Insekt. Wenn er sich vorbeugte, konnte er ihr die Klinge durchs Hirn jagen. Und sie hegte keinerlei Zweifel, daß er es tun würde. Sie erstarrte. Sie konnte sich nicht wehren, konnte nicht einmal sprechen.

»Jetzt bekommst du das ganze Programm«, sagte Decker, griff an sich hinunter und fummelte an seiner Unterwäsche. Er drückte ihr Gesicht auf die Wolldecke und hielt ihren Hals mit einer Hand umfaßt.

Es gab ein kurzes, reißendes Geräusch, und ihre kostbaren Levi's fielen auseinander.

Sie spürte einen Luftzug und die Hitze seines Körpers. Ihr war übel. Sie mußte sich übergeben. »Bitte ...«

Als er ihr mit Schmetterlingen und Blüten bedrucktes Unterhöschen sah, lachte Decker laut auf. Er schlitzte es auf und riß es ihr vom Körper.

»Bitte, tu es nicht.«

»Kann dich nicht verstehen, Süße. Nicht, wenn du deinen Mund im Bett verbirgst.« Er riß sie auf den Rücken.

»Bitte.« Sie zerrte sich die Jeansreste um die Beine. Er schlug ihre Hände zur Seite. Sie war wie benommen vor Angst. Irgendwie abwesend. Als würde sie an der Decke schweben und auf sie beide hinunterblicken, zusehen, wohl wissend, was gleich geschehen würde. »Mein Vater ist der Bürgermeister. Er wird dich umbringen, wenn ...«

»Glaubst du?« Noch immer in seinem orangefarbenen Overall, drängte Decker ein Knie zwischen ihre Beine. »Versuchen kann er es ja.«

Er legte sich auf sie. Der orangefarbene Stoff fühlte sich

auf ihrer Haut wie Sandpapier an. Er drückte sein Gesicht an ihren Hals. Sie roch Bourbon, Schweiß, Tabak und Rasierwasser. Er griff nach ihr, knetete sie wie Brotteig, zwang ihre Beine auseinander.

In der Sicherheit seines Käfigs kreischte Harley laut auf.

Der Whiskey kam ihr hoch, als es laut an die Tür klopfte.

»Decker? Bist du da drin?«

»Mist!«

»Paul!«

Sie wollte schreien, aber er drückte ihr fast die Luftröhre zu.

»Komm endlich! Du wirst in der Betriebsleitung verlangt.«

»Den Teufel werde ich tun.« Sein Gesicht war hochrot. »Verschwinde, Joff. Ich bin beschäftigt.«

»DeKalb sagt, du sollst sofort kommen«, rief die Stimme vor der Tür. »Da will jemand landen. Es eilt, sagt er.«

Mit DeKalb war nicht gut Kirschen essen. DeKalb war jemand, dem man gehorchte. Decker seufzte tief auf, ließ Galina los, stand auf und zog sich den Reißverschluß zu. Das Messer verschwand. »Halt das Bett warm«, sagte er. »Ich komme so schnell wie möglich zurück.«

Galina schluchzte in die Decke und schluckte krampfhaft, um sich nicht erbrechen zu müssen. Langsam stützte sie sich auf die Ellbogen. Sie brauchte Luft.

Decker löste den Riegel und stieß ihn zornig zur Seite. Er öffnete die Tür, und der kalte Luftzug war eine Wohltat für Galina.

Ein Kopf, dann eine Stimme. »Allmächtiger! Was tust du diesem kleinen ...«

»Sie ist nichts, worüber du dir Sorgen machen müßtest, du Arschloch. Komm. Je mehr wir uns beeilen, desto schneller kann ich zurück.«

Krachend fiel die Tür zu. Galina zog die Knie an und wickelte sich die Decke um die Schultern. Danke, sagte sie zu der fremden Stimme. Vielen Dank.

Das Frettchen sprang auf das Bett und sah sie an.

Galina holte aus und schlug nach ihm. Sie kam nicht einmal in seine Nähe.

9.
KAPITEL

»Wir sind fast da«, sagte Jurij.

Sie folgten dem Flußlauf, die Baumkronen zu beiden Seiten überragten noch immer ihre Tragflächen. Über Felsen weiß aufschäumend, ergoß sich ein Nebenfluß in die Lena. Jurij legte sich in die Kurve und flog dicht über dem Wasser stromaufwärts.

Der Propeller nahm Gischt auf und spritzte sie gegen die Windschutzscheibe. Langsam blieben die Bäume unter ihnen zurück, als die Maschine an Höhe gewann. An einer Biegung verließ Jurij den Fluß. Vor ihnen, bis zum Horizont, dehnten sich die Wälder der sanfthügeligen Taiga aus. Ein Netz silberner Wasserläufe floß nach Norden, dem Polarmeer entgegen.

Der Schatten der AN-2 schwebte über den bewaldeten Boden. Dann plötzlich eine Lichtung. Zäune. Reihen flacher Gräben. Ein zusammengefallenes Dach. Alles lag bereits hinter ihnen, als Nowek erkannte, was es war. Er drehte sich in seinem Sitz um und sah zurück.

Ein verlassenes Lager.

»Davon wußte ich gar nichts«, sagte er.

»Man sieht viel, wenn man hier durch die Gegend fliegt.«

Das Lager entsprach einem bekannten Muster. Welcher Sibirier kannte es nicht? Ein Quadratkilometer Lichtung, inzwischen teilweise wieder bewachsen, umgeben von verrotteten Pfählen und durchhängendem Stacheldraht. Ein Wachturm noch aufrecht, die anderen längst zu Brennholz verarbeitet. Die Barracken verschwunden, geblieben waren nur lange, gradlinige Vertiefungen, in denen der Schnee länger liegenblieb.

In der Nähe mußte es eine Wiese mit Holzkreuzen geben. Wenn sie nicht auch Brennholzsammlern in die Hände gefallen waren.

Der Schatten des Doppeldeckers fiel auf Sumpfgelände, eine kleine Anhöhe mit ein paar Bäumen neben einem sich dahinschlängelnden Bach. Das Lager blieb hinter ihnen zurück, verschmolz mit der Landschaft.

»Nach einem weiteren Jahrzehnt sind sie alle verschwunden«, sagte Nowek.

»Verlassen Sie sich nicht darauf. Nicht alle sehen so aus. Manche sind in ziemlich gutem Zustand. Sie haben noch immer ihre Zäune und Wachtürme. Sogar Beleuchtung.«

Zäune? Beleuchtung? »Sprechen Sie von den koreanischen Holzfällerlagern?«

»Ich habe sie nicht nach Ausweispapieren gefragt. Vielleicht unterhält die Armee einen geheimen Stützpunkt. Oder vielleicht sind die Chinesen einmarschiert. Wer weiß? Ich kümmere mich um meine Sachen. Das ist Regel Nummer eins.«

Wer, außer den Koreanern, sollte die alten Arbeitslager nutzen? Das Militär? Die russische Armee, die sich nicht einmal ernähren konnte? Wer sonst? Goldschürfer? Tigerjäger?

Jurij zupfte eine Marlboro aus der Tasche und bot sie Nowek an.

»Danke, nein. Woher wissen Sie, wohin Sie fliegen müssen?«

Er tippte sich an die Nase.

»Im Ernst?«

»Im Ernst. Aber ich habe eine Orientierungshilfe. Sehen Sie hinunter.«

Nowek tat es. Dort unten war plötzlich eine schmale Schneise aufgetaucht, absolut gerade durchzog sie die Landschaft. Eine Überlandleitung erzwang sich stur und entschlossen das Wegerecht. Man konnte die Überreste der Betonpfeiler erkennen. Einige standen noch aufrecht, aber die meisten neigten sich bedenklich, sanken langsam in den Permafrost. Die Kupferkabel waren längst geplündert. Am Rand der Schneise und halb von Baumkronen verborgen, kam kurz ein silbernes Band in Sicht und verschwand wieder.

»Die neue Ölpipeline«, sagte Jurij und zog an seiner Zigarette. »Sie führt bis nach Tunguska. In Japan gefertigt. Sehen Sie nur, wie gut sie nach zwei Wintern noch aussieht. Wie neu.«

»Sie sollte auch neu aussehen. AmerRus pumpt nicht allzuviel Öl hindurch.«

»Die Kommunisten haben die Felder ruiniert. Die Amerikaner werden ein bißchen tiefer bohren müssen.«

»Die Kommunisten haben Tunguska ruiniert, aber tiefere Bohrungen werden nichts nützen. Je tiefer man dringt, desto höher steigen die Temperaturen. Für Öl gibt es einen kritischen Bereich. Das ist wie beim Fleischschmoren. Ist die Flamme zu niedrig, tut sich gar nichts. Ist sie zu stark, bekommt man Ruß und Gas.«

»Ich kann nur hoffen, daß die Rohre noch intakt sind, wenn sie wirklich Öl fördern. Und das werden sie. Schließlich braucht man hier oben doch nur einen Finger in den Boden zu stecken, und er kommt schwarz wieder heraus. Soviel ist sicher.«

»Sicher ist nur, daß Sie sich den Finger brechen, wenn Sie ihn in den Boden stecken.« Am Eis, am Nepa-Granit. An etwas, das noch unüberwindlicher war: ein Konglomerat aus Bürokratie und offizieller Korruption. Nowek fragte sich, wie lange AmerRus Dollar in Markovo hineinstecken würde, ohne mehr Öl aus Tunguska herauszuholen. »Aber mit Tunguska haben Sie recht. Es ist gutes Öl. Sehr leicht und fast schwefelfrei. Das macht es auf dem Weltmarkt sehr gefragt, da es kaum korrodiert.«

»Das hört sich an, als würden Sie sich mit Öl auskennen.«

»Ich kenne mich mit Korrosion aus.«

Sein Fachgebiet. Der destruktive Prozeß, durch den sich alles vom Menschen Geschaffene langsam selbst verzehrte. Bohrtürme, Pumpen, Pipelines, Hoffnungen.

Auf ihrem Weg nach Norden kümmerte sich die Schneise einen Dreck um die Landschaft. Geborstene Pfeiler, heruntergerissene Stromkabel. Die leere Pipeline. Ein Blick darauf, und man wußte alles über die sowjetische Methode der Ölproduktion.

»Kommunismus – das ist Sowjets plus Elektrifizierung«, hatte Lenin gesagt. Es oblag anderen, dafür zu sorgen, daß seine Ankündigung wahr wurde. Per Dekret erhielt jeder russische Bohrturm einen Stromanschluß, unabhängig davon, ob sich das Ölfeld neben einem Kraftwerk befand oder tausend Kilometer davon entfernt. Und so schlugen die Sowjets Schneisen, errichteten Stützpfeiler und Stromleitungen, während alle Welt Öl förderte. Helden der Arbeit kämpften sich durch sibirische Winter und verlegten Kabel zur nächsten Bohrstelle. Es zählte nicht, daß in einem guten Jahr neun von zehn Bohrlöchern trocken blieben. Auf die Planerfüllung kam es an, und alles, was sich ihr in den Weg stellte, selbst die Vernunft, war der Klassenfeind.

Besonders die Vernunft. Es war ein Markenzeichen der Sowjets, selbst aus der sinnvollsten Unternehmung eine Farce zu machen.

Nowek erinnerte sich an die Pipeline oben in Samotlor. Sie war aus Blech und wurde von Spucke zusammengehalten. Das in Samotlor geförderte Öl war schwer, schwefelhaltig und extrem ätzend. Und während auf jeder vernünftigen Förderanlage das Öl sofort in der Bohrstelle von Verunreinigungen getrennt wurde, pumpte man in Samotlor einfach alles weiter: Gase, Salzwasser, Bohrschlamm, einen burjatischen Arbeiter, der zufällig in die Grube fiel. Alles, was die Pumpen klein genug bekamen.

Aus guten Materialien gefertigt, hätten die Pipelines in Samotlor vielleicht fünf Jahre gehalten. Nach sowjetischem Muster produziert, mußte man nach Noweks Ansicht schon Glück haben, wenn sie lediglich zwei Jahre überlebten. Im Hinblick auf die unendlichen Mühen und Kosten einer arktischen Pipeline und angesichts der empfindlichen Ökologie des riesigen Sees in Samotlor war es für ihn die programmierte Katastrophe.

Er hatte die Vertreter des Öl- und Gasministeriums auf die Problematik hingewiesen. Die Öl- und Gassippe, wie Wolski sie nennen würde.

Er stellte die Kosten für den Bau einer Trennanlage dem Aufwand gegenüber, alle drei Jahre eine neue Pipeline errichten zu müssen. Die Anlage war nicht billig, lieferte aber wertvolle Nebenprodukte, die mit Gewinn verkauft werden konnten. Er verzichtete darauf, die Kosten für hunderttausend Quadratkilometer verseuchten Bodens zu berechnen, wenn das Öl die klaren arktischen Flüsse erstickte, den Samotlorsee verstopfte, den *tschir* tötete, den weißen Lachs, die Rentiere und mit der Zeit auch die Menschen, die sich von ihnen ernährten.

Seine Vorschläge stießen auf wenig Gegenliebe.

Was war er? Ein Geologe oder ein Ingenieur? Ein Experte für Industrieplanung? Die Ingenieure protestierten gegen sein Eindringen auf ihr ureigenes Gebiet. Die Bürokraten des Ministeriums zeigten sich über die versteckte Kritik verschnupft. Das Öl floß, Exportquoten wurden erreicht, sogar übertroffen. Öl aus Samotlor füllte die Tanks der Roten Armee. Es brachte harte Devisen in die Schatztruhen des Kreml. Tonnen, immer mehr Tonnen Öl für das Vaterland! Die Sowjetunion war der größte Ölproduzent der Welt, größer als die Vereinigten Staaten und Saudi-Arabien zusammengenommen. Es gab so viele Fehlschläge, die vertuscht werden mußten, warum also am Erfolg herummäkeln?

Sie ignorierten ihn.

Im zweiten Winter riß die Pipeline.

Früher wäre es geheimgehalten worden. Aber inzwischen hatte sich Rußland der Welt geöffnet, und die starrte Moskau nun entsetzt über die Schulter und auf das heiße Öl, das der geborstenen Leitung entströmte und zu seichten schwarzen Seen gefror. Nowek wußte, daß sie nicht für immer gefroren bleiben konnten. Im Frühjahr würde das Öl aus seiner Erstarrung erwachen.

Nowek aktualisierte seine Vorschläge und wies nach, daß sich der Bau einer höherwertigen Pipeline und einer Trennanlage bezahlt machen würde. Es lohne sich, das Projekt öffentlich auszuschreiben. Es lohne sich sogar, ausländische Unternehmen mit Bauerfahrung unter arktischen Bedingungen darauf anzusprechen. Er schickte einen kurzen Bericht an den Minister für Umweltschutz und natürliche Ressourcen, der ihn unter dem Siegel strengster Verschwiegenheit einer westlichen Umweltschutzorganisation zukommen ließ.

Wenig später erschien er auf der Titelseite der *New York Times.*

Nowek wurde nach Moskau zitiert und durfte drei Tage lang warten. Schließlich bat man ihn in einen Konferenzsaal des Ministeriums. Es war eine Sippenversammlung.

Zehn Stühle standen um einen Tisch herum. Auf ihnen saßen zehn Männer, einige von ihnen in Uniform. Für Nowek gab es keinen Platz mehr. Öl war mehr als nur eine natürliche Ressource. Es war die Haupteinnahmequelle ausländischen Kapitals. Alles, was ihre unverzügliche Ausbeutung gefährdete, grenzte an Häresie. Und jeder, der eine solche Maßnahme vorschlug, war ein Saboteur, ein Krimineller – bestenfalls ein weltfremder Neophyt.

Konnte Nowek denn nicht begreifen, daß die Welt auf derlei unglückselige Vorfälle nur wartete, um Rußland mit unzulässiger Kritik zu überziehen? Man brauchte doch nur daran zu denken, was sie aus Tschernobyl gemacht hatten! Und er, Nowek, half ihnen noch dabei. Hoffte Nowek vielleicht darauf, so wurde angedeutet, für seine Hilfe internationale Anerkennung in Form von Dollar zu erringen?

Im Frühling tauten die schwarzen Seen auf. Die Tundra wurde von Flüssen stark schwefelhaltigen Öls Richtung Arktis durchzogen, die nach Ansicht des Ministers für Öl und Gas ohnehin zu weiß war.

Nowek sah aus dem Fenster. Die Schneise durchschnitt ein Wäldchen verkrüppelter Nadelgehölze. »Was machen Sie bei Schnee? Oder nach Einbruch der Dunkelheit?«

»Wenn es Fracht gibt, fliegen wir auch. AMR verfügt über Satellitennavigation und Inertialsysteme. Alles, was man für Geld kaufen kann. Und doch halten sie die ersten paar Schneeflocken am Boden. Aber ich? Ich starte in Markovo, fliege einen exakten Kurs und benutze meine Uhr, um die Flugzeit zu bestimmen. Wenn die Zeit um ist, bin ich da.«

»Wo?«

»Wohin ich will. Man nennt es ›Besteckrechnung‹. Doch nur ein Grad Abweichung in Markovo, ein ungünstiger Wind, und Sie sind zum vorberechneten Zeitpunkt nicht über Tunguska. Sie sind tot. Aber soweit, so gut.«

Soweit, so gut, dachte Nowek. Das Leben funktionierte ähnlich. Besteckrechnung. Eine winzige Abweichung, und wußte man, wo man fünf Jahre später war? Wenn er Galina nicht in der Schlange entdeckt hätte, wo wäre sie jetzt? Wenn er den gelblichen Knochen nicht gefunden hätte, das Granitsteinchen auf Ryschkows blutigem Teppich, säße er dann in diesem Doppeldecker?

Die AN-2 brummte wie eine schwerfällige Hummel über ein Meer verkrüppelter Bäume, aufgebrochener Eisflächen und Sümpfe. Die Schneise war nun weniger ausgeprägt, die Pfeiler standen in größeren Abständen.

Nowek griff unter den Sitz und holte die alte Domowoj-Ausgabe hervor.

Plötzlich wirkte Jurij fast ehrfürchtig. »Wissen Sie, wem die Zeitschrift gehört? Wladimir Gusinski. Er ist vierundvierzig und bereits hundertfacher Millionär. Sein Büro befindet sich gleich neben dem Moskauer Rathaus.«

»Ich glaube, er hat sich aus dem Staub gemacht. Er lebt jetzt in London.«

»Sehen Sie? Er hat es tatsächlich geschafft.«

Ja, und seine Millionen in Sicherheit gebracht. »Wann sind wir in Tunguska?«

»Bald.« Mit einem gewaltigen Zug verwandelte Jurij die Hälfte seiner Zigarette in Asche. »Wie viele gibt es dort? Zehn, vielleicht fünfzehn Amerikaner und vierzig Russen. Die Amerikaner wohnen in kleinen Häusern, fast Datschen. Ihr Essen wird allwöchentlich aus den Staaten eingeflogen. Steaks, Hummer. Haben Sie schon mal einen Hummer zu Gesicht bekommen?«

»Nein, aber ich weiß, wo sie den Winter verbringen.«

Jurij lächelte. Für Russen bezeichnete das einen kalten, dunklen Ort. »AmerRus hat heißes Wasser und Elektrizität rund um die Uhr. Sie haben Videorecorder. Und Telefone, die funktionieren. Man nimmt ab, wählt und bekommt tatsächlich jemanden an den Apparat.«

»Sehr beeindruckend.« Jurij wirkte wie ein Südsee-Insulaner, der über Flugzeuge redete, aus denen Manna herunterregnete. »Und die Arbeiter?«

»Lagertanks. Man kippt sie um und wirft Schnee darauf, um sie gegen die Kälte zu schützen. Es heißt, sie wären gar nicht so schlecht, aber mit vollem Mund beschwert sich niemand.«

Nowek kannte Öltankunterkünfte aus Samotlor. Sie wurden tatsächlich für angenehmer gehalten als die hastig zusammengeschusterten Betonbaracken. In ihnen war es wärmer und privater. »Kennen Sie die Tigerforscherin? Doktor Wereskaja?«

Jurij nickte. »Sie sieht sehr gut aus. Was wollen Sie von ihr?«

»Ich möchte, daß sie in einer Ermittlungssache ein Beweisstück für mich identifiziert.«

»Das klingt nach etwas, womit sich besser die Miliz beschäftigen sollte.«

»Das sagt mir jeder.«

Jurij lächelte. »Ich sehe, daß Sie Ihren eigenen Kopf haben. Gut. Es ist an der Zeit, daß wir aufhören, Anordnungen zu befolgen. Aber es muß sich schon um ein erhebliches Verbrechen handeln, wenn sich der Bürgermeister damit befaßt.«

»Um das erheblichste«, sagte Nowek. »Mord.«

Jurijs Augenschlitze weiteten sich geringfügig. »An wem?«

»An zwei meiner Milizionäre und an Andrej Ryschkow. Vielleicht haben Sie ihn gekannt.«

»Ryschkow.« Jurij wirkte aufrichtig beunruhigt. »Verstehen Sie mich nicht falsch, ich habe keine Geschäfte mit ihm gemacht. Er operierte auf einer anderen Ebene. Aber wenn sie ihn geschnappt haben, ist niemand mehr sicher.«

»Er ist jetzt sicher.«

»Ryschkow«, meinte Jurij nachdenklich. »Ich kann es kaum glauben. Er hatte Beziehungen. Gute Beziehungen.« Er zuckte die Schultern. »Aber es gibt keinen Grund für Sie, sich darum zu kümmern. Die Tunguska-Kolonie ist der einzige Ort, an den die Mafia nicht kommt. Die Kolonie mag von Rußland umgeben sein, aber AMR regiert sie wie ihr eigenes Land. Sie kontrollieren den Zugang. Ohne ihre Zustimmung können Sie keinen Fuß hineinsetzen. Tunguska ist ihre Stadt.«

»Die Morde haben sich in Markovo ereignet«, erwiderte Nowek mit einer Heftigkeit, die ihn überraschte. »Markovo ist meine Stadt.«

Das Motorengedröhn schien inzwischen erträglicher. Aber vielleicht war sein Gehör betäubt. Nowek blickte hinaus und sah, daß die Schneise leicht anstieg, sich über einen langen, gekrümmten Hügel zog, der von Nordosten nach Südwesten verlief.

Eine Endmoräne, der südliche Endpunkt eines Gletschers. Alle Felsen, die er vor sich her geschoben hatte, waren hier zur Ruhe gekommen. Die Endmoräne mußte voller Geröll, Kieselschutt, Seifengold und sogar Diamanten sein. Dahinter war der Boden anders. Eingeebnet.

Sibirien war zusammengefügt wie ein billiger Siguli von einem betrunkenen Monteur, der seine Monatsnorm erfüllen muß: Teile und Stücke zusammengewürfelt, wie sie ihm gerade unter den Schweißbrenner kamen. Das geologische Chassis, an das alles montiert wurde, war die massive Granitplatte, Sibirische Tafel genannt.

Sie war präkambrischen Ursprungs und für Geologen eher belanglos. Das Spannende spielte sich an den Stellen ab, wo das Kraton aufgebrochen war. Dort traten interessante Flüssigkeiten und Dämpfe auf, Gold und Silber, seltene Erden und Diamantadern.

Mit der Zeit sackten die aufgebrochenen Zonen ab und füllten sich mit durchlässigem Gestein: Sandstein, Treibsand und alten Seeformationen, die porös genug waren, Öl wie einen Schwamm aufzusaugen. Der Baikalsee ist ein Beispiel für eine neuere Spalte, Tunguska für eine sehr alte.

Über Jahrmillionen hinweg versandet, komprimiert und deformiert, ist Tunguska mit zwei Dritteln der klassischen dreidimensionalen Erdölfallen gesegnet, die einem Ölfachmann das Wasser im Mund zusammenlaufen lassen. Als das Klima plötzlich abkühlte, fügte der Permafrost die letzte Dimension hinzu und versiegelte das Öl mit einer Eisschicht.

Wenn man darüber hinwegglitt, konnte man davon ebensowenig sehen wie vom Inhalt der Tresore beim Überfliegen einer Bank, aber der Boden enthielt ein ganzes Meer an Öl. So viel, daß nicht einmal sowjetische Praktiken es völlig zum Versiegen bringen konnten.

Warum konnte es AmerRus dann nicht auf den Markt bringen?

Jurij tippte ihm auf die Schulter. »Sehen Sie da? Auf die Minute pünktlich.«

Nowek sah drei hohe Bäume in den Himmel ragen. Vor ihnen dehnte sich kümmerlicher Waldbewuchs aus. Auf den Spitzen der Bäume flammte es gelblich. Die Flammen wurden orangefarben, rot, dann wieder gelb.

Da wird Gas abgefackelt, dachte er. Eine Menge Gas. Und zu den Füßen dieser Gasfackeln? Ölbohranlagen. Hunderte von schwarzen, nickenden Pumpen scharten sich um sie wie Küken um ihre Hennen.

Es unterschied sich durch nichts von den anderen sibirischen Ölförderanlagen, die Nowek aus der Luft gesehen hatte: ein Tropfen Gift in einer enormen eisigen Petrischale. In konzentrischen Kreisen, die seiner Widerstandskraft gegen den Tod entsprachen, wich alles Leben vor dem Gift zurück.

Die Rollbahn verlief von Südosten nach Nordwesten. Ein Netz von Kiesstraßen verband die verschiedenen Bereiche der ausländischen Ansiedlung. Ablagerungsbecken, Verdunstungsgruben, Gastanks und eingeweichte Auffangbecken für ausgeflossenes Öl.

Verschlossene Förderlöcher. Abfackelschornsteine. Nikkende Pumpen. Es sah alles sehr sauber aus, sehr ordentlich. Beim Näherkommen sah Nowek einen neben der Rollbahn geparkten orangefarbenen Hubschrauber. In einiger Entfernung einen zweiten, noch größeren.

Jurij hielt direkt auf die Schotterrollbahn zu. Nowek hatte den Eindruck, daß sie ihm entgegenkam. Jurij zerrte den Steuerknüppel zurück. Wie eine von einer Brücke geworfene Frachtkiste sank der schwere Doppeldecker zu Boden. Fehlzündungen ließen den Motor puffen und knallen.

Ein heftiger Aufprall, noch einer, dann knirschte Metall gegen Kies. Mit einem Reißen am Knüppel brachte Jurij auch das Heck des Doppeldeckers auf den Boden. Er lenkte die große Maschine von der Rollbahn und auf den Fertigbau zu.

»Steigen Sie aus! In zwei Stunden hole ich Sie wieder ab. Machen Sie schon!«

»Was ist mit ...«

»Schnell! In zwei Stunden bin ich zurück!«

Nowek stand auf, während die Annuschka ihre Nase wieder Richtung Rollbahn drehte. Er hastete zur Frachttür. Sie stand bereits offen, neben ihr warteten die beiden bewaffneten Begleiter darauf, daß er in den Kies hinaussprang. Er zögerte einen Moment lang und verspürte einen heftigen Stoß in den Rücken.

In Anbetracht der Umstände kam er gut auf, aber das Paket mit dem Knochen entglitt seinen Händen. Er hob es auf und sah sich um, aber die Frachttür war bereits wieder geschlossen, der Motor dröhnte. Die Antonov rollte an. Er mußte sich ducken, um nicht vom Leitwerk getroffen zu werden. Zwei Sekunden später holperte die Annuschka mit gerecktem Heck über die Rollbahn, um sich dann schwerfällig in die Lüfte zu schwingen. Ihre Tragflächen legten sich schräg, und das Dröhnen ihres Motors verlor sich am endlosen Himmel.

Er hob den Kopf. Der Kies funkelte und blitzte. Aus der Ferne hatte er dunkel ausgesehen, fast wie Basalt. Aber jetzt erkannte Nowek, daß er sich getäuscht hatte. Der Kies war feucht.

Er scharrte an der Oberfläche und stieß auf trockenen Kies. Er griff nach einem Steinchen. Es funkelte.

Die Rollbahn lag auf einem langen tiefen Bett aus Nepa-Granit.

10.
KAPITEL

Zwei Männer in orangefarbenen Overalls standen auf einer Art Terrasse vor dem Gebäude der Betriebsleitung. Die Tür hinter ihnen öffnete sich, ein dritter Mann trat zu ihnen. Er war größer als die beiden anderen, und als er sich Nowek zuwandte, spiegelte sich die Sonne in seinem silbernen Helm.

Nowek war von Nepa-Granit umgeben, könnte seine Stiefel darin vergraben. Und das Glänzen und Funkeln? Pyroklastische Glasperlen. Das Tunguska-Phänomen. Die Tränen eines toten, erstarrten Meteoriten. Hier von einem Schuh aufgenommen und in die Wohnung eines ermordeten Geschäftsmannes getragen?

Wind kam auf und füllte den roten Windsack. Die Luft war ein Hexengebräu aus Schwefeldioxid, Sumpfgerüchen, süßlichem Düsentreibstoff und verbranntem Diesel. Das Knirschen von Metall auf Metall ertönte von einer Bohrstelle. Der einzigen, die in Betrieb war.

Mit einem Blick sah Nowek, daß sie trippten – um eine neue Bohrerspitze einzusetzen, um zu analysieren, aus irgendeinem anderen Grund. Die Arbeiter haßten das Trippen. Das Tempo war schneller, die Arbeit schwerer, und in einem tiefen Bohrloch konnte es tagelang dauern. Aber warum schwiegen die anderen Bohrer? Sie förderten nichts. Sie standen in Tunguska nur herum. Warum?

Eine dampfendes Rohr tauchte aus der aktiven Bohrstelle auf, naß und glänzend durch den öligen Schlamm. Es hielt inne, und zwei Männer packten mit Rohrzangen zu; mannsgroßen Schraubenschlüsseln, die an schweren Ketten von Stahlträgern herabhingen. Schraubenschlüsseln wie dem, den sich Jurijs Partner so beiläufig über die Schulter geworfen hatte.

Die Zangen griffen um das glatte Rohr und hielten es fest. Dann stemmten sich auf der anderen Seite zwei Russen mit ihrem ganzen Gewicht gegen die Griffe. Das Gelenkgewinde lockerte sich, und das Rohr brach auseinander. Eine Fontäne schwarzen Schlamms sprudelte aus der Öffnung, und die beiden Russen schoben das Rohr zu einem Auffangspeicher.

In der Nähe schlugen zwei weitere Männer mit Schlaghämmern auf ein verklemmtes Ventil ein.

Neben Noweks Ohr surrte es. Sein Hals juckte. Er schlug zu und zog die Finger blutig zurück. Arkadi Wolski hatte ihn aufgefordert, seine Nase in die Ermittlungen zu stecken, sich aber nicht erwischen zu lassen. Er verrieb das Blut zwischen den Händen. Aber das war das Schicksal aller Unruhestifter, die nicht schnell genug waren.

Er schob das Rollbahnsteinchen in seine Tasche.

Der behelmte Mann vor der Betriebsleitung bedeutete den anderen beiden zurückzubleiben und kam auf Nowek zu. Er hatte den schwankenden Gang eines Kapitäns auf der Kommandobrücke. Sein Gesicht war wettergegerbt. Ein Wust kurzgeschnittener grauer Haare quoll unter dem Helm hervor. Um die fünfzig, vermutete Nowek, obwohl Amerikaner – ähnlich den Chinesen – nicht alterten wie Russen. Er trug spitze Cowboystiefel, keine Arbeitsschuhe. Strahlte Befehlsbefugnis aus. Eine Aura von Autorität. Er mußte der Boß sein, der *natschelnik*.

»Was, zum Teufel, geht hier eigentlich vor?« Er blieb vor Nowek stehen und blickte auf ihn herunter. An seiner Brusttasche baumelte ein eingeschweißter Ausweis mit Photo. Der Cowboygott der Ölindustrie hatte einen Menschen bei einer Verfehlung ertappt. »Der Zugang zu diesem Gelände ist Unbefugten verboten. Verstehen Sie Englisch? Kennen Sie das Wort *private property?*«

»Das sind doch zwei Worte, oder?« Er klemmte das Paket unter den Arm und streckte die Hand aus. »Ich bin Gregorij Nowek, Bürgermeister von Markovo.«

Der Amerikaner übersah seine Hand. »DeKalb. AMR-Toolpusher. Bürgermeister? Von wo?«

»Markovo.« Den Begriff »Toolpusher« kannte Nowek. Er bezeichnete den Leiter der Förderanlage. Er wurde sogar in der russischen Ölindustrie angewandt, allerdings verkürzt: *tulpusch.*

»Nowek.« DeKalb kniff seine tiefliegenden Augen zusammen. »Sie sollten doch erst morgen eintreffen.«

»Mein Flug ging früher.« Nowek zog seinen Stiefel durch den Kies. Es klang wie eine Welle, die über Steinen zusammenbricht, fast musikalisch: ein für Nepa-Granit instrumentiertes Divertimento, für Glas und Blut.

»Sie sind nicht zu früh. Sie sind unbefugt.« DeKalbs Augen zwinkerten, aber nicht wegen der Sonne. »Unsere Übereinkunft mit Irkutsk räumt uns die Möglichkeit ein, alle unbefugten Eindringlinge festzunehmen. Und Sie sehen wie einer aus.«

»Das glaube ich gern«, stimmte Nowek zu. »Aber wenn ich Ihnen einen Rat geben darf, wäre es vielleicht klüger, von dieser Möglichkeit keinen Gebrauch zu machen. Sie wissen, wie problematisch die Dinge in Rußland werden können.«

»Sie machen nicht den Eindruck eines Problems.«

»Der Augenschein kann trügen.« Nowek drehte sich um. »So habe ich beispielsweise gehört, daß AmerRus alles daran setzt, um die Ölproduktion in Tunguska wieder voranzutreiben. Mit modernster Förderungstechnik. Von der neuen Pipeline ganz zu schweigen. Aber ...«

»Was aber? Die neue Pipeline steht.«

»Sie ist mir nicht entgangen. Aber was läuft hindurch? Wenn man sich umsieht, könnte man annehmen, AMR wäre erst gestern angekommen. Verstehen Sie nun, was ich mit Augenschein meine?«

Die Falten um DeKalbs Mund verschärften sich. »Können Sie sich ausweisen?«

»Selbstverständlich.« Nowek zog seinen Ausweis hervor und überreichte ihn. Während ihn DeKalb überflog, musterte er das Photo an der Brusttasche des Amerikaners.

Das Bild zeigte ihn mit seinem Schutzhelm, als wäre dieser ein Bestandteil seines Schädels und nicht etwas, was man auch absetzen konnte. Er blickte mürrisch, genau wie jetzt. Und darunter stand seine Signatur in gedrängter, verschlungener Schrift. Wie eine Lunte, mit der man Dynamit zündete.

DeKalb blickte auf. »Nowek klingt wie ein polnischer Name.«

»In Sibirien treffen Sie auf alle möglichen Namen. Polnische, deutsche, ukrainische. Sogar russische.«

DeKalb wirkte unsicher, ob er nicht veralbert wurde. Das Gefühl von Unsicherheit schien ihn zu ärgern. Er sah das Photo an, dann Nowek. »Also gut. Was wollen Sie? Ich bin ein vielbeschäftigter Mann.«

Noweks lange, qualvolle Erfahrungen mit mächtigen Bürokraten hatten ihn gelehrt, daß nichts so überraschend, so entwaffnend war wie die simple Wahrheit. »Ich ermittle in einem Kriminalfall.«

Es wirkte. Der hochgewachsene Amerikaner zuckte zusammen. Ein Pluspunkt für menschliche Unvollkommenheit, ein Minuspunkt für Cowboygötter. »Hört sich an, als wäre das eine Aufgabe für die Polizei.«

»Sie wären überrascht, wie viele Leute der gleichen Meinung sind.«

»Von welcher Art Verbrechen reden Sie?«

Es hatte einmal gewirkt, warum nicht auch ein zweites Mal? »Mord.«

Diesmal erfolgte keine Reaktion. DeKalbs Miene wirkte wie aus Marmor gemeißelt. »Soweit ich weiß, ist keiner meiner Jungs umgebracht worden.«

»Aber zwei von meinen. Vorgestern nacht in Markovo. Zwei Milizionäre und ein Mann, der für AmerRus arbeitete. Ein Mann namens A.V. Ryschkow.«

Der Amerikaner hatte sehr blaue Augen. Sie schienen einen blassen Silberton anzunehmen, als er über Nowek hinweg zum Horizont blickte. »Ich kenne alle meine Männer, Russen wie Amerikaner. Sogar einige der Burjaten. Wir behandeln alle gleich. Arbeite einen Tag, und du bekommst einen Dollar. Einen Ryschkow kenne ich nicht. Ich bedauere, daß Sie den langen Weg umsonst gemacht haben.«

Nowek fand nicht, daß DeKalb besonders mitfühlend aussah. »Ryschkow war keiner Ihrer Arbeiter. Er war Agent für die Vermittlung von Immobilien und Unternehmen.«

»Das erklärt alles. Das ist Politik. Ich befasse mich nicht mit Politik.«

»Sehr weise. Aber Sie sind ihm nie begegnet? Er war ein sehr prominenter Geschäftsmann in Markovo. Es ist eine kleine Stadt, und ...«

»Ich sagte bereits, daß ich ihn nicht kenne.« Jetzt wirkte DeKalb ausgesprochen gereizt. »Und wenn dieser Mord in Markovo verübt wurde ...«

»Morde, drei.«

»Dann haben Sie sich sehr weit vom Tatort entfernt.« Er blickte auf das Paket unter Noweks Arm. »Was ist das?«

»Ein Beweisstück. Es muß fachmännisch identifiziert werden. Sie haben hier eine Spezialistin, die uns vielleicht helfen kann. Benutze ich auch das richtige Wort? Sagt Ihnen *expert* etwas?«

DeKalb erstarrte sichtlich. In einem anderen Licht hätte man die Kälte sehen können, die von ihm ausging. »Hören Sie. Meine Gesellschaft hat mit Ihren Leuten eine Reihe von Vereinbarungen getroffen. Dem Öl- und Gasministerium. Luköl. Den Russneft-Piraten. Und diese Vereinbarungen besagen, daß Sie hier keinerlei Befugnisse haben. Null. Sie besagen, daß Tunguska für die Dauer des Pachtvertrages AmerRus-Verantwortung unterliegt.«

»Wie lange läuft der?«

DeKalb ignorierte die Frage. »Und wenn ich AmerRus sage, meine ich mich. Habe ich mich verständlich genug gemacht?«

»Sie ja, wir nicht.« Nowek drehte sich um und überblickte die Bohranlagen. »Sie pachten Tunguska, um Öl zu fördern. Aber ich kann nicht viel Aktivität entdecken.«

»Rohöl ist billig. Die russischen Bestimmungen sind unmöglich. Wir vertreiben uns die Zeit, bis die Dinge geklärt sind.«

»Das kann dauern.«

»Verdammt richtig. Und deshalb sprengen unsere Unkosten alle Vorstellungen. Wir können uns auf einheimische Produkte nicht verlassen. Stahl, Zement, Bohrschlamm. Absolut nichts entspricht unseren Standards. Und alles, was wir aus der Zivilisation heranschaffen müssen, kostet das Dreifache. Ich habe es längst aufgegeben, Hafengebühren zu berechnen, Wertzuwachssteuern, Einfuhrgebühren, Zölle und regelrechte Bestechungssummen. Wir müssen hier sogar unsere eigene Energie erzeugen. Sehen Sie die Kurbelpumpen da drüben?«

»Ich sehe sie.« Die reglosen Tauchvögel. Schwarz wie Raben.

»Jede von ihnen wurde in Baku hergestellt. Neunundneunzig Prozent davon haben in ihrem ganzen Leben noch keine Abschmierpresse gesehen. Und was ist passiert? Wir haben ein Feld voller eingefrorener Kugellager. Keiner der Elektromotoren ist wetterfest. Alle sind Schrott, und keine Gebete der Welt schaffen uns Ersatzteile der Herstellerfirma heran. Sieht ganz so aus, als hätten die Jungs die Nase voll von Russen.«

Baku gehört zu Aserbaidschan, und DeKalb hatte recht. »Was ist mit neuen Pumpen? Aus Amerika? Sie könnten sie mit Flüssiggas antreiben und sich die Elektrizität schenken.«

Ein neuer Ausdruck trat in DeKalbs Gesicht. »Sie kennen sich in der Ölbranche aus?«

»Ich war in Samotlor.«

»Großer Gott. Muß die Hölle gewesen sein. Hören Sie, ich will offen zu Ihnen sein. Wir werden auf diesen Ölquellen sitzenbleiben, bis Ihre Leute zur Vernunft kommen.«

»Auch das kann dauern.«

»Inzwischen bleibt uns nichts übrig, als alles, was wir brauchen, selbst zu beschaffen.«

»Ist das nicht Schmuggel?«

»Nennen Sie es, wie Sie wollen. Schließlich sind wir nicht hier, um Öl hochzuholen, Bürgermeister.«

»Nein?«

»AMR ist hier, um Geld zu machen. Sobald das möglich ist, werden wir dieses Feld auf Vordermann bringen. Vorher nicht. Ganz einfach.«

»Weiß das der Gouverneur von Irkutsk?«

»Ich denke, ja. Und was unbefugtes Eindringen betrifft, ist mein Wort in Tunguska Gesetz. In dieser Hinsicht bin ich mir der Unterstützung des Gouverneurs sicher, und zwar hundertprozentig.«

»Mindestens.«

»Und auch der eines gewissen Gromow. Kennen Sie ihn?«

»Wir sind einander begegnet.«

»Sie werden ihm wiederbegegnen, wenn ich den Eindruck gewinne, daß Sie sich hier in AMR-Angelegenheiten einmischen. Besonders im Zusammenhang mit einem Verbrechen, mit dem wir nichts zu tun haben. Wollen Sie uns unter Druck setzen? Nur zu. Sie werden eine Nummer nehmen und sich hinten anstellen müssen.«

»Daran sind wir in Rußland gewöhnt. Aber ich bin nicht hier, um mich einzumischen. Ich bin hier, um meine Hilfe anzubieten.«

»Und wie stellen Sie sich die vor?« DeKalb lächelte unübersehbar überheblich.

»In Amerika mag das vielleicht anders sein, aber für uns ist der Mord an einem wohlhabenden Geschäftsmann mit weitreichenden Beziehungen ziemlich aufregend. Ryschkow hatte einen Namen, den man kannte.«

»Na und?«

»Wenn ein solcher Mann ermordet wird, sehen die Leute hier genauer hin. Und noch genauer, wenn seine Dollar durch Geschäfte mit Ausländern verdient wurden. Und was Ausländer betrifft, so brauche ich Ihnen wohl nicht zu sagen, daß die Russen ein mißtrauisches Volk sind. Sie wissen doch sicher, was gemeinhin gesagt wird?«

»Das weiß ich nicht ...«

»Daß Joint Ventures Hyänen sind, die sich vom Leib von Mütterchen Rußland ernähren. AmerRus ist ein Joint Venture, oder?«

»Hyänen ernähren sich von toten Dingen, Nowek.«

»Verzeihen Sie, aber Tunguska ist nicht tot. Das sagt mir allein schon die Menge von Gas, die Sie hier abfackeln.«

»Tatsächlich? Sie kennen sich wirklich aus, was?«

»Auf einigen Gebieten. Beispielsweise weiß ich, wie die Dinge in Rußland funktionieren. Zur Zeit wird ein Mordfall untersucht, also werden Fortschritte verlangt.« Das war eine Lüge, aber das brauchte DeKalb nicht zu wissen. »Die Staatsanwaltschaft arbeitet bis spät in die Nacht. Irgend jemand muß ihnen Informationen liefern.«

»Bürokraten.«

»Genau. Wir sind wie Ungeziefer. Sobald wir auftauchen, wird man uns nie wieder los. Aber wenn ich mit einem Ihrer Leute hier sprechen darf, kann ich innerhalb einer Stunde wieder verschwunden sein. Es braucht nur ein Formular ausgefüllt zu werden. Dann gibt es kein Ungeziefer mehr, kein lästiges Einmischen. Auf diese Weise kann ich Ihnen helfen.« Nowek lächelte, so aufrichtig wie möglich.

»Sonst noch etwas?«

»Eigentlich schon. Ich würde gern meine Arbeit beenden und wieder nach Hause fahren. Meine Tochter ist vor kurzem davongelaufen, und ich würde sie gern wiederfinden, bevor sie in irgendwelche Schwierigkeiten gerät.«

DeKalb wirkte betroffen. »Davongelaufen? Wohin?«

»Das läßt sich schwer sagen. Aber sechzehn ist auch ein heikles Alter.«

DeKalb musterte Nowek, als wollte er herausfinden, ob er ihn absichtlich provozierte oder nur durch Zufall auf diese schmerzliche Wunde gestoßen war. »Ich hatte eine Tochter«, sagte er schließlich. »Sie wäre auch sechzehn.«

»Dann wissen Sie, was ich meine.« Doch dann stutzte Nowek. Hatte er richtig gehört? Wäre?

DeKalb holte eine schmale Brieftasche aus seiner Tasche.

Nowek betrachtete das Bild. Ein Familienphoto wie das, das auch er zu Hause hatte. Ein mürrischer DeKalb, eine Frau, deren Schönheit mit den Jahren und unter akuter Sonne ein wenig verblichen war, und eine lebenssprühende Tochter mit großen, unschuldigen Augen. »Rehaugen« sagte man in Rußland. Galinas Augen sahen ähnlich aus. »Sehr hübsch«, sagte er und wußte nicht, worauf DeKalb eigentlich hinauswollte. »Sie müssen sehr stolz auf sie sein.«

»Ich war es.« Die Brieftasche verschwand. »Sie wurde

uns genommen.« Als DeKalb wieder hochblickte, war sein Gesichtsausdruck ein anderer. Gequält.

»Genommen?«

Die Männer schlugen mit Vorschlaghämmern auf das eingefrorene Ventil ein. Es klang wie dumpfe Totenglocken.

»Bei einem Einbruch«, fuhr DeKalb fort. »Er wollte etwas stehlen. Hatte ein seitenlanges Vorstrafenregister. Sie konnten ihn nicht hinter Gitter behalten, weil die Gefängnisse überfüllt waren, sagten die Richter. Brauchten Platz für die wirklich miesen Typen. Dummerweise war er ein wirklich mieser Typ. Können Sie mir folgen?«

»Ich glaube schon.« Wenn in Rußland jemand eines Verbrechens angeklagt wurde, stand seine Schuld fest. Die Aufgabe des Verteidigers bestand lediglich darin, strafmildernde Faktoren zu sammeln und vorzubringen. Nowek wußte, daß das amerikanische Justizsystem mit Kriminellen im allgemeinen nachsichtiger umging. »Wurde er gefaßt?«

DeKalb schien ihn nicht zu hören. »Wir nehmen an, daß sie hörte, wie er die Räume durchsuchte. Sie kam gerade vom Pool zurück. Trug noch ihren Badeanzug. Sie versteckte sich in ihrem Zimmer unter dem Bett. Dort sucht ein Einbrecher natürlich als erstes.«

Nowek schwieg mit angehaltenem Atem.

»Er hat sie entdeckt.« DeKalb wirkte, als ringe er um Fassung. »Er hat ein paar sehr häßliche Dinge mit ihr angestellt, bevor sie starb, Bürgermeister.« DeKalb holte tief Atem und ließ ihn langsam entweichen. »Ich hoffe nur, Sie finden Ihre Tochter, bevor ihr so etwas zustößt. Ich hoffe es von ganzem Herzen.«

»Es tut mir sehr leid.«

DeKalbs Miene verhärtete sich. »Würde ihr jetzt auch nicht mehr helfen. Das ist meine Aufgabe. Und wen wollen Sie hier sprechen?«

Seine Aufgabe? »Die Tigerforscherin«, sagte Nowek. »Doktor Wereskaja.«

»Sie?« DeKalb verschob seinen Schutzhelm. »Welche Beziehungen hatte sie zu Andrej?«

Andrej. Bisher hatte er den Vornamen nicht genannt, nur die Initialen. Also kannte ihn DeKalb doch. Aber anstatt ihn zu fragen, warum er gelogen hatte, hielt Nowek nur sein Knochenpaket hoch. »Ich möchte sie bitten, im Zusammenhang mit dem Mord etwas für mich zu identifizieren.«

»Verstehe.« DeKalb sah auf seine Armbanduhr. Es war eine schicke Taucheruhr von der Art, die kein Russe jemals auch nur in die Nähe von Wasser gelangen lassen würde. Die Haut seines Unterarms hatte die Bräune alter Eiche. »Ich werde Ihnen was sagen. Es dauert dreißig Minuten, bis der Hubschrauber aufgetankt ist. Dann werden Sie mit ihm nach Markovo zurückkehren.«

»Vielen Dank, aber das ist nicht nötig. Ich habe bereits eine Rückflugmöglichkeit.«

»Das glauben Sie. Ihr Freund hat hier keine Landeerlaubnis. Wenn er es noch einmal versucht, werden wir ihn uns schnappen.« Seine hellblauen Augen blickten Nowek durchdringend an. »Dreißig Minuten. Mehr haben Sie nicht für Ihr Gespräch mit dem Tigermädchen. Aber denken Sie daran: Wenn Sie hier irgendwelchen Ärger machen oder Druck auf uns ausüben wollen, werde ich unverzüglich Gromow anrufen und mich über Sie beschweren. Habe ich mich verständlich genug ausgedrückt?«

»Absolut.« Fast fühlte er sich versucht, es darauf ankommen zu lassen, um das Gesicht des Amerikaners zu sehen, wenn der versuchte, Jurijs Doppeldecker zu betreten und in die Mündungen der Skorpions blickte.

DeKalb begann zum Verwaltungsgebäude zurückzumarschieren. Seine Schritte schienen für eine total andere Welt bemessen. Wie gefangen mußte er sich in dieser Kieseinöde über dem ewigen Eis fühlen. Der Winter war eine Sache. Aber wenn die oberste Erdschicht schmolz, bedurfte es nur eines Schritts von den Schotterwegen, um bis zu den Hüften im feuchten Schlamm zu versinken. Aber natürlich – wenn Galina irgend etwas zustieße, etwas wie das Verbrechen, das DeKalb angedeutet hatte, würde auch er sich am gottverlassensten Ort der Welt verkriechen.

Einem Ort, dachte Nowek, wie Tunguska.

Andrej. Ja, DeKalb kannte ihn, kannte ihn gut.

Als sie sich dem Gebäude näherten, sah Nowek, daß der große Hubschrauber, den er aus der Luft gesehen hatte, ausgebrannt war. Wie deprimiert hockte der große rußgeschwärzte Helikopter auf seinen zwei doppelrädrigen Fahrwerken. Nowek sah fünf Bullaugen, alle mit verrußtem Metallblech eingefaßt. Die Kanzelhaube war vergilbt wie Plastikmaterial, das jahrelang der Sonne ausgesetzt wurde. Hinten am langen, verkohlten Rumpf waren Zwillingsrotoren montiert. Einige Rotorblätter fehlten.

»Decker!« rief DeKalb. Einer der beiden Männer vor dem Gebäude hob den Kopf. Er trug ein kleines Pflaster auf einer Wange. »Bringen Sie den Bürgermeister hier zu der Tigerfreundin. Nehmen Sie einen Buggy und beeilen Sie sich. Joffrey?«

»Ja?«

»Sie werden in dreißig Minuten nach Markovo fliegen. Machen Sie meinen Chopper bereit«, sagte DeKalb und deutete auf einen kleinen, schnittigen Bell, der in sicherem Abstand zum ausgebrannten Hubschrauber stand. »Der Bürgermeister von Markovo braucht eine Beförderungsmöglichkeit. Wir wollen ihn nicht unnötig aufhalten.«

»Jessir.«

Decker. Diesen Name hatte der AMR-Mann auf dem Flugplatz in Markovo erwähnt. Nowek fragte sich, ob die beiden die »Cowboys« waren, vor denen Jurij Galina gerettet hatte. Beide waren dunkelhaarig und drahtig. Einer von ihnen kaute auf einem Zahnstocher herum und grinste. Vielleicht. Möglicherweise.

DeKalb wandte sich wieder an Nowek. »Es war wirklich sehr nett, mit Ihnen zu plaudern, Bürgermeister. Aber ich glaube kaum, daß wir das in nächster Zeit wiederholen werden.« Er wedelte mit Noweks Ausweis. »Sie haben doch nichts dagegen, daß ich den für die Zeit Ihres Aufenthalts behalte?«

»Natürlich nicht.« Nowek löste DeKalbs Ausweis von dessen Brusttasche und steckte ihn sich lächelnd in die Tasche. Der Amerikaner war zu verblüfft, um auch nur ein

Wort herausbekommen zu können. Die beiden anderen sahen DeKalb an, als wäre er ein Benzintank, der jederzeit in die Luft gehen konnte. »Ich habe ein miserables Gedächtnis. Das wird mich daran erinnern, meinen Ausweis von Ihnen zurückzuerbitten.«

DeKalb knurrte etwas Unverständliches, drehte sich um und ging in das Gebäude. Einer der Piloten folgte ihm, der andere lief auf den Bell-Hubschrauber zu.

Nowek wartete. Wenig später öffnete sich die Tür, und Dekker kam wieder heraus, einen roten Schutzhelm in der Hand. Der Zahnstocher steckte noch immer zwischen seinen Zähnen. Er streckte Nowek den Helm hin. Eine Woge Eau de Cologne trieb Nowek entgegen. »Bestimmung der Firma. Besucher müssen einen tragen.«

»Sicherheit geht vor.« Nowek probierte den Helm auf und regulierte die Plastikschiene, bis er paßte. Der Kopf des Amerikaners war unbehelmt. Er hatte dichte schwarze Haare und dunkle, schmachtende Augen: Ein Amerikaner, der russische Frauen ins Schwärmen geraten ließ. Die Dollar in seiner Tasche würden seine Chancen nicht unbedingt verschlechtern.

»Sie sind Bürgermeister, sagten Sie?«

»Von Markovo.«

»Ganz schön mutig, wie Sie Mister DeKalb den Ausweis abgeknöpft haben. Sieht ja ganz so aus, als wären Sie ein echter Tiger.«

Tiger? Nowek folgte ihm um das Verwaltungsgebäude herum. »Was ist denn mit dem da passiert?« Er zeigte auf das Hubschrauberwrack.

»Ein paar Einheimische wollten allzu simpel auftanken. Die Dummköpfe drückten einen Einfüllstutzen an den Rumpf, und ein Reibungsfunke ließ den ganzen Vogel in die Luft gehen. Er ist zu groß, um zur Reparatur abgeschleppt zu werden. Vermutlich wird er einfach weiter verrotten.«

»Wurde irgend jemand verletzt?«

»Nein, getötet«, sagte Decker. »Beeilen wir uns ein bißchen, Tiger. Ich habe noch anderes zu erledigen.«

Nowek folgte ihm zu einer Reihe kleiner Fahrzeuge. Auf ein röhrenförmiges Chassis und wuchtige, mit Spikes versehene Traktorreifen waren zwei Sitze montiert. Hinten befanden sich ein zylindrischer Druckbehälter und eine kleine Ladefläche. Decker sprang auf den Fahrersitz, drückte auf einen Knopf, und der Motor sprang an. Mit ungeduldiger Kopfbewegung forderte er Nowek zum Einsteigen auf.

Nowek nahm neben ihm Platz. »Was ist das für ein Fahrzeug?«

»Ein HMV – High Mobility Vehicle. Wir nennen sie Mondbuggies«, sagte der Amerikaner. Sein Akzent hatte einen merkwürdigen Nebenton. Er erinnerte Nowek an irgendein Gewürz in bitterem, schwarzem Kaffee. »Wurden eigens für uns produziert. Verbrennen Gashydrat.«

»Sie holen es aus den Bohrlöchern?«

Decker sah ihn auf eine ganz neue Art an. »Mister DeKalb sagte, Sie wären in Samotlor gewesen?«

»Ja. Dort oben gab es Methanhydrat, aber wir nutzten es nicht. Es war nur lästig.«

Gashydrat war »brennendes Eis«, eine exotische Form von Wasser und Methan, das sich durch den extremen Druck am Grund eines Bohrlochs miteinander verband. Manchmal traf man auf eine dicke Blase davon, und dann schossen tagelang Tonnen zischenden Eises aus dem Boden. Die Burjaten setzten es mit ihren Feuerzeugen in Brand und bewarfen sich zum Spaß mit brennenden »Eiskugeln«.

»Hier ist es nicht lästig. In einem Druckbehälter gespeichert, läßt es einen Buggy buchstäblich alles bewältigen. Eis, Schnee, sogar offenes Wasser. Bei jedem Wetter, zu jeder Jahreszeit. Aber über Wasser muß man sich schnell bewegen. Sobald man verlangsamt, geht man unter.«

Dieses Gefühl hatte Nowek auch im Hinblick auf die Ermittlungen. Eine kleine Verzögerung, und man konnte untergehen. »Sehr sinnvoll. Sind Sie Amerikaner? Ich kenne mich da nicht besonders gut aus, aber Sie klingen irgendwie anders.« Er ertappte sich dabei, Deckers Stiefel anzustarren. Wie sah ihr Sohlenprofil aus?

»Ich bin ein hundertprozentiger *coonass* aus Vermillion

Parish. Das liegt in Louisiana. Mit Ausnahme der Yankees nördlich der I-10 hören wir uns alle so an. Wissen Sie, was ein *coonass* ist?«

Nowek sah ihn an. »Ein Tier?«

»Ein richtig mieses Tier.« Er legte den ersten Gang ein. Schotter und Schlamm hochspritzend, rollte der Mondbuggy den Hang hinab, verließ die aufgeschüttete Trasse und schoß querfeldein über den oberflächlich geschmolzenen Boden, der so aufgewühlt war, daß nirgendwo auch nur der geringste Fetzen grünen Mooses übriggeblieben war.

Es war eine braune Suppe aus Schlamm und schmuddeligem Eis, aber im Gegensatz zu den sowjetischen Ölfeldern gab es hier keine Lachen vergossenen Rohöls. Die alten Produktionsanlagen waren noch alle an Ort und Stelle. Das sah Nowek an den Rohrleitungen. Aber alle außer Betrieb, die Pumpen rosteten vor sich hin.

Ein Verteiler verband die neuen Gasleitungen mit den alten Produktionsanlagen. Flüssiggas aus den Bohrlöchern. Kohlenwasserstoff. Hoher Druck. Man brauchte sich nur die Gasfackeln anzusehen! Mit all dem sibirischen Leichtöl im Boden konnte AMR eine Menge Geld machen. Er verfolgte den Verteiler zu einem der großen Gastanks in der Ferne.

»Es sieht so aus, als würden Sie die Bohrlöcher mit Gas unter Druck setzen?«

Decker wandte nicht einmal ansatzweise den Kopf. »Das müssen Sie Mister DeKalb fragen.«

Nowek sah zu den gelben Gasfackeln hinüber. »Er sagte, daß AmerRus auf das Ansteigen der Rohölpreise wartet, bevor sie die Produktion aufnehmen.«

»Hört sich logisch an.«

»Aber die Bohrlöcher sehen aus, als wären sie seit langer Zeit nicht mehr angerührt worden.« Sie kamen an Bohrgestänge vorbei, das zu Skulpturen verrostet war. »Seit sehr langer Zeit.«

»Da müssen Sie Mister DeKalb fragen«, sagte Decker erneut.

Sie passierten eine Elektropumpe, mit einem Motor von der Größe eines Ölfasses. Ein dickes Gummikabel verband sie mit einer Ölquelle, aber die Pumpe war außer Betrieb, der Gummischlauch gerissen.

»Druckzerklüftung?« fragte Nowek. Doch dann, bevor Decker antworten konnte, fügte er hinzu: »Ich weiß schon, muß DeKalb fragen.«

Mit hoher Geschwindigkeit sausten sie über den Schlamm, und Nowek klammerte sich an das Gefährt. Für seine Schnelligkeit war der Motor des Mondbuggy erstaunlich leise. »Wie ich hörte, habe ich Sie gestern knapp verpaßt.«

Jetzt drehte sich das schmale Gesicht zu ihm um. »Wer sagt das?«

»Der Flugabfertiger unten in Markovo. Er heißt ...«

»Higgins kann doch seinen Arsch nicht von einem trockenen Bohrloch unterscheiden. Das können Sie ihm ruhig ausrichten.«

Der Mondbuggy nahm Fahrt auf und spritzte quer über eine kleine Wasserfläche. Getreu der Vorhersage des Amerikaners gingen sie nicht unter.

»Wie gefällt es Ihnen in Sibirien?«

»Ein wahres Sportlerparadies«, lachte Decker. »Nichts als Weite und Natur, keine Gesetze, die einem vorschreiben, wie man sich zu verhalten hat. Ganz anders als bei uns. Da kann man doch nicht einmal ausspucken, ohne sich eine Klage wegen Umweltverschmutzung einzuhandeln. Hier kann ein Mann frei atmen. Hier gibt es nur dich und Gott.« Wieder lachte Decker. »Fast hätte ich es vergessen. Sie glauben ja nicht an Gott.«

»Er ist wieder stark im Kommen. Und wir haben auch Gesetze.«

»Hier nicht. Jedenfalls keine außer denen von Mister DeKalb«, fügte Decker hinzu.

Alles lief immer wieder auf diesen Namen hinaus. Nowek wechselte das Thema. »Wie ich hörte, soll es in Tunguska Tiger geben.«

Decker grinste. »Wenn Tiger bumsen, kreischt sich das Weibchen die Seele aus dem Leib. Wissen Sie, warum, Bürgermeister?«

»Eigentlich nicht.«

»Im Schwanz des Männchens ist ein Knochen von dieser Größe.« Er spreizte Daumen und Finger. »Und außen von Stacheln bedeckt, die alle in eine Richtung verlaufen. Verstehen Sie mich? Wie bei einem Stachelschwein. Er kann in sie eindringen, ohne daß sie etwas davon merkt, aber wenn er ihn herausziehen will ...« Er lächelte, und seine Zähne waren sehr weiß.

»Kann ich mir vorstellen.« Nowek räusperte sich. »Vielleicht kommen schon bald amerikanische Touristen nach Markovo. Wie gefällt Ihnen eigentlich unser *Hotel Sibir*? In welcher Weise könnte es noch verbessert werden?«

»Es könnte auch in Abbeville stehen.« Er zuckte die Schultern. »Im Hotel tut sich nicht allzuviel. Ich gehe lieber ins *Alamo*.«

Das Café der armenischen Mafia. Nun, dachte Nowek, dort gibt es ja auch alles, was heute verlangt wird.

»Sie haben da dieses Mädchen, das Dollar einsammelt.« Decker lachte wiehernd. »Wissen Sie, was ich meine? Ohne zuzugreifen. Man legt sie hin, und sie saugt sie auf. Das gibt Mister Washington den Kitzel seines Lebens. Vielleicht auch einen Tripper.«

So also endet das Imperium, dachte Nowek. Nicht mit einem thermonuklearen Knall, nicht mit einem Sturm der Freiheit, der die Spinnweben von siebzig Jahren hinwegfegte, sondern mit einer Stripteasetänzerin, die sich über Dollar bückte und ohne den Einsatz der Hände verschluckte. Er dachte an Galinas hübsches Gesicht, ihre langen, geschmeidigen Beine.

Der Buggy kletterte einen Schotterhang hinauf, drehte im Schlamm und bog auf einen langen erhöhten Kiesweg ein, der an einer Ansammlung von niedrigen Blechhütten mit Metalldächern endete.

Nowek musterte den Straßenbelag. Magnetit- und Turmalinkiesel. Aus einem anderen Ausbiß, einer anderen Quelle. Kein Nepa-Granit. Und kein glitzerndes pyroklastisches Glas.

Sie befanden sich weit hinter dem amerikanischen Bereich von Tunguska. Weit hinter den Wohnunterkünften und Lagergebäuden. Selbst weit hinter dem Hundeauslaufgebiet. Die Gasfackeln wirkten von hier aus wie Spielzeuge, die riesigen Gastanks durch die Entfernung zu Zwergen mutiert. Hier draußen waren sie von Bohranlagen umgeben, meistens alten, ausgedienten, aber auch ein paar neuen. Die alten elektrischen Bohrtürme überzog eine feine, braune Rostpatina.

In Sibirien gelten andere Maßstäbe als im Rest der Welt. Die Entfernungen täuschten. Der aufgeschüttete Schotterweg durch den Sumpf zog sich länger hin, als es den Anschein gemacht hatte. Nur zögernd wurden die bläulichen Dächer größer, obwohl der Buggy nicht langsamer geworden war. Im Näherkommen sah Nowek, daß die niedrigen Gebäude auf Pfählen standen. Ihre Dächer waren sehr steil, um keine Schneemassen anzusammeln. Über einem erhob sich eine Satellitentelefonschüssel. Über der Zufahrt war ein Schild angebracht: »Forschungsstation des Biosphärengebiets Tunguska«.

Decker fuhr vor das Hauptgebäude und hielt an. Ein weiterer Mondbuggy parkte in der Nähe. Er wandte sich Nowek zu. »Sieht so aus, als wäre die Tigerlady zu Hause.«

»Ja.« Das Photo von Nina an seiner Küchenwand. Das Photo in Ryschkows Wohnung, das auf der Tigerbroschüre. Vor seinem inneren Auge verschmolzen sie miteinander. Zwei Jahre, aber noch immer glaubte er manchmal, ihre Stimme zu vernehmen, wenn es in Wahrheit nur das Radio war. Noch immer glaubte er zu hören, wie sie von draußen die getrocknete Wäsche hereinholte, wenn der Wind nur einen von Galinas Röcken zum Rascheln gebracht hatte. Den Klang ihrer Schritte, wenn Hagel gegen die Fensterscheiben schlug.

Nowek wollte aussteigen, aber ein loser Stoffaden seines Jacketts verfing sich an einer scharfen Kante des Buggy-Chassis. Er bewegte sich, kam aber nicht los.

»Warten Sie.« Decker griff sich ans Knie und holte eine schmale Klinge hervor. Ein Wurfmesser. Fein ausbalanciert, ohne Griff. Mit behendem Schnitt trennte er den Faden durch. Die Klinge verschwand so schnell wieder, daß Nowek nicht wußte, ob er sie sich nicht nur eingebildet hatte.

»Holen Sie mich wieder ab?«

»Keine Angst, Tiger«, sagte Decker mit breitem Grinsen. »Ich werde ununterbrochen an Sie denken.« Der Mondbuggy setzte zurück, alle vier Räder legten sich schräg, als er scharf drehte und fast lautlos über die lange Schotterstraße zurückflog wie eine winzige Troika über ein Schneefeld.

11.
KAPITEL

Die Munition, der orangefarbene Stoff, ein kleiner Stein, der so verblüffend gewöhnlich und doch so auffällig besonders war. Und DeKalbs Behauptung, Ryschkow nicht zu kennen. Es gab eine Verbindung zwischen Tunguska und den Morden. Bestand aber auch eine Verbindung zwischen den Verbrechen und AmerRus?

Russen waren mißtrauisch gegenüber Ausländern, Sibirier mißtrauisch gegenüber jedermann. Manchmal durchaus gerechtfertigt.

Nowek lief auf die Holzstufen zu und dachte an Ryschkow, sein Bett, das Photo an seiner Wand, das einer schönen jungen Frau. Es zeigte nicht seine Frau Wika, sondern Anna Wereskaja. Und an AmerRus, den größten Dollarlieferanten für Markovo. Sex, Geld und Politik. Ging es um Motive, so mußte er Kasnin zustimmen: AmerRus vereinigte sie alle.

Große Metallkäfige waren neben der Tür gestapelt, an beiden Enden mit schweren Federverschlüssen versehen: Tigerfallen. Sie waren länger als Deckers Mondbuggy.

Ihre Haustür hatte einen blankgewetzten Holzknauf. Türgriffe aus Metall gab es in Sibirien nicht. Ein unbedachter Zugriff mit nackter Hand im Winter würde einen Handschuh aus menschlicher Haut auf ihnen zurücklassen.

Der Windfang wurde von kaltem blauem Neon erleuchtet. Dahinter befand sich eine Tür mit der Aufforderung, auf die Klingel zu drücken und zu warten. Er wollte es gerade tun, hielt aber inne, um den Fußboden zu betrachten.

Stiefel hatten Kalksteinstaubabdrücke hinterlassen, das Vermächtnis von seit Jahrzehnten herumgeschlepptem Bohrschlamm. Grau und sehr fein. Sie zeigten unverkennbar das Bourbonenlilienmuster, das er in Ryschkows Wohnung gesehen hatte.

Ein Paar Stiefel stand an der Wand. Klein, aber strapazierfähig. Häufiges Tragen hatte die Schuhspitzen zu Wildleder aufgerauht. In Knöchelhöhe war das Material durch ständiges Reiben blankgescheuert. Er hob einen hoch und drehte ihn um. In den Profilrillen der Sohle klebten Schlamm und winzige Kiesel. Er sah, womit er gerechnet hatte – und einen Namen. »Vibram.« Nowek stellte den Stiefel wieder neben den anderen und drückte auf die Klingel.

Das Haus war gut isoliert. Decke, Wände und besonders der Fußboden. Schneelasten mochten es eindrücken, Stürme auseinanderreißen, aber das Gebäude würde nicht in den geschmolzenen Morast einsinken. Erneut drückte er auf die Klingel. Noch immer keine Reaktion. Er schob die Tür auf.

Von einem Schreibtisch her starrte ihn eine buntgescheckte Katze an, wachsam, gelassen, überlegen. Sie musterte ihn mit verächtlicher Miene, die an DeKalb erinnerte. Die Katze hob eine Pfote, begann sie abzulecken, behielt Nowek aber immer im Blick.

Auf einem Bücherregal an der Wand wuchs eine Sonnenblume einer gelbschimmernden Pflanzenlampe entgegen. Ihr kleiner grüner Blütenkopf zeigte bereits einen schmalen gelben Saum. Ein kleines Wunder, dem ein größeres folgte.

Sie saß mit dem Rücken zu ihm, trug Kopfhörer und starrte auf einen leeren Fernsehschirm. Auf dem Tisch neben ihr standen ein kleines Tonbandgerät und ein eingeschalteter Laptop.

Sie hatte Nowek nicht eintreten hören. Aber obwohl sie ihm den Rücken zuwandte, erkannte Nowek sie. Seine Hände erkannten sie, und er mußte sich sehr zusammenreißen, sie nicht auszustrecken, um sie zu berühren. Doch selbst ihm war klar, daß das nicht klug gewesen wäre.

Anna Wereskajas schwarze, glänzende Haare waren hinter die Ohren gestrichen und fielen ihr auf die Schultern. Sie trug ausgeblichene Jeans und einen schlichten schwarzen Rollkragenpullover, dessen Ärmel hochgeschoben waren. Ein Handgelenk umschlang das Lederband einer riesigen schwarzen Uhr mit unzähligen Knöpfen. Ihre Füße steckten in gesteppten Hausstiefelchen.

Auf dem Bildschirm erschien ein Muster weißer vertikaler Linien. Ein Standbild? Nein, denn schon bald verschob sich das Bild, veränderte sich zu einem anderen Muster, sehr ähnlich, aber nicht identisch.

Sie griff nach dem schwarzen Mikrofon des Tonbandgeräts. »Standort vierzehn«, sagte sie in amerikanischem Englisch. »Akustische Auslösung bei zweiundzwanzig zehn.«

Das überraschte ihn. Die meisten englischsprechenden Menschen redeten BBC-konform. Ein Geiger spielt ein Instrument ohne Griffleiste, ohne lästige Beschränkungen. Nowek hatte ein sehr feines Gehör für Töne, für Nuancen. So vermied man Fehler. Er hörte weiter zu.

»Zweiundzwanzig Uhr zwölf Ortszeit. Peter, das sind die Daten, von denen ich sprach, als du hier warst. Die, mit denen wir sie packen können. Nur schlecht, daß Moskau keine große Hilfe war.« Sie drückte auf eine Taste, und das Bild auf dem Laptop geriet in heftige Bewegung, zeigte dann das gleiche Muster vertikaler Linien vor einem schwarzen Hintergrund.

Moskau war heutzutage für viele Leute keine Hilfe, aber was genau meinte sie damit? Nowek war nahe daran, sich mit einem Räuspern bemerkbar zu machen. Aber die Illusion, der Anblick war zu verführerisch. Er brachte es nicht über sich. Wer konnte es einem seit zwei Jahren in der Wüste lebenden Menschen verargen, die Augen zu schließen und den Geruch nach Regen zu genießen?

»Dreiundzwanzig null null. Nur noch wenige Minuten. Sieh hin. Das ist noch nie dokumentiert worden.«

Er sah sich um. Der Raum war mit burjatischer Volkskunst, Plakaten und Landkarten geschmückt. Eine mit Rentierfell bespannte Trommel, ein Messer, dessen Griff im Lauf der Jahre cremefarben vergilbt war. Die Plakate warben für Puder, Heiltränke, Weine und Salben – alle aus Tigerbestandteilen hergestellt. Eine große Landkarte mit bunten Stecknadelköpfen zeigte das riesige Tunguska-Biosphärenreservat. Bücherregale, die Blume und ihre Lampe, auf dem Schreibtisch eine große schwarze Schale für biologische Proben und ein halbvolles Glas mit rotem Saft. Ein tragbares Satellitentelefon auf seinem Ladegerät.

Und ein Gewehr.

Ein großes Zielfernrohr war auf den Waffenlauf montiert. Bis auf die Tatsache, daß man ohne Gewehr nicht durch die Taiga wanderte, wußte Nowek so gut wie nichts über Waffen. Aber er sah zumindest, daß dieses Gewehr mit seinem glänzenden Metall, dem schimmernden Holz und der blankgeputzten Optik sorgfältig gepflegt war.

Eine junge Frau, ein Messer, ein Gewehr.

Eine tückische Frage: Was paßte da nicht?

Eine tückische Antwort: Vielleicht alles.

»Okay?« sagte Anna Wereskaja. »Da ist die erste akustische Auslösung, bei dreiundzwanzig vierzehn. Ein Hubschrauber. Irgend jemand in den Staaten sollte uns sagen können, welcher Typ das ist.« Der Bildschirm flimmerte, kam wieder zur Ruhe.

Lautlos ging Nowek zu dem an der Wand hängenden Messer und nahm es in die Hand. Er dachte an Grossmanns Bewunderung für den Chirurgen, der sich Andrej Ryschkow vorgenommen hatte. Die Katze beobachtete ihn.

Ein Riemen aus Rentierleder durchzog das Futteral. Damit konnte man es sich an den Gürtel hängen oder auch, mit einem schnellen Druck auf ein Knochenglied, sicher schließen.

Der Griff war aus cremegelbem Mammutknochen, sogenanntem »sibirischen Gold«. Neben Zobelfellen hatte es dazu gedient, die Schatztruhen der Zaren zu füllen. Ob es nun um Gold, Zobelfelle, Öl oder nur die unendlichen Weiten ging – immer war Sibirien ein Schiff gewesen, ein Frachter, der an Rußlands Dock lag. Moskau nahm sich, wonach ihm der Sinn stand, um dann, bevor die Mannschaft wußte, wie ihr geschah, das Schiff wieder aufs Meer hinauszustoßen. Er zog die glänzende Klinge heraus.

Sie war blitzblank, nicht die geringste Trübung verunzierte das Metall. Nowek fuhr mit dem Daumen über die Schneidefläche. Sie besaß die magische Fähigkeit, Haut geradezu unmerklich zu durchschneiden. Er spürte absolut nichts, und doch zeigte sich sofort ein dünner Blutfaden auf seinem Daumen. Was hatte Dr. Grossmann gesagt? Ein extrem scharfes Messer? Er dachte an die bis zum Rückgrat durchtrennte Kehle des Hundes und steckte das Messer schnell wieder in die Fellscheide. Nowek blickte auf. Die Katze wußte, daß er da war. Wann würde es auch Anna Wereskaja wissen?

»Okay? Jetzt paß auf.« Der Laptop surrte im schnellen Vorwärtsgang und hielt an. »Dreiundzwanzig fünfzig. Der infrarote Auslöser ist einfach losgegangen, so daß die Kamera doppelt so schnell aufnimmt. Fast wie Video.« Sie machte eine kurze Pause und fügte hinzu: »Da ist er.«

Er? Der Bildschirm zeigte das bekannte Muster weißer vertikaler Linien, doch nun hatte sich ein undeutlicher Klecks hinzugesellt, ebenfalls weiß. Die Bilder auf dem Schirm bewegten sich so ruckartig, als liefe ein alter Stummfilm ab, und der Klecks durchdrang die senkrechten Linien wie ein Nebelstreifen die Bäume eines Waldes und erstarrte. Bäume? Waren die weißen vertikalen Linien Bäume?

Das Muster geriet wieder in Bewegung.

»Hast du ihn gehört? Das war seine Stimme. Eindeutig amerikanisches Englisch.«

Sie veränderte die Entfernung und klickte. Der Computer flimmerte, begann zu surren. Schnell wuchs sich der undeutliche Klecks zur leicht grünlichen Gestalt eines Mannes mit geisterbleichem Gesicht aus. Das Gesicht wandte sich in die Richtung der Bäume und öffnete den Mund zu einem unhörbaren Schrei.

»Mitternacht. Vergiß nicht, daß wir ihn unter infraroter Beleuchtung sehen, okay? Warmes erscheint weiß. In Wahrheit ist seine Haut schwarz. Wir sehen einen schwarzen Mann im Wald. Achte auf seine Kleidung. Er trägt Hosen, Leinenschuhe und ein irgendwie beschriftetes Hemd. Die weißen Flecken unter seinen Armen zeigen, daß er schwitzt. In dieser Nacht war es unter zweiundzwanzig Grad minus. Er ist nicht weit von irgendeinem Unterschlupf entfernt. Anders ist es nicht möglich. Ich kann mir das nicht erklären. Vielleicht fällt dir etwas dazu ein.«

Nowek hatte den Eindruck, daß sie Stück für Stück Beweise zusammentrug. Beweise wofür? Gegen wen? Und was machte ein wie ein Tourist zum Besuch der Eremitage gekleideter Amerikaner in einer bitterkalten Nacht im Freien? Darüber hinaus ein schwarzer Amerikaner?

Der Mann starrte zu den Bäumen hinüber. Man konnte seine Anspannung förmlich spüren. Irgend etwas war quer über seine Brust gedruckt, doch unter dem infraroten Licht war es schwer zu entziffern, vermischte sich mit den leuchtenden Hitzeflecken unter seinen Achseln.

Sie hielt das Bild an.

»Da. CDC Pelican«, sagte sie. »Da sind noch mehr Buchstaben, aber die können wir nicht deutlich genug erkennen. Ist es der Name eines Schiffes? Ein Ort? Ich weiß es nicht. Ergibt es für dich irgendeinen Sinn? Vielleicht stoßen wir in maritimen Unterlagen auf den Namen, in irgendwelchen Schiffsregistern oder Gewerkschaftsunterlagen.«

Nowek kniff die Augen zusammen. Ja. »CDC Pelican«. In lateinischer Schrift, nicht in kyrillischer. Pelikane waren Vögel. Aber CDC? Sweatshirts mit den Namen amerikanischer Universitäten, Firmen und Produkten waren in Rußland kein ungewohnter Anblick mehr. Aber nicht bei zweiundzwanzig Grad unter Null.

Die Gesetzmäßigkeit in Sibirien ist absolut: Angefangen bei sechzig Grad minus, überlebt ein Mensch ohne spezielle Schutzkleidung eine Minute pro Grad. Bei minus zwanzig Grad also vierzig Minuten. Wind und Alkohol sind zusätzliche Risikofaktoren. Wer auch immer dieser schwarze Amerikaner war, er steckte in einer echt mißlichen Lage.

»Eine Minute nach Mitternacht. Erste Vokalisation«, sagte sie.

Ein neues Objekt tauchte zwischen den Bäumen auf, eine flache, langgezogene Gestalt. Mit behenden Bewegungen glitt es über den Boden, wurde schneller.

Kein Mensch.

Ein Tiger.

Anna Wereskaja hielt das Bild an. »Es handelt sich um Lena. Sie ist sieben Jahre alt. Im letzten Jahr wog sie hundertvierunddreißig Kilo, aber jetzt ist sie sehr viel dünner. Siehst du die weißen Stellen? Sie ist so dünn, daß die Körperwärme an diesen Stellen ihr Fell durchdringt. Lena zieht einen halben Kilometer von Standort vierzehn entfernt vier Junge auf. Sie hat Hunger und ist es gewohnt, hier Beute machen zu können.«

Nowek beugte sich vor.

»Noch achtzehn Sekunden.«

Im Schnellfeuer der Kameraaufnahmen beschleunigte der Tiger und überwand die letzten paar Meter unglaublich schnell. Wie eine Rakete schoß er durch die Luft und holte zum Schlag aus. Das kurze Aufblitzen langer, scharfer Krallen an Pranken, die größer waren als der Kopf eines Menschen.

»Das war's. Ich bin zu der Stelle gefahren. Das Fleisch hat Lena in ihr Versteck geschleppt. Den Rest haben die Aasfresser beseitigt. Wir brauchen seinen Namen, Peter. Du bist meine letzte Hoffnung.« Der Bildschirm wurde schwarz.

»Verzeihen Sie«, sagte Nowek. Er trat einen Schritt auf sie zu, das Messer immer noch in der Hand. Bislang hatte ihn die orangegescheckte Katze nur beobachtet. Aber jetzt sprang sie hoch, krümmte den Rücken und fauchte.

Anna Wereskaja fuhr so schnell herum, daß sie das Kabel ihrer Kopfhörer aus dem Stecker zog. Ihr Blick zuckte von Noweks Gesicht zum Messer, dann wieder zurück. Sie stand auf.

Nina. Die Härchen auf seinen Armen richteten sich kerzengerade auf. Nina.

Es war, als hätte man eine Infrarotlampe auf die höchste Stufe eingestellt. Er fühlte sich von unsichtbarer Hitze durchströmt. Das Gesicht an Ryschkows Wand, die Frau in der Tiger-Trust-Broschüre. Das Bild von Nina an jenem Tag im Sonnenblumenfeld. Lebendig. Augen wie grüner Granat. Ein dreieckiges Gesicht, eine breite Stirn, ein schmales Kinn. Die gleiche ungebärdige Haarlocke über einem Auge. Kleine, schmale Goldringe in ihren Ohren. Der dunkle Rollkragenpullover war dünn, wirkte ihr wie auf den Körper gemalt. Nowek sah cremefarbene Haut durch das Gewebe schimmern. Sie war sehr viel schöner als die Photos von ihr, auch sehr viel energischer. Sie sah aus wie Mitte Zwanzig.

»Das ist ein Schamanenmesser. Geben Sie es mir«, befahl sie in sehr grobem, unkultiviertem Russisch. So würde Nina mit niemandem sprechen, nicht einmal mit einem Hund. Sie schnippte mit den Fingern, streckte gebieterisch die Hand aus.

Die Illusion zerplatzte wie eine Seifenblase.

Anna Wereskaja stand wie angewurzelt vor dem Bildschirm, blockierte ihn. Er reichte ihr das Messer. Einen Moment lang hielten sie es beide fest, während die Katze fauchte. Ein Stromkreis war geschlossen. Einen Moment lang.

»George!« Mit einer Handbewegung scheuchte sie die Katze vom Schreibtisch. Sie verschwand darunter und knurrte leise. »Nun?« fragte Anna Wereskaja. »Wie lange schnüffeln Sie hier schon herum? Haben Sie sich verlaufen? Was wollen Sie hier?«

»Entschuldigen Sie. Ich habe geklingelt, aber niemand kam an die Tür«, sagte Nowek. Er konnte seinen Blick nicht von ihr abwenden. Bei Nina waren Wut und Leidenschaft auf geheimnisvolle Weise miteinander verbunden gewesen. Erst errötete ihr Gesicht, die Röte ergoß sich über ihren Hals, und ihre Brustwarzen wurden zu harten Himbeeren.

Sie verschränkte die Arme vor der Brust.

Er senkte den Blick. »Ich bin Gregorij Nowek. Der Bürgermeister von Markovo. Gestern sollte ich mich mit Doktor Gabriel in meinem Büro treffen, aber wir haben einander verpaßt.«

»Peter ist wieder in Wladiwostok.« Sie schaltete den Videorecorder aus, schloß den Laptop-Bildschirm und zog eine kleine Kassette heraus. Sie steckte sie ein, behielt das Schamanenmesser jedoch in Griffweite.

»Ich weiß. Aber ich bin hergekommen, um mit Ihnen zu sprechen.« Er bemerkte eine Bewegung zu seinen Füßen. Die Katze schlich sich an ihn heran. Sie erstarrte, eine Pfote erhoben, den Schwanz steil gereckt. Die Ohren auch. Die Parallele zu der Szene auf dem Bildschirm ließ Nowek erneut die Haare zu Berge stehen. »Ihr Kater hält sich für einen Tiger.«

Anna Wereskaja stampfte mit dem Fuß auf, die Katze

verzog sich blitzschnell. »Tiger sind die größten Katzen, Katzen die kleinsten Tiger. Worüber wollen Sie mit mir sprechen?«

Ihre Bluejeans saßen wie maßgeschneidert. Ihr schwarzer Rollkragenpullover war aus Seide. Warmhaltend und leicht auf der Haut, zeichnete er ihre Formen nach. Sie war eine Mischung aus Gegensätzen, harter Grobheit und Seide, zwei Frauen in einer.

»Nun?«

»Ich versuche gerade, Ihren Akzent zu orten.« Ihre Sprache war nicht das leicht verächtliche Nuscheln der Moskauer, auch nicht das heisere Silbenverschlucken der Sibirier, aber ihnen doch näher. Nicht rund, eher achteckig. Nowek wartete auf ihre Antwort. Nur keine voreiligen Erklärungen. Keine Entschuldigungen. Laß den anderen, die andere reden. Eine ausgezeichnete Methode, die Menschen zum Sprechen zu bringen, wie er festgestellt hatte. Aber jetzt war er nicht sicher, ob sie auch funktionierte. »Er klingt vertraut. Kommen Sie aus Irkutsk?«

»Meine Eltern lebten in Irkutsk.«

»Ich bin dort zur Schule gegangen. Als ...«

»Handelt es sich um einen Höflichkeitsbesuch? Wenn ja, dann bitte ich Sie, mich zu entschuldigen. Ich bin sehr beschäftigt. Sie werden ein anderes Mal wiederkommen müssen.« Sie sah auf das Paket unter seinem Arm.

Soviel zum Thema Strategie. Aber natürlich war es eine Binsenwahrheit, daß Russen Kriege nie durch Strategie gewannen. Sie gewannen sie damit, sich vor feindliche Panzer zu werfen. »Sie haben recht«, sagte er. »Ich habe versucht auszuweichen, weil es sehr unerfreulich ist. Es tut mir leid, aber ich habe eine sehr unangenehme Neuigkeit für Sie.« Seine Blicke flogen zu ihr, verweilten zu lange. Das entnervte ihn. Was mußte sie von ihm denken?

»Welche?« Sie musterte ihn. »Geht es um einen Mitarbeiter? Haben sie schon wieder einen meiner Wildhüter erschossen?«

»Es geht um Andrej Ryschkow. Ich glaube, Sie kannten ihn.«

»Ich kenne ihn.« Absolut gelassene Miene. Aber etwas in ihren Augen sagte ihm, daß sie eine Entscheidung traf. »Warum?«

»Er wurde in der Nacht zu gestern ermordet.«

Ihre Arme sanken herab. Sie sah Nowek an, als wäre er weit entfernt, als müßte sie sich konzentrieren, ihn überhaupt erkennen zu können. »Das glaube ich Ihnen nicht.« Sie strich sich die Haarsträhne aus dem Gesicht. Sie fiel sofort wieder zurück. »Wir meinen nicht denselben Mann.«

»Doch. Er war der Sohn von Stalins Dolmetscher, sein Bruder arbeitet im Außenministerium. Er wohnte in Rossinka, Nummer acht. Vielleicht wissen Sie das nicht, aber er hatte auch eine Frau. Sie heißt Wika.« Er schwieg, sah ihr prüfend ins Gesicht. Sie verzog keine Miene. »Zwei Angehörige der Miliz wurden auch getötet. Gegen vier Uhr morgens. Die Mörder benutzten eine Klinge, die genauso scharf gewesen sein muß wie dieses Schamanenmesser. Ist das burjatisch? Die Qualität ist sehr beeindruckend.«

Sie sah das Messer nicht an. »Ich kann Andrej anrufen und mich davon überzeugen, daß Sie lügen.«

»Wenn Ihnen das gelingt, Frau Doktor Wereskaja, dann verschwenden Sie mit dem Tigerzählen nur Ihre Zeit.« Nowek machte eine Kopfbewegung in Richtung Satellitentelefon. »Rufen Sie die Poliklinik in Markovo an. Lassen Sie sich mit Doktor Grossmann verbinden. Er hat die Autopsie vorgenommen. Soll ich Ihnen die Nummer nennen? Zweihundertzwanzig sechsundvierzig. In letzter Zeit habe ich sie so oft angerufen, daß ich sie auswendig weiß.«

Ihre Finger griffen nach dem Hörer, ließen ihn aber gleich darauf wieder los. Nur der Hauch eines Zitterns war ihrer Hand anzumerken, so leicht übersehbar wie der Anflug von Trauer in ihren Gesichtszügen. »Warum sollte sich der Bürgermeister von Markovo auf den beschwerlichen Weg machen, um mir zu erzählen, daß Andrej tot ist?«

»Aus zwei Gründen. Sie kannten Andrej Valentinowitsch. Vielleicht kannten Sie auch seine Bekannten. Wem er sympathisch war, wer ihn ablehnte. Freunde wissen das mitunter voneinander.«

»Sie hätten anrufen können. Von Markovo ist es ein langer Weg nach Tunguska.« Doch dann fügte sie hinzu: »Warum fragen Sie nicht seine Frau. Sie heißt Wika, oder?«

Also endlich doch etwas. Eifersucht? »Sie hält sich in Kalifornien auf. Es ist vorstellbar, daß er ihr nicht alle Einzelheiten seines Lebens hier anvertraute.«

»Sie wollte nur Geld von ihm.«

Und was wolltest du? fragte sich Nowek. »Eine so weit entfernte Ehefrau lebt unabhängiger. Der Ehemann auch. Aber das ist für Sie ja kein Geheimnis.« Diesen Satz bereute er sofort.

»Was wollen Sie von mir?« Ihr Gesicht war völlig ausdruckslos. Wie Galinas, wenn sie log.

»Ihre Hilfe. Wann haben Sie Ryschkow zum letzten Mal gesehen?«

Sie ließ ihre Maske nicht fallen. »Ich glaube nicht, daß Sie das etwas angeht.«

»Damit sind Sie nicht allein.« Er holte tief Luft. Derartige Befragungen waren nicht unbedingt seine Stärke. »Wie ich hörte, haben Sie ihn häufig besucht. Meist abends. Sie wurden dabei beobachtet, daß Sie seine Wohnung zu ungewöhnlichen Zeiten betreten und verlassen haben.«

»Und ich dachte, den KGB gibt es nicht mehr.«

»Im Vergleich zu neugierigen Nachbarn ist der KGB ein Witz.«

Anna Wereskaja wirkte wie jemand, der ein Minenfeld durchschreitet. Konzentriert. »Meine Besuche in Markovo sind von dem AmerRus-Flugplan abhängig«, sagte sie und wog jedes Wort wie Medizin ab, wie Gold. »AMR fliegt früh am Morgen und am späten Nachmittag. Ich auch.«

»Haben Sie Ryschkow häufig gesehen?«

»Ich bin nicht oft in Markovo. Mein Arbeitsfeld ist hier.«

»Wo die Tiger leben. Was hatte das Videoband zu bedeuten, das ich vorhin sah?«

»Sie haben es sich hinter meinem Rücken angesehen. Beantworten Sie sich Ihre Frage selbst.«

»Es machte den Eindruck, als hätte ein Tiger einen Mann angegriffen.«

Sie verschränkte die Arme wieder vor der Brust.

Mit Mühe wandte Nowek seine Augen von ihr ab. »Wer war er? Wo ist das passiert?«

»Entweder wissen Sie das bereits, dann brauche ich es Ihnen nicht zu sagen. Oder Sie wissen es nicht, und es gibt keine Möglichkeit für Ihre Mithilfe. Wie Sie sehen, besteht für diese Unterhaltung absolut kein Anlaß.«

»Ich bin davon überzeugt, daß es den doch gibt.« Er kämpfte um Gelassenheit. Sie versuchte, ihn zu provozieren, und das erfolgreich. »Es wird Sie vielleicht überraschen, aber ich möchte herausfinden, wer Ihren Freund und meine beiden Milizionäre ermordet hat. Sie nicht?«

»Viel Glück.«

»Sie glauben also, daß ich keine großen Aussichten auf Erfolg habe?«

»Ich glaube, daß Andrej Erfolg hatte.« Sie trat hinter den Schreibtisch und blickte nach unten. Ihre Schultern hoben und senkten sich langsam. Als sie ihn wieder ansah, war ihr Gesicht hart, ohne jede Spur von Tränen. »Russen hassen den Erfolg. Es ist ihnen lieber, wenn alle im Elend leben, als daß es nur einem einzigen Menschen bessergeht.«

Russen? Was sie sagte, traf zu, aber für was hielt sich denn Anna Wereskaja? »Sie haben ihn nicht gehaßt.«

»Selbstverständlich nicht. Andrej hat uns sehr unterstützt.«

»Auf welche Weise?«

»Auf die Weise, in der Freunde einander helfen. Ende der Diskussion.«

»Verzeihen Sie, aber noch nicht ganz.« Nowek trat einen Schritt näher. »Wenn ich erfahren müßte, daß ein Freund von mir ermordet wurde, würde ich doch zumindest ein wenig Überraschung zeigen. Ich kann Ihnen sagen, daß ich nicht zu seinen Freunden gehörte, aber sein Tod scheint mich betroffener zu machen als Sie. Aber natürlich habe ich ihn mit durchgeschnittener Kehle gesehen. Habe ich schon erwähnt, daß er gefoltert wurde? Erinnern Sie sich an den schönen dichten Teppich in seinem Schlafzimmer? Nun, als ich dort eintraf, war er blutgetränkt.« Er brach ab, musterte sie und fuhr dann fort. »Sie wollten irgend etwas von ihm. Sein Tresor war leer. Haben Sie eine Ahnung, was darin gewesen sein könnte? Geld? Oder etwas anderes?«

Sie sah aus, als wollte sie sich auf ihn stürzen.

»Aber vielleicht waren Sie und Ryschkow doch keine so guten Freunde, wie ich angenommen habe ...«

Jede Beherrschung, mit der sie bisher ihre Gefühle maskiert hatte, fiel von ihr ab. Hätten ihre Augen Röntgenkraft gehabt, wäre Nowek an einer Strahlenüberdosis gestorben. »Wie können Sie es wagen, mir derartige Fragen zu stellen? Reicht es nicht, daß Sie sich hier eingeschlichen und über meine Schulter geblickt haben? Er hat sich bemüht, etwas Gutes zu tun, und das ist mehr, als jeder russische Politiker, dem ich je begegnet bin, je getan hat. Oder von dem ich gehört habe.« Ihr Russisch hörte sich an wie MG-Salven. Schnell und brutal. »Ich bin hier heraufgekommen, um Menschen wie Ihnen zu entgehen. Offensichtlich war das nicht weit genug. Wenn Andrej tot ist, dann wegen Leuten wie Ihnen.«

»Sie verdächtigen mich?«

»Wenn man lange genug mit Russen zusammen ist, verdächtigt man jeden.«

Russen. Schon wieder diese Abgrenzung. Würde Galina eines Tages auch so reden? »Wie lange braucht man Ihrer Meinung nach dazu, Frau Doktor Wereskaja?«

»Ich habe meine Schlüsse schon früh gezogen.« Sie blickte sich auf dem Schreibtisch um, als suche sie nach einer Zigarette. Sie schob ein Papier zur Seite. »Wissen Sie, daß ich heute zum ersten Mal davon erfahre, daß Markovo auch einen Bürgermeister hat? Bisher hielt ich es für einen Ort, an dem AMR seine Prostituierten rekrutiert.«

Wieder mußte er an Galina denken. »War der Mann auf dem Band mit der Zählung des Tigerbestandes befaßt?«

»Machen Sie sich nicht lächerlich.«

»Wer war er dann?«

Sie atmete nur tief durch, aber dann, als sich Nowek bereits mit ihrem Schweigen abgefunden hatte, sagte sie: »Ein Wilderer.«

Ein Wilderer? Ein Amerikaner ging bei zwanzig Grad minus nur mit einem Sweatshirt bekleidet auf die Tigerjagd? »Wie ist es Ihnen gelungen, ihn zu filmen?«

»Er wurde nicht gefilmt, sondern digitalisiert. Tunguska ist funktelemetrisch verkabelt, Herr Bürgermeister. An den Fütterungsstandorten können wir sie über WebCams sehen. Sehen und hören.«

Web-was? »Sie können also von hier aus alle Vorgänge verfolgen?«

»Nein. Die Daten werden im Institut ausgewertet und archiviert. Zu schade, daß wir diesen Vorfall nicht veröffentlichen ...«

»Veröffentlichen?«

»Die Welt sollte erfahren, daß die Tigerjagd gefährlich werden kann. Vielleicht würde das einige Wilddiebe abhalten.«

»Sie vertreten also die Meinung, daß Wilddiebe den Tod verdient haben?«

»Unbedingt.« Sie nickte zur Karte an der Wand hinüber. »Wenn ich keine Datenkassetten einsammle, Tiere betäube und ihnen Ortungssender verpasse, helfe ich den Wildhütern des Reservats bei der Jagd nach Wilddieben. Wir haben schon einige gefaßt. Aber nicht viele. Sie stellen Fallen mit frischem Fleisch auf und schießen aus dem Hinterhalt mit Hochleistungsgewehren auf die Tiere. Mit Munition, die maximale Verletzungen verursacht. Je einem Tiger nahe gekommen, Herr Bürgermeister? Seine Flanken fühlen sich an wie Stahlplatten. Es bedarf schon einigen Aufwands, einen vier Zentner schweren Amur-Tiger zur Strecke zu bringen.«

Nowek dachte an die seltsame Kugel, die Kasnin ihm in Ryschkows Wohnung gezeigt hatte. »Könnte Ihrer Meinung nach Andrej Ryschkow etwas mit der illegalen Tigerjagd zu tun gehabt haben?«

Sie musterte ihn, fast überrascht. »Das hatte er nicht.«

»Sie klingen sehr überzeugt.«

»Ich bin es. Sie wären aus zwei Gründen hier, sagten Sie. Bisher habe ich erst einen gehört.«

Er legte das Paket auf den Schreibtisch. »Ich möchte, daß

Sie sich etwas ansehen, um es zu identifizieren. Das heißt, wenn das keine zu große Zumutung ist. Ich könnte damit nach Irkutsk fahren, aber es gibt keinen Etat für Analysen. Ich habe es in Ryschkows Wohnung gefunden.«

Zum ersten Mal wirkte sie unsicher, fast ängstlich. Womit rechnete sie denn? Einer Hand? Einem anderen Körperteil?

Er löste die Schnur des Pakets und trat zur Seite. »Bitte.«

Anna Wereskaja zögerte, dann nahm sie den schweren, gelblichen Knochen aus der Verpackung. Sie hatte lange, schlanke Finger wie seine Tochter. Ringe trug sie nicht.

Als sie Nowek wieder anblickte, waren ihre Augen kalt wie grünes Gletschereis. »Woher haben Sie den?«

»Ich fand ihn in Ryschkows Schlafzimmer, unter der Kommode.«

»Blanker Unsinn!« zischte sie. »So etwas kann Andrej gar nicht gehabt haben.«

Sie warf ihm den Knochen zu. »Fragment des Karpalknochens«, sagte sie. »Von einem älteren, männlichen Tier. Wahrscheinlich sechs oder sieben Jahre alt.«

Nowek drehte den Knochen in den Händen. »Ein Fragment, und doch sind Sie sich sicher? Mir wurde gesagt, dazu bedürfe es ausgiebiger Untersuchungen.«

»Ich habe schon eine Menge Knochen gesehen.« Sie drehte sich um, ging auf eine Tür zu.

»Warten Sie!« Nowek dachte, sie wollte das Haus verlassen. Aber die Tür führte in einen weiteren Raum. Er sah, daß dort Kartons und Kisten gestapelt waren.

Anna Wereskaja kam mit einem Karton zurück. Er schien schwer zu sein. Als sie ihn auf den Schreibtisch stellte, hörte er ein merkwürdiges Geräusch. Kein Scheppern, kein Klirren, irgend etwas ähnliches. »Sehen Sie selbst«, sagte sie und nahm den Deckel ab.

In dem Karton lagen Dutzende schwerer, gelber Knochen. Ein scharfer Geruch stieg von ihnen auf, ähnlich dem, den er an dem Knochenstück unter Ryschkows Kommode wahrgenommen hatte. Nur intensiver, übler. Er nahm einen heraus und verglich ihn mit dem, den er aus Markovo mitgebracht hatte.

Er war nicht identisch, aber sehr ähnlich. Er war markiert, mit einem Namen und einer Zahl: »Galia – 2.« Nowek sah in den Karton. Wenn allein schon sein Stück Tausende Dollar auf dem asiatischen Heilmittelmarkt einbrachte, was dann ein ganzer Karton davon? Der Inhalt der Kartons und Kisten im Nebenzimmer?

»Noch irgendwelche Fragen?«

»Was machen Sie mit so vielen Knochen?«

»Irgendwann werde ich sie während einer Pressekonferenz verbrennen.«

Verbrennen? Mit dem Erlös aus diesem Karton konnte ein Jahr lang das Gehalt jedes Milizionärs von Markovo bezahlt werden – in Dollar. Und sie wollte die Knochen verbrennen! Nowek fragte sich, was er tun würde. Er konnte sich nicht sofort entscheiden. »Mit illegaler Jagdbeute kann viel Geld gemacht werden. Soweit ich weiß, etliche Milliarden jedes Jahr.«

»Dabei handelt es sich lediglich um eine Schätzung der CITES.«

»Sseities?«

»Der Übereinkunft über den internationalen Handel mit gefährdeten Arten. Eine feine Übereinkunft«, fügte sie spitz hinzu. »Ein Handelsabkommen. Die Lieferländer schließen Abkommen mit den Verbraucherländern ab. Schaffen nach Gutdünken Ausnahmen. Beispielsweise: ›Der Handel mit Rhinozeroshörnern ist ein unverzichtbarer Bestandteil des staatlichen Wirtschaftsaufkommens.‹ Oder: ›Der Walfang ist eine nationale Tradition, in die wir nicht eingreifen dürfen.‹ Sie gratulieren einander dazu, wie ökologisch bewußt sie doch sind, und teilen dann den globalen Kuchen an vom Aussterben bedrohten Arten untereinander auf. Dein Stück, mein Stück. Es geht ausschließlich um Politik und Geld. Und das schlimmste darin ist, daß sie – verglichen mit allen anderen – noch die Guten sind.«

»Weshalb sind Sie so sicher, daß sich Ryschkow nicht am Schmuggel von Tigerknochen beteiligt hat?«

»Weil ich ihm vertraue. Wir haben eine Übereinkunft.«

Sie redete noch immer so, als würde Ryschkow noch leben. Eine Übereinkunft. »Wer unterstützt Ihr Projekt?«

»Das Institut für die Naturbewahrung der Taiga.«

»Das kenne ich nicht. Gehört es zur Universität?«

»Zur Universität von Idaho.«

»Idaho?«

»In Amerika. Darüber hinaus werden wir von AmerRus mit Geld und Dienstleistungen unterstützt. Transportmöglichkeiten. Elektrizität. Einem Mondbuggy zu meiner freien Verfügung. Warum?«

Idaho. Ausländisches Geld. Kein Wunder, daß sich die Universitätsmitarbeiterin in Irkutsk mißgünstig über Anna Wereskaja geäußert hatte. »Ryschkow hat für AmerRus gearbeitet. Wußten Sie das?«

»Ja.«

»Aber er hat sich auch mit anderen Dingen beschäftigt. Vielleicht hat er mit Ihnen darüber gesprochen?«

Keine Antwort.

»Nun, selbst gute Freunde erzählen einander nicht alles. Können Sie sich an das letzte Gespräch mit Ryschkow erinnern?«

Sie sah ihn ausdruckslos an. »Wie ich Ihnen bereits sagte, halte ich mich hauptsächlich in Tunguska auf.«

Aber der AMR-Mitarbeiter auf dem Flughafen hatte gesagt, daß sie am Abend vor Ryschkows Tod nach Markovo geflogen und am nächsten Tag mit einem VIP-Flug wieder zurückgekehrt war. »Da hängt ein Photo von Ihnen in Ryschkows Wohnung. Es zeigt Sie, Andrej Ryschkow und einen weiteren Mann. Vor dem Haus in Rossinka.«

»Sein Bruder kam aus Moskau zu Besuch. Andrej wollte mich vorzeigen.«

Endlich etwas, was er glauben konnte. »Das verstehe ich.«

»Andrej protzt gern, selbst mit Dingen, die ihm gar nicht gehören. Das tun viele Männer. Wahrscheinlich geht es Ihnen mit Ihrer Frau ähnlich.«

»Meiner Frau?« Er brachte die beiden Worte kaum über die Lippen. »Was bringt Sie darauf?«

»Ihr Ringfinger«, sagte sie. »Man sieht ihm an, daß Sie noch kürzlich einen Ring getragen haben. So etwas hinterläßt Spuren, Herr Bürgermeister. Viele Männer scheinen das nicht zu glauben.«

Nowek steckte die Hand in die Tasche. »Worin bestand Ihre Übereinkunft mit Ryschkow?«

»Sie betraf meine Arbeit.«

»Könnten Sie vielleicht ein wenig ausführlicher werden?«

Sie schien zu spüren, daß er sie ohne irgendeine Antwort nicht davonkommen lassen würde. »Sie wollen Einzelheiten? Gut. Das Biosphärenreservat Tunguska umfaßt fast zwanzigtausend Quadratkilometer. Zunächst haben fünf Wildhüter das Gebiet patrouilliert, doch dann ging das Geld aus. Jetzt stehen uns zwei Freiwillige zur Verfügung. Ihnen stehen Wilddiebe mit schweren Waffen, ausreichend Benzin, geländegängigen Fahrzeugen und Hubschraubern gegenüber, die alles kaufen können, was sie brauchen – auch örtliche Verwaltungsbeamte wie Sie. Wenn mir in dieser Situation jemand wie Andrej seine Hilfe anbietet, werde ich sie nicht ausschlagen. Ich werde mit allen Mitteln verhindern, daß es zu einem neuen Primorskij kommt, und wenn es dazu der Zusammenarbeit mit Männern wie Andrej bedarf, so soll es mir recht sein.«

Männer wie Andrej. Wie eine trauernde Freundin oder gar Geliebte hörte sich Anna Wereskaja nicht an. Wenn Wilddiebe in Andrej Ryschkow eine Bedrohung sahen, hätten sie auf jeden Fall versucht, ihn zu beseitigen. Und wer könnte besser mit einem Messer umgehen, als jemand, der sich mit dem Häuten von Tigern auskannte? Eine Kontroverse? Nicht so katastrophal, als wenn er Staatsanwalt Gromow auf die Füße getreten wäre, aber fatal genug. »Was ist im Tigerreservat Primorskij geschehen?«

»Es lag zu nahe an Wladiwostok. Der Zugang war nicht zu kontrollieren. Das Reservat bestand gerade so lange, wie der Gouverneur brauchte, um die Genehmigung für den Holzschlag in diesem Gebiet zu erteilen.«

»Den Koreanern.«

Sie sah ihn an und nickte. »Keine Sorge, sagte der Gouverneur, sie fällen nur Bäume, keine Tiger. Aber sobald man die Bäume fällt, tötet man die Tiger. Alles ist mit allem vernetzt, das ist der erste Grundsatz der Ökologie. Und der zweite lautet: Einem russischen Politiker ist nicht zu trauen.«

Es gab gute Regeln für vieles, besonders für Untersuchungen von Mordfällen. »Also rückten die Koreaner mit Sägen an. Und was geschah dann?«

»Zunächst bauten sie Straßen für den Abtransport der Hölzer. Das vertrieb das Rotwild. Dann rodeten sie das Unterholz. Das zerstörte den Lebensraum der Wildschweine. Kein Rotwild, keine Wildschweine, keine Tiger. So einfach ist das. Die Tiger begannen zu hungern. Es war nicht leicht, die Tiere hierher zu bekommen, bevor Wilddiebe und Holzfäller ihnen endgültig den Garaus machen konnten. Hier gibt es ausreichend Beute für sie, und der spärliche Baumbestand lohnt den Holzschlag nicht. Und das Beste von allem: Der Zugang ist hier nicht so leicht.«

Es sei denn, man gehört zu AmerRus. »Auf welche Weise wollte Ryschkow Ihnen helfen?«

Sie sah Nowek in die Augen. »Sie wissen doch, wie diese Dinge funktionieren. Ohne Beziehungen kann man gleich wieder nach Hause gehen. Andrej kannte sich in Tunguska aus. Er versorgte uns mit Informationen, brachte uns mit wichtigen Leuten zusammen. Er war sehr nützlich. Was ihm nicht gelang, schaffte sein Bruder. Selbst sein Vater verfügt noch über Beziehungen, obwohl der gar nicht mehr in Rußland lebt.«

»Vielleicht wußte jemand von Ihrer Übereinkunft mit Ryschkow. Ist das möglich?«

»Keine Ahnung.«

»Ich halte es durchaus für möglich. Vielleicht glaubte man, Sie durch Ryschkow zum Aufgeben zwingen zu können.« Er dachte an den Schatz im Nebenraum. War er einen Mord wert? Schon ein Zwanzig-Dollar-Schein war einen Mord wert. »Vielleicht haben sie ihn getötet, nachdem sie von seiner Unterstützung für Sie erfuhren.«

Sie preßte die Lippen zusammen. Aber auch das konnte die Wirkung seiner Worte nicht kaschieren. Sie dachte das gleiche wie er, wollte es aber nicht zugeben. »Und vielleicht haben sie Sie geschickt, um herauszufinden, ob es noch Anlaß zur Sorge für sie gibt.«

»Die machen sich keinerlei Sorgen, Frau Doktor Wereskaja.« Er dachte an Kasnin, an Oberstaatsanwalt Gromow. Es stimmte nicht ganz. »Könnte Ryschkow hinter Ihrem Rücken eine Abmachung mit den Wilderern getroffen haben? Geschäftsleute treffen Vereinbarungen mit vielen Leuten.«

»Nein.« Aber sehr sicher schien sie sich nicht zu sein. »Wenn Sie mich jetzt bitte entschuldigen würden. Ich habe zu tun.« Sie trat hinter ihrem Schreibtisch hervor, aber Nowek verstellte ihr den Weg.

»Verzeihen Sie, aber das geht mir ähnlich.« Er war ihr nahe genug, um den warmen Duft ihrer Haare riechen zu können. Er verwirrte ihn ... und machte ihn wütend.

»Vielleicht ist Ihnen das nicht bekannt, aber es werden nicht nur Tiger umgebracht. Mit Ihrem Freund sind zwei meiner Männer ermordet worden. Sie hatten Familien. Frauen und Kinder. Ich habe sehr gute Argumente dafür, die Miliz von Markovo auf die Liste der vom Aussterben bedrohten Arten setzen zu lassen. Glauben Sie, daß ich mit genügend Energie, mit Bitten und Flehen das nötige Geld und fähige Menschen wie Sie finden könnte, die mir dabei helfen, sie an einen sicheren Ort zu bringen? Wohin sollen sie gehen, Frau Doktor Wereskaja? Nach Irkutsk? Idaho? Jemand wie Sie muß mir doch einen Rat geben können.«

»Verschwinden Sie.«

»Das werde ich. Aber zunächst möchte ich Sie auf etwas hinweisen, das Sie zu übersehen scheinen. Ich bin davon überzeugt, daß Sie vor zwei Tagen in Markovo waren. Wenn sich herausstellt, daß das so ist, Sie es aber leugnen, muß doch jeder vernünftige Mensch annehmen, daß Sie etwas zu verbergen haben. Sehen Sie das Problem?«

»Ich sehe Sie.«

»Andererseits können Sie bei der Aufklärung des Mordes an Ihrem Freund helfen. Besonders, wenn Sie ihn am Tatabend gesehen haben. Und falls Sie ihn gesehen haben, wissen Sie vermutlich auch, warum ich unter seiner Kommode einen Tigerknochen gefunden habe.«

»Vielleicht haben Sie ihn dorthin gelegt.«

»Ich kann doch nicht einmal meine Miliz bezahlen. Und Sie glauben, ich würde etwas so Wertvolles unter ein Möbelstück werfen?«

»Ich glaube, es ist höchste Zeit, daß Sie gehen.«

»Sofort. Ihr Freund wurde ermordet, aber das scheint Ihnen nicht viel auszumachen. Obwohl er Sie unterstützt hat, reagieren Sie so, als hätten Sie ihn kaum gekannt. Sie behaupten, nicht in Markovo gewesen zu sein, aber jemand sah, daß Sie dort auf dem Flugplatz landeten. Bevor heute die Sonne untergeht, wird jemand gefunden worden sein, der Sie auch in der Stadt gesehen hat. Und wenig später gibt es einen Zeugen dafür, daß Sie seine Wohnung betreten haben. Und was machen Sie dann?«

Die Strähne fiel ihr wieder in die Stirn. Sie strich sie heftig zurück. »Sie wollen wissen, wer Andrej getötet hat? Fragen Sie AMR.«

»Ich frage Sie.«

»Dann haben Sie den langen Weg umsonst gemacht.« Sie trat wieder hinter den Schreibtisch.

»Auch ich habe Grund zu der Annahme, daß irgend jemand von AmerRus mit dem Mordfall zu tun hat, Frau Doktor Wereskaja.«

»Darauf können Sie wetten«, sagte sie. »Wir vermissen achtundzwanzig Tiger, und das Frühjahr ist gerade erst angebrochen. Das sind zehn Prozent aller auf der Welt noch existierenden Sibirischen Tiger. Es ist ein abgelegenes Gebiet. Das gab den Ausschlag für Tunguska. Hier können Wilderer nicht so einfach mit ihren Wagen auftauchen und Fallen aufstellen wie im Süden. Dazu braucht man eine Organisation, Geld. Man braucht einen Draht zu örtlichen Politikern. Sagt Ihnen das irgend etwas?«

Es sagte ihm genug. »Warum sollte AmerRus an Knochen interessiert sein?«

»Das Öl bringt ihnen nicht besonders viel Geld ein.«

Das hörte sich plausibel an. »Selbst wenn sie jeden Tiger in Rußland abschlachteten, bringt ihnen das noch immer nicht genug Geld ein«, sagte er. »Und ein Mann, der bei zwanzig

Grad minus nur ein Sweatshirt trägt, wildert nicht. Er begeht Selbstmord. Wenn ich mich recht erinnere, äußerten Sie ähnliche Bedenken.«

»Dann ist vielleicht nicht das ganze Unternehmen beteiligt. Vielleicht verschafft sich da jemand einen kleinen Nebenverdienst. Sie haben viel freie Zeit hier oben. Und ihnen gehört Tunguska. Wer sollte es sonst sein als irgendein Mitarbeiter von AMR?«

Gute Frage. »Aber Sie sagten doch, daß AMR einige Ihrer Projektkosten begleicht.«

»Ich habe nichts gegen mieses Geld für einen guten Zweck.«

»Sie nutzen AMR aus und AMR Sie. Gemeinsam nutzten Sie die guten Beziehungen Ryschkows und seines Bruders aus. Für mich klingt das nach Parasiten, die einander aussaugen.«

»Im Hinblick auf Parasiten ist ein Bürgermeister natürlich Experte.«

Nowek stand nicht der Sinn nach Ironie. »Was ist dann eigentlich unten bei Wladiwostok geschehen? Mit den Tigern?«

»Was macht das schon aus?«

»Ihnen scheint es sehr viel auszumachen.«

Sie starrte ihn an, aber er ließ sich nicht einschüchtern, blieb wie angewurzelt stehen und sah ihr in die Augen.

Sie wandte den Blick als erste ab. »Also gut. Nachdem die Koreaner dort unten alles durcheinandergebracht hatten, transportierten wir die Tiere hierher. Wir arbeiteten rund um die Uhr. Haben die Tiger aufgespürt, betäubt, in Transportkisten verfrachtet. Und dann haben wir Olga gefunden.«

»Olga?«

»Eine achtjährige Tigerin. Ihr Funksignal besagte, daß sie sich in einem Gelände aufhielt, in dem mit der Abholzung bereits begonnen worden war. Ich spürte sie auf und wußte, warum. Sie hatte drei Junge, alle weiblich, für die sie sorgte. Also konnten wir sie nicht nach Tunguska transportieren. Nicht, bevor die Jungen ein wenig älter waren. Sie wären gestorben.«

Sieh sie dir an, dachte Nowek. Sie spricht von einer Familie, als wäre es ihr eigene. Als ginge es nicht um Tiger.

»Eines Tages hörten wir keine Signale mehr von ihr. Wieder fuhr ich in das Gebiet und suchte nach ihr. Irgendwo im Schnee fand ich dann ihr Halsband mit dem Signalgeber. Die Wilderer hatten es glatt durchtrennt, damit wir sie nicht verfolgen konnten.«

»Und was war mit den Jungen?«

»Sie waren zu klein, um allein überleben zu können. Wir nahmen sie mit, fütterten sie und hielten sie warm. Sie wogen etwa zehn Kilo. Groß genug, daß Hiebe mit ihren Krallen schon weh taten, aber klein genug, um zu schnurren, wenn man sie am Bauch kraulte. Es war ein Fehler, aber wir gaben ihnen Namen. Vera, Ljuba und Nadeschda.«

Vera, Ljuba und Nadeschda – Glaube, Liebe, Hoffnung.

»Ich bemühte mich, einen Zoo für sie ausfindig zu machen, aber davor hatte irgendein übelwollender Gott die russische Bürokratie gesetzt. Ich mußte das Ministerium für Umweltschutz informieren, mußte eine Ausfuhrgenehmigung beschaffen. Es wollte kein Ende nehmen. Eines Tages wurde ich zum Bürgermeister bestellt und nahm an, daß die Ausfuhrlizenz endlich erteilt war. Wir hatten ihn um seine Fürsprache gebeten. Aber als ich dort ankam, war er nicht da. Sofort hatte ich das unangenehme Gefühl, in eine Falle getappt zu sein.«

Nowek sah, wie sich ihre Schultern hoben und senkten. Er wollte die Arme ausstrecken, sie trösten. Es war wie ein berauschender Zwang, eine Rhapsodie aus den Tiefen von Zeit und Erinnerung.

»Ich fuhr sofort ins Büro zurück.« Sie schluckte. »Ich ... ich öffnete die Tür. Und sah das Blut. Es war überall.«

Genau wie in Ryschkows Wohnung.

»Sie waren eingebrochen und hatten zwei von ihnen abgeschlachtet. Nadeschda fand ich hinter einem Aktenschrank. Dort hatte sie sich hineingezwängt. Vermutlich haben die Kerle sie in ihrem Versteck sogar gesehen, aber angenommen, zwei würden auch reichen. Aber sie war verletzt. Schwer verletzt.«

Nowek sah, wie sehr die Schilderung sie mitnahm. Sie wirkte wie eine Mutter, die über den Tod eines Kindes berichtete. »Hat sie überlebt?«

»Am nächsten Tag kam die Ausfuhrgenehmigung. Als letztes starb Nadeschda. Entspricht das nicht einem alten russischen Sprichwort?«

»Ja.« Die Hoffnung stirbt zuletzt ... Aber schließlich waren es nur Tiger, dachte Nowek. »Was würden Sie tun, um zu verhindern, daß so etwas noch einmal geschieht?«

»Andrej hat keine Knochen geschmuggelt. Das weiß ich«, parierte sie seinen Vorstoß.

»Aber Sie nehmen an, daß jemand von AMR wildert.«

»Wie viele schwarze Amerikaner laufen denn in Sibirien herum? Haben Sie je einen zu Gesicht bekommen?«

War das ihr Beweis für eine Beteiligung vom AmerRus? Nein. So simpel konnte es nicht sein. »Wer hat dieses Videoband gesehen?«

»Na also«, sagte sie. »Ich habe mich schon gewundert, wann Sie das fragen. Ich habe früher einmal in Indonesien gearbeitet. Dort gibt es fünfzehn Schlangenarten, zwölf davon giftig. Das bringt einen schnell zu der Überzeugung, daß die Chancen nicht sehr gut stehen, wenn man auf eine Schlange trifft. In Rußland ist es auch so. Der Bürgermeister war so. Sie sind so.«

»Es ist nicht auszuschließen, daß wir auf derselben Seite stehen.«

»Wir könnten verschiedener gar nicht sein«, sagte sie. »Auf den ersten Blick sehe ich, daß Sie dem Höchstbietenden zur Verfügung stehen. Sie haben resigniert. Ich nicht. Das ist ein entscheidender Unterschied.«

Das verschlug ihm die Sprache, fast auch den Atem. Draußen waren Motorengeräusche zu hören. Decker kam mit dem Mondbuggy zurück.

Schwere Schritte im Windfang. Lautes Klingeln. Die Tür öffnete sich. Decker schien irgendwie verändert. Sein Gesicht war verschwitzt, dunkle Haarsträhnen klebten an seiner Stirn. Er sah Nowek an, dann Anna Wereskaja. »Bereit zum Abmarsch?«

»Ja«, antwortete Anna Wereskaja an seiner Stelle. »Er ist bereit.«

Er sah sie an. Seine Augen waren nicht bereit, die Illusion aufzugeben. Sie war nicht Nina, das war klar. Aber hatte sie es nicht selbst gesagt?

Die Hoffnung starb als letztes.

12.
KAPITEL

Der Mondbuggy hielt neben dem Hubschrauber.

»Es war ein netter Besuch«, sagte Decker. »Beehren Sie uns bald wieder.« Er lächelte. Wie die meisten Amerikaner lächelte er häufig. Wie die meisten Russen hielt Nowek das nicht für unbedingt aufrichtig. Welchen Anlaß gab es zur Freude?

In Deckers Brusttasche zuckte es wie ein Brustmuskel. Das Wort Muskel leitet sich von dem lateinischen Wort *mus* ab: Maus. Als wollte es diese Verbindung illustrieren, tauchte ein kleines Gesicht aus Deckers Brusttasche auf. Das Gesicht eines Nagers, aber nicht das einer Maus.

Grinsend holte Decker das Tier heraus und hielt es Nowek hin. »Mein Bruder Harley«, sagte er zu ihm, und dann zum Frettchen: »Bedanke dich beim Bürgermeister für alles, was er für uns getan hat.«

»Ich habe gar nichts getan.«

»Das denkt er«, grinste Decker. »Sag brav *bye bye.*« Er drückte auf die Brust des kleines Tieres. Es kreischte auf und versuchte, in Deckers Daumen zu beißen.

Nowek stieg aus, und der *lunakschod*, der Mondbuggy, fuhr davon.

Noch bevor Nowek die Tür öffnete, begann der Starter zu jaulen. Träge drehten sich die Rotorblätter in der kalten Luft. Von DeKalb war nichts zu sehen. Noweks Ausweis lag auf dem Passagiersitz. Er holte DeKalbs Namensplakette heraus und reichte sie dem Piloten.

Der Pilot – hieß er Joffrey? – streckte die Hand aus und zog die linke Tür zu. Er trug grüne Kopfhörer, die mit dem Instrumentenpaneel verbunden waren. Nowek sah sich nach einem zweiten Paar um. Aber das hing außer Reichweite an der Wand im hinteren Bereich der Kabine. Aber immerhin gab es einen Sicherheitsgurt. Nowek legte ihn um und zog ihn fest zu.

Im Inneren der Turbine sprang der Funken über. Das Jaulen des Starters verlor sich im Tosen verbrennenden Treibstoffs. Die Welt geriet in rüttelnde Bewegung, als sich die Rotorblätter immer schneller zu drehen begannen.

Joffrey fummelte am Funkgerät herum, wanderte zwischen den Frequenzen hin und her, sprach in sein Mikro. Er wechselte zu einem anderen Kanal und versuchte es dann erneut. Hieb frustriert gegen die Windschutzscheibe.

»Probleme?« schrie Nowek über den Motorenlärm hinweg.

Joffrey sah ihn an, als wäre er etwas Peinliches, das jemand auf dem Sitz zurückgelassen hatte. Er schaltete das Funkgerät aus und griff zum Steuerknüppel. Der Motor heulte auf. Der Hubschrauber hob die Kufen vom Boden.

Heftiges Klopfen an der hinteren Passagiertür. Selbst Joffrey konnte es hören. Er drosselte den Motor und setzte den Helikopter wieder fest auf die Kufen. Dann drehte er sich um.

Es war Anna Wereskaja. Sie hatte eine kurze Jeansjacke an, unter der ihr schwarzer Pullover hervorsah. Sie trug einen großen, grünweiß gesprenkelten Rucksack. Wintertarnfarben für die Taiga. Sie warf ihren Rucksack in die Maschine und kletterte ihm nach. Noweks Anwesenheit schien sie nicht zu überraschen. Eher irgend etwas zu bestätigen.

»Was soll das?« schrie der Pilot.

»Ich will in die Stadt.«

Er musterte den großen Rucksack. »Hat DeKalb das genehmigt?«

»Es ist schon in Ordnung.« Sie zog die Tür zu.

Mit einem letzten Blick auf das tote Funkgerät brachte Joffrey die Rotorblätter auf Höchstgeschwindigkeit. Behende stieg der Bell in die Luft und wandte sich nach Süden.

Nowek drehte sich zu ihr um. »Ich dachte, Sie hätten zu arbeiten.« Der Motorenlärm übertönte ihre Unterhaltung. »Wollen Sie aus beruflichen Gründen in die Stadt?«

Sie sagte etwas, das Nowek nicht verstand.

»Was?« Er beugte sich weiter nach hinten.

Als sie sich vorbeugte, glitt ihr das Schamanenmesser unter der Jacke hervor. »Daß Sie für AmerRus arbeiten, konnte ich mir denken, aber ich hatte keine Ahnung, wie wichtig Sie sind.«

»Das bin ich nicht.«

»Das hier ist DeKalbs persönlicher Hubschrauber. Damit befördert er niemanden gratis. Was mußten Sie für ihn tun, Herr Bürgermeister?« Sie schob das Messer unter die Jacke zurück. Der Griff war noch immer zu sehen.

Nowek sah erst das Messer an, dann in ihr Gesicht. »Sie fliegen auch damit. Und nicht zum ersten Mal.«

Sie reagierte nicht.

»Sie sagten, Sie kämen aus Irkutsk«, hakte Nowek nach. »Wollen Sie dorthin?«

»Sie sollten genauer zuhören. Ich sagte, daß meine Eltern aus Irkutsk stammen.«

Sie schien sehr genau zwischen ihnen und sich zu unterscheiden. »Ich verstehe nicht ganz.«

»Das glaube ich Ihnen gern.«

In der Geologie ist eine Diskontinuität ein Bruch in der Schichtung der Formationen, eine Stelle, an der der Druck tektonischer Kräfte auf das Gestein so groß wird, daß es ihm nicht mehr standhält. Eine kleine Diskontinuität ist eine interessante Fußnote in geologischen Aufzeichnungen, eine große ein Erdbeben. Genau so eine Diskontinuität konnte Nowek spüren, die Deformation eines Lebens, das sich dem Punkt nähert, an dem Kristalle bersten, Felsen zerbrechen, an dem sich vor den Füßen ein Abgrund auftut, im Herzen.

»Und woher kommen Sie, wenn nicht aus Irkutsk?«

Ihre Augen blickten kühl, das Grün in ihnen wurde vom bläulichen Taigalicht überschattet. Abschätzend, amüsiert. Bereit, das Spielchen noch ein wenig länger zu treiben. »Aus Kalifornien. Aus La Jolla, genauer gesagt. Haben Sie schon mal davon gehört?«

La Jolla? Sie machte sich über ihn lustig. Kalifornien? Hätte Sie »Jupiter« gesagt, wäre das ebenso glaubhaft gewesen. War es eine weitere Lüge? Oder irgendein verschlüsselter Begriff, der etwas anderes bedeutete, als es den Anschein hatte? »Wollen Sie etwa sagen, Sie sind Amerikanerin?«

»Einige Leute sind nicht bereit, Kalifornien für einen Teil der Vereinigten Staaten zu halten, aber dazu ist es zu spät.«

»Ich hatte ja keine ... Ich meine, Ihr Russisch ist perfekt. Hören Sie auf, mich aufzuziehen. Sie kommen aus Irkutsk. Das höre ich Ihrer Aussprache an.«

Jetzt lächelte sie. »Das würde meine Mutter mit großer Freude hören. Sie sagte immer, ich würde als Analphabetin aufwachsen, weil ich Puschkin nicht auswendig lernen konnte.«

»Puschkin?« Ihr amerikanisches Englisch. Die Dinge, die sie ins Mikrofon gesprochen hatte. Es erklärte alles – bis auf die Tatsache, daß er es nicht glauben konnte. »Puschkin war nicht besonders klug. Er wurde bei einem Duell getötet. Sie sind nicht amerikanischer als ...«

»Sie halten es für unklug, für etwas zu kämpfen, an das man glaubt?«

»Nicht, dafür zu kämpfen, aber dafür zu sterben.« In seinem Kopf drehte sich alles. Alles Zuverlässige, Einsehbare, Logische wirbelte durch die Luft wie die Rotorblätter über ihm. »Warum haben Sie es mir nicht früher gesagt, daß Sie Amerikanerin sind?«

»Sie haben doch behauptet, ein Fachmann für Akzente zu sein. Ich nahm an, Sie würden es herausfinden, selbst wenn AMR es Ihnen nicht gesagt hat.«

Ein unterirdisches Grollen. Wo ist die sprengende Verwerfung? Hier oder dort? Er beschloß, das ein für allemal herauszufinden. »Sie glauben also immer noch, daß ich zu AmerRus gehöre? Sie halten mich noch immer für Ihren Gegner?«

»Ist Andrej tot?«

»Sie wissen, daß er es ist.«

»Dann ist es belanglos, was ich von Ihnen halte.« Anna Wereskaja griff hinter sich, nahm die Kopfhörer vom Haken und stülpte sie sich über die Ohren. Sie sah zum Fenster hinaus.

Belanglos. Ein amerikanisches Mädchen, das sibirisches Russisch sprach. Ein sibirisches Mädchen, das amerikanisches Englisch sprach. Traum, Wirklichkeit, keines von beiden, alles, das ganze Kaleidoskop, das Nowek so sorgfältig zusammengebastelt hatte, brach auseinander. Nina, Anna, Geliebte, Mörderin. Sonnenblume, Messer und Gewehr. Wer, zum Teufel, war sie wirklich?

Der Hauch von Mitgefühl für sie schwand. Er verspürte brennende Scham, sich so geirrt zu haben, so töricht gewesen zu sein – besonders einer Amerikanerin gegenüber.

Russen waren korrupt, dumm, minderwertig. Sie waren Schlangen. Das hatte sie selbst gesagt. Es war sicherer, von der Annahme auszugehen, daß sie alle bissen und giftig waren. Nicht, daß sie damit unrecht hatte. Nein. Daß sie recht hatte, machte alles nur noch schlimmer.

Sümpfe wurden zu Seen, Seen zu schütteren Ansammlungen verkrüppelter Bäume und verkrüppelte Bäume zu Wäldern. Die silbrige – leere – Pipeline schlängelte sich über Schnee und grünlichen Schlamm nach Markovo.

Sie hatte auch recht mit ihrer Behauptung, daß er resigniert hatte. Aber es überraschte ihn, daß das so sichtbar war – wie ein Muttermal, ein Brandzeichen auf der Stirn. So deutlich, daß es sogar eine Amerikanerin sehen konnte. Nein, nicht ganz. Eine Amerikanerin mit sibirischem Blut. Kein Wunder, daß sie ihn durchschaute. Er dachte an sein Wahlkampfplakat.

»Mal ehrlich: Kann ich es überhaupt schlechter machen?«

Nun, er war ehrlich: Er hatte es schlechter gemacht. Wer würde nicht resignieren? Wer würde sich keine Rückkehr zu der Zeit wünschen, in der sie so taten, als würden sie einen bezahlen, und man selbst, als würde man arbeiten? Wer würde sich nicht fragen: Wer braucht schon die Zukunft? Ich werde sie doch nicht erleben. Für einen Sibirier waren nur drei Dinge wichtig: Brot, Wodka, und dann? Wieder Brot.

Er warf ihr verstohlen einen Blick zu. Eltern aus Irkutsk. Hatten sie es irgendwie geschafft, zu emigrieren? Wie? Aus Sibirien kam niemand heraus. Zu Sibirien war man verurteilt. Sibirien war ein Gefängnis ohne Mauern. Ein Ort, an dem man sehr schnell vergessen werden konnte. Ein Ort, an dem selbst Gott seine Fehler verbergen konnte.

Ein zweites Primorskij würde sie in Tunguska nie zulassen, hatte sie gesagt. Ryschkow wollte ihr helfen. Daran hatte ihn jemand gehindert. Dann war da dieses Videoband. Ein Wilderer? Warum, um alles in der Welt, sollte sich ein russisch-amerikanisches Joint Venture mit Tigerknochen befassen? Das konnte er nicht glauben. Er wünschte, sie würde nur eine seiner Fragen beantworten.

Sie drehte den Kopf und sah ihn mit großen, ausdrucksvollen Augen an. Sie wandte den Blick nicht ab.

»Ich kann Ihnen helfen«, sagte er. »Aber Sie müssen sich auch helfen lassen. Ich kenne Ihre Übereinkunft mit Ryschkow nicht. Aber ich weiß, daß AmerRus irgendwie darin verwickelt ist. Ich muß von Ihnen wissen ...«

»Lassen Sie mich in Ruhe«, erwiderte sie und sah wieder zum Fenster hinaus.

Der Buschwald verdichtete sich zu einer massiven grünen Decke über vereisten Hügeln. Unten tauchte die Lena auf, und der Pilot folgte dem Fluß weiter nach Süden. Joffrey blieb stumm, isoliert durch seine Kopfhörer.

Der Rückflug ging schneller als das holprige, unsichere Luftabenteuer mit der Annuschka, und das war gut so. Die Sonne versank bereits hinter den Baumwipfeln. Ihre Stämme warfen lange Schatten auf die noch immer verschneite Erde.

Er sah die Rauchsäule aus zwanzig Kilometer Entfernung und machte Joffrey darauf aufmerksam. Doch der Pilot benahm sich so, als wäre der schwarze Rauch, der vom Flugplatz Markovo aufstieg, ein alltäglicher Anblick. Er sagte kein Wort. Der Rauch stieg steil in die Höhe und wurde dann vom Wind nach Süden abgetrieben. Markovos Flirt mit dem Frühling war erst einmal beendet. Der Nordwind kündigte kälteres Wetter an.

»Ich kann Sie in die Stadt mitnehmen.«

»Das wäre für keinen von uns gut«, erwiderte sie. »Selbst wenn Sie über Andrej die Wahrheit gesagt haben.« Sie schwieg, dachte nach und fügte dann hinzu. »Vor allem, wenn Sie die Wahrheit gesagt haben.«

Nowek drehte sich wieder um. Der Hubschrauber ging

in einen langen, gleitenden Landeanflug über. Jetzt sah Nowek, daß es nicht im amerikanischen Bereich brannte. Dann setzte die erste Kufe auf, dann die zweite.

Der Rauch stieg von der Stelle auf, an der Jurijs Hangar gestanden hatte. Helle Flammen schossen aus dem Rauch. Die Holzwände waren zu grauer Asche verbrannt, das Blechdach eingestürzt. Das Rotorgeräusch wurde flacher, der Motorenlärm ließ nach. Joffrey streckte den Arm aus und drückte die Tür auf. Die Druckluft des Rotors erfaßte sie und riß sie fast aus den Angeln.

Anna Wereskaja sprang hinaus und eilte mit eingezogenem Kopf auf den AMR-Heliport zu. Durch den Tarnrucksack war sie vor den dunklen Bäumen und Schneeflächen kaum zu erkennen. Sie blieb kurz stehen, sah sich einen Moment lang nach ihm um und lief dann schnell weiter.

Nowek ergriff das Knochenpaket und trat in den Schlamm auf dem Flugplatz Markovo hinaus. Mit jedem Atemzug drang ihm der Gestank geschmolzenen Kunststoffs in die Nase. Bevor er die Tür zustoßen konnte, wurde sie von innen zugezogen. Der Motor begann zu dröhnen, die Rotorblätter hüllten ihn in einen Orkan. Ohne darauf zu warten, daß Nowek sicheren Abstand gewann, stieg der Bell hoch, legte sich in die Kurve und verschwand Richtung Norden.

Der weiße Landcruiser kam auf ihn zu.

In ihm saß Tschutschin, aber er sah kaum noch wie Tschutschin aus. Sein Gesicht war verschwollen und blutverkrustet, sein linkes Auge fast geschlossen, und auf einer Wange glühte eine riesige purpurfarbene Prellung. Eine von Jurijs Marlboros hing zwischen seinen Lippen. Seine Sonnenbrille war zu einer Brezel verformt, und das zwang ihn zum Blinzeln. »Nun, Sie haben das Beste verpaßt.« Er versuchte zu lächeln, aber das tat offensichtlich weh. Er sah Anna Wereskaja hinterher. »Ich bin beeindruckt. Sie haben sie erwischt.«

»Tschutschin!« Nowek sprang in den Wagen. »Was ist passiert?«

»Das hier?« Vorsichtig betastete er seine geschwollene

Wange. »Das war nur ein Mißverständnis. Sie dachten, ein Gewehrlauf wäre härter als mein Kopf.« Man mußte Tschutschin schon kennen, um das festzustellen, aber ihm fehlte ein weiterer Zahn. »Ich bin in die Stadt zurückgefahren, um mich mit Nikki Maljeschew zu treffen. Ich bin in der glücklichen Lage, Ihnen sagen zu können, daß Ihr Vater nicht auf sein Geburtstagsessen zu verzichten braucht.« Er reckte einen ledrigen Daumen hoch und zeigte auf ein paar Konservendosen auf dem Rücksitz. »Ich habe ihm etwas abgekauft und kehrte sofort wieder hierher zurück. Ich hätte lieber irgendwo eine längere Zigarettenpause einlegen sollen. Um ein Haar wäre ich …«

»Wer war das?« fragte Nowek wütend. »Hat Jurijs Bande etwa …«

»Sie haben versucht, sie daran zu hindern. Zumindest er hat es versucht.« Tschutschin nickte zu dem verbrannten Hangar hinüber. Dort war gerade Plet aus den Rauchwolken aufgetaucht. »Er hat einen dieser Hunde mit einem Schraubenschlüssel zu Boden gestreckt. Zunächst haben sie nur herumgestanden und zugesehen. Aber dann ging die Schießerei los.«

»Schießerei?«

»Plet prügelte diesen kleinen Osnas-Scheißer weiter in den Schlamm. Wenn sie keine Rakete abgefeuert hätten, wären ihm Wurzeln und Blätter gewachsen.«

»Osnas« war die Kurzform für Osobog Nasnatschenja, die alte Sondereinheit des KGB, mindestens so unberechenbar wie ihre Herren. Auch sie war offiziell aufgelöst.

»Die Osnas gibt es nicht mehr, Tschutschin.«

»Das können Sie ihnen beim nächsten Mal ja sagen. Oder Kasnin. Er führte das Kommando.«

»Kasnin war hier? Weshalb?«

Tschutschin sah ihn von der Seite her an. Sein Blick besagte, daß er nicht scherzte. Die Sache war ernst. Er nahm einen tiefen Zug und ließ den Rauch langsam wieder entweichen. »Er wollte wissen, wo Sie sind. Wer bin ich, fragte ich ihn. Ein Intourist-Mitarbeiter? Da fing es an, ungemütlich zu werden.«

Nowek ballte die Fäuste. »Ich bringe ihn um.«

»Beruhigen Sie sich. Sie könnten mich meiner natürlichen Schönheit berauben.«

»Weshalb war er hier?«

»Er wollte nach Tunguska, genau wie Sie. Er sagte, er wisse, wer Ryschkow und die Milizionäre umgebracht hat. Er wollte sie festnehmen.«

»Sie?«

Er deutete mit dem qualmenden Stummel auf Anna Wereskaja. Sie lief zügig die Straße entlang. »Aber Sie waren schneller. Der fette kleine Drecksack wird platzen, wenn er erfährt, daß Sie fixer waren. Aber sollte sie nicht irgendwie bewacht werden?«

Nowek lehnte sich zurück. AmerRus war irgendwie in die Sache verstrickt. Aber sie? Sie war am Tatabend in Markovo gewesen, hatte das aber nicht zugegeben. Sie hatte mehr oder weniger gesagt, zum Schutz ihrer kostbaren Tiger zu allem entschlossen zu sein. Dann dachte er an die Wohnung, das Blut, die Brutalität, das methodische Vorgehen, das Kasnin so verblüfft hatte. Ein Stiefelabdruck auf dem blutgetränkten Teppich. Jetzt konnte er ein scharfgeschliffenes Messer hinzufügen, ein Gewehr und die Entschlossenheit, beides auch einzusetzen. Aber ergab es auch einen Sinn? Er schüttelte den Kopf.

»Was ist?« fragte Tschutschin.

Ein Grollen ertönte aus dem dämmernden Himmel. Im Armaturenbrett des Landcruiser surrte es.

»Kasnin«, sagte Tschutschin. »Wir sollten verschwinden, Bürgermeister. Sofort. Glauben Sie mir.«

»Nein. Da gibt es ein kleines Problem.«

»Mein Kopf fühlt sich problematisch genug an.« Fragend sah er Nowek an.

»Es geht um Anna Wereskaja. Sie sagt, sie sei Amerikanerin.«

»Und Sie glauben ihr?«

Nowek zögerte. »Es ist nicht ausgeschlossen.«

»Es ist auch nicht ausgeschlossen, daß ich meinen Namen mit Eisenhower angebe, wenn ich weiß, daß Kasnin hinter mir her ist. Wie auch immer ... Sie werden sie ihm übergeben müssen. Die Sache ist beendet.«

»Nein.«

»Nein? Sie können doch nicht ...« Tschutschin packte Noweks Arm und zeigte nach vorn. Jetzt rannte Anna Wereskaja. Sie hatte den Motor gehört.

Nowek kurbelte das Fenster herunter. »Hallo!«

Sie wandte nicht einmal den Kopf. Bei seinem Ruf verließ sie die Straße und rannte in die Taiga. Einen Moment später verlor sie sich in den gesprenkelten Schatten – wie eine Umkehrung des Tigervideos. Dunkelgrün und Weiß verschmolzen miteinander.

»Laufen Sie ihr nach«, sagte er zu Tschutschin und stieg aus. »Aber nehmen Sie sich in acht. Sie hat ein Messer.«

»Ein Messer. Und Sie halten sie noch immer für unschuldig?«

»Das habe ich nicht gesagt. Ich glaube nur nicht, daß sie Ryschkow getötet hat.«

13. KAPITEL

Galina erschauerte unter der rauhen Decke, obwohl sie sie bis ans Kinn gezogen hatte. Aber ihr war nicht kalt. Es war heiß in der Hütte, stickig, und die Luft eine widerliche Mischung aus vergossenem Bourbon, Rasierwasser, Schweiß, Zigarettenrauch und ihrer Angst.

Decker hatte sie mit dem einzigen Wunsch zurückgelassen: zu verschwinden, sich aufzulösen, zu sterben. Aber aus dieser Erstarrung war Wut geworden, und seine ordentliche kleine Hütte ihr Angriffsziel. Jetzt war der Raum ein Chaos aus umgeworfenen Möbelstücken, herausgezogenen Schubladen, verstreuten Kleidungsstücken und zerbrochenem Glas.

Aber das reichte nicht für das, was er getan hatte, bei weitem nicht.

Die Vergewaltigung war eine schnelle, gefühllose, kaltblütige Sache gewesen. Aber das hatte sie nicht verschreckt. Sie hatte Freunde gehabt, die sich so verhielten, besonders wenn sie betrunken waren.

Es war Deckers Gesichtsausdruck gewesen, die glasigen Augen, als er sie mit dem Messer bedroht hatte. Es hatte ihm mehr Lust gemacht, sie einzuschüchtern, sie zu verletzen. Sex hatte damit nichts zu tun. Galina berührte das getrocknete Blut auf ihrer Stirn. Was für eine Art Mann war er eigentlich?

Die Art Mann, die ihr eine Messerspitze gegen den Kopf preßte. Die Art, die langsam immer stärker zudrückte, bis sie zusammenbrach und auf die Matratze sank. Mit weißen, weit aufgerissenen Augen, gelähmt vor Todesangst. So hatte er es am liebsten.

Ich stoße es dir durch deinen hübschen Kopf.

Und Galina hatte daran nicht gezweifelt.

Sie hatte versucht, sich nicht zu rühren, als er ihr die zerfetzten Sachen vom Körper zog und auf den Boden warf. Sie dachte an etwas anderes, als er ihr die Beine auseinanderzwang. Sie war weit weg, als er sie schloß. Sie ignorierte ihn, hoffte, daß es schnell vorbei war. Sie schloß die Augen.

Aber so wollte sie Paul Decker nicht – so bequem und gefügig.

Der Druck seines Körpers ließ nach, wurde durch ein scharfes, heißes Brennen ersetzt, einen dünnen Schnitt quer über ihre Rippen. Der Schmerz riß ihre Augen auf. Sie versuchte, sich von ihm wegzudrehen, aber je mehr sie sich bewegte, desto tiefer schnitt die Klinge.

Ich bin der Mann, sagte er, als die Messerspitze über ihre nackte Brust nach oben wanderte, auf ihre Kehle zu. *Los, sag es. Ich bin der Mann.*

Sie schwieg, lag wie erstarrt. Kaltes Metall schnitt in eine vor Angst steife Brustwarze. Blut rann die Brust hinunter. Wieder schloß sie die Augen und stellte sich einen Strand vor. Einen Strand mit einer Palme, obwohl sie noch nie eine gesehen hatte. Sie begann an ihr hochzuklettern, als die Angst sie zu überwältigen drohte.

Sag es endlich, oder ich schneide dir deine kleine Titte ab und verfüttere sie an Harley.

Das Messer schnitt tiefer, tauchte die blaurosa Aureole in helles Purpurrot. Heiß lief das Blut über ihre Brust. Sie biß die Zähne zusammen. Sie würde es nicht tun. Niemals. Auf gar keinen Fall. Egal, was er auch mit ihr anstellte …

Die Klinge stieß tiefer, drehte sich langsam. Ein Nerv kreischte ein elektrisierendes Signal. Und Galina schrie auf.

Sag es!

Und so sagte sie es. Wieder und immer wieder.

Erst dann lächelte Decker, drückte ihr die Knie auseinander und erzwang sich den Zugang zu ihrem Körper. Er stieß so automatisch, so methodisch in sie hinein wie eine Maschine. Es machte ihm nichts mehr aus, daß sie die Augen geschlossen hatte, daß sie kalt wie Marmor und ihr Blut überall auf dem Bett war, sogar vorn auf seinem Overall. Er sah sie nicht einmal an.

Als er fertig war, knüllte er seinen orangefarbenen Overall zusammen, schleuderte ihn in eine Ecke und warnte sie, nicht einmal den kleinen Finger zu rühren. Unter der Dusche pfiff er vor sich hin.

Das Wasser wurde abgedreht. Wie eine Schweißwolke trieb sein Eau de Cologne durch die offene Badtür, wie eine übelkeiterregende Dunstschicht, während sie leise vor sich hin schluchzte.

Wenn sie sich jetzt im zerschmetterten Spiegel betrachtete, war keine Pose, kein verführerisches Schmollen mehr zu entdecken. Da war nur noch Haß. Und dieser Haß hatte sie dazu gebracht, aufzustehen und die Hütte in ein Chaos zu verwandeln, nachdem er sie verlassen hatte. Wenn die kleine Ratte dagewesen wäre, hätte sie auch sie in Stücke gerissen. Aber dann kam die Angst wieder.

Was würde er tun, wenn er zurückkam und sah, was sie gemacht hatte?

Galina suchte die Glasscherben. Sie waren zu klein. Sie sah ein Paar seiner Lederstiefel. Was für kleine Füße er hatte, fast zierlich. Sie griff nach einem und schlug mit dem Absatz heftig gegen den gesprungenen Spiegel.

Noch ein Schlag, und eine lange, gezackte Scherbe fiel zu Boden. Sie hob sie auf, warf einen schnellen Blick auf die verschlossene Tür, ging wieder ins Bett und zog sich die Decke bis unter das Kinn. Die Spiegelscherbe erwärmte sich langsam auf ihrer Haut.

Zum ersten Mal an diesem Tag lächelte Galina.

Wenn Decker zurückkam, würde sie ihm die Hoden abschneiden und sie ihm dann mit einem feinen Lächeln entgegenstrecken. *O ja,* würde sie sagen, *du warst der Mann. Aber was bist du jetzt?*

DeKalb hatte den silbernen Helm abgesetzt. Er lehnte sich in seinem Drehsessel zurück und streckte seine Beine auf dem Schreibtisch aus. Das Büro machte einen bemerkenswert leeren Eindruck. Holzimitat täfelte die fensterlosen Wände. Ein Aktenschrank. Keine Bilder. Keine Kaffeebecher. Nicht einmal ein Kalender. Jede Abbildung in einem Werbekatalog für Büroeinrichtungen wirkte wohnlicher.

An der Wand hingen zwei Uhren. Er sah auf die rechte. Sie

war nicht auf örtliche Zeit eingestellt, sondern auf die in Kalifornien. Ihre Zeiger wiesen steil nach oben. In zweiundzwanzig Sekunden wäre es Mitternacht – des vergangenen Tages.

Und das warf eine Frage auf: Wenn er nie wieder nach Osten ging, nie die Datumsgrenze überquerte, nie wieder nach Hause fuhr, wäre sein Leben dann einen Tag kürzer? Könnte er entscheiden, welchen Tag seines Lebens er an der Datumsgrenze ins Meer warf? Er hatte einen bestimmten Tag im Sinn.

Als sich der Sekundenzeiger mit Minuten- und Stundenzeiger vereinte, klingelte das Telefon auf seinem Schreibtisch. Pünktlich. Er nahm den Hörer ab.

»DeKalb.« Seine Augen schauten zur Decke. »Soweit ganz gut.« Pause. »Verstehe.« Eine weitere Pause. »Habe ich. Nowek. Bürgermeister. Ja. Aus Markovo.«

Die Stimme am anderen Ende der Leitung wurde lauter.

»Da bin ich anderer Meinung. Ich kenne diese Leute. Sie machen ein Riesengetöse, ziehen sich dann aber sofort zurück, sobald sie erkennen, woher das Geld kommt. Und das ist Ihre Sache. Lassen Sie es weiterfließen, und wir haben keine Probleme.«

In der Leitung knisterte es.

»Die wird er haben, nachdem sie ihn sich vorgenommen haben. Sie werden keine Mißverständnisse aufkommen lassen. Ich bin hier, um einen Job zu erledigen. Also überlassen Sie die Details ruhig mir.«

Himmel, dachte DeKalb, diesem Jungen fehlt der nötige Durchblick. Schließlich arbeitete der Mann für das Unternehmen. Inzwischen sollte er wissen, daß DeKalb ein Mann war, dem man trauen konnte. DeKalb war ein Insider. Ein Türwächter, mit der Aufgabe betraut, den Rest der verdammten Welt dort zu halten, wohin er gehörte: draußen.

»Achtzehn. Das halte ich fest.«

Früher einmal hatte DeKalb gedacht, daß Gut und Böse klar voneinander getrennte Bereiche waren. Jetzt wußte er, daß sie sich überschnitten. Die Grenzen trübten sich wie der Himmel vor einem Gewitter. Manchmal stellte sich etwas, was zunächst falsch erschienen war, als das Richtige heraus.

Und manchmal brachte ein einziger Tag das ganze Leben aus den Fugen. Man mußte einen Instinkt für die größere Wahrheit entwickeln. Das eigentlich Gute.

»Unbedingt«, sagte DeKalb. »Darauf gebe ich Ihnen mein Wort. Wissen Sie, das Erfreuliche daran ist, daß die Einheimischen in dieser Sache genausowenig riskieren können wie wir. Wir stehen diesen Kerlen ganz schön auf den Zehen herum. Wie sieht es mit den Ankunftszeiten aus?«

Während ihm die Stimme Zeiten und Codes vorlas, die er sich notierte, dachte DeKalb an ein vierzehnjähriges Mädchen und daran, wie er sie an diesem Tag vorgefunden hatte. Sie sah nicht mehr aus wie seine Tochter. Sie sah nicht einmal mehr menschlich aus. Sie sah aus wie eine zerbrochene Puppe.

»Verstehe.«

Aber er verstand nichts. Was für ein Mann, was für ein Tier konnte einem unschuldigen Mädchen so etwas antun? Unter dem Kreischen der Alarmanlage und dem Heulen der näher kommenden Polizeisirenen? Was war das nur für ein Mann?

»Wir werden uns um sie kümmern.«

Wie eine zerbrochene Puppe.

Er hatte ihr ein Versprechen gegeben, und aus diesem Grund war er hier. Er war nicht hier wegen beruflicher Verdienste. Nicht wegen des Geldes, nicht wegen des Öls, obwohl es hier überall im Boden steckte.

Er war hier wegen der Gerechtigkeit.

»Also gut.« Er schob den Notizblock zur Seite. »Ich habe übrigens einige Personalveränderungen vor. Decker. Wir müssen ihn eine Woche früher ersetzen.« DeKalb nickte. »Gut. Wir erwarten ihn. In der anderen Sache haben Sie mein Wort. Das ist niet- und nagelfest.«

Er beendete das Gespräch, zog die Schreibtischschublade auf und nahm eine kleine gerahmte Photographie heraus. Er fuhr sich mit den Händen durch die kurzen Haare und starrte das Photo an. Starrte sie an. Er stellte das Photo auf die leere Schreibtischplatte und bildete sich ein, daß sie ihm gegenübersaß und sich mit ihm so unterhielt, wie Vater und halbwüchsige Tochter nie miteinander sprechen würden. Aber es war schön, es sich vorzustellen, oder?

Wieder klingelte das Telefon. Er sah den Apparat an. Sie riefen nie zweimal an. Selbst codiert wäre das zu riskant. Besonders jetzt. Es klingelte noch einmal, und er gab nach, griff zum Hörer.

»DeKalb.« Er kniff die Augen zusammen. Das war nicht die Zentrale. Es war dieser Trottel, den er auf dem Flugplatz in Markovo beschäftigte. Higgins. »Nein. Nur der Bürgermeister. Sind Sie sicher?« Er lauschte auf die Antwort, und sein Kinn verspannte sich. »Sagen Sie Mister Joffrey, daß ich ihn sofort nach seiner Rückkehr sprechen will.« Er warf den Hörer so heftig auf die Gabel, daß das Photo seiner Tochter umfiel. Sorgsam stellte er es wieder auf.

»Mist!«

Quer über das Glas zog sich ein feiner Sprung. Verursacht durch Streß, irgendeinen Makel in der Kristallstruktur.

Wie das Glas vor dem Photo, so zeigte auch Anna Wereskaja Anzeichen von Streß, der zu einem Riß, einem Bruch führen konnte. DeKalb wußte, wie damit umzugehen war. Behutsam legte er das Bild in die Schublade zurück und schloß sie.

Um einen Riß zu verhindern, mußte man den Streßfaktor beseitigen. Und das erreichte man durch einen chirurgisch genauen Schnitt, entfernte störendes Material. Dazu bedurfte es einer sehr sicheren Hand, aber deshalb hatte man ihm den Job eines Toolpushers hier in Tunguska angeboten. Er hatte ihn aus persönlichen Gründen angenommen, aus einem persönlichen Grund.

Wie eine zerbrochene Puppe.

Gerechtigkeit. Hier in Tunguska war er ihre letzte Instanz. Ihr Richter, ihr Geschworener, ihr Anwalt und Aufseher. Wenn nötig, konnte er auch ihr Vollstrecker sein.

Fünf Uhr nachmittags. Sechzig Grad nördlicher Länge. Die Aprilsonne hatte sich bereits in den Ästen der Bäume verfangen und sank schnell. Nowek lauschte auf das sich nähernde Flugzeug. Kasnin. Er würde ihn für jeden Bluterguß in Tschutschins Gesicht zahlen lassen.

Der Nordwind war stärker geworden, und die verbliebenen Schneeflächen hatten sich mit einer Eiskruste überzogen. Nowek kam nur mühsam voran. Eine scheinbar massiv wirkende Oberfläche – aber sobald er die dünne Eiskruste durchbrach, versank er bis zu den Knien im nassen Schnee.

Wie Ryschkows Tod. Wie Anna. Solide, berechenbar, eindeutig. Ein Mafiamord, ein Streit unter Dieben, eine Russin, die Tiger zählte. Und dann? Man durchbrach die Oberfläche, und nichts war mehr so, wie es erschienen war.

Bis auf die Haut durchnäßt, lief Nowek erschauernd auf Plet und den qualmenden Hangar zu. Der Himmel war von einem roten Glanz überzogen. Das Dröhnen des Flugzeugmotors ging in ein Heulen über.

Nowek sah nach oben, konnte die Maschine aber nicht erkennen. Osnas-Angehörige, die es nicht mehr gab, und eine Frau, von der Kasnin gesagt hatte, sie sei eine Mörderin. Eine Amerikanerin. Eine Amerikanerin, die unverfroren genug war, ihm die Wahrheit ins Gesicht zu sagen: daß er verloren und aufgegeben hatte. Er konnte ihre Worte noch immer hören.

Inzwischen war der vom Hangar aufsteigende Qualm nur noch eine dünne Rauchfahne. In den Schatten glomm verbranntes Holz. Balken und Träger, die durch Gewehrfeuer in Brand gesetzt worden waren. Davor stand Plet mit nach oben gerichtetem Gesicht. An die Stelle seines Schraubenschlüssels war ein Maschinengewehr getreten; ein Fallschirmjäger-Modell mit zusammenklappbarem Lauf.

Bevor Nowek fragen konnte, was geschehen war, verklangen die Motorengeräusche, ein dunkler Schatten fiel förmlich aus dem Himmel und setzte scheppernd und rasselnd auf dem Landestreifen auf.

Zum ersten Mal hatte sich Tschutschin geirrt. Es war nicht Kasnin. Die Annuschka war heimgekehrt.

Unbeleuchtet rollte die Antonov auf die Ruine ihres Hangars zu, kam mit zischenden Bremsen zum Stehen. Mit einem letzten Aufheulen der komprimierten Luft, einem letzten Aufwallen von Energie, das bläuliches Feuer aus dem Aufpuff schickte, verstummte der Motor. Nowek lief auf die Maschine zu.

Die Frachttür flog auf. Zwei Begleiter schnüffelten den Rauch wie argwöhnische Wölfe, bevor sie auf den Boden sprangen. Dann tauchte Jurij auf. Er sah lange auf den verbrannten Hangar, bevor er Nowek bemerkte. Plet schob eine Frachtkiste unter die Luke, und Jurij trat heraus. »Wer war das?«

»Militär«, sagte Plet.

Jurij sah zum Waldrand hinüber, als erwarte er, dort eine kampfbereite Schwadron auftauchen zu sehen. »Was hast du gesagt? Eine Invasion der Chinesen? Was für Militär?«

»Ein Ministeriumshubschrauber«, antwortete Plet. »Wenn du weißt, was ich meine.«

»Job twoju mat!« fluchte Jurij. Er schien genau zu wissen, wovon Plet sprach. Er wandte sich Nowek zu. »Ich hätte wissen müssen, daß es klüger ist, sich von Ihresgleichen fernzuhalten. Sie haben mich ausgenutzt, Herr Bürgermeister. Sie bekamen einen kostenlosen Flug, und Ihre Freunde lassen mich die Zeche zahlen.«

Ein Ministeriumshubschrauber. Woher hatte Kasnin einen bekommen? Von welchem Ministerium? »Sie sind nicht meine Freunde. Was meint er mit einem Ministeriumshubschrauber?«

»Vergessen Sie es. Ich war ein Idiot. Ich habe sogar versucht, Sie aus Tunguska abzuholen. Spätestens da hätte ich es wissen müssen. Sie haben die Landebahn blockiert. Mit Lastwagen, Maschinen, einem Kran. Sie hielten uns für Partner, Bürgermeister. Sehen Sie sich an, was sie gemacht haben. Und jetzt finde ich Sie hier vor. Wen wollten Sie diesmal dazu überreden, Sie kostenlos durch die Gegend zu fliegen?«

»DeKalb bestand darauf, daß ich mit seinem Hubschrauber zurückfliege. Er behauptete, Sie hätten keine Landeerlaubnis. Ich sagte ihm ...«

»DeKalb? Also sind Sie mit den Amerikanern so dicke, daß sie Sie herumfliegen wie irgendeinen Mistbonzen aus Moskau? Und mir das antun? Soll ich Ihnen was sagen? Es ist zu schade, daß man Sie nicht unterwegs rausgeschmissen hat. Zu schade, daß ich es nicht selbst getan habe. Scheiße!« Er bückte sich nach einem halbverbrannten Stück Holz und schleuderte es durch die Gegend. Dann trat er dicht an Nowek heran und stieß ihm einen Finger in die Brust. »Ich habe nur noch eine Frage: Wie gedenken Sie, mich zu entschädigen?«

»Major Oleg Kasnin war verantwortlich.«

»Ich kann Kasnin nirgendwo entdecken. Ich sehe nur Sie und Ihren japanischen Flitzer. Er ist zwar schon ein bißchen mitgenommen, aber es wäre immerhin eine nette Geste.«

»Kasnin ist dafür verantwortlich. Es gibt Gesetze ...«

»Hören Sie doch auf. Das habe ich ausschließlich Ihnen zu verdanken. Arschlöcher haben meinen Hangar in Brand gesteckt, und Sie wollen mir mit Gesetzen kommen? Das ist echt witzig.« Er drehte sich zu Plet um. »Hol den Lastwagen. Märchen habe ich genug gehört.«

Plet verschwand. Einen Moment später begann hinter dem Waldrand ein Dieselmotor zu keuchen und zu spukken. Ein großer Militärlaster schob sich aus seinem Versteck und hielt, blaue Abgase schnaufend, neben der Frachttür der Antonov. Schlichtes Drillich verdeckte die Ladefläche.

»Worauf wartet ihr?« schrie Jurij. »Es gibt gesetzliche Bestimmungen im Umgang mit Tiefkühlkost! Der Bürgermeister ist hier, um uns daran zu erinnern, daß Fisch vom Kopf an zu stinken beginnt! Verladet endlich die Fracht!«

Nur zögernd gingen die Verlader ans Werk.

»Hier geht es um Kasnin und seinen Chef, Oberstaatsanwalt Gromow. Wir können es ihnen heimzahlen, Jurij.«

Jurij sah ihn mitleidig an. »Vergessen Sie, daß es mich gibt. Bei Gelegenheit revanchiere ich mich für diesen Gefallen.«

»Sie haben mir nicht geholfen, und doch hat man Ihnen das angetan«, entgegnete Nowek. »Was ist beim nächsten Mal? Selbst wenn Sie den Mund halten, können sie es jederzeit wieder machen.«

»Beim nächsten Mal bin ich nicht mehr hier.«

»Wohin wollen Sie denn? Kasnin arbeitet für Gromow. Damit fällt Markovo aus. Gromow arbeitet für den Gouverneur. Das schließt auch Irkutsk aus. Der Gouverneur arbeitet für AmerRus, also gibt es in ganz Sibirien wahrscheinlich keinen Ort, der fern genug wäre. Und wenn Sibirien nicht weit genug ist, um sich von diesem Ministerium fernzuhalten, was dann?«

»Ich fliege mit der Annuschka zu einem Ort, den diese dummen Hunde nicht einmal buchstabieren können. Wer weiß? Alaska vielleicht.« Mit zitternden Fingern steckte er sich eine Marlboro an. Es war die letzte in der Schachtel. Er knüllte sie zusammen und warf sie in die Asche. »Wir hatten eine Vereinbarung.«

»Mit Gromow?«

»Mit einem Klienten, der seine Rechnungen bezahlte. Im Gegensatz zu Ihnen.« Er zog an der Zigarette und stieß den Rauch langsam wieder aus. Die Wolke wurde davongeblasen. »Wir hatten einen Keller voller Bargeld. Regel Nummer eins für ein neues Geschäftsunternehmen? Flüssigbleiben.« Die Zigarette war am Verglimmen. Er holte sie wieder ins Leben zurück und spuckte den Rauch aus. »Fünfzehn-, zwanzigtausend Dollar in Hunderter-Scheinen. Die neuen. Die so aussehen, als wären sie gefälscht, es aber nicht sind. Ich frage mich, wie sie jetzt aussehen.«

Wie Asche. Nowek erinnerte sich an Annas Schatzkammer voller Knochen, die viel, sehr viel mehr wert waren als Jurijs Reserven. Und sie hatte vor, sie zu verbrennen.

Noch immer wurden Kisten verladen. Rentiergeweihe. Ein paar schimmernde Zobelfelle. Dann eine Reihe schwerer, an den Ecken durchfeuchteter Pappkartons. Einer riß auf, und ein steifgefrorener meterlanger Fisch glitt heraus. Ein sibirischer weißer Lachs, *tschir* genannt.

»Paßt auf, was ihr macht!« So schnell, wie seine Wut hochgekocht war, so schnell versiegte sie auch wieder. Jurij fing den Fisch ein. »Warum sind sie eigentlich hinter Ihnen her?«

»Das sind sie gar nicht. Kasnin wollte Anna Wereskaja festnehmen.«

Jurij hatte ein Taschenmesser in der Hand. »Weshalb?«

»Er behauptet, sie hätte Ryschkow und meine beiden Milizionäre getötet.«

»Ich dachte, Sie leiten die Ermittlungen.«

»Kasnin und ich gehen von unterschiedlichen Ausgangspunkten an die Sache heran.«

Jurij säbelte eine kleine Scheibe des *tschir* ab und steckte sie sich in den Mund. »Hat sie es getan?«

»Nein.« Seine schnelle Reaktion verblüffte Nowek. Warum war er sich so sicher? »Sie glaubt, daß AmerRus irgendwie in die Sache verwickelt ist. Ich auch.«

»Dann ist sie wirklich im Arsch. Und Sie auch.«

Nowek blickte zum Waldrand hinüber. Keine Spur von Tschutschin oder Anna. Hoffentlich findet er sie, dachte er. Der Weg in die Stadt war lang. Oder war er nur ein Klacks für eine Frau, die es gewohnt war, fünf Meter lange Tiger in den Weiten der Taiga mit Wurfpfeilen zu betäuben?

»Man kann sich mit den Amerikanern keine Mätzchen erlauben. Sie haben ihre Finger überall drin«, sagte Jurij. »Die Amerikaner sind wie die Mafia, nur noch besser organisiert.«

»Anna Wereskaja hat mir erzählt, sie sei Amerikanerin.«

Jurij musterte ihn ungläubig.

»Ich weiß«, sagte Nowek. »Das habe ich auch gedacht.«

Jurij schüttelte den Kopf. »Sie ist keine Amerikanerin. Sie ist eine von diesen Sow-Taigi-Typen, die einen lieber platzen, als nur einmal in den Baikalsee pinkeln sehen würden.« Sow Taigi war eine sibirische Umweltschutzbewegung, ohne Geld, ohne Einfluß, nur von der Hoffnung beseelt.

»Fertig«, sagte Plet. Der Laster war beladen, die Plane der Ladefläche mit einem Seil gesichert. Plet saß hinter dem Steuer. In der Beifahrertür waren Löcher, die verdächtig nach Kugeleinschlägen aussahen.

»Mein Fahrer sagte, die Leute, die Ihren Hangar angesteckt haben, hätten wie Osnas-Angehörige ausgesehen. Wo sitzen sie?«

»Meinen besten Rat haben Sie schon gehört. Jetzt gebe ich Ihnen meinen letzten«, sagte Jurij. »Suchen Sie nicht nach ihnen. Sie könnten sie finden.« Er trat auf das Trittbrett, zog die Tür auf und schwang sich auf den Beifahrersitz. Er schnippte die Zigarettenkippe fort. »Und wenn sie tatsächlich Amerikanerin ist? Keine Sorge. Sie wird sich da herauswinden. Es könnte klug von Ihnen sein, ausnahmsweise mal an sich selbst zu denken.«

Keuchend kam der Diesel auf Touren, der Mas-Laster begann zu rollen und hüllte Nowek in eine schmierige Abgaswolke.

Tschutschin schüttelte den Kopf, als der Landcruiser vor Nowek zum Stehen kam.

»Ich bin ihren Spuren bis zum Fluß gefolgt. Das Eis ist so dünn und brüchig, daß nicht einmal ein Wolf hinüber könnte. Ich hatte das unangenehme Gefühl, daß sie mich von irgendwoher beobachtete. Aber ich konnte sie nirgendwo sehen.«

»Steckt ihr im Blut, Tschutschin.«

»Was?«

»Die Taiga.«

»Sagten Sie nicht, sie sei Amerikanerin?«

»Das auch.«

Tschutschin blickte zum Fenster hinaus. »Ich habe Maljeschew nach diesen Konserven gefragt.«

»Was?« Nowek sah ihn an.

»Die alte Armeeverpflegung. Sie wollten, daß ich danach frage, wenn ich den Kaviar für Ihren Vater besorge.«

»Und was hat er gesagt?«

»Daß er uns billig mit allem versorgen könne, was wir brauchen. Aber wir sollten vorsichtig sein.«

»Ich bin nicht interessiert.« Doch dann fügte Nowek hinzu: »Vorsichtig?«

»Er sagte, es gäbe jede Menge Interessenten dafür.«

»Wen?«

»Semjon Jufa.«

Jufa. Was, zum Teufel, wollte er mit ungenießbarem Armeeproviant? Nowek sah aus dem Fenster in das Gründunkel der Taiga. »Sie ist irgendwo da draußen.«

»Irgendwo, nirgendwo.«

»Wir müssen sie vor Kasnin finden.«

»Entschuldigen Sie, Bürgermeister, aber Sie hören sich verzweifelt an.«

Nowek nickte. »Ihnen entgeht aber auch nichts.«

14. KAPITEL

Aus der Luft sah der Betonkomplex aus wie ein Seestern, der zwischen die Flußarme des Sacramento-Deltas geworfen worden war, um in der intensiven kalifornischen Sonne zu trocknen. Seine Arme gingen von einem kreisrunden Kern aus und wurden von hohen stacheldrahtgekrönten Zäunen gesäumt. Wachtürme standen am Ende jedes Arms, aber sie waren unbesetzt. Auf diesbezügliche Fragen erwiderte der Direktor, er vertraue lieber auf Pacific Gas and Electric. Sein Vertrauen war nicht unbegründet.

Der »Todeszaun« knisterte mit fünftausend Volt und fünfhundert Ampere. Verkohlte Vögel bedeckten die Erde wie Koksstücke. Die Knochen unglückseliger Eselhasen waren mit den Zaunstangen verschmolzen, zusammen mit den Schwingen von Raubvögeln, die die Beute angelockt hatte.

Die Strafanstalt nahm den abgelegenen Bereich einer alten Air-Force-Basis ein. Um sie herum war die Landschaft eine Ansammlung baumloser Hügel, hitzeflirrender Niederungen und Kilometer geborstener Lande- und Startbahnen. Es rührte sich nichts, mit Ausnahme der träge kreisenden Vögel und des unablässigen Verkehrsstroms auf dem nahen Freeway. San Francisco lag sechzig Kilometer weiter westlich. Hinter dem Todeszaun hätten es genausogut tausend gewesen sein können.

Der Komplex wurde höchst unterschiedlich aufgenommen. Für den örtlichen Bürgermeister bedeutete er Steuern und Arbeitsplätze. Für den staatlichen Justizapparat, der den Deckel auf den aus allen Nähten platzenden Verwahranstalten halten wollte, war er ein kostengünstiges Sicherheitsventil. Und Kritiker des Strafvollzugs hielten ihn für eine außergewöhnlich grausame Bestrafung.

Aber die auf der I-80 vorbeisausende Öffentlichkeit sah nur ein kleines grünes Schild mit der Aufschrift »Travis Administrative Maximum Facility«, das schnell wieder aus dem Rückspiegel verschwand.

Der Name verriet wenig, aber der Zweck war schnell erklärt: Travis Maxi war ein privat errichtetes und privat betriebenes Gefängnis für vierhundert der gefährlichsten Verbrecher, ein hochmoderner Sechzig-Millionen-Dollar-Verwahrbunker für die Isolierung von Monstern.

Hinter dem Todeszaun wurden vierhundert Männer in strikter Einzelhaft gehalten. Die fensterlosen Zellen hinter Stahltüren verfügten nur über ein vergittertes Oberlicht. Spiegel waren aus poliertem Stahl gefertigt und in die Betonwände eingelassen. Die Zickzackkorridore unterbanden jede Kommunikation zwischen den Insassen, selbst die visuelle. Sobald sich die Türen hinter einem geschlossen hatten, gab es nichts mehr zu sehen und niemanden, mit dem man reden konnte. Ein Travis-Insasse konnte sich leicht für den letzten Menschen halten und Travis für den letzten Flecken auf Erden.

Es war ein Ort, an dem Rehabilitation auf dem Altar strengster Überwachung geopfert wurde, an dem vierhundert gefährliche Männer sicher verwahrt und vergessen werden konnten. Die Regierung stellte das Land zur Verfügung, die staatlichen Justizbehörden lieferten die Insassen. Für den Rest sorgten die privaten Betreiber.

Verwahrung. Isolation. Profit. Grausam und außergewöhnlich? Von außen betrachtet, nahm sich das vielleicht so aus.

Doch hinter dem Todeszaun begriff ein Travis-Insasse sehr schnell, daß es noch andere Orte gab, die viel grausamer und sehr viel ungewöhnlicher waren.

Der Direktor schaltete das Bandgerät ein. »Nennen Sie Ihren Namen.«

Seinen Namen? Nicht TMA 103? Seinen Namen! Das machte ihn mehr als wachsam. Aber dennoch, obwohl er wußte, daß sie wieder irgendeine Schweinerei abziehen wollten, nannte er seinen Namen. »LeRoy Rogers«, sagte er. »Mein Daddy hat mich nach dem Singing Cowboy genannt.« Ein Schlagstock stieß hart zwischen seine Schulterblätter. Seine Fußfesseln klirrten, als er sich bemühte, das

Gleichgewicht nicht zu verlieren. Seine Handschellen waren zusammengeschweißt. Er spannte die Armmuskeln – nur so, für den Wärter. Die auf seine bleiche Gefängnishaut tätowierten SS-Runen gerieten in Bewegung, schienen wie Blitze zuschlagen zu wollen. Sein Spitzbart gab ihm das Aussehen eines untergeordneten Teufels.

»Strafgefangener Rogers, Sie wurden nach der dritten Verurteilung wegen Mordes in diese Strafanstalt eingeliefert.« Der Direktor überflog seine Akte. »Trifft das zu?«

»Ich habe niemanden umgebracht.« Nun, das entsprach nicht ganz der Wahrheit. Weißer Nigger, Trailer-Mob nannten sie ihn. Solange er sich erinnern konnte, hatte er gegen jeden und alles gekämpft. Er war als geladene Pistole zur Welt gekommen, und die Welt hatte oft genug auf seinen Abzug gedrückt. Aber den Mord, den sie ihm vorwarfen, hatte er nicht begangen. »Ich bin unschuldig.«

»Wohl kaum. Sie haben in Pelican Bay einen Fluchtversuch unternommen. In Ihrer Zelle hier in Travis wurde Schmuggelware gefunden.«

Was sollte der Mist? Schmuggelware? Nur ein Metalldraht, den er aus der Matratze gezogen hatte. Blödärsche. Wer hatte den dort zurückgelassen?

»Ich glaube, Sie wollten den Draht als Waffe benutzen. Ich glaube, Sie planten einen Fluchtversuch, LeRoy. Ist das nicht so?«

»War keine Waffe.« Das stimmte. Aber er gehörte zum Fluchtplan. Schleudere den Draht gegen den verdammten Zaun. Kurzschluß. Der Weg war frei. »Das ist nicht fair. Ich habe Rechte.«

»Jetzt nicht mehr. Den ersten Mord haben Sie als Jugendlicher begangen. Einen zweiten als Erwachsener. Dann noch einen dritten. Man hat Ihnen eine Chance gegeben. Aber Sie haben sie nicht genutzt. Welche Rechte hätten Sie da noch verdient?«

»Ich habe niemanden umgebracht.«

»Ich glaube, daß Sie dem Wärter den Draht in dem Moment in den Rücken gestoßen hätten, sobald sich Ihnen die Möglichkeit dazu bot.«

LeRoy mußte lächeln. Glaub, was du willst, *motherfucker.*

»Sie haben der Allgemeinheit große Kosten verursacht. Sonderbewachung. Sonderbehandlung. Wir glauben, daß es eine bessere Möglichkeit gibt, Ihre Probleme zu lösen. Aber es ist Ihre letzte Chance. Die endgültig letzte. Es liegt an Ihnen, sie zu nutzen.«

Rogers sah den Direktor argwöhnisch an.

»Ich habe das Versuchsprogramm bereits erläutert. Aber ich warne Sie: Das Lager ist kein Urlaubsaufenthalt. Wenn Sie mit den Bedingungen einverstanden sind ...« Ein flüchtiges Lächeln, das schnell wieder verschwand. »... möchte ich Sie bitten, dieses Formular hier zu unterschreiben.« Er schob einen Füllfederhalter über den Schreibtisch. »Ein Kreuz genügt auch.«

LeRoy nahm den Füller im Geist auseinander. Hartplastik. Konnte man als Waffe einsetzen. Schleif die Feder nadelscharf. Dann ließ sich damit eine hübsche Tätowierung ritzen. Oder man konnte sie jemandem ins Auge stoßen. Trink die Tinte und komm auf die Krankenstation, wo sie die scharfen Gegenstände aufbewahren. Er drehte sich um.

Zwei Wärter und in einiger Entfernung ein Sanitäter mit einer Art Tasche. Was war wohl darin? Er drehte sich wieder zu dem Formular um, aber seine Blicke huschten erneut zum Fenster. Es war vergittert, aber immerhin das erste durchsichtige Glas, das sie ihn sehen ließen. Verdammt, Travis war der verdammteste Knast aller Knäste. Wollte er hier raus? Camp. Das hörte sich gut an. Bäume. Kühe. Freie Landschaft und blödärschige Wächter. Er war unschuldig.

»Nun?«

Draußen sah er sanfte Hügel, über denen ein Bussard kreiste. Autos auf einer belebten Straße, die alle irgendwohin fuhren, wo es besser war als hier. Es war ein schöner Anblick, aber LeRoy Rogers hatte seinen Stolz. So einfach würde er es dem Direktor nicht machen. »Und was ist, wenn ich es nicht mache?«

»Dann werden Sie den Rest Ihrer Strafe in Travis absitzen.« Der Direktor blickte in seine Akte. »Noch vierzig Jahre. Straferlaß kommt für Sie nicht in Frage. Sie sind einundsechzig, wenn Ihr Fall zur Überprüfung ansteht, LeRoy.«

»Hmhm.« Nie im Leben. Er war nicht bereit, vierzig weitere Jahre nur seinen Herzschlag zu hören, um erst wieder rauszukommen, wenn er nicht mehr alle Tassen im Schrank hatte. Mit beiden Händen griff er nach dem Füllfederhalter. Er fühlte sich gut an. Der Wächter verspannte sich.

Er sah den Direktor an und dachte an den weißen Kittel, die blasse Haut. Verdammt. Er kannte sich in Anatomie besser aus als ein Arzt. Er wußte, wo die Rippen saßen. Er wußte, wie man mit einem angespitzten Draht die Lunge durchbohrte, durch die Achselhöhle, wo sie nicht nach einem Loch suchen würden. Er kannte sich aus. Und wenn dieses kleine weiße Karnickel ihm zum Aufenthalt in einem Camp verhelfen wollte, war das nicht etwas? Er würde diesem Scheißer eins verpassen und wäre in einer Woche auf und davon. In einer Woche.

Der Direktor sah ihn an. »Haben Sie sich entschieden, Strafgefangener Rogers?«

»Yeah. Ich habe mich entschieden.« LeRoy setzte sich unbeholfen und kritzelte linkisch wie ein Erstkläßler seinen Namen. Die Buchstaben auf der Seite waren so klein wie Käfer, die über Honig krochen, und genauso bedeutungsvoll. Dummer LeRoy, konnte nicht lesen, konnte nicht schreiben. Aber er kannte den menschlichen Körper. Wußte, wie man in ihn eindrang.

Er lehnte sich zurück. Er stampfte mit einem Bein auf, und die Fußfessel klirrte durch den Raum. Dingdong! Laut wie eine Glocke. Das Rennen war eingeläutet. »Wann komme ich raus?«

Ein weiterer Stoß mit dem Schlagstock.

»Sir.« Verdammt noch mal, James. Steck ihn dir in den Arsch.

»Zunächst müssen Sie eine Tetanusspritze bekommen.« Der Direktor nickte dem Sanitäter zu, der geräuschlos mit einer Spritze auf ihn zukam.

»Hmhm.«

»Sie werden noch heute in das Lager gebracht.«

Rogers riß die Augen auf. »Heute?«

»Heute. Und dann, wenn das Besserungsprogramm Erfolg hat – und davon bin ich überzeugt –, sind Sie frei, bevor Sie bis drei zählen können. Na, was sagen Sie dazu, LeRoy?«

LeRoy lächelte, als der Sanitäter seinen Ärmel hochschob und nach einer Vene tastete. »Frei«, wiederholte er, als die Nadel in den harten Muskel seines Oberarms stieß. Auch ein Monat in Travis hatte die Muskeln nicht erschlaffen lassen, die sein tägliches Gewichtestemmen aufgebaut hatte. Eine leichte Anspannung würde die Nadel wieder herausgleiten lassen. Sie glaubten, einen Mann wie ihn einsperren zu können? Camp. Er wäre auf und davon, bevor *sie* bis drei zählen konnten. »Frei. Nun, das hört sich gut an ...« Verblüfft brach er ab.

»Ist alles mit Ihnen in Ordnung, Strafgefangener Rogers?«

»Yeah. Hundertprozentig. Frei ...« Das Fenster. Schimmernde Wasserflächen. Hügel. Autos. Aufsteigende schwarze Vögel, die Spiralen drehten, Kreise, immer enger werdende Kreise. »Frei ...?«

Der Sanitäter fing ihn auf, bevor er zu Boden stürzte.

Die alte DC-8 sah nach dreißig Jahren harter Arbeit mitgenommen aus, was kein Wunder war. Die viermotorige Düsenmaschine versah noch immer tapfer ihren Dienst – in einem Alter, in dem ihre Schwestern längst ihre letzte Ruhe auf einem Schrottplatz gefunden hatten.

Einst hatte sie die stolze Livree einer bedeutenden Airline getragen. Jetzt war ihr Inneres nackt bis auf das blanke Metall. Ihre Motoren verursachten einen Höllenlärm, und es war illegal, diese auszutauschen. Ihre Ersatzteile kamen von Altmaterialplätzen. Ihre Besatzung bestand aus Männern, die zu alt waren oder zu viele dunkle Flecken auf der Weste hatten, um bei einem besseren Arbeitgeber unterzukommen.

Aber trotz aller offensichtlichen Mängel sprachen zwei Dinge für sie: Sie war spottbillig gewesen und besaß übergroße Treibstofftanks. Von San Francisco aus schaffte sie es nonstop nach Tokio oder Brisbane. An einem guten Tag mit leichter Fracht und günstigen Winden sogar noch weiter.

An einem Tag wie heute.

Vier rußige Abgasfahnen flogen der Douglas hinterher, als sie über der Half Moon Bay zur Landung ansetzte. Die abendliche Nebelbank näherte sich San Francisco wie eine Woge, die über dem Küstengebirge zusammenbrach. Dreitausend Meter über Alcatraz Island, tausend über der ausgemusterten Kriegsflotte, die in der Suisun Bay verrottete. Vor ihr lagen die beiden parallelen Landebahnen der ehemaligen Travis Air Force Base. Eine war noch in Betrieb.

Mit quietschendem Fahrwerk kam sie auf dem Boden auf und rollte zu einem riesigen Hangar am fernen Ende der ehemaligen Air Base. Dort kam sie schließlich zum Stehen. Ihr Motorengeräusch erstarb zum metallischen Rattern ausgeleierter Windmühlenräder, die sich im trockenen Wind drehten.

Ein großer Versorgungslaster rollte heran, blieb stehen. Die fensterlose Rückseite senkte sich, bis sie sich auf der Höhe der bereits geöffneten Frachtluke befand. Zunächst sprang ein bewaffneter Bewacher heraus. Dann schob ein weißbekittelter Mann einen Rollstuhl heraus. Einen zweiten. Noch mehr. Insgesamt rollten achtzehn über die Rampe, bevor die Frachttür des Flugzeugs zugeschlagen wurde.

Ein Treibstoffschlauch wurde mit einem Flügel verbunden. Der Frachter trank gierig. Auf seinem langen Flug die Nordwestküste hinauf würde es keine Zwischenlandung geben, über die Aleüten hinweg und bis zu einer fernen Halbinsel namens Kamtschatka. Endlich waren alle Tanks randvoll.

Dreißig Minuten später stieg die DC-8 der sinkenden Sonne entgegen, glitt über die Bay hinweg, über den Nebel. Sie trug leicht an ihrer Fracht, aber schwer am Kerosin. Das Land fiel zurück, als sie über dem Pazifik noch höher stieg, eine Stadt überflog, eine Küste, dann die vogeldreckverschmierten Felsen der Farallones Islands. Nordamerika blieb als Strich am Horizont zurück.

Schließlich war es nur noch ein ferner Punkt. Und dann,

als die kalten, gischtweißen Wogen unter ihren Flügeln von Horizont zu Horizont reichten, war selbst der verschwunden.

Decker traf Joffrey im Flur vor DeKalbs Büro. »Welche Laus ist dir denn über die Leber gelaufen, Junge?« fragte er.

»DeKalb will mit dir sprechen.«

»Echt? Worüber?«

»Irgendwelches Zeug.«

»Welches Zeug, Mister Joffrey?«

»Meinst du, das würde er mir auf die Nase binden, Paul?« Er lachte und versuchte, an Decker vorbeizukommen, wurde von ihm aber an die Wand gedrückt.

»Ich habe etwas gefragt. Es wäre schön, darauf eine Antwort zu bekommen.« Grinsend drückte er fester zu. »Über welches Zeug?«

»Du hast gesagt, sie wäre eine Professionelle.«

»Wer?«

»Das Mädchen. Aber ich habe sie gesehen. Sie ist ein Kind. Ein kleines Mädchen.«

»Hast du das etwa dem Boß erzählt, Joff? Sag bloß nicht, daß du so hirnverbrannt dämlich warst.«

Joffrey stieß Deckers Arm zur Seite und ging davon.

»Scheiße.« Decker sah Joffrey nach. Dieser Joffrey ist doch nicht mehr ganz bei sich, dachte Decker. Denkt zuviel nach, und Nachdenken führt zu Beunruhigung, Beunruhigung zu schwachsinnigen Handlungen. Nein, Joffrey war nicht das, was man einen idealen Angestellten nennen konnte. Er war von der Art, die sich selbst das Wasser abgraben, die einen Ölfleck im Golf entdecken und allen Ernstes die EPA alarmieren, die Fischfreunde, die Möwenliebhaber. Hirnverbrannter Tugendbold. Ein Unruhestifter. Aber egal. Decker konnte alles wieder einrenken. Tunguska lag mehr als am Ende der Welt. Da konnte alles mögliche passieren.

Decker straffte die Schultern, klopfte zweimal an DeKalbs Tür und trat ein.

»Setzen Sie sich«, sagte DeKalb. »Wie ich hörte, gibt es erneut Probleme mit Unbefugten auf dem Gelände.

Decker zog sich einen Stuhl heran. Die Beine schürften über den blanken Boden. »Sie sind diesen Schnüffler doch sehr schnell losgeworden.«

»Ich meine nicht den Bürgermeister.« Zusammengekniffene Augen, Schützenaugen. »Ich meine das Mädchen. Schaffen Sie es fort. Ich habe es Ihnen schon einmal gesagt. Wir führen hier kein Bordell. Wissen Sie noch, was ich Ihnen beim letzten Mal gesagt habe?«

Decker wurde rot.

»Ich werde das nicht dulden, Mister Decker. Nicht hier und vor allem nicht jetzt. Ich erwarte von Ihnen, daß das Mädchen so schnell wie möglich verschwindet. Habe ich mich verständlich ausgedrückt?«

Decker biß die Zähne zusammen. Dieser Misthund Joffrey. Die Kleine fing gerade erst an, interessant zu werden. Der Weg zu ihrem Herzen führte durch ihren Brustkorb, und das brauchte Zeit. »Es ist doch nur ein kleiner Spaß. Was ist schon dabei, Mister DeKalb? Sie ist eine Professionelle.«

»Das steht nicht zur Debatte. Bringen Sie sie einfach dorthin zurück, wo Sie sie aufgelesen haben, und sorgen Sie dafür, daß sie nichts mitbekommt. Und was ist mit dem Tigermädchen?«

»Zuletzt sah ich sie in der Gesellschaft des Bürgermeisters.«

»Dann will ich Sie aufklären. Sie ist mit Joffrey in die Stadt geflogen. Wissen Sie irgend etwas darüber?«

»Was Sie nicht sagen.« Decker blickte ihn nachdenklich an, dann schüttelte er den Kopf. Was Joffrey konnte, konnte er schon lange. »Joff hat sich kein Okay dafür geholt?«

»Er hatte Probleme mit seinem Funkgerät.«

»Gestern hat es noch prima funktioniert.«

»Heute hat jemand die Antenne abgebrochen. Darüber wissen Sie vermutlich auch nichts?«

»Die Antenne abgebrochen? Verdammt. Wer hat das getan? Sie glauben doch nicht, daß es Joff war? Nein, bestimmt nicht. Muß der Bürgermeister gewesen sein. Oder die Tigerlady. Ja, ich wette, so ist es gewesen. Dennoch begreife ich nicht, warum er nicht noch einmal ausgestiegen ist und Sie gefragt hat. Sie glauben doch nicht, daß sie es zusammen geplant haben, oder?«

»Ich weiß nicht, was ich glauben soll. Noch nicht. Aber das wird sich ändern.«

»Ich halte alles für möglich. Es ist nicht gut, die Ohren in der Stadt allzuweit aufzusperren. Gar nicht gut.«

DeKalb lehnte sich zurück. Er dachte an das gesprungene Photoglas. »Wir hätten sie nie auf das Gelände lassen sollen. Das war ein Fehler von mir.«

Wenn es um Mädchen geht, bist du einfach zu weich. »Läßt sich noch immer reparieren. Wäre ganz einfach. Ein Unfall. Kann hier in den Wäldern jederzeit passieren. Tiger, Wilderer, weiß der Himmel, was sonst noch. Niemand würde irgendwelche Fragen stellen. Es wäre einfach eine Tragödie. Das würde diese Öko-Ärsche zum Überlegen bringen, ob sie ihre gottverdammten Nasen noch einmal hier reinstecken sollen. Soll ich?«

»Nein. Im Moment bin ich vor allem daran interessiert, daß die Dinge so glatt wie möglich laufen. Heute abend trifft ein neuer Transport ein. Ich rechne damit, daß das Unternehmen sehr bald in vollem Umfang anläuft. Da kann ich mir ungelöste Probleme nicht erlauben. Nicht hier, nicht mit Ihrer kleinen Hure, nicht einmal mit Ihnen, Mister Decker.«

»Mit mir?«

»Wann ist Ihre Rückkehr in die Staaten fällig?«

»Im nächsten Monat. Erst nach Houston, dann Abbeville. Warum?«

»Sie werden mit der nächsten Maschine an den Strand fliegen. Ich wünsche, daß Sie dieses Gelände verlassen. Ich wünsche hier keine unangekündigten Besucher, die Fragen stellen. Ich habe auch keine Verwendung für Angestellte, die meine Anordnungen mißachten.«

»Aber ...«

»Ich will, daß Sie am Ende der Woche das Bohrgelände verlassen haben. Da gibt es zwei Möglichkeiten. Eine ist der Flug an den Strand. Die zweite würde Ihnen mit Sicherheit nicht gefallen.«

Decker blinzelte. »Nossir.«

»Endlich scheinen wir uns zu verstehen. Jetzt möchte ich, daß Sie die Hütte des Tigermädchens durchsuchen. Sehen Sie nach, ob sie einige von diesen gottverdammten Bändern oder Disketten zurückgelassen hat. Nehmen Sie den Raum notfalls auseinander. Zur Rücksicht besteht kein Anlaß. Nicht mehr. Ich bezweifle, daß wir sie wiedersehen.«

»Vermutlich hat sie sie bei sich.«

»Dessen bin ich mir bewußt.«

»Ich könnte sie für Sie ausfindig machen. Die Sache bereinigen.«

»Nein. Ich habe vor, das den Einheimischen zu überlassen. Sie sollen die Konsequenzen tragen. Ich will, daß Sie sich von Markovo fernhalten, bis sich die Dinge wieder beruhigt haben. Ende der Diskussion.«

»Yessir.« Doch dann runzelte Decker die Stirn. »Die Schlampe ist aus der Stadt. Wie soll ich sie zurückbringen, mich aber gleichzeitig von Markovo fernhalten?«

»Ersparen Sie mir die Details. Tun Sie, was ich Ihnen gesagt habe.«

»Yessir.« Er zögerte. »Aber ich muß schon sagen, daß ich über Joff echt überrascht bin. Soll ich ein Wörtchen mit ihm reden?«

»Noch nicht.« DeKalb sah ihm fest in die Augen. »Heute abend brauche ich Sie beide. Es geht vonstatten wie gewohnt. Sie übernehmen Ihre Ladung und fliegen sie hinauf. Aber Sie sollten vorsichtig sein. Ist der Shithook bereit?«

»Joffrey kümmert sich darum. Ich sorge dafür, daß nicht wieder etwas schiefgeht. Davon können Sie überzeugt sein.«

»Nun, dann ...«

Paul Decker stand schnell auf. Ein Glück, daß er nicht erwähnt hatte, wer sich in seiner Hütte befand. Sie war keine Hure, o nein. Er bumste die Tochter des Bürgermeisters. Das kleine Mädchen des Schnüfflers. DeKalb wäre an die Decke gegangen. Das behielt er lieber für sich. Behielt *sie* lieber für sich.

DeKalb schien wie ein Spürhund auf der Fährte seiner Gedanken zu sein. »Mister Decker«, sagte er. »Auf eines möchte ich Sie noch hinweisen. Falls mir Ihre Vorliebe für Huren auch nur noch einen Funken Kummer bereitet, wird mir das gar nicht gefallen. Mir gefallen bereits zu viele Dinge nicht. Ich glaube nicht, daß Sie diese Liste verlängern wollen, oder? Das sollten Sie und Mister Joffrey niemals vergessen.«

»Das verstehe ich absolut.«

»Vergessen Sie auch nicht, daß ich Ihren Louisiana-Arsch so tief vergraben kann, daß ihn bis zum Jüngsten Tag niemand findet. Kann und werde. Drücke ich mich deutlich aus?«

»Absolut.« Decker nickte. Glück gehabt, gottverdammtes Glück. Sobald er heute abend wieder zurückkam, wäre ihr Arsch seiner, und dann ...

»Dann verschwinden Sie.«

Die ersten Sterne traten aus milchweißen Schleiern hervor. Im Westen zeigte der Himmel ein brennendes Orange, im Osten ein samtenes Purpurschwarz. Ein kalter Wind wehte aus Norden, trieb die Restwärme des Tages vor sich her.

Joffrey richtete den armdicken Wasserstrahl des Hochdruckschlauchs auf den Rumpf des Chinook-Hubschraubers. Das Ergebnis ließ nicht lange auf sich warten.

Die schwarzen Rußstreifen, die verkohlten Flecke, die aufgeplatzte Farbe – alles wurde weggewaschen. Er schleppte den schweren Schlauch hinter sich her und spritzte den Helikopter von allen Seiten ab, bis er im letzten Sonnenlicht förmlich erstrahlte.

Decker kam herangeschlendert, der Schotter knirschte unter seinen Schritten. In einer Hand hatte er eine Nachtsichtbrille, in der anderen einen weißen Pilotenhelm. An einer Hand war ein tiefe, blutende Wunde zu sehen, aber er pfiff vor sich hin. »Danke, Junge. Du hast mich bei DeKalb ja schön in die Scheiße geritten. Gibt es dafür irgendeinen Grund, oder war es nur ein Jux von dir?«

»Sie ist noch ein Kind. Er wollte, daß ich die Augen offenhalte.«

»Wer?«

»DeKalb. Abgesehen davon gibt es gegen so was Gesetze.«

»Hier nicht. Hier oben bin ich der Mann.«

Joffrey entdeckte das Blut. »Was ist passiert? Hat dich das kleine Wiesel endlich doch gebissen?«

Decker drückte gegen seine Brusttasche. Das Frettchen steckte den Kopf heraus und schnüffelte mißtrauisch.

»Hast du gehört, wie Joff dich genannt hat?« fragte er. »Ein Wiesel. Und ich dachte immer, ein Wiesel sei ein Tier, das einen hinter dem Rücken schlechtmacht und zubeißt, wenn man gerade mal nicht aufpaßt.«

»Laß den Unsinn.«

»Wenn jemand über Dinge spricht, die ihn nichts angehen, kann er viel Mist anrichten. Das hat Harley mir noch nie angetan, Joff. Schätze, das unterscheidet ihn beträchtlich von einem Wiesel.« Lächelnd sah er sein Frettchen an. »Wie würde dir ein Stück Joffrey-Steak zum Abendbrot gefallen? Mann, von seinem fetten Arsch könntest du dich glatt ein Jahr lang ernähren. Na, was sagst du?«

Das Tier sah Joffrey so interessiert an, als würde es sich den Vorschlag überlegen.

»Und woher hast du die Wunde?«

Decker hielt die Hand hoch. »Die habe ich mir in der Hütte der Tigerlady geholt. Mußte mich gegen ihre verdammte Katze zur Wehr setzen. Hätte mich fast zerfetzt. Aber es hat sich gelohnt.«

»Du warst in ihrer Hütte? Mann, sie wird dir glatt das Fell über die Ohren ziehen.«

»Sie ist nicht da, also kann sie es auch nicht wissen. In diesem Zusammenhang hast du ja gründlich versagt. Werde vielleicht gezwungen sein, das wieder auszubügeln, wenn du verstehst, was ich damit meine.« Decker wirkte so gelassen wie eine Schlange, die einen Vogel beäugt.

Auf Joffreys Haut begann es zu prickeln. »Was hat DeKalb zu dem Mädchen gesagt?«

Decker streckte Joffrey die Nachtsichtbrille entgegen. »Zu schade, aber der Boß will, daß ich sie verschwinden lasse.«

»Nach Markovo?«

»So eindeutig hat er sich nicht geäußert.« Decker grinste.

»Was dann?«

»Nicht viel. Bis auf die Tatsache, daß ich mich als reicher Mann zur Ruhe setzen werde. DeKalb läßt mich an den Strand fliegen. Und Strand bedeutet jede Menge Puppen.« Decker schob die Hand in eine Tasche.

Joffrey verspannte sich.

Aber Decker holte kein Messer heraus, sondern ein Stück Knochen. »Davon habe ich noch mehr. Sehr viel mehr. Kisten voll. Werde mir damit zu Hause meinen eigenen Heiligenschein kaufen. Himmel, vielleicht sogar zwei.« Er steckte es wieder ein. »Fertig zum Abheben? Der Jungfrauenchirurg hat heute abend noch einen Termin.« Seine weißen Zähne blitzten in der Dämmerung. »Ich kann es kaum erwarten.«

Mit Decker am Steuer stieg der Chinook wie ein Phönix in den indigoblauen Himmel. Die beiden Männer verständigten sich über die Gegensprechanlage. Obwohl die Motoren des Chinook hinten montiert waren, herrschte in der Kabine ein Riesenlärm. Sie schalteten keine Positionslichter ein, sie übermittelten keine Signale. Die waren überflüssig.

Hoch über ihnen sendeten Satelliten des Global Positioning System der Chinook superexakte Signale. Die Computer triangulierten Position, Scheitelkreis und Höhe auf drei Meter genau.

Sibirien ist eine Wildnis. Vielleicht die letzte Wildnis auf Erden. Und das Überfliegen einer Wildnis ist so, als würde man einen riesigen breiten Strom überqueren, indem man von Felsen zu Felsen springt. Die Felsen sind kleine Inseln der Zivilisation. Ein Holzfällerlager, eine Siedlung, eine breite Kiesbank im Fluß, auf der Fischer sein konnten. Irgendeine Stelle, an der sie landen konnten, ohne Verlorenzugehen. Selbst Sibirien mit seiner endlosen Taiga, seinen Marschen und Torfmooren konnte mit ein wenig Vernunft sicher durchquert werden.

Aber der Kurs, den sie flogen, war das genaue Gegenteil.

Er ignorierte Flüsse, wich Siedlungen in weitem Bogen aus und vermied es, in den Bereich der Radarüberwachung zu geraten, die gelegentlich aus Irkutsk bis hier heraufreichte. Ein falscher Griff, ein Moment der Unachtsamkeit, ein

Maschinenversagen, und der Chinook wäre verloren. Ein Hubschrauberwrack, dessen Flammen längst verglüht waren, bevor sie jemand finden würde. Kein Pilot durfte mit einer Such- und Rettungsaktion rechnen. Die Russen konnten es sich nicht leisten, DeKalb würde sie ablehnen.

Am Ende ihres Zickzackkurses lag das Flugfeld Belaja am Fluß Angara, rund zwanzig Kilometer nordwestlich von Irkutsk. Das ehemalige Militärgelände war von landwirtschaftlichen Kooperativen umgeben und verfügte über Rollbahnen, auf denen auch Jets landen und starten konnten. Es gab weder eine Flugüberwachung noch andere Dienstleistungen. Das Räumen von Schnee und Eis war von der Stimmung des Aufpassers abhängig, der in dem alten Haus neben dem Tor lebte. Im Hochsommer erreichten die in den Asphaltritzen wachsenden Sonnenblumen Kinnhöhe.

Das letzte Licht verließ den Himmel. Decker und Joffrey setzten ihre Nachtsichtbrillen auf. Sofort verwandelte sich ihre Welt von Purpurschwarz in helles Grün.

»Kannst du sehen?«

»Gut genug«, erwiderte Joffrey, obwohl die Brille peripherische Sicht nicht gestattete. Es war ein bißchen so, als würde man die Welt durch zwei Trinkhalme betrachten.

»Ich habe nachgedacht. Ich sollte deinen jämmerlichen Arsch aus dem Chopper hinausbefördern.« Decker dämpfte das Licht im Cockpit, so daß er gerade noch die Instrumente erkennen konnte. Das unablässige Klicken des GPS-Displays zeigte die geflogenen Meilen an.

»Was ist schon ein Mädchen? Es gibt Millionen andere.«

»Auch Millionen von Copiloten.« Decker stieß Joffrey in den Bauch, und der Sicherheitsgurt öffnete sich. Er neigte die Maschine plötzlich heftig zur Seite, und Joffrey fiel gegen die Tür. Er streckte die Hand aus und löste den Verschluß. Ein Stoß, und Joffrey würde hinausstürzen.

Joffrey stand auf und klammerte sich an seinen Sitz.

Decker grinste breit. »Bin mir noch nicht ganz sicher. Ol' Harley scheint der Anblick deines jämmerlichen Arsches gefallen zu haben. Vielleicht kriegt er seine Chance. Yessir. Schon möglich.«

Vor und rechts von ihnen schimmerten Lichter. Irkutsk. Fünf Minuten später tauchte vor ihnen eine dunkle, mit hellgrünen Flecken übersäte Straße auf. Die Straße war die Angara, der einzige Ausfluß des Baikalsees. Die Vielecke waren treibende Eisschollen.

»Ich kümmere mich um den Scheinwerfer«, sagte Joffrey. »Hör zu, das mit DeKalb tut mir leid.«

»Es tut dir also leid. Gut!« Er drückte auf seine Tasche, und der kleine Kopf schoß heraus. »Gut. Gib ihnen das Signal, Joff. Mach dich nützlich, solange du es noch kannst.«

Joffrey schaltete den starken Suchscheinwerfer unter dem Cockpit ein. Er richtete ihn auf das gegenüberliegende Flußufer, schaltete ihn aus, ein und wieder aus. Er beleuchtete das Leitwerk einer geparkten Düsenmaschine, einer großen, mit vier Triebwerken, aber keinen Fenstern – ein Frachtflugzeug.

»Nun, das hast du wirklich mal gut gemacht.« Decker griff zum Steuerknüppel und sank auf zwanzig Fuß, fünfzehn, zehn. Dann flogen sie so tief über den Fluß, daß Gischt die Windschutzscheibe besprühte.

Als sie über das Flußufer hinwegdonnerten, schaltete Decker die Motoren zurück und riß den Helikopter in eine scharfe Kurve, um seine Fliehkraft abzubremsen. Eine Sekunde später setzten die Hinterräder auf, dann die vorderen. Dann rollte der Chinook langsam auf die geisterhafte Frachtmaschine zu.

»Da wartet Frischfisch«, sagte Decker. »Ich wette, heute abend gibt's Seafood Gumbo.«

Zwei Reihen kompakter Objekte standen auf dem Betonband und neben jeder Reihe zwei Bewacher. Ein fünfter schaute aus der Tür der unbeleuchteten Boeing. Joffrey zählte achtzehn Objekte.

»Geh nach hinten. Ich lasse die Rampe herunter«, sagte Decker.

Der Copilot verließ das Cockpit und ging in den Laderaum.

Decker schob den Plastikschutz vom Rampenauslöser und drückte auf den Knopf. Das Signal veränderte sich von »Locked« in »Open«.

Träge drehten sich die Rotoren in der kalten Nachtluft. Sie würden gleich wieder aufsteigen, und es gab wirklich keinen Grund, die Motoren ganz auszuschalten.

Dumpf polternd traf die Rampe auf den kalten Beton.

Decker schaltete den Scheinwerfer ein und wieder aus. Noch bevor der Schimmer verblichen war, gerieten die unter den Tragflächen des Frachtflugzeugs wartenden Männer in Bewegung wie huschende Mäuse. Jeder von ihnen rollte eines der dunklen Objekte auf den Hubschrauber zu.

Als der erste am Cockpit vorbeieilte, nahm das Objekt die Form eines Rollstuhls an, in dem ein Mann festgeschnallt war, dessen Kopf von einer Seite zur anderen schwankte. Es war der einzige Körperteil, der nicht an den Stuhl gefesselt war. Dicke Lederriemen lagen um Arme, Beine und den Brustkorb.

Decker sah zu. Es waren die Augen, die ihm jedesmal zu schaffen machten. Sie standen offen wie die eines Toten. Verdammt weit offen. Sie sahen, nahmen vermutlich alles wahr, auch wenn sie angeblich betäubt sein sollten. Diese Augen peinigten ihn in seinen Alpträumen. Diese Männer verfolgten ihn, spürten ihn auf und zahlten ihm heim, was er ihnen angetan hatte. Wer würde wohl nicht schreiend aus dem Schlaf hochfahren, wenn er einmal in diese verdammten Augen gesehen hatte?

Achtzehn Rollstühle wurden in den Laderaum des Hubschraubers gefahren. Die Bewacher kehrten zum wartenden Jet zurück. Decker holte die Rampe ein. »Locked«. Er war mit den Startvorbereitungen beschäftigt, als Joffrey zurückkehrte. »Was Interessantes darunter?«

Joffrey blickte auf seine Liste. »Niemand, den du kennen würdest.«

»Alle hinüber?«

»Total.«

»Bist du auch sicher? Ich möchte nicht, daß jemand hochkommt und mir meine Antenne abbricht oder so was.«

Joffrey hielt eine Nadel hoch. »Ich habe sie überprüft.«

»Weißt du, wie wir dich nennen werden? Ol' Nadelschnüffler. Hast sie ein bißchen gepieckst, was?«

»Ja.«

»Natürlich, du hast sie ja auch letztes Mal überprüft.« Er setzte sich den Helm auf. Decker dachte an den Ausreißer. Er hatte ihn hinten toben gehört. Eine schlecht gesetzte Spritze, eine ungewöhnliche Resistenz gegen Ibogaine-Hypochlorid, irgend etwas hatte dazu geführt, daß der Mann seine Lederfesseln sprengte und im Laderaum wie ein Berserker tobte. Welche Wahl blieb ihnen, als mit dem Chopper zu landen und den Kerl davonrennen zu lassen? Sie konnten von Glück reden, daß er nicht ins Cockpit gestürmt war, um das zu tun, wofür er geboren war: Sie beide zu töten.

»Dieser Kerl erlebte die Überraschung seines Lebens«, grinste Decker. »Dachte, er könnte zu Big Mama zurücklaufen. Muß verdammt verblüfft darüber gewesen sein, wie kalt es war.«

»Der wollte nicht zu Big Mama zurück. Auf der Liste stand, daß er eine Vorliebe für Jungs hatte.«

»Jungs?«

»So sehr, daß er sie aß.«

Eine derartige Hingabe fand Decker sehr beeindruckend. »Im Ernst?«

»Im ernsten Ernst. Zwölf konnten sie identifizieren. Fanden die Knochen unter seinem Haus.«

»Donnerwetter! Da mußte der Kerl doch auf Diät gesetzt werden!«

Joffrey lachte. Vielleicht kam mit Decker ja doch wieder alles in Ordnung.

Decker griff nach dem Mikro. »Guten Abend, Ladies und Gentlemen. Nein, lassen Sie es mich auf Gentlemen beschränken. Hier spricht Ihr Captain Ru Friedlich. Ich begrüße Sie auf der zweiten Etappe des AMR-Air-Fluges zur Hölle. Und keine Sorge um Ihr Gepäck, Leute. Sie sind mit allem ausgestattet, was Sie brauchen.«

»Laß das, Paul. Sie können dich nicht hören.«

»Woher willst du das wissen?« Erneut drückte Decker die Mikrofontaste. »In Anbetracht unserer kurzen Flugzeit möchten wir Sie bitten, zu Ihrer eigenen Sicherheit angeschnallt zu bleiben. Ich wünsche Ihnen einen angenehmen Flug.« Er schaltete das Mikro aus.

»Du bist echt durchgeknallt.«

»Ich bin so durchgeknallt, daß mir da ein Gedanke gekommen ist.« Er beugte sich zu Joffrey und flüsterte: »Du hast sie gepiekst. Vielleicht würden sie dich gern ein bißchen zurückpieksen. Was meinst du?«

»Laß uns starten. Wir haben Leute zu befördern.«

»Was meinst du wohl, was all diese Jungs machen, wenn du ihnen wie ein Weihnachtsgeschenk vor die Füße fällst? Eine Bande von Jungsfressern, Mädchenvergewaltigern und ähnlichem Abschaum?«

Abschaum wie du, dachte Joffrey.

»Ich persönlich glaube, daß es eine Freßorgie gibt. Yeah. Als würde man einen Köder in den Golf schmeißen. Mann, die Haie würden sich in Null Komma nichts über dich hermachen. Was hältst du davon, Mister Joffrey? Hast du was dazu zu sagen? DeKalb meinte, ich könnte es tun, wenn ich glaube, daß du zu einem Problem wirst.«

Joffrey schwieg. Seine Flugtasche enthielt eine Pistole. Er griff hinter seinen Sitz.

Decker bewegte sich nicht, aber plötzlich drückte warmer Stahl gegen Joffreys Hand. Die breite Seite, nicht die Klinge. »Hey, Junge, immer mit der Ruhe. Du weißt doch, ich bin der Mann. Oder?«

Joffrey war sich da nicht so sicher.

»Du kannst es ruhig sagen. Wäre vielleicht ganz gut.«

»Klar, Paul«, sagte er. »Du bist der Mann.«

»Das wollte ich hören.« Decker lachte, vielleicht eine Spur überdreht, steckte das Messer wieder ein und setzte die Brille auf. Die Welt wurde hellgrün. Er brachte die Motoren auf Touren. Die Rotorblätter drehten sich schneller, peitschten die kalte Luft. Der große Hubschrauber begann zu schweben, drehte sich und richtete die Nase in die Dunkelheit.

15. KAPITEL

Die Dämmerung ging schnell in den Abend über. Im Schatten der Bäume sogar noch schneller. Als Tschutschin die Scheinwerfer einschaltete, funktionierte nur einer.

»Das Wetter schlägt um«, sagte Tschutschin. »Das rieche ich.«

»Ihre Nase ist zugeschwollen. Sie können gar nichts riechen.«

»Ich habe zwanzig Jahre in den verfluchten Lagern verbracht«, empörte sich Tschutschin. »Ich brauche keine Nase, um zu riechen. Ich brauche keine Augen, um zu sehen. Und was meine Ohren anbelangt: Wenn mir jemand sagt, daß ich mich von Problemen fernhalten soll, dann höre ich darauf. Aber natürlich ist nicht jeder in den Genuß einer so guten Ausbildung gekommen.«

Nowek sah ihn an. »Sie sind heute abend ganz besonders sensibel.«

»Pah.« Tschutschin zündete sich mit beiden Händen eine Zigarette an. Das Steuerrad war fast überflüssig, über lange Strecken rührte er es kaum an. Ein Risiko bestand nicht. Die Straßen waren verlassen, die Furchen tief genug, um die Räder in der Spur zu halten.

Verlassen trafen sie auch die Wohnung von Noweks Vater an. Verlassen, aber nicht leer.

»Wo ist er?« fragte Tschutschin in der Diele.

Als Nowek ihn aus Akademgorsk in Irkutsk holte, hatte sein Vater zwei schwere Laster mit den während eines ganzen Lebens angesammelten Besitztümern gefüllt. Für Professoren war es nicht mehr sicher in Akademgorsk, wo Banden von Alkoholikern und arbeitslosen Jugendlichen die Straßen und unbeleuchteten Flure der Häuser beherrschten, in denen sich die wenigen verbliebenen Akademiker hinter stählernen Türen verschanzten.

Nowek hatte seinen Vater mitten im Winter nach Markovo geholt, in der einzigen Jahreszeit, in der der gefrorene Fluß eine Autofahrt zwischen beiden Städten ermöglichte. Doch mußte vieles zurückgelassen und verteilt werden. Zunächst an seine Musikerkollegen, dann an ein paar Freunde in der Universität und schließlich an Nachbarn, die über die Habseligkeiten herfielen wie Krähen über ein frischgepflügtes Feld.

Sein Vater hatte sich in Markovo schnell eingelebt. Nach einer Woche konnte Nowek zwischen der alten Wohnung und der neuen kaum noch unterscheiden, so vertraut waren ihm der leicht muffige Geruch, der Anblick der ledergebundenen Bücher und der Noten auf dem Flügel, der jedoch nicht mehr angerührt wurde, da Tadeusz praktisch blind war.

Nowek erinnerte sich an die Zeit, als ihm der Flügel riesig vorgekommen war, ein Ungeheuer, dem man sich tagsüber nur vorsichtig näherte und in der Dunkelheit gar nicht. Jetzt war er so klein geworden. Er hatte unter dem Flügel gespielt, während die Akkorde seines Vaters über ihn hinwegdonnerten wie eine Bomberflotte. Und von den Wänden blickte dieselbe Galerie berühmter Musiker herab: ihre Gesichter, ihre Triumphe, ihre klugen, hellsichtigen Augen und geschickten Finger – alle mehr als ein halbes Jahrhundert tot.

»Könnte er allein in Ihre Wohnung gegangen sein?«

»Er ist blind.« Nowek spürte, daß ihm kalt wurde. »Gehen wir ihn suchen.«

Sie fuhren eine Straße am Fluß entlang. Die Lena knirschte, Eis stieß gegen Eis, Winter gegen Frühling. Die Strömung war hier stärker, das Eis dünner. Schollen drehten sich, versanken, tauchten wie wiedererstandene Kontinente erneut auf.

»Vielleicht ist er spazierengegangen«, sagte Tschutschin.

»Das verstößt gegen die Prinzipien meines Vaters.« Aber Nowek erinnerte sich an Anna. Wohin war sie verschwunden? Wohin ging eine Frau, die wegen Mordes gesucht wurde – zu Fuß? »Plet sagte, daß Ministeriumstruppen den Hangar in Brand gesetzt haben. Vom Innenministerium können sie nicht gewesen sein. Das hätte Arkadi Wolski gewußt. Er hätte es mir gesagt.«

Tschutschin faßte sich an seine malträtierte Wange. »Das

hier bilde ich mir nicht ein. Was ist mit der *bufetschiza* Ihres Vaters? Vielleicht hat sie ihn zu Ihrer Wohnung gefahren.«

»Sie ist seine Krankenschwester, nicht seine *bufetschiza*«, erwiderte Nowek. »Und er sagte, daß sie nur tagsüber arbeitet.«

Tschutschin grinste.

Eine *bufetschiza* kümmerte sich um die Küche, aber nicht nur. Nowek konnte nicht ausschließen, daß sein Vater ihre Dienste auch anderweitig nutzte. Seine Mutter hatte Tadeusz verlassen, als sie ihn mit einer angehenden Opernsängerin erwischte, eine ihrer eigenen Schülerinnen, vor gerade einmal zehn Jahren, als Tadeusz fünfundsechzig gewesen war.

Sie hatte die beiden in eindeutiger Pose auf der Couch ertappt und sich gefragt: Habe ich das in meinem Alter noch nötig? Sie war nach St. Petersburg gezogen und gab nun dort Gesangsunterricht. Selbst blind konnte Tadeusz mit seiner Violine noch Wunder wirken. Aber er war schon immer ein Schwerenöter gewesen und würde es wohl auch bleiben.

Sie kamen an dem silbernen Bohrturmmonument vorbei. Zu seinen Füßen lagen zerbrochene Flaschen im Schnee, Glasscherben glitzerten wie Smaragde.

Tschutschin sah ihn an. »Es könnte immerhin sein, daß Sie sich im Hinblick auf Anna Wereskaja irren und Kasnin recht hat. Unschuldige Leute laufen nicht davon, Bürgermeister.«

»Da irren Sie sich«, sagte Nowek und lehnte seine Stirn an die kalte Scheibe. »In Rußland sind es gerade die Unschuldigen, die am schnellsten davonlaufen müssen.«

Sie fuhren durch den ältesten Teil der Stadt, die ursprüngliche Flußsiedlung. Hier bestanden alle Gebäude aus Holz, das intakte Schnitzwerk über ihren Fenstern war im traditionellen Blau gestrichen, Straßenbeleuchtung gab es nicht. Man konnte die Sterne sehen. Sie funkelten nicht, sie glühten.

Astronomie, dachte Nowek, als er den Pegasus erblickte. Die Sternbilder des Frühlings eroberten den schwarzen Himmel. Erschöpft standen die Wintersterne tief im Westen. Nowek hauchte gegen das Glas, ein neuer Nebelfleck entstand. Schon immer hatte er sich für Astronomie interessiert. Selbst für seinen Vater wäre es eine bessere Wahl als die Geologie gewesen. Ein höheres Ziel.

Es ließ sich nicht verleugnen: Sein Vater war ein übler Snob. Wenn einem die Laufbahn eines Solisten verschlossen blieb, gab es noch immer einen Platz in einem Symphonieorchester; klappte das nicht, dann tat es ein Kammerensemble auch. In Ermangelung eines solchen blieb noch immer das Leben eines Akademikers, das Zeit für kulturelle Beschäftigungen und, natürlich, Studentinnen ließ. Je nutzloser der Wissenschaftszweig, desto besser.

Tadeusz hatte sich nie damit abgefunden, Sibirier zu sein. Nicht wirklich. Er hatte gelebt wie ein Monarch im Exil. Aber Nowek war von der heroischen Vorstellung vom »Land östlich der Sonne« so konditioniert wie ein Gänseküken, das nach dem Schlüpfen einen Traktor erspäht und ihm folgt, als wäre er seine Mutter.

So seltsam es klingt: Früher einmal war Sibirien sehr romantisch gewesen, ein Ort für Träume. Ein Ort, an dem man dem tristen Einerlei der kollektiven Gesellschaft entkommen konnte. Ein Ort, an dem die Natur mit allen vorstellbaren Mitteln bemüht war, die Pläne des Menschen zu vereiteln. Es war eine Herausforderung, die in Nowek Begeisterung entfacht hatte.

Die Zukunft lag unter ihren Füßen als Kohle, Öl, Diamanten und Gold. Als Holz der Taigawälder wölbte sie sich über ihren Köpfen. Sie strömte nach Norden mit den mächtigen Flüssen.

Einmal, vor langer Zeit, hatte er an dieser Zukunft mitbauen wollen. Jetzt waren diese Träume zerschmettert wie die Wodkaflaschen des Bohrturmdenkmals. Glitzernd und gefährlich. Müll für die Welt, aber in gewissen Händen eine Waffe.

Sterne waren weniger riskant. Das Leben eines Astronomen hatte seine Vorteile. Die Arbeitsplätze in hohen, isolierten Kuppeln waren zu unbequem, als daß sich Parteifunktionäre die Mühe eines Besuchs gemacht hätten. Man lebte in einer Welt klassischer Helden und Ungeheuer. War das

Cygnus der Schwan oder Aquila der Adler? Ein roter Riese oder ein brauner Zwerg? Ein endloses Universum oder ein zyklischer Kataklysmus? Diese Fragen waren komplex genug, um Wissenschaftler in endlose theoretische Debatten zu verwickeln, die doch nie gelöst werden konnten. Das war das Beste daran, besser als eine Pension.

Ein Astronom brauchte nicht zu wissen, ob Brot wichtiger war als das Gesetz, die Flut von AmerRus-Dollar entscheidender als Gerechtigkeit, eine Kiste mit Knochen ein phantastisches Vermögen oder ob ein reicher Mann mit durchgeschnittener Kehle und zerschossenen Knien überhaupt etwas wert war.

Sie bogen kurz vor der Brücke in eine Straße ein und folgten dem Fluß nach Süden, hinein in die Schwarze Lunge.

»Irgend etwas stimmt nicht«, sagte Tschutschin, als sie sich Noweks Haus näherten.

»Meine Tochter will Hure in Hongkong werden, mein Vater ist verschwunden, Kasnin hat Sie zusammengeschlagen, Sie lassen die einzige Verdächtige im Mordfall Ryschkow entkommen, kommen aber jetzt erst auf die Idee, daß etwas nicht stimmt?«

»Bevor ich es Ihnen sagte, wußten Sie doch nicht einmal, daß sie verdächtig ist.« Er sah sich in den leeren Straßen um. »Wo sind sie eigentlich alle? Selbst Nikki Maljeschew ist nirgendwo zu sehen. Sie haben Angst«, sagte Tschutschin.

»Wovor?«

»Sie sind zu jung, Herr Bürgermeister. Sie erinnern sich nicht mehr an die Zeiten, in denen die Schwarzen Marias unterwegs waren.« Die berüchtigten Gefangenentransporter des MWD, der Herren der Gulags, waren häufig als Fleischlieferwagen kaschiert gewesen. Das besaß durchaus einen grausamen Witz. »Das sprach sich herum wie ein Steppenbrand. Jeder wußte Bescheid. Es lag in der Luft wie ein mieser Gestank. Man zog den Kopf ein und hoffte, den Atem lange genug anhalten zu können.«

Wie lange kann man unter Wasser die Luft anhalten? Genau so lange hatte Ryschkow gelebt.

»Jetzt sind wir vor den Schwarzen Marias sicher, Tschutschin. Woher sollten sie das Benzin bekommen?«

Tschutschin warf einen Blick auf den Benzinanzeiger. Die Nadel schwankte im roten Bereich. »Gute Frage.«

Sie bogen in eine kleine Sackgasse ein, ließen den Fluß und seinen Damm hinter sich. Auch hier waren die Häuser verschlossen und dunkel.

Bis auf seines.

Im Obergeschoß brannte Licht, unten nicht.

»Ich weiß nicht, wie er es geschafft hat, aber er ist da«, sagte Nowek. Sein Magen verkrampfte sich. »Wissen Sie, was er sagen wird? Wie gut es war, daß ich die Geige mit Steinen vertauscht habe. Steine sind geduldig, wird er sagen. Die Musik ...«

»Ihr Vater ist blind, aber das Licht brennt? Vielleicht ist es gar nicht Ihr Vater, vielleicht ist es Galina.«

Nowek kam das Licht plötzlich sehr merkwürdig vor. »Tschutschin ...«

»Ich weiß, ich weiß. Schneller.« Er trat heftig auf das Gaspedal.

Sie hielten vor Noweks Haus. Weißer Rauch stieg aus dem Schornstein auf.

Nowek stieß die Tür auf und wollte aussteigen.

»Warten Sie.« Tschutschin packte ihn an der Schulter.

Dann bemerkte Nowek, daß sich die Vorhänge hinter scheibenlosen Fenstern bewegten. Die Scherben lagen vor dem Haus im Schnee. Er sah Reifenspuren, Stiefelabdrücke. Zersplittert hing seine Haustür in den Angeln.

Die Vorhänge bewegten sich im Wind, und durch die Fensterrahmen ertönten Geigenklänge.

Kreislers »Liebeslied«.

Nowek sprang aus dem Auto, bevor ihn Tschutschin daran hindern konnte, und stürmte ins Haus. Unter seinen Schritten knirschten Glas, Holzsplitter, Metall. Es war kalt. So kalt wie in einer für den Winter verschlossenen Datscha. Er fand den Lichtschalter. Eine einsame Glühbirne erleuchtete eine Diele, die oberflächlich vertraut, aber grundsätzlich verändert aussah.

»Galinka!«

Die Glasvitrine war umgestürzt. Kieselsäuregestein mischte sich mit Fossilien, Fossilien mit Hornblende. Zerbrochen lag die Wanduhr seines Vaters auf dem Boden. Den Spiegel überzog ein Netz von Sprüngen. Nichts war unangetastet geblieben.

Die Klänge der Violine schlängelten sich durch die Luft wie eine Katze um Regenpfützen. Sie kamen aus der Küche.

Das »Liebeslied« näherte sich seinem Ende. Essiggeruch lag in der Luft.

Nowek kam gerade rechtzeitig, um Tadeusz den letzten, wehmütigen Ton streichen zu sehen. Stille senkte sich über den Raum, nur unterbrochen vom Knacken des rotglühenden Küchenherds.

Mit der Geige unter seinem sauber rasierten Kinn, saß Tadeusz am Küchentisch. Neben ihm auf dem Tisch standen eine Flasche und ein leeres Glas. Er war nicht allein.

Nowek formte das Wort mit den Lippen, brauchte aber eine Weile, es auch auszusprechen. »Sie!«

Anna Wereskaja legte einen Finger auf die Lippen, dann begann sie zu klatschen. »Das war wunderschön«, sagte sie.

»Nicht schlecht, oder?« Mit dem Bogen wies Tadeusz in Noweks Richtung, bedeutete ihm, still zu sein. Die weiße Haarmähne seines Vaters betonte sein rosiges Gesicht. Seine nahezu blinden Augen waren durch die dicken Brillengläser enorm vergrößert. Er genoß Annas Applaus, sein Gesicht erstrahlte bei der Vorstellung stehender Ovationen eines begeisterten Konzertpublikums.

Anna hörte zu klatschen auf. Tadeusz ließ die Violine sinken.

»Was soll das?« wollte Nowek wissen.

»Ich habe mir ein Taxi gerufen«, sagte Tadeusz. »Und gesagt, daß mein Sohn, der Bürgermeister, zahlen wird. Hast du angenommen, ich würde laufen? Und sprich nicht in diesem Ton mit mir, Gregorij.«

»Dich meine ich nicht! Ich meine sie!«

»Ich bin vom Flughafen aus mit dem Lastwagen gefahren«, sagte Anna.

»Welchem Lastwagen? Jurijs?«

»Ich habe nicht gefragt, wem er gehört.«

Kleidungsstücke lagen auf der Treppe verstreut. Überall sah er zerbrochenes Geschirr. Seine Schallplatten waren zerschmettert, das Grammophon umgestürzt. In einer Ecke waren die Überreste von Glaskonserven zusammengefegt. Sein Geigenkasten stand offen. Das Telefon hing noch immer an der Wand und wirkte seltsam fehl am Platz. Der Herd sandte Hitzewellen aus. An einer Wand lehnte ein Besen.

»Als ich kam, hörte ich, daß sie aufräumte«, sagte sein Vater. »Es scheint gebrannt zu haben. Ich nahm an, daß sie deine Haushälterin ist oder eine neue Frau in deinem Leben. Das gab mir wieder ein wenig Hoffnung. Ist sie hübsch, Gregorij? So hübsch wie die letzte?«

Nowek musterte sie finster. »Und was wollen Sie hier, Frau Doktor Wereskaja?«

»Doktor? Sind Sie Ärztin oder eine von diesen Technikerinnen?«

»Ruhig, Vater. Ich spreche mit ihr.«

»Nicht gerade höflich, aber Liebenswürdigkeit war ja noch nie deine Stärke. Kreisler hat versucht, das ›Liebeslied‹ als authentisches Stück aus dem achtzehnten Jahrhundert auszugeben. Man kam ihm auf die Schliche, die Geschichte ist nun einmal unerbittlich. Alle Betrügereien kommen irgendwann ans Licht. Stimmt's nicht, Gregorij?«

Tschutschin tauchte neben Nowek auf, die Nagant-Pistole in der Hand. Er sah Anna Wereskaja an. »Wie, zum Teufel, kommt sie denn hierher?« Er richtete die Waffe auf sie.

Nowek schob den Lauf zur Seite.

Tadeusz stellte Noweks Geige auf seinen Schoß. Er streckte die Hand aus, griff nach dem Glas, steckte prüfend den Finger hinein und goß es dann voll. »Es war ganz reizend von deiner jungen Freundin, mir Gesellschaft zu leisten. Trink einen Schluck, mein Sohn. Das macht alles sehr viel erträglicher. *Budim sdrovje.*« Er hob das Glas in Noweks Richtung, bog den Kopf in den Nacken und leerte es mit einem Zug. Er wandte sich Anna Wereskaja zu. »Ich hoffe, Sie sind keine wie auch immer geartete Expertin.«

»Sie ist eine Mordverdächtige, Vater.«

»Mord?« Tadeusz lachte. »Nun, das überrascht mich nicht. Welche intelligente Frau hätte nicht irgendwann einmal an Mord gedacht?«

»Neben der Haustür ist ein Thermostat. Drehen Sie den voll auf«, sagte Nowek zu Tschutschin, dann fragte er Anna: »Nun? Woher wußten Sie, wo ich wohne?«

»Markovo ist eine kleine Stadt. Und Sie sind der Bürgermeister.«

»Wer hat mein Haus zertrümmert?«

»So war es bereits bei meiner Ankunft.«

»Das reine Chaos.« Tadeusz scharrte mit einem Fuß in den Scherben. »Während des Krieges, als es buchstäblich nichts gab, haben wir uns nie soweit vergessen, wie die Tiere zu leben. Es gab nichts zu essen, kein Brennholz, nur die Kunst. Aber das hat gereicht. Ich erinnere mich noch daran, wie Stalin die Truppen in Fernost besucht hat. Und von wem ließ er sich etwas vorspielen?«

»Von dir, Vater.« Nowek ließ keinen Blick von Anna Wereskaja, als befürchte er, sie könnte sich in Dunst auflösen. Die Heizung begann verdächtig zu knacken. Nowek blickte auf und hoffte, daß sie die Nachbarschaft nicht wieder zu ägyptischer Finsternis verurteilte.

»Natürlich war Stalin nichts weiter als ein georgischer Bankräuber. Genausogut hätte er ein ...« Er brach ab, suchte nach einem Wort, das ihm gerade nicht einfallen wollte. »Was hätte er auch sein können?«

Die Heizung begann zu knattern. »Ein Geologe.«

»Danke. Was hätte ich für ein solches Ungeheuer spielen können? Mozart? Bach? Nein, keinen der Unsterblichen. Ich mußte mir etwas einfallen lassen, das er auf Anhieb erkannte. Kannst du dir vorstellen, was das war?«

Nowek wußte es natürlich. Er wußte auch, daß Tadeusz seinen Auftritt hatte, und ein Blick auf Annas Gesicht sagte ihm, daß er nicht ohne Wirkung blieb. »Die Internationale.«

»Aber largo. Sehr langsam. In der Bestattungsversion, könnte man sagen. Überall sonst wäre es als Satire aufgefaßt worden. Hätte er auch nur einen Funken Verstand besessen, hätte er mich erschießen lassen. Aber bei Stalin hatte ich nichts zu befürchten. Weißt du, daß er tatsächlich geweint hat, als ich da oben auf einem Panzer stand und spielte? Und was blieb seinen Kriechern anderes übrig, als angesichts seiner Tränen gleichfalls zu schluchzen? Jeder mit trockenen Augen wäre doch sofort dingfest gemacht worden. Erwachsene Männer heulten bei den Klängen meines Instruments wie die Schloßhunde. Man nimmt irgendwelchen Schund und trägt ihn so virtuos vor, daß er selbst ein Herz erreicht, das so schwarz ist wie seines. Aber das ist die Kunst.«

»Nein, Vater. Das ist Politik.«

Tadeusz wirkte verärgert. »Wo ist meine Enkeltochter? Hast du sie zur Weizenernte oder zum Kohlenschippen geschickt?«

Tschutschin kam zurück. »Sehen Sie oben nach«, sagte Nowek zu ihm.

Tschutschin sprang die Treppe hinauf, die Pistole im Anschlag.

»Und Sie?« wandte sich Nowek an Anna Wereskaja. »Haben Sie sich Jurij gegenüber zu einer Gegenleistung verpflichtet?«

»Ich kenne keinen Jurij«, sagte sie. Ihr Rucksack war auf dem Boden. Obenauf lag ein gerahmtes Photo, eine Familienaufnahme von Nowek, Nina und einer schmollenden Galina. Vor zweieinhalb Jahren aufgenommen.

»Sie ist jung«, murmelte Tadeusz anerkennend. »Das höre ich an ihrer Stimme. Einen Hals wie ein Schwan, Beine wie zwei weiße Birken, schlank wie die einer Tänzerin, die ...«

»Hör auf, mit ihr zu flirten, Vater. Wer hat mein Haus auseinandergenommen? War Galina hier? Haben Sie sie gesehen?«

»Sie fuhren davon, als ich die Straße herunterkam«, erwiderte sie. »Mit einem Lieferwagen. Es war zu dunkel, um sie erkennen zu ...«

»Was ist mit meiner Tochter?«

Sie hob das Photo hoch. »Ist das Galina?«

Nowek zog sie auf die Beine. Der Stuhl kippte nach hinten und stürzte um. Das Photo fiel zu Boden. Glas konnte nicht zerbrechen, es war keines mehr im Rahmen.

»Gregorij!« Tadeusz schlug mit dem Bogen gegen die Tischkante. »Du wirst dich der jungen Dame gegenüber gefälligst anständig benehmen.«

»Ich werde sie in eine Zelle sperren, wenn sie mich nicht endlich davon überzeugt, daß sie unschuldig ist.« Mit einer schnellen Bewegung hob Nowek das Photo auf. »Ausreden habe ich satt. Wo ist meine Tochter? War sie hier? Hat Kasnin sie mitgenommen?«

Anna Wereskajas Gesicht wurde ausdruckslos. »Ihre Tochter war nicht hier. Aber ich habe sie gesehen.«

»Ich bin es leid, auf meine Fragen ausweichende Antworten zu bekommen.« Er packte sie bei den Schultern und schüttelte sie heftig. »Wo haben Sie Galina gesehen? Und ich möchte die Wahrheit hören.«

Mit einer behenden Bewegung entzog sie sich Nowek. Eben noch hatte er sie im Griff gehabt, jetzt stand sie einen halben Meter entfernt. »Ich habe Ihre Tochter gestern auf einem Flug nach Tunguska gesehen. Gestern früh. Das ist die Wahrheit.«

»Man hat sie entführt?«

»Nein. Sie flog gestern offenbar freiwillig mit dem AMR-Hubschrauber. Sie wirkte sehr jung, und ich nahm an, sie wäre wieder eine ...« Anna wandte den Blick ab.

»Wieder eine? Was?«

Tschutschin kam die Treppe herunter. »Da oben sieht es genauso aus wie hier. Sie müssen etwas gesucht haben.«

Nowek starrte Anna an. »Was für eine?«

»Tut mir leid. Ich wußte nicht, wer sie war. Sie flog mit einem Mann nach Tunguska. Einem AMR-Pilot. Sie kannten einander. Er hat schon früher Mädchen aus Markovo mitgenommen.«

»Wer?«

»Er heißt Decker«, sagte sie. »Paul Decker.«

16. KAPITEL

Decker! Er war mit ihm in diesem seltsamen Gefährt gefahren, dem *lunakschod.* Ein seltsamer Mann, mit einem seltsamen Akzent und einem seltsamen Tier in der Brusttasche. War er Galinas Freund? Unsinn! Ein Mann wie der hatte keine hübschen Sechzehnjährigen zu Freundinnen.

»Und was haben Sie hier gemacht?« erkundigte sich Tschutschin. »Das Haus des Bürgermeisters verwüstet?«

»Sie hat das Durcheinander aufgeräumt und einem einsamen alten Mann Gesellschaft geleistet«, sagte Noweks Vater. »Mehr als mein eigener Sohn.«

»Sie waren in einem Lieferwagen. Einem sehr großen. Ihre Gesichter konnte ich nicht erkennen«, sagte sie. »Als sie fort waren, ging ich ins Haus und sah das Chaos. Die Fenster waren alle zerbrochen, und es war kalt. Ich habe Feuer gemacht und versucht, ein wenig aufzuräumen. Als ich Ihren Vater vorfahren hörte, dachte ich, sie kämen zurück.« Sie streckte die Hand aus und berührte Noweks Arm. »Ich kannte Galina nicht. Wirklich nicht. Es tut mir leid. Sonst hätte ich es Ihnen gesagt.«

»Sind Sie sich auch sicher? War es wirklich Galina, die Sie in dem Hubschrauber gesehen haben?«

»Ich sagte bereits …«

»Sie haben sie auf dem Flug von Markovo gesehen.« Noweks Stirn färbte sich hochrot. »Gestern?«

»Ja.«

Die Röte senkte sich auf seine Wangen, seinen Hals. »Als ich Sie in Ihrem Büro danach fragte, erzählten Sie mir, daß Sie in der Taiga bei Ihren Tigern gewesen wären, daß Sie Ryschkow seit längerem nicht mehr gesehen hätten.«

Sie biß sich auf die Unterlippe.

»Sie ist nur verwirrt, Gregorij«, sagte sein Vater. »Laß

doch das arme Mädchen in Ruhe, sonst will ich mit dir nichts mehr zu tun haben.«

»Das ist keine Verwirrung, Vater.« Noweks Wut wurde eiskalt. »Warum sind Sie hergekommen? Haben Sie das mit Jurij geplant? Bin ich der einzige Dummkopf, oder haben Sie noch weitere kleine Geschäfte mit ihm getätigt?«

»Ich sagte Ihnen bereits, daß ich Jurij nicht kenne. Ich sah, daß der Hangar brannte, dann hörte ich das Flugzeug ... Nach allem, was sie mit Andrej gemacht hatten, wußte ich nicht, ob sie nun auch hinter mir her waren und ...«

»Also sind Sie davongerannt.«

»Ich bin davongerannt. Dann bin ich vom Fluß aus zur Straße zurückgelaufen. Ich wußte nicht, was ich tun sollte. In Tunguska war es für mich nicht mehr sicher.«

»Aber in Markovo? Vergessen Sie nicht, was mit Ryschkow geschehen ist. Wie sind Sie hergekommen?«

»Mit einem Lastwagen. Er fuhr so langsam, daß ich hinten aufspringen konnte.«

»Es überrascht mich, daß Jurij das so einfach gestattet hat.«

»Ich bin die ganze Strecke bis ... Hören Sie auf, mich so anzusehen! Ich habe mit dem Mord an Andrej nichts zu tun!«

»Nichts? Ich glaube kaum, daß das der Wahrheit entspricht. Aber wir haben ja bereits festgestellt, daß Sie lügen«, sagte Nowek verächtlich. »Sie haben mir Ihre Hilfe verweigert, als ich Sie darum bat. Sie sind am Flughafen davongelaufen, als Sie glaubten, gefaßt zu werden. Und jetzt sind Sie hier, meine Tochter befindet sich in Tunguska, und Sie werden mir auf meine Fragen endlich aufrichtig antworten. Wenn nicht, werde ich Sie Kasnin übergeben. Sie wissen, wer das ist?«

»Das würden Sie nie tun.«

Nowek trat ans Telefon, nahm den Hörer ab und hörte das Freizeichen. »Wir haben es mit zwei widersprüchlichen Theorien zu tun. Ein Wissenschaftler muß bereit sein, jede einigermaßen vernünftige Hypothese zu überprüfen.« Er begann zu wählen. Eine Zahl. Die nächste. Mit einem modernen Tastentelefon würde er längst mit Kasnin sprechen. Die dritte. »Die wissenschaftliche Methode. Wir kommen voran, wenn …«

»Hören Sie auf!«

»… die bessere Theorie siegt.« Er drückte auf die Gabel, behielt den Hörer aber in der Hand. »Sie waren in der Nacht von Ryschkows Tod in Markovo.«

»Das wissen Sie bereits.«

»Auch in Ryschkows Wohnung?«

Ein Nicken.

Er legte den Hörer auf. »Es kam zu einer Auseinandersetzung, als Sie herausfanden, daß Ryschkow mit Tigerknochen handelte. Daß Ihr guter Freund in Wahrheit ein Knochenverkäufer war. Oder noch schlimmer – ein Käufer.«

»Nein. Das ist …«

»Sie verlangten von ihm, daß er seine Vorräte herausgab. Vielleicht bewahrte er Knochen in seinem Tresor auf?«

»Nein. Niemals. In keinem von ihnen …«

»Aber er weigerte sich. Es kam zu einem Kampf. Das Messer, das Sie da um den Hals tragen. Sie griffen danach und …«

»Nein!«

»Sie haben ihn getötet. Und als die Milizionäre auftauchten, brachten Sie auch die um. Aber was ist mit den Schußverletzungen? Wer war Ihr Freund mit der Pistole? Ein weiterer Überzeugungstäter, der bereit ist, den Sibirischen Tiger mit allen Mitteln zu retten? Ein weiteres kleines Geschäft, das Sie mit …«

»Nein!«

»Ich will ehrlich sein. Bei Verhören war ich noch nie gut, kenne aber jemanden, der es ist. Vielleicht läßt sich da ein Handel abschließen. Sie gegen Galina. Was meinen Sie dazu?«

»Gregorij!« Die Stimme seines Vaters fand fast zu ihrem alten Kommandoton zurück. »Jetzt hör mir mal gut zu, du unkultivierter Steinzertrümmerer. Ich habe keine Ahnung, welchen Kartoffelklauber deine Mutter an sich herangelassen hat, als ich auf Tournee war, aber ich werde es nicht gestatten, daß du dich in meiner Anwesenheit einem Gast gegenüber wie ein ungehobelter Rohling benimmst. Ist das klar?«

»Sie ist kein Gast«, zischte Nowek. »Niemand hat sie eingeladen.«

»Dann bist du nicht nur unkultiviert, sondern auch noch ein Trottel.«

»Ich habe die Wahrheit gesagt«, murmelte sie.

»Sie erklärten, der Tod eines Wilderers mache Ihnen nichts aus. Wilderer müßten wissen, daß das Töten von Tigern riskant werden kann. Einen Mann niederzustechen, der Sie für seine Freundin hält, muß doch leichter sein, als einen Tiger zu betäuben. Und einen Händler mit Tigerknochen? Wozu wären Sie einem solchen Mann gegenüber fähig?«

Tränen traten in Anna Wereskajas Augen. »So war es nicht.«

»Wie dann? Ein romantischer Abend, der ein unvorhergesehenes Ende fand? Kam Andrej zu dem Schluß, Sie sich nicht länger leisten zu können?«

»Machen Sie sich nicht lächerlich. Andrej wollte uns helfen. Es ging um die Videobänder.«

Die Bänder. Der Schwarze, der aus der nächtlichen Taiga auftauchte und irgend etwas schrie. Der Ausdruck von Verblüffung auf seinem Gesicht, des Entsetzens, das Zuschlagen der Pranken. »Was hatte Ryschkow mit den Bändern vor?«

»Er hat seinem Bruder eine Kopie nach Moskau geschickt. Um den Mann zu identifizieren. Anhand von Visa-Unterlagen.«

Der Bruder im Außenministerium. In der Visa-Abteilung. *Moskau war auch keine große Hilfe …*

»Und?«

Sie sah ihn fast flehend an, aber auch entschlossen. »Soweit die Visumerteilungsstelle in Moskau weiß, existiert der Mann nicht. Es gibt keine Unterlagen.«

»Er war kein AMR-Angehöriger?«

»Er war ein Niemand.«

Nowek dachte an das Gesicht auf dem Band. An die Bewegungen seiner Glieder, als der Tiger angriff. An die Buchstaben »CDC PELICAN« auf einem absurd unpassenden Sweatshirt. Keine Visa-Unterlagen. Ein Amerikaner, den es nicht gab. So unvorstellbar war das gar nicht. Was hatte DeKalb gesagt? Der einzig sichere Weg, Dinge nach Rußland hineinzubekommen, war der Schmuggel? »Und dann?«

»Der Rest geht Sie wirklich nichts an.« Erneut sah sie ihn an. »Bitte.«

»Es ist zu spät, um Gefälligkeiten zu bitten. Entweder Sie erzählen mir alles, oder Sie unterhalten sich mit Kasnin.«

Anna sah erst Nowek an, dann seinen Vater. Sie schüttelte heftig den Kopf. »Sie wissen nicht, wie das ist. Sie haben ihn. Sie brauchen ihn nur anzusehen, und Sie wissen: Das ist mein Vater.«

»Seien Sie sich da nicht so sicher, meine Liebe«, sagte Tadeusz.

Spielte sie um Zeit? Buhlte um die Zuneigung seines Vaters? »Sie kommen aus Amerika. Es sei denn, auch das war eine Lüge.«

»Amerikanka?« fragte Noweks Vater. »Nein.«

»Es stimmt. Meine Eltern waren Russen. Aus Irkutsk, genau wie ich sagte. Dort lebten sie in den siebziger Jahren. Aber ich wuchs in Amerika auf.«

»Aber Sie sprechen so wundervoll Russisch«, sagte Tadeusz. »So vollkommen. Ich könnte schwören, Sie irgendwann einmal singen gehört zu haben ...«

»Es reicht, Vater.« Er wandte sich wieder Anna Wereskaja zu. »Und wie sind Sie nach Amerika gelangt? Damals kam niemand aus Irkutsk heraus.«

»Meine Eltern beantragten Ausreisevisa, aber nur meine Mutter hatte Erfolg, weil man seinerzeit Familien nicht auswandern ließ. Als sie nach Amerika flog, war sie mit mir schwanger. Meines Wissens wußte das niemand. Ich bin mir nicht einmal sicher, daß sie es wußte.«

Nowek versuchte, ihren Gesichtsausdruck zu lesen. Wäre sie Nina gewesen, hätte er ihr geglaubt. Aber sie war nicht Nina. »Warum wollten sie ausreisen?« fragte er.

»Wer hätte das nicht gewollt?« fragte Tschutschin.

»Ruhe!« Das Licht begann zu flackern. »Tschutschin, drehen Sie die Heizung herunter, bevor die Sicherungen durchknallen.«

»Rauf, runter«, murrte er, als er erneut in die Diele trabte. »Beim nächsten Mal bewerbe ich mich um den Posten eines Fahrstuhlführers.«

»Ich habe eine Frage gestellt«, sagte Nowek zu Anna.

»Ihnen blieb keine andere Wahl. Mein Vater steckte in Schwierigkeiten.«

»Was hatte er denn angestellt?«

»Was macht das schon aus?«

»Nehmen Sie an, es würde etwas ausmachen.«

Sie funkelte ihn böse an. »Sie haben angeboten, mir zu helfen.«

»Und Sie haben dieses Angebot ausgeschlagen. Was war mit Ihrem Vater?«

Sie holte tief Luft. Das hatte sie auch getan, bevor sie ihm die Geschichte von den Tigerjungen in der Nähe von Wladiwostok erzählte.

»Fidel Castro kam nach Irkutsk und wollte im See fischen. Das marinewissenschaftliche Komitee beauftragte meinen Vater mit der Durchführung des Ausflugs. Er weigerte sich und erklärte, der Baikalsee sei ein Nationalheiligtum, kein Fischbassin für Ausländer. Er ließ eine Petition zirkulieren und ging damit sogar zu den Fischern. Daraufhin verweigerten auch sie jede Beteiligung. Das war der Partei zutiefst peinlich und der einzige Grund, weshalb sie später diese verdammte Zellulosefabrik am Südufer errichteten. Um zu zeigen, wer Herr im Hause ist.«

Nowek dachte nach und glaubte, sich an etwas aus seinen Jugendtagen zu erinnern. Castro war ungehalten wieder abgefahren, und die Zellulosefabrik spuckte noch immer Gift. Der Baikalsee, das »heilige Meer«, hatte stets eine mystische Faszination auf die russische Seele ausgeübt. Dieser kleine Aufstand war die Initialzündung für die sibirische Umweltschutzbewegung gewesen, die den See zum Zentrum ihrer Bemühungen gemacht hatte.

»Sie durften beide nicht mehr unterrichten«, fuhr Anna

fort. »Sie konnten sich nirgendwo mehr ihren Lebensunterhalt verdienen, nicht einmal als Pförtner. Es gab ein Austauschprogramm mit einem ozeanographischen Institut in San Diego. Scripps. Ich sehe, daß Ihnen der Name nichts sagt, aber glauben Sie mir, es war eine große Sache für die beiden. Ein Jahresvertrag. Sie bewarben sich und wurden angenommen. Für die Amerikaner hatte das auch eine politische Seite. Sie schickten pauschal Einladungen an Menschen, von denen sie wußten, daß ihnen die Ausreise nie gestattet würde, um die russische ...«

»Sowjetische.«

»Um die sowjetische Regierung in Verlegenheit zu bringen. Meine Mutter bekam die Erlaubnis, mein Vater nicht. Aus reiner Gehässigkeit. Sie wissen, wie das damals lief. Sie beschlossen, daß meine Mutter allein ausreiste. Ich wurde drüben geboren, und ich war ihre geheime Hoffnung. Meine Mutter nannte mich ihre Rückversicherung für die Zukunft.«

Nowek erinnerte sich an ein Gemälde, einen Klimt? An eine sehr schöne, rothaarige Frau, nackt, hochschwanger und mit einem verträumten Gesichtsausdruck. »Hoffnung« war der Titel. »Sie haben Ihren Vater nie kennengelernt?«

»Nur durch Photos. Photos und Briefe. Nach ein paar Jahren kamen keine Briefe mehr. Meine Mutter ging zur Botschaft. Sie leugneten, daß es einen Professor Wereskow überhaupt gab. Ihnen zufolge gab es in der gesamten Sowjetunion keinen einzigen Mann mit diesem Namen.«

Tschutschin kam zurück und ließ sich kein Wort entgehen.

»Als endlich der Eiserne Vorhang fiel, kam ich nach Irkutsk, um nach ihm zu suchen. Zunächst wandte ich mich an die Universität, aber die hatten keine Unterlagen. Er war Dozent für Süßwasser-Ökosysteme gewesen, ein Fachmann für endemische Arten im Baikalsee, und es gab kein noch so winziges Stück Papier, das seine Existenz bewiesen hätte. Ich ging zu seiner alten Adresse. Dort wohnte inzwischen eine andere Familie. Er war verschollen. Wie vom Erdboden verschwunden.«

»Das ist damals vielen zugestoßen«, bemerkte Tschutschin.

»Ich hatte bereits aufgegeben.« In ihrer Stimme war ein kaum spürbares Beben. »Aber dann besuchte ich das alte Listwijanka-Aquarium. Kennen Sie es?«

Natürlich kannte es Nowek. Im Sommer waren er und Nina oft dort gewesen, hatten sich vom grünlich gedämpften Licht seiner großen Becken umfangen lassen und die Welt vergessen.

»Dort war auch ein *omul* zu sehen. Aber das Schild am Becken war so korrodiert, daß man es kaum lesen konnte. Ich weiß nicht, warum ich daran zu reiben begann. Vielleicht, weil die Fische des Baikalsees sein Fachgebiet waren, seine Spezialität. Vielleicht wollte ich nur etwas berühren, das irgendwie mit ihm zusammenhing. Und dann sah ich seinen Namen: S.A. Wereskow. Da wußte ich, daß es ihn wirklich gab.«

Auch Nowek hatte das Becken gesehen, die Scheibe mit seinen Fingern berührt. »Zuvor hatten Sie dran gezweifelt?«

Sie wirkte verbittert. »Bevor ich den Namen sah, war er nur ein Gesicht auf einem Photo. Danach wollte ich auch noch den Rest in Erfahrung bringen: Wie und wo er gestorben war, sein Grab sehen.«

»Wie sollte Ihnen Ryschkow bei der Suche nach einem Grab helfen?«

»In Moskau gibt es Archive für buchstäblich alles. Andrejs Bruder fand ihn auch irgendwo. Angeblich hatte er sich freiwillig zu einem Arbeitseinsatz als Baumfäller verpflichtet. Mir war klar, daß das eine Lüge war. Ein Mann, der sein Leben mit dem Studium des Baikalsees verbracht hatte? Sie hatten ihn dazu verurteilt.«

»Auch das ist vielen zugestoßen«, murmelte Tschutschin.

Noch so eine russische Ironie, dachte Nowek. Für einen Polizeistaat, der Recht und Gesetz beseitigt hatte, war die Sowjetunion verblüffend genau in ihrer Buchführung gewesen. »Haben Sie feststellen können, wohin man ihn geschickt hatte?«

Sie nickte. »In ein Lager namens Elgen Neun. Dort ist er gestorben. Den Unterlagen zufolge an den Pocken.«

»Wie war der Name?« Tschutschins ledriges Gesicht schien eine neue Farbe anzunehmen, die Falten vertieften sich.

»Elgen Neun.«

»Elgen?« fragte Tschutschin nach. »Sind Sie ganz sicher?«

»Was haben Sie denn, Tschutschin?« fragte Nowek.

»Ich war in Elgen hinter dem Draht«, antwortete er ausdruckslos. »Zwei Winter lang. Einen dritten hätte ich nicht überlebt. Ich hatte Glück, konnte gut mit der Säge umgehen. Sie verlegten mich. Danach wurde das Lager geschlossen.«

»Auf zentrale Anordnung?« fragte Nowek.

»Wegen der Pocken, wie sie sagten. Alle fielen ihnen zum Opfer. Lagerinsassen, Wachen. Alle, vielleicht sogar die Geister.« Tschutschin atmete ein, wieder aus. Seine Miene war leer. Er sah Anna an.

Im Herd knackte es. Seufzend sank Holz in sich zusammen.

»Sie könnten ihn gekannt haben«, sagte Anna. »Vielleicht sogar sein Freund gewesen sein.«

»Im Gulag schließt man keine Freundschaften. Nicht mit politischen Gefangenen. Wissen Sie, was Elgen heißt? Es ist kein russisches, sondern ein burjatisches Wort. ›Ort des Todes‹. Ein treffender Name.«

»Burjatisch? Dann liegt es also in Burjatien? In der Nähe des Biosphärenreservats?«

»In der Nähe des Nichts. Elgen ist im Norden, wo die Bäume aufhören und das Eis anfängt. Aber nach einem Grab brauchen Sie gar nicht erst zu suchen. Das Lager lag am Fluß. Im Winter wurden die Leichen gestapelt. Sobald das Eis brach, schoben wir sie hinein.« Erneut sah er sie an. »Für das Ausheben von Gräbern war der Boden zu tief gefroren, und wir konnten kein Holz für Schilder verschwenden. Das Grab Ihres Vaters ist der Fluß.«

»Welcher Fluß?«

»Die Nischnaja Tunguska.«

Sie neigte den Kopf. »Aber die fließt ... ich meine, diesen Fluß kenne ich. Ich bin in ihm gewatet.«

»Der Fluß ist fast dreitausend Kilometer lang«, sagte Nowek. »Er mündet in den Jenissej. Das Lager kann überall gewesen sein, und vermutlich ist inzwischen nichts mehr davon zu finden.« Doch dann dachte er an das Lager, das er am Morgen überflogen hatte. An die weißen Senken, die umgestürzten Zaunpfosten, den Stacheldraht.

»Nein, Herr Bürgermeister«, sagte Tschutschin. »Sie hat recht. Es befand sich oberhalb der Ölfelder. Zwanzig, vielleicht dreißig Kilometer nördlich davon. Warum hätte ich mich sonst wohl geweigert, Sie zu begleiten?«

»Ich dachte, Sie hätten etwas gegen das Fliegen.«

»Das ist der andere Grund.«

»In all diesen Monaten hätte ich es mir längst ansehen, mit einem Buggy dorthin fahren können und ...« Sie blickte auf. »Ich könnte noch immer ...«

»Jetzt nicht mehr.« Er sah, was ihr durch den Kopf ging. Tunguska. Er spürte die Anziehungskraft, die das Schwarze Loch auf sie ausübte. »Sie sagten, daß Ryschkow mehr als nur einen Tresor besaß.«

Ihre Augen erblickten silberne Flüsse, rundgeschliffene Kiesel, gestapelte Leichen. »Was meinen Sie damit?«

»Als ich Sie fragte, ob er in seinem Tresor Knochen aufbewahrte, sagten Sie wörtlich: ›In keinem von ihnen.‹ Wie viele Tresore hatte er?«

»Andrej mußte vorsichtig sein. Er besaß Karten von Gebieten, die AmerRus pachten wollte. Bei derartigen Dingen muß man sehr behutsam vorgehen.«

»Gebiete, auf denen Öl zu finden ist?«

»Deshalb arbeitete er mit ihnen zusammen.«

Aber warum war man auf neue Fördergebiete aus, wenn man bereits auf einem Elefantenfeld saß? »Wo befinden sich diese Karten?«

»Das wußte niemand, aber mir hat er es gesagt. Andrej konnte sehr schlau sein.«

»Sie kennen auch den Wandsafe, den wir geöffnet vorfanden?«

Anna Wereskaja nickte. »Den nannte er sein ›Geschenk‹ für mögliche Einbrecher. Nachdem sie den gefunden hatten, würden sie davon absehen, den Rest der Wohnung auseinanderzunehmen.«

An geheimen Stellen versteckte Landkarten. Wußte die Polizei von ihnen? Irgendwelche Nachbarn? Wer waren seine Mörder? »Was ist in Ryschkows Wohnung geschehen, nachdem er Ihnen von Ihrem Vater erzählt hatte?«

Die Entschlossenheit kehrte wieder in ihre Miene zurück. »Er sagte, der Schwarze auf dem Band könnte auf gar keinen Fall legal eingereist sein. Und das überraschte ihn, weil Amerikaner immer darauf bestanden, jeden Buchstaben der Bestimmungen einzuhalten.«

»Warum lag Ihnen so viel an der Identität des Mannes?«

Sie funkelte ihn an. »Wenn wir beweisen könnten, daß er für AMR tätig war, hätten wir sie am Haken.«

»Wegen Wilderei?«

»In absehbarer Zeit findet eine internationale Konferenz über gefährdete Tierarten statt. Wir werden eine Pressekonferenz einberufen und die illegale Wilderei von AMR öffentlich brandmarken.«

»Sie würden nur lachen.«

»Das würden sie nicht. Die Dollar, die AmerRus in Tunguska steckt, werden vom Wirtschaftsministerium der Vereinigten Staaten freigegeben. Der Beweis, daß sie mit Steuergeldern eine vom Aussterben bedrohte Tierart jagen, würde dem Tunguska-Projekt den Todesstoß versetzen.«

Und Markovo auch, dachte er. »Wann fand das Gespräch statt?«

»Abends, gegen zehn Uhr. Andrej bot mir an, bei ihm zu übernachten. Es wäre zu gefährlich, um diese Zeit zu gehen. Wir tranken ein Glas miteinander und unterhielten uns. Er wollte, daß ich blieb.«

»Ich sehe, warum«, sagte Tadeusz.

»Du bist blind.«

»Nicht gegenüber allem.«

»Wenn ich mit einem vier Zentner schweren Tiger fertigwürde, dann wohl auch mit Markovo, erklärte ich ihm. Und abgesehen davon, wären wir auf diese Art nicht mehr miteinander liiert. Zumindest ich nicht«, sagte Anna.

Nicht mehr. Aber früher einmal? »Sie hatten Ihr Messer.«

Sie berührte die Lederscheide an ihrem Hals. »Das trage

ich immer bei mir. Wir tranken einen Schluck, dann ging ich ins Hotel zurück. Unser Projekt hat dort ein Zimmer für Besucher gemietet. Das nutzte ich.«

»Hat Sie jemand kommen sehen?«

»An der Tür stand ein Wachmann, aber der Empfang war unbesetzt. Die *deschurnaja* auf meinem Flur schlief.«

»Und natürlich waren Sie allein.«

»Ja.« Eine Träne lief ihr über die Wange. »Wäre ich bei Andrej geblieben, hätte ich es vielleicht verhindern können. Er könnte noch leben ...«

»Das glaube ich nicht.« Nowek dachte an die Kugeln, den Hund, das Blut, die schmutzige Glasspritze, die in totem Fleisch stak.

»Nun sieh dir an, was du getan hast.« Tadeusz schnalzte mißbilligend mit der Zunge. »Du hast sie zum Weinen gebracht.«

»Glauben Sie mir?« Sie sah zu ihm auf, und ihr Augenkontakt, ein Gefühl von sich überlappender Vergangenheit und Gegenwart, reichte aus, um Nowek tief Luft holen zu lassen.

»Warum haben Sie mir das nicht gleich erzählt?«

»Ich wußte nicht, auf welcher Seite Sie stehen.«

Nowek fragte sich, auf welcher Seite sie eigentlich stand. So eindeutig war das keineswegs. Es war eher wie die nichteuklidischen Geometrien, mit denen die Mathematiker herumspielen. Ein Universum mit sechzehn Dimensionen und kugelförmigen Begrenzungen. »Und jetzt wissen Sie es?«

»Sie glaubten, daß AmerRus etwas mit Andrejs Tod zu tun hat. Das habe ich Ihnen angesehen. Deshalb kam ich hierher.«

Schmeichelhaft, aber kaum wahr. Wo sonst sollte sie Unterschlupf finden, eine neue *krijuscha*? Wußte sie eigentlich, wie undicht sein Dach war? »Wer hat sonst noch Kopien des Videobandes?«

Sie nickte in Richtung auf ihren Rucksack.

»Sind das alle?«

Wieder ein Nicken.

Plötzlich sah Nowek seine Küche mit neuen Augen. Das

war kein simpler Vandalismus. Es war eine Warnung, sich aus der Sache herauszuhalten. Sie hatten nach etwas gesucht. Nowek war bei ihr gewesen. Und sie hatten vermutet, er hätte eine Kopie des Bandes mitgenommen.

Was sollte er von alldem halten? Ein Beweis, daß AMR Sibirische Tiger jagte? Auch wenn man jeden Tiger von Tunguska erledigte und verkaufte, wäre das keinen Monat Bohrkosten wert. Nein. Irgend etwas fehlte noch.

»Werden Sie mir jetzt helfen?« fragte sie.

»Sie behaupteten, mit Andrej nur noch befreundet gewesen zu sein. Aber eine Nachbarin erklärte, Sie hätten ihn häufig besucht, und das zu ungewöhnlichen Zeiten.«

»Früher. Aber nicht mehr, nachdem seine Frau ...«

»Ich habe Ihr Photo in seiner Wohnung gesehen. Er hatte den Arm um Sie gelegt. Hat seine Frau dieses Photo eigentlich jemals gesehen?«

»Sie wollte Kalifornien nicht verlassen. Ihr ging es nur um den monatlichen Scheck. Es war ihr auch egal, ob er sie besuchte oder nicht.«

»Warum war der Knochen in seiner Wohnung? Wer hat ihn dort hingelegt, wenn Ryschkow an der Wilderei nicht beteiligt war?«

»AMR. Sie wollten, daß es so aussah, als ...«

»Hätten Sie ihn umgebracht?«

»Das habe ich nicht getan!«

»Sie haben mich gebeten, Ihnen zu glauben«, sagte Nowek. »Ich werde Ihnen sagen, was ich glaube. Ich glaube, daß Sie mit einem Messer in seine Wohnung gegangen sind. Ryschkow wurde mit einem Messer getötet. Sie haben doch ein Vermögen an Tigerknochen in Tunguska? Nun, ich fand einen Tigerknochen unter seiner Kommode. Ich habe ein kleines Steinchen von seinem Teppich aufgesammelt. Identische Stücke fand ich oben in Tunguska.«

»Aber Sie können doch nicht ...«

»Ich bin zwar kein Staatsanwalt, aber auf Grund dieser Tatbestände könnte ich Sie ins Gefängnis stecken. Und ich muß betonen, daß Ihnen Ihre amerikanische Staatsbürgerschaft kaum helfen wird. Kasnin wird Sie zu Gromow bringen, und der kann nun einmal tun, was ihm beliebt. Wollen Sie wissen, was ich glaube? Ich glaube, daß es sich entweder um eine raffinierte Verschwörung handelt, Sie als Täterin hinzustellen, oder daß Sie tatsächlich schuldig sind. Es fehlt nur noch ein Komplize, der Mann, der geschossen hat, dann wäre der Fall sonnenklar.«

»Ich bin hergekommen, weil ich dachte, Ihnen vertrauen zu können.«

»Oder um mich hinters Licht zu führen. Warum auch nicht? Ich bin nur der Bürgermeister einer kleinen Stadt voller ignoranter Wirrköpfe. Sie sind Amerikanerin und gewohnt, daß alles nach Ihrem Willen geht. Vielleicht haben Sie ihn getötet, vielleicht auch nicht«, sagte Nowek. »Noch weiß ich es nicht. Aber ich werde Sie nicht aus den Augen lassen, bis ich es weiß.« Er streckte die Hand aus. »Geben Sie es mir.«

»Das Band?«

»Das Messer. Ich habe seine Schärfe gefühlt.«

Sie sah ihn lange an, bevor sie den Blick abwandte. Sie streifte sich das Messer über den Kopf und gab es ihm.

»Und was ist mit Kasnin?« erkundigte sich Tschutschin.

Nowek warf Tschutschin das Messer zu. »Es gibt nicht viele Verstecke in Markovo. Irgendwann wird er sie aufspüren. Wir müssen aber noch ein paar Dinge in Erfahrung bringen, bis es soweit ist.«

»Ich behalte sie im Auge«, verkündete Tadeusz.

»In welchem, Vater? Das mit deinem Geburtstag tut mir leid. Ich fürchte, wir müssen die Feier verschieben. Für den Moment solltest du hier sicher sein.« Er nickte Tschutschin zu. »Holen Sie seinen Kaviar.«

»Stör?«

»Was sonst? Wir lassen die Heizung an, damit du nicht zu frieren brauchst.«

»Zu freundlich.«

»Keine Ursache. Jemand hat mein Haus durcheinandergebracht, und ich werde herausbekommen, wer das war. Damit komme ich auch meinem Ziel näher, Galina zurückzuholen.« Tschutschin kehrte mit vier blauen Kaviardosen zurück. »Wir machen jetzt erst einmal eine kurze Spazierfahrt.«

»Wie kurz?« fragte Tschutschin und dachte an den fast leeren Benzintank. Er stellte die Dosen auf den Tisch und öffnete eine mit einem winzigen Büchsenöffner. In ihr befanden sich grauschwarz glänzende Kügelchen, erstklassiger Beluga Malossol.

»Rossinka«, sagte Nowek. »Nummer acht. Frau Doktor Wereskaja wird mir zeigen, wie schlau Andrej Ryschkow wirklich war.«

17. KAPITEL

Der Landcruiser machte einen Satz, als eine Luftblase in die Benzinzufuhr geriet. Sie holperten über die steinerne Brükke, die die Lena überspannte. Die Sonne hatte den Schnee schmelzen lassen, und die Strömung des Flusses nahm zu. Eisschollen trieben vorbei, drehten sich, brachen in Stücke, Fragmente und wurden schließlich zu einem schmierigen Schaum von Eiskristallen. Schwarze Strudel wirbelten um die Brückenpfeiler.

Sie verließen den alten Teil der Stadt und fuhren auf das hellerleuchtete Zentrum zu, das *Hotel Sibir*, das alte KGB-Gebäude und Rossinka.

Nowek blickte zum Himmel empor. Keine Sterne mehr zu sehen. Aus Nordosten trieben Wolken heran. Das bedeutete Tiefdruck im Süden, über dem Baikalsee. Dort würde Feuchtigkeit aufgenommen werden und als Regenwolken wieder herauftreiben. Und wenn es regnete, würde der Fluß weiter anschwellen.

»Wahrscheinlich ist nichts mehr da«, sagte Tschutschin. »Was der Miliz entging, ist den Nachbarn auf keinen Fall entgangen.«

»Vermutlich«, sagte Nowek. Er mußte nachdenken. Sein Kopf kam ihm vor wie der fast leere Tank. Nahezu funktionsunfähig. Anna saß auf dem Rücksitz, ihr Rucksack stand neben ihren Stiefeln.

»Ich könnte ihn Ihnen beschreiben«, sagte sie zu Tschutschin. »Anhand seiner Photos.«

»Ihn?«

»Meinen Vater. Vielleicht sind Sie ihm in Elgen begegnet.«

»Wenn Sie mir sagen, daß er verfroren, hungrig und unglücklich aussah, dann kann ich erwidern, daß ich ihm täglich begegnet bin«, erwiderte Tschutschin. Er sah Nowek an. »Was glauben Sie denn zu finden, Herr Bürgermeister? Sie wissen doch selbst, wie viele Milizmänner dort gewesen sind. Das war doch wie ein Basar. Und vergessen Sie nicht, unter wessen Kommando sie standen. Er hat gewußt, wonach zu suchen war, wenn es da etwas gab, was wir nicht sehen sollen.«

»Nicht alle arbeiten für Kasnin.«

»Stimmt«, sagte Tschutschin. »Nur die, die noch am Leben sind.«

Die Fenster des Postenhäuschens waren beschlagen. Bläulich flackerndes Licht beleuchtete einen Mann, der hinter einem winzigen Tisch saß. Ein kleiner japanischer Fernseher spielte ein Videoband ab, als der Landcruiser vor dem Häuschen anhielt. Tschutschin kurbelte das Fenster herunter.

»Was gibt's?« fragte der Wachmann gereizt. Hinter ihm zeigte ein Farbbildschirm ein Segelboot auf azurblauen Wellen und auf seinem Vorderdeck einen Mann und eine Frau in leidenschaftlicher Umarmung. Glieder umschlangen einander unter heftigem Stöhnen und den verblüfften Rufen der Möwen.

Und wer steuert das Boot? fragte sich Nowek.

»Zu wem wollen Sie?«

»Was geht Sie das an?« fragte Tschutschin zurück.

Der Mann richtete eine Taschenlampe auf Tschutschin, auf Nowek, schließlich auf Anna Wereskaja. Dort verweilte er einen Augenblick, bevor er den Strahl wieder auf die Vordersitze lenkte. Hinter ihm strebte das Liebesspiel seinem Höhepunkt zu. »Ohne Einladung können Sie hier nicht hinein.«

»Kehren Sie zu Ihrem Film zurück. Sie verpassen ja das Beste.« Tschutschin kurbelte das Fenster wieder hoch und fuhr weiter, bevor der Wachmann auch nur ein Wort über die Lippen bekam.

Rossinka Nummer acht lag im Dunkel. Die Fensterscheibe über der Tür war herausgenommen und durch Bretter ersetzt worden. Die Haustür war verschlossen.

»Er wird irgendwo einen Aufpasser haben«, sagte Tschutschin.

»Ich weiß. Wir müssen uns beeilen.« Nowek drehte sich zu Anna um. »Und?«

»Fahren Sie hinten herum«, sagte sie. »Zur Garage.«

»Das Auto ist längst fort.«

»Wir suchen auch nicht nach seinem Auto.«

Die Zufahrt führte zwischen Hauswänden hindurch.

»Bürgerin Geraskina ist noch wach«, stellte Nowek fest, als sie an Nummer zehn vorbeikamen. Ein Auto parkte vor der Tür. »Sie hat sich bei der Miliz über Ryschkows Hund beschwert.«

»Zar«, sagte Anna. Ihre Stimme klang gedämpft. Als wären die Häuser Schulter an Schulter stehende Grabsteine, als wären die Haufen von Eis und Schnee unter den Autoreifen Gräber. »Er war ein guter Hund. Er kam sogar mit George aus.«

»Mit wem?«

»Meiner Katze.«

»Das ist keine Katze, sondern der kleinste Tiger.«

Sie nickte.

Sie hielten vor Ryschkows Garagentür. Nowek stieg aus und versuchte das Schiebetor zu öffnen. Es sah aus wie Holz, bestand aber aus Stahl und war von innen fest verschlossen.

»Was machen Sie da?« fragte er.

Auch Anna war ausgestiegen und strich mit den Fingern an der Unterseite einer Metalleiste entlang. Sie hielt inne und drückte die Leisten auseinander. Ein kleiner Schlüssel fiel ihr in die Handfläche. »Für Notfälle.«

»Welcher Art?«

»Falls er nicht da war, wenn ich ihn besuchen wollte.«

»War das häufiger der Fall?«

»Hin und wieder.« Anna steckte den Schlüssel ins Schloß und drehte ihn. Sie drückte mit ihrer Schulter gegen das schwere Tor, und es begann sich zu heben. Sie hielt es auf halber Höhe an, duckte sich und trat ein.

Mit der silbrigen Nagant in einer und einer Taschenlampe in der anderen Hand ging Tschutschin in die Hocke und richtete den Strahl der Lampe ins Innere.

»Die Birne muß ausgebrannt sein«, sagte sie. »Üblicherweise ging das Licht an, wenn die Tür geöffnet wurde.«

Tschutschin duckte sich unter dem Tor hindurch und richtete seine Lampe an die Decke. »Die Birne ist nicht ausgebrannt«, sagte er. »Sie wurde privatisiert.«

Nowek folgte ihnen in die Garage.

Die Garage hatte vier kahle Wände und eine ebenso nackte Decke. Auf dem Boden wiesen Reifenspuren und Ölflecke darauf hin, daß hier ein Auto gestanden hatte. Leere Vorratsregale waren umgestürzt und unregelmäßige Löcher in die Gipsverkleidung gestoßen worden. An der Decke verliefen gummiummantelte Kupferrohre, alle ordentlich mit *jeratschaja* und *tscholodna* markiert. Heiß und kalt. Weiße Gipsbrocken lagen zertreten auf dem Boden. Das Stemmeisen, das die Verwüstungen angerichtet hatte, war zurückgelassen worden.

Anna Wereskaja stand vor der hinteren Wand. Auch dort war die Gipsverkleidung aufgerissen worden. »Leuchten Sie mit der Lampe bitte hierher.«

Tschutschin richtete die Lampe gegen die Wand.

Anna stand neben einer weißen Plastikkappe, die wenige Zentimeter von der Wand abstand. Die Kappe war durch ein Gewinde mit einem schwarzen Eisenrohr verbunden, über dem das Wort *kanalisazja* stand.

»Das ist das Scheißrohr«, sagte Tschutschin. »Was da drinnen ist, wird Ihnen nicht gefallen.«

»Ich habe doch gesagt, daß Andrej schlau war.« Anna umfaßte die Kappe und drehte. Sie bewegte sich nicht. Als sie es erneut versuchte, sah Nowek die Muskeln an ihren Unterarmen hervortreten. Noch immer tat sich nichts. Sie drehte sich zu ihm um. »Helfen Sie mir.«

Nowek griff nach dem Stemmeisen.

Der Schein kann trügen. Die Plastikkappe war verblüffend widerstandsfähig. Nach drei Schlägen zeigte sich ein erster Riß in der Kappe. Noch einer. Ein Fehlschlag. Das Stemmeisen traf das Eisenrohr. Es klang auf wie ein dumpfer Gong.

Ein weiterer Schlag, und die Abwasserkappe sprang auseinander.

Schnell trat Nowek zurück, aber es ergoß sich kein stinkender Fäkalienschwall aus dem Rohr. »Geben Sie mir die Lampe, Tschutschin.«

Er leuchtete mit der Taschenlampe in das Rohr hinein. Es war nicht leer. »Ich glaube, ich kann das Hindernis sehen.« Er steckte die Hand hinein und ergriff irgend etwas. »Hier ist Ihr verborgener Schatz.« Er zog ein Bündel zusammengebundener Wischerblätter heraus und ließ sie auf den Zementboden fallen. Jeder halbwegs vernünftige Mensch versteckte Windschutzscheibenwischer vor diebischen Fingern, aber sie im Abflußrohr zu verbergen, war vielleicht ein bißchen übertrieben.

»Aus Ihnen wird nie ein ordentlicher Klempnerlehrling«, sagte Tschutschin und hob sie schnell auf. »Ich glaube, die Dinger können passend gemacht werden. Sehen Sie weiter nach. Unter Umständen finden Sie auch noch eine Reservebatterie.«

»Da muß noch mehr sein«, sagte Anna. »Er sagte mir, daß er dort seine Geheimnisse aufbewahrt. Seine Staatsgeheimnisse nannte er sie.«

»Sein Geld«, übersetzte Tschutschin.

Nowek schob den Arm bis an die Schulter hinein, dann fühlte er es. Eine Schnur? »Da ist noch etwas.«

»Geld«, verkündete Tschutschin erneut. »Wieviel?«

Nowek zog den Arm aus dem Rohr. Seine Finger hielten eine weiße Schnur. Er zerrte daran, als würde er einen Fisch an Land ziehen. Eine enggewickelte Papierrolle tauchte aus dem Rohr auf und fiel im Lichtkreis von Tschutschins Taschenlampe zu Boden. »Das fällt nicht in die übliche Kategorie.«

Nowek hob die etwa einen halben Meter lange Rolle auf und löste den Knoten. Die Papiere fielen auseinander. Landkarten?

Zunächst hielt er die Unterlagen für Duplikate. Alle trugen den gleichen Stempel: »Petroconsult SA: Erkundungsdienst für ausländische Beteiligungen – Erdölvorkommen, Ostsibirien.«

Endlich etwas Vertrautes. Fünf Karten zeigten einen anderen Maßstab als die sechste. Es handelte sich um Detailansichten des auf der letzten Karte dargestellten Gebiets.

Und das umfaßte nahezu den gesamten Norden Zentralsibiriens: vom nördlichen Ufer des Baikalsees bis zum Delta der Lena und zum Laptewsee.

Für das Auge eines Laien war es eine merkwürdige Karte, die neben Flüssen, Städten und Straßen auch geologische Charakteristika verzeichnete: das Aldan- und Tunguskabecken, das Anabarplateau, den Lenagraben. Nowek hielt die Karte dicht vor die Augen.

Auf der gesamten Fläche waren die Vorkommen an Öl und Gas verzeichnet, mit den bereits betriebenen Förderanlagen und dem Netz der Pipelines.

Tunguska war ein riesiger, unregelmäßiger Fleck, der die gesamte Region beherrschte. In der Tat ein Schwarzes Loch. Mit Irkutsk durch die neue Pipeline verbunden, die an Markovo vorbeiführte. Nowek verfolgte ihren Verlauf mit dem Finger. Die Karte trug Markierungen und Notizen von Ryschkows Hand. Fünf Quadrate, jedes von rund zwanzig Kilometer Seitenlänge, waren rot umrandet. Sie entsprachen den fünf ausführlicheren Karten. Eindeutig handelte es sich um Gelände, das Andrej für seine amerikanischen Wohltäter erwerben wollte. Seine Staatsgeheimnisse.

»Und was hat das zu bedeuten?« wollte Tschutschin wissen.

»Das sind Ryschkows Geschäftspläne«, antwortete Nowek. »Das sind die Gebiete, die er an AmerRus verkaufen wollte. Oder schon verkauft hat.«

»Aber sie gehörten ihm nicht«, wandte Tschutschin ein. »Wie konnte er sie dann verkaufen?«

»Lassen Sie mich einen Blick auf die Karte werfen«, sagte Anna. Sie nahm die Taschenlampe und richtete sie auf die Nischnaja Tunguska, folgte ihr stromaufwärts bis zur Quelle bei Ust-Kut.

Der Fluß entspringt nahe der Lena, an einer Stelle sind sie kaum zehn Kilometer voneinander entfernt. Doch dann streben die beiden großen Flüsse in unterschiedliche Richtungen. Die Lena fließt nach Nordosten, zum Laptewsee, die

Nischnaja Tunguska nach Nordwesten, zum Jenissej, der sich in den Karasee ergießt.

Die Taschenlampe wanderte nach Norden, dann nach Westen. Sie zeigte den schwarzen Fleck der Tunguska-Ölfelder, bewegte sich weiter hinauf, hielt inne.

»Moment mal«, sagte Nowek. Er blätterte in den anderen Karten, sah dann wieder auf die Übersichtskarte. Wenn man lange genug ins Nichts starrte, wurde es zu etwas. Notizen auf einer Buchseite, die schwarzen Zeichen des Notensystems, die Zuckungen eines elektrischen Bohrschafts.

»Fällt Ihnen irgend etwas auf, Bürgermeister?«

»Andrej Ryschkow mag ein großartiger Geschäftsmann gewesen sein, aber ein guter Geologe war er nicht. Sehen Sie die schwarzen Flecke? Sie wirken wie Seen, und in gewisser Weise sind sie das auch, nur unterirdische. Dort hat jemand gebohrt und Öl gefunden.« Nowek bewegte seinen Finger weiter. »Diese Punktlinien zeigen geologische Trapps, Basaltschichten, in denen sich Öl verbergen könnte. Die geologische Struktur spricht dafür. Dort würde AMR gern bohren können. Allerdings gibt es keine Erfolgsgarantie. Selbst eine vielversprechende Stelle kann letzten Endes nichts erbringen.«

»Und?« fragte Tschutschin.

»Warum Ryschkow diese Gebiete markiert hat? Dort ist mit Sicherheit kein Öl zu finden. Es sind keine geologischen Trapps, es gibt keinen Hinweis auf ölhaltige Strukturen.«

»Aber Andrej sagte, daß AmerRus ihn dafür bezahlte, daß er ...« begann Anna, aber Tschutschin fiel ihr ins Wort.

»Warten Sie. Sehen Sie da?« Er zeigte auf ein rot umrandetes Quadrat nördlich der Tunguska-Ölfelder. »Die Flußbiegung? Das ist die Nischnaja Tunguska.« Sein Finger durchstach fast das feuchte Papier. »Diese Hügel da? Dort war Elgen.«

»Das Lager, in dem sich mein Vater befand?«

»Nicht nur er.«

»Wer ist da drinnen?« schrie draußen eine Stimme.

Anna knipste die Taschenlampe aus. Die Karte schimmerte noch einen Moment lang auf, dann war es dunkel.

»Ich rufe die Miliz!«

»Der Wachposten vom Tor«, sagte Tschutschin. »Inzwischen hat er die Hosen wieder an.«

»Lassen Sie uns verschwinden«, meinte Nowek.

»Und was ist mit dem Haus?« erkundigte sich Tschutschin.

»Nicht nötig.« Nowek rollte die Karten wieder fest zusammen. »Ich glaube, wir haben gefunden, wonach wir suchten.«

Der Posten war verschwunden, als sie das Garagentor schlossen und in den Landcruiser stiegen. Der Himmel hing voller Wolken, in denen sich die Lichter der Stadt fingen. Anna nahm wieder auf dem Rücksitz Platz.

Der Motor keuchte, spuckte, zündete endlich.

»Für weitere kleine Ausflüge haben wir kaum noch Benzin«, sagte Tschutschin. »Und wohin jetzt?«

»Nach Hause. Es war ein Fehler, meinen Vater allein zu lassen. Kasnin könnte wiederkommen.«

»Ihr Gesicht hat einen seltsamen Ausdruck, Herr Bürgermeister.«

»Ich habe auch sehr seltsame Gedanken, Tschutschin.«

Sie fuhren über die Brücke und in die Schwarze Lunge hinein. Schneepflüge hatten Schnee von den Fahrbahnen auf die Bürgersteige geschoben.

»Warum hat Andrej AmerRus ein altes Lager vermittelt?« fragte Anna. »Was kann nach all diesen Jahren davon noch übrig sein? Warum sollte AMR für ein Gelände zahlen, auf dem kein Öl zu finden ist?«

»Gute Fragen.« Nowek drehte sich zu ihr um.

Sie sah ihn lange an. In ihren Augen spiegelten sich die Lichter des Armaturenbretts. Pulsierend, wie Stein, der aus dunklem, mondbeschienenem Wasser heraufschimmert. »Glauben Sie mir jetzt im Hinblick auf AMR?«

»Glauben ist leicht«, sagte Nowek. »Vertrauen ist schwieriger.«

Tschutschin spähte nach vorn. In einiger Entfernung

brannte eine einsame Straßenlaterne. Er fuhr langsamer. »Bürgermeister.« Er schaltete die Scheinwerfer aus und lenkte den Landcruiser an den Straßenrand. Eiswasser spritzte hoch.

»Ist uns das Benzin ausgegangen?«

»Nein. Aber sehen Sie da. Nikki ist wieder im Geschäft.«

Ein Lieferwagen parkte im Schein der Straßenlampe. Wie ein schwarzes Rettungsfloß stand er in einem See geschmolzenen Eises, der ihm fast bis zu den Radnaben reichte. Und er verstellte die Zufahrt zu Nikki Maljeschews Gasse.

Zwei Männer entstiegen dem Wagen und erkletterten den Schneehaufen auf dem Bürgersteig. Sie blieben stehen, beugten sich zueinander, bis ihre schwarzen Schatten verschmolzen.

Unvermittelt trennten sie sich wieder und liefen auf die Gasse zu. Ein schwarzer Schatten und eine dunkle Gestalt bewegten sich schnell vor dem Hintergrund schmuddligen Schnees und silbrigen Wassers.

Anna beugte sich über die Lehne des Vordersitzes. »Das ist der Lieferwagen, den ich vor Ihrem Haus gesehen habe.«

In der schlecht beleuchteten Straße konnte man einen Lieferwagen leicht verwechseln. Aber selbst aus der Entfernung sah Nowek, daß jeder der Männer ein Stück Eisenrohr in der Hand hielt.

18.
KAPITEL

Eine laute Frage, eine Antwort, die in Glasklirren bestand und mit einem dumpfen Schlag endete. Ein Entsetzensschrei, dann noch einer, höher und sehr viel verzweifelter. Ein Mann flehte um etwas, von dem er wußte, daß er es doch nicht bekommen würde.

Nowek stieß seine Tür auf.

Tschutschin stand bereits auf der Straße, die silberne Nagant in der Hand. Behende trat er von einer gefahrlosen Stelle zur nächsten, ohne auf den Boden zu blicken. Seine »Füße kannten das Eis«, wie der alte Spruch hieß. Sein Atem stieß kleine Wölkchen in die kalte, feuchte Luft.

»Ich bin der Hammer und treibe sie heraus. Sie sind der Amboß und halten sie auf.« Tschutschin spannte geräuschvoll die Pistole.

»Nur Sie beide?« fragte Anna.

»Bleiben Sie im Auto, und rühren Sie sich nicht«, sagte Nowek. Aber Vertrauen war nicht das gleiche wie Sicherheit. Er zog den Schlüssel aus dem Zündschloß, schlug die Tür zu und begann, rutschend und im Eis einbrechend, auf den Lieferwagen zuzurennen.

Schreie waren nicht mehr zu hören. Die Geräusche einer brutalen Schlägerei erfüllten die Gasse. Die beiden *byki* arbeiteten schwer. Das hörte Nowek an ihrem Keuchen. Wie Städter bei harter, körperlicher Arbeit, die bemüht sind, nicht als verweichlicht zu erscheinen, es endlich hinter sich zu bringen. Das Holzhacken, das Ausweiden einer Karkasse. Die Hiebe waren dumpfe, unablässige Schläge, wie die Geräusche eines riesigen Herzens, das Rumpeln eines Felsbrechers.

Nowek lief zur Fahrerseite des Lieferwagens. Unbeschriftet und leer. Er spähte hinein. Im Zündschloß steckte kein Schlüssel. Er lief um die Motorhaube herum.

Unter jedem seiner Schritte knirschte die dünne Eisschicht über dem kalten Wasser. Ein Pflug hatte die Fahrbahn vom Schnee geräumt und entlang den Rinnsteinen aufgeschichtet. Dort war er zu Granit erstarrt und würde bis Juli liegenbleiben. Die Haufen bildeten einen soliden Damm. Ein weiterer Schritt, ein weiterer Riß. Die Sprünge vereinigten sich, und dann brach er mit beiden Beinen ein. Das Wasser war knietief. Nowek bemühte sich, wieder festen Tritt zu fassen, brach aber erneut ein. Er brauchte keine Stiefel, er brauchte ein Boot.

Aus der Gasse erscholl ein weiterer Schrei. Diesmal von Tschutschin. Dann knallte es, zweimal und sehr laut. Ein dritter Schuß versetzte sämtliche Hunde der Nachbarschaft in höchste Erregung. Der Hammer war gefallen. Jetzt kam es auf den Amboß an.

Der Schneeberg verwehrte ihm den Blick in die Gasse. Aber Nowek konnte das dumpfe Knirschen schneller Schritte hören. Er war um den Lieferwagen herum, als eine Gestalt über den Schnee glitt.

Der Pitbull warf die Arme hoch, als er mit Nowek zusammenprallte, und ließ das Rohr fallen. Ineinander verkeilt stürzten sie beide zu Boden und brachen ein. Scharfe Eiskanten schnitten in Noweks Gesicht, als sie sich herumwälzten. Der Mann rappelte sich hoch. Er hatte das Rohrstück wieder in der Hand. Seine Pelzmütze war verschwunden, und Nowek blickte in ein scharfgeschnittenes, rotes Gesicht mit V-förmigem Haaransatz. »Wanja!« brüllte er und sah dann Nowek an. »Verschwinden Sie.«

»Nein.«

Der zweite Pitbull setzte über den Schneeberg hinweg und holte zum Schlag aus.

Nowek versuchte auszuweichen. Der Schlag verfehlte seinen Kopf, traf aber seine Schulter. In seinem Arm spürte er gar nichts mehr. Er rollte sich zur Seite, in den Schutz der Motorhaube. Wieder schlug das Rohr zu. Nowek fuhr herum, packte es und zog den Pitbull auf sich herunter.

Scheinwerfer wurden eingeschaltet. Die Hupe dröhnte.

Nowek konnte nichts mehr sehen und nichts mehr hören. Er klammerte sich an dem Rohrstück fest, als hinge sein Leben davon ab, als wäre es die Antwort auf alle Fragen. Die roten Quadrate auf Ryschkows Karte, das von Kometenglas umhüllte Steinchen. Alles. Der Pitbull zerrte plötzlich und sehr heftig. Nowek verlor das Gleichgewicht.

Hilflos schwamm er auf dem Rücken, sein Kopf wie der Bug eines wirkungslosen Eisbrechers. Irgend etwas löschte den Scheinwerfer. Er spürte den Tritt kommen, aber zu spät. Er traf ihn in die Seite und hob ihn fast aus dem Wasser. Er preßte ihm den Atem wie eine Explosion weißer Bläschen aus den Lungen.

Wieder hob sich der Stiefel, aber nicht, um zuzutreten. Hart und schwer drückte er auf seine Brust. Hals und Wangen gingen unter, dann die Nase. Noweks Haare trieben auf dem Wasser wie Seetang. Kleine Eisplatten legten sich auf sein Gesicht. Er tastete unter sich nach dem Straßenbelag, um sich in die Höhe zu stemmen. Er zerrte am Stiefel auf seiner Brust, der festgewachsen schien. Eine unbewegliche Masse, die ihn unter Wasser drückte. Seine Lungen begannen zu brennen. Er machte sich bewußt, daß er tief hätte einatmen sollen.

Wie lange kann man den Atem anhalten?

Und dann zwang ihn irgendein idiotischer Impuls dazu, den Mund zu öffnen.

Er rang nach Luft, und schmutzige schwarze Flüssigkeit drang in seinen Mund. Er lag direkt vor den Vorderrädern. Der Druck auf seinen Oberkörper ließ nicht nach. Wieder riß er den Mund auf und spürte, daß sich die Kälte in seiner Brust ausbreitete wie Quecksilber.

Vor allem erinnerte er sich an ihre kamelfarbene, feine Wollmütze. Sie paßte hervorragend zu ihrem knallroten Schal und den kältegeröteten Wangen. Schneeflocken setzten sich auf ihre Mütze. Ihre warme Haut schmolz sie zu Diamanten, die in der Sonne funkelten. Ihr Gesicht war von einer Aura umgeben, einem Heiligenschein. Aber abends machten die Lichter der Eisbahn wahre Galaxien daraus. Wenn sie ihn an sich heranzog, um ihn mit diesem verträumten Gesichtsausdruck zu küssen, durchquerte Nowek ein Sternenfeld.

»Komm!« rief sie über die Schulter hinweg und winkte ihm zu. Aber es war Frühling und das Eis porzellandünn. Ihr Gewicht konnte es tragen, aber Nowek würde … »Nun komm schon!«

Vertrauensvoll machte er einen Schritt und hörte es knirschen. Er blieb stehen, blickte auf die Eisfläche hinunter, dann wieder hoch. Nina war fort.

»Nun komm schon!«

Es war kalt, sehr kalt. Jemand schüttelte ihn. Er öffnete die Augen. Nina. Nowek schloß die Lider, schlug sie erneut auf.

Haarsträhnen hingen ihr über die Wangen. Ihre Kleider tropften. Die wattierte Jacke klebte ihr am Körper. Schwarz vor Nässe. Sie wischte sich das Gesicht ab.

»Großer Gott. Nun komm schon! Atme endlich!«

Er versuchte ihren Namen zu sagen, aber irgend etwas hinderte ihn daran. Etwas Kaltes, Schweres. Er versuchte es noch einmal, und ein Schwall Wasser drang ihm die Kehle herauf. Hustend spuckte er es aus.

»Atme, verdammt noch mal!«

Er keuchte, würgte. Sie rührte ihn nicht an. Er zitterte von selbst. Er war naß und durchgefroren bis auf die Knochen.

Ihr Gesicht kam näher, ihre Finger schoben seine Lippen auseinander. Ihre Lippen auf seinem Mund, warm. Ein Kuß. Endlich.

Noweks Brust füllte sich mit ihrem Atem. Wieder stieß er einen Wasserschwall aus. Noch einen. Er keuchte, ächzte, spuckte.

»Weiter! Noch einmal!«

Nowek spürte, daß ihm Wasser gegen den Rücken schwappte. Er riß den Mund auf, rang nach Luft.

»Helfen Sie mir!« Sie packte seine Schultern und zog ihn zum Schneehaufen.

Er rutschte hinauf wie ein gestrandeter Pinguin. Nowek streckte die Hände aus, griff nach ihren Armen. Zumindest versuchte er es. Aber seine Hände wollten nicht zupacken.

»Bürgermeister!« Tschutschin kam aus der Gasse gerannt. »Bürgermeister!« Er schob Anna zur Seite und hob Nowek hoch. Er legte ihn auf trockenen Schnee und rollte ihn darin herum. Der Schnee sog ihm das Wasser aus der Kleidung. »Holen Sie das Auto!«

»Ich habe keinen Zündschlüssel!«

»Wo ist der?«

»Er hat ihn abgezogen!«

Fluchend rieb Tschutschin Noweks Wangen. Die vom Eis verursachten Schnittwunden begannen zu bluten, aber nicht stark. Seine Wangen fühlten sich so taub an, als würden Tschutschins Hände Holz reiben.

Mühsam zwang Nowek beide Augen in eine Richtung. »Tschutschin.«

»Sie leben! Na, das ist doch schon was«, sagte er, griff in Noweks Jackett, fand den Autoschlüssel und warf ihn Anna zu. »Ich habe geglaubt, Sie hätten sich vor das Rad gerollt, um sie am Abfahren zu hindern. Es wäre typisch für Sie gewesen, Ihren Kopf als Radblock einzusetzen. Kommen Sie, setzen Sie sich auf. Sie sind nicht so tot, wie ich angenommen habe.«

Noch immer zitterte er am ganzen Körper, auch innerlich. »Wie … lange?«

»Wie lange was?«

Die Sterne waren wieder da, sein Verstand auch. Nowek blickte in die dunkle Gasse. Hunde heulten. Sie hörten sich an wie ein Wolfsrudel, das immer näher kam. Er dachte an Kasnin. »Wie lange war ich … unter Wasser?«

»Bin ich eine Uhr? Sie sollten sie aufhalten, Bürgermeister. Erinnern Sie sich?«

»Maljeschew …«

»Maljeschew können Sie vergessen.«

Irgendwie funktionierte sein Verstand noch immer nicht richtig. Er blickte hoch. »Helfen Sie mir.«

Tschutschin zerrte ihn in eine sitzende Position.

Seine Beine lagen halb unter dem Schnee und fühlten sich merkwürdig warm an. Daß er sie spüren konnte, schien eine große Errungenschaft zu sein. »Ich … ich will ihn … sehen.«

Tschutschin musterte ihn finster. »Wäre Nikki so dickköpfig gewesen wie Sie, würde er noch leben.«

»Tschutschin ...«

»Also gut.« Er zog ihn auf die Füße, legte sich Noweks Arm um die Schulter und führte ihn, Schritt für Schritt, in die Gasse.

Die Hauswände schienen sich über ihm zu schließen, sie ließen nur einen sehr schmalen Streifen Himmel offen. Nowek mußte aufstoßen, saurer Geschmack stieg ihm in die Kehle. Seine Kleidung klebte an ihm wie zementiert. Er zitterte noch immer. Das war ein gutes Zeichen. Aber er fühlte die Kälte nicht mehr, und das war ein schlechtes Zeichen.

Sinkt die Körpertemperatur um fünf Grad, beginnt man zu zittern. Sinkt sie um zehn, hört das Zittern auf, aber auch das Denken. Sinkt sie um fünfzehn, hört alles auf. Was sagte ihm das?

Der Schnee war tief und verbreitete noch immer das Gefühl rauhen Winters. Ein langes Elektrokabel schlängelte sich zu einer unsichtbaren Steckdose. Die rotglühenden Rippen eines überhitzten Heizgeräts zischten im Schnee. Nowek sah sich um.

Der aus Holzkisten gefertigte Kiosk war zersplittert, die Glasfenster eingeschlagen. Zigaretten, Portionsfläschchen Schnaps, Münzen, Schokoriegel lagen im schmutzigen Schnee und eine Ansammlung kleiner dunkler Objekte, die Nowek irrtümlich für Ratten hielt, aber sie bewegten sich nicht.

Auch Nikki Maljeschew regte sich nicht. Er lag inmitten des Durcheinanders, schwamm mit ausgebreiteten Armen im Schnee, die Beine zum Stoß leicht angezogen. Den Kopf auf die Seite gedreht, als wollte er einatmen. Nikkis Kopf wirkte flach, fast platt. Seine Lippen waren zu einem höhnischen Grinsen verzogen. Ein gebrochener, weißer Zahn war zu sehen. Seine Waren schwammen um ihn herum, die chaotischen, aufschäumenden Träume von Unternehmertum und Reichtum strömten nicht mehr durch seinen Kopf. Blut und Hirnmasse waren in der kalten Nachtluft zu Handelsartikeln erstarrt.

Nowek sank nach vorn. Hätte ihn Tschutschin nicht gehalten, wäre er kopfüber in den Schnee gestürzt. Er hob eines der dunklen Objekte auf. Seine Finger schienen in dicken Handschuhen zu stecken. Kein Gefühl in ihnen. Wie Pranken, die nur dazu taugten, etwas zu zerdrücken. Es gelang ihm, die Blechdose vor die Augen zu heben. Zu dunkel.

Draußen auf der Straße startete ein Motor. Die Nase des Landcruiser schob sich über den Schnee, sein einsamer Scheinwerfer warf sein Licht in die Gasse.

Jetzt konnte Nowek den Ausdruck lesen. »Nicht für den Verzehr nach 1991 bestimmt.« Auf der anderen Seite ein Etikett. Quark mit Pflaumen. Er blickte auf die anderen im Schnee verstreuten Dosen.

»Die reine Anarchie«, knurrte Tschutschin. »Nicht einmal die Diebe sind mehr sicher. Sehen Sie sich das an. Das ist ...«

»Tschutschin ...«

»Was?«

Nowek hielt die Büchse hoch.

»Haben Sie Hunger? Nicht der richtige Zeitpunkt. Einer der Jungs war Jufas Sohn. Er rannte davon, als ich schoß. In den Lederjacken stecken doch nur kleine Jungen.« Tschutschin wirkte gekränkt. »Sie sollten sie doch aufhalten.«

Jufa. Kasnin. Nikki und wieder Jufa. Eine verdorbene Armeeration. Rote Linien, die nutzloses Gelände einrahmten. Ein Schütteln überfiel ihn, und er mußte die Dose festhalten. »Ich ... ich habe einen von ihnen aufgehalten.«

»Vorübergehend.«

»Jufa«, murmelte Nowek vor sich hin. Wieder durchfuhr ihn ein Kälteschauer. Im Frühling starben mehr Menschen an Auskühlung als im Winter. Im Frühling versuchten sie, die Kälte zu vergessen, zu beweisen, daß sie für immer vorüber war. Und erfroren zu Dutzenden. Im Winter bot sich ihnen der Luxus des schönen Scheins erst gar nicht.

Der Landcruiser stoppte.

Er dachte an den Herd zu Hause. Wäre er ein richtiger Ofen, ein russischer Kachelofen, hätte er hineinkriechen können, um endlich wieder warm zu werden. »Was geschieht mit Nikki?«

»Wenn Sie noch länger hier herumstehen, Herr Bürgermeister«, sagte Tschutschin, »können Sie ihn selbst fragen.« Er schob ihn auf das Auto zu.

Anna saß auf dem Fahrersitz. Als Tschutschin die Tür öffnete, schaltete sich die Innenbeleuchtung ein. Auch sie war bis auf die Haut durchnäßt, aber es schien ihr nichts auszumachen.

»Sie müssen ins Trockene«, sagte sie. »Sie sind fast ertrunken. Wissen Sie das eigentlich? Sie waren halbtot. Sie müssen diese nassen Sachen ausziehen.«

Er hörte kaum hin. Ryschkow war in seinem Blut ertrunken. Kasnin. Jufa. Das Ministerium. Oberstaatsanwalt Gromow. Quadrate auf einer Landkarte. Elgen. In Noweks Kopf wirbelte es. Auf einem Videoband stolperte ein Amerikaner durch eine Schneewüste. Armeeverpflegung. Jufa.

Tschutschin öffnete die Fahrertür und forderte Anna mit einem Kopfnicken zum Aussteigen auf. Statt dessen rutschte sie in die Mitte, näher an Nowek heran. »Gibt es eine Decke im Auto? Er stirbt uns noch, wenn wir ihn nicht ...«

»Nehmen Sie meine Jacke.« Tschutschin warf sie ihr zu. Sie zog ihre beiden durchnäßten Jacken aus. Ihr Rollkragenpullover war nur dünn, aber in feuchtem Zustand bewahrte Seide die Körperwärme sogar noch besser. Anna legte Tschutschins Jacke um Noweks und ihre Schultern. Sie rieb seine Hände, seine Handgelenke. Er wollte etwas sagen, aber die Lippen versagten ihm den Dienst.

»Was ist?« fragte sie. Ihr Atem war warm auf seiner Haut.

»Ein Traum. Nur ... nur ein Traum.« Er fühlte wieder den Stiefel auf seiner Brust, spürte seinen Druck. Aber er sah Ninas Gesicht.

Im Auto war es warm, aber die Kälte saß ihm in allen Knochen, und das machte ihn schwindlig. Sie schmiegte sich an ihn. Er spürte ihren Körper, ihre kräftigen Muskeln und, als sie sich kurz bewegte, auch ihre Brüste. Hart, weich, kalt, warm. Er fühlte ihre Ausstrahlung. Er zwang seine Lippen dazu, mit dem Zittern aufzuhören. Es gelang ihm nur sekundenlang.

»Sie hatten Glück, daß das Wasser kalt war«, sagte sie.

»Kaltes ... Wasser ist leicht zu ... finden. Warmes wäre ein Glück.«

»Sie waren fast tot. Ist das so komisch? Warum machen Sie schlechte Witze über die Reaktionen von Säugetieren unter Wasser?« Sie drückte sich an ihn. »Die Körperfunktionen setzen aus. Atmung, Herz, alles. Aber in der Kälte kann das Gehirn noch lange Zeit funktionieren. Deshalb können es Wale stundenlang unter Wasser aushalten. Deshalb sind Sie nicht gestorben.«

»Stundenlang? Das ist doch gar nichts«, erklärte Tschutschin, als er aus der Gasse zurücksetzte. »Der Bürgermeister hält nun schon seit drei Jahren den Atem an.«

19.
KAPITEL

»Jufas Sohn muß mich heute nachmittag bei Nikki gesehen haben«, sagte Tschutschin. »Ich kaufte den Kaviar für Ihren Vater, aber vielleicht wußten sie das nicht. Vielleicht ließen sie Nikki gar keine Chance, sie darüber aufzuklären, daß ich Kaviar kaufte und nicht etwas anderes.«

Etwas anderes? »Nicht für den Verbrauch nach 1991 bestimmt.« Warum sollte sich Semjon Jufa um alte Armeerationen sorgen?

»Sie haben mich mit einem fremden Namen angesprochen«, sagte sie, als sie die Schwarze Lunge verließen und auf Noweks Haus zufuhren. »Vorhin, auf der Straße. Sie nannten mich Nina.«

Tschutschin sah ihn an, wandte aber gleich wieder den Kopf ab. Die Heizung war voll aufgedreht. Der warme Luftstrom erreichte kaum seine Haut. Aber ihr Name drang ihm ins Herz.

»Wir haben kaum noch Benzin, Herr Bürgermeister.« Tschutschin klopfte gegen den Anzeiger, aber die Nadel bewegte sich nicht. Schulterzuckend steckte er sich eine Papirossa an.

»Ist Nina Ihre Frau?«

»Sie war es.« Mehr zu sagen wäre ihm wie ein Verrat vorgekommen.

Anna sah Nowek an, und etwas in seinem Gesicht sagte ihr, daß sie besser nicht weiterfragte. Sie erschauerte und wandte sich an Tschutschin. »Haben Sie noch eine von diesen Dingern?«

Nowek streckte die Hände vor der Heizung aus. Unkontrollierbar schlugen seine Finger gegen den Kunststoff. Das war Wärme, aber nicht von der Art, die Annas Nähe ausstrahlte. »Ich dachte ... Amerikaner rauchen nicht mehr.«

Tschutschin zündete eine Zigarette an seiner an und gab sie ihr.

»Und ich dachte, alle russischen Politiker wären korrupt.«

»Sie haben ... fast recht.«

»Wir beide.«

Das rote Auge ihrer Papirossa glühte in der Dunkelheit. »Was wird Kasnin Ihrer Ansicht nach tun?«

»Er weiß, daß Sie hier sind. Markovo ist eine kleine Stadt.«

»Was ist, wenn er uns findet?«

Uns. Eine interessante Betrachtungsweise. Und vermutlich zutreffend. Uns. Das Wort wirbelte in ihm wie ein durchgedrehtes Schwungrad. Der rechtmäßig gewählte Bürgermeister von Markovo lief vor einem ehemaligen KGB-Major davon, der inzwischen als privater Sicherheitsberater für den Gouverneur von Irkutsk und dessen rechte Hand, Oberstaatsanwalt Gromow, arbeitete. In Markovo war es nicht mehr sicher. Und wenn Irkutsk, wenn Sibirien nicht abgelegen genug war, um sich sicher zu fühlen – was dann?

Und Galina. Höchstwahrscheinlich befand sie sich in ihrer Gewalt. Sie glaubten, mit ihr auch ihn in der Hand zu haben. Und das schlimmste daran war, daß sie damit recht hatten. Er würde ihnen diese Frau übergeben, die Frau, die ihm gerade das Leben gerettet hatte. Was immer er ihr auch schuldig war, Galina schuldete er mehr. Einen Moment lang hörte er zu zittern auf. »Im günstigsten Fall werden Sie ausgewiesen.«

»Mein Projekt ...«

»Die Tiger können für sich selbst sorgen.«

Sie sah ihn lange durch Rauchschwaden hindurch an. »Und im schlimmsten Fall?«

»Gromow leitet ein Gerichtsverfahren ein. Sie werden verurteilt.«

»Als Andrejs Mörderin?«

Er nickte. »Und ... meiner beiden Milizmänner. Das ist nur ökonomisch. Es besteht kein Grund, sich eine Gelegenheit entgehen zu lassen.«

»Vielleicht sollte ich mir einen Anwalt besorgen.«

»Sie würden Ihr Geld zum Fenster hinauswerfen.«

»Zumindest sind Sie aufrichtig.«

Er dachte an sein Wahlkampfplakat. »Aufrichtigkeit war schon immer einer meiner größten Fehler.«

Im Landcruiser war es so warm, daß man Bananen in ihm hätte ziehen können. Feucht. Das Zittern hatte nahezu aufgehört. Sein Gehirn arbeitete, seine Lippen und seine Zähne bewegten sich nicht. Eine eindeutige Verbesserung.

Wieder ein Aufglühen, eine Rauchwolke. »Warum wollte Andrej AmerRus diese Gebiete vermitteln?« fragte sie. »Sind Sie sicher, daß dort kein Öl zu finden ist?«

»Ja.«

»Wem gehören sie?«

»Es ist nur wichtig, wer sie kontrolliert.«

»Gromow«, sagte Tschutschin. Es klang wie ein Knurren.

»Aber weshalb? Was will AmerRus damit?«

Nowek biß die Zähne zusammen, um sie an erneutem Klappern zu hindern. »Keine Ahnung.«

»Ihr Vater hat mir erzählt, daß Sie Bürgermeister wurden, weil Sie das Unmögliche reizt.«

»Damit könnte er recht haben. In Samotlor sah ich Männer bei Temperaturen arbeiten, die Eisen so brüchig wie Glas werden lassen. Aber die Männer waren widerstandsfähiger. Ich sah sie täglich das Unmögliche tun – für einen Traum, an den keiner von ihnen glaubte.«

»Wegen der Korruption.«

»Wegen der Dummheit.«

Das rote Auge leuchtete auf. »Sie haben sich beschwert?«

»Es ist mir nicht entgangen.«

»Was ist geschehen? Reden Sie weiter. Wir sind fast da.«

Glaubte sie etwa, er würde jetzt ohnmächtig werden? Er war wiedererstanden. Aus der Dunkelheit auferstanden, und er schwamm auf das Licht zu, von dem diese Medien im Fernsehen schwatzten. Er würde nicht wieder zurückfallen. »Ich versuchte, das Öl- und Gasministerium für Veränderungen in Samotlor zu interessieren. Sie sagten, ich solle mich um meine Arbeit kümmern. Ich sagte, genau das täte ich. Dieser Meinung konnten sie sich nicht anschließen.«

»Sie wurden entlassen?«

»Ich wurde ermutigt, neue Möglichkeiten zu erkunden.«

»Also kandidierten Sie für den Bürgermeisterposten.«

»Die Reformpartei suchte jemanden. Arkadi Wolski hatte hier das Sagen. Er ist noch immer der Repräsentant des Präsidenten für Irkutsk. Fragen Sie mich nicht, wie er das macht.«

»Er ist Ihr Freund?«

Nowek nickte. »Früher war er ein Führer der Bergarbeitergewerkschaft.«

»Das heißt nur, daß er früher einmal ehrlich war«, bemerkte Tschutschin.

»Er bot mir die Kandidatur an. Ich stimmte zu. Ich glaubte, hier in Markovo, in dieser kleinen Stadt, vielleicht ...« Seine Hände begannen zu zittern. Sie fing sie mit ihren Fingern ein. »Ich glaubte, etwas verändern, ein neues Samotlor verhindern zu können.«

»Und das beweist«, meldete sich Tschutschin, »daß Ihr Vater im Hinblick auf das Unmögliche absolut recht hat.«

Warum waren ihre Hände so warm? Sie fühlten sich heiß an. »Immer nur Tonnen, Tonnen, weitere Tonnen. Das war alles, was zählte. Wie viele Tonnen Öl man förderte. Wußten Sie, daß sie da oben gefrorene Ölklumpen abbrechen, um damit zu heizen? Es gibt dort ganze Seen vergossenen Rohöls. Tief genug, um ein Schiff zu Öl zu lassen. Niemand nahm auch nur den geringsten Anstoß. Ich ... ich wollte nicht, daß hier Ähnliches geschieht.«

»Das kommt mir bekannt vor.«

Er dachte an das, was sie über das Tigerreservat in der Nähe von Wladiwostok gesagt hatte. Daß sie eine Wiederholung in Tunguska nie zulassen würde. »Ich stimmte der Kandidatur zu und gewann. Aber das hat nicht viel zu bedeuten.«

Sie lockerte den Griff ihrer Finger um seine Hände. »Wie ist sie gestorben?«

»Sie?« Aber seine Augen verrieten ihn.

»Nina. Ihre Frau.«

Jetzt zitterten Noweks Beine. Seine Stimme auch. Warum mußte sie das fragen? »Das ist Vergangenheit. Dieser Amerikaner, der Schwarze. Sie wissen, daß er nicht gewildert hat. Das ist unmöglich.«

»Was soll er denn sonst dort gemacht haben?«

»Das weiß ich noch nicht«, sagte Nowek. »Aber Amer-Rus weiß es. Auch Gromow. Und Major Kasnin.«

»Die werden kaum reden«, sagte Tschutschin.

»Aber ein anderer möglicherweise.« Er wandte sich an Tschutschin. »Können Sie noch eine entbehren?«

»Sie? Haben Sie nicht gesagt, Rauchen wäre schleichender Selbstmord?«

Er fühlte sich hilflos. Eine Nachwirkung der Tatsache, dem Tod nahe gewesen zu sein. Und weil sie so dicht neben ihm saß. Tschutschin reichte ihm eine Zigarette und hielt ihm seine zum Anzünden hin. Der übelriechende Rauch war vertraut, tröstlich. Nur wer lebte, konnte sich töten.

»Ich fange an, mich an den Gedanken zu gewöhnen.«

Das Birkenholz im Herd war zu Asche verbrannt. Bei heruntergeschalteter Heizung herrschten im Haus die gleichen Temperaturen wie draußen. Es war Frühling, aber sibirischer Frühling. Gegen zerbrochene Fenster kam kein Herdfeuer an. Man konnte seinen Atem sehen.

Tschutschin schaltete den Thermostat hoch. Sofort begann es in den Heizrohren zu knacken.

Mit seinem schweren Mantel um die Schultern saß Noweks Vater neben dem Herd und schlief. Neben einem Bein lag die Geige, neben dem anderen eine leere Flasche. Alle vier Dosen Kaviar waren leer.

Nowek drehte die Lüftung auf und zog die Mittelplatte beiseite. Er warf seine Zigarette hinein und legte einen Birkenscheit auf die ersterbende Glut. Das Holz begann zu rauchen, zu knistern, zu brennen. Er schob die Platte wieder zwischen die Ringe.

Tadeusz regte sich auf seinem Stuhl.

»Ich achte auf den Herd«, sagte Tschutschin. »Sie sollten sich endlich etwas anderes anziehen.«

Anna stand neben der Küchentür. Sie trug den Rucksack und ihre beiden Jacken.

»Haben Sie trockene Kleidung dabei?«

»Dazu war keine Zeit.«

»Kommen Sie mit«, sagte er und lief ihr voran die Treppe hinauf.

Aus Schränken und Kommoden gezerrte Kleidungsstücke lagen auf den Stufen. Eines von Galinas T-Shirts trug einen schmutzigen Stiefelabdruck, ein Kleid war wie Seidenpapier zu einem Ball zusammengeknüllt. Ein einzelner Schuh, dessen Absatz abgebrochen war. Nowek hob alles auf.

Die Tür zu Galinas Zimmer stand offen. Ein kalter Luftzug wehte heraus. Er warf ihre Kleidungsstücke hinein und schloß die Tür.

Sein Zimmer war am Ende des Flurs.

»Es tut mir leid, daß man Ihnen das angetan hat«, sagte Anna. »Sie haben recht. Ich sollte versuchen, das Land zu verlassen. Irgendwie käme es mir Ihnen gegenüber nicht fair vor zu bleiben.«

»Sie haben mir das Leben gerettet. Es ist wohl das mindeste, Ihnen trockene Kleidung anzubieten.«

»Das meine ich nicht. Sie sollten in die Sache nicht noch mehr hineingezogen werden.«

Er dachte an Ryschkow, an seine beiden Milizionäre. An die Art und Weise, wie alles um ihn herum zusammenzubrechen schien. »Zu spät.« Er blieb vor seiner Tür stehen und drehte sich um. Sie war eine Silhouette vor dem hellen Licht, das aus der Küche heraufschien. Und sie war nicht mehr Dr. Anna Wereskaja, Retterin von Tigerjungen und Anstifterin zu Morden. Sie war das Gesicht mit einem Heiligenschein aus Diamanten, warmen Lippen, eine Lebensspenderin. »Übrigens hatte mein Vater recht«, sagte er. »Ich fühle mich vom Unmöglichen angezogen.«

»Er gefällt mir.«

»Warten Sie's ab. Sie werden Ihre Meinung ändern.«

Auch in seinem Zimmer waren die Fenster zerbrochen. Kleidungsstücke, Bücher, Schuhe, alles Geordnete in Noweks Leben lag auf dem Fußboden und dem Bett verstreut. Selbst die Kissen waren aufgeschlitzt worden, ihr Inhalt ergoß sich auf das zerknüllte Laken. Die Kommode war umgeworfen, die Schubladen herausgezogen worden.

Er hob Hosen, ein Hemd und einen Wollpullover auf. Wieder erschauerte er, doch nicht vor Kälte.

»Hier sieht es ja aus wie in Warrikino«, sagte sie von der Tür her.

Er drehte sich zu ihr um. »Wo?«

»In Warrikino. Dem Haus, in dem sich Schiwago mit Lara versteckte. Es war kalt wie hier, voller Schnee und Eis. Daran erinnere ich mich besonders deutlich. Selbst vom Kronleuchter hingen Eiszapfen herab.«

»Bedauerlicherweise sind meine Kronleuchter gerade alle zur Reparatur.« Er blickte hoch. »Und von der Decke hängen auch keine Eiszapfen. Noch nicht.«

»Meine Mutter wollte, daß ich Pasternaks Gedichte auswendig lerne, aber ich konnte sie nicht behalten. Sie hat für ihn geschwärmt.«

»Seine Gedichte sind besser als seine Romane.«

»Erinnern Sie sich an die Szene in dem Haus?«

Er erinnerte sich. Nur zu gut. Er schloß die Augen. »›Es schneite und schneite, Schnee legte sich auf die Welt, hüllte die Welt ein, von einem Ende zum anderen. Eine Kerze brannte auf einem Tisch, auf einem Tisch brannte eine Kerze.‹«

»Woraus ist das?«

»*Doktor Schiwago.* Er sitzt an seinem alten Schreibtisch. Das ist eines der Gedichte, die er in Warrikino schreibt, während die Wölfe den Mond anheulen. Haben Sie es nicht wiedererkannt?«

»Im Film kam es nicht vor«, erwiderte sie verunsichert.

»Das Buch haben Sie nie gelesen?«

Sie schüttelte den Kopf.

»Jetzt glaube ich Ihnen, daß Sie Amerikanerin sind.« Er trat an den offenen Schrank, schob einen Stapel Kleidungsstücke beiseite. Erstaunlicherweise hatten Jufas Männer die Holztruhe übersehen. Als er den Deckel öffnete, schlug ihm der Duft von Verbenen und Kampfer entgegen. Er holte einen von Ninas Pullovern heraus und hielt ihn ans Licht. »Ich denke, der wird passen.« Er wußte, daß er paßte. Er suchte nach Hosen.

»Warum haben Sie ihre Sachen aufbewahrt?« Vorsichtig

stellte sie den Rucksack auf den Boden. Ihre Jeans tropften, bildeten eine kleine Pfütze auf dem Boden. Er hielt inne, starrte in den Schrank. »Es war ein Flugzeugunfall. Vor zwei Jahren. Es gab keine Leiche. Nichts.« Er sah sie wieder an. »Anfangs konnte ich mir einbilden, daß sie wiederkommen würde, daß alles ein Irrtum wäre, daß sie eine andere Maschine genommen hätte, daß sie lebte und wieder nach Hause käme. Dann hätte sie ihre Kleidung gebraucht. Doch nach einem Jahr hörte ich auf, es mir einzubilden. Und jetzt behalte ich ihre Sachen, weil sie das einzige sind, was mir von ihr geblieben ist. Außer Galina.«

Mit hängenden Armen stand Anna da. »Es tut mir leid, daß ich Ihnen nicht schon in Tunguska von ihr erzählt habe. Aber ich wußte nicht, wer sie ist. Sonst hätte ich es getan. Das müssen Sie mir glauben.«

»Mein Vater sagt immer, daß die Violine das ausdrucksstärkste Instrument ist. Wenn es um Gefühle geht, kommt sie der menschlichen Stimme am nächsten. Sie wird nur von einem Opernsopran übertroffen.«

»Ich würde Sie gern einmal spielen hören.«

»Hier. Das müßte gehen.« Der dicke Pullover war einmal purpurrot gewesen, aber die Zeit hatte ihn zu einem aubergineviolett gebleicht. Er hatte auch ein Paar Hosen gefunden, einen Gürtel mit einem Bruch im Leder, dort, wo ihn Nina stets geschlossen hatte. Und dann, auf dem Boden, die Kamelhaarmütze.

Er hielt die Sachen fest, befingerte die Mütze, den Pullover. Opferte sie der Erinnerung, dem Leben. Er versuchte, die Frau zu ertasten, aber die Sachen waren leer wie eine weggeworfene Muschel. Er holte tief Luft. »Sie sollten sich heute abend warm anziehen. Die Luft riecht nach Schnee«, sagte er. »Aber er kann auch als Regen fallen. In dieser Jahreszeit läßt sich das schwer vorhersagen.«

»Erinnern Sie sich auch noch an das Ende?«

Die Wände schienen plötzlich sehr viel näher zu sein, die Decke niedriger. Druck lag in der Luft, auf seinen Ohren. »An das Ende?«

»Des Gedichts.«

Er blickte zur Seite, sah sie dann wieder an. Es blitzte, als sich ihr Blick mit seinem traf, wie ein in Eis gefangener Sonnenstrahl. »Wir mußten es auswendig lernen. Damals war Pasternak ein anerkannter Dichter, ein Vorbild. Ein Held mit einem Nobelpreis, auch wenn sie ihn nicht zur Übergabe fahren ließen. Sie ...«

»Das interessiert mich weniger. Wie geht es weiter?«

»Wie alt sind Sie?«

»Im nächsten Monat werde ich achtundzwanzig. Warum?«

»Ich wollte es nur wissen.« Er schwieg, dachte daran, wie er Nina die Verse der »Winternacht« als eine Art Wiegenlied aufgesagt hatte, als sie eng beieinander lagen, sich wärmten, die Decken bis ans Kinn gezogen, während draußen ein Sturm tobte. Wie sich die Horizonte um sie zu schließen schienen, die Welt zu existieren aufhörte und es nur sie beide und ihre Empfindungen füreinander gab. Es war kein Gedicht. Es war eine Beschwörung. Eine Zauberformel. Ein Bann.

Die Heizung knackte. Es wurde eine Spur dunkler.

»›Verzerrte Schatten an der beleuchteten Decke, Schatten miteinander verwobener Arme, miteinander verwobener Beine, miteinander verwobener Schicksale. Eine Kerze vergießt Wachstränen auf ein Kleid. Draußen verschwand alles unter Schnee, während eine Kerze auf dem Tisch brannte; auf dem Tisch brannte eine Kerze.‹«

Er sah sie an. »An den Rest kann ich mich nicht erinnern.«

»Das ist eine Lüge.«

Woher wußte sie das?

»›Der Schnee wird Straßen zuschütten, Dächer tief unter sich begraben. Wenn ich hinaustrete, um meine Beine zu strecken, werde ich dich von der Tür aus sehen. Schnee schmilzt auf deinen Wimpern. In deinen Augen ist Traurigkeit. Es ist, als hätte sich dein Bild mit einer starken Säure für immer in mein Herz gebrannt. Ein Luftzug aus der Ecke ließ die Flamme flackern, und das weiße Fieber der Versuchung hob ihre Engelsschwingen, um einen kreuzförmigen Schatten zu werfen. Es schneite den ganzen Monat Februar hindurch, während eine Kerze auf dem Tisch brannte; auf dem Tisch brannte eine Kerze.‹«

Ihre Stiefel standen im Wasser. »Sie sind genauso durchnäßt wie ich, aber Sie scheinen es nicht zu bemerken«, sagte er. »Das ist die Sibirierin in Ihnen. Sie sollten sich endlich umziehen.« Er hielt ihr Ninas Sachen hin.

Sie zog sich den nassen Rollkragenpullover über den Kopf, stand einen Moment reglos da und streckte dann die Arme nach ihm aus.

Ihr BH war nur ein Hauch von Spitze und so fein, daß Nina nach Irkutsk gefahren wäre und einen Tag lang geduldig in der Schlange gewartet hätte – nur auf die vage Aussicht hin, so einen BH zu kaufen. Annas Brüste waren höher als Ninas, höher und schwerer. Wie bei einer Violine war ihre Taille schmal, die Hüften sanft geschwungen. Feine Röte ergoß sich über ihren Hals. Ein Zauber. Eine Beschwörung. Eine Einladung. Nein.

Ja.

Zwei Schritte. Noch einer. Nowek zog sie an sich, Ninas Kleidung klemmte zwischen ihnen fest. Ihre Arme waren kalt. In seinem Kopf brannte die Erinnerung. Sie sah zu ihm auf. »Ich habe noch nie einen Menschen gerettet.«

»Nur Tiger?«

»Ich wußte nicht, ob es funktionieren wird. Ich wußte wirklich nicht, was ich da eigentlich tat.«

»Vielleicht war ich gar nicht so tot.«

»Sie wissen nicht, wie Sie ausgesehen haben.«

»Ich hatte da diesen Traum. Im Wasser. Vorhin, auf der Straße. Wir sind Schlittschuh gelaufen.«

»Wo?«

»Auf einem See. Das Eis war trügerisch. Zu dünn. Aber wenn es sie trug, konnte ich ihr auch folgen.«

»Sie? Dann waren Sie nicht mit mir zusammen. Sondern mit Nina.«

»Ich weiß.«

»Sind Sie ihr gefolgt?«

»Aber ich kam wieder.« Chandrashkars Limit, die gespenstische Hülle, die ein Schwarzes Loch umgab. Kam man ihr zu nahe, stürzte man hindurch, und nichts, keine Macht im gesamten Universum, konnte einen wieder herausholen. Auch nicht Tunguska. Aber hier. Diese Frau. Jetzt. Er beugte sich vor und küßte sie.

Es gab einen Moment des Widerstands. Als würde man durch dünnes Eis in tiefes Wasser treten. Warme Lippen, eine noch wärmere Zunge. Ihr Anblick, ihr Duft, die Worte des Gedichts wirbelten in ihm wie Schneeflocken vor einem bereiften Fenster.

Und dann, ein Atemzug. Ganz sanft, nur eine Andeutung, daß ihr Atem von ihrem Mund in seinen strömte. Dann mehr. Er wich zurück. »Was ...«

»Schscht.«

Er griff nach ihrer Taille. Ihre Jeans waren eiskalt und naß. Sie küßten sich wieder, intensiver, länger als beim ersten Mal. Sie atmete durch die Nase ein und ließ die Luft langsam in Noweks Lungen entweichen. Ein köstlicher, warmer Luftstrom aus ihrem tiefsten Inneren. Die Implikationen ließen ihn schwindlig werden. Er holte tief Luft und schickte sie in ihren Körper.

Konnte irgend etwas intimer sein? Luft aus ihrem Inneren tief in ihm. Eine Luftblase, zwischen ihnen gefangen wie Ninas Kleidung. Er begann sich zu verlieren, das Blut rauschte in seinen Schläfen. Wie leicht würde es doch sein. So leicht, der Welt ihren Lauf zu lassen, Ryschkow ebenso zu vergessen wie die Gesichter seiner beiden Milizionäre. Und Galina. Alles. Es wäre so einfach. Und so unmöglich. Er löste sich von ihren Lippen.

»Was ist?« fragte sie erschreckt.

Er ließ sie los. »Es ist besser, wenn ich unten auf Sie warte.«

Um ihre Füße hatte sich eine Pfütze gebildet, als wären sie halb geschmolzen. Sie griff nach Ninas Sachen.

Er hielt den Atem an, als er an ihr vorbeiging. Dann schloß er leise die Tür.

Tschutschin wartete unten auf ihn, während Tadeusz friedlich schnarchte. Der Herd glühte vor Hitze. Er sah an Nowek vorbei. »Wo ist sie?«

»Kleidet sich um.«

»Als was?«

»Sehr komisch.« Nowek zog sein Jackett aus, das Hemd, die tropfenden Hosen. Unterhalb des Rippenbogens war eine große tiefviolette Prellung zu sehen. Nowek stellte sich dicht an den Herd und verwöhnte seine nackte Haut mit der Wärme.

Die Haare auf seinen Beinen kräuselten sich, als sie trockneten. Er streckte die Hände über der Herdplatte aus und rieb sie. Er fühlte sich fast wieder menschlich. Fast zu menschlich.

Nowek schlüpfte in die trockenen Hosen. »Wir müssen irgendwo Benzin besorgen.« Als er das Wollhemd zuknöpfte, erstarb auch das letzte Zittern. Mit dem Pullover am Körper und nahe am Herd fühlte er sich endlich wieder warm. Lebendig. Aber nicht so lebendig wie oben in seinem Zimmer. Nun, sein Vater hatte es ja gesagt: Ihn reizte das Unmögliche.

»Wo fahren wir hin? Wen wollen Sie zum Sprechen bringen?«

»In Sibirien gibt es wenige Straßen«, sagte Nowek. »Nur Richtungen.« Er hob die Geige auf und legte sie wieder in ihren Kasten.

»In welche Richtung bewegen wir uns, Bürgermeister?«

Sein Kopf fuhr hoch. »Vorwärts.«

Er ging zum Telefon, nahm den Hörer ab und wählte Arkadi Wolskis Privatnummer in Irkutsk. Es klickte.

Eine heisere Stimme meldete sich: »Ja, bitte?« sagte der Vertreter des Präsidenten.

»Hier Nowek.«

»Grischa! Ich versuche schon den ganzen Abend, dich zu erreichen. Mit deinem Telefon stimmt etwas nicht. Wußtest du das?«

»Jetzt funktioniert es wieder. Hör zu, du bist doch auf einen echten Skandal in Tunguska aus? Vielleicht habe ich da etwas für dich.«

»Ich habe auch etwas für dich.«

Nowek überhörte das. »Die Amerikaner kamen her, um Öl zu fördern. Da gibt es nur ein Problem. Sie produzieren nicht besonders viel, und sie bemühen sich auch gar nicht darum.«

»Woher weißt du das?«

»Ich war heute vormittag in Tunguska. Da oben ist alles geschlossen. Es strömt zwar eine Menge Flüssiggas, aber das nutzen sie zum Betreiben ihrer Heizung und so weiter. Den Rest fackeln sie ab. Das Öl ist kaum mehr als ein Rinnsal. Aber es gibt noch mehr. Ich habe eine Karte ihrer Pachtgebiete. Ryschkow war ihr Makler. Und ich glaube, daß ihn das umgebracht hat.«

»Warum?«

»Die Gebiete, die er ihnen vermittelt hat, haben mit Öl absolut nichts zu tun. Ein Gelände ist ein altes Lager, Arkascha. Und es gibt noch vier weitere. Alles Gebiete, in denen mit Sicherheit kein Öl zu finden ist. Die geologischen Voraussetzungen stimmen nicht.«

Erst einmal Stille, dann: »Warum sollte AmerRus das tun?«

»Das weiß ich noch nicht. Aber sie machen Geld damit. Und der Staat auch. Das weiß ich immerhin.«

»Der Staat ist Gromow. Was hat dieser Mistkerl vor?«

»Das mußt du wissen. Ich bin kein Ermittler. Ich bin nur derjenige, der ein bißchen Sand ins Getriebe wirft, erinnerst du dich?«

Er hörte, daß Wolski schneller zu atmen begann. »Wenn Gromow da oben etwas Ungesetzliches anstellt, können wir dem Schweinehund vielleicht empfindlich auf die Füße treten. Gromow. Dem Gouverneur. Sie ein für allemal aus dem Amt jagen. Moskau würde uns da hundertprozentig unterstützen.«

»Nenn mir nur eine Sache, die in Rußland nicht ungesetzlich wäre. Aber die Politik ist deine Angelegenheit. Ich habe einfachere Sorgen. Meine Tochter ist in Tunguska.«

»Galina? Warum? Was macht sie dort?«

»Ich brauche deinen Einfluß in dieser Sache, Arkascha. Von deinem Hubschrauber ganz zu schweigen. Ich möchte, daß du eine Durchsuchung anordnest. Selbst wenn ich mich im Hinblick auf AMR irren sollte, ist es in diesem Land noch immer strafbar, Kinder zu entführen. Ich möchte ...«

»Moment. Ich weiß, daß es für dich um einiges geht, aber

wir müssen nachdenken, bevor wir losstürmen. Laß mich überlegen. Was, zum Teufel, sollte AMR außer Öl da oben wollen? Da gibt es doch nichts, was sich zu stehlen lohnt.«

»Nichts, außer freiem Raum. Vielleicht sucht Gromow einen Platz, an dem er unbequeme Leute unterbringen kann, und AmerRus hilft ihm dabei.«

»Dann brauchten wir nicht mehr zu rätseln, denn du wärst der erste und ich der zweite, der da oben verschwindet.«

Nowek war nicht nach Lachen zumute. »Ich weiß nur, daß Galina in Gefahr ist. Notfalls hole ich sie allein zurück.«

»Aus Tunguska? Das würde ich nicht tun. Nicht in deiner Verfassung. Hör zu. Ich habe mir deinen Freund Kasnin ein bißchen genauer angesehen. Wußtest du, daß er vor ein paar Jahren in eine häßliche Geschichte verstrickt war, bei der es um die Vertuschung von Massengräbern ging?«

»Er hat sie nicht vertuscht. Er hat die Leichen aus dem Fluß gefischt. Deshalb nennt man ihn den Fischer. Ich meine es ernst, Arkascha. Notfalls hole ich sie allein nach Hause. Hilfst du mir nun oder nicht?«

»Meine beste Hilfe besteht in einem Rat: Behalte die Ruhe, und laß mich ausreden. In Kasnins Akte sind auch die Ergebnisse seiner medizinischen Untersuchungen ...«

»Er ist völlig gesund, glaub mir. Heute ist er nach Tunguska geflogen, um im Mordfall Ryschkow jemanden festzunehmen.«

»Wen?«

»Doktor Anna Wereskaja, eine Wissenschaftlerin, die in Tunguska Tiger zählt. Sie kannte Ryschkow, sie war am Abend seines Todes sogar in seiner Wohnung. Aber da gibt es einen Schönheitsfehler. Einen großen. Sie ist Amerikanerin.«

Wolski schwieg geraume Zeit. »Aber du sagtest doch, ihr Name wäre Wereskaja ...«

»Ihre Eltern waren Russen. Ryschkow hat ihr dabei geholfen, hinter etwas zu kommen, was AMR betrifft. Sie glaubt, daß sie Tiger abschießen, aber das tun sie nicht. Oder besser gesagt: Da steckt mehr dahinter.«

»Wo ist sie jetzt?«

»Hier.«

Wolski stieß einen leisen Pfiff aus. »Und wenn man sie nun zu Recht verdächtigt?«

»Dann habe ich die Verdächtige unter Bewachung. Aber sie irren sich. Sie hat Ryschkow nicht getötet. Ich glaube, daß es AMR war.«

»Und das kannst du natürlich auch beweisen.«

»Noch nicht, aber bald. Da oben laufen Amerikaner ohne ordentliche Papiere durch die Gegend. Anna Wereskaja besitzt ein Videoband, auf dem einer von ihnen zu sehen ist. Sie ging damit zu Ryschkow in der Hoffnung, daß er ihr bei der Identifizierung des Mannes helfen würde. Dann wurde er ermordet. Da muß es einen Zusammenhang geben.«

»Also gut. Das ist ein Fortschritt. Hast du mit diesem illegalen Amerikaner gesprochen?«

»Er ist tot.«

»Tot?«

»Er wurde von einem Tiger getötet.«

Wieder schwieg Wolski. »Hast du getrunken, Grischa?«

»Nicht einmal annähernd genug.« Nowek erzählte Wolski von dem Nepa-Steinchen, den Proviantdosen, Nikki Maljeschew, dem Chaos in seinem Haus, der Zerstörung von Jurijs Hangar. »Kasnin hatte einen Trupp bei sich. Mein Fahrer sagte, sie sähen wie Osnas-Angehörige aus.«

»Es gibt keine Osnas mehr.«

»Das habe ich auch gesagt. Hast du schon mal vom ›Ministerium‹ gehört? Ist das vielleicht eine Art von Privatarmee, die der Gouverneur aufgestellt hat?«

»Gregorij Tadeowitsch«, sagte Wolski schließlich, »ich weiß eine Menge Dinge. Ich weiß, daß dein Freund Kasnin dreckige Hände hat.« Papiere raschelten. »Ich weiß, wo er geboren wurde, wann er in den Dienst eintrat. Ich kenne sogar seine Blutgruppe, die ich dir sagen würde, wenn du einen Moment lang den Mund halten könntest …«

»Du wechselst das Thema. Ich möchte mehr über dieses Ministerium erfahren. Du kennst es. Das höre ich deiner Stimme an. Wer sind sie? Staatsanwalt Gromows Privatarmee?«

»Manchmal ist Sturheit durchaus nützlich. Aber nicht immer.«

»Du wolltest, daß ich den Unruhestifter mime. Wer sind sie?«

Wolski seufzte. »Diese Sache mit deiner Tochter erregt dich.«

»Sie ist sechzehn. Glaubst du, es müßte mich kalt lassen?«

»Ich glaube, daß du zu emotional reagierst«, sagte Wolski. »Du bist zu nah dran. Beruhige dich erst einmal, und morgen früh sprechen wir noch einmal darüber. Ich kümmere mich um diese fragwürdige Pachtangelegenheit. Heute abend noch. Halte die Frau in Gewahrsam. Und was du auch tust: Bleib auf jeden Fall von Tunguska weg.«

»Arkascha, was macht das Ministerium dort oben? Sie arbeiten mit den Amerikanern zusammen. Um was geht es? Um ein geheimes Schürfprojekt? Ist dort Uran zu finden? Diamanten? Goldnuggets in Kartoffelgröße? Was könnte so ungemein wertvoll sein?«

»Seit wann sind wir Freunde?«

»Seit den Wahlen. Noch länger.«

»Vertraust du mir?«

»Natürlich, aber ...«

»Dann vertrau mir auch jetzt. Stürme nicht los wie irgendein Held zu einem Rettungsmanöver. Vertrau darauf, daß dir dein alter Freund die Wahrheit sagt.«

»Ein alter Freund? Ich würde dich als guten Freund bezeichnen. Warum willst du mir meine Frage nach dem Ministerium nicht sofort beantworten?«

Diesmal entstand keine Pause. »Es ist nicht nötig, daß du das erfährst. Noch nicht.«

Die größte Verzweiflung bei einem großen Erdbeben entsteht dadurch, alles bisher Verläßliche und Vertraute plötzlich ins Wanken geraten zu sehen. Eine Straße, ein Gebäude, ein Dach, einen Freund.

»Grischa? Bist du noch da?«

»Ich werde sie zurückholen.«

»Tu das nicht. Bleib, wo du bist. Ich werde dir jemanden schicken. Notfalls komme ich auch selbst, aber ...«

»Dieser Mühe willst du dich unterziehen, nur um mich davon abzuhalten, aber du willst keinen Finger rühren, um mir zu helfen? Nein, vielen Dank.«

»Wo wirst du in einer Stunde sein?«

»Es ist nicht nötig, daß du das erfährst.« Nowek legte den Hörer auf. Wolski. Sein guter Freund. Er spürte, daß sie auf der Treppe war. Fühlte ihren Atem in seinem Inneren. Erneut griff er zum Telefon und wählte.

»Und wen rufen Sie jetzt an?« Tschutschin sah besorgt aus.

»Jemanden, den ich noch begreifen kann.«

Tschutschin blickte zur Tür, sah Anna. Sein Mund klappte auf.

Es war nichts Provokantes an der Art, in der Anna Wereskaja über die Schwelle trat. Einfache, fast farblose, von einem billigen Gürtel zusammengehaltene Wollhosen. Ein dunkler, vorn geknöpfter Pullover. Das war es nicht.

Es war, als sähe er sie zum allerersten Mal. Als er sie dort stehen sah, spürte Nowek, wie er sich teilte und immer wieder teilte wie ein sich vervielfältigender Organismus. Da stand sie in Ninas Sachen, und Nina war fort. Und sie würde weder in der Vorstellung wiederkehren, noch konnte sie die Hoffnung herbeizwingen. Die Reaktion der Säugetiere unter Wasser konnte nur funktionieren, solange sie nicht auftauchen mußten, um Luft zu schöpfen.

Der Hörer bei der Firma Merkur-Kondom wurde sehr schnell abgenommen. Nowek mußte sich zwingen, seine Augen von Anna abzuwenden. »Verbinden Sie mich mit Semjon Jufa.«

»Wer spricht da?«

»Der Bürgermeister. Er hat mir eine Besichtigung von Merkur-Kondom für den Fall angeboten, daß ich daran interessiert bin.«

»Na und?«

Er sah Anna an, als er weitersprach. »Sagen Sie ihm, ich sei interessiert.«

20. KAPITEL

»Er weiß etwas«, sagte Nowek. »Das habe ich an seiner Stimme gehört. Er weiß auf jeden Fall etwas über dieses Ministerium. Und als ich ihm von Ryschkows Landkarten erzählte, dachte er nur daran, wie er Gromow eins auswischen kann. Er ist nicht bereit, mir dabei zu helfen, Galina zurückzuholen.«

»Warum halten Sie ihn noch immer für einen tollen Kerl?« fragte Tschutschin. »Er weiß, wen er und wer ihn übers Ohr hauen kann. Das ist eine wertvolle Information, Bürgermeister. Und Sie wissen ohnehin nicht, was AmerRus eigentlich anstellt.«

»Oder Gromow anstellen läßt. Da gibt es etwas. Mir fehlen nur noch die Beweise.« Nowek rieb sich seine Bartstoppeln. »Und Wolski weiß es längst. Mein Freund. Können Sie es fassen?«

»Problemlos«, sagte Tschutschin. »Als ich zur Schule kam, war das die erste Lektion: Erst kommt das Fressen und dann die Moral.«

Er spürte ihre Augen wie zwei warme Kreise in seinem Nacken. Anna unterhielt sich mit seinem Vater, aber so leise, daß er nichts verstehen konnte. Es entstand eine kurze Pause, er drehte sich um und stellte fest, daß sie ihn ansah. Sein Vater lächelte nachsichtig.

Tadeusz hatte seine Hand auf ihrem Knie. Mit einem leichten Kopfschütteln signalisierte sie ihm, daß sie wußte, worauf der alte Schwerenöter aus war, und sehr gut auf sich selbst aufpassen konnte.

Nowek dachte daran, wie er sie in seinem Zimmer in den Armen gehalten hatte. Galina war fort, zwei seiner Milizionäre ermordet, Nikki Maljeschew erschlagen, und sein ältester politischer Verbündeter Arkadi Wolski hatte Geheimnisse vor ihm. Aber woran dachte er? Was fühlte er, an was erinnerte er sich am intensivsten?

An den Duft ihrer Haare. Wie ofenfrisches Brot an einem Wintertag. An die Art, wie ihr Atem ihn erfüllt, ihn wiedererweckt und lebendig gemacht hatte. Religion sei Opium für das Volk, hatte Marx gesagt, aber im Vergleich zu Anna war die Religion nichts.

Der Mond stand tief über dem östlichen Horizont, eine schmale rote Sichel, die sich von der Erde aufschwang, um in ein Gewirr zerfetzter Wolken zu stechen. Sie brachten Tadeusz nach Hause und sorgten dafür, daß er sicher war, bevor sie zur Merkur-Kondom-Fabrik fuhren.

»Wie kommen Sie darauf, daß Jufa den Mund aufmachen wird«, erkundigte sich Tschutschin.

»Das ist wie beim Ölbohren«, antwortete Nowek. »Man sieht sich die Grundstruktur an, überprüft alle Unterlagen, fügt Hinweis zu Hinweis, und dann ergreift man seine Chance. Sie haben es doch selbst gesagt. Wir leben in *worowskij mir*.«

»In einer Welt der Diebe?« fragte Anna.

»Auf jeden Fall. Wenn man da etwas in Erfahrung bringen will, fragt man nicht den Bürgermeister. Überhaupt keinen Regierungsvertreter. Man fragt einen Dieb. Dort hätten wir einbiegen müssen«, sagte er zu Tschutschin.

Tschutschin setzte zurück und fuhr in eine Gasse, die für den Landcruiser fast zu schmal war. Die Häuser zu beiden Seiten waren hoch genug, um den Schnee auf dem Boden vor dem Schmelzen zu bewahren, und der Wagen rutschte und schlingerte. Am Ende der Gasse befand sich das Hauptportal von Merkur-Kondom.

Die Fabrik lag am östlichen Rand des trostlosen Industriegebiets von Markovo. Von den Müllhalden der nahe gelegenen metallurgischen Anlage trieben graue Asbestfaserwolken heran. Die Fabrik selbst bestand aus einem kleinen Komplex niedriger Bauten und chemischer Lagertanks, die von einer Mauer umschlossen wurden.

Auf Jufa hatte das dreigeschossige Verwaltungsgebäude

den gleichen Reiz ausgeübt wie ein Feldherrenhügel auf einen General. Ein kleiner Wald von Antennen entsproß seinem Dach, erhellt vom rotleuchtenden Firmenzeichen.

Am Tag konnte die Fabrik für eine mittelalterliche Siedlung gehalten werden, mit dem Verwaltungsgebäude als Kirche, dem heiligen Ortsmittelpunkt. Nachts, wenn das Firmenzeichen alles in einen blutroten Schimmer hüllte, ähnelte die Firma Merkur-Kondom einem verlassenen Schlachthaus.

Nowek überblickte die schmale Straße. Die Fabriktore standen offen, sich überlappende Reifenspuren führten am Pförtnerhäuschen vorbei. Das Häuschen war leer, das Fensterglas schmutzverkrustet. Der Motor des Landcruiser hustete eine Luftblase aus.

Tschutschin schaltete ihn ab. Er wußte nicht, wieviel Benzin überhaupt noch im Tank war, aber mit Sicherheit durfte er keines verschwenden. Der Nagant-Revolver lag auf seinem Schoß.

Die Straßenbeleuchtung brannte nicht, doch der rote Mond beleuchtete die Fabrikmauer. An ihr war ein riesiges Plakat angebracht. Darauf lief ein Liebespaar Hand in Hand über eine Blumenwiese einer strahlenden und gesicherten Zukunft entgegen. »Merkur-Kondome« stand über den beiden und unter ihnen: »Der beste Schutz gegen Inflation!«

»Sie wollen da doch nicht etwa allein hineingehen«, sagte Anna.

»Genau das habe ich vor.« Er sah sie an und spürte erneut die belebende Wirkung. Ein Elixier, eine Einladung. Wirklich? Nein. »Tschutschin wird Sie im Auge behalten.«

»Herr Bürgermeister?« Tschutschin streckte ihm die Pistole entgegen.

»Jufa hat mehrere davon. Und außerdem kann ich mit Waffen nicht gut umgehen.« Leise schloß er die Tür.

Er holte tief Luft und durchquerte die Fabriktore. Selbst jetzt noch, Jahre, nachdem die Fabrik geschlossen und von Semjon Jufa übernommen worden war, konnte er das Latex riechen.

Im großen Innenhof vor dem Verwaltungsgebäude parkten Autos. Ein dunkler BMW. Der gehörte Jufa. Etliche kleinere Japaner und ganz hinten Kasnins weißer Volvo.

Zwei größere Fahrzeuge kehrten einer Laderampe das Heck zu, ein Lieferwagen und ein Laster. Einen kannte er aus Maljeschews Gasse, der andere gehörte Jurij.

Nur die hellsten Sterne konnten mit der Merkur-Kondom-Leuchtschrift konkurrieren. Feuchtigkeit lag in der Luft. Er schnupperte. Schnee. Ganz eindeutig.

Im Verwaltungsgebäude brannte Licht. Nowek sah, daß sich hinter den Vorhängen Schatten bewegten.

Die Fertigungsschuppen umgaben den Innenhof an drei Seiten. Flach und primitiv wie Hühnerställe. Nowek hatte den Hof halb überquert, als er die ersten Vibrationen spürte. Ein seismisches Erzittern der Atmosphäre. Er blieb stehen und suchte nach der Ursache.

Baßtöne. Eine himmlische Saite vibrierte, dunkel und tief. Der Klang wurde stärker, resonanter. Jetzt mit einem kreischenden Unterton.

Ein Hubschrauber.

Ein strahlendweißer Lichtfinger stieß herab, beleuchtete den gesamten Innenhof, warf seinen schwarzen Schatten auf den Schnee. Nowek hob eine Hand. Das kalkweiße Licht floß durch seine Finger wie kochende Milch.

Er begann zu rennen, rutschte aus, stürzte, stand wieder auf und rannte auf die Laderampe zu. Er erreichte sie, als ihn der erste Windstoß traf. Er schob sich zwischen den Lieferwagen und den Laster. Das Knattern der Rotoren und das Kreischen der Motoren vibrierten wie ein Crescendo in seiner Brust.

Der blendende Scheinwerfer färbte den Schnee violett. Der Hubschrauber schwebte über dem Innenhof, wirbelte Abfall hoch, begann zu sinken. Ein Rad. Noch ein Rad. Ein dicker Rumpf, eine Kabine unter den Stahlrotoren, mit Bullaugen, die wie die gelben Augen eines Meerungeheuers leuchteten.

Es war ein Mil-8, ein Truppentransporter für dreißig Soldaten. Die Merkur-Kondom-Leuchtschrift verlieh seiner senfbraunen Farbe einen rötlichen Schimmer. Abwartend duckte sich Nowek in den Schatten.

Die Hubschrauberräder berührten den Boden und versanken im Schnee. Die Rotorblätter drehten sich weiter, die Motoren kreischten, die Ladeplane des Lasters knatterte im Luftstrom. Noweks Nackenhaare sträubten sich, als er die Buchstaben am Heck des Helikopters sah.

Der Mil-8 hatte einmal dem Innenministerium gehört. Inzwischen war er von einer anderen Behörde requiriert worden. Einer, die sich die Mühe gemacht hatte, das Wort »INNEN« mit brauner Farbe zu übermalen und nur die Buchstaben »MINISTERIUM« stehenzulassen.

Eine Privatarmee. Das Ministerium. Kasnin und sein Chef, Oberstaatsanwalt Gromow. Und Semjon Jufa. Eine Allianz, die die schlimmsten Mängel Rußlands vereinte: die Geheimpolizei, seine korrupten *wlasti*, seine Diebe.

Die Motorengeräusche änderten sich, die Rotoren klangen nicht mehr so schrill. Der Hubschrauber verstellte Nowek den Blick auf das Gebäude, und sein Einstieg befand sich auf der anderen Seite.

Er sah Bewegung hinter den Bullaugen. Einen Moment später drehten sich die Rotorblätter wieder schneller und hoben den Mil-8 in die Luft. Das Landelicht wurde ausgeschaltet, und die Maschine knatterte nach Norden. Wenig später war sie nur noch ein vages Zittern in der Luft.

Nowek stellte sich auf das Trittbrett des Lastwagens. Der Innenhof war leer. Ohne die Furchen im Schnee hätte der Helikopter ein Traum gewesen sein können.

Nowek blickte ins leere Führerhaus des Lasters. Mit ihm war Jurij vom Flughafen in die Stadt gefahren, die Ladefläche voller *tschir* und Rentiergeweihe. Hinter dem Steuer hatte Plet gesessen, der Mann mit dem großen Schraubenschlüssel und dem halb kahlgeschorenen Schädel. Was machten sie hier? Geschäfte mit Jufa. Mit wem sonst waren in Markovo wohl Geschäfte zu machen?

Nowek sprang vom Trittbrett, lief zur Laderampe und schwang sich mühsam hinauf.

Drei Rollgittertüren führten in den Auslieferungsschuppen. Sie waren mit Schlössern gesichert. Zwei waren eingerostet. Vermutlich seit Jahren. Seit Stillegung der Fabrik hatte es vermutlich keine legalen Auslieferungen mehr gegeben. Aber Nowek sah Fußspuren im Schnee und, noch interessanter, dunkle, nasse Flecke. Sie führten zur dritten Rollgittertür, und die war unverschlossen.

Sie ließ sich hochschieben, aber mit besorgniserregendem Rasseln. Er hielt inne. Gelblicher Lichtschein ergoß sich auf seine Schuhe. Und er hörte eigentümliche Geräusche.

Wie anders muß die Welt auf einen Hund wirken, voller Gerüche und unsichtbarer Spuren. Eine Eule kann die kleinste Bewegung auf dem dunklen Boden aus hundert Meter Höhe erkennen. Selbst ein nicht gerade intelligenter Hai kann einen Blutstropfen in einem Kubikkilometer Meerwasser aufspüren.

Auch für den Musiker gab es in der Welt Töne und Geräusche, die gewöhnliche Menschen nicht wahrnahmen.

Es hörte sich an, als würde ein Motor mit einer schweren Last bergauf schnaufen. Träger als ein Dieselmotor. Wie eine altertümliche Dampflok, die sich in Bewegung setzt.

Woa! Woa! Woa!

Das Schnaufen wurde lauter, schneller und endete mit einem Grunzen. Nowek schob das Rollgitter weit genug hoch, um darunter hindurchkriechen zu können. Als er drinnen war, wurde das Grunzen zu einem Kreischen.

»Wo sind sie?« fragte eine Stimme. Neu, aber auch vertraut. »Ich habe dich etwas gefragt, *suk*!«

Suk? Das war ein Jargonausdruck für »Verräter«. Blinzelnd sah sich Nowek um.

Der ungeheizte Schuppen war mit Kisten, Kartons und Stapeln von Alubierfässern gefüllt. Jeder Karton trug einen großen roten Stern und den Namen einer Lebensmittelfabrik westlich des Ural. Einen solchen Karton hatte er erst kürzlich gesehen, im Laderaum von Jurijs Flugzeug. Nowek lief hinüber.

Die durch Alter und Feuchtigkeit halb verrotteten Kartons ließen sich leicht öffnen. In ihnen befanden sich, aufgereiht wie Soldaten für die Inspektion, Dosen mit Armeeverpflegung. Manche waren an den Kanten rostig. Andere hatten eine undefinierbare Flüssigkeit abgesondert, die zu einer grauen Kruste verhärtet war. Aber viele sahen ganz normal aus. Das heißt, wenn man jahrzehntealten Quark mit Pflaumen als »normal« bezeichnen wollte.

»Nicht für den Verbrauch nach 1991 bestimmt.« Nowek sah sich um. Tausende von Dosen. Für wen waren sie bestimmt?

Nowek ließ den feuchten Kartondeckel wieder zufallen.

Er hörte ein leises Zischen, wie Gas, das einem Ballon entweicht. Ein Musiker kannte die Töne, ein Ölgeologe die Gase. Propan? Nein. Süßlicher. Acetylen.

»Kalt? Warte. Ich heize dir ein.«

Das Zischen wurde intensiver. Ein lauter Schrei.

Er bewegte sich auf die Tür zu.

Das rhythmische Schnaufen setzte wieder ein. Ähnliche Geräusche hatte er von Gewichthebern gehört. Auf einer staubigen Werkbank sah er einen Metallhaken von der Art, mit der Holzkisten aufgestemmt werden. Der Eisengriff des Werkzeugs hing an einem Lederband und verbreiterte sich vorn eispickelähnlich. Wie die Waffe, mit der sie dem armen Trotzki den Garaus gemacht hatten. Das Gewicht war beruhigend. Er erreichte die Tür, beugte sich vor und spähte durch den Spalt.

Hinter der Tür waren drei weitere Bierfässer an der Wand gestapelt. Bier war eine wertvolle Ware. Wie Tigerknochen, wie weitabgelegene Gebiete, die sich aller Aufmerksamkeit entzogen: Je schwerer es aufzutreiben war, desto mehr war es wert.

Aber auf der anderen Seite des Raums war ein Mann. Zwei Männer. Einer trug eine schwarze Jacke und wandte Nowek den Rücken zu, der andere hatte die Arme über den Kopf gehoben. Sie waren gefesselt.

Er war nackt bis zur Taille und hing mit zusammengebundenen Händen so hoch, daß seine Füße kaum den Boden berührten. Die Hälfte seines Schädels war kahl, die andere bedeckten schwarze Haare.

Plet.

Der Mann mit der schwarzen Jacke hielt einen Schweißbrenner in den Händen. Die blaue Flamme ließ seinen verzerrten Schatten über die Wände flackern, über die Bierfässer, die Decke. Er wirkte wie eine zum Leben erweckte Höhlenzeichnung.

Der Schweißbrenner wurde aus einem großen Tank auf Rädern gespeist. Plets übergroßer Schraubenschlüssel stand in einer Ecke. Selbst von der Tür her konnte Nowek die verkohlte Haut sehen. Die Schatten wurden länger, als der Feuerstrahl zustieß. Das Zischen des Gases wurde zu einem Brutzeln. Rauch stieg auf. Plet stieß einen weiteren keuchenden Schrei aus.

Als er wieder aufblickte, entdeckte er Nowek. Seine Augen wurden so groß wie die eines Schiffbrüchigen beim Anblick von Land. Das war die Rettung, wenn man sich dazu bringen konnte, daran zu glauben.

Der Pitbull mit dem Schweißbrenner schien Noweks Anwesenheit zu spüren. »Wanja?« Er drehte sich um.

Der V-förmig rasierte Haaransatz. Nowek erkannte ihn. Sie waren einander vor wenigen Stunden vor Nikki Maljeschews Gasse begegnet. Es war der Mann, der ihn in das eiskalte Wasser gedrückt hatte.

Nowek stieß die Tür auf. Dumpf polternd prallte sie gegen die Bierfässer. Der Pitbull richtete den Feuerstrahl auf Nowek. Sein Mund öffnete sich zu einem Warnruf. Nowek schwang den Eisenhaken an dem Lederband, der sich um den schwarzen Schlauch verhakte und den Brenner zu Boden riß. Er wand sich wie eine verwundete Schlange. Erneut schwang Nowek den Eisenhaken.

Der Pitbull wich zurück, duckte sich, erhob sich wieder und griff in seine Jacke. Die kleine Pistole war kompakt und eckig. Sie reflektierte kein Licht. Sie zielte auf Noweks Gesicht.

Nowek umfaßte den Griff des Eisenhakens, hob die Hand.

Der Mann trat zurück, um abzudrücken. Als sich sein Finger um den Abzug krümmte, stieß sich Plet vom Boden ab, drückte die Ellbogen auseinander und fing zwischen ihnen den Kopf seines Peinigers ein. Er beugte sich vor, schlug die Zähne in das Ohr des Pitbulls und zuckte zurück.

Ein grellweißes Aufblitzen, ein scharfes Krachen, ein Schrei und ein metallisches Klirren. Flüssigkeit entströmte dem mittleren Bierfaß.

Der Geruch. Das war kein Bier. Sondern Kerosin.

Der Pitbull schrie gellend. Blut schoß aus seinem Ohr. Verzweifelt versuchte er, der stählernen Klammer von Plets Armen zu entkommen. Der schnellte mit ihm zunächst rückwärts, dann schleuderte er ihn gegen die Wand. Er zog die Beine bis zur Taille an und trat mit beiden Füßen gegen den Körper an der Wand. Die Pistole fiel in eine Blutlache. Noch einmal trat Plet zu. Das Geräusch brechender Knochen. Der Pitbull sackte in sich zusammen.

Der Schweißbrenner zischte. Die Luft war ein ungesundes Gemisch aus Kerosin, verbrannten Haaren und verkohlter Haut.

Mit einem Satz war Nowek am Tankventil und schloß es. Das Zischen wurde leiser und erstarb mit einem sanften Plopp.

Um den Brennerkopf glühte noch immer ein Feuerring, gespeist von den Kerosindämpfen. Je mehr Treibstoff sich aus dem Faß auf den Boden ergoß, desto größer wurde der Ring. Sanft glomm er vor sich hin, voller Geduld in dem Wissen, was kommen mußte. Nowek versuchte, die Glut auszutreten.

Seine Schuhe fingen Feuer.

»Holen Sie sein Messer! *Bistra*!« Plet zerrte an seinen Fesseln.

Nowek trat die Flämmchen auf seinen Schuhen aus.

»Sein Messer!«

Nowek durchsuchte die Jacke des Pitbulls. Holster. Brieftasche. Schlüssel.

»Schnell!«

Die Kleidung des Mannes hatte sich mit Kerosin vollgesogen. Noweks Finger schlossen sich um einen klebrigen Griff.

Nowek reckte sich auf die Zehenspitzen und zielte mit dem Messer nach dem Seil, an dem Plet hing. Aus der Nähe sah er, daß nicht alle Verätzungen auf Plets Körper vom

Schweißbrenner stammten. Seine Brust war eine Collage aus Tätowierungen: Im Zentrum wiegte eine Jungfrau Maria das göttliche Kind, zu beiden Seiten knieten Engel im Profil, Plets Brustwarzen waren ihre Augen. Plets Arme zierten Dolche, Tränen, kryptische Buchstaben und Zahlen.

Der Schweißbrenner hatte der Jungfrau das Gesicht weggebrannt und auch ein Engelsauge.

Endlich war der letzte Strick durchtrennt, und Plet fiel schwer gegen Nowek.

Der bläuliche Feuerring zeigte einen orangefarbenen Saum. Er verbreiterte sich. Schwache Dämpfe stiegen auf, halb öliger Dunst, halb Rauch. Nowek spürte die Hitze.

Er legte sich Plets Arm um die Schulter und schleppte ihn in den Nebenraum. Er lehnte ihn an einen Tisch. »Warum?«

»Ihretwegen. Sie waren hinter Ihnen her. Ich sollte sagen, wo …«

Nowek ging zurück.

»Wohin wollen Sie?«

Nowek stand an der Tür. Der blaue Ring und die schwarze, ölige Lache schienen aufeinander zuzukriechen, amöbenähnlich.

Sie verschmolzen miteinander.

Es gab einen dumpfen Knall, ein gelbes Aufblitzen, dann ließ die kochende Feuerwalze Nowek zurückweichen. Die Flammen teilten sich, er sah den reglosen Körper des Pitbulls, dann verschwand er wieder hinter einem Hitzevorhang, der sich plötzlich grau verfärbte und Nowek weiter von der Tür zurücktrieb.

»Lassen Sie ihn!«

Nowek lief wieder auf die Tür zu.

Das Feuer hatte eine Stimme. Das leidenschaftliche Gebrüll von Kraft, von Vitalität. Ein Hitzedetektor ließ Wasser von der Decke tröpfeln. Zunächst ein Rinnsal. Dann mehr. Eine Spritzdüse setzte sich in Betrieb, noch eine. Eine Reihe.

Nowek wartete ab, bis sich die Flammen auf eine Seite verlagerten. Dann stürmte er los.

Er war von blendender Helligkeit umgeben. Luft gab es nicht. Seine Haut prickelte.

Jetzt bewegte sich der Pitbull, rappelte sich hoch, versuchte zu stehen, sackte zurück. Seine Haut kräuselte sich wie Wellen, hob sich, sank zusammen, wurde zu einer Hülle reinen Lichts. Nowek schrie, aber seine Stimme ging im Zischen und Prasseln unter. Der Pitbull hob einen Arm. Kleine weiße Feuermurmeln fielen von ihm herab. Nowek bewegte sich auf ihn zu.

Es puffte, blitzte. Nowek wurde von den Füßen gehoben und nach hinten geschleudert. Er prallte gegen die Tür, drehte sich, stürzte und rollte gegen einen Tisch, als ein ungeheurer Hitzeball schmierigen Rauchs aus dem Inferno geschossen kam.

Schwankend stand er auf und sah sich um.

Plet war fort.

Eine neue Hitzewelle schleuderte ihn zu Boden. Er kroch auf die Rollgittertür zu. Ein Schrei. Irgendwo in der Nähe. Eine Antwort. Die Sprinklerdüsen ließen ein beständiges Zischen hören. Nowek erreichte die Tür. Draußen war die Nacht kalt und die Luft sauber wie blankpoliertes Glas.

Drinnen tobte die Hölle.

Nowek schob sich unter der Metalltür hindurch, fühlte die kalte Luft auf seiner Haut. Er stand auf.

»Borja?«

Zwei Männer in dunklem Leder standen im Innenhof und blickten hoch. Sie sahen einander an, dann wieder Nowek.

»Wer, zum Teufel, sind Sie?«

Einen hatte er in Kasnins Büro gesehen. Bevor Nowek antworten konnte, zogen beide Pistolen aus ihren Jacken und zielten zwischen seine Augen.

21.
KAPITEL

LeRoy Rogers schwebte, obwohl seine Arme und Beine gefesselt waren. Schwebte schwerelos über einen schmutzigen Boden. Über ihm brannte eine einzelne weiße Glühbirne. Gefesselt, aber er spürte keine Ketten. Wie ein Geist, ganz so, als wäre er tot. Er konnte sich nicht bewegen, nicht einmal die Augen verdrehen. Sie waren so trocken, als hätten sie tagelang offen gestanden.

Eine Stimme. Er versuchte, den Kopf zu drehen. Ging nicht. Er versuchte zu lauschen. Nichts machte Sinn. Sein Körper schmerzte, als wäre er geschlagen worden. Mußte eins über den Kopf bekommen haben. Scheiße, er hatte doch gar nichts Mieses gesagt. Er hatte den Wisch doch unterschrieben, wollte doch in dieses Lager. Verdammt noch mal, wo war er? Warum hatten sie ihn geschlagen? Ein Mann hatte ein Recht darauf, das zu erfahren, selbst ein Insasse von Travis Maximum Facility.

Wieder die Stimme, dann ein Gesicht. Es verdeckte die Birne. Schlitzaugen, lederartige Haut. Eine Mütze aus struppigem Fell mit einem Stern. Was stellte er vor? Vermutlich eine Art Bewacher.

Das Gesicht verschwand, und eine Metallröhre nahm seinen Platz ein. Eine Röhre mit gegabeltem Ende und einem Draht. Und an seiner Spitze Licht, blaues, blendendes, tanzendes Licht. Heißes Licht. Der Bewacher drückte den Draht an seine kalte, blasse Haut.

Ein Knistern. Ein elektrischer Wasserfall, so hoch wie ein Haus. Ein Lift trug ihn hoch, sehr schnell, sehr hoch, und schleuderte ihn ins Freie. LeRoys Körper begann unkontrolliert zu zucken. Blaue Haut schimmerte rot. Ein Bein knickte ihm unter dem Körper weg. Er merkte es kaum.

LeRoy erinnerte sich an eine staubige Kirche, einen schreienden Prediger. Hin und her schwankende Frauen, für die Hitze zu warm gekleidet, in ihr ohnmächtig werdend. Damals war er ein Kind gewesen, ein verängstigter kleiner Junge. Er erinnerte sich an die Worte. »Jesus, o süßer Jesus, vergib mir meine Sünden.«

Die flehenden Worte durchfuhren seinen Körper, seine Hüften, seine Beine, seine Füße.

Er war nackt wie ein Baby. Hatte nicht einmal seine Schuhe an.

»Steh auf!« Dieselbe Stimme wie zuvor.

Die Röhre war wieder da, spuckte blaues Feuer.

»Steh auf!«

Er versuchte es. Bei Gott, er versuchte es wirklich. Schaffte es auch fast. Bekam ein Bein in Bewegung, einen Arm. Aber nicht schnell genug.

Knirschendes, nervenzerfetzendes Knistern. Überladung. Diesmal flog LeRoy. Er landete auf etwas Weichem. Zitternd starrte er zu der nackten Glühbirne hoch. Zum ersten Mal war ihm kalt. Er ließ sich in das Weiche sinken. Ein Kissen. Ein wenig ausruhen. Nur ein wenig ...

»Aufstehen! Anziehen! Hoch!«

LeRoy schaffte es, sich auf einen Ellbogen zu stützen und den Kopf zu drehen, um den schlitzäugigen Scheißer mit dem Folterdraht anzusehen. Er hatte Durst. Seine Augen wanderten durch den Raum.

Das Weiche, sein Kissen, war ein Mann. Nein. Nicht nur ein Mann. Ein ganzer Haufen Männer lag auf dem Boden. Tief schlafend, vielleicht auch tot. Meistens Schwarze, aber das war keine Überraschung. LeRoy hatte genug Zeit hinter Gittern verbracht, um überrascht zu sein, wenn er im Duschraum seine weiße Haut sah.

Und die anderen. Drei Männer mit Gewehren und der mit dem Folterdraht. Zu ihren Füßen lag ein Stapel dreckiger brauner Kleidung. Folterdraht setzte sich in Bewegung, kam erneut auf ihn zu.

»Nein. Nicht. Ich kann nicht ...« LeRoys Augen flehten. Er wußte, daß seine Stimme nicht laut genug war.

Der Stachelstock rauchte, als ihn die Ladung zuckend vom Boden abhob. Er hustete, ächzte nach Luft. Er urinierte.

Die Männer mit den Gewehren lachten.

»Anziehen! Sofort!«

LeRoy kroch auf den Haufen zu. Er roch die Sachen, bevor er sie berührte. Er griff nach dem Stoff, und festgebackener Dreck platzte ab. Und Ungeziefer. Krabbelte herum, als würde man aus großer Höhe den Hofgang beobachten.

LeRoy legte sich das grobe, stinkende Hemd um die Schultern, als würde er einen anderen anziehen, einen Toten. Und wenn der Rest, die Männer da auf dem Boden alle tot waren? Wenn das hier die Hölle war? Die Hosen konnte er vergessen. Dafür konnte er seine Beine nicht gut genug bewegen. Er sah ein Paar Stiefel. Sie waren aus hartem Filz, nicht aus Leder, und stanken noch schlimmer als das Hemd.

»Hoch! Aufstehen!«

Er kam so rechtzeitig auf die Knie, daß ihm einer der anderen Bewacher mit dem Gewehrkolben gegen die Brust hieb.

Er fiel zurück wie ein nasser Sack. Spürte, daß ihm jemand etwas über einen Fuß schob, dann über den anderen.

Sie streiften ihm die Hosen über seinen Penis. Tuschelten miteinander. Ein Befehl. Stille.

»Steh auf!«

Mühsam rappelte er sich hoch und stand, schwankte von einer Seite zur anderen. Sie schlossen seine Hosen. Folterdraht zeigte auf die Stiefel.

»*Walenki!*«

War das ein Befehl? Etwas, was er tun sollte? Kennen müßte? Sein Name?

»*Walenki! Walenki!*« Folterdraht schrie sich seine schlitzäugige Seele aus dem Leib, und LeRoy wußte, daß das kein gutes Zeichen war.

Er zog sich die Stiefel an. Sie waren nahezu schweißverfault. Aber sie paßten, einigermaßen. Aber rennen konnte man mit ihnen nicht. Verdammt noch mal, wo waren seine Schuhe? Vor einer Minute hatte er sie doch noch, im Büro des Direktors … Dann sah er sie.

Sie steckten an Folterdrahts Füßen.

»Mitkommen! Los!«

Die drei Bewacher traten zur Seite. Er bewegte sich. Ein Fuß nach dem anderen ging, steif und ungelenk, auf die Tür zu. Luft, kalte Luft wehte ihm entgegen. Er lief, schlurfte hinaus und sah sich einer weiten, blendendweißen Fläche gegenüber.

Sand? War er etwa in der verfluchten Wüste? Er blickte an sich hinunter. Auf seine Stiefel. Seine Wie-heißen-die-doch-gleich? Walenki? Es war Nacht. Er holte Atem und roch Kälte, roch Bäume. Auch Männer. Kein Sand.

Großer Gott. Kein Sand. Kein Staub.

Es war Schnee.

Noweks Hemd war von Brandflecken und Löchern übersät. Sein Gesicht schmutzig, seine Haut von einem Kerosinfilm überzogen.

»Weiter«, sagte der Leibwächter hinter ihm.

»Wohin?«

»Keine Angst. Das merken Sie schon.«

Die Eingangshalle endete an einer Treppe, die Treppe führte zu einem langen Korridor hinauf. Er war sanft beleuchtet. Ein wundervoller orientalischer Läufer erstreckte sich über seine ganze Länge. Die Türen bestanden aus feinpoliertem Holz. In ihren Gehäusen fehlten die Feuerlöscher, die Glastüren hatten Jufas Männer offenstehen lassen. Der Rauch war hinaufgezogen und sammelte sich hier im dritten Stockwerk. Jedes Luftholen schlitzte einem den Hals auf wie eine verschluckte Fischgräte. Nowek bemühte sich um flachere Atemzüge. Kleinere Gräten.

»Da hinein. Er erwartet Sie!« Einer von Jufas *byki* stieß ihm den Pistolenlauf in den Rücken. Der andere lief an Nowek vorbei und öffnete die Tür am Ende des Korridors. Ein Luftstrom wurde in Semjon Jufas Büro gesogen. Nowek folgte ihm.

Drinnen saß Jurij Duraschenko auf einem kleinen dreibeinigen Hocker. Hinter ihm stand ein Bewacher mit einer Maschinenpistole.

»Sieh da, der Bürgermeister«, sagte Jufa. »Da verschwende ich meine Zeit damit, aus Ihrem Freund hier herauszubekommen, wo Sie und Ihre Freundin sind. Und wer schneit herein? Sie. Manchmal ist das Leben wirklich komisch. Finden Sie nicht auch?«

Jurij lachte.

Jufa sah den Leibwächter hinter Jurij an. Der setzte seine MP wie eine Keule ein. Jurij lag flach.

»Wenn er muckst, erschieß ihn«, sagte Jufa. Dann zu Nowek: »Sie sehen, wohin Respektlosigkeit führt. Setzen Sie sich.«

Ein Stoß in den Rücken, und Nowek saß neben Jurij.

Hier in seinem Büro wirkte Jufa jeder Zoll wie ein *wor*, ein Mafiaboß. Er saß hinter einem leeren Schreibtisch, dessen Platte mit grünem Filz überzogen war. Hinter ihm dampfte ein Samowar kleine Wölkchen in die Luft. Die war hier sauberer, wegen der offenen Fenster. Die Vorhänge ballten und bauschten sich: Merkur-Kondom mit vollen Segeln auf großer Fahrt. Auf dem Schreibtisch lag ein Gegenstand, ein Brieföffner, ein Dolch mit einem Griff aus Rosenquarz, ein Miniatur-Excalibur. In der Mitte des Raums, abgesondert wie ein geheiligtes Objekt, stand Jufas berühmtes Roulette, auf einer Marmorplatte auf geschnitztem Podest.

»Wo ist Borja?« fragte Jufa.

Eine Sekunde, zwei. Ein Blick wurde ausgetauscht. Keine Antwort.

»Was? Niemand hat ihn gesehen?«

»Er sollte eigentlich im Schuppen sein.«

»Wo er eigentlich sein sollte, habe ich nicht gefragt, verdammt noch mal«, fluchte Jufa. Er griff zu einem tragbaren Funkgerät auf dem Schreibtisch, sprach hinein, schaltete es wieder aus. »Du«, begann er und zeigte auf einen der Leibwächter, »wirst den anderen beim Suchen helfen. Dieser kleine Gauner sollte besser irgendwo sein.«

Ist er auch, dachte Nowek. Borja. Die Koseform von Boris. Der mit dem rasierten Haaransatz. Der, der Nikki Maljeschew mit einem Rohr zu Tode geprügelt hatte. Der, der seinen Stiefel auf seine Brust gesetzt und ihn unter Wasser gedrückt, ihn fast ins Jenseits befördert hatte.

Jufas anthrazitfarbene Augen glitzerten. »Und nun sagen Sie mir endlich, warum Sie hier hereinspazieren und einen Brand entfachen.«

»Das habe ich nicht getan. Einer Ihrer Jungs hat in einem Raum voller Kerosin mit einem Schweißbrenner herumgespielt. Er sollte vorsichtiger sein. So etwas kann leicht schiefgehen.«

Jufas Augen wurden stumpf. Er starrte Nowek unverwandt an. Wie eine Eidechse. Sein olivfarbener Teint wurde noch dunkler. »Kasnin sagte, Sie wären ein Selbstmordkandidat. Ich glaube, er hatte recht.«

»Ich bin kein Experte in Psychologie.«

»Sie sind ein Experte im Unruhestiften. Aber davon gibt es bereits zu viele. Höchste Zeit, dem einen Riegel vorzuschieben.«

»Sie und das Ministerium? Ich dachte, Diebe lehnen es ab, mit Männern wie Kasnin und Gromow zusammenzuarbeiten.«

»Sie arbeiten mit mir zusammen.«

»Es war schon immer mein Verdacht, daß Sie und die Partei eine Menge gemein haben.«

Jufa drückte mit einem dicken Daumen auf die Schreibtischplatte. »Die Partei kümmert sich um die Partei. Früher waren sie die ganz großen Tiere. Jetzt sind sie nur eine weitere Bande. Wir sind diejenigen, die das Land am Leben erhalten. Und in schweren Zeiten ist das keine leichte Aufgabe.«

Schwere Zeiten. Ein *apparatschik* hätte kaum besser erklären können, warum er seine Norm nicht erfüllt hatte. »Also sind Diebe jetzt der öffentliche Dienst?«

»Das waren wir immer. Sehen Sie sich um. Sie haben doch alles ruiniert. Sogar die Chinesen leben besser als wir. Wer sorgt denn dafür, daß es Benzin zu kaufen gibt? Ein bißchen warmes Wasser zu trinken? Medikamente? Sie? Nein. Wir. Geschäft ist Geschäft. So funktioniert Rußland.« Er lehnte sich in seinem Sessel zurück. »So hat es immer funktioniert. Verstehen Sie, was ich sage?«

»Ich verstehe, warum Gromow Sie braucht. Aber warum brauchen Sie ihn?«

»Ein bißchen Lässigkeit ist gut. Zuviel ist schlecht. Ein Staatsanwalt kann dem Grenzen setzen.«

»Unbefugtem Diebstahl beispielsweise?«

»Genau.« Jufa machte eine Kopfbewegung zum offenstehenden Fenster. »Da draußen gibt es keine Ordnung. Aber hier drinnen sind wir wie eine Familie. Ein Mitglied sorgt für das andere.« Sein breites Gesicht saß direkt auf den Schultern. Einen Hals schien er nicht zu haben. Seine schwarzen Haare glänzten. »Borja ist verschwunden.«

»Das sagten Sie schon.«

»Borja ist mein Sohn.«

Nowek entging der Schmerz auf Jufas Gesicht nicht. Sein Sohn. Seine Zukunft. Vom Feuer eingeschlossen. Zu Asche verbrannt. Das komplizierte den Gang der Dinge. Wenn sie Borja erst einmal gefunden hatten, gab es keine Chance zum Verhandeln mehr. Überhaupt keine Chance. »Ich habe eine Tochter«, sagte er. »Auch sie ist verschwunden.«

»Warum erzählen Sie mir das?«

»Weil ich Ihnen ein Geschäft vorschlagen möchte.«

»Machen Sie nicht den ...«, begann Jurij, aber ein Schlag mit der Pistole brachte den jungen Piloten zum Schweigen.

»Noch ein Wort, und du bringst ihn hinaus«, sagte Jufa. »Und? Reden Sie.«

»Ihre Leute haben Nikki Maljeschew einen Besuch abgestattet.«

»Maljeschew ist ein *fartsowtschik*«, sagte Jufa. Ein kleiner Straßenhändler und nicht wert, daß sich ein *wor* wie Jufa mit ihm befaßte. »Aber warum interessiert Sie das?«

»Ihre Geschäfte interessieren mich. Sie haben etwas von ihm gekauft. Etwas, was sonst niemand kaufen würde. Lebensmittel, die kein vernünftiger Mensch anrühren, geschweige denn essen würde.«

Jufa musterte ihn prüfend. »Warum sollte ich einem Dreckstück wie Maljeschew etwas abkaufen?«

»Weil Sie in Markovo der einzige Käufer für alte Armeerationen sind.«

Jufa lächelte. »Hören Sie. Maljeschew war ein Pudel, der sich für einen Wolf hielt.« Das Lächeln verschwand. »Er wollte etwas verkaufen, was ihm nicht gehörte. Es gehörte mir. Das verstößt gegen das Gesetz. Mein Gesetz.«

»Und da haben Sie ihn töten lassen.«

»Wenn Ihnen jemand auf den Schwanz tritt, unternehmen Sie etwas dagegen. So etwas kann man nicht durchgehen lassen. Nicht in meiner Welt.«

»Ihre Leute waren auch in meinem Haus.«

Jufas Augen war nichts zu entnehmen. Keine Emotion. Kein Eingeständnis. Nichts.

»Sie sind auch in Andrej Ryschkows Wohnung eingebrochen. Sie haben dort etwas gesucht. Aber es war nicht da, weil ich es habe. Ich bin bereit, mit Ihnen ein Geschäft abzuschließen. Sie können die Bänder haben. Sie wissen doch, welche? Natürlich wissen Sie es. Aber dafür will ich meine Tochter zurückhaben. Noch heute nacht.«

»Geschäfte«, schnaubte Jufa verächtlich. »Ryschkow wollte auch mit mir handeln, aber er war kein guter Geschäftsmann. Er hat nicht begriffen, daß der Käufer den Preis bestimmt, wenn es nur einen Interessenten auf dem Markt gibt.«

»Ryschkow wollte Ihnen die Videobänder verkaufen?«

»Fragen Sie mich nicht, warum er sie für so wertvoll hielt. Ich wollte lediglich behilflich sein. Ihm einen Gefallen tun. Aber letztendlich konnten wir zu keiner akzeptablen Vereinbarung kommen. Ich brachte ihn mit anderen zusammen. Die Verhandlungen scheiterten. Den Rest können Sie sich denken.«

Nowek dachte nach. Konnte Ryschkow mit Annas Videobändern ein kleines Nebengeschäft mit Jufa versucht haben? Fraglos. Mit wem hatte Jufa ihn zusammengebracht? Mit AMR? »Entschuldigen Sie, aber ich halte es für einen Irrtum zu glauben, es gäbe nur einen Interessenten. Ich denke, es gibt eine ganze Welt von Interessenten für einen Mann, der nicht existiert.«

Wieder drückte Jufa mit dem Daumen auf den grünen Filz. »Die Welt ist hier, Bürgermeister. Und in ihr habe ich das Sagen. Von anderen Welten zu sprechen ist wie das Reden von einer Farbe, die keiner von uns je erblicken wird. Vor allem Sie nicht. Vor allem jetzt nicht. Über Ihre Tochter weiß ich nur soviel, daß sie es morgen bedauern wird, wenn Sie mir heute nicht geben, was ich haben will. Ich will die Amerikanerin. Sofort. Ich erweise Ihnen einen Gefallen, daß ich überhaupt mit Ihnen spreche. So. Ist das akzeptabel?«

»Nicht, wenn es der gleiche Handel ist, den Sie Ryschkow vorgeschlagen haben.«

Jufa beugte sich vor. »Wir haben ihn nicht angerührt. Mein Wort darauf, daß wir ihn nicht angerührt haben. Man könnte durchaus sagen, daß er sich wegen der Bänder selbst umgebracht hat. Nun? Wie ist es?«

Die Bänder. Der Amerikaner, der nachts durch die Taiga lief. Die alten Armeerationen. Anna. Nowek spürte, wie sich die Nacht auf einen Punkt zuspitzte, eine kurze Zeitspanne, allzukurz und erschreckend spröde. Wie ein Eiszapfen, der unter den Sonnenstrahlen brach. »Vielleicht sind sie doch wertvoller, als Sie glauben.«

»Nein.«

»Vielleicht sind sie AmerRus sehr viel wert. Oder Oberstaatsanwalt Gromow? Sie sind sein Geschäftspartner. Vermutlich wissen Sie, wieviel er dafür bekommt, illegal Amerikaner nach Sibirien einreisen zu lassen.«

»Gehen Sie zu ihm, fragen Sie ihn. Er will schon den ganzen Tag mit Ihnen sprechen.«

»Ich frage Sie. Wer sind diese Leute?« Nowek beugte sich vor. Der *byki* hinter ihm versteifte sich. »Was machen sie da oben in Elgen? Wen läßt man dort hinter Stacheldraht verschwinden? Doch bestimmt keine Diebe. Dafür sorgen Sie zu gut füreinander. Wie eine Familie. Wer ist es diesmal?«

»Keine Ahnung, wovon Sie reden.«

»Ich bitte Sie. Ein Mann wie Sie hat doch keinen Grund, das zu leugnen. Wir leben in Ihrer Welt, oder? Sie wissen über Elgen Bescheid. Es ist ein altes Lager. In Rußland werfen wir nie etwas weg. Schließlich können wir nicht wissen, ob wir es vielleicht wieder einmal brauchen. Und es war noch nie leicht, Sibirien zu verlassen. Denken Sie nach. Die letzten japanischen Gefangenen aus dem großen vaterländischen Krieg? Sie haben Sibirien im Jahr zweiundneunzig verlassen.«

»Na und?«

»Die Koreaner unterhalten heute Holzfällerlager im Süden. In den siebziger Jahren saßen Amerikaner aus dem Koreakrieg noch immer in den Gefängnissen.«

»Vielleicht sollten Sie ein Geschichtsbuch schreiben, wenn sich Ihnen die Chance dazu bietet.«

»Wen lassen sie jetzt hinter dem Zaun verschwinden?«

Jufa zuckte die Schultern. »Irgendwie finde ich das erstaunlich. Die Amerikaner beißen sich in den Schwanz, ein schlauer Junge wie Ryschkow ist tot, zwei Ihrer Milizionäre. Der Oberstaatsanwalt höchstpersönlich will Ihren Kopf. Und doch wissen Sie offenbar noch immer nichts.«

»Ich weiß, daß man Elgen für irgend etwas nutzt. Die Amerikaner haben damit zu tun. Ein Gelände wie dieses ist nur für eine Sache zu gebrauchen. Es war früher ein Gulag. Ich glaube, das ist es noch immer.«

»Los, schreien Sie es in die Welt hinaus. Es wird Ihnen niemand glauben. Ein Videoband, Ryschkow, irgendwelche alten Armeerationen. Maljeschew. Niemand würde diese Dinge miteinander in Verbindung bringen und dann auf den Gulag kommen. Kein Mensch.«

»Sie irren«, sagte Nowek. »Ich habe es getan.«

»Das ist Ihr Problem. Nicht meines.«

»Wen sperrt man da ein?« wollte Nowek erneut wissen. »Baptistenmissionare? Koreanische Holzfäller? Mormonen? Tschechische Rebellen? Irgendwelche Leute sind es. Noch weiß ich es nicht, aber ich kann es förmlich riechen. Wer ist es diesmal?«

»Ich weiß nicht, wovon Sie reden, und Sie offenbar auch nicht.« Das Funkgerät surrte. Jufa nahm es, lauschte, sein Blick flog zu Nowek. Mit versteinertem Gesicht legte er langsam wieder auf. »Hol den Lieferwagen«, sagte er zu einem der Leibwächter.

»Jufa …«

»Nein«, sagte Jufa. Er schluckte. Sein Gesicht war nicht länger ausdruckslos. Er schien den Tränen nahe zu sein. »Mein Sohn. Mein …« Er brach ab, schüttelte den Kopf. »Es gibt kein Geschäft.«

Draußen krachte es metallisch. Einen Moment lang starrten alle verblüfft auf die Vorhänge.

»Sieh nach«, sagte Jufa.

Noweks Bewacher trat ans Fenster und schob die Vorhänge in dem Moment beiseite, als es erneut krachte, gefolgt vom Klirren zerbrechenden Glases. Die Alarmanlage eines Autos heulte auf.

Jufa sprang so schnell auf, daß sein Sessel nach hinten kippte.

Jurijs Augen gerieten in Bewegung. Der Brieföffner auf Jufas Schreibtisch. Ein *byki* sah aus dem Fenster. Der andere stand hinter ihm mit der automatischen Pistole. Einer HK SP89. Auf dem Markt dreitausend Dollar wert. Aber jetzt war sie sehr viel mehr wert. Warte ab und werde umgebracht. Handle schnell, und du hast vielleicht eine Chance.

Vielleicht mußte reichen.

Jurij sprang hoch und rammte dem *byki* einen Ellbogen in den Leib. Es war, als träfe man auf eine solide Steinwand. Die HK zitterte nicht einmal, als sie auf Jurij gerichtet wurde.

Jurij machte einen Satz auf Jufa zu. Er schnappte sich den Brieföffner und sprang über den Schreibtisch. Mit erhobenen Händen stand der Ukrainer an der Wand, direkt im Schußfeld seines Leibwächters. »Nein!« schrie er, als eine 9-mm-Salve die Wand über ihm zerfetzte. Gips rieselte herunter, mischte sich mit gelbem Pulverrauch.

Der Leibwächter am Fenster drehte sich um, die Hand in der Jacke.

Jurij packte Jufa und bohrte ihm den Brieföffner in den halslosen Nacken. Jufa war so weich wie Jurij hart. Ein Blutstropfen rollte über seinen engen Kragen. »Sagen Sie ihnen, sie sollen die Waffen fallen lassen.«

Der Pitbull am Fenster hatte seine Waffe gezogen.

»Sagen Sie es Ihnen, oder ich rolle Ihren Kopf die Treppe hinunter!« Jurij verschanzte sich hinter Jufas breitem Rücken. Er stieß den Brieföffner tiefer. Jufas Augen glitzerten weiß.

Er konnte nicht sprechen. Er versuchte es. Er zwinkerte.

Der junge Pilot drückte den kleinen Dolch noch tiefer. »Auf den Boden! Sagen Sie es ihnen!«

Jufa nickte hastig.

Beide Waffen fielen. Nowek war der HK am nächsten. Er hob das häßliche Ding auf wie eine Schlange, die tot sein konnte oder auch nicht. Die Waffe war schwer, wog gut drei Kilo und rutschte ihm fast aus den kerosinschlüpfrigen Händen. Der Griff war warm, im Magazin jede Menge Messing zu sehen.

Der *byki* am Fenster balancierte auf den Fußballen. Tänzelte, bereit zum Sprung. Wenn er sich bewegte, würde Nowek schießen müssen. Er sah den Leibwächter an, setzte all seine mentalen Überredungskünste ein. Nicht. Rühr dich nicht. Bleib, wo du bist.

Er rührte sich.

Jurij schleuderte Jufa in seine Richtung. Pitbull und Boß prallten gegen den Fensterrahmen. »Schießen!« schrie Jurij Nowek zu, als sie sich voneinander lösten.

Nowek richtete die Waffe auf sie.

»Schießen Sie endlich!«

Draußen krachte und klirrte es wieder. Der Autoalarm kreischte.

»Keine Bewegung«, sagte Nowek zu Jufa und seinem Leibwächter.

»Sie können es nicht«, sagte Jufa. »Das spüre ich.«

Eine Eule, ein Adler, ein Hai. Ein Musiker. Jufa hatte recht. »Hauen Sie ab«, sagte Nowek zu Jurij.

Der Pilot sprintete zur Tür.

Jufa hatte sich zum Schreibtischrand bewegt. »Hier ist kein Platz für Sie. Hier nicht und nicht in Irkutsk. Nirgendwo. Und Ihre Tochter? Ich kenne einen Ort, wo man sie zu Tode ficken wird, Herr Bürgermeister. Bei lebendigem Leib zerfleischen. Aber selbst das ist besser als das, was meinem armen Borja zugestoßen ist.«

»Rühren Sie sich nicht von der Stelle.«

Lachend faßte sich Jufa in den Nacken. »Ihr Freund hatte recht. Sie hätten auf den Abzug drücken sollen.«

»Keine Bewegung!«

»Sie sind keine Führungspersönlichkeit. Sie sind kein Vater. Sie sind ja nicht einmal ein Mann.«

Vielleicht krümmte sich sein Finger, vielleicht war der Auslöser schlüpfrig. Er konnte ihn nicht abgedrückt haben. Aber die Waffe explodierte ruckartig in seiner Hand und schickte einen Kugelhagel durch den Raum. Als der Hammer schließlich in eine leere Kammer fiel, lagen Jufa und der Leibwächter auf dem Boden. Der Rauch war dicht, und als er sich verzogen hatte, sah Nowek, daß es sich bei seinem Verbrechen nur um versuchten Mord handelte. Sie lebten beide und starrten ihn verdutzt an.

Er zog die Holztür hinter sich zu und rannte Jurij hinterher. Die Treppe hinunter, durch die Eingangshalle. Er sah Jurij zur Tür hinauslaufen, hörte einen kurzen scharfen Pfiff.

»Plet!«

Nowek lief Jurij hinterher, warf die leere Waffe in den Schnee und sah zu, wie Plet mit dem Schraubenschlüssel Jufas BMW zerschlug.

Noch immer nackt bis zur Taille, ging der riesige Mann mit seinem Lieblingswerkzeug äußerst sorgfältig vor. Mit eisenharten Armen und schweißnasser Stirn war er dabei, das personifizierte Übel des Kapitalismus zu zerschmettern. Das Rückfenster zerbröckelte. Der Alarm schrillte. Plet holte aus und zerschlug die Rücklichter. Der Alarm schrillte. Die Engel auf seiner Brust beteten nicht mehr. Es waren Racheengel.

Nowek blickte hoch und sah wieder Schatten hinter den Vorhängen. Ein Pistolenlauf schob sie zur Seite.

»Plet!«

Ein leuchtendgelber Feuerstoß kam aus Jufas Fenster. Ein Metallhagel perforierte guten deutschen Stahl.

Das Dröhnen eines Motors.

Ein weißer Landcruiser mit Tschutschin hinter dem Steuer kam schlitternd zum Stehen. Anna stieß die Tür auf, als sich ein neuer Kugelschauer in den Innenhof ergoß.

Tschutschin beugte sich heraus, zielte, und drei weiße Blitze erhellten den Hof, gefolgt von krachendem Donner. Das Fenster wurde dunkel.

Nowek hechtete in den Landcruiser, als Tschutschin wendete. Plet sprang auf die hintere Stoßstange und griff nach dem Dachgepäckträger. Er zog sich hinauf, klammerte sich fest.

Das Quietschen durchdrehender Reifen, ein plötzliches Schlingern, als sie faßten. Sie fuhren los. Jurij rannte hinterher. Plet verankerte einen Arm um den Gepäckträger und streckte Jurij seinen Schraubenschlüssel entgegen. Der packte ihn, und Plet zerrte ihn zu sich aufs Dach.

Sie rumpelten durch das Fabriktor und hinaus in die Nacht.

Tschutschin ging in die Kurve. Der Mond schwankte von einem Fenster zum nächsten, verschwand dann hinter einer Mauer. Als er wieder auftauchte, war er nur ein schwaches Leuchten hinter einer Wolke.

»Sie bekommen eine Gehaltserhöhung«, sagte Nowek, als sein Atem wieder ruhiger ging. »Wo haben Sie das Benzin her?«

Tschutschin griff neben seine Füße und hielt einen langen Gummischlauch hoch. »Von dem, der hat, für den, der braucht. Kasnins Volvo war randvoll. Ich dachte, er würde es nicht brauchen. Haben Sie ihn gesehen?«

»Nein.«

»Dieser Hubschrauber war der gleiche. Den habe ich ...«

»Ich weiß. Halten Sie irgendwo an, wo es dunkel ist.«

Tschutschin fuhr auf ein von drei Seiten von Ziegelbauten umgebenes, leeres Grundstück. Hier lag der Schnee noch hoch, fast bis zu den Türen des Landcruiser. Wie ein Schlitten glitt der Wagen über den karstigen Schnee, hielt an. Die Lichter gingen aus.

Jurij und Plet kletterten neben Anna. Plet mit dem Schraubenschlüssel. Er schien zu seinem Arm zu gehören. Die harte, zupackende Schere eines Hummers.

»Ich stehe in Ihrer Schuld, Herr Bürgermeister«, keuchte Jurij. »Aber Sie hätten ihn erschießen sollen. Damit hätten Sie allen einen Gefallen getan. Er wird sich an Ihnen rächen. Er redet vielleicht wie ein Mensch, aber er ist ein Ungeheuer.«

»Das war sein Sohn auch.«

Plet grunzte etwas Unverständliches.

»Warum haben Sie ihm diese Geschichte von Ihrer Tochter erzählt?« fragte Jurij. »Es hat ihn doch gar nicht interessiert.«

»Es war keine Geschichte.«

Jurijs Brauen hoben sich. »Sie haben sie?«

»Sie ist in Tunguska«, sagte Anna.

Jurij schien Anna erst jetzt zu erkennen. »Sie war ja die ganze Zeit hier. Sie hätten tatsächlich ein Geschäft mit ihm abschließen können. Warum haben Sie es nicht getan?«

»Geschäft?« fragte Anna.

Er drehte sich zu ihr um. »Sie haben Ihrem Freund Ryschkow eine Kopie dieses Bandes gegeben. Er wollte sie seinem Bruder schicken, damit der den Mann identifiziert. Stimmt's?«

»Das wissen Sie doch alles.«

»Ich weiß auch, daß er versuchte, sie Jufa zu verkaufen.«

»Das hätte er nie ...«

»Er hat. Jufa hat ihn mit AmerRus in Kontakt gebracht, und Sie wissen, was dann passierte. Jufa sagte, daß er ihn nicht getötet hat. Und wissen Sie was? Ich glaube ihm. Auch ein Dieb hat schließlich seine Ehre. Im Gegensatz zu Kasnin. Und Gromow.«

»Andrej hätte mich nie belogen.«

»Vertrauen Sie ihm etwa noch immer? Warum? Weil Sie sich einmal geliebt haben? Das reicht nicht aus. Seine Frau könnte das gleiche sagen.«

Sie preßte die Lippen zusammen.

Aber Nowek war noch nicht fertig. »Ryschkow wußte, daß Jufa erkannte, was auf dem Band zu sehen war und warum niemand es sehen durfte. Das Problem war nur, daß er sich für wichtig hielt. Für zu wichtig. Ryschkow hatte ein hübsches, dichtes Dach über dem Kopf. Er war überzeugt davon, daß seine ›Staatsgeheimnisse‹ ihn schützen würden. Aber sein Papierdach war nicht stabil genug.«

Ein Milizauto mit Blaulicht bog um die Ecke. Es raste in Richtung Merkur-Kondom-Fabrik davon.

»Ich frage mich immer wieder«, sagte Nowek, »wie AmerRus ohne Öl zu Geld kommen kann. Wie Jufa mit dem Verkauf verdorbener Armeerationen Geld verdient. Warum Ryschkow die Verpachtung eines alten Lagers vermitteln sollte. Offenbar drei Mysterien. Aber mit einer Antwort. Ein Rätsel.« Er drehte sich zu Jurij um. »Vielleicht können Sie mir bei der Lösung helfen, Jurij?«

»Ich?«

»Sie. Denn Sie gehören mit zu dem kleinen Arrangement. Sie haben diese Rationen nach Norden geflogen, mit Jufa Geschäfte gemacht. Sie und Jufa sind Partner.«

»Partner? Wovon reden Sie? Sie haben mich doch in seinem Büro gesehen? Sah ich vielleicht aus wie ein Gast?«

»Ich habe Sie gesehen«, erwiderte Nowek. »Ich erinnere mich aber auch an eine Kiste Armeerationen in Ihrem Flugzeug.«

»Hören Sie, das war alles früher«, sagte Jurij. »Wir arbeiten nicht mehr für Jufa. Was soll das alles eigentlich? Ist das ein Verhör? Warum haben Sie uns da herausgeholt?«

»Sie wissen über AmerRus Bescheid. Sie wissen, was sie machen.«

»Ich weiß nur, daß ich tot wäre, wenn Sie mich nicht vor diesem ukrainischen Misthund gerettet hätten. Und jetzt behandeln Sie mich, als wäre ich der Kriminelle.«

»Ich halte Sie auch für einen. In diesem Land gibt es Gesetze, die die Beteiligung an korrupten Unternehmungen unter Strafe stellen. Vielleicht finde ich einen Richter, der sich Ihres Falles annimmt. Wenn nicht, kann ich Sie lange genug festhalten, bis Jufa Sie findet. Oder Gromow. Das könnte recht heikel werden. Sie begreifen sicher ...«

»Besser als Sie. Sehen Sie endlich den Tatsachen ins Gesicht. Die sind die Richter. Die sind das Gesetz. Sie sind der Außenseiter. Diese Misthunde in Irkutsk haben in allem ihre Finger drin. Warten Sie's ab, bis Sie ihnen in die Hände fallen. Deshalb kann ich Abwarten wirklich nicht empfehlen.« Er sah sich nervös um. »Hören Sie. Als AMR hier auftauchte, sind wir täglich für sie geflogen. Geometer. Proviant, Ausrüstungen. Ein paar Jagdausflüge mit Investoren aus

Amerika. Da passierte wirklich was. Die Dinge waren in Bewegung. Sie taten ganz so, als wären sie daran interessiert, Öl zu finden.«

»Was für Jagdausflüge?« fragte Anna.

»Was glauben Sie denn? Sie haben die Jagdgründe für sie doch bereichert. Und dann plötzlich, wie aus heiterem Himmel, hörte das alles auf. Keine Berater, keine Geometer, nicht einmal mehr Jäger. Wir schienen für sie nicht mehr zu existieren. Wir kamen ja nicht einmal bis auf ihre Schwelle. Also stand ich vor der Frage, mit Jufa Geschäfte zu machen oder zu verhungern.«

»Welche Art von Geschäften?«

Jurij schüttelte den Kopf. Er langte nach dem Türgriff, aber Plet war schneller. Der große Schraubenschlüssel legte sich wie eine Sperre vor die Tür.

»Sag's ihm.«

»Was soll ich ihm sagen?« Er versuchte, am Türgriff zu zerren, aber der Schraubenschlüssel wich nicht von der Stelle. »Laß uns abhauen.«

»Nein.« Plet rührte sich nicht. Jurij konnte es nicht.

»Willst du sein Schicksal teilen? Morgen ist er mausetot. Warum ich?«

»Wenn er morgen tot ist«, sagte Plet, »überlebt er dich um eine Nacht.«

»Was plagt dich eigentlich? Ein Anfall von Moral?«

»Ich habe meine Gründe.«

»Ich würde gern wenigstens einen davon erfahren.«

Plet schob den schweren Schraubenschlüssel vor Jurijs Brust.

Jurij hörte auf, sich zu wehren. »Das ist Meuterei.«

»Nun?« fragte Nowek.

Jurij sah Plet an, dann wieder Nowek. »Dreimal. In Ordnung? Dreimal. Sie schickten uns zur Baikal-Amur-Bahnlinie. Wir landeten neben den Gleisen und warteten. Ein Zug kam. Er hielt nicht an. Das war auch nicht nötig. Sie wissen, wie langsam sie fahren müssen. Sie warfen Kisten in den Schnee. Die luden wir ein und flogen los.«

»Wohin?«

»Wohin wohl? Nach Tunguska. Was AmerRus mit den Kisten machte, haben sie mir nie verraten. Mein Auftrag war beendet.«

»Sie räumen also ein, zu Jufas Organisation zu gehören.«

»Essen Sie? Atmen Sie? Jeder in Markovo gehört zu seiner Organisation. Jeder außer Ihnen und diesem Schwachkopf Maljeschew. Wäre der ein bißchen vorsichtiger gewesen, könnte er noch leben. Eines Tages wird man das auch von Ihnen sagen.«

»Ich werde es abwarten. Sie haben einige dieser Rationen an Maljeschew verkauft?«

Wieder sah Jurij Plet an. »Also gut. Ich will aufrichtig sein. Wir haben ein paar Kisten zurückbehalten. Ich dachte, daß dahinter mehr stecken mußte, als es den Anschein hatte. Wer sollte das Zeug essen wollen? Niemand. Sie waren damals schon so schlecht wie heute. ›Nicht für den Verzehr nach einundneunzig bestimmt.‹ Wie die heute wohl aussehen!«

»Ich habe sie gesehen.«

»Ich auch. In Tunguska gab es niemanden, der sie auch nur anfassen wollte. Die russischen Arbeiter werden besser verpflegt als die Leute in Markovo, und die Amerikaner? Ich bitte Sie. Die haben Steaks, die haben Hummer. Die scheißen doch Seife, originalverpackt. Ich war davon überzeugt, daß etwas anderes dahintersteckt.«

»Schmuggel«, sagte Nowek.

»Offensichtlich. Aber ich habe ein paar Büchsen aufgemacht und keine Diamanten gefunden, Bürgermeister. Keine Drogen. Nichts als das, was auf dem Etikett stand. Müll. Also habe ich den Rest Maljeschew verkauft. Was er damit machte, war seine Sache. Und was Sie jetzt daraus machen, ist die Ihre.«

Was hatte Jufa gesagt? Daß Maljeschew etwas verkaufen wollte, was ihm nicht gehörte?

Jurij hielt Noweks Miene für Ungläubigkeit. »Es stimmt. Was sollte ich denn tun? Mir blieb keine Wahl. Ein Geschäftsmann muß schließlich Geschäfte machen.«

»Ich habe gute Neuigkeiten für Sie. Wenn Sie Arbeit suchen, dann sind Sie bei mir an der richtigen Adresse«, sagte Nowek.

»Was für Arbeit?«

»Einen Auftrag für die Kranich-Fluglinie. Sie werden mich noch heute nach Tunguska fliegen.«

»Gut. Aber warum nicht erst nach Paris? Dort herrscht angenehmeres Wetter.«

»Ich mache keine Witze, Jurij. Meine Tochter ist da oben, und Sie sind der einzige Pilot mit einem Flugzeug, den ich kenne.«

»Betteln Sie nicht. Beschlagnahmen Sie die Maschine!« sagte Tschutschin.

Nowek schüttelte den Kopf. »Ich brauche auch einen Piloten.«

»Richtig.« Jurij nickte. »Ein Flugzeug, ein Pilot. Mit Schinken kann man sich ein Omelett braten. Wenn man ein Ei hat. Bis dann, Herr Bürgermeister.« Er griff nach der Tür. »Laß uns aussteigen.«

»Warten Sie!«

Alle sahen Anna an.

»Wieviel muß man Ihnen bieten, damit Sie nach Tunguska fliegen?«

»Es lohnt sich nicht, darüber auch nur zu reden«, sagte Jurij.

»Tigerknochen bringen fünfhundert Dollar pro Gramm. Das lohnt sich doch.«

»Anna!« rief Nowek, aber sie winkte ab.

»Im Kleinverkauf«, korrigierte Jurij. »Hier bringen sie nicht mehr als dreitausend pro Kilo. Warum?«

Nowek sah Anna an. »Was soll das?«

»Er will bezahlt werden«, zischte sie kaum hörbar durch zusammengepreßte Lippen. »Also würden hundert Kilo dreihunderttausend Dollar einbringen?« fragte sie Jurij laut.

»Mehr oder weniger. Wo sind diese zwei Zentner Tigerknochen?«

»In einer Kiste. In mehreren Kisten. Sie warten auf Sie. In Tunguska. Aber Sie müssen uns heute noch hinfliegen, um sie zu bekommen.«

Uns, dachte Nowek. Warum war dieses Wort so klein, so groß?

Jurij sah sie an. Er war nicht geneigt, Nowek zu glauben. Aber Anna Wereskaja war eine andere Sache. Sie war die Tigerlady. Zwei Zentner Knochen? Genug, um ein paar neue Flugzeuge zu kaufen. Um irgendwoanders einen neuen Anfang zu machen, irgendwo, wo man noch nie vom Ministerium gehört hatte. Oder von Staatsanwalt Gromow. Irgendwo, wo Hummer den Sommer verbrachten, nicht den Winter.

»Sie können ihm diese Knochen nicht geben«, sagte Nowek.

»Ich gebe ihm gar nichts. Ich verkaufe sie.«

»Woher soll ich wissen, daß es diese Knochen überhaupt gibt?« erkundigte sich Jurij.

»Das wissen Sie nicht«, erwiderte Anna. »Aber Sie wissen, daß dieses gute Angebot jetzt gilt. Morgen, wenn Kasnin uns aufgespürt hat, werden Sie keinen Cent bekommen. Dann gibt es nichts als eine Reihe verärgerter Leute, die sich fragen, wo Sie sind und warum Sie uns geholfen haben. Andererseits gehen Sie zwar ein Risiko ein, werden aber dafür belohnt. Wie ist es? Sind wir im Geschäft oder nicht?«

Breit grinsend, zog Jurij die Tür wieder zu. »Wissen Sie, was, Bürgermeister? Ich habe mich geirrt. Sie ist doch Amerikanerin.«

Nowek sah Tschutschin an. »Fahren Sie«, sagte er.

Als der Wagen losfuhr, fiel nasser Schnee aus einer kleinen Wolke und überzog die Windschutzscheibe, die Welt, mit schmelzenden Sternen.

22. KAPITEL

Nowek rollte die Karte auseinander, die sie in Ryschkows Garage gefunden hatten, und reichte sie Jurij.

»Ich brauche keine Karten. Ich habe schon einmal gesagt, daß ich Tunguska mit der Nase finde. Aber ein Versuch ist alles, was ich Ihnen bieten kann. Wenn wir landen können, schnappen Sie sich Ihre Tochter, meine Knochen, und ab geht's. Wenn nicht, wenn sie noch immer die Landebahn blockiert haben ...« Er zuckte die Schultern.

»Wir werden landen können.« Nowek flog nicht nach Tunguska, um ohne Galina wieder umkehren zu müssen.

»Jetzt sind Sie wohl auch noch Pilot?« erkundigte sich Tschutschin.

»Ich denke in ganz neue Richtungen, Tschutschin.« Nowek musterte seinen Chauffeur. »Ich könnte sogar anfangen, selbst durch die Gegend zu fahren. Wer weiß?«

»Pah.«

»Was macht AmerRus mit einem Gelände wie Elgen?« fragte Anna.

Vorstellungen waren wohlfeil, Beweise hart. Nowek konnte es sich leisten, ein paar billige Münzen zu verteilen. »Sie könnten es nutzen. Oder anderen die Nutzung gestatten.«

»Wozu?«

Wer war schon bereit, verdorbenes Zeug zu schlucken? »Gefangene. Ich habe darüber nachgedacht. Das ist das einzige, was Sinn macht. Es müssen Häftlinge sein.«

Das Wort waberte herum wie Gas, wie Rauch, löste sich in Schweigen auf. Schließlich sagte Anna: »Dann könnte der Amerikaner auf dem Tigervideo ein ...«

»... ein Bewacher gewesen sein. Jemand, den sie eingeflogen haben. Eine Art Berater«, sagte Nowek. »Neuerdings gibt es in Rußland jede Menge amerikanische Berater. Aber, um ehrlich zu sein, wenn es um Gulags geht, brauchen wir sie nicht.«

»Genau«, mischte sich Tschutschin ein. »Im Hinblick auf Gefängnisse und Häftlinge ist Sibirien längst führend in der Welt. Wir könnten den anderen Berater schicken.«

Damit hatte er natürlich recht. Jahrhundertelange Erfahrung. Unendliche Weiten. Billige Arbeitskräfte. Wer braucht da schon Berater, fragte sich Nowek. Aber was war dieser Amerikaner?

»Nun, was sie auch tun«, sagte Jurij. »Wir müssen jedenfalls sehr schnell sein. Vergessen Sie nicht, die Amerikaner beherrschen Tunguska wie ihr eigenes Land. Aber wenn es da so viele Tigerknochen gibt, wie Sie sagen ...«

»Ich habe sie seit nunmehr fast zwei Jahren gesammelt.«

Alle sahen sie an.

»Knochen von dreiundvierzig Tieren. Das sind mehr als zweihundert Kilogramm.«

»Zweihundert? Ist Ihnen eigentlich klar, was die wert sind?«

»Ja.«

»Wenn Sie die in Wladiwostok auf den Markt bringen, bekommen Sie mehr als eine halbe Million Dollar.« Jurij hörte sich geradezu ehrfürchtig an.

»Sie vergessen eine Sache, Herr Geschäftsmann«, sagte Tschutschin. »Das, was auch Ryschkow vergessen hat.«

»Und was ist das, Großväterchen?«

»Sie müssen am Leben sein, um sie verkaufen zu können.«

Tschutschin zog an der Zigarette, die ihm Jurij gegeben hatte. Die Marlboro schmeckte besser als seine Papirossas. »Elgen. So lange war es nur eine Erinnerung. Manchmal habe ich mich sogar gefragt, wie es passieren konnte und ob es überhaupt passiert ist.« Tschutschin schwieg. Es war nicht so leicht, an die Scheinwerfer zu denken, die Baracken, die Wachtürme. Er hatte zwanzig Jahre als Bewohner des unsichtbaren Imperiums verbracht.

»Erzählen Sie uns, woran Sie sich erinnern«, sagte Anna, und jeder im Auto, auch Plet, der seine eigenen Geschichten zu erzählen hatte, beugte sich vor, um besser zuhören zu können.

»Ich werde Ihnen nicht erzählen, warum ich dort war. Wer weiß. Aber ich war kein Dieb, soviel kann ich sagen. Als Dieb wäre es mir sehr viel besser ergangen. Diebe waren im Lager die Könige.«

»Jetzt beliefern sie uns mit Nahrung«, sagte Nowek.

»Sie verfrachteten uns in Norilsk auf große Schiffe und schickten uns auf dem Jenissej nach Süden. Stromaufwärts. Sie sehen, ich habe mich verbessert. Die Minen von Norilsk waren der schlimmste Ort, an dem man landen konnte.«

»Mit Ausnahme von Kolyma«, sagte Plet.

Tschutschin nickte. »Er hat recht. Das war die Hölle«, sagte er. »Norilsk das Fegefeuer. Wie auch immer, die Holzfällerlager waren nur einen Schritt voneinander entfernt. Man arbeitete im Freien, konnte atmen. Ich war fast zehn Jahre drinnen gewesen, also war es in gewisser Weise eine Verbesserung.«

»Man hat Sie dorthin geschickt, damit Sie Bäume fällen?« fragte Jurij.

»Man hat mich dorthin geschickt, damit ich verschwinde. Was wir dort machten, interessierte sie nicht sonderlich.« Tschutschin zuckte die Schultern. »Die Schiffe waren nichts anderes als Eisenkisten mit einem Dieselmotor. Sie warfen uns durch die Ladeluken und schlossen sie. Der Laderaum war dunkel. Und voller Männer. Wer weiß schon, wie viele das waren. Man hörte nur ihr Atmen und Stöhnen. Es war ...« Er schwieg eine Sekunde. »Es war etwas, was man sich nicht einmal ansatzweise vorstellen kann.«

Der Landcruiser kam ins Schaukeln, als seine Reifen in die hartgefrorenen Fahrfurchen der Uferstraße gerieten.

»Es gab nichts zu essen. Keine Schlafpritschen, kein Wasser. Wir leckten das Kondenswasser vom Rumpf.« Wieder brach er kurz ab. »Irgendein akademischer Klugscheißer sagte uns, daß wir unser eigenes Wasser tranken, daß es unser eigener Atem war und daß wir alle sterben würden.«

»Und was geschah?«

»Wir sorgten dafür, daß er als erster ins Gras biß. Aber

er hatte zum Teil recht. Wir stapelten die Toten und nutzten sie als Betten. Als das Schiff an der Nischnaja Tunguska anlegte, öffneten sie die Luken. Bei Tageslicht ... nun, es überstieg alles, was das menschliche Auge aufnehmen kann. Man hört auf zu sehen. Mehr kann ich dazu nicht sagen.«

»Man zwang Sie, durch die Taiga nach Elgen zu marschieren?« fragte Anna.

»Nein. Man warf uns in offene Boote und kettete uns aneinander. Jeder, der über Bord zu springen versuchte, hätte zwanzig weitere mitgenommen. Es war verlockend.«

»Zu flüchten?« fragte Anna.

»Zu sterben. Aber wir wollten uns von diesen Schweinen nicht unterkriegen lassen. So einfach wollten wir es ihnen nicht machen, jeder Atemzug war eine Art Sieg. Also atmeten wir weiter. Tagelang ging das so. Wir bekamen nichts zu essen, konnten aber wenigstens Wasser schöpfen, wenn die Bewacher mal nicht hinsahen. Der Fluß wurde immer seichter. Ständig liefen wir auf Grund. Schließlich kamen wir an ein paar seltsamen Hügeln vorbei. Sie waren mit ...« Tschutschin ballte die Faust, schüttelte den Kopf. »Keine Ahnung, wie man sie nennt. Steine, aber mit Tieren darin.«

»Fossilien?« fragte Nowek.

»Warum fragen Sie mich? Sie sind doch der Experte. Das Lager befand sich am Fuß eines dieser Hügel. Doppelstöckige Steinbaracken. Ein Viehschuppen. Die Zaren mögen Elgen eingerichtet haben, aber die verfluchten Kommunisten, die hielten es am Leben.«

Eine Rauchwolke, ein Exhalieren mit gespitzten Lippen, ein Rauchring.

»Ich erinnere mich daran, was ich nach der Ankunft als erstes sah. Sie haben von Gesetzen gesprochen? Wir hatten Gesetze. Sie waren am Tor angeschlagen. Damals war alles einfacher. Es gab nur fünf. Erstens: Erwarte nie Brot und Suppe auf einmal. Zweitens: Was du aus der Hand fallen läßt, ist für immer verloren. Drittens: Mit deinem Schweiß wirst du deine Verbrechen gegen das Volk sühnen. Viertens: Alle, die ihre Norm nicht erfüllen, sind Saboteure.«

»Aber sprachen Sie nicht von fünf?« fragte Anna, als er schwieg.

»Das tat ich.« Tschutschin nickte kaum merklich. »Das ist das Gesetz, das mehr Sinn machte als alle anderen zusammengenommen.«

»Wie lautete es, Tschutschin?« fragte Nowek.

»Fünftens: Saboteure werden erschossen.«

Die Bewacher führten LeRoy an einem großen Transparent mit roter Beschriftung vorbei. Lesen konnte er die Worte nicht. Sie kamen zu einem langgestreckten Blockhaus. Rauch kräuselte sich aus dem Schornstein. Auch ohne den Rauch hätte er gewußt, daß da drinnen Männer waren. Er roch sie. Eine Menge dreckiger, schwitzender Männer. Mit wem würden sie ihn zusammenlegen? Er fühlte sich schwach. So schwach, daß ihn jeder Windzug umblasen könnte.

»Da rein!« schrie Folterdraht.

Hast mir die Schuhe geklaut, Scheißkerl. Wirst du noch bereuen.

Drinnen in dem Schuppen wurde der Geruch stärker, sehr viel stärker. Wohin er auch blickte, in jeder Ecke, jedem Winkel Männer in Lumpen. Zehn von ihnen hockten an der Wand. Und in der Mitte, in der Nähe des heißen Eisenofens, standen vier weitere. Brüder. Schwarz wie Auberginen.

»Bist ein fixer Junge, Catcher«, sagte einer von ihnen. »Schnell wieder zu dir gekommen.«

Er war kein »Catcher«, kein Häftling, der sich gegen sexuelle Dienstleistungen von einem anderen, dem »Pitcher«, beschützen ließ. Aber das würde er diesen Männern erst einmal beweisen müssen, soviel war sicher. »Was läuft hier?«

Keiner von ihnen antwortete. Schweigend starrten sie den Eisenofen an, in sicherem Abstand, als könnte er sie verbrennen. Alle trugen die seltsamen Filzstiefel, die auch LeRoy an den Füßen hatte. Der Schein der nackten Birne an der Decke spiegelte sich in ihren Augen, sie glitzerten ergeben, wütend, verschlagen. Die meisten Männer waren

Schwarze, einige Latinos. Hier und da auch ein paar echt versteinerte Weiße. Die vier in der Mitte dominierten eindeutig den Raum.

»Hey«, sagte LeRoy, »ich habe was gefragt.«

Sie starrten ihn an, als wäre er ein sprechender Köter.

»Was, zum Teufel, ist das eigentlich hier?«

Einer hob schnuppernd die Nüstern. »Frischer Fisch stinkt nicht.«

»Noch nicht«, sagte ein anderer.

Rauhes, röchelndes Lachen erfüllte den stinkenden Raum.

»Du sitzt in der allerdicksten Scheiße«, sagte einer der Männer in der Mitte. Sein ebenholzschwarzes Gesicht war sauber. Er trug eine ähnliche Uniform wie die Bewacher, Pelzmütze und Lederstiefel. Aber keine Waffe. Der Mann. Der Boß. Einwandfrei.

»Da bin ich längst gewesen.« LeRoy wußte, daß er sie mit Abgebrühtheit beeindrucken mußte. Mit seiner Du-legst-dich-auf-dein-eigenes-Risiko-mit-mir-an-Haltung. Er kannte sich aus. Alte Knastbrüder, neue Knastbrüder und die Kunst des Überlebens. Er kannte auch die Strafen. Ein Messer in den Rücken. Eine Drahtschlinge um den Hals. Oder sich als Catcher hinter irgendeinem Bediener verstecken. Niemals. So nahe würde er niemanden straflos an sich herankommen lassen. Er atmete schneller. »Ich habe in Pelican Bay gesessen.«

»Erbarmen. Da hat es ja einen wirklich schlimmen Jungen zu uns geweht«, höhnte einer der Männer in der Mitte. Der Boß. Wieder röchelndes Husten. Oder war das Gelächter? »Was hast du da auf dem Arm? Sieht für mich aus wie dieser Arische-Bruderschaft-Mist. Du bist ganz schön weit von deinen Freunden weg.«

LeRoy blickte auf die tätowierten Runenblitze, dann wieder hoch. »Geht dich einen Scheißdreck an.« Der heiße Ofen verbreitete eine angenehme Wärme. In der Nähe waren Konservendosen gestapelt. Er hatte Hunger, LeRoy trat zwei Schritte in die Mitte.

Einer der Bosse stieß ihn zurück.

Im Raum wurde es totenstill.

»Willst du dich mit mir anlegen?« LeRoy spürte das Monster in sich erwachen. Verfluchte Spritze. Es zuckte in ihm, flackerte unsicher wie eine Kerze im Wind. »Vor dir habe ich keine Angst«, sagte er.

»Höchste Zeit, daß du sie lernst«, sagte der Uniformierte. »Holt ihn euch.«

Eine Masse dreckiger Lumpen kam auf ihn zu.

Eine Sekunde lang stand LeRoy verblüfft da, dann holte er aus und brach dem ersten den Kiefer. Dem nächsten zerschmetterte er die Nase. Er drückte seine Finger in ein Auge, bohrte sie tief hinein und zog. Lautes Schmerzgeheul, aber sie waren viele, und LeRoy war, selbst mit seinem Monster, unterlegen.

Seine Beine wurden weggetreten. Er stürzte, Fäuste und Stiefel trafen seinen Kopf. Er wehrte sich verzweifelt, doch dann drückten sie seinen Kopf auf den dreckigen Boden. Sein Mund füllte sich mit Sand. Sie preßten LeRoy der Länge nach auf den Boden und taten wieder und wieder das, was er straflos niemandem gestatten wollte.

Er schrie nach seinem Monster, flehte es an, seinen Armen und Beinen Kraft zu verleihen. Er schrie nach Gott. Seine Stimme ging in Schnaufen, Grunzen und plötzlichem Aufstöhnen unter. Catcher. Homo. Geiler Bock. Sie bedienten sich an ihm, immer wieder, bis er in seinem eigenen Blut lag.

Er betete sogar, und als auch das nicht erhört wurde, schrie LeRoy nach seiner Mutter.

Als sie vor Jurijs ausgebranntem Hangar hielten, hatten sich die Wolken zu einer massiven Decke verdichtet. Plet füllte den Tank der Annuschka aus Treibstofftonnen, die er aus einem Versteck heranrollte. Bei dem Feuer hatte die Kranich-Fluglinie alles andere verloren, aber diese Fässer wurden in einem Schuppen hinter der Ruine aufbewahrt.

»Wir werden Tunguska kurz überfliegen und Ausschau halten«, sagte Jurij. »Ich kann nur hoffen, daß sie die Landebahn geräumt haben. Ich bin mir nicht sicher, daß es dort eine andere Fläche gibt, die lang und eben genug für eine

Landung wäre. Aber für vier Zentner Tigerknochen würde ich notfalls auch dorthin schwimmen, mit der Annuschka auf dem Rücken.«

»So eine Fläche gibt es.«

Wieder sahen alle Anna an.

»Die Schotterstraße, die an meiner Hütte vorbeiführt. Sie ist sechshundert Meter lang. Schnurgerade. Wenn Sie dort landen, sind Sie den Knochen auch sehr viel näher.«

»Hört sich gut an«, sagte Jurij.

Eines nach dem anderen rollte Plet die Stahlfässer zur Antonov, stellte sie aufrecht, zerrte den Stöpsel heraus und stieß die Handpumpe in die Öffnung. Er arbeitete wie eine Maschine, gleichmäßig, beständig und wortlos.

»Da gibt es ein kleines Problem«, sagte Tschutschin und deutete auf das AmerRus-Gebäude.

Hinter dem Sicherheitszaun brannte Licht. Als sie alle hinüberblickten, schloß sich gerade die Eingangstür.

»Wieviel?« fragte Jurij, als die letzten Liter in die Tanks der Antonov strömten.

»Fünfeinhalb.« Plet sprach von Hektolitern. Die Annuschka verbrannte pro Stunde knapp vierhundert Liter Treibstoff mit hoher Oktanzahl.

Jurij kalkulierte schweigend. »Das müßte fast reichen.«

Als sie sich um die Tür der Antonov versammelten, trat Plet zurück. In einer Hand hatte er eine der tschechischen Skorpion-Maschinenpistolen, in der anderen seinen Schraubenschlüssel.

»Kommen Sie nicht mit?« fragte Nowek.

Plet reichte Jurij die MP. »Plet hat Angst vorm Fliegen«, sagte Jurij schnell. »Er sieht gern, wohin er fällt.«

Plet tippte sich wie salutierend an die Stirn, dann trat er in die Dunkelheit zurück.

»Was ist?« fragte Jurij. »Machen wir uns auf den Weg. Morgen um diese Zeit sind wir alle reich.«

DeKalb warf den Telefonhörer auf die Gabel. Higgins, der Mann auf dem Flugplatz von Markovo, war ein Trottel.

Aber ein Trottel mit genug Verstand, zumindest ein Auge offenzuhalten. DeKalb stand auf, griff nach seinem Schutzhelm und trat an den verschlossenen Schrank an der hinteren Wand des Raumes.

Fluchend drehte er an der Kombination. Er hatte es gern, wenn die Dinge glattliefen, aber danach sah es hier nicht mehr aus. Das Schloß knackte. Er zog die Metalltür auf. Im Grunde war es nicht seine Sache. Es war schwierig genug, zu erklären, warum ein alter Ölhase auf jeder Menge Bohrlöcher saß und sich nicht einmal den kleinen Finger ölig machte. Er wußte, daß es getan werden mußte. Er wußte, warum er es tat. Die Einheimischen sollten ihm eigentlich den Arsch freihalten. Doch das konnte er offenbar vergessen.

In dem Schrank befand sich eine beachtliche Waffensammlung: Sportgewehre, Pistolen und ein paar exotischere Geräte. Er betrachtete sie als Werkzeuge, jedes einzelne für die Bewältigung einer bestimmten Aufgabe gefertigt. Auch sich sah er so. Vor allem nach dem Einbruch in Houston. Was blieb von einem Mann, dem man die Zukunft genommen hatte? Hartes Metall, eine scharfe Kante. Mit anderen Worten: ein Werkzeug. Mit dieser klaren Vorstellung im Kopf inspizierte DeKalb die Waffen. Es war besser, die Dinge klar zu sehen. Weitaus besser, die Dinge nicht unnötig zu komplizieren.

Die Ruger mit ihrer großen Reichweite war perfekt für Tiger, die nun wirklich niemand an sich herankommen lassen wollten. Seine Hand wanderte über schimmerndes Nußbaumholz, bläulichen Stahl.

Die Heym-Safari war zu leicht für alles, was größer war als ein Wildschwein. Die Weathergy-Flinte war ideal für die Schwärme von Eiderenten, die alljährlich vorbeiflogen. Auf die Nähe war sie neben einer Donnerbüchse die beste Verteidigungswaffe. Nichts verursachte einen größeren Knall oder ein größeres Loch. Seine Hand bewegte sich weiter.

Für jeden Job das richtige Werkzeug. Nägel schlug man auch nicht mit dem Schraubenzieher ein.

Seine Hand wanderte zum letzten Gegenstand.

Waren die anderen Waffen Spezialinstrumente, dann

diente die M-209 als Vielzweckwerkzeug; gut für die unterschiedlichsten Anwendungsbereiche. Nageln, schrauben, nah und fern.

Er hob sie aus dem Ständer.

Es war eine Doppelwaffe, ein Standard-M-16-Sturmgewehr, gepaart mit einem stumpfen Schrotflintenlauf. Aber es war keine Schrotflinte. Der Lauf feuerte eine 40-mm-Splittergranate ab, entweder direkt wie eine Rakete oder in ballistischem Bogen. Alles im Radius der Granate wurde von Splittern guten amerikanischen Stahls durchlöchert.

DeKalb füllte sorgsam zwanzig Granaten in einen Leinensack. Sie sahen aus wie olivfarbene Würstchen. Er zog den Sack zu und warf sich die Hybridwaffe über die Schulter. Er verschloß den Schrank und verstellte die Kombination.

Draußen schneite es leicht aus einer lockeren Wolkendecke. Der Schnee verwandelte sich in Kügelchen, in nasse Tropfen mit einem harten Kern. Das Wetter schien sich nicht entscheiden zu können. Balancierte auf einem schmalen Grat, konnte in die eine oder andere Richtung schwanken.

Im warmen Funkraum roch es nach Elektronik. Er stellte die M-209 in eine Ecke und schaltete die Störanlage ein. Sie zerhackte jede Übertragung mit unglaublicher Geschwindigkeit in Geräuschfetzen – eine Garantie dafür, daß kein unbefugter Lauscher verstand, was er sagte.

Als das rote Wartesignal erlosch, griff er zum Mikrofon.

»Rattler, Rattler, wo, zum Teufel, sind Sie?«

Die plötzlichen Geräusche ließen Decker zusammenzucken. Sie hatten ihre Fracht abgeladen und waren nicht mehr weit von Tunguska entfernt.

»Er kommt über den Zertrümmerer«, sagte Joffrey und schaltete das Empfangsgerät auf drei.

»Kann Sie hören. Wiederholen Sie die Nachricht.«

»Wann treffen Sie auf dem Heliport ein?«

»Sind auf dem Rückflug, fünfzehn Klicks nördlich«, sagte er. »In etwa sechs Minuten.«

Deckers Stimme zitterte, als spräche er unter Wasser. DeKalb hörte das Donnern der Rotoren.

»Habe gerade mit Markovo gesprochen. Wir müssen mit einer neuen Landung rechnen.«

»Scheiße. Wer ist es diesmal?«

»Erfahren Sie, wenn Sie hier sind«, sagte DeKalb. »Holen Sie mich ab. Wir fliegen sofort wieder los.«

»Unmöglich, Boß«, sagte Decker. »Sind bereits zu lange in der Luft. Nicht mehr genug Treibstoff da.« Mist, dachte er. Er hatte sich schon auf die Kleine in seiner Hütte gefreut. DeKalb wollte, daß er sie loswurde, also hieß es, die letzten Stunden zu nutzen.

»Und was ist mit dem Bell?« fragte DeKalb.

»Flugbereit.«

»Gut«, sagte DeKalb. »Dann nehmen wir den. Beeilen Sie sich. Sie werden von mir informiert, sobald wir in der Luft sind. Ende.«

»Ich frage mich, was das zu bedeuten hat«, meinte Joffrey.

»Ich wette, daß einer der Jungs zu früh wach geworden ist«, sagte Decker und legte an Geschwindigkeit zu. »Keiner hat gezuckt, als du gepiekt hast?«

»Nicht die Spur.«

»Frage mich, warum sie die Kerle nicht einfach über dem Meer entsorgen.«

»Geht nicht«, sagte Joffrey. »Sie würden treiben.«

DeKalb schaltete das Funkgerät aus und ging wieder ins Freie. Er stellte die M-209 unter dem Dachvorsprung ab, wo kein Schnee darauffallen konnte. Den Leinensack behielt er in der Hand. Die nassen Flocken kamen schnell und kerzengerade herunter. Halb Eis, halb Wasser, konnten sie nicht treiben. Schnee »läuft«, sagten die Russen. Der hier rannte regelrecht. Firn nannte man ihn. Es gab ihn manchmal auch in Houston, wenn ein Blue Northern heftiger war als gewöhnlich. Schwere Flocken trafen seine Wangen, rannen ihm kalt den Nacken hinunter.

Nowek. Schon wieder. Warum? Was, um alles in der Welt, trieb den schon wieder hierher, bei diesem Wetter? Das konnte alles verderben, alles ruinieren, aber das würde

DeKalb nicht zulassen. Nowek wurde zu einem Problem. Ein Problem verlangte nach einer Lösung. Und für das Lösen von Problemen wurde er von AMR bezahlt.

Die leichte Antonov sprang von der Startbahn nahezu in die Luft. Nowek leistete Jurij im Cockpit Gesellschaft, während Tschutschin hinten saß. Anna stand hinter den Pilotensitzen, ihre Hand ruhte auf Noweks Lehne. Wenn sie nach links blickte, glomm das rote Navigationslicht verschwommen durch den Schneeschauer, den sie durchflogen. Von der anderen Flügelspitze kam ein schwaches grünes Leuchten.

Verärgert nahm Jurij zur Kenntnis, daß die Schauer dichter wurden, massiver. Echt mieses Wetter. Nun, sie hatte es selbst gesagt. Ohne Risiko wurde man nicht reich. Risiko gehörte zum Geschäft. Dennoch plagten ihn Zweifel. Wie weit konnte er mit der Knochenfracht fliegen? Wo konnte er sie gefahrlos ausladen? Im Osten. Auf jeden Fall im Osten. Bis nach Wladiwostok? Nein. Die Armenier würden ihm die Kehle aufschlitzen.

China? Die Chinesen waren noch schlimmer als die Armenier. Vielleicht nach Irkutsk, Tschita, dann Chaborowsk. Oder nach Norden, zur Beringsee und hinüber nach Alaska. Auf jedem der vielen kleinen Flugplätze unterwegs könnte er ein paar Knochen gegen Treibstoff eintauschen und hätte noch immer mehr als genügend übrig. Aber es mußte schnell geschehen. Bevor diese Mistkerle in Irkutsk alle Welt auf ihn aufmerksam machen konnten.

»Wie weit noch?« fragte Nowek.

»In der ganzen russischen Geschichte sind Sie der erste, der förmlich darauf brennt, nach Tunguska zu kommen, Bürgermeister. Wir haben Gegenwind. Ich bringe Sie schon hin, keine Angst.« Auf Jurijs Gesicht spiegelten sich die Lichter der Instrumente. »Was werden Sie tun, während ich die Knochen verlade?«

»Galina suchen, sie nach Hause holen.«

Annas Hand legte sich auf seine Schulter. »Ich zeige Ihnen, wo Deckers Hütte ist.«

Er bedeckte ihre Finger mit seiner Hand.

Jurij wollte gerade etwas sagen, als sie mitten in eine pechschwarze Wolke hineinflogen. Das Landelicht blendete sie. Jurij schaltete es aus und drückte die Maschine heftig nach unten. Als sie die Wolkenbrühe verließen, besserte sich die Sicht ein wenig. Er schaltete das Landelicht wieder ein. Jurij legte sich in die Kurve, folgte der Pipeline.

Der Wald unter ihnen war so schwarz wie die Wolken am Himmel. »Da.« Jurij deutete auf den Steuerknüppel. »Sie sind doch so wild darauf, nach Tunguska zu kommen. Dann fliegen Sie.«

»Ich kann nicht fliegen.«

»Aber natürlich können Sie es. Ist ganz leicht. Das schafft sogar ein Bürgermeister. Sie brauchen nur der Pipeline zu folgen.« Jurij griff unter den Sitz, zog ein kleines Rohr hervor und fummelte daran herum.

Nowek griff nach dem Knüppel, als wolle er eine Schlange erwürgen. Er vibrierte, war wie lebendig. Aber wo befanden sie sich eigentlich? Wie eine Schnur baumelte die Pipeline direkt vor der Windschutzscheibe, schneeweiß über den dunklen Sümpfen. Das Flugzeug begann sich zu neigen. Flogen sie zu weit links? Oder genau richtig? Wie gewann man eigentlich an Höhe? Nowek spürte etwas Seltsames in seinem Ohr, wie ein Fahrstuhl, der sich eine Spur zu schnell bewegte. Er bewegte den Knüppel ganz leicht. Das Gefühl wurde schlimmer. Er schob ihn in die andere Richtung. Zu stark!

Ein Kreischen. Luft pfiff durch die Löcher in der Außenhaut der Antonov. Der Steuerknüppel schien sich gegen ihn zu wehren, drückte gegen seine Hand. Er drückte zurück, aber das wurde immer schwieriger. Der Knüppel machte sich selbständig. Die Pipeline war fast direkt vor ihm. Was mußte man tun, um …

»Ich übernehme.« Jurij schob den Knüppel zurück und glich aus. Er hielt sich das Rohr vor sein Auge. Wieder schaltete er das Licht aus. »Ich hätte da einen Vorschlag zu machen.«

Nowek wischte sich den Schweiß von der Stirn. »Welchen?«

»Bleiben Sie in der Politik.«

Die Windschutzscheibe wechselte von Grau zu Schwarz. Wieder durchflogen sie eine Wolkendecke. Jurij stieg auf achthundert Meter und behielt diese Höhe bei. Er hielt sich das Rohr vors Auge wie ein altes Fernglas, mit denen Seeleute nach Riffen Ausschau halten. Er nahm das Rohr, schüttelte es heftig, schaute wieder hindurch. Ein primitives Nachtsichtgerät.

Nowek dachte an die Landschaft unter ihnen. Die Bäume, die in Sumpfgelände übergingen, die Sümpfe wurden zu Tundra und die Tundra, weiter nördlich, zu Eis.

Jurij verglich seine Armbanduhr mit der Uhr auf dem Instrumentenbrett und blickte dann zum Kompaß an der vibrierenden Sonnenblende. »Noch zehn Minuten bis zur Schleife. Gut, daß sie die Pipeline gebaut haben.«

»Damit können Sie sehen?« fragte Nowek.

Die Dunkelheit draußen war undurchdringlich.

»Ausreichend.«

»Ausreichend für was?«

»Immer mit der Ruhe, Bürgermeister.« Jurij hob sein Nachtsichtgerät ans Auge und spähte hinunter. »Die Kranich-Fluglinie gibt all ihren Passagieren ein ernstes Versprechen: Auf jeden Start erfolgt auch eine Landung. Das ist so gut wie garantiert.«

»Wir könnten schon mal mit der Suche anfangen«, sagte Decker und reichte DeKalb eine Nachtsichtbrille nach hinten.

DeKalb setzte sie auf und spähte hinunter. »Ich sehe nur grüne Wolken.«

»Yep. Die Dinger sind in Ordnung. Die hat uns niemand ruiniert, was, Joff?«

Joffrey reagierte nicht auf den Seitenhieb. Ihm war klar, daß es DeKalb nicht paßte, daß die Tigerlady das Gelände verlassen hatte, und das war seine Schuld gewesen. Die Konsequenzen bereiteten ihm Sorgen. Sie und Decker. Große Sorgen. Er beförderte DeKalb durch die Gegend, damit er irgendwelche armen Hunde erledigen konnte, die ihn kaltließen. Machte ihn das nicht zu einem zweiten Decker? Er wußte, was das bedeutete. Wie sollte er nicht? Er wagte einen verstohlenen Seitenblick und sah, daß der Pilot seinem Nager ein paar Happen zusteckte. Eine Ratte war das. Eine verdammte Ratte.

Die Wolken unter ihnen waren eine dichte, vom weißen Mondlicht beschienene Decke. Schnell und problemlos glitt der Bell über sie hinweg. Aber Joffrey wußte, daß sie nicht für immer hier oben bleiben konnten. Irgendwann würden sie im Schlamm herumwühlen müssen. Schon bald.

Joffrey überprüfte die GPS-Satellitennavigation. Sie zeigte starke Winde aus Nordost an, einer nassen Richtung. »Wind aus Null vier fünf von fünfzehn«, sagte er über das Intercom.

»Was heißt das?« fragte DeKalb.

»Nordostwinde bringen ungemütliches Wetter. Aber es heißt, daß wir Rückenwind haben, während sie ihn von vorn abbekommen«, erwiderte Decker. »Schon jetzt sind wir schneller als diese alte Schrottmühle, also rechne ich damit, daß wir die Jungs sehr bald zu sehen kriegen.«

»Higgins sagte, sie wären vor vierzig Minuten gestartet.«

»Higgins«, schnaubte Decker verächtlich.

»Wie weit sind wir von der Basis entfernt?«

»Fünfunddreißig Klicks«, antwortete Joffrey.

»Okay.« DeKalb packte die M-209. »Bringen Sie mich so nahe wie möglich heran.«

»Yessir, genau das habe ich vor.« Decker bewegte das Steuer, und der Bell knatterte auf die Wolken zu. Wie massiv sie wirkten, unnachgiebig wie Granit. Es war jedesmal ein Schock, wenn sie fast mühelos in sie hineinstießen.

»Sammeln ein bißchen Eis an«, sagte Joffrey. Gut, dachte er.

»Wir werden jede Minute durchbrechen«, erwiderte Decker.

Sie flogen durch die eiskalten Eingeweide der Schneewolke.

»Eintausend Fuß«, sagte Joffrey. »So schnell wird es vielleicht nicht gehen, Decker. Vielleicht sollten wir auf RTB gehen und auf ...«

»Wir brechen durch.« Decker schob den Knüppel ein wenig nach vorn. Der Höhenmesser bewegte sich schneller. Es bestand kein Grund, länger als nötig in einer Eisbeutelwolke herumzutrödeln. »Ich höre.«

»Achthundert Fuß.« Joffrey schaltete den Radarhöhenmesser ein. »Radar zeigt sechs vierzig. Sechs. Fünfhundert Fuß. Paul ...«

Plötzlich teilten sich die Wolken vor der Windschutzscheibe des Bell.

»Puste ein bißchen, Junge. Ich kann nichts sehen.«

Heiße Luft aus den Triebwerken strömte über die Innenseite der Scheibe. Fast sofort war das Eis der Scheibe geschmolzen, der Niederschlag war mehr Regen als Schnee. Sie flogen unter den Wolken dahin, wo auch die Antonov sein mußte.

»Schwarz wie in der Hölle«, sagte Decker.

»Können Sie was sehen?« fragte DeKalb.

»Noch nicht.« Decker fühlte es mehr, als daß er es sah. »Moment.« Er beging nicht den Fehler, direkt geradeaus zu sehen. Er nutzte die empfindsamen Augenwinkel und blickte ein wenig schräg in den Himmel. »Na, was ist denn das?«

DeKalbs 40-mm-Granaten schepperten, als er auf seinem Sitz nach vorn rutschte.

»Zwölf Uhr, unsere Höhe«, sagte Decker zu DeKalb. »Dieser Schwachkopf fliegt mit eingeschalteten Lichtern. Sehen Sie ihn? Genau vor uns.«

DeKalb behielt die vergrößernde Brille auf. Eine winzige Konstellation weißer Lichter wuchs sich schnell zu einer Supernova aus. »Decker!«

»Er hat die Lichter an, um zu sehen, wo er ist.« Decker wich der entgegenkommenden Antonov aus. »Verdammt, das könnte ich ihm sagen. Dieser Knabe steckt kinntief in der Scheiße.«

»In fünfzehn Minuten sind wir über Tunguska«, sagte Jurij.

Das Leuchten der Landelichter der Annuschka verblich auf Noweks Retina. Die Welt reduzierte sich auf das silberne Band unter ihm, umgeben von mäandernden Flüssen, Inseln mit Kiefern und eisbedeckten Hügeln. »Sind Sie sich wegen des Kurses sicher?«

»Wollen Sie steuern?«

»Was ist mit den Lichtern?« fragte Anna. Sie stand noch immer hinter ihnen und lehnte den Kopf gegen die Cockpitscheibe.

Jurij streckte die Hand aus und schaltete sie ab.

»Ich kann ihn nicht mehr sehen«, sagte Joffrey. »Er ist weg.«

»Ich sehe seine Abgase. Halt dich an deine Instrumente, Joff. Ich bin der Mann, erinnerst du dich?«

»Genau.«

»Hölle. Die Jungs machen es uns leicht.« Sie brauchten kein Radar, sie brauchten kein Signalfeuer. Von blauweißem Geflacker begleitet, pflügte die Antonov durch den nassen Himmel.

»Wir nähern uns der Basis, Gentlemen«, sagte DeKalb. Das dumpfrote Leuchten des abfackelnden Gases durchdrang die Nacht.

»Öffnen Sie Ihre Luke. Machen Sie sich bereit, Mister DeKalb. Wir sind sehr viel schneller als sie. In rund zwanzig Sekunden können wir einander die Hände schütteln.«

Der Wind fegte durch die geöffnete Seitenluke in die Kabine. »Halten Sie auf ihn zu«, sagte DeKalb. Er wurde klatschnaß, spürte es aber kaum. Ihm war warm, heiß von einem Feuer, das irgendwo in seinem Inneren loderte. »Weiter drauf zu. Ich sehe sie.«

Sie stiegen über die Flughöhe der Antonov. An der Geschwindigkeit veränderte Decker nichts.

Decker drehte den Kopf. Schweiß glänzte auf seinem Hals. »Okay, Boß. Laden.«

DeKalb öffnete den Lauf und schob eine 40-mm-Granate hinein. Mit einem scharfen Klack rastete sie ein. Er mußte vorsichtig sein. Der Wind konnte ihm das Ding aus den Händen reißen. Er schlang sich die Griffschlaufe um den Unterarm.

Decker gab Vollgas, der Bell schoß wie ein Pfeil vorwärts.

»Sachte, sachte«, sagte er, als der große Doppeldecker

über der Tundra eine schwarze, dreidimensionale Form annahm und Funken sprühte wie ein Silvesterknaller. »Ich nehme Fahrt zurück, wenn wir nahe genug sind, um auf ihn hinunterzugehen. Wir stürzen uns auf ihn wie ein großer Alligator, der eine Gans zum Frühstück verschlingt. Sie werden nichts merken, bis Sie ihnen den Garaus machen. Sind Sie bereit?«

»Bereit.« DeKalb schob die M-209 in den Wind. Inzwischen konnte man das Flugzeug ganz deutlich erkennen. Das Leitwerk, die Metallflicken, die die Antiquität vor dem Auseinanderfallen bewahrten. Selbst die abblätternde Farbe. Trotz aller Behauptungen des Gegenteils war die Jagd auf Menschen nicht das gleiche wie die auf Tiger. Ein Tiger war eine Naturgewalt. Die hatte man zu respektieren, oder man bekam die Folgen zu spüren. Verglichen damit, war das hier tödlich einfach.

Jurij legte die Hand gegen die Sonnenblende und verschob sie zum Nebenfenster.

»Was ist?« fragte Nowek.

»Irgendwas vibriert da.«

Jurij legte einen Finger auf jedes der Instrumente.

Anna beugte sich vor. »Ist alles in Ordnung?«

Jurij überprüfte die Anzeigen. Der 1000-PS-Sternmotor war ein Ungeheuer, aber ein verläßliches Ungeheuer. Dennoch waren da Vibrationen, die nicht ignoriert werden durften. Er zuckte die Schultern. »Ich nehme es an. Ich dachte ...« Er lauschte. »Hören Sie das?«

Ein dumpfes Rattern. Lockerte sich ein Zylinder? War ein Gestänge dabei, das Kurbelgehäuse zu durchschlagen? Er legte ein Ohr an die Windschutzscheibe, das neue Geräusch wurde sogar noch stärker.

»Da kommt sie«, sagte Decker. »Ich fliege dicht an sie heran, dann gehe ich in die Kurve. Sie haben ein freies Schußfeld nach unten, Mister DeKalb, aber Sie sollten fest angeschnallt bleiben, damit Sie nicht auch durch die Luke abgehen.«

»Wir sind zu nahe!« rief Joffrey. Es juckte ihn in den Fingern, nach dem Steuerknüppel zu greifen. »Decker, du bist viel zu ...«

Die Antonov kam auf sie zu.

»Jetzt. Los.« Decker schaltete den Motor herunter. Noch immer waren sie so schnell, daß die Antonov in der Luft zu stehen schien. »Zielen Sie aufs Cockpit. Nehmen Sie sie direkt aufs Korn, Boß.«

DeKalb hatte den Finger am Abzug. Die kleine Metallspindel im Lauf war zum Abschuß bereit. Splittergeschosse, tödlicher Radius rund sieben Meter. Er brauchte keinen Sieben-Meter-Radius. Er hätte das verdammte Ding mit jedem Stein haargenau treffen können.

Sie überflogen das Leitwerk der Annuschka. Die Tragflächen. Das Cockpit. Decker blickte hinüber und sah das Leuchten des Instrumentenbretts. »Auf geht's!« Er gab Gas, zog den Hubschrauber hoch und in die Kurve.

Der Bell legte sich auf die Seite. DeKalb sah durch die Luke direkt auf die nachtschwarze Erde hinunter. Aber dazwischen befand sich die Antonov. »Jetzt! Schießen Sie!«

DeKalb hing in seinem Sicherheitsgurt und nahm das Cockpit ins Visier. Er stemmte seine Stiefel gegen die Kabinenwand, bemühte sich, trotz des Hundert-Knoten-Winds, den Arm ruhig zu halten, und drückte ab.

Es gab ein enttäuschend leises Rülpsen. Einen Blitz. Das Knallen eines Champagnerkorkens.

Decker riß am Steuerknüppel. Sie wurden hart in die Sitze zurückgedrückt, als der Bell hochstieg und sich schnell von der drohenden Katastrophe entfernte.

23.
KAPITEL

Das Kreischen des Helikopters war so laut, so nahe, daß es aus der Antonov zu kommen schien, aus Jurijs Schädel. »Er bricht auseinander!«

Er meinte den Motor der Annuschka, aber noch während er die Worte schrie, erkannte er seinen Irrtum. Kein Mensch konnte das Kreischen einer Turbine mit dem Dröhnen eines Sternmotors verwechseln. Er blickte hoch und sah etwas so Seltsames, so Unerwartetes, daß er schnell die Augen zukniff, in der Hoffnung, daß es wieder verschwand.

Ein Aufblitzen, dann ein fast leiser Aufprall draußen am rechten Tragwerk.

Ein Hubschrauber?

»Was war …?« begann Anna, aber weiter kam sie nicht.

»Runter!« Jurij stieß mit dem Arm nach Anna. Sie stürzte zu Boden. Er riß das Steuer herum. Der schwere Doppeldecker begann zu schlingern.

»Was war denn das?« fragte Nowek, aber Jurij gab keine Antwort.

Er stieß den großen, schwarzen Steuerknüppel vor und zurück, stellte die Annuschka auf einen Flügel und beschrieb eine unglaublich enge Spirale. Der Sternmotor spuckte blaue Flammen, stotterte, hustete.

Unten auf der Erde explodierte ein Brillantfeuerwerk. Es beleuchtete die silberne Pipeline, umgab sie mit einer weißen, kugelförmigen Schockwelle. Im Zentrum züngelte eine rote Flamme hoch, die verblich, als die Feuerkraft der Granate erlosch.

»Festhalten!« Jurij richtete die Nase des Doppeldeckers in die Wolkendecke. Sie waren ihr nahe, denn bevor Jurij erklären konnte, was er eigentlich tat, bevor er sagen konnte, daß da draußen jemand war, jemand, der ihnen schaden wollte, wurden sie von kaltem, klammem Grau eingehüllt.

Lautes Trommeln erfüllte das Cockpit. Es war nicht der Regen, der gegen die Windschutzscheibe schlug. Es kam vom oberen Tragwerk, außen rechts. Sie konnten in den Wolken bleiben, solange der Treibstoff reichte oder bis da draußen am Tragwerk wirklich etwas ernsthaft auseinanderbrach oder bis derjenige, der auf sie geschossen hatte, verschwand. Jurij fragte sich, was als erstes geschehen würde.

»Haben Sie ihn erwischt?« Decker hielt den Bell in einem Schwebeflug, während der Doppeldecker hinter einem Vorhang aus Schnee und Regen verschwand.

Die Feuersäulen von Tunguska markierten den nördlichen Horizont. Wenn die Wolkendecke aufriß, loderten die drei Gasfackeln durch die Nacht, um dann, wie von Geisterhand gelöscht, wieder zu verschwinden.

»Keine Ahnung.« DeKalb setzte die Nachtsichtbrille ab. »Er geriet ins Trudeln. Ich denke, wir haben ihm ein Stück abgerissen.«

Joffrey ließ einen langen Atemzug entweichen. Gut, dachte er. In der nächsten Woche, wenn Air Alaska auftauchte, würde er an Bord gehen und diesen Wahnsinn verlassen. Er hatte genug von dem verfluchten Projekt. Abhauen, duschen und den ganzen Dreck abspülen. Das war doch was! Ihr Geld konnten sie behalten.

»Ein Stück?« Decker forschte nach dem verschwundenen Flugzeug. »Zum Teufel. Er war doch nahe genug, um ihn mit einer Handvoll Steine zu bewerfen, Boß. Ich meine, ich habe Sie dicht genug rangebracht. Hätte ihm glatt ins Ohr spucken können.«

Ein Windstoß schickte einen Schwall Eiswasser in die Kabine. DeKalb spürte, wie die M-209 ins Rutschen kam. Der Wind zerrte an ihr. Er drückte sie fester an die Brust. Der Wind. Er hatte den Wind nicht bedacht! Das Ziel hatte reglos gewirkt. Zwischen der Mündung der M-209 und der Antonov hatte ein Hundert-Knoten-Wind getobt. Ein wahrer Hurrikan. Der hatte seine Granate vom Cockpit abgelenkt. Sein Fehler. »Drehen Sie. Vergewissern wir uns.«

»Geht nicht. Er ist gerade in einer Wolke verschwunden.« Harley versuchte, Deckers Brusttasche zu entkommen. Der Pilot schlug ihm hart auf den Kopf. Quiekend tauchte das Frettchen wieder in die Tasche.

»Gibt es denn kein Radar? Nichts, womit wir sie aufspüren können?«

»Nossir. Wenn sich der Typ einigermaßen mit seinen Instrumenten auskennt, werden wir nie erfahren, wo er ist, bevor er sich zum Auftauchen entschließt.«

»Er kann sich nicht für immer in den Wolken verstecken.«

»Paul.« Joffrey tippte gegen den Treibstoffanzeiger.

»Das sehe ich auch«, sagte Decker. »Haben Sie irgendeine Idee?«

Idee? Er wünschte, er hätte diese Frau von seinem Gelände ferngehalten. Er wünschte, er hätte der Zentrale gesagt, Public Relations wäre ihre Sache, so wie Tunguska und Elgen seine waren. Aber dafür war es jetzt zu spät. »Okay.« DeKalb nickte. »Er wollte nach Tunguska. Wir auch.«

Als LeRoy wieder zu sich kam, war der Raum leer. Die Prügelei, der Gestank, der Druck ihrer Körper, die Vergewaltigungen hätten Einbildung gewesen sein können, würde es in ihm nicht brennen, als hätten sie ihm Säure eingeflößt. Sie hatten ihn zu ihrem Catcher gemacht, ihrem Schwulen. Das schmerzte ihn, schmerzte ihn tief.

Die Spritze, dachte er. Das Zeug, das sie ihm in Travis verpaßt hatten, das ihm seinen Verstand, seine Kraft genommen hatte.

Er setzte sich auf. Die Lumpen, die sie ihm vom Leib gerissen hatten, lagen auf einem Haufen. Der Ofen war noch warm. Neben ihm standen Konservendosen, manche geschlossen, andere aufgerissen. Er streckte die Hand aus und zog eine zu sich heran.

Sie war dunkelbraun und mit merkwürdigen Schriftzeichen bedeckt. Aber da er ohnehin nicht lesen konnte, war das egal. Ein Metallschlüssel war an der Dose befestigt, und das weckte sein Interesse.

Er zog sich die Hosen an. Sie hatten ihn übel zugerichtet.

Er spürte, wie Blut die Innenseiten seiner Beine hinunterrann. *Frischer Fisch* ... Er beleckte sich die Lippen. Seine Kehle war staubtrocken.

Da stand ein mit Schmelzwasser gefüllter Eimer. Er tauchte die Hand hinein und schöpfte Wasser. Er trank und spürte, wie seine Kraft zurückkehrte. Metall. Er griff nach einer geöffneten Dose. Die Ränder waren gut und scharf. Er rollte den Deckel auf, glättete das Metall sorgfältig und drückte die Dose schnell zu einem langschenkeligen Dreieck zusammen.

Nach und nach nahm das Dreieck eine todbringende Form an. *Catcher ... Schwuler.* Er begutachtete sein fertiges Werk.

Die Waffe war schmal und lang, mit scharfen Ecken dort, wo er sie scharf haben wollte, und stumpf, wo er zupacken würde. Sie war leicht. Zu leicht, um sie durch Rippen zu stoßen, denn dabei könnte sie sich verbiegen. Aber die Ränder würden schneiden, durchschneiden.

Ein Geräusch.

Er versteckte das Werkzeug und hockte sich hin, als ein Mann hereinkam. Ein Bewacher. Er sah die Tennisschuhe an seinen Füßen. Verdammt, Folterdraht. Aber diesmal hatte er den Stachelstock nicht bei sich.

Er spürte das Surren, ein Brennen, das tief in seinem Bauch begann, sich ausbreitete, ihn ausfüllte. Sein Monster.

Blitzschnell musterte LeRoy den Mann: Gewehr, Pistole, seine Schuhe; Schuhe, in denen LeRoy fliehen konnte, wenn er die Chance dazu bekam. Er würde sie ergreifen. Jetzt zahl' ich's dir heim, Scheißkerl. Es surrte nicht mehr in ihm, es dröhnte.

»Hoch! Aufstehen!«

LeRoy stöhnte. Er rührte sich nicht.

Das Gewehr wurde hochgehoben. »Aufstehen!« Der Bewacher schwang den hölzernen Kolben, wollte LeRoy die Zähne ausschlagen. Statt dessen packte LeRoy zu. Die Blitze auf seinem Unterarm zuckten, als LeRoy den Mann von den Beinen riß. Die ehemalige Dose blitzte im schummrigen Licht: silbern, silbern, rosa, rot.

Er ließ den Mann auf den Boden sinken und zog ihm die Schuhe aus.

Das Gewehr war leergeschossen, die Pistole nicht. Die Schuhe an seinen Füßen gaben LeRoy ein gutes Gefühl. Die Uniform auch, die Schaffelljacke, die Pelzmütze, die schwarzen Filzstiefel.

LeRoy wickelte den Körper in seine blutigen Hosen und schob ihn in eine Ecke. Mit der Pistole in der Tasche lief er durch die Tür und in den Schnee hinaus.

Begrenzungslampen. Stahlmaschenzaun. Dahinter nichts als pechschwarzer Wald. Geisterhafte Bäume reflektierten bleiches Licht. Kein Laut, bis auf das Knirschen seiner Schritte im harten Schnee. Wo war er? Es war kalt. Berge. Es mußten die verdammten Berge sein. Er blieb stehen, sah sich um, nahm alles in sich auf. Seine Blicke kehrten zum Zaun zurück. Er lächelte.

Selbst in der Erziehungsanstalt hatte er bessere Sicherheitszäune gesehen. Hier war es ein durch einen etwa anderthalb Meter breiten, mit Stacheldrahtgewirr gefüllten Graben getrennter Doppelzaun. Oben auf den Zäunen verlief ein Kupferdraht, an den Pfosten mit Keramikrollen isoliert. Stand unter Saft. Miese Misthunde, dachte er. Ihr habt den verdammten Graben zu schmal gemacht. Erneut atmete er tief die saubere Luft ein.

Berge. Die Sierra Nevada. Er hatte sie als Junge gesehen, als er in den schäbigen Ölarbeitersiedlungen des mittleren Kalifornien aufgewachsen war. Weißer Schnee funkelte über der heißen, staubigen Ebene, schimmerte und lockte wie ein Traum. Wie Shangrila. Hatte immer gesagt, daß er einmal hinaufgehen würde, dorthin, wo es sauber und kühl war. Aber so hatte er es sich nicht vorgestellt. Er stieß weiße Atemwölkchen aus.

»Wo willst du, verdammt noch mal, hin?«

LeRoy fuhr herum. Es war der große Schwarze. Der Boß. Er stand im Schatten, lehnte an der Seitenwand der Blockhütte.

»Kannst nirgendwohin. Brauchst nicht mal dran zu denken.«

»Ich denke nicht«, knurrte LeRoy. Lächelnd umfaßte er die Pistole in seiner Tasche. »Ich handle.« Wieder spürte er das Dröhnen, lauter und deutlicher als zuvor. Wie eine große Stimmgabel in seinem Schritt.

Der andere lachte. »Ein bißchen bekloppt, was?«

»Immerhin weiß ich, daß du im Moment allein bist.« Er trat einen Schritt vor. »Und auch, daß du mir hier heraushelfen wirst.«

»Den Teufel werde ich.« Der Boß drückte sich von der Holzwand ab. »Höchste Zeit, daß du Hosenscheißer was lernst.« Er griff in seine Tasche.

LeRoy verspannte sich.

Es blitzte. Keine Klinge, keine Pistole. Eine Pfeife.

Der Schwarze hob sie an die Lippen.

LeRoy fühlte das Dröhnen durch sein Rückgrat schießen, direkt in sein Hirn, wieder hinunter in seine Glieder. Wie die Blitze auf seinem Arm. Wie ein Stromstoß, der ihn auf die höhnende Stimme zuschnellen ließ. Die Pistole des Bewachers glitt aus der Tasche. Finger schoben sich durch den Abzugsbügel. Ein Daumen entsicherte. Muß noch näher heran. Nur kein Geräusch.

LeRoy drückte sich in den Schatten zurück, flach an die Holzwand. Die Pfeife landete im Schnee. Der Schwarze riß die Arme hoch, versuchte, ihn abzuwehren. Er war überraschend dünn, erstaunlich schwach. Elgen hatte ihn ausgelaugt. LeRoy kam aus einer Strafanstalt, in der es eine Sporthalle gab, Fitneßgeräte, Zeit, um Sport zu treiben, und kräftigende Nahrung. Der Unterschied war entscheidend.

LeRoy schlug die Arme des Mannes zur Seite und bohrte die kurzläufige Makarov tief in seine Jacke. Dann schoß er.

Ein dumpfer Knall, eine weiße Korditwolke. Mit weitaufgerissenen Augen prallte der Mann zurück und hielt sich den Bauch. Sein Mund öffnete sich zu einem Schrei.

Jetzt schlug LeRoy den Kopf des Mannes gegen die Wand. Einmal, zweimal, dreimal ... So viele Male, wie sie ihn auf den Boden und in den Dreck gedrückt hatten, so viele Male, wie sie ihn zu ihrem Catcher, ihrem Schwulen, gemacht hatten. Blut und Speichel rannen über die Lippen des Toten. »Willkommen auf dem College, Arschloch.«

Seine Arme waren heiß, Schweiß perlte von seiner Stirn. Das Dröhnen tat ihm gut. Er hob den Toten hoch, als wäre er eine Feder, und lief mit ihm zum Zaun. Der richtige Abstand. Der richtige Winkel. Als würde man einen verdammten Ball dem Pitcher zuschleudern. Er nahm sorgfältig Maß und warf den Mann auf den Zaun.

Als sich die Füße am inneren Zaun verhakten, zuckten bläuliche Flammen auf. Sich aufbäumend und zitternd, überbrückte der Körper den Graben. Ein helles Funkengeriesel, der Geruch nach verbranntem Fleisch. Dann knackte ein großes Relais, und die Lagerbeleuchtung begann zu flackern. Eine Alarmanlage jaulte auf.

Es war Zeit.

LeRoy steckte eine Fußspitze in den Zaun und kletterte hoch, auf den Körper, kroch über den Körper, über den Graben mit seinem Stacheldraht, über den blutigen Kopf zum äußeren Zaun. Den übersprang er und landete im Schnee.

Draußen.

Stimmen. Schreie. LeRoy Rogers kam auf die Füße, als der erste Suchscheinwerfer eingeschaltet wurde, dann ein zweiter. Ihr Lichtstrahl schwenkte über den Zaun, blieb an dem Toten hängen. LeRoy rannte in die Dunkelheit, in den Wald, der Elgen umgab wie ein Ozean. Rannte und rannte. Notfalls wäre er den ganzen Berg hinuntergerannt. Er war noch nicht zu Hause. Aber LeRoy und sein Monster waren frei.

Mit zitternden Händen zündete sich Jurij eine Zigarette an. Normalerweise haßte er Instrumentenflüge. Verabscheute es, auf Nadeln, Geräte und Drähte angewiesen zu sein. Aber heute war er dankbar, sah in ihnen Gottheiten, gute Geister, die in Annuschkas Innerem wohnten. Aber Geister, die sich mit dem Springen einer Feder in Kobolde verwandeln konnten, in Teufel. Er sog fast die halbe Marlboro mit einem Zug in sich hinein. Erst dann brachte er die Maschine auf einen normaleren Kurs. Da unten lag Tunguska, irgendwo links von ihm und sehr nahe.

»Womit haben sie auf uns geschossen?« fragte Anna.

»Eine Rakete. Sie hat irgendwas getroffen.« Er sah auf seine Armbanduhr. Seine Hand zitterte. »Wir sind da.«

»Tunguska?«

»Direkt unter uns.« Er legte die Maschine in die Kurve, bis der Gyro-Kompaß die Zahl 335 zeigte.

»Ich glaube, ich kann sehen, wo sie getroffen hat.« Anna sah auf den Flügel hinaus. »Da draußen flattert was.«

»Na wundervoll.« Jurij sah Nowek an. »Übernehmen Sie das Steuer. Sie brauchen es nur zu halten. Sehen Sie diese Nadel?« Er zeigte auf den Kompaß. »Halten Sie sie bei drei drei fünf. Alles klar?«

»Ich werde es versuchen.« Nowek griff zum Steuer. Da unten, irgendwo unter den Wolken, in der Hütte irgendeines Amerikaners, war Galina. Konnte sie ihn hören? Ihn spüren? Als Kind hatte sie geweint, wenn der Wind heulte und der Schnee, wie von einem Sandstrahlgebläse abgefeuert, gegen ihr Haus peitschte. In solchen Momenten stand er auf, verließ Nina, zog sich einen Bademantel an und ging zu ihr, um sie zu trösten.

Jurij ergriff das primitive Nachtsichtgerät und erhob sich.

»Da draußen bewegt sich etwas. Ganz eindeutig.« Anna trat zur Seite.

Jurij richtete sein Sehrohr auf das Tragwerk. Das schwankte von Grün zu Schwarz, zu einem müden Grün. Die Batterien waren am Ende …

»Jurij! Ich kann dieses Ding nicht steuern.«

»Strengen Sie sich ein bißchen an.« Er knipste das Gerät aus und sah Anna an. »Ich werde kurz die Lichter einschalten. Dann sehen Sie besser.« Er ließ sich wieder auf seinen Sitz fallen. Nowek ließ das Steuer los, als könnte es beißen.

Jurij streckte die Hand nach dem Positionslichtschalter aus und sah über die Schulter zurück. »In Ordnung?«

Im grünen Lichtschimmer sah Anna eine große Fahne im Wind flattern, am oberen Flügel. »Ein Stück von der Außenhaut scheint abgerissen zu sein. Ziemlich groß. Etwa drei mal zwei Meter.«

Nowek dachte daran, daß ihm die Stoffbespannung von

Anfang an locker vorgekommen war. Wie sein grüner Anzug, und der riß jetzt an den Nähten auseinander. »Können wir trotzdem landen?«

»Das Landen ist das kleinste unserer Probleme, Bürgermeister. Mit ein bißchen Glück können wir sogar entscheiden, wo.«

Eiskügelchen schlugen gegen die Fenster. Die Antonov war ein Doppeldecker. Sie besaß vier große Tragwerke. Aber das hieß nicht, daß sie eines davon entbehren konnte. Er berührte den Treibstoffhebel, wollte ihn nach vorn schieben.

Und dann war keine Zeit für Entscheidungen mehr. Ruckartig fiel die Annuschka nach rechts ab. Mit in den Himmel gestrecktem Leitwerk geriet sie ins Trudeln, während Jurij das Abrutschen mit Gegensteuern auffing. Als er die Maschine wieder stabilisiert hatte, befand sich das Steuer in seinen Händen am linken Anschlag. Er hatte das Bein gerade ausgestreckt und drückte das rechte Seitenruder bis zum Boden durch. Für so etwas war die Antonov nicht geschaffen. Selbst bei voller Motorleistung begann sie zu sinken. »Erinnern Sie sich an Regel Nummer eins?« rief er Nowek zu.

»Nie abstürzen?«

»Ich glaube, wir werden sie brechen.«

Doppelt so schnell wie die Antonov schoß der Bell durch den Hagelschauer. Wie zerrissene Lichtfetzen schimmerte Tunguska vor dem Kabinenfenster auf. Die brennenden Gasfackeln waren deutlich erkennbar, drei orangefarbene Feuerkegel leckten an den Wolken. Sie waren sehr nahe.

»Fünf Klicks«, sagte Decker und drehte sich zu DeKalb um. »Soll ich Sie absetzen und in Bereitschaft bleiben?«

»Sie können nicht einfach verschwinden.«

»Jede Menge Finsternis da draußen«, sagte Decker. »Wenn sie runtergegangen sind, wird es nicht leicht, sie zu finden. Selbst am Tag. Wenn sie einen geeigneten Landeplatz finden, könnten sie verduften.«

»Das wird nicht geschehen.«

»Yessir. Ich meine, nein. Habe verstanden.« Decker zog eine Kurve und begann wieder Wolken zu jagen.

Der Regen ging in ein leichtes Prasseln über, als sie aus den Wolken auftauchten. Jurij kämpfte mit dem Steuer, umkrampfte es wie einen Besenstiel. Sein rechtes Bein zitterte vor Anstrengung, vor Erschöpfung. Ein Moment der Unaufmerksamkeit, und sie würden in eine Abwärtsspirale geraten, aus der es kein Entkommen mehr gab. Er wagte einen schnellen Blick nach vorn und sah drei flackernde Kerzen aus der Finsternis ragen. »Bürgermeister!«

Auch Nowek sah sie. Abfackelndes Gas. Tunguska.

Jurij klemmte das bebende Steuer mit dem Knie fest, hielt sich das Nachtsichtgerät vors Auge und schaltete es ein letztes Mal ein. Die Welt wurde schwarz, grau, grün, schwarz. Die Batterien waren endgültig hinüber. Er schleuderte das Sehrohr auf den Boden. »Wo ist denn nun Ihre Straße?« schrie er Anna zu.

Sie überflogen die äußersten Bohrtürme. Dunkel, leblos, verlassen.

»Im Nordosten! Da drüben!« Sie zeigte nach rechts.

Jurij gab nach. Die beschädigte Tragfläche zog die Maschine nach rechts. »In Ordnung. Ich werde die Lichter einschalten müssen.«

»Sie werden uns sehen.«

Er streckte die Hand nach dem silbrigen Kippschalter aus. »Das Risiko müssen wir eingehen.«

Schotterstraßen, kleine Seen mit Bohrschlamm. Nebengebäude und Rohrleitungen. Berge kostspieliger, verrottender Bohrgeräte. Dann tauchte die Straße, die zu Annas Haus führte, im Lichtstrahl auf.

Sie flogen so tief, daß die drei Feuersäulen sie überragten.

»Machen Sie sich darauf gefaßt«, sagte Jurij und drehte fieberhaft am Steuer, »daß das keine angenehme Landung wird.«

Decker sah den weißen Lichtstrahl links von ihm und zwang den Bell zu einer behenden Pirouette. »Verdammt. Der Knabe landet auf der Straße.« Er gab Gas und senkte die Nase. Der Bell wurde schneller.

Lange konnte er nicht mehr gleiten. Die Schotterstraße wirkte unglaublich fern. Versuch, die Nase hochzureißen, aber damit kannst du den Motor abwürgen. Oder du kommst ins Trudeln. Gleiten kostete Geschwindigkeit. Er zog die Nase hoch. Würden sie die Straße treffen? Jurij dachte an einen alten Fliegerspruch: Wirst du nachts zu einer Landung gezwungen, schalte deine Landelichter ein. Gefällt dir nicht, was du siehst, schalte sie einfach wieder aus.

Sie verloren an Höhe. Er konnte die Landung beschleunigen. Aber das hätte keine angenehmen Konsequenzen. »Halten Sie sich fest!«

Anna ging hinter Noweks Sitz in die Knie. Sie schlang ihm die Arme um seine Brust, verschränkte die Finger wie das Schloß eines Sicherheitsgurtes.

»Wir landen! Sobald wir stehen, stoßen Sie die Luken auf und laufen los. Alle.« Er sah Nowek an. »Wissen Sie, was? Vielleicht ist Plets Einstellung zum Fliegen doch die richtige.«

»Sie schaffen es.«

»Wir werden sehr schnell sehen, ob Sie recht haben.«

Hundert Meter, dann fünfzig. Dreißig Meter. Eine Höhe, die sie nie wieder erreichen würden. Nicht mit dem beschädigten Flügel. Wie sollte er nach Hause fliegen? Die Knochen ...

Zwanzig Meter.

»Gleich!« schrie er.

Nowek konnte keinen Unterschied in der Finsternis draußen erkennen. Nur die drei Gasfackeln schienen sehr viel höher in den Himmel zu lodern.

Der Druck ihrer Arme um seinen Oberkörper nahm zu. So stark, daß er kaum atmen konnte.

Jurij konnte die Erde riechen. Das Eis war genügend geschmolzen, um den gashaltigen Geruch von Sumpf und Schlamm freizugeben. Er zog das Steuer zurück, ließ die Annuschka flacher gleiten. Fünfzehn, zehn Meter.

»Festhalten!«

Nowek stemmte die Füße gegen das Instrumentenbrett.

Anna flüsterte etwas, was er nicht genau verstehen konnte.

Schilfbewachsene Erhebungen, schwarze Sumpfwasserlachen, Schneeflächen rasten im Leuchten des Landestrahls vorbei. Die Illusion von Geschwindigkeit war keine. Sie waren schnell. Die Räder holperten über eine Erhebung. Jurij riß das Steuer zurück und schaltete den Motor aus. Es knallte wie ein Schuß.

Die Antonov sprang noch einmal hoch, sehr hoch, sank, traf wieder auf Boden. Diesmal den Rand der Schotterstraße. Jurij riß die Maschine herum, lenkte ihr Fahrwerk auf die Straße. Die Lichter fingen das Gebäude des Tigerprojekts ein. Wie ein Photo prägte sich das Bild auf seiner Netzhaut ein: das Schild, die gestapelten Fallen und zwei dieser seltsamen Fahrzeuge, die Mondbuggies. Dann Dunkelheit.

Die Räder griffen, gruben sich in den Schotter. Das Heck ging in die Höhe. Jurij zog das Steuer zurück, aber das war nicht gut. Der Propeller bohrte sich in den Kies. Sie begannen zu schleudern. Das Leitwerk stieg höher, immer höher und überschlug sich. Die Scheinwerfer zerbarsten. Die Kabinendeckscheiben brachen aus den Rahmen, ließen nassen Schlamm und scharfkantigen Granitschotter herein. Sie lagen auf dem Rücken.

Ein letzter heftiger Ruck, dann Stille. Überall Treibstoff. Er tropfte ins Cockpit, es regnete Benzin.

Die um seine Brust verschränkten Hände lösten sich, Finger um Finger, und Nowek stürzte, landete auf dem, was einmal das Kabinendach gewesen war. Benzin floß ihm übers Gesicht. Kalt, giftig.

Mit ineinander verknoteten Gliedern lag Jurij neben ihm. Er sah Nowek an und sagte: »Ich kann nur hoffen, daß diese Knochen da sind, Bürgermeister. Ich brauche dringend ein neues Flugzeug, und das habe ich nur Ihnen und Ihrer ...« Er verstummte.

»Was ist?« fragte Nowek.

»Hören Sie.«

Ein leises Dröhnen. Es wurde lauter.

»Laufen Sie los.« Jurij griff nach Noweks Schulter und stieß ihn aus der auf dem Kopf stehenden Kabine. »Rennen Sie!«

Nowek rechnete mit einem Sprung, rutschte aber statt dessen fast gerade hinaus. Der umgedrehte Rumpf befand sich auf gleicher Ebene mit dem Schotter. Das Heck war entweder im Schlamm vergraben oder abgerissen. Der Hubschrauber dröhnte nicht mehr, er knatterte. Nahe, bedenklich nahe. Annas Hütte war zu weit entfernt.

Jurij stieß ihn von der Straße in den Sumpf. Dann sprang er aus der Maschine. Sie landeten neben Tschutschin. Aber nirgendwo ein Zeichen von Anna.

»Wo ist sie geblieben?« rief Nowek, als sich der Bell ihnen zuwandte, das Leitwerk hoch erhoben, seine Rotoren eine unsichtbare Stahlscheibe.

Tschutschin zeigte auf die Gebäude.

»Da unten auf der Straße sind sie, Decker.«

»Sieht nach Bruch aus. Yeah. Sind glatt auf dem Kopf gelandet«, erwiderte Decker. »Sie könnten überlebt haben. Könnten bewaffnet sein und wissen mit Sicherheit, daß wir kommen. Ich biete Ihnen einen Überflug an. Ein Schwebemanöver kommt nicht in Frage. Haben Sie verstanden, Mister DeKalb? Sie müssen sie im Fliegen treffen, und ich kann nur hoffen, daß Sie ein bißchen besser sind als beim letzten Mal.«

Joffrey hielt seine Hände vom Steuer fern. Er glaubte, das würde ihn von allen Sünden lossprechen.

»Machen Sie sich bereit.«

Im Verschlußstück steckte ein neues 40-mm-Geschoß. DeKalb schloß den Verschluß und schob einen Finger durch den Abzugsbügel. Die Luke stand offen. Er fror, war durchnäßt und wütend. Aber auch bereit. Er drehte die Beleuchtung seiner Nachtsichtbrille voll auf. Die Welt wurde in leuchtendes Grün getaucht. Die Antonov lag in einem eigenartigen Winkel. Ob flach auf der Schotterstraße oder halb in ihr vergraben, konnte er nicht erkennen. Das Fahrwerk in der Luft. Vermutlich waren sie bereits tot oder zu sehr verletzt, um sich bewegen zu können.

Hervorragend. Alle Probleme auf kleinster Fläche konzentriert. Er schob die M-209 in den Rotorenwind und beugte sich weit hinaus. Ein Luftstrom von hundert Knoten. Geschwindigkeit, Winkel, Entfernung. Das menschliche Hirn war die größte Tötungsmaschine, die er je kennengelernt hatte.

Er drückte ab, als der Bell die Antonov überflog. Hell aufblitzend schoß die Granate aus dem Lauf. Eine Sekunde. Zwei Sekunden.

Es gab ein kleines weißes Flackern, gefolgt von einer ungeheuren Detonation. Teile der Antonov wirbelten hoch, zum letzten Mal von einer schmierigen Benzinfeuersäule in die Luft getragen.

»Nun«, meinte Decker. »Ich nehme an, mehr Schaden können wir heute nacht nicht anrichten.« Der Hubschrauber schwebte auf der Stelle, als die Teile langsam wieder zur Erde sanken.

»Gehen Sie bei dem Haus runter«, sagte DeKalb. »Ich möchte mich davon überzeugen.«

Der rötliche Schein der brennenden Antonov beleuchtete Tschutschins blasses Gesicht. Er richtete die alte Nagant auf den schwebenden Hubschrauber. Er wollte gerade abdrücken, als Nowek die Pistole zur Seite schob. »Nicht!« Er wollte sie auch umbringen, aber im Moment war ihm sein Überleben wichtiger, und das hing davon ab, daß diese Kerle sie bereits für tot hielten.

»Nun, jetzt sind wir wirklich geliefert.« Mürrisch sah Jurij zu, wie sein Doppeldecker zu Asche verbrannte. »Wissen Sie eigentlich, wie weit es zu Fuß nach Markovo ist? Und mit hundert Kilo Knochen auf dem Rücken ist es sogar noch weiter.«

Der Hubschrauber flog tief über das Wrack und drehte in Richtung auf das Gebäude des Tigerprojekts ab.

»Verdammt«, fluchte Jurij. »Sie landen.«

Der Bell kam auf, hob noch einmal ab und setzte erneut auf. Die Seitenluke öffnete sich. Nowek sah, daß eine Gestalt ausstieg, dann eine zweite. Wie viele waren es?

Die Rotoren drehten sich weiter, die Turbinen heulten.

»Aber diesmal lassen Sie mich schießen«, sagte Tschutschin.

Jurij zückte die kleine Skorpion, brachte sie in Anschlag.

Die beiden Gestalten aus dem Helikopter gingen auf das

brennende Flugzeug zu. Sie hielten Abstand voneinander und suchten die Umgebung mit vorgestreckten Waffen ab.

»Sie sehen sie nicht«, sagte Nowek.

»So? Aber uns werden sie sehen«, flüsterte Tschutschin.

Bis auf die Flammen war es absolut dunkel. Wie konnten sie überhaupt etwas sehen? Nachtsichtbrillen? Etwas von der Art. Sie kamen näher, bewegten sich schnell von einer Seite der Straße zur anderen, spähten angestrengt in die Dunkelheit. Noch näher. Fünfzehn Meter. Zehn.

Noch eine Sekunde.

Tschutschin hob die Nagant, zielte. Er holte tief Luft.

Plötzlich eine Bewegung vor Annas Haus.

Die beiden drehten sich um. Ein Mondbuggy rollte auf den Hubschrauber zu.

Eine der Gestalten deckte den kleinen Buggy mit einem Feuerstoß aus einer Automatik ein. Ein Gasstrom entwich seinem Hochdrucktank.

Der *lunakschod* rollte zielsicher weiter.

Ein erneuter Feuerstoß. Der Buggy zog eine weiße Gaswolke hinter sich her.

Die beiden Männer begannen zum Bell zurückzulaufen.

»Sie will den Hubschrauber rammen«, sagte Jurij.

Der Mondbuggy prallte gegen den Heckrotor, dessen Blätter den Tank völlig auseinanderrissen. Weißer Nebel hüllte das Leitwerk des Bell ein, breitete sich aus. Ein petrochemischer Kokon. Er erreichte den Turbinenausstoß des Hubschraubers.

»Anna!« Nowek sprang hoch. Tschutschin packte seine Knie und zerrte ihn wieder hinunter, während der Bell zu einem Feuerball explodierte, der sich nach vorn ausdehnte, die Hubschraubertanks erreichte.

Eine zweite Detonation. Plötzlich von der Last des Fluggeräts befreit, schossen die Rotoren in die Luft, schraubten sich immer höher, wie ein Ahornsamen, wie ein Kinderspielzeug. Sie fielen auseinander und stürzten auf das Metalldach des Tigerprojekt-Gebäudes.

»Da kommt jemand!« Jurij zeigte auf Annas Haus.

Noch ein Mondbuggy.

Er kam die Schotterstraße entlanggeschossen, direkt auf sie zu.

Jurij stand auf, stützte die Skorpion auf eine Hüfte.

Ein Aufflackern des Feuers. In der plötzlichen Helligkeit wehte eine vertraute Haarmähne im Wind. Nowek stieß die Waffe zur Seite. »Nein!« schrie er, als der *lunakschod* neben ihnen hielt.

Anna saß hinter dem Steuer. Und auf ihrem Schoß hockte George, die Katze. Tiger waren die größten Katzen. Hier war der kleinste Tiger.

Nowek sprang neben Anna in den Mondbuggy. »Wie haben Sie das gemacht?«

Da war etwas Wildes, etwas unerwartet Barbarisches in ihrem Gesichtsausdruck. »Das war ganz leicht«, sagte sie.

Das Feuer breitete sich über das Tigerprojektgebäude aus. Die Flammen leckten an den Holztreppen, fraßen sich durch das Dach. Brennende Papiere wurden von der Hitze hochgewirbelt, sanken verkohlt wieder herab.

Das Gewehr, das Nowek zuletzt an ihrer Wand gesehen hatte, lag hinten im Buggy.

Jurij starrte zum Haus hinüber. »Die Knochen«, sagte er.

»Tut mir leid, Jurij«, sagte Anna. »Sie sollten jetzt lieber einsteigen.«

Jurij stieg ein und reckte die Nase in die Luft. Es roch nach brennendem Geld. Seine Zukunft stand in Flammen. Die Münder so vieler amerikanischer Präsidenten riefen nach seiner Hilfe, flehten um Rettung. Die Kranich-Fluglinie. Seine Träume. Alles dahin.

Tschutschin sprang auf den Mondbuggy.

»Galina«, sagte Nowek. »Wir müssen ...«

»Halten Sie sich fest. Wir holen sie.« Sie startete, ließ das Tigerprojektgebäude, die Schotterstraße hinter sich und flog förmlich über einen kleinen See voller Eiswasser und Schlamm. Hinter ihnen zuckten weitere Flammen hoch, ertönten weitere Explosionen. Aber die zählten nicht mehr. Sie waren nicht mehr aufzuhalten. Die quietschenden Reifen des kleinen Mondbuggy ließen Matschbrocken hochfliegen, als sie über den Schnee auf Deckers Hütte zurasten.

24. KAPITEL

Die Granate schoß hoch in die Luft, beschrieb einen Bogen und ging hinter dem flüchtenden Buggy zu Boden. Es blitzte auf, dann dröhnte eine Explosion über der gefrorenen Erde. Ein Donnern wie ein Sommergewitter. DeKalb konnte sie nicht mehr sehen. Sie hatten die Schotterstraße verlassen, fuhren querfeldein. Er schulterte die M-209 und stand reglos vor den weißglühenden Resten eines Zwei-Millionen-Hubschraubers und eines seiner Piloten.

Die Isolierung des Tigerprojektgebäudes brannte, gab einen widerlichen Gestank von sich. Mit einer seltsam organischen Note, wie nach gekochtem Fleisch. Konnte noch jemand im Haus gewesen sein? Doch für diese Frage war es zu spät. Die Holzpfähle, auf denen das Haus ruhte, brannten von oben herab, wie Kerzen.

DeKalb setzte sich in Bewegung, um den giftigen Dämpfen zu entkommen, und stieß auf Decker.

»Sie haben sich einen Buggy geschnappt«, sagte der Pilot. Die Nachtsichtbrille baumelte ihm um den Hals. Seine Augen waren zwei rußumrandete Kreise. Das kleine Frettchen schob die Nase aus seiner Brusttasche. Decker verpaßte ihm einen Schlag auf den Kopf. »Sie haben unseren Vogel gerammt und sich glatt aus dem Staub gemacht!«

»Aber wohin? Warum sind sie überhaupt zurückgekommen?« DeKalb sah Decker an. »Sie haben doch mit ihm gesprochen. Irgendeine Ahnung, warum mich der Bürgermeister umschwirrt wie eine gottverdammte Biene?«

»Ich? Nossir.« Aber er wußte sehr wohl, warum Nowek zurückgekommen war und wohin er jetzt wollte. Er wußte auch, daß er das DeKalb auf keinen Fall sagen würde. »Wir werden sie schon kriegen. Selbst mit vollem Tank kommt der Buggy nicht weiter als vierzig, fünfzig Kilometer. Und dann sind sie noch längst nicht in Markovo.«

DeKalb teilte Deckers Zuversicht nicht. In Gedanken zog er auf einer Landkarte einen Kreis. Eine Reichweite von fünfzig Klicks würde sie zwar nicht in die Stadt bringen, aber es könnten andere Probleme entstehen.

Decker erkannte, was sich hinter DeKalbs sorgenvollem Blick verbarg. »Mit dem Buggy hin und wieder zurück, Mister DeKalb. Nie im Leben.«

Elgen. Dorthin können sie es durchaus schaffen, dachte DeKalb. Hin, aber nicht zurück. Aber wer, in Gottes Namen, würde dorthin wollen, wenn er wußte, daß er zurücklaufen mußte? Und wohin? Es sei denn, sie wurden abgeholt. Mit einem Flugzeug? Großer Gott. Das war möglich.

DeKalb drehte sich um und warf einen kurzen Blick in das rußgeschwärzte Cockpit. Joffrey, aber ein kurzer Blick genügte nicht, um das verkohlte, verformte Objekt auf dem Sitz zu identifizieren. Er hatte beide Fäuste erhoben, als kämpfe er mit den Flammen. Zähne, Handgelenke und Knöchel schimmerten weiß, wo das Feuer ihm Haut und Fleisch bis auf die Knochen heruntergefressen hatte. Kerosin verbrannte heiß.

»Dummer Kerl. Wäre nicht passiert, wenn er sich Ihre Genehmigung für den Flug der Tigerlady geholt hätte«, sagte Decker.

DeKalb drehte sich nicht zu ihm um. »Wäre auch nicht passiert, wenn Sie getan hätten, was ich Ihnen sagte. Ich wollte diese Videobänder. Ich wollte nicht, daß ein gottverdammter Bürgermeister eine gottverdammte Untersuchung einleitet.« Jetzt drehte er sich um. »Lassen Sie uns gehen.«

»Gehen?«

»Wir müssen die Einheimischen über diese Sache informieren.«

Ein Geräusch weckte Galina aus tiefem Schlaf. Decker. Er war zurück. Blinzelnd lauschte sie nach draußen. Eines von diesen kleinen Autos. Sie schlug die Bettdecke zur Seite und fand einen seiner Overalls, einen orangefarbenen Overall mit dem AmerRus-Logo: Mond und Bohrturm. Er hatte einen langen Riß an der Hüfte, ein Loch.

Mit der Spiegelscherbe in der Hand sprang sie aus dem Bett und knipste das Licht aus. Sie zuckte zusammen. Die Innenseiten ihrer Schenkel waren wund. Der Schmerz ließ sie hellwach werden. Die Erinnerung setzte ein, und mit ihr kam die Wut.

Die Motorengeräusche erstarben. Sie hörte eine Stimme. Sie trat hinter die Tür. Der Hals, dachte sie. Erst der Hals, dann die Hoden. Sie berührte die Scherbenspitze mit einem Finger und stellte sich vor, wie sie sie ihm ins Herz bohrte. Später. Das würde sie sich bis zuletzt aufheben.

Der Knauf drehte sich. Die Tür. Angespannt wartete sie in der Dunkelheit. Der Außenriegel wurde zur Seite geschoben. Die Tür öffnete sich einen Spalt. Kälte traf ihre bloßen Füße.

Die Tür wurde weit und heftig aufgestoßen. Sie traf ihre nackten Zehen, und sie schrie auf.

»Galina?«

Sie stieß die Tür zurück und hörte, daß sie gegen etwas Festes prallte. Sie hob die Spiegelscherbe und sprang vorwärts. Etwas Dunkles im Türrahmen. Schreiend holte sie aus, ohne daß ihr Verstand registrierte, daß die Stimme nicht Decker gehörte, daß dort nicht nur eine Gestalt stand.

»Galina!«

Sie stieß zu. Die Scherbe traf auf etwas Weiches, Nachgiebiges. Erneut hob sie die Hand, um zuzustoßen.

Doch jetzt packte eine Hand ihren Arm und hielt ihn fest.

»Galina! Hör auf!« schrie Nowek. »Hör auf!«

Galina zitterte vor haßerfüllter Wut. In ihr tobten die Adrenalinkräfte, die es Menschen ermöglichten, Autos anzuheben, schwere Felsbrocken in die Höhe zu stemmen. Sie versuchte, sich dem Griff zu entwinden, aber ihre Arme wurden fest umklammert. Sehr fest. Schmerzhaft fest.

Eine Hand knipste das Licht an. Surrend erwachten die Neonröhren zum Leben.

Nowek hielt sie mit beiden Händen fest. Galina ließ die Scherbe fallen und preßte sich die Fäuste auf den Mund, als sie eine Frau in den Kleidern ihrer Mutter erblickte. Sie wich gegen die Wand zurück.

Annas Ärmel war aufgeschlitzt. Die Scherbe hatte Ninas Pullover aufgerissen.

Tränen traten in Galinas Augen. Sie wurde wahnsinnig. Sie war bereits tot. Wie sonst wäre das möglich? Ihr Vater, ihre Mutter, die seit zwei Jahren im Grab lag …

»Galinka.« Noweks Gesicht schien sich aufzulösen. Er hielt sie in den Armen, so fest, daß sie nur in kurzen Stößen atmen konnte.

»Wir sollten gehen«, sagte Anna. »Sofort.«

Nowek reagierte nicht. Galina blickte über Noweks Schulter, als er sie sanft hin und her schaukelte. Schweigend musterte sie Anna. Nein, wollte er sagen. Es ist nicht so, wie du denkst. Aber er war sich selbst nicht mehr sicher. Überhaupt nicht mehr sicher. Irgend etwas war zwischen ihnen, etwas Hartes. Er ließ sie los, sah die Ausbeulung einer ihrer Brusttaschen und dachte an Deckers Tier, seine Ratte.

Er sah auch den Riß im orangefarbenen Stoff. Das Loch, das so aussah, als würde ein Stück Stoff hineinpassen, das er nur allzugut kannte. »Woher hast du den?« fragte er.

»Er gehört Decker.«

Decker. Nowek erinnerte sich daran, wie schnell er mit dem silbernen Messer zur Hand war, als sich sein Jackett am Buggy verfangen hatte. Wie ein Phantom war es aufgetaucht, hatte den Faden durchschnitten, war wieder verschwunden. Warum war ihm das zuvor nicht aufgefallen?

»Was ist, Vater?«

Das war im Moment nicht wichtig. »Wo sind deine Stiefel?« fragte er. »Zieh sie an.«

Galina wollte den Blick nicht von der Frau abwenden, denn möglicherweise würde sie dann verschwinden. »Wer sind Sie? Warum tragen Sie die Sachen meiner Mutter?«

»Das erkläre ich dir später«, sagte Nowek. »Jetzt gehen wir nach Hause.« Aber wie?

Galina stand wie angewurzelt da. Wunder waren sehr selten. Das sagte jeder. Sie war nicht bereit, das hier so leichtfertig aufzugeben. Sie lief auf Anna zu und verbarg ihren Kopf im Pullover mit seinem Geruch nach Kampfer, nach Wolle, nach Zuhause. Sie begann zu schluchzen, aber nicht in der Kehle, sondern sehr viel tiefer. »Wer ... wer sind Sie?«

»Komm, setz dich ...« Sie wollte das Mädchen zum Bett führen, aber Galina verspannte sich. Um nichts in der Welt würde sie sich auf dieses Bett setzen. Sie sah zu Anna auf, aber ihre Augen sahen nichts, ihr Kopf erinnerte sich.

»Ich heiße Anna.«

»Anna? Aber ...«

»Schscht.« Sie suchte und fand Galinas Stiefel im Durcheinander der Hütte. Zwei nicht zueinander passende Socken. Deckers. Mit sanftem Zureden brachte sie Galina dazu, sie anzuziehen, während sie immer wieder nervös zur Tür blickte.

»Wohin ... wohin gehen wir?«

Anna bemerkte die Sehnsucht in Galinas Augen. Sie wünschte sich, diese Sehnsucht stillen zu können. »Du gehst nach Hause.« Sie sah Nowek an.

Aber der blickte auf Galinas Brusttasche. Auf den harten Gegenstand, den er bei ihrer Umarmung gespürt hatte. »Was hast du da in der Tasche?«

Sie zog das Feuerzeug heraus, das sie in Deckers Kommode gefunden hatte.

»Woher hast du das?«

»Von hier. Habe ich gefunden.« Sie drückte auf den winzigen Metallstift, die Deckplatte öffnete sich. »Wer ist sie, Vater? Warum sieht sie aus wie Mutter? Warum trägt sie ihre Kleidung. Wie ...«

»Ich werde dir die ganze Geschichte erzählen, aber sie ist noch nicht zu Ende.« Nowek entdeckte das Photo im Geheimfach des Feuerzeugs, griff danach.

Lachend zeigte Stalin seine »Eisenzähne«. Zwei Generale zu seinen Füßen, unerschütterlich, ernst, besorgt. Wer konnte das sein? Und neben ihm ein junger Mann mit strohblonden Haaren und nervös-erschöpfter Miene.

Der nervöse junge Mann? Andrej Ryschkows Vater.

Er ließ die Deckplatte zuschnappen und empfand die plötzliche Beschleunigung, mit der ein Fluß auf eine schwache Stelle in einer Betonwand trifft und diese durchbricht. Ein Band. Eine Unterredung. Ein Messer. Decker.

»Bürgermeister!«

Das war Tschutschin.

Nowek stopfte das altertümliche Feuerzeug in seine Tasche und griff nach Galinas Hand. Er hielt sie so fest, als wäre sie mit seinen Fingern zusammengeschweißt. Selbst draußen im Mondbuggy ließ er sie nicht los. Jurij und Tschutschin saßen hinten. Das Gewehr lag über ihren Knien. Auf dem Fahrersitz machte sich George breit.

Anna schob die Katze zur Seite. Sie schlug nach Annas Hand, aber sie achtete nicht darauf. Nowek und Galina teilten sich den Beifahrersitz.

Nowek zeigte Tschutschin das Feuerzeug.

»Danke, nein. Ich trenne mich von Gewohnheiten, die schlecht für die Gesundheit sind.«

»Es gehörte Ryschkow. Es war dort drinnen.« Er nickte zur Hütte zurück. »Der Amerikaner hatte es. Decker. Und sehen Sie mal.«

Er zerrte an Galinas Overall und zeigte ihm das Loch.

Tschutschin schnaubte. »Recht zu haben ist schön, am Leben zu sein noch schöner. Was machen wir jetzt?«

»Wie weit wird es dieses Fahrzeug schaffen?« fragte Nowek Anna.

»Der Tank ist nicht voll. Im besten Fall dreißig Kilometer.«

Dreißig. Damit wären sie nicht einmal halbwegs in Markovo. Er griff in seine wattierte Jacke und holte das Messer heraus, das ihm Anna gegeben hatte. Die Schamanenklinge. Der elfenbeinfarbene Griff schimmerte schwach wie der Mond hinter einer Wolke. Die kalte Stahlklinge glitzerte. Sie war so scharf, daß man den Schnitt nicht spürte. Welcher burjatische Handwerker hatte dieses Wunder zustande gebracht? Er streckte es ihr entgegen.

»Sie wollen es mir tatsächlich zurückgeben?«

»Man könnte sagen, daß die Tatbestände meinen Verdacht beseitigt haben.«

»Entschuldigen Sie«, sagte Jurij, »aber es ist leider kein Verdacht, daß wir nur fünf Personen gegen die gesamte AmerRus sind. Wir stecken mitten in der Wildnis von Tunguska, und dieses kleine Fahrzeug ist zwar erstaunlich, aber es kann nicht fliegen. Tigerknochen? Ich fange an, mir um meine eigenen Knochen Sorgen zu machen.«

»Wir könnten einen Hubschrauber klauen«, schlug Tschutschin vor.

»Dann müssen wir auch den dazugehörigen Piloten klauen. Ich kann keinen Hubschrauber fliegen.«

»Ich habe eine bessere Idee.« Anna öffnete ihren Rucksack, holte einen kleinen Kasten heraus und stellte ihn auf das Armaturenbrett. Sie drückte eine Taste und ein kleines LCD-Display leuchtete auf.

»Was ist denn das?« fragte Tschutschin.

»Ein GPS«, antwortete Jurij noch vor Anna. »Satellitennavigation. Wissen Sie, was diese Dinger kosten? Für fünf-, sechstausend werde ich jeden Tag eines los. Warum haben Sie mir das nicht vorhin gezeigt? Ich hätte es gut brauchen können.«

»Ich habe es aus meinem Büro geholt. Zusammen mit dem Gewehr. Damit können wir die direkte Route finden. Das wird die Reichweite des Buggy erhöhen.«

»Aber nicht bis Markovo«, wandte Nowek ein.

»Nein.« Sie sah Nowek an. »Aber das GPS könnte uns weit genug bringen. Vielleicht sogar aus Sibirien hinaus.«

»Was soll das heißen?«

»Es kann uns in die Welt hinausbringen.«

Die Welt? Wovon sprach sie eigentlich? Hier ist die Welt, hatte Jufa gesagt. Seine Welt. Er und seinesgleichen kontrollierten sie. Nowek hatte in ihr nichts zu suchen. »Es ist kaum der rechte Zeitpunkt für Rätsel.«

»Ich weiß. Können, wollen Sie mir vertrauen?«

Er hielt Galina ganz fest. Er konnte es. Tschutschin, Jurij? Sie konnten für sich selbst entscheiden. Aber war er bereit, dieser Frau das Leben seiner Tochter anzuvertrauen? Sein Leben in der Zukunft? Er erinnerte sich an Anna in seinen Armen und daran, wie ihn ihr Atem aus dem Eis zurückgeholt hatte, aus der Dunkelheit. Zurück ins Leben. Nowek blickte sie an. Der Abstand zwischen ihnen schien sich aufzulösen, obwohl er sich nicht bewegte, nicht einmal atmete. »Ich vertraue Ihnen. Aber Sie sollten besser recht behalten.«

»In Ordnung.« Sie nickte, gab schnell ein paar Koordinaten ein und drückte auf die Direktrouten-Taste. »Wir können den Fluß als Fahrbahn benutzen. Auf glatter Oberfläche ist der Buggy schneller. Auf diese Weise kommen wir ein bißchen weiter.«

Auf dem kleinen Bildschirm erschienen ein Pfeil, eine Richtung, Zeit- und Entfernungsangaben. Anna paßte das Steuerrad dem Pfeil an und drückte auf den Beschleuniger.

»Das gefällt mir nicht, Bürgermeister«, sagte Tschutschin und klammerte sich fest.

Fast schwerfällig unter der schweren Last ratterte der Mondbuggy über das dunkle, gefrorene Sumpfgelände. Ein Viertelkilometer verschwand vom Display, dann ein halber. Nach knapp zwei Kilometern durchquerte die Route einen dünnen Baumbestand verkrüppelter Kiefern. Erst jetzt schaltete Anna die Scheinwerfer ein. Die Route endete am Ufer eines Flusses, der Nischnaja Tunguska.

Der Mondbuggy holperte über das steinige Ufer, fuhr dann auf den Fluß hinauf. Die Niederdruckreifen sanken nicht ein. Zwei Lichtkegel leuchteten nach vorn, durchschnitten die Dunkelheit. Anna schaltete die Scheinwerfer wieder aus. Die »Fahrbahn« des breiten Flusses war gut genug zu erkennen, leicht zu verfolgen.

Dem Pfeil folgend, fuhr sie nach Norden.

LeRoys Fuß verfing sich in einer Wurzel, und er fiel mit dem Gesicht voran in den Schnee. Nach einer halben Stunde strammen Dauerlaufs waren seine Füße nichts weiter als gefühllose Stumpen. Mühevoll zerrte er seinen Fuß unter der Wurzel hervor und lief weiter. Verdammter Schnee. Verdammte Berge. Nie wieder würde er sehnsüchtig zu ihnen aufblicken. Der Strand. Dort würde er künftig leben. Palmen. Bikinis. Verdammt. Keine Bikinis. Einen Fuß nach vorn. Den anderen.

Fünfzig Meter weiter erreichte er den kleinen Wasserlauf.

Die Oberfläche war hartgefroren und trotz des Regens nicht zu glatt. Er stampfte mit dem Fuß auf und hörte ein schwaches Knacken. Gut, sehr gut. Aber in welche Richtung?

Irgendwo mußte doch jemand leben, den er aufspüren konnte, und das bedeutete Essen, ein warmes Haus, ein Auto, das ihn aus dieser verdammten Schneewüste hinausbringen konnte. Bei Tagesanbruch könnte er in der Stadt sein, wenn er nur wüßte, in welche Richtung er laufen mußte.

Es war dunkel. Schwere Wolken hingen am Himmel, verschossen Eiskügelchen. Niedrige Bäume klammerten sich ans steile Ufer. Wind zerrte an ihren Ästen.

Er folgte dem gefrorenen Wasserlauf. Nach weiteren fünfzig Metern mündete das Flüßchen in einen Fluß. Irgendwo in seiner Mitte hörte er Wasser über Felsbrocken plätschern. Doch in Ufernähe schien das Eis zu tragen. Klumpen toter Schilfhalme ragten aus der erstarrten Oberfläche.

Nach rechts oder links? Der Hofgang im Gefängnis führte immer links herum. Kein Mensch wußte, warum. Vielleicht, weil es jeder so machte. Entgegen dem Uhrzeigersinn. Allein aus diesem Grund wandte sich LeRoy nach rechts.

LeRoy hatte Glück. Nach links hätte ihm ein Tausend-Kilometer-Marsch in die Arktis bevorgestanden.

Rechts würde er nach Tunguska gelangen.

Decker verließ den Kommunikationsraum und sah auf Anhieb etwas, das ihm gar nicht gefiel: Die Tür seiner Hütte auf der anderen Seite der Lande- und Startbahn stand weit offen. Er setzte seine Nachtsichtbrille auf, schaltete sie ein und spähte in die Dunkelheit seiner Behausung. Nichts. Verschwunden.

»Was ist, Decker?« fragte DeKalb und blickte auch hinüber. »Was ist da drüben los?«

»Ich will verdammt sein, wenn ich das weiß.« Decker riß sich die Brille herunter und schulterte DeKalbs große Ruger.

»Hat Ihre Hure einen kleinen Spaziergang unternommen?«

»Sie kann nirgendwohin.«

»Hoffentlich stimmt das.« DeKalb trug einen Sack mit einer neuen Ladung Granaten. »Kasnin ist auf dem Weg hierher.«

»Solo?«

»Mit einem Kommando. Kennung ›Berkut‹. Ich habe auch Gromow informiert.« Er sah Decker an. »Lassen Sie uns den Chinook klarmachen. Wir gehen auf die Jagd.«

Der Hubschrauber des Ministeriums landete im Innenhof von Merkur-Kondom. Seine Rotoren drehten sich weiter, als zwei von Jufas Männern mit eingezogenem Kopf auf ihn zuliefen. Es regnete noch immer, nicht heftig, aber beständig.

Jeder Mann trug eine kurzläufige Automatic. Die beiden *byki* gesellten sich zu den sechs weißgekleideten Soldaten unter dem Kommando von Major Oleg Kasnin. Die Ankömmlinge machten es sich in ihren Gurtsitzen bequem. Sofort zündeten sie sich Zigaretten an und begannen, angeregt zu plaudern.

Die beiden waren gekleidet, als wollten sie in der Stadt einen draufmachen: Lederjacken, Hosen und dünne Lederschuhe. Ihre Waffen machten jede Menge Lärm, waren aber nicht unbedingt treffsicher.

Weiter vorn, direkt hinter dem Cockpit, hatte Kasnin die winzige VIP-Kabine für sich allein. Als der Mil-8 wieder abhob, überkam ihn ein erstaunliches Gefühl: Leichte Zweifel begannen an seiner Selbstsicherheit zu nagen, an seiner Zuversicht. Und daran war Kasnin nicht gewöhnt.

Über ihm schlugen die Hubschrauberrotoren ihren beständigen Takt. Ja, dachte er, das ist, als wollte man Quecksilber beseitigen. Zuerst ist eine kleine Lache. Ryschkow, dann Nowek, die Frau und nun das. Man drückt den Finger darauf, aber es entkommt. Schon bald hat man überall kleine silberne Perlen. Und das Versagen hatte ein Preisschild, das Kasnin nur zu gut kannte.

Unter einer immer dichter werdenden Wolkendecke flog der Mil-8 nach Norden.

Er dachte an sein Dach. Seine *krijuscha.* Seinen Schutz. Wie stabil war es wirklich?

So stabil wie Staatsanwalt Gromow, dachte er, und genauso verläßlich. Man konnte sich darauf verlassen, daß Gromow stets das tat, was seinem Interesse diente. Solange

Kasnins Interessen damit übereinstimmten, gab es kein Problem. Aber war das noch immer der Fall?

Heute abend hatten sie miteinander telefoniert, und Gromow hatte kein Blatt vor den Mund genommen.

»Offen gesagt begreife ich nicht, warum nicht rechtzeitig auf konventionelle Weise mit dem Bürgermeister verfahren wurde.«

»Nowek ist ein unkonventioneller Mann. Ich habe versucht, ihm die Sachlage zu erklären. Er weigerte sich, sie einzusehen.«

»Er ist stur.«

»Ein Pole. Die sind sturer, als es klug ist.«

»Er war klüger als Sie. Sie hatten sich um einen einzigen kleinen Geschäftsmann zu kümmern. Einen Organisator. Und nun sehen Sie sich das Ergebnis an.«

»Die Angelegenheit Ryschkow wurde erledigt.«

»Und warum müssen wir dann diese Unterhaltung führen? Entweder Sie bringen die Sache in Ordnung, oder ich suche mir jemanden, der das kann. *Posadit na piku. Panimajitsch*?«

»Ja panimaju.«

Nowek, dachte Kasnin, während der Hubschrauber weiter nach Norden knatterte. Gromow hatte ihm befohlen, ihm seinen Kopf auf einem Tablett zu bringen. Konnte er das? Er wußte, daß von dieser Nacht eine Menge abhing. Eine Menge, vielleicht sogar alles.

Wasser sprühte von den Rädern hoch. Ein bitterkalter Wind peitschte ihnen Regen ins Gesicht. Galina schmiegte sich eng an Nowek.

Ohne jede Vorwarnung wurde die bläuliche Eisdecke weiß. Der Zustrom eines Nebenflusses schwächte die solide Oberfläche, machte sie dünn und schlüpfrig.

Weiß wurde grau. Sie verließen die glatte Eisfläche und platschten durch schwarzes Wasser. Der Buggy wurde langsamer.

»Wir sinken«, schrie Tschutschin. »Wir ...«

Anna beschleunigte. »Wir sinken nicht.«

»Vater!« Galina klammerte sich an Nowek, als sie über die Wasserfläche schossen. Die Spikes der Reifen wühlten Eismatsch auf.

Aber sie fuhren weiter. Sie sanken nicht ein. Die Oberfläche wurde fester, und schon bald glitten sie wieder über solides Eis.

»Womit wird dieses Ding angetrieben?« erkundigte sich Tschutschin. Berufliches Interesse schien seine Angst erst einmal verdrängt zu haben.

»Gashydrat«, erwiderte Nowek. »Wieviel haben wir schon geschafft?«

Anna blickte auf das GPS-Display. »Noch acht Kilometer.«

»Bis wohin?«

Aber Anna antwortete nicht.

Inzwischen glitt der *lunakschod* mit sechzig Stundenkilometern über das Eis. Je nördlicher sie kamen, desto kompakter wirkte es. Aber nicht wegen der Temperaturen, sondern weil der Fluß tiefer wurde.

»Was haben Sie da vorhin gemeint?« fragte er sie endlich. »Wie können wir Sibirien durch diese Fahrt quer durch die Wildnis verlassen?«

Anna warf einen Blick auf den Treibstoffstand. Der Anzeiger zitterte bereits im gelben Warnbereich. »Das ist für Sie vielleicht schwer einzusehen«, sagte sie, als sie einem Inselchen auswich und wieder auf die Mitte des Flusses zuhielt. »Aber es ist ganz einfach.«

»Können wir kurz anhalten?« fragte Galina. Sie drückte sich eng an Nowek, hielt die Katze in den Armen.

»Anhalten? Weshalb?«

»Ich muß mal.«

»Weißt du, was zu einer sibirischen Toilette gehört, Galina? Ein Stock.«

»Ein Stock?«

»Um die Wölfe zu verjagen.«

»Wir haben keinen.«

Er strich ihr über die feuchte Wange. »Dann laß uns nicht anhalten.«

Nach vierzehn Kilometern forderte der GPS-Pfeil eine

Kurve nach links. Anna lenkte den Mondbuggy auf das steinige Ufer zu.

Sie verließen den Fluß, holperten wieder an Land und in den Schutz der verkrüppelten Kiefern. Abseits vom Fluß war die Taiga eine bewaldete Wüste, ein Gebiet, in dem weniger Wasser vom Himmel fiel als in Arabien, ein gefrorener Schwamm, der genügend Feuchtigkeit aufgesogen hatte, um die Illusion eines Waldes aufrechtzuerhalten. Anna schaltete die Scheinwerfer ein.

Das Baumgesträuch stand dicht an dicht, aber der GPS-Pfeil zeigte weiter geradeaus. Nowek sah die verdrehten, verkrüppelten Stämme und Äste vorbeifliegen, dann blinkte der Satellitennavigator auf: Ziel erreicht.

Er wollte gerade etwas sagen, als sie eine kleine Lichtung erreichten.

»Wir sind da«, sagte Anna und bremste ab.

»Ja, aber wo?«

»Sie haben das hier schon mal gesehen.«

»Hier war ich in meinem ganzen Leben noch nicht.« Doch dann erkannte Nowek, daß sie recht hatte. Beide hatten sie recht. Er war nie hier gewesen, und doch hatte er die Lichtung schon gesehen.

Sie fuhren auf einen großen, fensterlosen Kasten mit einem Mast und einer Antenne zu. Am Mast war eine Kamera befestigt. An der Seite des Kastens eine mit Vorhängeschloß gesicherte Tür. Darauf eine Zahl: 14.

Hier, dachte Nowek. Genau hier hatte ein unbekannter Schwarzer Schutz gesucht und war statt dessen auf einen Tiger gestoßen. Er drehte sich auf seinem Sitz um, blickte zum Waldrand hinüber und erwartete fast, einen geduckten Schatten auftauchen zu sehen. Deshalb löste dieser Wald ein so eigentümliches Gefühl bei ihm aus.

Er war Tigergebiet.

Anna hielt neben einem umgestürzten Baum, der die Tür zur Beobachtungsstation teilweise blockierte.

»Sie sind mit uns ausgerechnet hierher gefahren?«

»Wir haben kaum noch Treibstoff«, sagte sie. »Wohin sollten wir sonst Ihrer Meinung nach?«

Nowek wollte gerade antworten, als er zwei Geräusche hörte. Das erste erkannte er, aber es war das zweite, daß ihn zittern ließ und dazu brachte, Galina noch fester zu halten.

Das erste war das ferne Knattern eines Hubschraubers. Es wurde kurz lauter, dann wieder leiser.

Das zweite war ein scharfes Fauchen aus der Dunkelheit des Waldes.

Er sah Anna an. Ja, Tigergebiet.

Der Hubschrauber wurde wieder lauter. »Wir sollten lieber hineingehen«, sagte sie.

Nowek starrte zum Wald hinüber. »Aber darin können wir uns nicht vor ihnen verstecken.«

»Nein, aber vielleicht können wir sie verscheuchen. Kommen Sie.« Sie nahm Galina die Katze ab, griff nach dem Gewehr und sagte zu Jurij und Tschutschin: »Es wäre besser, wenn Sie nicht allzuweit herumstromern.«

Anna wandte sich der Tür zu.

Nowek folgte ihr. »War das Lena?« fragte er.

»Ja.«

»Wer ist Lena?« wollte Galina wissen. Sie erschauerte.

»Keine Angst, Galinka«, sagte Nowek.

Das Schloß war eingefroren. Anna setzte die Katze ab. Unglücklich trat George von einer Pfote auf die andere im nassen, kalten Schnee. Schließlich gab er kläglich maunzend auf.

Mit dem Gewehrkolben versetzte Anna dem Schloß einen heftigen Schlag. Es sprang auf. »Da drinnen sind Notvorräte. Lebensmittel und Heizkissen, sogar Kleidung.« Sie duckte sich durch die niedrige Tür.

Nowek folgte ihr.

Es war kalt. Kalt und dunkel. Aber Anna kannte sich aus. Sie griff nach einer mit Magneten an der Wand befestigten Taschenlampe. Die knipste sie an und suchte mit ihrer Hilfe nach einer zweiten. Sie befanden sich in einer Höhle, schimmernd vor Eis und Elektronik.

»Willkommen in meinem Warrikino«, lächelte sie.

Eiszapfen hingen von der niedrigen Decke. Von einem großen Batterienkasten führten Kabel zur Kamera und zu einer Art Aufnahmegerät. An der Wand lehnte ein Rucksack wie der, den Anna getragen hatte, grünweiß gefleckt. Sie öffnete ihn und suchte etwas darin. »Hier.« Sie streckte Galina das kleine Heizkissen entgegen.

»Was ist das?« Ihre Lippen waren blau verfärbt.

»Nimm es.« Mit schnellem Griff setzte sie es in Betrieb. »Steck es dir in die Tasche.«

Das Polster war bereits warm, als Galina danach griff. Sie lächelte.

»Was sind das für Geräte?« erkundigte sich Nowek.

»Radiotelemetrie. Die Tiger tragen Halsbänder, die ihren Aufenthaltsort und ihre Herzschläge übermitteln. Die Antenne auf dem Dach nimmt sie auf und überträgt sie per Satellitentelefon zum Taiga Institute in Idaho.«

Idaho? Genausogut hätte sie »Andromeda« sagen können.

Anna öffnete einen kleinen Aktenkoffer. In ihm befand sich ein kleines, mit Tasten versehenes Gerät. Sie hob es heraus, es schien schwer zu sein. Eine Antenne konnte er nirgendwo entdecken.

»Das ist ein Telefon?«

»Ein NEC-Fünftausend.« Anna nickte. »Ein Satellitentelefon. Aber die Leistung ist schwach und die Antenne sehr klein. Wir müssen sehr genau sein, um einen Satelliten zu treffen.« Sie bewegte den Deckel des Aktenkoffers auf und ab. »Die Antenne ist eingebaut.«

Nowek sah verdutzt zu. »Damit können Sie anrufen? Einfach so? Selbst hier in der Wildnis?«

»Selbst hier.«

Nowek fühlte sich versucht, Anna aufzufordern, keine Scherze zu machen. Sie saßen auf einer Lichtung fest, von der aus betrachtet Markovo als das Zentrum der Zivilisation erschien. Draußen schlich lautlos ein Tiger durch die Dunkelheit, während über ihnen ein Hubschrauber Jagd auf sie machte. All das wollte er sagen, als der Motor des Buggy aufdröhnte.

Anna sprang hoch. Fast hätte sie das Telefon fallen lassen.

»Bürgermeister!« schrie Jurij. »Bürgermeister! Halten Sie ihn auf!«

Nowek stieß sich den Kopf an der niedrigen Decke, als er ins Freie stürmte.

Er kam gerade rechtzeitig, um den Buggy auf die Bäume zurasen zu sehen.

»Tschutschin!« rief er. »Tschutschin!«

Jurij stand auf dem umgestürzten Baum. »Dieser alte *strafnik!* Er hat uns den Wölfen überlassen.« Das Hubschraubergeräusch schwoll an. »Und mir werfen Sie Hinterlist vor? Falls wir jemals nach Hause zurückkommen, sollten Sie ihn entlassen. Er hat uns als *suki* beschimpft.«

»Was genau hat er gesagt?«

»Mistkerle. Ist das zu fassen? Die Skorpion hat er mitgenommen.«

»Die Pistole?«

»Die einzige Pistole.«

»Was ist los?« Anna kam aus der Tür.

»Er hat uns im Stich gelassen«, sagte Jurij. »Ist das zu glauben? Er hat uns alle Mistkerle genannt.«

»Nein«, sagte Nowek. »Das hat er nicht.«

Anna leuchtete mit ihrer Taschenlampe herum. Ihr Strahl fiel auf einen halb im Schnee verborgenen Gegenstand. Die Skorpion.

»He! Muß vom Buggy gerutscht sein.« Jurij hob die Waffe auf.

»Nein«, sagte Nowek noch einmal. »Das hat Tschutschin mit Absicht getan.«

»Absicht?« schnaubte Jurij verächtlich. »Welcher Absicht?«

»Er wollte uns Zeit geben«, sagte Nowek, während der Helikopter immer lauter wurde. Er sah Anna an. »Wir sollten sie nutzen.«

Sie drehte den Deckel des Aktenkoffers so, daß er zum südlichen Himmel zeigte.

25.
KAPITEL

»Absolut nichts zu sehen«, sagte DeKalb.

»Irgendwo da unten müssen sie sein.« Decker steuerte den großen Chinook dicht über dem Ostufer des Flusses entlang. Der Luftstrom der Doppelrotoren drückte die Bäume noch flacher. Das gab ihm eine bessere Sicht über den Flußlauf und den angrenzenden Wald. Regen prasselte gegen die Windschutzscheibe. Dichte Nebelschwaden lagen über dem Fluß wie ein milchiger Gletscher.

»Mistwetter«, sagte Decker. »Regen, Hagel, und nun kriegen wir es auch noch mit Eisnebel zu tun. Unter diesen Bedingungen ist es nicht leicht, sie zu finden. Wie viele kommen eigentlich aus der Stadt?«

»Kasnin und ein paar seiner Männer.« DeKalb sah auf seine Uhr. »Höchste Zeit, daß wir uns bei ihnen melden.«

Decker reichte DeKalb das Mikrofon. »Was heißt ›Berkut‹ eigentlich?«

»Das ist ein großer Vogel.« DeKalb schaltete das Mikro ein. »Berkut, Berkut, hier Rattler.«

Witzig, dachte Decker. Ein großer Vogel? Angesichts ihrer Ausrüstung und Fähigkeiten konnten die Einheimischen froh sein, überhaupt etwas in die Luft zu bekom … Was war das? Sein Kopf zuckte zur Seite. Eine Bewegung. Da unten. Auf dem Eis. Seine Nachtsichtbrille verfügte über ungenügende Auflösung, aber dort war eindeutig etwas, was da nicht sein sollte.

Er knipste den Scheinwerfer an. Der weiße Lichttunnel schwenkte langsam von einer Seite zur anderen. »Nun sehen Sie doch mal, was wir da haben.«

DeKalb ließ das Mikro sinken. »Was ist?«

»Unten auf dem Fluß. Da drüben. Richtung Süden.«

»Süden?«

»Yessir. Sie …« Der Buggy flitzte unter ihnen dahin.

Decker drehte den Helikopter geringfügig und richtete den Lichtstrahl erneut auf sein Ziel. Das Fahrzeug wich aus, versuchte dem Scheinwerfer zu entkommen. Decker grinste. »Wollen Sie einen genaueren Blick?«

»Ich will, daß sie erledigt werden.« Er drückte auf die Übertragungstaste. »Berkut, Rattler hat den Buggy gesichtet, etwa fünfzehn Klicks hinter Tunguska. Nach Süden!« Er lauschte auf die Antwort. »In Ordnung«, sagte er. »Wir treffen uns mit Ihnen, Null-fünf. Wir verfolgen sie weiter. Ende.« Er nickte dem Piloten zu. »Kasnin ist auf dem Weg. Sehen wir mal, ob wir sie nicht vor ihnen schnappen können.«

»Genau.« Decker gab Gas, und der Chinook folgte dem Buggy. Er flog so niedrig, daß er Nebelfetzen hochwirbelte. »Komisch.« Es war nicht leicht für Decker, den Scheinwerfer auf sein Ziel gerichtet zu halten und gleichzeitig den Hubschrauber zu steuern. »Verdammt! Ich kann nichts sehen.« Er brauchte einen guten Copiloten. »Genau kann ich es nicht sagen. Aber eben sah es so aus, als wäre nur eine Person da unten.«

»Nur eine? Sind Sie sicher?«

Frustriert zog er das Steuer zurück, wurde langsamer. Aus gewisser Entfernung war es leichter, den Buggy zu verfolgen, aber auch schwerer, etwas zu erkennen. »Kann nicht drei Dinge auf einmal tun: Fliegen, reden und das verdammte Ding da unten bestrahlen. Wo bleibt Ihre Unterstützung? Könnte sie gut gebrauchen, um den Misthund von zwei Seiten in die Zange zu nehmen.«

DeKalb dachte einen Moment lang nach. »Wenn Sie uns näher heranbringen, werde ich die da aufsetzen.« Er zeigte auf die Nachtsichtbrille. »Dann schalten Sie das Licht aus. Kümmern Sie sich nur um das Steuer. Ich werde dieses Problem selbst bereinigen.«

»Hört sich gut an.«

Tschutschin drehte am Steuer, und der Buggy legte sich in die Kurve, um dem Scheinwerfer zu entkommen. Doch der schien vor ihm zu wissen, wohin er wollte. Klebte ihm im Nacken wie Schweiß. Der Mistkerl von einem Hubschrauber war hinter ihm. Laut, aber in gleichbleibendem, eher zunehmendem Abstand. Warum? Worauf warteten sie? Wußten sie vielleicht, daß er allein war? Er drehte sich um.

Die Reifen des Mondbuggy trafen einen Stein, holperten darüber hinweg, aber der Stoß ließ das Fahrzeug Richtung Ufer rutschen. Tschutschin brachte das Fahrzeug wieder auf Spur. Er wollte den verdammten Lichtkegel nicht im Nakken haben, ihn aber auch nicht verlieren. Er verlangsamte die Fahrt, bis der Scheinwerfer ihn wieder eingefangen hatte. Dann beschleunigte er. Aufheulend schoß der Buggy über das gesprungene Eis, den matschigen Schnee. Links mündete ein Nebenfluß, schwarzes, offenes Wasser überspülte das Eis. Das Fahrzeug wurde langsamer.

»Noch nicht, du ausländischer Lump!« Wütend schlug Tschutschin auf das Armaturenbrett. Die Reifen faßten wieder, rollten über festes Eis.

Nun, vielleicht war dieses Ding gar nicht so schlecht. Wenn er nur ein Dach hätte, um ihn vor dem verdammten Regen zu schützen. Aber noch mehr wünschte er sich einen Knopf, auf den er drücken konnte, um in seinem Bett aufzuwachen. Er drehte am Steuer, tauchte in die Dunkelheit. Die wurde sehr schnell wieder hell. »Komm«, sagte er. »Bleib mir schön auf der Spur.«

Das Knattern der Rotoren verstärkte sich.

Tschutschin warf einen Blick über die Schulter. Hundert Meter, genau richtig. Gerade als Tschutschin den Scheinwerferkegel mit einem Schwenk zum Ufer verlassen wollte, schaltete sich das Licht aus. Das brachte ihn aus dem Konzept.

Der Buggy stieß wieder gegen einen aus dem Eis ragenden Felsbrocken, geriet ins Schleudern, rutschte ein paar Sekunden ziellos weiter und kam an einem noch größeren Felsen zum Stehen, der sich wie ein riesiger Wal aus dem Fluß erhob.

Der Hubschrauber mußte nahe sein, sehr nahe, aber zu sehen war er nicht. Die Rotorenschläge schickten Windstöße über das Eis, bohrten Löcher in den treibenden Nebel. Tschutschin setzte vom Felsen zurück. Der Lärm des Chinook übertönte jedes andere Geräusch, selbst das Schlagen seines eigenen Herzens. Er sah hoch, direkt nach oben, und blickte auf den Bauch des Hubschraubers. Er wich zur Seite, neigte sich leicht. Eine Luke öffnete sich.

Tschutschin griff zu der alten Nagant, spannte sie und feuerte blindlings auf die Geräusche. Das Mündungsfeuer beleuchtete das Eis, fing Regentropfen ein, ließ sie erstarren, entließ sie in die Dunkelheit. Von den Schüssen selbst war nichts zu hören.

Der Hubschrauber schwenkte seitlich davon.

»Ha!« schrie Tschutschin. So gut hatte er sich seit Jahren nicht mehr gefühlt. Glaubten sie etwa, er wäre ein zahnloser alter Wolf, der sich von ihnen aus der Luft abknallen lassen würde? Er trat in dem Moment auf das Gaspedal, als über ihm ein weißer Blitz aufzuckte. Einen Moment später folgte eine gewaltige Explosion, die irgendwie aus seinem tiefsten Inneren zu kommen schien.

Aus einem Moment wurde ein zweiter. Tschutschin fühlte sich von einem Schneesturm weißglühenden Metalls eingeschlossen, von verblüffend leisem Schnee. Es kam ihm vor, als wären seine Ohren mit Watte verstopft. In seinem Schädel dröhnte es dumpf. Er schüttelte den Kopf, und etwas Warmes rann ihm den Nacken hinunter. Er glaubte, gegen ein Hindernis gefahren und aus dem Fahrzeug auf das Eis geschleudert worden zu sein. Aber dann sah er, daß er noch immer saß, wo er zuvor gesessen hatte: mitten auf dem Fluß, allen Blicken und Angriffen ausgeliefert. Beißender Rauch zog über das Eis. Regen strömte herab, blendete seine Augen. Er wischte sie trocken, tastete auf dem Sitz herum und griff nach der beruhigenden Nagant.

Scharfer Gasgeruch stieg ihm in die Nase, schwefelhaltig. Das Gas entströmte dem Tank. Die rechte Seite des Buggy war …

Strahlendes Licht wurde eingeschaltet, erleuchtete einen weiten Umkreis. Es kam von oben. Und in seinem bläulichen Schein sah Tschutschin das Blut.

Er zwinkerte und blickte nach oben.

Der Helikopter. Sah er doppelt? Jetzt war da ein zweiter Scheinwerfer. Warum konnte er sie nicht hören? Die beiden

Maschinen flogen aus entgegengesetzten Richtungen aufeinander zu. Er drückte aufs Gas. Wie ein halbzerquetschtes Insekt schleppte sich der Mondbuggy über das Eis. Er kam fünf Meter weit. Blieb stehen. Tschutschin drückte den Hebel durch. Nichts.

Beide Helikopter umtanzten ihn in niedriger Höhe. Ihr Luftstrom zerrte an Tschutschin. Er spürte etwas Kaltes auf seinen feuchten Wangen. Er beugte sich über das Steuerrad, als wolle er kurz einnicken, sich ausruhen. Er war müde, unendlich müde. Er legte den Kopf auf das Steuer und dann, als einer der beiden Helikopter in Ufernähe landete, schloß Tschutschin die Augen.

»Haben Sie das gehört?« flüsterte Jurij.

Das Rattern des Hubschraubers, die Explosion. Nowek antwortete nicht. Tschutschin. Die sich anschließende Stille ließ seine Ohren brennen. Tschutschin.

»Ich habe Anschluß!« rief Anna neben dem Satellitentelefon. Es klickte. »Peter! Hier Anna!« Sie verstummte. »Peter?«

»... World Tiger Trust. Das Büro von Doktor Peter Gabriel ist zur Zeit leider nicht besetzt, aber ...«

Mit Tränen in den Augen sah sie zu ihm hoch. »Jemand muß doch erreichbar sein. Sie müssen doch jemanden kennen, den wir anrufen können. Denken Sie nach!«

Nachdenken. Jemanden, den sie anrufen konnten. Mehr als alles andere ließ dieses Problem Nowek erkennen, wie weit er sich vorgewagt hatte. Wer in Markovo würde ihm zu Hilfe kommen? Wer in Irkutsk? Wer in Sibirien, in Rußland? Mit allem, was er getan hatte, mit seiner Aufmüpfigkeit in Samotlor, seiner Kandidatur für das Bürgermeisteramt, seinem sturen Beharren auf Wahrheiten, seinem Vertrauen in Arkadi Wolski, hatte er sich in diese aussichtslose Situation manövriert. Dahinter lag nichts. Nichts als ein tiefer, endgültiger Sturz. Er sah Galina an. Es war richtig von ihr gewesen, Sibirien verlassen zu wollen. Sie hatte recht gehabt, aber er hatte die simple Wahrheit nicht sehen wollen: Es gab niemanden, den er anrufen konnte. Keinen einzigen Menschen.

Die Hubschraubergeräusche wurden lauter, schienen sich zu verdoppeln.

»Vater?« Galinas Stimme hörte sich verzagt an. Der Lärm und Deckers Gesicht gingen ineinander über. »Ich habe Angst.«

»Ich auch. Geh in den Schuppen.«

»Was wird passieren?«

»Geh in den Schuppen!«

»Würdest du dich bitte um George kümmern, Galina?« sagte Anna. Sie umfaßte den Bauch der Katze und hob sie hoch. »Laute Geräusche regen ihn entsetzlich auf.«

Galina streckte die Arme nach der Katze aus.

»Und jetzt geh in die Hütte«, sagte Anna.

Galina biß sich auf die Unterlippe. Sie wirkte fünf Jahre jünger als die selbstsichere junge Frau, die mit hohen Absätzen vor dem *Hotel Sibir* gestanden hatte. Aber sie ging in die Station. Nowek schloß die Tür hinter ihr.

»Erstaunlich. Mich ignoriert sie, aber Ihnen gehorcht sie.«

»Es kommt nicht darauf an, was man sagt«, erwiderte Anna, »sondern wie.«

»Bürgermeister«, meldete sich Jurij. »Langsam sollten wir uns etwas einfallen lassen. Haben Sie nicht wenigstens eine Idee?«

»Bedauerlicherweise nicht.« Nowek zuckte die Schultern. Er hörte ein Geräusch aus dem Wald. Ein Fauchen, aber schwächer als zuvor. »Selbst Ihr Tiger setzt sich ab.«

»Sie setzt sich nicht ab. Sie geht in ihr Versteck. Sie hat vier Junge, die würde sie nicht verlassen. Sie gibt nicht auf.« Anna blickte zur Station. »Und ich auch nicht.« Einen Moment lang stand sie schweigend im Regen. Dann blickte sie sich um, sah zur Kamera hinüber. Anna öffnete die Lippen, schloß sie wieder und nickte.

»Was ist?« fragte Nowek.

»An das Telefon habe ich gedacht«, sagte sie, »aber die Kamera hatte ich vergessen.« Sie sah ihn an, drückte auf die Taste, die die Verbindung mit Peter Gabriels Anrufbeantworter unterbrach, und gab sehr schnell eine lange Reihe von Zahlen ein.

»Wen rufen Sie an?«

»Moskau.«

»Aber Sie haben doch selbst gesagt, daß das keine Hilfe ist.«

»Nicht dieses Moskau«, erwiderte sie. Dann begann es zu klicken, zu klingeln.

Der russische Hubschrauber landete neben dem Chinook am Flußufer. Es war derselbe Mil-8 mit der Aufschrift »Ministerium« auf dem braunen Leitwerk. In den beiden überlappenden Lichtkegeln wirkte der Mondbuggy winzig wie ein Insekt, das von zwei konvergierenden Lichtnadeln auf eine Stoffläche aus waberndem Nebel gespießt wurde.

Kasnin legte sein transportables Funkgerät weg und zog den Vorhang beiseite, der ihn von den Soldaten trennte. »Da draußen hockt jemand in einem fahruntüchtigen Fahrzeug. Bringen Sie ihn mir.«

»Nur einer?« fragte der Anführer.

»Wenn es der Bürgermeister ist, bringen Sie ihn nicht gleich um.«

»Und wenn nicht?«

»Dann bringen Sie mir ein Ohr.« Er zog den Vorhang wieder zu.

»Also gut«, sagte der Anführer zu Jufas Männern. »Da draußen liegt ein Toter, daher robbt euch sehr vorsichtig an ihn heran.« Die Soldaten in den weißen Tarnanzügen gluckstent. »Paßt auf. Er könnte euch beißen!«

Unter dem wiehernden Gelächter der Soldaten sprangen Semjon Jufas Pitbulls aus dem Helikopter.

Der Regen fiel jetzt gleichmäßiger. Er verteilte den Nebel, machte aber das Eis auf dem Fluß glatt und schlüpfrig. Die beiden *byki* trennten sich und liefen von verschiedenen Seiten auf den Buggy zu. Die glatten Ledersohlen ihrer Schuhe ließen sie ausrutschen. Schon bald achteten sie mehr auf ihre Füße als auf das Fahrzeug vor ihnen. Warum auch nicht? Schließlich war offensichtlich, daß von dem tückischen Eis die größere Gefahr ausging.

Im Licht der Scheinwerfer sahen sie, daß beide Reifen rechts zerschossen waren. Die Windschutzscheibe war zerschmettert. Über dem Steuer lag ein Mann. Blut. Beide sagten kein Wort. Bei den Rotorengeräuschen wäre ohnehin nichts zu verstehen gewesen. Beide hatten die Finger um die Abzüge ihrer kleinen stumpfläufigen Maschinenpistolen gekrümmt.

Näher. Ihre Schatten verschmolzen mit dem Buggy. Die Granate hatte schwarze, ausgefranste Löcher in die rechte Seite gerissen. Sie schnupperten. Gas? Auch der Gastank war durchlöchert, leckte.

Noch näher. Ein *byki* blieb zurück, gab dem anderen Deckung. Der hatte den Buggy inzwischen erreicht, beugte sich vor und stieß die blutige Gestalt mit dem Lauf seiner Pistole an. Keine Reaktion. Er streckte den Arm aus und berührte Tschutschin mit der Hand. »Tot!« schrie er.

Der andere nickte und lief seinem Kumpan nach. Zehn Meter. Fünf. Er senkte die Maschinenpistole.

Plötzlich blitzte es hell auf. Der erste von Jufas Männern schien kerzengerade in die Luft zu fliegen, dann stürzte er, sehr langsam und mit wie Schwingen ausgebreiteten Armen aufs Eis.

»Was ist das?« fragte Decker. »Was stellen die beiden Arschlöcher da draußen denn an?«

»Waren das Schüsse?« erkundigte sich DeKalb.

»Zwei Runden. Ich hoffe nur, sie ...«

Unvermittelt ertönte aus dem Buggy das Staccatofeuer einer Maschinenpistole.

»Großer Gott!« brüllte DeKalb.

Klack!

Wie durch Zauberhand gebohrt, erschien ein Loch in der Windschutzscheibe, keinen halben Meter von Deckers Augen entfernt. Noch eines, ein drittes. Dann trafen die Kugeln den Scheinwerfer. Klack! Klack!

»Allmächtiger, er ...«

Der Scheinwerfer löste sich in Rauch, klirrendes Glas und herumschwirrende Metallteile auf.

»Bringen Sie uns hier weg!« schrie DeKalb. »Hoch! Schnell! Schnell!«

Klack!

Fieberhaft fingerte Decker am Gashebel, aber die Motoren ließen sich Zeit, erwachten entnervend langsam zum Leben. Die Doppelrotoren hatten ein großes Trägheitsmoment zu überwinden. Unsichtbare Todespfeile schossen durch die Nacht. Decker wollte der Waffe entkommen, die seinen Hubschrauber zerfetzte, so schnell wie möglich. Aber erst, als er den Chinook in einen riskanten Steilflug zog, erkannte er, daß sich der Schütze ein anderes Ziel gesucht hatte, daß er nicht mehr in seinem Visier war.

Auch der Scheinwerfer des zweiten Hubschraubers erlosch.

»Was, zum Teufel, geht da eigentlich vor?« wollte DeKalb wissen und zerrte sich die Kopfhörer wieder über die Ohren, die ihm beim Steilflug vom Kopf gerutscht waren. »Berkut, Berkut! Was ist los? Wer schießt da?«

Kasnin drückte sich flach auf den Boden, hätte liebend gern auf die dritte Dimension verzichtet. Er schrie dem Piloten zu, endlich abzuheben, erhielt aber keine Antwort. Er griff nach dem Funkgerät, aus dem DeKalbs Stimme zu hören war. Hinter ihm brüllten die Soldaten durcheinander.

Der Vorhang, der die VIP-Kabine vom Cockpit trennte, zeigte fünf Löcher. Langsam starben die Motoren des Mil-8. Sein Pilot auch.

Kasnin riß den zerfetzten Vorhang zur Seite, blickte durch die zerschmetterte Windschutzscheibe und zog ihn wieder zu. Er drehte sich um und schrie: »Schnappt ihn euch!«

Die Soldaten erkannten einen Hinterhalt, wenn sie es mit einem zu tun hatten. Sie waren bereits auf den Beinen und sprangen nacheinander zur Kabinentür hinaus.

Kasnin sah ihnen nach, wie sie in der Dunkelheit über das Eis ausschwärmten. Weiß auf Grau, weiß auf Grau. Erneut teilte sich ein Quecksilbertropfen. Teilte sich und teilte sich …

Bringen Sie mir seinen Kopf auf einem Tablett.

Das hatte Gromow von ihm gefordert. Erneut begannen Zweifel an seiner Zuversicht zu nagen. Sie hatten sogar einen Namen. Nowek, dachte er. Nowek.

Der Anführer rief einen Befehl, hörte eine Antwort. Das Prasseln des Regens dämpfte ihre Stimmen.

Dann ein einzelner Schuß aus der Dunkelheit. Nicht einmal gezielt. Aufs Geratewohl, testend. Ein Köder? Wer hatte geschossen? Wie viele lauerten da draußen?

Der Anführer lauschte angestrengt, befahl dem weißgekleideten Soldaten rechts neben ihm, die Quelle des Schusses zu erkunden.

Ein weiterer Blitz durchschnitt den Nebel.

Diesmal war er nahe genug, um erkennen zu lassen, daß der Schuß hinter einem Felsen abgegeben worden war. Einem großen, buckligen, mit Eis bedeckten Felsen. Stein konnte man nicht durchschießen. Sie mußten sich um ihn herumbewegen. Kasnin schickte einen weiteren Soldaten los. Links diesmal. Die klassische Zangenmethode. Jetzt bloß Vorsicht, große Vorsicht. Ein Augenblick unbehaglicher Stille, Stiefel schoben sich über das Eis, weiße Gestalten bewegten sich verstohlen voran.

Der Anführer stellte seine Automatik auf Einzelfeuer um und zielte auf den Felsen. Er liebkoste den Auslöser. Die Kugel traf und sprühte Funken in die Dunkelheit.

Keine Reaktion. War ihr Opfer entkommen, oder wartete es nur ab?

Und was jetzt? Sechs gegen einen war kein so leichtes Spiel, wie es scheinen mochte – nicht in der Dunkelheit. Es gab kaum eine gefährlichere Situation für bewaffnete, nervöse Männer. Man konnte sehr schnell von der eigenen Seite unter Feuer genommen werden. Aber er war ein Profi, ein Grosny-Veteran. Ein Überlebender, besser gesagt. Wo waren die beiden Männer, die er vorausgeschickt hatte?

Das Prasseln des Regens nahm zu. Und dann geschah etwas: ein dumpfer Schlag, ein Blitz hinter dem Felsen und die Explosion eines Schusses. Aus einer Pistole, nicht aus einem Gewehr.

Wieder Stille.

Er blinzelte in den Regen. Was ging da vor sich? Warum hatte man ihnen eigentlich nicht diese neumodischen Brillen gegeben, mit denen man nachts sehen konnte wie …

Plötzlich kam eine Gestalt hinter dem Felsen hervor. Der Anführer schwenkte seine Waffe. Ein Mann in einer dunklen Jacke. Nicht in weißer Tarnkleidung. »Feuer!« schrie er.

Ein Chaos aus Mündungsfeuern und explodierendem Kordit. Alle Waffen waren auf die dunkle Gestalt gerichtet. Die Wucht der Einschläge ließ die Gestalt gegen den Felsen zurücktaumeln. Jeder Treffer gab ihr neues Leben, ließ sie zucken, zur Seite schwanken, die Arme hochschleudern, mit den Beinen stoßen.

Als das Opfer sich nicht mehr rührte, wurde es endlich still.

Kasnin spähte über die regengepeitschte Eisfläche. Ein Soldat tauchte auf, dann ein zweiter, ein dritter. Die Kapuzen eng um die schockierten Gesichter gezogen. Als letzter kam der Anführer. Hellrotes Blut befleckte seine weiße Uniform. Er zog einen verletzten Soldaten mit sich. Er ließ den Mann auf den Boden sinken und begann, die klaffende Beinwunde zu verbinden.

»Wo ist er?« fragte Kasnin. »Wo ist der Bürgermeister?«

»Das weiß ich nicht.«

»Sie wissen es nicht?«

»Dieser Teufel hat uns dazu gebracht, einen unserer eigenen Männer zu erschießen. Wir haben ihn nicht einmal zu Gesicht bekommen!«

»Sie konnten nicht erkennen, um wen es sich handelte?«

»Er ist verletzt, schwer verletzt. Hier.« Der Anführer warf Kasnin einen blutdurchtränkten Ausweis zu. »Er hat meinem Mann seine Jacke angezogen und ließ uns alle auf ihn schießen. Das war in der Seitentasche.«

Vorsichtig, um sich nicht mit dem Blut zu beflecken, griff Kasnin nach dem Ausweis. »Was?« sagte er, nachdem er einen Blick auf das Photo geworfen hatte. »Sie haben sich von einem Greis, einem zahnlosen Rentner, der gerade noch zum Chauffieren eines Autos taugt, dazu verleiten lassen, aufeinander zu schießen? Wissen Sie, was Staatsanwalt Gromow dazu sagen wird, wenn er meinen Bericht bekommt? Sie werden es erfahren, das verspreche ich Ihnen. Wo ist er?«

»Wahrscheinlich inzwischen tot. Habe ihn selbst getroffen. Schleppte sich noch in den Wald, aber nur, um zu sterben.«

»Gut«, sagte Kasnin. »Überlassen wir ihn den Bären. Wir müssen noch die anderen aufspüren. Wir werden wiederkommen, und falls er dann noch lebt, werde ich ihm auf die übliche Art eine Kugel verpassen. Aber wenn wir die anderen nicht finden, bleiben mir noch genügend Reservekugeln. Das verspreche ich Ihnen.« Er griff zum Funkgerät, drückte auf die Übermittlungstaste und begann zu sprechen.

In sicherer Entfernung von dem Gefecht kreisten sie über dem Fluß, auf einem Logenplatz. Eine Falle, dachte Decker. Sie mußten alle irgendwo da unten sein, lauern. Schlau. Sehr schlau. Aber das würde ihnen auch nicht viel helfen. Sie können uns vielleicht schwächen, aber es gibt kein Entkommen für sie. Wohin denn auch?

Das Funkgerät knackte. Beide lauschten.

Decker sah seinen Boß an. »Was hat er gesagt?«

»Kasnin will, daß wir landen.«

»Landen? Warum?«

»Ihr Chopper wurde beschädigt.«

Sie zogen einen weiteren Kreis, dann sagte Decker: »Ich bekomme gerade ein AKF-Signal, Mister DeKalb.«

»Was heißt das?«

»AKF«, wiederholte Decker. »Auf keinen Fall. Da unten müssen mehr als nur einer sein. Sie haben bereits einen Chopper und ein Kommando auseinandergenommen! Gut möglich, daß es uns nicht anders ergeht.« Er steckte einen Finger in das Loch seiner Windschutzscheibe. »Sogar wahrscheinlich. Also, was soll ich tun?«

»Auch wenn er recht damit hat, daß es nur einer ist, bleibt immer noch das Problem der anderen. Das ist meine

Sache. Aber ich denke, Sie haben mehr zu verlieren. Das könnte heikel werden, Mister Decker. Was halten Sie für das beste?«

Decker griff zum Steuer, und die schwere Maschine begann zu sinken. »Schätze, wir landen.«

Versorgt mit einer schmerzstillenden Spritze und einer Thermosflasche Tee, ließen sie den Verletzten in dem russischen Mil-8 zurück und kletterten in den amerikanischen Hubschrauber. Viele waren es nicht: vier Soldaten und Kasnin. Die Männer waren außer sich vor Zorn, einen Kameraden verletzt, den anderen tot zurücklassen zu müssen. In ihnen brodelte Rachedurst.

Kasnin betrat das Cockpit.

»Nanu, lange Zeit nicht gesehen«, höhnte Decker. »Ein bißchen fischen gewesen?«

Kasnin ersparte sich jede Antwort.

Decker ließ den Hubschrauber steigen. Er drehte eine flinke Pirouette und wandte sich dann nach Süden.

»Was ist passiert?« wollte DeKalb wissen.

»Hinterhalt«, knurrte Kasnin. »Wir haben ein paar Männer verloren und den Piloten.«

»Eigentlich wollten wir sie in einen Hinterhalt locken«, erwiderte DeKalb pikiert.

»Der Buggy hat eine Spur hinterlassen«, verkündete Decker und spähte durch seine Nachtsichtbrille auf den Fluß hinunter, »der können wir folgen. Aber ohne Scheinwerfer ist das nicht einfach.«

»Dann machen wir es auf die harte Tour«, sagte DeKalb. Er sah Kasnin an. »Auf dem Boden.«

Kasnin verspürte wieder dieses nervöse Gefühl im Magen. »Wir haben nur noch vier Männer.«

»Gegen die Tigerlady, den Bürgermeister und sein Mädchen?« fragte Decker. »Da kann ich kein Problem erkennen.«

»Sein Mädchen?« stutzte DeKalb. »Was heißt das?«

Decker grinste, eine Spur zu schnell. »Nichts. Einfach ...«, stammelte er. »Einfach gar nichts, Mister DeKalb.«

Sein Mädchen? Hatte der Bürgermeister nicht gesagt, seine Tochter sei verschwunden? Sein Mädchen? Warum schwirrte der Bürgermeister so hartnäckig um ihn herum? Warum gab er nicht auf, streckte die Pfoten von sich und spielte tot, wie es sich gehörte? Decker. Du mieser kleiner *coonass.* Du und dein verfluchter Schwanz, dachte DeKalb. Wenn das hier vorüber ist, schneide ich ihn dir ab und verfüttere ihn an dein Wiesel. Er drehte sich zu Kasnin um. »Ich habe mit Gromow gesprochen. Er war nicht gerade glücklich, ist aber bereit zu kommen, falls wir ihn brauchen.«

»Vermutlich keine schlechte Idee«, log Kasnin. Gromow. Aus seinem warmen Bett geholt, um hier draußen das zu tun, was Kasnin erledigen sollte, was er versprochen hatte zu erledigen. Ein Hubschrauber beschädigt, der Pilot getötet. Ein Soldat verwundet, ein zweiter tot. Jufas Schläger. Nein, es war ganz und gar keine gute Idee. Die nervöse Unsicherheit nahm zu, breitete sich wie kaltes Gewürm in seinen Eingeweiden aus.

Decker sah auf den Fluß hinunter. Die Reifenspuren des Buggy schwenkten nach rechts, zum Ufer, und verschwanden im Wald. »Nun«, sagte er und steuerte den Helikopter auf das Eis hinunter, »für mich heißt es: Bis hierher und nicht weiter. Alle raus.« Er schaltete die Motoren aus.

DeKalb wartete, bis die Soldaten ausgestiegen waren, dann sagte er zu Decker: »Sie kommen mit.«

26.
KAPITEL

»Ja! Und Sie? Hier ist ...« Anna schwieg, wartete auf ein Abklingen der atmosphärischen Störungen. »Wie ist es jetzt? Können Sie mich jetzt besser verstehen?«

Jurij legte Nowek eine Hand auf die Schulter. »Sie werden landen. Sie werden Tschutschins Spuren hierher verfolgen. Lange werden sie dazu nicht mehr brauchen.«

Annas Stimme ließ ihn sich umdrehen. Elf Zeitzonen entfernt lauschte ein Praktikant im Taiga Institute in Moscow, Idaho, auf die schwachen Geräusche, die aus der sibirischen Nacht an sein Ohr drangen.

»Handelt es sich vielleicht um einen schlechten Scherz? Wer ist da? Linda?«

»Nein!« schrie Anna. »Hier ist Doktor Wereskaja. Anna Wereskaja. Ich rufe aus Tunguska an, aus Sibirien.«

»Wissen Sie eigentlich, wie spät es ist? Linda, bist du es wirklich nicht? Laß die Scherze. In einer Sekunde lege ich ...«

»Nein, legen Sie nicht auf«, sagte Anna, »hören Sie erst einmal zu. Sind Sie mit dem Datenerfassungssystem für das Tunguska-Projekt vertraut?«

»Selbstverständlich«, erwiderte der junge Mann mürrisch. »Ich mußte die Daten heute speichern. Deshalb bin ich doch so spät noch hier ...«

»Reden Sie nicht, hören Sie zu. Ich möchte, daß Sie die telemetrischen Daten von Station vierzehn in Tunguska aufrufen. Passen Sie auf, daß Ihnen die anderen Stationen nicht dazwischengeraten. Nur Station vierzehn, in Ordnung?«

»Aber warum ...?«

»Stellen Sie keine Fragen! Ich möchte, daß alle Übertragungen von dieser Station aktuell aufgenommen werden. Können Sie das schnell in die Wege leiten?«

»Sicher, aber dann entgehen uns die Übermittlungen von den anderen Stationen.«

»Ich weiß. Wir werden zusätzlich zu den Stationsmikrofonen in telefonischer Verbindung bleiben. Ich möchte, daß alles bei Ihnen registriert wird. Alles. Schaffen Sie das?«

»Bevor ich da herumpfusche, sollte ich besser …«

»Wenn Sie sich nicht gut genug auskennen, suchen Sie jemanden, der es kann. Sofort. Für lange Unterhaltungen habe ich keine Zeit.«

Wollte diese Frau etwa sein technisches Verständnis in Frage stellen? »Das kann ich im Schlaf. Wenn Sie mich nett darum bitten, kann ich es sogar ins Internet geben. Dann kann jeder, der die Taiga-Homepage aufruft, es auch sehen. Live aus Tunguska. An einem Auditorium interessiert? Sie brauchen es nur zu sagen.«

Annas Augen leuchteten auf. »Ja, bitte!«

Satelliten. Nowek blickte zur grauen Wolkendecke hinauf. Im Grunde war das wie Beten. Man schickte seine Worte, seine Wünsche zum Himmel und hoffte, daß irgendwo irgend jemand zuhörte. Genausogut könnte sie mit Gott sprechen, dachte Nowek. Denn hier kam es darauf an, jetzt kam es darauf an. Vielleicht würde es ausreichen, um in der Welt etwas zu verändern. Aber für ihn? Er drehte sich um und sah zum kleinen weißen Schuppen hinüber.

Was würde mit Galina geschehen? Sie würden sie finden. Was hatte Jufa gesagt? Daß er einen Ort kannte, an dem man sie bei lebendigem Leibe verschlingen würde. Nowek sah zu den Bäumen hinüber, zu den Bäumen, zwischen denen er einen Tiger hatte auftauchen sehen, im Sprung und mit erhobenen Pranken.

Jetzt kamen Stimmen aus diesem Wald.

Jurij legte den Hebel der Skorpion um und zielte in die Richtung der Geräusche, den Lauf auf den umgestürzten Stamm gestützt.

Anna ließ die Antenne nach Süden gerichtet und zog die Telefonschnur bis zur Tür der kleinen Station. Sie öffnete sie und winkte Galina heran. Wie eine Stola lag die schlafende Katze um ihre Schultern. »Wir halten die Telefonverbindung aufrecht«, sagte sie zu dem Praktikanten in Idaho. »Sind Sie bereit?«

Die ferne Stimme wies darauf hin, daß ein Telefongespräch per Satellit drei Dollar per Minute kostete.

»Keine Angst«, erwiderte Anna. »Die Rechnung kommt erst im nächsten Monat.« Sie wandte sich an Galina: »Wie wäre es, wenn du dein Englisch an den Mann bringst?«

»Toll.«

»Hier.« Anna reichte ihr den Hörer. »Sprich mit Amerika.«

»Amerika? Was meinen Sie damit?«

»Geh wieder hinein. Auf den Boden«, ordnete Anna an. »Und dann rede!«

Zögernd nahm Galina den Hörer. »Hello?« sagte sie.

Nachdem Anna die Tür wieder geschlossen hatte, nickte sie zur Kamera hinauf. »Es geht ins Netz.«

»In welches Netz?«

»Ins Internet. Wissen Sie, was das heißt?«

»Daß irgendein Computer zusieht?«

»Daß die ganze Welt zusieht, wenn sie hier auftauchen.«

Die Soldaten folgten ihrem Anführer inzwischen ein wenig vorsichtiger. Immerhin hatte er sie bereits einmal in eine Art Falle geführt. Sie fanden die Buggy-Spuren sehr schnell und liefen auf die Bäume am vereisten Fluß zu.

Hinter ihnen behielt Kasnin die beiden Amerikaner im Blick. DeKalb trug seine Hybridwaffe und Reservegranaten. Decker war mit der großen Ruger-Flinte bewaffnet. Seine Nachtsichtbrille hing ihm um den Hals. Kasnin trug seine KGB-Pistole, eine 9-mm-Makarov.

Die Soldaten erreichten den Waldsaum und blieben stehen. Von der Vorhut kam ein geflüstertes »Hier entlang«.

Die Taiga war voller Geräusche. Der Anführer des Kommandos lauschte auf das unablässige Tropfen, das gelegentliche Rieseln von regendurchtränkten Ästen, das Gurgeln von schmelzendem Schnee. Er hielt sich in der Mitte der Buggy-Spuren. Unter jedem Baum lag ein Ring dünnen Schnees, mitunter sogar nackte Erde. Tropfen, Spritzer. Er bedeutete seinen Männern weiterzulaufen. Der Buggy war hier entlanggekommen, also würden sie irgendwo an dieser Fährte die anderen aufspüren.

Zwei Männer und eine Frau. Wenn sie schlau wären, würden sie in verschiedene Richtungen gehen. Sich durch den Schnee kämpfen, bis sie erschöpft zu Boden fielen. Dann würde er feststellen, ob sie aufstehen und kämpfen oder nur noch in die Pistolenmündung starren konnten. Er blickte nach links. Der Flügelmann verschwand gerade zwischen den Bäumen. Die Soldaten rechts von ihm waren nicht mehr zu sehen.

Der rechte Flügelmann suchte zwischen den Bäumen nach Spuren. Er fand sehr schnell welche. Erst ein paar, dann mehrere. Aber sie waren irgendwie seltsam. Menschen hinterließen lange, tiefe Abdrücke. Die hier waren anders, flacher, hohler. Vorsichtig folgte er ihnen zu einer aufgewühlten Schneefläche. Er knipste seine Taschenlampe an.

Heilige Mutter Gottes.

Er bückte sich und spreizte seine behandschuhten Finger. Sie bedeckten den Abdruck nur zur Hälfte. Was war das? Ein Bär? Nein.

Und da drüben waren noch mehr, allerdings sehr viel kleiner. Er wollte sich gerade wieder aufrichten, als er ein Geräusch hörte. Er leuchtete mit der Lampe in die Richtung.

Zwei goldene Sterne blitzten unter einem umgestürzten Baum hervor, aus einer tiefen Mulde im Schnee, kaum zehn Meter entfernt. Es fauchte, die beiden Sterne blinzelten und wurden vier. Allerdings standen die beiden neuen sehr viel weiter auseinander und funkelten sehr viel dunkler.

Ein tiefes warnendes Knurren ließ ihm die Haare zu Berge stehen. Es dröhnte durch den Wald, durch seine Brust. Die neuen Sterne gerieten in Bewegung.

Er ließ die Lampe fallen und rannte.

Nowek hörte seiner Tochter zu, als er das fauchende Knurren des Tigers vernahm.

Einen Moment später einen Schuß. Dann ein wildes, zischendes Brüllen, das die entsetzlichen Schreie eines Mannes nicht übertönen konnte.

»Lena!« sagte Anna.

Das Staccato einer Automatik, weitere Schreie. Erschreckte Stimmen, dann das Aufjaulen eines Jungtieres.

»O Gott!« Anna sah mit den Ohren. Wie in Primorskij, das Gemetzel. »Nein!«

Anhaltendes Gewehrfeuer. Stille.

Mit ihrem Gewehr in den Händen starrte Anna zu den Bäumen hinüber.

»Was wollen Sie tun?« fragte Nowek.

»Sie hatte vier Junge.«

»Wir haben wichtigere Dinge zu ...« Aber Anna lief bereits los. »Anna!« Er packte sie.

»Lassen Sie mich!« Sie riß sich los.

»Sie können nicht allein dort hinein. Das lasse ich nicht zu.«

»Ich habe Sie nicht um Erlaubnis gefragt. Sie müssen bleiben, das ist mir bewußt. Aber ich muß gehen.« Anna nahm ihren Rucksack von den Schultern und gab ihn Nowek. »Achten Sie gut auf die Bänder. Und vergessen Sie nicht: Sie müssen sie nahe herankommen lassen.«

»Nahe?«

»Bis in das Blickfeld der Kamera. Sie müssen sie dazu bringen, alles zu sagen, ihre Taten zu gestehen. Am besten in Englisch, wenn möglich. Sie sind ein Verfechter der Gesetze? Nun, das Internet ist Ihr Gerichtssaal, Gregorij. Nur Sie können sie dazu bringen, vor der Welt zu gestehen. Sie schaffen es. Das weiß ich.«

»Ich bin kein Anklagevertreter. Das Aufklären von Geheimnissen ist nicht meine Stärke.«

»Da irren Sie sich.« Anna schulterte das Gewehr und begann, den Spuren des Buggy zu folgen. Aber sie blieb noch einmal stehen, drehte sich um und griff vorn in ihre Jacke.

Nowek lief zu ihr. »Hören Sie mir zu. Nur eine Sekunde ...«

»Nein. Hier.« Sie gab Nowek das Schamanenmesser. Wieder hielten sie es beide fest, wieder schien es so, als wäre ein Stromkreis geschlossen. »Ich werde der Hammer sein, und Sie der Amboß«, wiederholte sie Tschutschins Worte. »Denken Sie an George. Lassen Sie ihn nicht zurück.«

»Versprechen Sie mir, daß Sie zurückkommen.«

»Ich verspreche, mich zu bemühen.« Anna ließ los, lief die Fährte entlang und verschwand schnell hinter den Bäumen.

Er sah sie, sah seine tote Frau an der Tür zum Flugsteig stehen, sich umdrehen und winken. Hörte alle Dinge, die er nie gesagt hatte, durch sein Gedächtnis hallen. Jetzt passierte es wieder. In Ninas Kleidern war sie Nina und doch nicht Nina. Mehr, anders. Aber der Schmerz war der gleiche.

»Wie konnten Sie sie gehen lassen?« fragte Jurij.

Wie konnte er sie gehen lassen? Er spürte sie noch immer in seinen Armen, schmeckte ihren Atem, roch die Wärme, die von ihrem Haar aufstieg. Strahlend wie ein Meteor war sie in sein Leben gestürzt. Schnell, strahlend, unerwartet und kurz. Wie konnte er sie gehen lassen?

Er zog die Klinge aus der Scheide. Niederträchtig scharf. Es war, als hätte er sie sich direkt aus dem Herzen gezogen.

LeRoy Rogers lief nicht. Er fiel von einem Schritt in den nächsten. Der Fluß, dieser verdammte gefrorene Fluß wollte kein Ende nehmen. Führte nirgendwohin. Er hatte Motoren gehört. Laster auf einem Freeway. Möglich. Das gab ihm neue Energie, neue Kraft. Aber genau wie jede Flußbiegung Lichter versprochen hatte, Wärme und einen sicheren Weg aus diesem Gebirge, war auch die Hoffnung unerfüllt geblieben, irgendwann eine Brücke zu sehen, eine Eisenbahn, irgendwas.

Bis jetzt.

Wie angewurzelt blieb er stehen und starrte die Erscheinung an. Zwinkernd rieb er sich den kalten Regen aus den Augen. Als der Hubschrauber danach immer noch da war, begann er zu lächeln. Er war weit darüber hinaus, sich zu fragen, warum eine fliegende Kiste ausgerechnet mitten im Eis geparkt war oder wer darin sein könnte. Hinter den Fenstern schimmerte es rötlich. Menschen. Das verdammte Ding war hier nicht einfach von selbst aus dem Eis gewachsen.

Er begann weiterzulaufen. Eine leise warnende Stimme sagte ihm, daß sie vielleicht Jagd auf ihn machten. Daß sie ihn im Lager vielleicht vermißt und den über den Zäunen liegenden Toten als das erkannt hatten, was er war: eine Brücke. Aber das rötliche Schimmern, das von Menschenhand gefertigte Objekt lockten ihn an wie Rauch aus dem Schornstein seiner Mama. Wie das Lächeln auf dem Gesicht einer Frau.

Er blieb wieder stehen, lauschte und beobachtete den Mil-8 eine Zeitlang. Keine Bewegung, kein Lebenszeichen. Aber da mußte jemand sein. Man ließ einen Hubschrauber doch nicht einfach so zurück. Er spürte das Gewicht der Pistole in seiner Tasche. Menschen. Er würde sie dazu bewegen, ihn von diesen Bergen fortzufliegen. Direkt nach Hause.

Und Essen. Vielleicht war da drinnen auch etwas zu essen. Vielleicht sogar ein paar andere Sachen. Stiefel. Inzwischen waren seine Füße massive Eisklumpen. Gefühllos. Er wußte nicht viel über Kälte, wirkliche Kälte, aber er wußte, daß er nicht mehr lange weiterlaufen konnte. Er würde es machen wie Superman. Er würde fliegen.

Er suchte sich seinen Weg über das rissige Eis, rutschend, stolpernd, einen Fuß nach dem anderen. Er stürzte, stürzte erneut. Das Eis schnitt ihm die Wangen auf. Jetzt war er nahe genug, zog die Pistole. So leise wie möglich. Das rote Schimmern blendete seine lichtentwöhnten Augen. Lautlos wie eine Katze. Rein und die Knarre auf den Piloten gerichtet. Sag ihm, daß er seine Pläne ein wenig ändern muß, daß jetzt erst einmal ein kleiner Flug auf dem Programm steht. Bring diesen Jungen nach Hause, James. Er ist zu einem hübschen warmen Dinner verabredet.

Er versuchte seinen kältestarren Finger durch den Abzugshebel zu schieben. Es war, als würde man einen Holzpfropfen in ein Loch schieben. Tot. Kein Gefühl. Er erinnerte sich, wie er nach dem Erwachen im Lager wieder zurückgefallen war. So ähnlich war es jetzt auch. Er bemühte sich, den Pistolengriff zu packen. Konnte er sie benutzen? Konnte er auf den Auslöser drücken, wenn er mußte? War doch noch nie ein Problem gewesen. Mußte sich eben darauf verlassen, daß es im Fall des Falles ganz natürlich erfolgte.

Jetzt war er dem Hubschrauber so nahe, daß er den Regen auf seiner Metallhaut hören, ihn berühren konnte. Er lauschte. Wo, zum Teufel, versteckten sie sich? Er machte einen weiteren Schritt und glitt aus.

Mit dumpfem Poltern prallte LeRoy gegen den Hubschrauber und rutschte aufs Eis. Scheiße. Er rappelte sich wieder hoch. Jetzt bloß keine weiteren Überraschungen mehr. Mit der Pistole in der Hand stolperte er zur Luke zurück. Sie stand ein Stück offen.

Er schob sie ganz auf, blieb schwankend stehen und blickte in den roten Lichtschimmer. Er war am Ende. In seinem Kopf drehte sich alles. Er konnte nicht mehr weiter. Nicht mit diesen Füßen. Aber er würde sich lieber eine Kugel in den Kopf jagen, bevor er sich zurückbringen ließ, bevor er zuließ, daß sie ihn sich wieder vornahmen.

Er streckte die Hände aus, um nach etwas zu greifen, woran er sich in den Hubschrauber ziehen konnte. Plötzlich flog LeRoy tatsächlich, landete im Inneren und rollte gegen etwas Weiches, etwas Lebendiges.

Jemand trat von hinten zu, schleuderte ihn gegen eine Metallwand. Noch ein Tritt, und er lag auf dem Rücken. Noch hatte er seine Waffe. Er hob den Arm und versuchte zu zie …

Die Pistole schepperte auf den Boden. Er hob den Kopf und sah einen weißgekleideten Soldaten über sich stehen, mit einer Art KKK-Kapuze. Überall auf seiner Jacke war Blut, und es rann aus Schnittwunden auf seiner Wange. Ein Alptraumgesicht.

Der Mann bückte sich nach der Pistole und schob sich dann die Kapuze in den Nacken. Ein spöttischer Ausdruck stand in seinen schmalen, asiatischen Augen. Schließlich beugte er sich vor und drückte den schweren Lauf einer Waffe, einer großen silbernen Knarre, gegen LeRoys Schläfe.

»Ot kuda wy?«

»Los, Scheißkerl«, zischte LeRoy. »Nur zu, drück auf den verdammten Abzug. Ich habe die Schnauze voll von deinem chinesischen Gequatsche. Ich bin ein verdammter Angehöriger der arischen Rasse! Ich muß mir diesen Mist nicht anhören. Also los, erschieß mich, du Arschloch. Ich werde mich nicht wehren.« LeRoy begann vor Kälte zu zittern.

Unvermittelt ließ der Druck der Pistolenmündung nach. Der Mann in Weiß behielt LeRoy im Blick, während er nach hinten zu einem Leinensack griff, der an der Kabinenwand hing. In ihm befand sich eine Thermosflasche. Er zog sie heraus und warf sie LeRoy zu.

Unter Einsatz beider Hände gelang es LeRoy, den Deckel abzuschrauben. Er klemmte sich die Flasche zwischen die Handgelenke und hob sie an die Lippen.

Dampf, süßer Teeduft. Heiß. Heiß!

Er verbrühte sich. Zu einer anderen Zeit, an einem anderen Ort hätte es vielleicht weh getan, aber nicht hier, nicht jetzt, nicht nach diesen Meilen durch Schnee, Eis und Regen. LeRoy trank die Thermosflasche aus und spürte, wie sich wohlige Wärme in ihm ausbreitete. Als die Flasche leer war, ließ er sie fallen. Sie rollte davon. Er blickte zu der weißgekleideten Gestalt hoch, und trotz allem, trotz seines Monsters, traten ihm Tränen in die Augen. »So was hat noch nie jemand für mich getan …«

»Wo kommen Sie her?« fragte Tschutschin noch einmal. Was der Fremde sagte, konnte er nicht hören. Seine Ohren waren noch immer verstopft, Nachwirkungen der Explosion vermutlich. Aber er wußte, daß der halbtote Fremde trotz seiner zerlumpten Uniform kein Soldat war, kein Milizionär. Er stieß LeRoy mit seinem Stiefel an. »Wer, zum Teufel, sind Sie?«

27.
KAPITEL

Anna kam zu einem morastigen Bach und hörte unter seiner dünnen Eis- und Schneeschicht Wasser gurgeln. Prüfend setzte sie eine Fußspitze darauf. Deutlich zeichnete sich ihr Fußabdruck im Schnee ab. Am Rand würde das Eis ihr Gewicht tragen, aber in der Mitte? Niemals. Sie zog sich einen Stiefel aus und band ihn mit den Schuhbändern an den Gewährlauf. Sie lehnte sich über den Bach und drückte in gleichmäßigen Abständen Stiefelabdrücke auf die Schneedecke.

Sie entdeckte einen umgestürzten Baum, der den Bach überbrückte, und balancierte hinüber. Sie ging bis zu der Stelle, an der sie die ersten Abdrücke hinterlassen hatte, und setzte sie fort. Erst dann zog sie den Stiefel wieder an. Auf einen flüchtigen Blick hin sah es so aus, als hätte sie den Bach zu Fuß überquert. Zumindest hoffte sie das.

Sie lief auf Lenas Versteck zu.

Sie sah den Schein von Taschenlampen, hörte erregte, wütende Stimmen. Sie roch die Gewehre. Sie wußte, daß Lena die Anwesenheit von Menschen so nahe bei ihren Jungen nie dulden würde. Also war Lena tot. Und ohne ihre Mutter würden die Jungen ebenfalls sterben. Sie dachte an Galina.

Ohne weiter auf ihre Spuren zu achten, näherte sie sich geräuschlos der kleinen Lichtung. Schlich von Baum zu Baum, das Gewehr in den Armen.

In Primorskij hatte sie sich geschworen, nie wieder zuzulassen, daß Tigerjunge getötet wurden. Sie hatte Nowek aber auch versprochen, ihr Bestes zu tun, um zu ihm zurückzukehren. Vielleicht konnte sie nur eines dieser Versprechen einhalten.

Decker stand über dem leblosen Körper der großen Tigerin. Kasnin hielt sich zurück, stand neben einem Baum, als wollte er beim leisesten Geräusch an ihm hochklettern. Diese Reaktion lösten Tiger nun einmal aus. Es war nicht rational, sondern irgendeine atavistische Reaktion, die einem beim geringsten Knurren in der Nacht die Haare zu Berge stehen ließ.

»Nur ein *emba*«, sagte der Kommandoanführer und sah Kasnin an.

»Sie sind hier«, sagte er. »Die Spuren werden uns zu ihnen führen.«

Decker stieß den toten Tiger an. Das Tier wog weit über zwei Zentner und war von Nase bis Schwanzspitze gut dreieinhalb Meter lang. Aber es war übel zugerichtet. In ihrer Panik hatten die Soldaten wild drauflos geschossen. Ein derart zerfetztes Fell würde niemand kaufen. Nicht die Chinesen, nicht einmal die Araber. Aber die Knochen waren noch etwas wert. Er bückte sich, schnitt mit seinem Messer das Halsband durch und zeigte es DeKalb.

»Werfen Sie es weg. Ihr Projekt ist beendet.«

Decker schleuderte es in den Schnee.

»Diese Schlampe«, fluchte DeKalb. »Diese gottverdammte, rücksichtslose Schlampe. Sie hat uns hergelockt. Sie wußte, was geschehen würde. Sie wollte uns dezimieren. Mit der Hilfe eines Tigers.«

»Sie hätten sie mir überlassen sollen«, sagte Decker. »Wäre uns eine Menge Kummer erspart geblieben.«

»Denken Sie lieber an Ihre Hure«, zischte DeKalb. »Ich hätte mich nicht auf Sie verlassen dürfen.«

Decker schüttelte den Kopf. »Was soll das heißen, Boß?«

»Sie ist die Tochter des Bürgermeisters. Glauben Sie, ich wüßte das nicht? Sie sind zu einem Problem geworden, Mister Decker. Vielleicht sollten Sie mal darüber nachdenken.«

»Ich bin auch der einzige Hubschrauberpilot im Umkreis von tausend Quadratmeilen geworden. Vielleicht wollen Sie darüber mal nachdenken.«

DeKalb unterdrückte seine Antwort. Später, dachte er.

Das Junge lebte noch. Kläglich maunzend versuchte es, ins Versteck zurückzukriechen. Es war etwa so groß wie ein Cockerspaniel, und bei jedem mühsamen Schritt sprudelte es rot aus seinen Flanken. Ein Schuß ins Rückgrat hatte beide Hinterläufe gelähmt. Der Schnee unter den Taschenlampen der Soldaten war blutrot, nur dort, wo ihn Regen traf, verblaßte er zu Rosa.

Decker lief zu dem Jungtier hinüber. Es sah ihn mit schmerzerfüllten Augen an und fauchte knurrend. Decker trat es, bis es zwei lange Fänge fletschte und wie eine wütende Kobra zischte.

»Hören Sie mit den Spielchen auf«, sagte DeKalb. »Wir haben Wichtigeres zu tun.«

Fast beiläufig zielte Decker mit der Ruger auf den Kopf des Tieres und drückte ab. Blut spritzte hoch, der kleine Tiger sackte zusammen.

»Mist.« Decker wischte sich über das Gesicht. In seiner Brusttasche regte es sich, und das Frettchen steckte den Kopf heraus. Schnurrhaare zuckten, er schnupperte in die kalte Luft, roch das Blut, den Regen. Seine Augen funkelten erregt. Decker näherte sich dem Versteck und warf einen Schneeball hinein.

Weiteres Fauchen, ein Knurren, ein paar Tatzenhiebe.

»Komm, Pussy, komm«, lockte Decker, das Gewähr im Anschlag. Kopfschuß. Schont die Felle. Zehn-, fünfzehntausend pro Stück. Konnten ihm ein paar Monate am Strand einbringen.

»Bleiben Sie von dem Loch da weg«, sagte DeKalb. Er hatte den Lauf der M-209 geöffnet, schob eine Granate hinein.

Decker rührte sich nicht. »Sie wollen sie ruinieren?« Er meinte es wörtlich.

»Was haben Sie vor?« fragte Kasnin. »Dazu ist keine Zeit.«

»Ich erledige meinen Job«, erwiderte DeKalb. »Tun Sie, was ich Ihnen gesagt habe«, fügte er, zu Decker gewandt, hinzu.

Kasnin wich zurück.

Ein leises Knurren ertönte aus der Dunkelheit unter dem Baum.

DeKalb schloß die Laufkammer.

»Einen Moment, Boß. Wissen Sie, was die kleinen Biester

einbringen? He, lassen Sie das ...« Decker sah, daß der Lauf in seine Richtung schwenkte. Niemals hätte DeKalb soviel Mumm, das Versteck ...

Ein weißer Blitz, ein lauter Knall.

DeKalb ließ die M-209 in den Schnee fallen, taumelte rückwärts, streckte haltsuchend die Arme aus, als er stürzte.

Anna legte gerade einen neuen Ketamin-Pfeil in ihr Gewehr ein, als sie hinter sich die Schritte mehr spürte als hörte. Sie wollte sich umdrehen, als sie ein ungeheurer Schlag auf den Hinterkopf von den Beinen riß. Das Gewehr entglitt ihren Händen, und sie fiel mit dem Gesicht voran in den nassen Schnee.

Verdammt, sie hatten DeKalb erschossen. Decker hörte Getümmel jenseits der kleinen Lichtung. Kasnin versteckte sich hinter seinem Baum, die kleine Pistole in die Luft gereckt. Auf einen Ruf hin waren die anderen Russen losgerannt. DeKalb lag am Boden, reglos, in den Rücken geschossen. Tot, wie er toter nicht sein konnte. Hölle, dachte Decker. Schätze, es gibt doch einen Himmel. Er wußte von der Schlampe. Wußte, daß sie die Tochter des Bürgermeisters war.

Er hob die M-209 auf und sicherte sie. Von einer verdammten Granate getroffen zu werden hätte ihm gerade noch gefehlt. Er rollte DeKalb auf den Bauch, um nach der Einschußwunde zu suchen.

Es gab keine. Nicht einmal das kleinste Tröpfchen Blut.

Langsam ließ Decker seine Hand über den nassen Stoff wandern und traf auf ein Objekt, das mit dem Parka eindeutig nichts zu tun hatte.

Eine winzige Kunststoffspritze steckte im unteren Rückenbereich. Decker zog sie hastig heraus. Aus der Nadel tropfte Flüssigkeit, so bernsteinfarben wie das Gift einer Klapperschlange.

»Scheiße«, sagte er und blickte in die Dunkelheit. Sie war da draußen, sie hatte DeKalb umgelegt. »Scheiße«, sagte er noch einmal. Er berührte DeKalbs Hals. Während er nach dem Puls fühlte, sah er dem Toolpusher ins wachsbleiche Gesicht. Er mußte ein paar Sekunden warten. Schwach, stotternd, kaum spürbar.

DeKalb lebte, aber man mußte schon sehr sensibel sein, um es zu merken. Das Ketamin-Hydrochlorid war für einen Tiger bestimmt, für ein großes Tier mit einem völlig anderen Stoffwechsel. Anstatt einen Amur-Tiger in einen Zustand sanfter Benommenheit zu versetzen, hatte es DeKalb in die Welt tiefer Bewußtlosigkeit geschickt.

Ein Schrei ließ Decker aufblicken. Eine Frauenstimme, gefolgt von einem Fluch. Verdammt, dachte er. Jetzt gibt es ein bißchen Spaß. Er löste die Nachtsichtbrille von DeKalbs Hals und verhakte sie mit seiner eigenen. Mit der M-209 in einer und der großen Ruger in der anderen Hand stand er über DeKalb und sah ihnen entgegen, wie sie Anna Wereskaja auf die Lichtung zerrten.

»*Wy goworitje po russki*«, sagte Kasnin. Es war keine Frage, es war ein Befehl.

Anna antwortete nicht.

»Tun Sie bitte nicht so, als würden Sie Ihre Muttersprache nicht verstehen. Ich kenne Sie. Ich weiß alles über Sie und Ihre Familie«, sagte Kasnin. »Sie müssen erschöpft sein. Mich jedenfalls hat die Jagd auf Sie und Ihre Freunde ausgelaugt. Ich hoffe, daß diese Jagd ein schnelles Ende findet. Mit Ihrer Hilfe.«

Er formulierte sehr höflich, und das sagte Anna mehr als alles andere – der Soldat mit seiner Waffe, das Blut, das ihr aus der Schädelwunde floß –, daß dieser kleine stämmige Mann mit dem unpassenden Lächeln sie töten würde. Wie sie Lena getötet hatten, das Tigerjunge und ihren Vater. Mord war ihre Natur. Sie schmeckte ihr eigenes Blut auf der Zunge.

»All das war höchst überflüssig. Nur eine Folge maßloser Übertreibungen, die wilden Phantasien von Bürgermeister Nowek. Ist er bei Ihnen? Natürlich. Wo ist er?«

In Annas Kopf pochte es so heftig, daß sie befürchtete, daß dort etwas endgültig zerspringen könnte, wenn sie auch nur den Mund öffnete.

»Sie müssen meine Lage begreifen«, erklärte Kasnin allen Ernstes. »Generalstaatsanwalt Gromow hat mir uneingeschränkte Vollmacht erteilt, Ryschkows Mörder zur Strecke zu bringen. Er glaubt, daß Sie das sind. Ich auch, offen gestanden. Sie wurden dabei beobachtet, wie Sie seine Wohnung zu sehr später Stunde verließen – nicht, daß das so ungewöhnlich gewesen wäre.« Er brach ab, schätzte die Wirkung seiner Worte ab. »Und dann finden wir ihn tot auf, wie auch zwei Milizmänner. Verstehen Sie, was ich damit sagen will?«

»Ja panzimaju«, zischte sie zurück. Jede Silbe schmerzte. Sie schluckte. Noch mehr Blut.

»Hervorragend. Es wäre sehr hilfreich, wenn Sie sich zur Kooperation entschließen könnten. Wir dürfen bei allen Verdachtstatbeständen jedoch nicht die Tatsache aus den Augen verlieren, daß Sie Amerikanerin sind. Niemand hat ein Interesse daran, die Beziehungen zu den Vereinigten Staaten zu gefährden. Wo wären wir ohne sie?« Er wartete auf ihre Zustimmung. Als die nicht erfolgte, fuhr er fort: »Sie könnten schon morgen abend in einem Flugzeug nach Hause sitzen. Wie würde Ihnen das gefallen?«

»Sparen Sie sich die Mätzchen«, sagte Decker. Er verstand kein Wort Russisch, aber er sah, daß Kasnin versuchte, sie einzuwickeln. Er sah auch, daß das nicht funktionierte. Er wußte, wie man Dinge herausbekam. Er würde es schaffen. Schließlich war er der Mann.

Kasnin winkte ab. »Anderenfalls wird man Sie wegen Mordes an Ryschkow und zwei Milizionären vor Gericht stellen. Von Ihrer Verantwortung für die Vorfälle heute nacht ganz zu schweigen. Ich versichere Ihnen, Frau Doktor Wereskaja, daß man Sie verurteilen wird – Amerikanerin oder nicht. Weiterhin kann ich Ihnen sagen, daß es eine Amerikanerin, die Russen ermordet hat, im Gefängnis nicht leicht hat. Wissen Sie, was ich meine?«

»Ich weiß, daß Sie längst verloren haben.« Sie funkelte ihn zornig an. »Ihr kleines Geheimnis ist keines mehr. Ich kenne es, Bürgermeister Nowek kennt es, die ganze Welt.«

»Geheimnis?« echote Kasnin, zuckte aber innerlich zusammen. Wieviel wußte sie genau? Wem hatte sie es weitererzählt? Er sah sie an. Nein. Unwahrscheinlich. Nicht hier oben. Sibirien hatte schließlich viele Vorzüge. Hier blieben Geheimnisse eingefroren und unantastbar. Was hier geschah, blieb den Augen der Welt verborgen.

»Wir wissen, wer Andrej getötet hat.« Sie sah Decker an. »Sie hätten das Feuerzeug seines Vaters nicht mitnehmen sollen. Aber Sie waren ja zu beschäftigt, Kinder zu vergewaltigen, um darüber nachzudenken.«

»Einen Scheiß wissen Sie«, knurrte Decker.

Das scheint nicht ganz zu stimmen, dachte Kasnin. Aber es war ohne Belang. »Da Sie gerade davon sprechen«, sagte er zu Anna, »aus Andrej Ryschkows Wohnung fehlen ein paar wichtige Dinge. Videobänder. Wer sie hat, wird natürlich mit dem Mord in Verbindung gebracht, aber ...«

»Morde, nicht Mord. Selbst ein *nekulturnij*-Schläger wie Sie sollte diesen Unterschied kennen.«

In seinem Nacken zuckte es. Er fuhr sich mit der Hand über die schütteren Haare. »Sehen Sie es mir nach, wenn ich nicht so kultiviert bin wie Ihr Freund, der Bürgermeister. Ich bin nur ein einfacher Mann, der seinem Vaterland dient. Ich kann Ihnen anvertrauen, daß unsere Ermittlungen ergeben werden, daß der ehemalige Bürgermeister von Markovo der Hauptverantwortliche ist. Mit Ihrer Hilfe finden wir vielleicht einen Weg, Ihre Rolle herunterzuspielen.«

»Noch ist er Bürgermeister«, zischte Anna.

»Das ist keineswegs der Fall. Ich bin im Besitz von Dokumenten, unterschrieben vom Gouverneur von Irkutsk, die ihn seines Amtes entheben. Staatsanwalt Gromow hat jeder Korruption rücksichtslos den Kampf angesagt. Sie haben die Bänder. Sie waren mit dem Bürgermeister zusammen. Gehen wir einmal davon aus, daß sie sich zusammen an einem Ort befinden. Wo?«

»Vielleicht haben sie sich aufgelöst. Kennen Sie das Prinzip der Sublimation? Eis kann verdunsten, ohne zuvor flüssig zu werden. Ein Mensch kann das auch, aber es bedarf größerer Anstrengungen. Gerade Sie sollten wissen, was ich damit meine.«

»Dieses Prinzip ist mir unbekannt, Frau Doktor Wereskaja«, sagte Kasnin. »Aber ich verstehe genug von Genetik, um die Ähnlichkeit zwischen Tochter und Vater zu erkennen. Die Krankheit, die ihn das Leben gekostet hat, ist in Sibirien noch nicht ganz ausgerottet. Man steckt sich leicht an, aber sie ist schwer zu heilen.«

»Seine Krankheit war es, Leute wie Sie zu durchschauen.« Ihre Blicke bohrten sich in Kasnins Augen. »Und Sie haben recht. Ich leide gleichfalls darunter.«

»Lassen Sie mich mal was deutlich machen«, sagte Dekker. Er trat neben Kasnin, ließ ihn die Ruger halten und streckte Anna die M-209 unter die Nase. »Wissen Sie, was das ist? Ein Granatenwerfer. Nette kleine Waffe. Bumst sehr laut. Deshalb haben Sie auf den Boß geschossen, stimmt's? Um die kleinen Miezekatzen davor zu bewahren, zerfetzt zu werden.«

Anna funkelte ihn schweigend an.

»Wissen Sie, wozu sie da ist? Um Verstecke auszuräuchern. Wo hier ein Versteck ist? Gute Frage.« Er drehte sich um, tat so, als würde er suchen. Sein Blick fiel auf die Mulde, und er begann zu lächeln. »Wie wäre es damit? Da haben wir tatsächlich ein Versteck gefunden. Sie müssen sich doch fragen, ob dieses gute Stück wirklich so gut funktioniert, wie behauptet wird.« Grinsend öffnete er den Lauf und streichelte die kleine olivgrüne Granate. »Spritzt eine Menge Metall durch die Gegend, Doc.« Er ließ die Waffe zuschnappen und entsicherte sie. »Wie viele kleine Miezekatzen sind da unten in diesem Loch? Wissen Sie es? Yeah. Ich wette, Sie haben ihnen sogar Namen gegeben.«

»Nicht!« brachte Anna zwischen zusammengebissenen Zähnen hervor.

»Warum nicht?« Er schulterte die Waffe und zielte. »Nenn mir einen Grund, du verdammte Schlampe. Nenn mir einfach einen Grund.«

»Nein!« Sie wand sich im Griff der beiden Soldaten.

»Wo sind die Bänder?« wollte Kasnin wissen. Jeder Anflug von Höflichkeit war aus seiner Stimme verschwunden. »Wo ist Nowek?«

»Zeit, zur Sache zu kommen«, sagte Decker. »Gleich gibt es hier fetten Tigereintopf.«

»Nein!«

Decker drückte ab. Eine Kugel, nicht die Granate, schoß aus der Waffe. Sie traf das Versteck und löste lautes Knurren und Fauchen aus.

»Das nächste Mal wird's ernst«, sagte Decker und wußte, daß er bereits gewonnen hatte. »Wollen Sie sehen, ob ich es fertigbringe?«

»Nein!« sagte Anna. »Also gut. Bringen Sie sie nicht um. Ich zeige Ihnen den Weg.« Ihre Schultern sackten herab. »Sie sind alle in einer Beobachtungsstation.«

»Beobachtungsstation?« fragte Kasnin.

»Für Tiger. Ungefähr einen Kilometer entfernt.« Anna zeigte auf die Bäume.

Decker drehte sich zu Kasnin um. »Sehen Sie? Es ist so, wie ich immer gesagt habe«, grinste er. »Der beste Weg zum Herzen einer Frau führt direkt durch ihre Rippen.«

28. KAPITEL

Sie nahmen Deckung hinter dem umgestürzten Baum vor der offenstehenden Tür der Station. Der Baum war nicht alt geworden, sein Stamm erschreckend dünn. Wenn sie nicht ganz flach auf den Bäuchen lagen, ragten ihre Köpfe darüber hinaus.

Nowek lauschte auf den Regen und Galinas leise, verschwörerische Unterhaltung mit dem amerikanischen Jungen in Moscow, Idaho. Er hatte Galina an jenem Morgen vor dem *Hotel Sibir* verloren. Verloren und sie gerettet. Jetzt bestand die Gefahr, daß er sie erneut verlor. Und Anna? Das gleiche.

Geiger, Geologe, Vater, Bürgermeister. Noweks Sturzflug hatte sich beschleunigt. Er sah zur Kamera auf dem Mast empor. Dies war von großer Ironie, selbst für russische Verhältnisse: Hier, im wildesten, abgeschiedensten Teil eines wilden, abgeschiedenen Landes waren die Augen der ganzen Welt auf sie gerichtet. Mir steht nur noch eine Karriere bevor, dachte Nowek, die Rolle eines Köders.

»Achtzehn«, sagte Galina in der Hütte. »Und wie alt bist du?«

»Sie ist sechzehn«, sagte Nowek zu Jurij. Es ärgerte ihn, daß sie die Wahrheit offenbar nicht über die Lippen brachte. »Warum lügt sie?«

»Es ist nicht unbedingt eine Lüge«, erwiderte Jurij und stützte den kurzen Lauf der Skorpion auf den Stamm. »Man könnte sagen, daß sie sich einer höheren Wahrheit bedient.« Er überprüfte das Magazin. Zehn leere Kammern, zwanzig gefüllte.

Stimmen hinter den Bäumen. Jetzt schon näher.

Höhere Wahrheiten. Ryschkow ermordet. Zwei seiner Männer. Nikki Maljeschew, sogar Semjon Jufas Sohn Boris. Alles, um die Tatsache zu vertuschen, daß es in diesem bitteren, dunklen Land erneut Lager gab. Es war ohne Belang, ob sie Baptisten oder Dichter hineinsteckten, Tschechen oder übergelaufene Chinesen. Wie Tschutschin gesagt hatte: Wer schlägt wen, das war das einzige, was zählte.

Wer schlägt wen? Er hörte, wie Kasnin über ihn lachte.

»Wissen Sie, warum ich das übernommen habe«, sagte Nowek zu Jurij, »diese Ermittlung? Gerade bin ich darauf gekommen.«

»Ein bißchen spät.«

»Im tiefsten Inneren wußte ich längst, daß es in Rußland nie zu wirklichen Reformen kommen wird. Wie auch? Die Leute, die uns ruiniert haben, sind auch jetzt am Ruder.«

»Das ist allgemein bekannt.«

»Ich wollte, daß der Mord an Ryschkow streng nach Recht und Gesetz untersucht wird. Ich wollte richtig handeln. Ich dachte, es könnte meine letzte Chance sein, bevor alles in *worowskij mir* untergeht. Im Chaos.«

»Scheint eine zuverlässige Vorhersage zu sein«, sagte Jurij. »Aber mit dem Chaos irren Sie sich. Das ist nur ein Übergangsstadium.«

»Ein langes. Es hält in Rußland bereits tausend Jahre an.«

»Nein. Sehen Sie sich die großen Unternehmen im Westen an. Heute sind sie alle dick und fett, aber vor hundert Jahren haben sie einander zerfetzt wie Wölfe. Nur die Schnellsten, die mit den besten Zähnen, mit den besten Beziehungen überlebten. Wir befinden uns in unserer Hungriger-Wolf-Phase. Wer weiß? In fünf Jahren pissen wir alle vielleicht schon Sahne.«

»Nein.«

»Warum nicht? Ist ein freier Markt erst einmal entstanden, entwickelt er schnell eine Eigendynamik, und dieser freie Markt wird uns stets erhalten bleiben, weil Habgier zu unserem Wesen gehört.«

»Anderswo vielleicht, aber nicht in Rußland. Wissen Sie, warum?« Nowek beugte sich nahe an ihn heran. »Weil auch Neid zu unserem Wesen gehört.«

Sie hörten auf den Regen, auf Galinas Lachen über etwas, was ein Tausende von Kilometern entfernter Junge gesagt hatte.

»Aber das ist nicht der einzige Grund, weshalb Sie die Sache Ryschkow so hartnäckig verfolgt haben«, sagte Jurij.

Anna. War das so offensichtlich? »Das kam später. Aber im Moment kann ich nur an eines denken: AmerRus hat Ryschkow und zwei meiner Milizmänner getötet. Sie taten es, um Elgen vor der Welt geheimzuhalten.«

»Warum hätte AmerRus mit Elgen etwas zu schaffen?«

»Sie sagten es selbst. AmerRus kontrolliert alles, regiert Tunguska wie eine Kolonie. Aber sie sind vom Staat abhängig, unserem Staat, um ihre Ölinvestitionen zu schützen.«

»AmerRus geht es nicht um Ölfunde«, sagte Jurij.

Das stimmte. Darin bestand das Problem, die einzige Tatsache, die nicht zu den anderen paßte. Sollte er die letzte Ungereimtheit zu einem Ball zusammenknüllen und in die Luft schleudern oder die Theorie über den Haufen werfen und sich eine bessere suchen? »Da ist irgend etwas. Ich weiß es. Ich werde sie dazu bringen, es mir zu sagen.« Nach einer kurzen Pause fügte er hinzu: »Irgendwie.«

»Haben Sie immer noch Hoffnung, Bürgermeister?«

Nowek blickte zur Kamera hoch. »Hoffnung gibt es immer.« Er sah wieder den jungen Piloten an. »Nicht nur für uns.«

Decker ging mit der M-209 voraus. Anna folgte, flankiert von den drei Soldaten. Die Nachhut bildete Kasnin mit DeKalbs Ruger in den Armen.

Der Anführer des Kommandos des Ministeriums spürte sein Herz durch den weißen Tarnanzug schlagen, das Pochen in seinen Ohren, an seinem Hals. Er schnaufte wie ein Zugpferd, das einen schweren Karren bergauf schleppte. Hinter ihnen lag das Versteck der Tiger, vor ihnen die finstere Taiga. Er ließ kurz seine Taschenlampe aufblitzen, schwenkte sie über den Boden und knipste sie wieder aus.

Es bedurfte keiner großen Fähigkeiten, Annas Fährte zu entdecken. Aber was anders sollte man von einer Frau erwarten, die durch den Schnee stolperte? Aber über die anderen machte er sich Sorgen. Sie mußten hier irgendwo sein, vielleicht schon sehr nahe. Lauerten auf sie hinter den Bäumen. Hinter welchen?

Decker lief schnell, selbstsicher. Vor seiner Nachtsichtbrille schimmerte der Wald in einem stumpfen Grün. Die Abdrücke im Schnee sah er deutlich vor sich, das Resultat der Wanderung auch.

Galina. Er erinnerte sich daran, wie sie versucht hatte, ihm die Kalte vorzuspielen, wie er sie mit einem kleinen Stoß in Hitze gebracht hatte. Er dachte an Anna Wereskaja. Wieviel konnte sie ertragen, bevor sie zusammenbrach? Müßte Spaß machen, das herauszufinden. Er könnte es probieren, sie kosten wie den Biß in einen großen, saftigen Pfirsich, den man, noch sonnenwarm, vom Baum pflückt.

Die Spuren führten über eine Lichtung. Dahinter waren die Bäume größer, dichter. Sicher ein Bach. Ja. Er konnte bereits hören, wie er sich unter dem Eis bewegte, unter dem Schnee. Die Abdrücke führten direkt hinüber. Die Tigerlady war leicht. Aber würde das Eis auch ihn tragen? Er blieb stehen.

»Schto ita?« fragte Kasnin. Dann erinnerte er sich, daß Decker kein Russisch verstand. »Was ist los?«

Decker machte einen vorsichtigen Schritt auf das Eis, trat genau in Annas Abdrücke.

Das Eis knackte. Er machte den nächsten Schritt.

»Wo sind sie?« fragte Kasnin Anna.

»Gleich hinter den Bäumen dort«, antwortete sie.

»Dann sollten wir zusehen, daß wir schnell hinkommen.« Wieder machte Decker einen Schritt. Okay. Er sah prüfend zu den Bäumen hinüber. Nichts. Sie hatte es geschafft. Also würde er es auch schaffen. Wieder einen Schritt, noch einen. Diesmal neben Annas Abdrücke auf den unberührten Schnee. Das Knacken wurde durch den nassen Schnee gedämpft. Aber er konnte eine Elastizität spüren, die …

Einen Moment später stand er bis zu den Brusttaschen im Wasser, die Batterien für seine Nachtsichtbrille gaben in der Nässe den Geist auf. Blindlings durchschlug Decker mit dem Kolben seiner Waffe das Eis, bahnte sich eine Furt ans sichere Ufer.

Mit den Überlebensinstinkten einer Ratte, die Meerwasser in den Lagerraum strömen spürt, verließ Harley das sinkende Schiff. Das Frettchen sprang aus Deckers Tasche und hetzte über den Schnee. Es huschte einen Baumstamm hinauf und blickte empört herunter.

»Scheiße!« Klatschnaß hievte sich Decker auf festen Boden.

Anna hoffte, daß Nowek das Getöse gehört hatte und seine Vorkehrungen traf. »Man muß aufpassen, wohin man tritt«, sagte sie. »Zu dieser Jahreszeit kann die Taiga tükkisch sein.«

Jurij beugte sich zu Nowek. »Haben Sie gehört?«

Nowek nickte. Ein Schrei, dann noch einer. Die Kamera. Das allessehende Auge, das seine Wahrnehmungen der Welt mitteilte. Er würde eine Chance haben. Nur eine. Sein ganzes Leben lang hatte er sich auf seinen Verstand verlassen, seine Worte, nicht auf Gewaltanwendung. Irgendwie würde er dies auch jetzt tun.

Decker warf Kasnin die M-209 zu, packte Anna und zerrte sie zum Bach. Sie stolperte, fiel. Decker drückte ihr Gesicht zwischen den scharfkantigen Eisstücken ins sumpfige Wasser.

»Nein!« rief Kasnin.

Hilflos schlug Anna um sich, trat mit den Füßen, aber Decker drückte sie weiterhin nach unten.

»Decker!« Kasnin sah die drei Soldaten an. »Greifen Sie ein.«

Nur mit vereinten Kräften gelang es ihnen, Decker von Anna wegzuzerren. Nach Luft ringend, rollte Anna sich auf den Rücken.

»Sie können sie später haben. Noch brauchen wir sie«, murmelte Kasnin.

»Ich kaufe sie mir, darauf können Sie wetten«, knurrte Decker. Er spürte eine seltsame Leere in seiner Brusttasche, schlug leicht dagegen und sah sich suchend um. »Harley!«

»Ruhe!« zischte Kasnin.

»Ist mir scheißegal, ob sie es hören oder nicht. Mein Tier ist abgehauen.« Er pfiff. Er sah zu den Bäumen empor. Zu dunkel. Wieder pfiff er. »Komm zurück, du kleines Mistvieh!«

Fast verblüfft sah Kasnin, wie verzweifelt Decker nach seinem Frettchen suchte. Es blieb für ihn ein Geheimnis, wie ein Mann, der so bereit, ja, begierig war, anderen Schmerz zuzufügen, über den Verlust eines albernen Tieres derart trauern konnte. Wie ein Kind. Aber für Kinder hielt Kasnin schließlich die meisten Amerikaner. Entweder waren sie naiv-dumm wie diese Wereskaja oder naiv-gefährlich wie Decker. Kasnin war zu Schlimmerem fähig, aber seine Brutalität diente einem höheren Anliegen. Einer größeren Wahrheit. »Wir werden zurückkommen und nach Ihrem Tier suchen«, sagte er und gab Decker die M-209.

Decker warf einen wütenden Blick auf Anna. »Diesmal geht die Schlampe voran.«

Der junge Praktikant im Taiga Institute hatte seine Füße auf dem Schreibtisch, seine Augen auf einen Computermonitor gerichtet und ein Ohr am Telefon. Sein Bildschirm war leer. Die Kamera, die auf die Beobachtungsstation vierzehn hinabblickte, reagierte auf Wärme, und die wurde ihr offensichtlich nicht geboten. Vielleicht sollte ich sie bitten, ins Blickfeld der Kamera zu treten, wo ich sie sehen kann. Sie hat eine sehr angenehme Stimme, ein bißchen tief, ein bißchen kehlig.

Galina hielt Annas Katze in den Armen, strich über ihre Ohren und stellte dem jungen Amerikaner eine Frage.

»Meine Lieblingsmusiker? *Hootie and the Blowfish*«, sagte er. »Und deine?«

Blowfish? Davon hatte Galina noch nie etwas gehört, aber das konnte sie nicht zugeben. »In Rußland ist Techno-Rock in.«

»Technowas? Keine Ahnung ... Augenblick.« Er nahm die Füße vom Tisch, setzte sich gerade hin. Der Schirm war nicht mehr leer. »Am Waldrand bewegt sich irgend etwas. Galina? Da ist was. Kannst du es sehen?«

Er hörte Stimmen am anderen Ende der transglobalen Leitung.

»Hier Galinas Vater. Was sehen Sie?«

»Zwei Wärmequellen ... Warten Sie, drei. Vier! Sie haben

da eine ganze Ansammlung von … noch eine! Sechs insgesamt. Können Sie sie schon sehen?«

»Nein.« Sechs. Weniger, als er befürchtet hatte. Aber immer noch mehr als genug. Anna hatte recht gehabt. Die Satellitenverbindung funktionierte. Die Ereignisse der nächsten Minuten würden um die Welt gehen.

Nowek hielt das Telefon ans Ohr gedrückt. »Runter«, flüsterte er Galina zu. »Flach auf den Boden.«

»Warum?« Galina wollte an ihm vorbei zur Tür hinaussehen, aber Nowek drückte sie unsanft zu Boden.

Die Katze machte einen Buckel und fauchte ihn an. Nowek lief zur Tür hinaus. »Informieren Sie mich über alles, was Sie sehen«, sagte er zu der fernen Stimme. »Es regt sich etwas.«

Die Bäume öffneten sich zu einer kleinen Lichtung. In gebückter Haltung schlichen die Soldaten vorsichtig weiter. Decker stellte die M-209 ab, packte Anna und drückte ihr ein Messer an den Hals. »Zu schade, daß Sie Ihren Freund nicht sehen konnten, nachdem wir mit ihm fertig waren«, zischte er leise. »Er hätte Ihren kleinen Arsch liebend gern für einen weiteren Atemzug verkauft. Nur noch einen Schnaufer, yeah.«

Anna erschauerte.

»Wie steht es mit dem Bürgermeister? Sein kleines Mädchen behauptete, er sei ein echter Tiger. Würde mich umbringen, wenn ich ihr etwas antue. Glauben Sie das auch?«

»Ja.«

»Ich freue mich schon darauf, daß er es versucht.« Die Messerspitze bohrte sich ganz leicht in ihre Haut. »Und was ist mit Ihnen? Eher Kämpferin oder Liebende? Ich bin beides, jedes zu seiner Zeit.«

Sie wehrte sich heftig gegen seinen Griff. Schrie auf.

»Still!« Kasnin überblickte die Lichtung mit DeKalbs Nachtsichtbrille. Eine kastenförmige Hütte, die Tür stand offen. Innen Bewegung. Ja. Da rührte sich eindeutig etwas. Eine große Gestalt sprang heraus und nahm Deckung hinter einem umgestürzten Baum. Er sah den Kommandoführer an und nickte.

Wortlos bewegten sich zwei Soldaten von unterschiedlichen Seiten auf die Station zu.

»Wie wollen Sie vorgehen?« fragte Decker.

»Vor allem schnell. Aber zunächst einmal fesseln Sie die Frau.«

»Nichts, was ich lieber täte.« Decker zog Anna den Gürtel von der Taille, band ihre Handgelenke fest zusammen, zerrte sie zwischen ihre Fußknöchel und sicherte sie mit den Schnürsenkeln ihrer Stiefel. Als sie im Schnee lag wie ein zusammengeklapptes Taschenmesser, versetzte er ihr einen Tritt. »Wir beide haben noch unseren Spaß, Mädchen. Nur keine Angst.«

Sie spuckte schmutzigen Schnee aus. »Ich dachte, Sie mögen nur Kinder.«

»Alles zu seiner Zeit, wie ich schon sagte.«

Kasnin suchte hinter einem Baum Schutz und schob den Kopf vor. Er legte seine Hände wie einen Trichter an den Mund und rief: »Bürger Nowek!«

Jurij zielte und entsicherte die Skorpion.

»Nein.« Nowek umfaßte den Gewehrlauf. »Noch nicht.«

»Bürger Nowek! Ich bin gekommen, um Sie auf Anordnung des Gouverneurs von Irkutsk festzunehmen. Kommen Sie heraus, damit Sie wegen der von Ihnen begangenen Verbrechen vor Gericht gestellt werden können.«

»Von welchen Verbrechen sprechen Sie? Wenn Sie die Morde an Andrej Ryschkow und zwei meiner Milizmänner meinen, dann sind Sie bei mir an der falschen Adresse. Aber das wissen Sie selbst. Sie wissen, wer die drei getötet hat. Sie haben den Täter von Anfang an gedeckt. Und ich bin nicht Bürger Nowek, ich bin der Bürgermeister.«

»Nicht mehr. Außerdem haben wir Anna Wereskaja in unserer Gewalt«, rief Kasnin. »Es ist nicht nötig, daß sie für die Fehler anderer bezahlt.«

Nowek mußte sich sehr beherrschen, um nicht hinüberzulaufen und Kasnin an die Kehle zu springen. Krampfhaft suchte er nach etwas, was den selbstgefälligen Mistkerl treffen könnte. »Genau das ist das Problem in Rußland. Niemand ist bereit, für irgend etwas die Verantwortung zu übernehmen.«

Kasnin biß die Zähne zusammen. Dieser Nowek hatte keinen Respekt, nicht den geringsten. Selbst jetzt noch, am Ende seines Lebens, mußte er dämliche Scherze machen. »Hätten Sie sich an Ihre Anordnungen gehalten, wäre das alles nicht geschehen. Aber Sie haben darauf bestanden, sich darüber hinwegzusetzen. Jetzt unterliegen Sie meiner Verantwortung, und ich versichere Ihnen, daß ich sie übernehme.«

»Da bin ich mir gar nicht so sicher. Hier geht es nicht darum, Tote aus einem Fluß zu bergen. Hier geht es nicht um die Vergangenheit, die unter allen Umständen vertuscht werden muß. Hier geht es um die Zukunft. Sie sind der Verbrecher. Sie und Ihre amerikanischen Freunde.«

»Was die Zukunft anbelangt, so weiß ich nur, daß Ihre sehr kurz sein wird, wenn Sie nicht sehr schnell und unbewaffnet da hervorkommen.«

Mit einem Auge zur Kamera, einem Ohr zu den Mikrofonen sprach Nowek unvermittelt auf Englisch weiter. »Der KGB hat seine Leute wirklich hervorragend ausgewählt. Selbst hier und jetzt können Sie sich nicht dazu überwinden, die Wahrheit zu sagen. Sie sind unfähig dazu. Sie wissen, daß der amerikanische Pilot Andrej Ryschkow und meine beiden Milizionäre getötet hat. Er heißt Decker. Paul Decker.«

Der Amerikaner erstarrte. »Woher weiß er das?« Er richtete die M-209 auf die höhnende Stimme auf der anderen Seite der Lichtung.

»Nowek blufft noch immer.« Aber Kasnin war beunruhigt. Warum sprach Nowek jetzt englisch? Um zu beweisen, daß er besser ausgebildet war, kultivierter? Englisch konnte er auch. »Bürger Nowek! Ich sagte Ihnen, daß Ermittlungen Fachleuten überlassen werden sollten. Jetzt sehen Sie, wohin Ihre Anmaßung geführt hat.«

»Und was ist mit Ihrer Anmaßung? Wohin wird die führen?«

Langsam verlor Kasnin die Geduld. »Verschwenden wir

nicht unsere Zeit mit sinnlosen Gesprächen. Ich sehe hier viele Freunde von mir, aber keine von Ihnen. Kommen Sie hervor, mit den Videobändern, sonst werden wir schießen.«

»Bedauerlicherweise gibt es da ein kleines Problem. Die Bänder sind nicht hier«, antwortete Nowek.

Kasnin schwieg verdutzt. Nicht hier?

»Sie befinden sich an einem sicheren Ort. An einem Ort, wo sie mir mehr nützen als Ihnen. Also haben wir einen gewissen Vorteil.« Er entdeckte Anna.

Kasnin nickte. »Wenn Sie herauskommen, Nowek, wenn Sie uns die Bänder übergeben, haben Sie mein Wort, daß Anna Wereskaja nichts geschieht. Innerhalb einer Woche kann sie nach Hause fliegen. Sie können meinem Wort vertrauen.«

»Das glaube ich nicht. Sie vermissen die gute alte Zeit, Kasnin. Ihnen fehlen die Geheimnisse, die Macht. Es schmerzt Sie, unbequeme Menschen wie Anna Wereskaja nicht einfach verschwinden lassen zu können. Deshalb haben Sie erlaubt, daß Elgen wieder in Betrieb genommen wird.«

Kasnin erstarrte. Was wußte er?

»Sie haben die Lager wieder geöffnet, weil sie für Sie nie geschlossen wurden. Was ist schon ein Fischer ohne Netz? Sagen Sie mir, daß Sie nichts über Elgen wissen. Daß Sie in Sibirien nicht erneut unbequeme Menschen verschwinden lassen. Sagen Sie mir, daß Sie diese Tatsache nicht verheimlicht haben, um AmerRus zu schützen. Sagen Sie mir das, dann bin ich vielleicht in der Lage, Ihnen zu trauen.«

Warum sprach er Englisch? Es entnervte Kasnin, verwirrte ihn.

»Handle nicht mit ihnen, Grischa!« rief Anna.

Decker zog wieder sein Messer. »Schrei, Schlampe«, zischte er ihr ins Ohr, als er sich neben sie kniete und ihr die Klinge an den Hals drückte. »Laß deinen Freund dein Geschrei hören.«

Anna kniff die Lippen zusammen.

»Du willst nicht?« Er griff mit der anderen Hand nach ihrer Brust. »Verdammt. Bist du so kalt, oder findest du das vielleicht erregend?« Er packte ihre Brustwarze zwischen Daumen und Zeigefinger und kniff hart zu.

Ein unterdrücktes Wimmern. Er drückte heftiger zu, drehte.

»Schrei, Baby«, sagte Decker. »Ich rate es dir.«

Anna war einer Ohnmacht nahe. Namenloser Schmerz durchzuckte ihren Oberkörper. Wieder ein Wimmern, schon etwas lauter.

Decker wußte, daß er fast gewonnen hatte. Er spürte es. »Du machst es mir zu leicht«, flüsterte er dicht neben ihrem Ohr. Dann packte er fest zu und riß.

Sie schrie.

Nowek sprang hoch, aber Jurij zog ihn zurück.

»Wenn ihr etwas geschieht, Kasnin, bringe ich ...« Ein neues Geräusch ließ Nowek verstummen.

Ein gedämpftes Knattern. Die Rotorenschläge eines Hubschraubers.

»Hören Sie das, Nowek?« Erleichtert fiel Kasnin in die russische Sprache zurück. »Das ist Staatsanwalt Gromow mit weiteren Leuten. Die Zeit für Verhandlungen ist abgelaufen.«

Die Geräusche schwollen mit dem Wind an, verebbten, nahmen wieder zu.

»Ganz im Gegenteil, Kasnin. Ihre Zeit ist knapp, nicht meine. Er rechnet damit, daß Sie ihm Anna Wereskaja, mich und die Videobänder übergeben. Und was haben Sie ihm nach der Landung zu bieten? Gromow hat Ihnen befohlen, ein Problem ganz zu lösen, nicht halb. Ohne die Bänder sehen Sie mehr als blaß aus. Und das wissen Sie.«

Kasnin blickte zum verregneten Himmel empor. Verdammt! Der Flug nach Tunguska würde Gromow ganz und gar nicht gefallen. Und das hätte er, Kasnin, mit Sicherheit auszubaden. Gromow wollte ein schnelles, positives Ende, keinen Aufschub. Er wollte mehr als nur Leichen. Er wollte die Videobänder.

»Nun?« rief Nowek. »Habe ich etwas Falsches gesagt?«

»Sie haben Probleme geschaffen. Das ist Ihre Spezialität.« Kasnin lauschte. Der Regen und der Nebel über dem Fluß ließen die Helikoptergeräusche schwächer werden. »Aber es ist noch immer jede Menge Zeit für mich. Für Sie bedauerlicherweise nicht.«

LeRoy Rogers lauschte auf das Prasseln des Regens auf die Metallhaut des beschädigten Hubschraubers. Der rötliche Lichtschimmer, der ihn über das Eis zum Mil-8 gelockt hatte, war merklich blasser geworden. Auch die Wirkung des heißen Tees ließ langsam nach. Fröstelnd blickte er nach links zu Tschutschin, der betrunken vor sich hin dämmerte, noch immer aus Ohren und Schädel blutend. Rechts von ihm lag der verletzte Soldat. Er war bewußtlos, stöhnte aber hin und wieder auf, versuchte, sich zu bewegen. Um den festen Druckverband herum war sein Bein angeschwollen, sein Gesicht schimmerte grau. LeRoy wußte, was das zu bedeuten hatte.

Eine Flasche Wodka lag leer auf dem kalten Fußboden. LeRoy trat danach. Laut schepperte sie durch die stille Maschine.

Aber dann war es gar nicht mehr so still. Ein neues Geräusch ließ ihn die Kälte vergessen.

Ein Hubschrauber.

Sollte er sein Heil in der Flucht suchen? Verdammt, sie würden ihn mit Sicherheit schnappen, selbst wenn er davonrennen könnte. Also sitzen bleiben und sich von ihnen in das Lager zurückbringen lassen? Nie im Leben.

Bestimmt von Angst, Scham und einem gewalttätigen Leben, wich LeRoy in eine Ecke zurück. Gewalt forderte Gegengewalt heraus. Bisher war das immer ein ganz natürlicher Reflex gewesen. Auch jetzt.

Die Geräusche wurden immer lauter.

»Scheiße.« Mühsam rappelte sich LeRoy auf die Füße. Die rötlichen Lichter verschwammen vor seinen Augen. Krampfhaft hielt er sich irgendwo fest, um nicht das Gleichgewicht zu verlieren. Eine Pistole. Muß irgendeine verfluchte Waffe in die Hände kriegen.

Tschutschin hielt eine fest umklammert. Die andere, die LeRoy dem Schwarzen im Lager abgenommen hatte, schien er irgendwo versteckt zu haben.

Er brauchte nur eine.

Inzwischen war das Knattern so laut, daß er es in seiner Brust fühlte. Der Mil-8 begann im Luftstrom zu schwanken. Strahlende Lichtkegel beleuchteten die Eisfläche draußen, ihre Helligkeit brannte in LeRoys Augen, als er aus dem Fenster spähte.

Stimmen mischten sich in das Heulen der Turbinen.

»Mist!« LeRoy streckte die Hand nach Tschutschins Nagant aus, beugte sich näher und näher an ihn heran. Schlaf gut, Junge. Nur noch eine Sekunde, dann ... Er berührte das Metall. Es war warm von Tschutschins Körpertemperatur. Jetzt. Er packte zu und riß die schwere alte Pistole an sich.

Tschutschin fuhr hoch.

Die Mündung senkte sich, und LeRoy ließ Tschutschin in den Lauf blicken. Wäre ein Kinderspiel, ihn auszupusten. Aber er hatte ihm den heißen Tee gegeben, sich ihm gegenüber menschlich verhalten. Das war ungewöhnlich. Ungewöhnlich genug, um ihm das Leben zu retten. Es sei denn, er tat etwas Unvernünftiges. »Hör zu, alter Knabe. Ich werde dich nicht erschießen«, sagte er. »Aber rühr dich nicht vom Fleck. Ich muß mich um meine Dinge kümmern.«

Seine Waffe. Tschutschin hatte sie sich noch nie wegnehmen lassen. Das mußte am Alkohol liegen. An dem Wodka, mit dem er seine Schmerzen betäubt hatte. Doch die waren inzwischen wieder da. Er spürte sie wie ein Messer in seinem Schädel. Tschutschin starrte in die schwarze Mündung seiner Pistole. »So? Und was jetzt?«

LeRoy verstand Tschutschins Russisch nicht. Aber das war ihm auch egal. Er fühlte noch immer diese Männer auf sich, hörte ihr Stöhnen und Schnaufen, empfand brennende Scham. Nie wieder. Sollten sie doch schießen. Wäre immer noch besser, sehr viel besser. Eine anständige Lösung. Eine mannhafte Lösung. Er lächelte. »Bleib, wo du bist. Rühr dich nicht. Dir wird nichts geschehen.«

Tschutschin begriff nicht, warum sich die Lippen des Mannes bewegten, er aber keinen Laut hörte. Die Welt um ihn war still und stumm. Aber er brauchte keine Ohren, brauchte keine Augen. Er konnte das Erbeben des Hubschraubers in der Brust spüren. Er streckte die Hand aus und berührte die Wand. Vibrationen.

LeRoy drehte sich um, lief zur Luke und berührte den Metallgriff. Draußen auf der Eisfläche waren Männer. Nahe. Werde sie überraschen. Hinaus wie Jumping Jack Flash und sie die Knarre sehen lassen. Werden sie schießen? Natürlich werden sie. Wie wird es sein? Ein blitzschnelles Wegtreten wie nach der verdammten Spritze in Travis? Oder würde er die Kugeln spüren? Wie auch immer. Egal. Kam nicht drauf an.

Er holte tief Atem, ließ die Luft langsam entweichen und sah Tschutschin an. »Danke für den Tee. Aber jetzt sollte ich gehen.« Er drehte am Griff, stieß die Luke auf und sprang auf das Eis. Er sah eine dunkle Gestalt, zielte auf sie. Doch dann, aus irgendeinem seltsamen Grund, bewegte er die Nagant von dem Mann weg und drückte auf den Abzug.

Die Pistole blitzte auf, krachte und entwand sich LeRoys Griff.

Er sah den Mann neben sich nicht, spürte das Ausholen des Gewehrs nicht, mit dem ihm über den Schädel geschlagen wurde.

Er nahm nur das widerhallende Krachen der Nagant wahr, und hinter seinen Lidern explodierten tausend Lichter. Sommerblitze, die aus einer Überlegung aufflackerten: Vielleicht hatte er recht getan, den Mann nicht zu erschießen. Vielleicht hatte er einmal, zum ersten Mal, richtig gehandelt.

»Warum sind Sie so stur, Nowek? Wissen Sie denn nicht, daß die Dollar von AmerRus die Familien Ihrer Stadt ernähren?«

»Haben Sie seinen Vater gefragt? Seine Frau?« Fast wäre Nowek erneut aufgestanden, besann sich aber rechtzeitig. »Ich habe mich bemüht, aus Markovo eine Stadt zu machen, in der Gesetze zählen. Ihr amerikanischer Freund Decker hat gegen das wichtigste Gesetz von allen verstoßen. Mord kann nie verziehen werden, Kasnin. Das ist nicht wie Raub. Man kann ihn nicht ungeschehen machen, indem man das Gestohlene zurückgibt.«

»Belehren Sie mich nicht. Ryschkow war ein Dieb! Er wollte uns diese Videobänder verkaufen! Und für einen solchen Mann wollen Sie sich und diese Frau hier dem Tod überantworten?«

»Noch bin ich nicht tot.«

»Noch nicht, aber bald.« Kasnin schlug sich mit der Faust in die Handfläche. »Was hoffen Sie mit Ihrem Gerede zu erreichen, Nowek?«

Er sah zu den dunklen Bäumen hinüber. »Ich werde Ihnen etwas erzählen, was ich erst vor kurzem begriffen habe«, sagte Nowek. »Hoffnung ist eine komische Sache. Sie ist hartnäckig. Wie ich.«

29. KAPITEL

Gespannt verfolgte der Praktikant im Taiga Institute die Ereignisse auf der fernen sibirischen Lichtung. Galina unterhielt sich nicht mehr mit ihm. Was geschah dort? Er klickte mit der Maus ein Signal an und schickte das Geschehen ins Internet.

Zunächst riefen nur wenige die Homepage des Instituts auf. Schließlich war sein Angebot nicht so interessant wie der MIT-Student, der von morgens bis abends eine Kamera mit sich herumtrug, um der Welt seinen Alltag hautnah zu vermitteln, oder das Leben der Elefanten in Kenia. Und die meisten der Interessenten vertauschten die Schwarzweißübertragung schnell mit farbigen Darstellungen.

Doch einige blieben dabei. Sie fragten sich, was das eigentlich sollte, warum ein renommiertes wissenschaftliches Institut der Welt derartige Bilder übermittelte.

Neugierde war ihr Hauptmotiv, aber der Anschein des Unbeabsichtigten, des Unerlaubten, stellte den größten Anreiz dar. Sie sahen etwas, was sie nicht sehen sollten. Und das erwies sich als unwiderstehlich.

Es wirkte wie eine Kernspaltung. Einmal in Gang gesetzt, verdoppelte, vervierfachte sie sich nach ihren eigenen Gesetzen. Die Lichtung am nördlichen Rand der russischen Taiga tauchte auf zwei, fünf, acht, dann auf einem Dutzend Bildschirmen auf. Einem finnischen Hacker gelang der Zugriff zum Tonkanal, und er hörte russische Stimmen. Es war, als würde man mit einem Strauß duftender Blumen vor einem Bienenstock stehen: Innerhalb weniger Minuten summte und surrte das gesamte Bienenvolk.

Das Knattern des Hubschraubers erinnerte Nowek fast schmerzlich daran, daß Kasnin mit einer Sache recht hatte: Die Zeit war nicht auf seiner Seite. »Gromow hat Ihnen befohlen, Beweise in Ryschkows Wohnung zu deponieren, die Anna Wereskaja als Schuldige erscheinen lassen«, rief er zu Kasnin hinüber.

»Mir braucht niemand etwas zu befehlen.«

»Oh, fast hätte ich es vergessen. Sie sind ein guter Berater. Ein guter Berater wartet nicht auf Anordnungen, er ahnt voraus. Aber Anna Wereskaja ist unschuldig.«

»Ja! Anna Wereskaja ist unschuldig! Warum wollen Sie das unbedingt hören?«

»Ich bin ein zum Tode Verurteilter. Es ist eine Art letzter Wunsch, und ich rauche nun einmal nicht. Der Gouverneur weiß auch über Elgen Bescheid?«

Kasnin knirschte mit den Zähnen. »Natürlich weiß er es.«

»Lauter!«

»Ja! Er weiß es! Gromow leitet das Lager für ihn.«

»Also gibt es eine Übereinkunft zwischen dem Gouverneur und dem Oberstaatsanwalt von Irkutsk mit einem ausländischen Unternehmen, ein Straflager für ...«

»Was wäre daran illegal? Das Lager wurde von der Regierung von Irkutsk offiziell genehmigt. Sie sind der einzige, der Gesetze übertreten hat.«

»Stalin hat sie auch genehmigt.«

»Für Menschen wie Sie. Er war der Zeit voraus, oder wahrscheinlich hinken Sie ihr nur hinterher.«

Der Helikopter war kaum noch zu hören. Hatte er sich wieder entfernt? »Sie haben Decker in Ryschkows Wohnung geschickt, um zu verhindern, daß das Videoband jemals ...« Er verstummte.

Die Lichtung. Das Band in Annas Büro. Das Band, das Ryschkow verkaufen wollte, das Band, das ihn getötet hatte. Was war darauf zu sehen? Ein Amerikaner. Ein illegal eingereister Amerikaner. Ein Mann ohne Namen und ein Unternehmen, das mit Mord dafür zu sorgen bereit war, daß er nie einen erhielt.

Nowek sah über die Lichtung zu den Bäumen hinüber. Es kam ihm vor, als hielten sie seinen sich überschlagenden Gedanken einen Spiegel vor, reflektierten, klärten sie.

»Was ist?« wisperte Jurij. »Hören Sie doch nicht auf. Sie machen das ganz hervorragend.«

Endlich begriff er. »Mein Gott«, ächzte er.

»Was?«

»Dieses Videoband. Darauf war ein Amerikaner zu sehen. Warum sollte AmerRus verhindern wollen, daß ein Amerikaner sein Gesicht zeigt? O mein Gott«, wiederholte er. »Es sind gar keine Russen ...«

»Natürlich sind sie Russen. Kasnin ist ...«

»Nicht Kasnin. In dem Lager. Elgen. Dort werden keine Russen festgehalten. Sie sperren Amerikaner dort ein.« Die Ungereimtheit, die einzige Tatsache, die nicht gepaßt hatte. Jetzt fügte sie sich ein wie das fehlende Teil eines Puzzlespiels.

Amerikaner in einem sibirischen Lager, das mit Zustimmung der Behörden geführt wurde. Und das hieß, daß sie dafür bezahlt wurden. Wie die Nordkoreaner im Süden. Die Lager waren ungesetzlich, aber nie geschlossen worden. Warum? Weil sie für die örtlichen Politiker zu lukrativ waren. Doch Koreaner hinter dem Zaun waren eine Sache und ...

»Sie sind am Ende angelangt, Nowek«, schrie Kasnin.

»Sie haben recht«, rief er zurück. »Bisher konnte ich nur die Umrisse erkennen, die Einzelteile Ihrer Verbrechen. Jetzt sehe ich alles ganz genau vor mir. Ich weiß sogar, warum Sie es getan haben.«

»Dann sollten Sie noch etwas wissen!« schrie Kasnin. »Ich habe die offizielle Befugnis, Sie Ihres Amtes als Bürgermeister zu entheben. Juristisch betrachtet sind Sie ein Krimineller, nicht mehr und nicht weniger.«

»Mir wird nicht zum ersten Mal gekündigt.«

»Ich fordere Sie auf, sich zu ergeben. Wenn Sie es nicht tun, werde ich Gromow die Sachlage ohne Sie erklären.«

»Haben Sic irgendwas vor?« flüsterte Jurij.

»Ja.« Langsam erhob sich Nowek. Er hörte das Klicken von Waffen in der Dunkelheit. Er wollte nicht, daß auch nur eines seiner Worte verlorenging. Er hielt eine Ansprache vor einer aufmerksamen Versammlung von Gewehrläufen und Pistolenmündungen.

»Ich gebe zu, einen Fehler begangen zu haben«, rief er. »Ich bin davon ausgegangen, daß es nur um den Mord an Ryschkow geht. Doch damit habe ich zu eng gedacht. Was ist die Ermordung eines Sibiriers im Vergleich zu dem, was AmerRus und Sie in Elgen anstellen? Was Rußland anbelangt, kommen Sibirier doch praktisch schon tot auf die Welt. Was hätte da ein weiterer Toter zu bedeuten? Oder drei, oder dreihundert? Aber Amerikaner? Das ist etwas ganz anderes.«

»Was soll das heißen?« fragte Decker, aber Kasnin brachte ihn mit einer Handbewegung zum Schweigen.

»Sagen Sie mir, Kasnin, seit wann sucht AmerRus nicht mehr nach Öl, sondern hat damit begonnen, amerikanische Strafgefangene einzuschmuggeln?«

»Scheiße«, sagte Decker. »Woher, zum Teufel, weiß er ...«

»Er stellt nur Vermutungen an.« Aber warum? fragte sich Kasnin. Was verspricht er sich davon? Was kann es ihm nutzen?

Stille, nur das Flüstern des Windes in den Zweigen, das leise Fallen der Regentropfen.

»Weiß die amerikanische Regierung, was AmerRus hier tut? Ich weiß, daß sie dafür bezahlt. Weiß die US-Regierung, wie die Gegenleistung aussieht?«

»Sie verschwenden nur Ihre Zeit, und viel haben Sie nicht mehr. Es gibt keine Beweise für das, was Sie da behaupten, Nowek, absolut keine. Nur in Ihrem Kopf. Und, offen gesagt, ist das nicht unbedingt der zukunftsträchtigste Aufbewahrungsort. Morgen wird AmerRus weitermachen wie bisher. Elgen auch. Und ich ebenfalls. Also sagen Sie mir endlich, wo die Videobänder sind, oder ich lasse Sie auf der Stelle erschießen.« Er nickte einem Soldaten zu.

Nowek sah zu der Kamera empor. Flehend, beschwörend. Wie ein Seemann, der den Wogen zuflüstert, sich endlich zu beruhigen, ein Geiger, der seine zitternden Finger zur Ruhe zwingt.

»Wo sind die Bänder?«

»Immer mit der Ruhe«, sagte Nowek. »Ich habe sie hier.

Alle.« Nowek drehte sich zur Station um, in der Galina auf dem Boden lag.

»Keine weiteren Ausflüchte!« rief Kasnin. »Werfen Sie uns Ihre Waffen zu!«

Nowek drehte sich wieder um. »Jurij, geben Sie ihnen Ihr Gewehr.«

»Sie werden uns umbringen.«

»Stimmt. Aber vielleicht nicht hier. Es geht um Galina. Ich möchte ihnen keinen Anlaß bieten, sie zu erschießen.«

Jurij seufzte. Er sicherte die Skorpion und warf sie über den Baumstamm in den Schnee. Sie sank tief ein.

»Alle!«

»Mehr haben wir nicht«, sagte Nowek. »Jetzt sind wir unbewaffnet. Aber eine Kleinigkeit sollten Sie noch wissen. Sie glauben also, es gibt keine Beweise für Elgen? Da irren Sie sich. Es gibt sie. Es gibt sie an so vielen Stellen, daß Sie sie nicht mehr einsammeln können. Das sind selbst für das Netz eines Fischers zu viele Fische. Die Bänder können Sie haben. Ihr Geheimnis gehört nicht mehr Ihnen und mir allein. Inzwischen weiß es die ganze Welt.«

Decker hatte die M-209 auf der Schulter. Er nahm Noweks Brust ins Visier. »Ich kann ihn erledigen. Alle, wie sie da sind. Kann diese kleine Bude bis nach Tunguska zurückblasen.«

Was meinte Nowek damit, daß es die ganze Welt weiß? Warum standen sie so ruhig da und schauten nach oben? Warum sprach Nowek Englisch? Etwas kroch Kasnins Rükken empor, ein Signal, eine Vorahnung. Es gab hier einiges, das er nicht verstand, einiges, das er fürchtete.

»Nehmen Sie zwei Männer mit, und bringen Sie sie mir.« Kasnin hob die große Ruger. »Ich warte.«

»Haben Sie etwa Angst vor dem Bürgermeister?«

»Ich bin umsichtig.«

Auf Dutzenden von Bildschirmen rund um die Welt bewegten sich fünf geisterhafte Gestalten auf einer dunklen, verschneiten Lichtung aufeinander zu. Jurij und Nowek von links, drei andere Männer von rechts. Die fast simultane

Übersetzung eines Sprachstudenten in Monterey, Kalifornien, brach ab. Es waren keine Worte zu übersetzen. Die fünf Gestalten trafen sich im Zentrum, genau im Blickfeld der Kamera.

»Das ist nahe genug«, sagte Decker. Er richtete die M-209 auf die offenstehende Tür der Station. »Ein Mucks, und ich mache aus Ihrem kleinen Mädchen einen zuckenden Fleischklumpen.«

Ein Soldat zielte mit seiner Waffe auf Noweks Bauch, während sich der andere bückte und Jurijs Skorpion aufhob.

»Bringt ihn zu Kasnin«, sagte Decker. »Um den Bürgermeister kümmere ich mich. Wir beide haben eine Menge gemein.« Er grinste Nowek an. »Nur daß Sie es wissen, Bürgermeister: Kasnin steht hinter einem Baum und beobachtet uns. Er hat ein Gewehr. Lassen Sie den Sack so fallen, daß ich ihn sehen kann. Die Videobänder sind drin, sagten Sie?«

»Darauf kommt es nicht mehr an.« Nowek hielt den Rucksack vor seine Brust gedrückt. »Sie haben Ryschkow getötet. Ich weiß es. Und die Welt weiß es auch.«

»Kein Mensch weiß auch nur ein Sterbenswörtchen.«

»Falsch.« Langsam drehte sich Nowek um und nickte zur Kamera empor. »Sehen Sie den Mast dort? Sehen Sie auch, was sich darauf befindet?«

Decker beobachtete ihn wachsam, glaubte an einen Trick.

»Eine Videokamera. Ein kompliziertes Gerät, von dem Sie bestimmt mehr verstehen als ich. Sie hat alles aufgenommen, was heute hier geschehen ist. Sie nimmt auch jetzt noch auf.«

»Reden Sie doch kein Blech.«

»Entschuldigung, ich habe mich nicht ganz korrekt ausgedrückt. Sie überträgt. In diesem Moment wird Ihr Gesicht von einem Satelliten zu einem wissenschaftlichen Institut übertragen und von dort ins Internet eingespeist. Man könnte sagen, daß Sie und Kasnin ein Geständnis vor aller Welt abgelegt haben. Man weiß über Sie und AmerRus Bescheid. Alles. Irgendwann hat Kasnin gesagt, daß moderne

Methoden effektiver sind. Und wissen Sie, was? Jetzt muß ich zugeben, daß er recht hat.«

»Sie wissen ja nicht mehr, was Sie sagen.« Aber Decker äugte zur Kamera hoch. War es vielleicht doch möglich?

»Nein? Ich habe das Feuerzeug gefunden, das Sie aus Ryschkows Wohnung gestohlen haben. Sie hatten außerdem ein Stück Ihres Overalls zwischen den Zähnen des Hundes zurückgelassen. Woher ich das Feuerzeug habe? Von meiner Tochter. Sie war in Ihrer Hütte in Tunguska. Sie haben sich dort an ihr vergriffen.«

Decker lachte. Die M-209 zitterte, aber nur wenig. »Ich habe mich etliche Male an ihr ›vergriffen‹, wie Sie es nennen.« Er sah an Nowek vorbei in die kleine Station. »Und ich denke, ich werde mich schon bald wieder an ihr vergreifen. Sie hat mich angefleht, sie mitzunehmen. Alles sei besser als Markovo. Sehen Sie der Tatsache ins Gesicht, daß Ihr kleines Mädchen für einen Busfahrschein die Beine breit macht.«

Nowek konnte sich kaum noch beherrschen.

»Ich weiß nun einmal besser als Sie, wohin sie gehört. Flach auf den Rücken, während ihre kleinen Füße meine Ohren kitzeln. Yeah. Können Sie es sich vorstellen?«

Nowek spürte, wie sich seine Nackenhaare sträubten. »Sie sind ein Mörder. Und Sie landen dort, wohin Mörder gehören.«

»Ich habe sie ordentlich durchstoßen. Deshalb nennen sie mich alle den Jungfrauen-Chirurgen …«

Nowek verspürte eine Explosion, ein ganz neues Gefühl. Es paßte nicht zu einem Mann, der Violine spielte. Es paßte nicht zu einem Geologen, der sich seinen Lebensunterhalt mit dem Verstand verdiente, einem Mann, der Gewalt ablehnte. Und doch empfand er es, stärker und stärker.

»Allerdings, ganz im Vertrauen, so neu war sie gar nicht mehr. Yeah. Außen unschuldiges kleines Mädchen, aber …«

Ein Knurren entrang sich Noweks Kehle. Aber es gehörte nicht zu Nowek, es hörte sich nicht einmal menschlich an. Er schleuderte den Rucksack gegen Deckers Brust.

Die M-209 ging los. Die Granate durchschlug den Rucksack und schoß wie eine Silvesterrakete über das Dach der Station. Sie prallte gegen einen Baumstamm und stürzte mit eingedrücktem Zünder in den Schnee.

Nowek griff in seine Jacke und zog Annas Burjatenmesser hervor.

Decker reagierte schnell, aber der Rucksack hatte sich in dem Lauf der M-209 verfangen. Er ließ die Waffe fallen, aber inzwischen hatte sich Nowek auf ihn gestürzt und ihn in den Schnee gestoßen.

Im Fallen schlug Decker gegen sein Knie, und eine schmale Klinge fuhr heraus. Der Rucksack war zwischen ihm und Nowek eingeklemmt. Der Amerikaner riß die Hand hoch, und der scharfe Stahl durchschnitt den Nylonstoff. Videobänder quollen aus dem klaffenden Schlitz.

Sie rollten im Schnee herum. Nowek landete oben. Er spürte etwas gegen seinen Gürtel stoßen, als Decker versuchte, ihn durch den Rucksack hindurch zu treffen. Er hob das Schamanenmesser. Deckers Finger umschlossen sein Handgelenk, aber Nowek riß sich los.

Die Klinge zerschnitt dem Amerikaner die Wange. Blut schoß in Deckers Auge. Seine Verblüffung schien größer zu sein als der Schmerz. Grunzend drehte er sich zur Seite und stieß sein Messer direkt durch den Rucksack nach oben.

Nowek fühlte den Druck, fühlte ihn seine Jacke durchschneiden und tief in sein Fleisch dringen. Es war heiß – und kalt.

Nowek legte seine ganze Kraft in seinen Arm und drückte das Schamanenmesser gegen Deckers Hals. Er war bereit, den obszön lachenden Kopf abzuschneiden und wie eine Kugel in den Fluß zu rollen.

Von Deckers Augen war nur das Weiße zu sehen. Er hob sein Messer und stieß es nach oben, auf Noweks Rippen zu, in sein Herz.

Nowek rang nach Luft, während sich in ihm Eiseskälte ausbreitete. Irgend etwas tief in ihm gab nach, irgend etwas löste sich auf. Plötzlich konnte er nicht mehr atmen.

Decker schleuderte ihn von sich und stand auf. Blut strömte ihm über das Gesicht. Er riß Nowek die Burjatenklinge aus der Hand und trat mit funkelnden Augen zurück. »Du hast doch keine Ahnung«, keuchte er. »Glaubst du etwa, ich hätte diesen Ryschkow ganz allein umgebracht? Du verdammter Schwachkopf. Du hast mich verletzt.« Er berührte seine Wange. Blut lief ihm durch die Finger. »Du hast mich geschnitten.«

Nowek rang nach Luft. Es war, als würde er Feuer einatmen. Eine fremde, lebensfeindliche Atmosphäre. Jeder Atemzug brachte ihn dem Tod näher.

»Nach all deinen Bemühungen weißt du noch immer nichts. Aber jetzt kannst du es ruhig erfahren, weil du ohnehin gleich ins Gras beißen wirst. Hörst du gut zu? Es war nicht einmal meine Idee, Ryschkow zu erledigen. Ich habe nur geholfen. Er ist ...«

Das Aufblitzen der Ruger, ihre Explosion. Deckers Schädeldecke schien sich zu lösen wie eine lockere Stoffbahn. Statt seiner glänzenden schwarzen Haare gab es nur noch eine blutige Masse. Er schwankte vorwärts, rückwärts, seine Knie knickten ein, er sank in den Schnee.

Kasnin tauchte zwischen den Bäumen auf. Der Hubschrauber war wieder zu hören. Kam näher. Mit dem Fuß stieß Kasnin die M-209 aus Noweks Reichweite. Er beugte sich vor, sah die Bänder und zertrat sie mit dem Stiefelabsatz. »Das wäre wohl das Ende, Nowek«, sagte er. »Fällt Ihnen noch ein Scherz zum Abschied ein? Wenn ich Sie mir so ansehe, wird es dazu höchste Zeit.«

Mühsam setzte sich Nowek auf. Er preßte sich eine Hand gegen den Bauch. Sein Leben rann ihm durch die Finger. Stoßweise und keuchend rang er nach Luft. Es war, als würde er durch einen Strohhalm atmen. Das Knattern des Helikopters wurde lauter.

»Ich wußte doch, daß Sie immer für eine Überraschung gut sind«, sagte Kasnin, entfernte die leere Patronenhülse und legte eine neue ein. »Eine Kamera. Ich muß schon sagen, das beeindruckt sogar mich. Überträgt sie wirklich alles? Jedes Wort? Oder ist das nur wieder einer Ihrer kleinen Scherze?«

Der Hubschrauber überflog die Lichtung, wendete und suchte nach einem Landeplatz.

»Warum ...?«

»Decker? Ein Profi vermeidet unnötige Risiken. Nehmen wir an, Ihre Geschichte mit der Kamera stimmt tatsächlich ... Ein Leben beim Geheimdienst bedeutet Vorsicht. Etwas, was Sie nie gelernt haben.«

»Ryschkow ...« Nowek starrte Kasnin an. »Sie haben ...«

»Ein weiterer schwarzer Fleck auf Ihrem Sündenregister.« Kasnin lächelte. »Ich habe Ihnen doch geraten, derlei Dinge Profis zu überlassen. Obwohl es eine Leistung von Ihnen war, das mit Elgen herauszufinden. Ihre Fähigkeiten nötigen mir Respekt ab. Zu einer anderen Zeit, an einem anderen Ort hätten wir vielleicht Genossen werden können. Aber jetzt brauchen Sie sich um nichts mehr Sorgen zu machen. Bis auf eines: Wohin wollen Sie die Kugel haben?« Triumphierend stand er über Nowek. Er hob einen Fuß, setzte ihn auf Noweks Brust und trat ihn in den Schnee zurück.

Schwer atmend, starrte Nowek direkt nach oben, auf den Hubschrauber. Seine Rotoren schimmerten im Licht. Sein Luftstrom zerrte an den Ästen der Bäume. Ein blendendweißer Lichtkegel senkte sich. Ein Seil fiel aus ihm herab. Eine Gestalt kletterte daran herunter, dann noch eine. Behende glitten sie zu Boden.

»Gromow wird eine klare Lösung zu schätzen wissen. Wir können diesen Fall abschließen. Das haben wir Ihnen zu verdanken, Nowek.« Kasnin senkte den Lauf des Gewehrs, bis er auf Noweks Kopf zeigte. »In den Kopf, denke ich. Das ist das übliche Ziel. Im Gegensatz zu Decker bin ich ein Mann, der viel von Traditionen hält.«

Nowek verkrampfte sich, als könnte seine Willenskraft die Kugel ablenken. Er holte tief und schmerzhaft Luft. »Anna!« schrie er über das Getöse des Hubschraubers hinweg.

Die Wahrheit war heraus. Die Wahrheit würde leben, selbst wenn er ...

Ein weiteres Aufblitzen, eine weitere Detonation.

Der Bildschirm wurde schwarz. »Galina? Bist du noch da?« Der Praktikant im Taiga Institute tippte auf ein paar Tasten, bis er sich klarmachte, daß er mit der Beobachtungsstation vierzehn noch immer telefonisch verbunden war. »Galina? Was geht da vor? Ich sehe nichts mehr.«

Ein Poltern, eine hohe, erregte Stimme, dann noch weitere. *»Schto slotschilos?* Was ist passiert?«

»Wo ist Galina?«

Ein Klicken, dann war auch die Leitung tot.

30. KAPITEL

Nach allem, was man hörte, müßte der Himmel anders aussehen. Allerdings waren seine Erfahrungen mit dem Thema rein theoretisch. Himmel und Hölle wären Opium für die Schwachen, hatten die Kommunisten erklärt, nur die kalten, grauen Fakten zählten. Er fror, um ihn herum war es grau. Diesen Wahrnehmungen schien die Hölle eher zu entsprechen. Unterirdisches Grollen drang an seine Ohren, die schrillen Schreie der Verdammten. Die Welt schwankte, verschob sich. Der Lärm wurde immer schlimmer.

Wie von einem inneren Gyroskop angetrieben, kreiste Nowek ein paar Zentimeter über seinem Körper. Hätte er sich umdrehen können, wäre es ihm vielleicht möglich gewesen, in sein eigenes Gesicht hinunterzublicken, das so grau sein mußte wie die Wände, die sich über ihm schlossen.

Eine Stimme, so verzerrt, als dringe sie aus tiefem Wasser herauf.

»Wie geht es ihm?«

Nowek lauschte auf die Antwort, konnte jedoch über das Donnern hinweg nichts hören. Dabei hätte er die Antwort auf diese einfache Frage zu gern gewußt.

Später spürte er Druck an seiner Hand. Zwinkernd öffnete er die Lider. Ein Gesicht kam aus dem Grau geschwommen: dunkle Haare, Pullover, Wollmütze. Sie hielt seine Hand. Nina? Wieder zwinkerte er. Nein.

Anna lächelte, wirkte aber besorgt. Noch einmal drückte sie seine Hand und verschwand.

Sein Herz pumpte, auf seinem Bauch wurde es warm und feucht von Blut.

Ihre Stimme. »Können Sie denn gar nichts tun?«

»Hier nicht.«

Wieder Druck. Druck und Schmerzen, aber es machte

ihm nichts aus. Die Schmerzen bewiesen, daß er noch lebte. Er wollte sich umdrehen, wollte sehen, wohin sie gegangen war, bemerkte aber, daß er festgeschnallt war. Festgezurrt wie ein Stück Fracht. Das bewahrte ihn davor, einfach davonzutreiben.

»Blut.«

»Wir verlieren ihn.«

Nein, dachte er. Ihr verliert mich nicht.

Ihm drang ein unangenehmer Geruch in die Nase, beißend. Irgendwas brannte.

Etwas Vertrautes.

Ein neues Gesicht. Frisches Blut sickerte über bereits getrocknetes. Ein Gesicht wie aus einem Horrorfilm. Dann ein Zahnlückenlächeln. Tschutschin? Auf seinen Ohren, seiner Stirn rotfleckige Verbände. Er trug eine militärische Schneejacke, deren Spuren deutlich darauf hinwiesen, daß er an einem Gemetzel teilgenommen hatte. Der von den Toten auferstandene Tschutschin mit einer Zigarette im Mundwinkel.

Tschutschin schob die brennende Papirossa zwischen Noweks Lippen. Aus reiner Neugier sog Nowek daran.

Zu stark. Ein scharfer Schmerz durchzuckte seine Leibesmitte. Er spuckte die Zigarette aus.

»... ihn umbringen?«

Tschutschin knurrte irgend etwas.

»Er kann Sie nicht hören.« Die Stimme eines Mannes. Barsch, gebieterisch.

Aber der Mann irrte sich.

Nadeln. Spritzen und wahre Fluten von Betäubungsmitteln. Noweks Herzschlag verlangsamte sich. Galina tauchte auf und verschwand, wie eine Gestalt aus einem Traum, noch immer in dem entsetzlichen orangefarbenen Anzug mit Deckers Namen auf der Brust. Seine Augen füllten sich mit Tränen. Wenn er am Leben war, dann lebte sie gleichfalls. Wenn er tot war, hatte auch das seine Vorzüge.

»Anna.«

Ihr Name. Nicht mehr als ein Hauch.

»Grischa! Also hast du dich doch zum Weiterleben entschlossen?« Eine dröhnende Stimme.

Eine Verfinsterung. Arkardi Wolski schaukelte vor und zurück, seine Faust umklammerte eine von der Decke hängende Schlaufe. Der große Hubschrauber wurde bei seinem Weg durch die Wolken arg gebeutelt.

»Ich hatte dir doch gesagt, daß ich zu dir komme. Warum konntest du nicht warten?«

Wolski hatte die blonden Haare eines Slawen. Sein Gesicht war hochrot, als wäre er zu schnell gerannt. Er trug eine Krawatte, wenn sie auch mehr als schief saß und ohnehin schlecht zu seiner pelzgefütterten Lederjacke paßte.

Er wandte den Blick ab. »Ist er bei Bewußtsein? Hat er tatsächlich etwas gesagt?«

»Er scheint langsam zu sich zu kommen«, erwiderte jemand.

»Ich habe ihnen gesagt, daß du zum Sterben viel zu stur bist«, sagte Wolski. »Ich wußte, ich kann darauf vertrauen, daß du zum Kern der Dinge vorstößt. Habe ich dir nicht gesagt, daß du besser bist als jeder Ermittler?«

Nein, du hast gesagt, daß ich ein Unruhestifter bin. Und das hat sich ja auch als richtig erwiesen.

»Du bist ohnehin viel zu stur«, dröhnte Wolski weiter. »Ich hätte dir eine Menge Schmerzen ersparen können, wenn du bei unserem Gespräch nur eine einzige Minute lang den Mund gehalten hättest. Aber nein, du wolltest ja nicht zuhören.«

Noweks Lippen waren trocken wie Sandpapier. Irgendwie schaffte er es, sie zu befeuchten.

»Geben Sie ihm was zu trinken.«

Dieselbe gesichtslose Stimme erhob Einwände.

»Sofort!«

Eine Taschenflasche wurde an seine Lippen gehalten. Wodka. Er schmeckte brennend. Dann kalt, dann gut.

»Weißt du, wo du bist? Weißt du, was du getan hast?«

Es war keine Bescheidenheit, die Nowek den Kopf schütteln ließ.

»Es tut mir leid, daß ich mich ein wenig verspätet habe.

Wir sahen die Maschine auf dem Fluß, den Hubschrauber des Ministeriums. Wir nahmen an, dich dort vorzufinden. Glücklicherweise wußte dein Fahrer, wo du bist.«

Tschutschin. Es war kein Traum gewesen, keine Erscheinung. Er hauchte ein Wort, das mit dem Wodkadunst Flügel bekam. »Kasnin.«

»Er wird sich noch wünschen, daß wir ihn erschossen hätten. Hör mir zu. Das Sonderdezernat gegen Korruption hat den Gouverneur von Irkutsk schon seit Monaten im Visier. Moskau hat etwas dagegen, daß Gouverneure Privatarmeen aufstellen. Es hat auch etwas dagegen, daß Gouverneure ihre eigene Außenpolitik machen. Deshalb bezahlt man mich dafür, daß ich ...«

Die vordringliche Aufgabe eines echten Politikers ist die Rechtfertigung seiner Position, dachte Nowek.

»... aber da gab es ein kleines Problem. Der Gouverneur und Staatsanwalt Gromow haben praktisch ganz Irkutsk in der Tasche. Sie stecken mit jedem unter einer Decke. Jedermann ist ihnen auf irgendeine Weise verpflichtet. Mit Ausnahme von mir und dir, natürlich.«

Beneidenswert hörte sich das nicht an.

»Wir wußten von dem Ministerium, aber nicht, wo wir den Hebel ansetzen sollten. Diese Stelle hast du uns genannt. Wir werden diesen Mistkerl von Staatsanwalt zur Strecke bringen, Grischa. Und den Gouverneur auch. Du und ich.«

Privatarmeen und Außenpolitik. Was würde Moskau von einem privaten Straflager für Ausländer halten? Wußte Wolski davon?

Wolski wandte sich ab, als wollte er sich vergewissern, daß niemand lauschte. »Wir sind da auf jemanden gestoßen. Einen sehr merkwürdigen Mann, wenn du mich fragst. Er hat uns mit der Waffe deines Fahrers angegriffen. Weißt du, von wem ich spreche? Ist er einer deiner Männer?«

Nowek schüttelte den Kopf.

»Zu dumm. Ich hatte gehofft, du könntest auch dieses Geheimnis aufklären. Aber wir werden bald genug herausbekommen, wer er ist. Wenn er überlebt.«

Nowek kämpfte sich durch den Nebel der Betäubung, durch fensterscheibendicke Luft. »Elgen ... Amerikaner ...«

»Mach dir keine Sorgen um Amerikaner«, sagte Wolski. »Mit AmerRus wird auf die passende Weise verfahren werden.«

»Nicht ... AmerRus.« Nowek versuchte Luft zu holen. Seine Brust hob sich, er verdrehte die Augen.

»Geben Sie ihm etwas!« ordnete Wolski an.

Noch eine Spritze.

Ein weicher Vorhang senkte sich auf Noweks Bewußtsein. Nicht erdrückend, aber dicht. Die Welt verengte sich, verblich. Er kämpfte dagegen an. »Kasnin ... er war in Ryschkows Wohnung. Er ... sie beide haben ... meine Männer getötet ...«

Wolski schüttelte den Kopf. »Das versuchte ich dir zu sagen, als du angerufen hast. Du hast dich doch über das AB-negativ-Blut gewundert? Nun, ich habe in Kasnins Dienstunterlagen nachgesehen. Errätst du, was ich gefunden habe?«

Nowek starrte, bemühte sich, die Augen offen zu halten, die Ohren über Wasser. Aber er trieb. Trieb davon.

»AB-negativ. Diesmal wird der Fischer nicht davonkommen.«

Gedämpfte Geräusche. Das Licht schien eine neue Farbe anzunehmen, irgendeine chemische Tönung. Resignierend wandte er den Kopf zur Seite und sah Anna. »Tut mir ... leid ...«, sagte er. »Ich ... habe Ihren ... Tiger nicht mitnehmen können.«

»Schlaf jetzt«, sagte Wolski. »Ruh dich aus. Wir landen.«

Das Frettchen wartete auf Deckers Rückkehr. Langsam wurde es Tag. Dem Tier war kalt, es hatte Hunger. Schließlich kletterte Harley von den Zweigen einer Krüppelkiefer und folgte dem Geruch seines Herrchens. Deckers Eau de Cologne führte das Frettchen über Eis, Schnee und zu einem Baum am Rand der Lichtung. Schnuppernd stellte es sich auf die Hinterbeine.

Harley tollte durch den Schnee wie ein Delphin in den Wellen. Der Duft nahm zu, doch da war auch etwas anderes, ein intensiver Geruch, den ein wild lebendes Tier auf Anhieb erkannt hätte. Erhellt vom milchigen Glanz des sibirischen Morgens, lag ein dunkler Schatten im Schnee. Harley blieb stehen, stieß einen Kontaktruf aus.

Der Schatten im Schnee reagierte nicht.

Harley machte einen Satz, noch einen. Jetzt, in der Nähe des Körpers, war der Blutgeruch nahezu überwältigend. Das Rasierwasser, das Blut, der Geruch nach Verbranntem, der … Harley erstarrte. Er drehte den Kopf in die Richtung des leise patschenden Geräuschs und sah eine Gestalt durch die Luft fliegen, mit ausgefahrenen Krallen, steil gerecktem Schwanz und golden funkelnden Augen.

Der Tatzenhieb der Katze schleuderte das Frettchen gegen Deckers Körper. Es wehrte sich kurz, aber als sich die nadelscharfen Katzenzähne in seinen Nacken gruben, ergab es sich den Gesetzen der Natur.

Dr. Grossmann zog den Vorhang weit auf. »Es ist in der Tat höchst erfreulich, auch einmal einen lebenden Patienten zu haben.«

Nowek blinzelte in die plötzliche Helle des Frühlingsmorgens. Von einem letzten Eiszapfen vor dem Fenster fielen Diamanttropfen mit der Regelmäßigkeit eines Metronoms. Das Krankenhaus von Markovo. Grossmanns Kittel war braun befleckt, als hätte er ihn seit dem Morgen in Andrej Ryschkows Wohnung nicht gewechselt. Nowek sah, wie sich die Spritze nun in sein eigenes Fleisch senkte. Grossmann zählte leise, zog sie schnell wieder heraus. Zur Feststellung der Todeszeit, der Lebertemperatur, erinnerte sich Nowek, war das ein überaus zuverlässiger Indikator.

»Seit … seit wann?«

»Ein paar Tage. Aber keine Sorge. Allerdings ist Ihr Magen jetzt ein wenig kleiner als zuvor. Ich hoffe, das macht Ihnen nicht allzuviel aus.«

»Ich habe keinen Hunger.«

Grossmann sah ihn skeptisch an, unsicher, ob das ein Witz war oder nicht. Er überprüfte eine Apparatur, aus der durch einen Schlauch eine strohfarbene Flüssigkeit in Noweks Unterarm tropfte. Ein uraltes schwarzes Telefon stand auf dem Tisch neben seinem Bett. »Ihr Fahrer hatte Glück. Ich habe ihm ein so großes Metallstück aus dem Kopf gezupft.« Er spreizte zwei Finger. »Verdreht wie eine Uhrfeder, steckte in seinem Schädel wie Stahlwolle.«

»Er hat einen harten Schädel. Wo ist Anna Wereskaja?«

»Bei Ihrem Vater und Ihrer Tochter.« Grossmann lächelte. Seine teeverfärbten Zähne glänzten wie poliertes Holz.

»Wann kann ich sie sehen?«

»Ein Besuch wäre nicht gerade ratsam. Ich empfehle Ihnen, damit zu warten, bis ...« Ein Klopfen an der Tür. Erstaunt blickte Grossmann hoch, besorgt, doch dann sagte er: »Andererseits hat die Medizin noch immer viel zu lernen.«

Sie trug eine von Ninas Blusen unter ihrer Denimjacke. Ihre Jeans steckten in den Stiefeln. An ihren schmalen Knöcheln wirkten die Stiefel unförmig groß. Wuchtige, griffige Sohlen, um damit Tritt zu fassen, Halt zu bewahren. Stabile Schuhe.

Sie trug eine Wollmütze, die schwarzen Haare fast unter ihr verborgen, aber nicht ganz. Ohrstecker schickten rotgelbgoldene Blitze aus.

Sie trug einen Geigenkasten unter dem Arm.

»Anna.«

Sie kam herein und griff nach seiner Hand.

Nowek musterte den Kasten. Gehörte der seinem Vater? »Wie ich hörte, leisten Sie meinem Vater Gesellschaft. Sie sind mutig.«

»Wir versuchen, Ihr Haus wieder in Ordnung zu bringen. Heute werden neue Fenster eingesetzt. Die elektrische Heizung hat im gesamten Bezirk jede einzelne Sicherung durchbrennen lassen.«

Er fand diese ganz gewöhnliche, verläßliche Katastrophe höchst aufmunternd. »Und Galina?«

»Macht den Handwerkern das Leben zur Hölle. Sie hätte nie *Cosmopolitan* lesen dürfen. Nicht in ihrem Alter.« Sie schwieg kurz, verbesserte sich: »Vor allem nicht in ihrem Alter. Wie alt ist sie?«

»Kommt drauf an.« Er lächelte. »Wie geht es Ihnen?«

Ihr Blick zog sich in sich selbst zurück.

»Was ist?«

»Ich ... ich muß heute nachmittag zurück. Zur Station. Hinauf nach Tunguska.«

Er drückte ihre Hand fester.

»Seit Tagen fliegen sie schon hin und her, um die Leute aus Elgen herauszuholen. Aber mich wollten sie bisher nicht mitnehmen. Das Lager ...«

»Ist geschlossen worden?«

Sie nickte. »Jurij hat mir alles erzählt, wie Sie darauf gekommen sind. Amerikaner! Ich kann es noch immer kaum glauben. Und ich dachte an Knochenschmuggel. Wie haben Sie es eigentlich herausgefunden?«

»Einfach war es nicht.«

»Sie hätten Jurij nie geglaubt, wenn sie nicht über einen von ihnen gestolpert wären.«

»Über wen?«

»Einen Amerikaner. Er war mit Ihrem Fahrer zusammen. Er heißt Rogers. LeRoy Rogers. Ein sehr gefährlicher Mann.«

»Eine Menge Menschen sind gefährlich. Denken Sie an Staatsanwalt Gromow.«

»Anders gefährlich als er. Aber ich bin auch hinter etwas gekommen«, sagte Anna. »Erinnern Sie sich an den Schwarzen auf dem Videoband? An die Schrift auf seinem Sweatshirt? Pelican Bay ist eine Strafanstalt. ›California Department of Corrections Pelican Bay‹. Es war alles da auf dem Band. Wir haben es gesehen, aber nicht verstanden.«

»Die Morde, das Band, AmerRus. Das alles blieb bis zum allerletzten Moment Teil eines unverständlichen Puzzles«, erwiderte Nowek. »Es war wie der Bau einer Brücke. Bis man den Schlußstein einfügt, sind es nur zwei unzusammenhängende Gebilde aus Stein.« Er schüttelte den Kopf. »Niemand hätte geglaubt, daß Amerikaner mit einem alten Schreckenslager wie Elgen etwas zu tun haben könnten. Was geschieht nun mit den Gefangenen? Werden sie nach Hause geschickt?«

»Darum kümmert sich Ihr Freund Wolski.«

Warum wollte in Nowek kein zuversichtliches Gefühl aufkommen? »Ich bin mir nicht sicher, ob er ein Freund ist.«

»Ich auch nicht.«

»Was wird mit DeKalb geschehen?«

»Er kann von Glück reden, daß er noch am Leben ist. Ich mußte sie regelrecht dazu überreden, ihn mitzunehmen. Wolski war dagegen.«

»DeKalb schätzt keine Komplikationen«, sagte Nowek. »Es sei denn, er verursacht sie selbst.« Er dachte an das Photo in DeKalbs Brieftasche. Seine Frau, seine Tochter. Das Verbrechen. Er fragte sich, ob DeKalb wirklich froh war, überlebt zu haben. Er war nach Tunguska geflohen, vor dem Grauen geflohen, aber das war nicht weit genug gewesen. »Warum fliegen Sie nach Tunguska zurück?«

»Die kleinen Tiger. Lena ist tot, eines ihrer Jungen auch, das Männchen. Aber auch die anderen drei können ohne Mutter nicht überleben. Ich will hinauf, um sie abzuholen.«

»Aber man kann sie doch nicht einfangen wie Schmetterlinge.«

»Ich schon. Sie müssen in einem Zoo untergebracht werden.« Sie blickte aus dem Fenster, dann wieder auf Nowek. »Ich werde bei den Jungen bleiben müssen, bis sie sich an ihre neue Umgebung gewöhnt haben.« Sie sah ihm in die Augen, überlegte sich ihre Worte und sagte: »Vielleicht bleibe ich eine ganze Weile fort.«

Nur eine Woche ... Ich bin bald wieder da ... Ninas letzte Worte, bevor sie das Flugzeug bestieg. Nowek ließ Annas Hand los und sah zum beständig tropfenden Eiszapfen vor dem Fenster. Das beständige Tropfen der Flüssigkeit in seine Vene. Das Gurgeln von abfließendem Abfall. Er holte Luft, zu tief, denn es verursachte wieder Schmerzen.

»Da ist noch etwas. Galina hat gefragt, ob sie mitkommen kann. Ich habe ihr versprochen, mit Ihnen zu reden.«

»Wohin?«

»Der Zoo, der die Jungen aufnehmen will, liegt in Denver.«

Nowek sah sie an. »Amerika?«

»Ich werde mehrere Wochen dort bleiben müssen. Aber ich dachte, sie würde vielleicht das Institut besuchen. Es befindet sich in Idaho.« Sie lächelte. »Sie kennt dort bereits jemanden.«

»Den Jungen am Telefon. Einen echten Amerikaner, dem sie zusetzen kann. Was für eine Chance.«

»Ich werde mich um sie kümmern. Keine Sorge.« Wieder zögerte sie, knabberte an der Unterlippe.

»Was gibt es noch? Wollen Sie meinen Vater auch mitnehmen? Ich warne Sie. Er wird sich auf Sie stürzen, sobald ich ihn nicht mehr daran hindern kann.«

Sie lachte und legte den Geigenkasten auf das Bett. »Das schickt er Ihnen.«

Nowek schob den Deckel auf.

Die Violine ruhte auf plüschig-rotem Stoff, fast Samt. Es war keine der selbstgefertigten Geigen, sondern das Konzertinstrument seines Vaters. Das Holz schimmerte, der Duft nach Lack und Politur drang in seine Nase. Er nahm die Geige heraus und legte sie sich unter das Kinn. Sein Bart schabte über das glatte, dunkle Holz. Er konnte noch etwas anderes riechen, eine Andeutung von Tabak von der Wange seines Vaters, seinen Schweiß. Alle die Töne, die unter seinen Fingern in einen abgedunkelten Saal hinausgeschwebt waren. Der Tropf in seinem Arm schränkte seine Bewegungsfähigkeit ein, aber er nahm den Bogen und strich kurz, tastend, über die Saiten.

Der Klang erfüllte den kleinen Raum.

»Hervorragender Ton«, sagte er.

»Spielen Sie etwas.«

Er sah sie versonnen an. »Etwas.« Er schob sich ein wenig hoch und spürte sofort die Proteste seines Magens. Er hob den Bogen und begann mit Vivaldis Konzert in f-Moll. *L'inverno,* der Winter.

»Wunderschön«, sagte sie, »aber traurig.«

Das Telefon rülpste. Sie streckte die Hand danach aus.

»Nein«, sagte Nowek. Er ließ die nächsten Takte erklingen, spürte die Töne auffliegen und wie tote Blätter zu Boden fallen.

Wieder rülpste das Telefon. Eine Kröte, die ein surrendes, lästiges Insekt verschluckte.

Nowek seufzte. Er legte die Geige in den Kasten zurück und griff zum Telefon. »Ja?«

»Grischa! Du klingst schon sehr viel besser! Wie ich hörte, empfängst du bereits Besucher.«

Neuigkeiten sprachen sich schnell herum. »Was gibt es, Arkascha? Ich denke gerade über einen Rückfall nach.«

»Bloß nicht. Ich möchte mit dir über deine Zukunft sprechen.«

Was hatte Kasnin gesagt? Daß seine Zukunft keine mehr wäre?

»Ich möchte dir nur eine Frage stellen. Wie, zum Teufel, bist du hinter die Machenschaften von AmerRus gekommen? Eine Dose Armeeproviant, ein Videoband, ein toter Geschäftsmann. Kein Mensch hätte diese drei Dinge miteinander in Verbindung bringen und daraus schließen können, daß Amerikaner im Lager sitzen.«

»Ich schon.«

»Und dann die Idee mit der Kamera. Wie du sie zu Geständnissen gebracht hast. Ausgezeichnet. Offen gesagt hatte ich keine Ahnung von deiner Begabung für derlei Dinge.«

»Ich fühle mich von dem Unmöglichen angezogen. Was wird im Hinblick auf Elgen unternommen?«

»Die Amerikaner sind fort.«

»Wurden sie in amerikanische Gefängnisse gebracht?«

»Es ist ihre Sache, was sie mit ihnen machen. Nach dem Aufsehen, das die Geschichte erregt hat, wollen die Vereinten Nationen eine Untersuchung einleiten. Aber natürlich mußten ausgerechnet die Chinesen darauf bestehen, daß ...«

»Elgen ist geschlossen worden? Total?«

»Keine Angst«, sagte Wolski schnell. »Sie werden ihren Müll nicht wieder bei uns abladen. Soviel kann ich dir versprechen. Aber nun zu dir. Hast du schon irgendwelche Vorstellungen darüber, was du zu tun gedenkst, wenn du dich ein wenig erholt hast?«

»Ein Bürgermeister hat keine Zeit für Spekulationen.«

Das Schweigen erinnerte Nowek an den Abend, an dem er Wolski nach dem Ministerium gefragt hatte.

»Nun? Worum geht es?«

»Hör zu, wir sahen uns zu einer Vereinbarung mit dem Gouverneur gezwungen.«

»Ich dachte, wir wollten ihn zur Strecke bringen.«

»Es ist nicht ganz so wie geplant gelaufen. Für alles wären unkontrollierte Elemente verantwortlich, hat er erklärt. Er hat alle Schuld auf Staatsanwalt Gromows Kopf gehäuft und ihn uns abschlagen lassen. Aber ein halbes Brot ist besser als gar keines. Findest du nicht auch?«

»Nein.«

»Der Haftbefehl gegen dich ist selbstverständlich aufgehoben.«

»Selbstverständlich.«

»Aber die Anordnung, dich als Bürgermeister von Markovo abzusetzen, wird bestehen bleiben müssen. Ich kann nicht verhehlen, daß es eine Menge Mißmut in Markovo gibt. AmerRus bezahlt viele Rechnungen. Es ist vielleicht ganz gut, wenn du einige Zeit außerhalb verbringst.«

»An welche Entfernungen denkst du dabei?«

»Nur keine Sorge. Wir werden schon etwas finden, was deinen Fähigkeiten entspricht. In Rußland«, sagte Wolski, »gibt es für einen Unruhestifter immer Arbeit. Sprechen wir später ausführlich darüber?«

»Du weißt, wo ich zu finden bin.« Nowek legte den Hörer auf. Er überlegte kurz, streckte die Hand wieder aus und riß die Schnur aus der Wand. »Es sieht so aus, als hätte ich plötzlich viel Zeit«, sagte er. Er sah Anna an und streckte die Arme aus. Es war eine Beschwörung, eine Einladung.

»Ist das denn erlaubt?« fragte sie.

»Die Medizin hat noch immer viel zu lernen.«

Sie zog sich die Wollmütze vom Kopf, eine Haarsträhne fiel ihr über das Auge. Sie küßte ihn auf die Stirn, auf die Wangen und schließlich auf die Lippen.

Er entzog sich ihr, kurz. »Wann?«

»Wann was?«

»Wann fährst du mit Galina nach Amerika?«

»Jetzt nicht.« Sie legte ihm einen Finger auf die Lippen. »Jetzt nicht.«

»Könntest du für mich noch etwas anderes spielen?« fragte sie später. »Ich möchte nicht mit dem ›Winter‹ in meinem Kopf fortgehen.«

Sie ging und nahm Galina mit auf eine Reise ans andere Ende der Welt, auf einen anderen Planeten. Was könnte da passender sein als »Winter«? Eine Fuge? Eine Pavane?

Russen tendieren zum dunklen, melancholischen Moll. So ertragen sie das Unvorstellbare. Amerikaner lieben die heiteren, hellen Dur-Klänge. Es war einfach, sie deshalb für oberflächlich zu halten. Jeder tat es. Aber was war mit Anna? Sie hatte die schwarze Leere in ihm mit Hoffnung, mit Licht gefüllt. Noch vor einer Woche hätte Nowek geschworen, daß das nie möglich wäre.

Und jetzt?

»Wirst du spielen?«

»Weißt du«, sagte er, »gerade eben ist mir etwas bewußt geworden. Ich bin anders als mein Vater. Er spielt, weil er nicht anders kann.«

»Und du?«

»Es hört sich vielleicht seltsam an, aber ich spiele aus dem gleichen Grund, aus dem ich für den Bürgermeisterposten kandidiert habe. Dem gleichen Grund, aus dem ich wissen wollte, wer Andrej Ryschkow und meine beiden Männer getötet hat.« Er strich mit dem Bogen über eine Saite und spürte, wie die Vibrationen durch ihn hindurchdrangen. »Es ist ein Privileg.«

»Ein Privileg?«

»Bürgermeister, Unruhestifter, Musiker. Stück für Stück, Ton um Ton versuchen wir, die Welt ein bißchen besser zu machen.«

Sie sah ihn an. »Selbst wenn das unmöglich ist?«

»Glücklicherweise reizt mich das Unmögliche. Wie jetzt. Du gehst fort, willst aber, daß ich etwas Heiteres spiele.«

»Heißt das, daß du spielen wirst?«

»Öffne das Fenster.« Er nahm die Violine, schob sie sich unter das Kinn und griff zum Bogen, als sie an die Scheiben trat.

Draußen starb der letzte Eiszapfen unter dem Zugriff der

warmen Sonne. »Der Winter ist vorüber«, sagte er, als sie das Fenster weit öffnete. »Es ist Frühling.« Nowek atmete tief ein, und brachte mit seinem Bogen die ersten Töne des Konzerts in E-Dur zum Klingen: *La Primavera.*

Ein noch wärmerer Tag. Ein klarer, wolkenloser Himmel, der zu seinen Gefühlen paßte. Die Erde erholte sich vom Schnee, der sich in die Frostschichten zurückzog, die fünf Meter unter seinen Füßen lagen. Ein Tag für Sonnenblumen, wenn man nach ihnen Ausschau hielt. Nowek tat es nicht.

Er sah Galina. Ein Gesicht hinter einem Flugzeugfenster, voller Vorfreude auf eine Zukunft, von der sie vor kurzem noch nicht einmal geträumt hätte.

Die Maschine der Air Alaska entfernte sich vom baufälligen Abfertigungsgebäude des Flughafens Irkutsk. Frischgestrichen und in der Sonne funkelnd, rümpfte sie die blankgeputzte Nase über die Reihen vernachlässigter Aeroflot-Maschinen, die auf dem Betonstreifen standen.

Er entdeckte Jurij dort draußen. Mit seinen Männern baute er aus drei Maschinen eine neue Antonov zusammen: grauer Rumpf, weißes Leitwerk, blaue Tragflächen. In der Nähe standen ein paar Motoren, schwarze Stahlungetüme mit herunterhängenden Kabeln und Schläuchen. Schmale Ölspuren führten zu den Flugzeugen, aus denen sie ausgebaut waren.

Wem gehörten die Wracks, die sie da ausschlachteten? Nowek mußte über sich selbst lächeln. Besitzrechte? Eigentum? Im neuen Rußland zählte nur, wer die Dinge kontrollierte, und von hier oben sah es so aus, als würde Jurij sie kontrollieren. Jurij und sein Partner Plet.

Fünf Männer balancierten einen Flügel auf ihren Köpfen zur neuen Annuschka. Es sah so aus, als würde er von selbst fliegen. Ameisen, dachte Nowek, auf dem Weg zu einem Picknick.

Antonovs, Iljuschins, Tupolews ohne Motoren, ohne Flügel, ohne Heck. Ausgeweidet, damit ein paar glücklich zusammengestückelte Teile fliegen konnten.

Er war nicht viel anders. Aus Einzelteilen zusammengesetzt, aus verschiedenen Leben. Alt und neu, und die Verbindungsnähte waren noch frisch, schmerzten noch.

Die Maschine mit Anna und Galina rollte auf die einzige Startbahn.

»Und?« fragte er Tschutschin. »Haben Sie es sich überlegt? Es zahlt sich aus, den neuen Bürgermeister zu chauffieren.«

»Was?« Tschutschin wandte ihm sein halbwegs gesundes Ohr zu. Das Trommelfell des anderen würde nie heilen, hatten die Ärzte gesagt. Deshalb, war Tschutschins Antwort gewesen, hätte er ja auch zwei. Er beugte sich vor.

»Der Posten bei Bürgermeister Nikitin. Warum greifen Sie nicht zu? Ein besseres Angebot werden Sie kaum bekommen.«

Tschutschin trug immer noch einen Verband am Kopf, wo ihm das Metallstück entfernt worden war. Seine neue Sonnenbrille gab nichts preis, aber Nowek sah am Zucken seiner Gesichtsfalten, was er von dem Vorschlag hielt. »Wollen Sie mich loswerden?«

»Natürlich nicht. Aber der neue Bürgermeister braucht einen fähigen Fahrer wie Sie. Jemanden, der ihn aus Schwierigkeiten heraushält. Abgesehen davon, jemand muß den Posten schließlich übernehmen.«

»Dann soll ihn doch jemand übernehmen. Ich habe zu tun.« Tschutschin zog heftig an seiner Papirossa und stieß eine stinkende Qualmwolke aus.

»Was?«

Die Triebwerke heulten auf. Schwarzer Rauch erhob sich am Ende der Rollbahn, eine Gewitterwolke *en miniature*. Die Landelichter zwinkerten wie zwei Augen. Die Luft waberte. Die Maschine setzte sich in Bewegung.

Das Flugzeug donnerte an ihnen vorbei, überwältigte sie mit ihrem Lärm. Es hob ab, zog die Räder ein, stieg in den Himmel über dem Baikalsee, legte sich schräg, wandte sich Richtung Norden.

»Kommt mir so vor«, sagte Tschutschin, als die Maschine nur noch ein Punkt war, kurz in der Sonne aufblitzte, dunkel wurde, »daß Sie zwar keinen Fahrer mehr brauchen, aber immer noch jemanden, der Ihnen sagt, wo's langgeht.«

»Ich gehe nirgendwohin.« Nowek ließ das Flugzeug nicht aus den Augen. »Das ist ja das Problem.«

»Heute nicht. Aber was ist morgen? Offen gesagt, Sie könnten meine Hilfe brauchen.«

Offen gesagt könnte er ein Flugticket brauchen. Nowek sah der Maschine nach, wie sie mit dem Himmel über dem See verschmolz. Aluminium, Fleisch und Blut, Liebe der verschiedensten Art verschwand in der Luft über dem Heiligen Meer. Über den Bergen rotteten sich weiße Wolkenschwaden zusammen, dachten über Gewitter nach.

»Und?« fragte Tschutschin. »Was meinen Sie dazu? Bin ich nun Ihr Fahrer oder nicht?«

»Vielleicht gibt es dort, wohin ich gehe, gar keine Straßen.«

»Wer braucht schon Straßen?« Tschutschin spuckte die Zigarettenkippe aus und zertrat sie auf dem schmuddligen Betonboden. »Wir sind Sibirier, Sie und ich. Menschen wie wir brauchen nur eine Richtung.«

Nowek bemerkte ein farbiges Steinchen. Auffällig wie etwas Lebendiges in den eintönigen Betonplatten. Er hob es auf.

Schiefer, ein metamorpher Stein, entstanden aus der Kollision zwischen Schiefertonschichten und feurigem Basalt. Altes und Neues hatten sich zu etwas anderem verbunden, einer dritten Möglichkeit. Moll und Dur. Dunkel wie Graphit, hell wie Quarz, hatten sich seine Minerale zu parallelen schwarzen und silbernen Streifen vereint. Ein Zufallsprodukt von Sibirien. Und dennoch.

Starre lange genug ins Nichts, und es verwandelt sich in etwas. Er steckte es in die Tasche.

»Keine Angst, ich will keine Gehaltserhöhung.«

»In diesem Fall«, sagte Nowek, »sind Sie eingestellt.«

Eine Richtung. Vorwärts. Eine Richtung und eine Zukunft.

Er folgte Tschutschin zum wartenden Auto.

HEYNE BÜCHER

Robert Harris

»Packend wie John le Carré. Exzellent geschrieben.«
THE TIMES

»Eine perfekte Symbiose aus Historie und Fiktion.«
DIE WELT

Vaterland
01/8902

Enigma
01/10001

01/8902

01/10001

Heyne-Taschenbücher